THE HOTEL NEW HAMPSHIRE

JOHN IRVING

新罕布夏旅館

約翰・厄文——著
徐雋——譯

第一章　那頭叫緬因州的熊

父親買熊那年夏天，我們都還沒出生——甚至連個影都沒；沒有最大的法蘭、最囂張的芬妮、接下來的我，也沒有最小的莉莉和蛋蛋。我的父母在同一個鎮上長大，從小就認得彼此，但父親買下熊的時候，就法蘭的說法，他們還沒有「結合」。

「『結合』，法蘭？」芬妮總愛取笑他。雖然法蘭是老大，我卻覺得他比芬妮小，芬妮也向來當他是小毛頭。「你應該說，他們還沒上床打砲！」芬妮說。

「他們還沒有靈肉合一。」有次莉莉這麼說。雖然除了蛋蛋她比我們都小，莉莉卻總是擺出大姐姐的模樣，令芬妮非常感冒。

「『靈肉合一』？」芬妮說。我不記得芬妮那時幾歲，不過蛋蛋還沒大到可以參與以下的對話。「買熊以前，爸媽壓根兒就沒想過性這碼事。」芬妮說：「全是熊讓他們開的竅——牠又色又低級，在樹上蹭來蹭去，自己玩自己，連狗都想上。」

「牠不過偶爾弄『傷』隻狗，」法蘭厭惡地說：「牠沒想『上』狗！」

「牠有，」芬妮說：「你又不是沒聽過故事。」

「爸的『故事』。」接著莉莉厭惡地說。這種厭惡和法蘭稍有不同：法蘭厭惡的是芬妮，但莉莉厭惡的是父親。

於是輪到我——夾在中間，最不偏不倚的一個——出來把真相搞清楚；或者說，盡可能搞清楚。我們一家子最愛聽的故事就是父母的戀愛史：父親如何買下熊，他們如何陷入愛河，然後飛快地一連生下法蘭、芬妮和我（「砰！砰！砰！」芬妮這麼說。）；才喘口氣，又有了莉莉和蛋蛋（「啵、咻！」芬妮說的。）。這些我們從小聽起、長大後彼此說起的故事，總在我們無從參與，只能透過父母種種說法知悉的那幾年打轉。他們當時的形象在我心中是如此鮮明，甚至超過我記憶所及的歲月。當然，我親身經歷的是大起大落的年頭，所以觀點也跟著飄忽不定；而對熊與父母相戀的那個傳奇夏季，我的觀點就多少能一致些。

如果父親的故事哪裡出了差錯（和從前的說法矛盾，或者略過我們愛聽的部分）我們就會像群兇巴巴的小鳥朝他叫個沒完。

「你要不是這回騙人，就是上回說謊。」嘴上最不饒人的芬妮說。但父親總是無辜地搖搖頭。

「要知道，」他說：「你們想像出來的，當然好過我的記憶。」

「叫媽來。」芬妮會發號施令，把我趕下沙發。有時法蘭會從懷裡把莉莉放下，低聲說：「去找媽咪。」一旦父親有捏造故事的嫌疑，母親就成了隨傳隨到的證人。

「不然就是你故意把有顏色的部分略掉。」芬妮興師問罪：「因爲莉莉和蛋蛋不夠大，不能聽那些搞七捻三的事情。」

「沒什麼搞七捻三的。」母親會說：「那時沒現在這麼開放。女孩兒家如果在外頭跟人過夜，連同輩都會說她自甘下賤，或者更難聽的，從此沒人要理她。就像我們說『物以類聚』、『近墨者黑』。」不管芬妮是八歲、十歲、十五歲或二十五歲，聽了這話總是眼珠一溜，用手肘頂我，或者搔我癢。如果我回搔她，她就會尖叫：「變態！調戲自己的姐姐！」法蘭呢，無論他是九歲、十一歲、二十一歲或四十一歲，向來厭惡芬妮種種跟性有關的言行，他會馬上對父親說：「別管這些了。講講那部摩托車怎樣？」

「不，繼續談性吧！」莉莉會一本正經地告訴母親，芬妮則用舌頭舔我的耳朵，在我頸邊發出啵地一聲。

「唔，」母親說：「我們不在異性面前談論有關性的話題。輕重不一的調情和廝磨是少不了的，通常都在車子裡進行。那時總找得到夠隱蔽的地方，到處是沒鋪過的砂石路，人車都不多——車子也不像現在這麼小。」

「要躺要趴都可以。」芬妮說。母親會朝芬妮一皺眉，耐心地繼續話當年。她是個誠實但乏味的說書人——比父親差多了——每次我們找她求證故事的眞僞，每次都要後悔。

「還是讓老爸講下去吧！」芬妮說：「媽太無趣。」看法蘭皺起眉頭，芬妮會對他說：「噢，玩你自己去吧！法蘭，這樣你會好過點。」

但法蘭的眉頭只是皺得更緊。他說：「如果妳先問爸有關摩托車之類比較具體的事情，一定比問那些空泛的衣著、習慣、性什麼的來得有意義。」

「那好，法蘭，你倒說說性是怎麼回事。」芬妮說，但父親用他夢幻般的口吻爲我們解了圍：「我可以告訴你們，這一切絕不會發生在今天。也許你們覺得更自由了，但是規則也變得更多。那隻熊不可能在今天出現，因爲現在根本不准牠『存在』。」這時我們都安靜下來，一下忘了鬥嘴。父親一開口，連法蘭和芬妮都能安安穩穩坐在一起不吵鬧；我也可以緊靠著芬妮，感覺她的髮絲掠過我的臉，或者腿緊貼著我，一旦父親講起故事，我連芬妮都拋到九霄雲外去了。莉莉會死寂無聲地坐在法蘭的膝蓋上（也只有莉莉會這種坐法）。蛋蛋那時太小聽不了什麼，更別說聽懂了，不過他是個安靜的寶寶。即使抱他的是芬妮，他也不作聲；換成我抱，他就睡著了。

「牠是一隻大黑熊，」父親說：「四百磅重，有點暴躁。」

「一隻美國黑熊（Ursus americanus），」法蘭細聲道：「個性喜怒無常。」

「沒錯，」父親說：「不過通常脾氣算是好的。」

「牠已經老得不算隻熊了。」芬妮認眞地加上這句話。這句話是父親慣用的開場白——也是我記憶中第一次聽到這故事的第一句話。「牠已經老得不算隻熊了。」我記得當時坐在母親懷裡，自覺永遠和此時此景緊繫在一起，母親的懷抱、一旁父親懷裡的芬妮，法蘭挺著上身，獨自坐在破舊的東方地毯上，雙腿交叉，挨著我們家第一隻狗「哀愁」（後來因爲牠的屁太臭，不得不讓牠長眠）。「牠已經老得不算隻熊了，」父親開口道。我看看哀愁，這隻呆得可愛的拉布拉多狗趴在地上，恍惚間彷彿化成了一隻大熊，愈來愈老，又髒又臭地挨在法蘭旁邊，最後又變回一隻普通的狗（不過哀愁向來不是什麼「普通的狗」）。

我不記得那次莉莉和蛋蛋在場——他們一定還太小，聽也沒用。「牠已經老得不算隻熊了，」父親說：「一隻腳都進了棺材。」

「可是牠還有一隻腳啊！」我們會同時喊道。這話已經成了慣例，法蘭、芬妮和我都熟記在心。莉莉和蛋蛋懂事以後，連他們都加入了。

「牠已經懶得要把戲給人看，」父親說：「不過動一動虛應故事而已。全天下牠在意的只有那部摩托車，所以我買牠時得連摩托車一起買，牠才離開馴獸師跟我走。摩托車在牠心目中比任何馴獸師都重要。」後來，法蘭會輕戳一下莉莉，教她發問：「那隻熊叫什麼『名兒來著』？」法蘭、芬妮、我和父親就會一起喊道：「『緬因州』！」那隻笨熊的名字正是緬因州，父親在一九三九年夏天買下牠——連同一輛三七年出廠的印第安摩托車，附了個土法自製的側座——花了他兩百塊錢，還有行李箱裡最好的幾套衣服。

那年夏天，父母親都是十九歲，他們同在一九二〇年生於新罕布夏州的得瑞鎮（Dairy），不過成長過程中一直沒什麼交集。然而，就像許多引出一段精采故事的巧合，兩人不約而同到亞布納海濱旅館打工，彼此都吃了一驚——因爲那間旅館在緬因州，離老家新罕布夏遠之又遠（至少當時如此，他們也這麼覺得）。

母親是打掃客房的清潔工，穿著便服送餐，也在露天宴會的帳篷下幫忙舀雞尾酒（與會者不外打高爾夫、網球、槌球，以及從海上泛舟回來的客人）。父親在廚房打雜、搬運行李、整修果嶺、留意網球場的白線是否筆直完好，還有攙扶那些原本不該上船的醉客，免得他們掛彩或掉進水裡。

這些都是家長認可的夏日零工，然而父母在那裡不期而遇，還是覺得有點丟人。這是他們頭一回在得瑞以外的地方度過夏天，不用說，一定都希望在這豪華的度假地，身爲異鄉人的自己也能顯得光鮮些。父親剛從私立得瑞男子中學畢業，哈佛已經接受他秋天入學的申請，但他明白要到一九四一年的秋天才去得成，在這之前他先得以掙足學費爲目標。在三九年夏天，父親一定很樂意讓亞布納的客人和同事以爲他馬上就要進哈佛，不過有身爲同鄉、對他的底細知之甚詳的母親在場，他只得說實話：他可以進哈佛，但先得存錢。能進哈佛當然很了不起，不過得瑞鎮的人聽說哈佛會要他，莫不大感意外。

我父親溫斯洛．貝里是得瑞中學足球教練的獨子，但算不上教師子女，他只是個「運動員的兒子」，而他被人稱巴布教練的父親，也不是哈佛出身——老實說，誰也不信巴布教練生得出哈佛種。

羅勃．貝里在妻子死於難產後，從愛荷華東遷到這裡。三十二歲的他，不論當單身漢或初爲人父都嫌老了些。他爲襁褓中兒子的教育而來，捐出自己作爲交換條件，把一身體育技能賣給將來肯收他兒子的預校中最好的一所。只是，得瑞中學也算不上什麼明星學府。

這所學校或許曾想跟愛塞特、安多佛等名校一爭長短，不過早在一九〇〇年代就決定妥協了。這所鄰近波士頓的中學收了幾百個被愛塞特和安多佛拒於門外的學生，還有幾百個是根本沒人要的；課程內容相當夠水準，嚴格程度超過大部分教師的能力——他們多半也是別的學校揀剩的。話說回來，得瑞雖然在新英格蘭的私中裡只能算二流，比起地方上的公立學校——尤其是鎮上唯一的公立中學——還是強得太多。

得瑞是那種可以談條件的學校，於是巴布．貝里教練換得了一點微薄的薪水，以及兒子小溫長大後免費就學的保證。出乎巴布教練和得瑞中學的意料，我父親溫．貝里居然是個不得了的學生。哈佛把他列入一輪正取，只差沒到可以領獎學金的程度。如果他念的不是得瑞，大概早拿到什麼拉丁文或希臘文獎學金了；他自認很有語文天分，原本還想主修俄文呢！

母親因爲身爲女孩兒家，所以進不了得瑞中學，念的是鎮上的一所私立女校。這是另一間至少強過公立中學的二流學府，也是鎮上家長不想讓女兒的高中教育在異性前曝光的唯一選擇。和住宿生佔百分之九十五的得瑞中學不同，沒有宿舍的湯普森女中是間純粹的日校。她那對年紀比巴布教練還大的父母，希望女兒避開鎮上的阿狗阿貓，只跟得瑞中學的男生交往——外公是得瑞中學的退休教師，大家都稱他「榮譽拉丁教授」；來自麻州布魯克林的外婆出身醫生家庭，嫁了個哈佛畢業生，希望女兒也有同樣好運。儘管外婆從未抱怨哈佛丈夫把她從波士頓的上流社會帶到這等的窮鄉僻壤，心裡還是希望能找個門當戶對的得瑞小子，將女兒從草地帶回波士頓。

我母親瑪麗．貝茲曉得，父親並不是外婆心目中理想的得瑞小子。不管哈佛不哈佛，他都是巴布教練的兒子；何況保留學籍和實際去念，或者說有錢去念，還是有段差距。

母親的三九年夏天計畫可是一點也不有趣。老拉丁教授剛中過風，神智不清、口角流涎，嘴裡咕噥著拉丁字眼，在得瑞的宿舍蹣跚地走來走去；他的老妻只會窮操心，卻半點忙也幫不上，逼得小瑪麗非在家裡照料兩老不可。十九歲的瑪麗．貝茲有一對比同儕祖父母還老的雙親，她只得咬緊牙根負起責任，放棄升學在家看護他們。她打算去學打字，然後在鎮上找事做。在種種苦差事隨著秋天降臨之前，亞布納的暑期工作就算是她的異國假期了。她可以想見，年復一年，得瑞中學的男孩會比她愈來愈年輕，有朝一日，再也沒人想帶她回波士頓。

瑪麗．貝茲和溫斯洛．貝里一同長大，但都只是點頭之交。「不知怎地，我們好像總是略過對方的存在。」父親對我們說。或許，直到他們頭一回在老家——龍蛇混雜的得瑞鎮和良莠不齊的得瑞中學——以外的地方見到彼此，情況才有所改觀。

一九三九年六月，母親從湯普森女中畢業，傷心地發現得瑞的畢業典禮早已結束，學校大門深鎖，比較外向愛玩的男孩都已回家，她的兩三個「追求者」（她的說法）也走了——原先她還指望他們會自告奮勇地當她畢業舞會的舞伴。本地的男孩她又不認得，外婆便建議她邀貝里家的小溫。「那還不如找巴布教練算了！」她對外婆吼道，奪門而出。正在打盹的拉丁教授從餐桌邊抬起頭來。

「巴布教練？」他說：「那呆子又來借雪橇啦？」

綽號「愛荷華巴布」的巴布教練並不呆，但是對中了風、喪失時間感的拉丁教授來說，那個中西部來的體育雇員跟教師永遠是不同國的。多年前，當瑪麗和溫還小的時候，巴布教練曾來借過貝茲家的舊雪橇——這雪橇擱在前院裡，曾經足足三年沒動過。

「那呆子有馬嗎？」拉丁教授問太太。

「沒有，他打算自己拉！」外婆答道。於是貝茲一家從窗口看著巴布教練把小溫放在駕駛座上，從背後握住軛，拉著偌大的雪橇起步，穿越積雪的院子，往滑溜溜的榆林大道一路行去——「他拉得跟馬一樣快！」母親總是說。

愛荷華巴布是大學美式足球十強聯盟（Big Ten）賽史上最矮的先發前鋒。他承認，曾經有一次因爲太過投入，擒殺一個後衛之後，還狠狠咬了人家一口。在得瑞，他除了美式足球隊的工作，也是鉛球教練和舉重指導老師。但在貝茲家看來，愛荷華巴布實在頭腦簡單得不值一顧，一個滑稽的粗矮漢子、頭髮剃得像禿子、老在鎮上滿街慢跑——「腦袋還紮著醜兮兮的防汗帶！」拉丁教授說。巴布教練很長壽，他是我們唯一記得的祖父級長輩。

「什麼聲音？」巴布教練搬來和我們一起住那陣子，法蘭常在半夜警醒地問道。法蘭聽到的，也就是巴布教練搬來後我們經常聽到的，是他在地板（我們的天花板）上做伏地挺身的吱嘎聲和仰臥起坐的悶哼聲。

「是愛荷華巴布。」有次莉莉低聲說：「他想永遠保持好身材。」

總之，帶瑪麗．貝茲參加畢業舞會的不是溫斯洛．貝里。好心邀她的是年紀大上許多、但還單身的貝茲家的家庭牧師。「那天晚上可眞難熬，」母親對我們說：「我心情糟透了。我在家鄉居然像個外人。想不到沒過多久，那位牧師就爲我和你們的爸證婚了！」在亞布納翠綠如幻的草坪上，和其他夏季新進員工一同參加介紹會時，他們想不到會那麼遠。那裡連員工介紹的場面都十分正式，整排的女生一個個點名出列，與另一排同時被點出列的男士相見，就像撮合舞伴一樣。

「這是瑪麗．貝茲，剛從湯普森女中畢業！她負責客房服務，喜歡航海，對吧，瑪麗？」

餐廳侍者、運動場管理人員、桿弟、船工、廚房人員、雜碎零工、女侍、清潔女工、洗衣工、水電工，還有樂隊成員——那時盛行交際舞，更偏南的度假勝地，如拉孔尼亞堰或漢普頓海灘，在夏季總是名團群集。不過亞布納有自己的樂隊，模仿大樂團風格，帶點緬因特有的冷感。

「接下來是溫斯洛（Winslow）．貝里，他喜歡人家叫他溫（Win）！對吧，溫？他秋天就要進哈佛了！」

父親直直地凝視著母親，母親微笑著別過臉去——替他發窘，也替自己發窘。說眞的，她從未發覺他長得如此英俊。他的體格跟巴布教練一樣健壯，得瑞中學又將他塑造成一個懂禮節、會打扮、有著波士頓（而非愛荷華）時髦髮型的年輕人。他看起來就像已經進了哈佛，無論當時這對母親有什麼意義。「噢，我也不知道怎麼講，」她對我們說：「大概就是很有教養吧！我想。他看起來就是那種知道喝多少酒不會醉的男生。那雙眼睛又黑又亮，無論妳什麼時候看他，都會覺得剛才他一定還盯著妳瞧——可就是抓不住那一瞬間。」

這種能力跟了父親一輩子，在他身邊，我們無時無刻不感受到那深切慈愛的看顧——雖然瞧向他時，他似乎總是正望著別處，作夢、擬計畫、沉思、冥想。即使後來他已對我們的生活動向茫然無知，卻彷彿仍「看顧」著我們。這是種疏離與溫情的奇妙組合——在那襯著緬因州灰藍海浪的翠綠草坪上，母親頭一次感受到這種能力。

員工介紹：下午四點

這就是她發現他也在那兒的時刻。介紹完畢，新進員工排練完第一回雞尾酒會、晚餐和入夜餘興的預備工作後，父親和母親四目相遇，他朝她走來。

「還要兩年我才能進哈佛。」他第一句話就說。

「我知道。」母親答道。「不過你能進去眞不錯。」她立刻補上這句話。

「妳覺得我進不去？」他問。瑪麗．貝茲聳了聳肩，由於老是聽不懂拉丁教授說什麼（因爲中風，他說的話只是一團咕噥），她養成了聳肩的習慣。那天她戴著白手套，還有一頂附面紗的白帽，這是她頭一回在露天宴會當「招待」的打扮。父親欣賞著她秀髮和頭型美好的搭配——髮絲從臉邊往後梳，在白帽和面紗下顯得簡潔而神祕，令他不禁遐思連連。

「妳秋天有什麼計畫？」他問。她又聳了聳肩。不過，父親或許已透過她面紗下的眼神，看出母親正期待有人能將她從想像中的遠景解救出來。

「那次見面，我們都很友善，」母親對我們說：「在一個陌生的地方，我們曉得彼此一些沒別人知道的私事。」在那年頭，我想這已經夠親密了。

「那年頭哪有什麼親密好講，」芬妮曾說：「情人在一起，連放個屁都不敢。」芬妮總是如此斬釘截鐵——令我不得不信服。她連遣詞造句也走在時代尖端——就像對自己的去向完全了然於胸，我永遠也跟不上。

在亞布納的第一夜，就有駐館樂隊模仿大樂團的演奏，不過客人很少，下場跳舞的人更少。這一季才剛開始，而緬因要等更久才會進入旺季——這裡天氣實在太冷，就算入夏也一樣。舞廳有個打磨得十分光滑的木質地板，延伸得彷彿可以越過面海的門柱。碰到下雨，工作人員就得搭上棚子，否則雨水會把光潔的舞池打濕。

當天晚上，算是對員工特別優待——因爲客人不多，而且大半都早早上床暖和去了——樂隊一直演奏到很晚。父母和其他人都應邀下場跳了一個多鐘頭的舞。母親一直記得舞廳的大吊燈壞了，閃爍不定、大小不一的五彩色點投射下來，地板在忽明忽滅的燈光中，有如蠟燭般柔軟而富光澤。

「我很高興在這兒有個認識的人。」母親對父親低語道。他正經八百地邀她共舞，跳得十分僵硬。

「可是妳也不算認識我。」父親說。

「我這麼說，」父親告訴我們：「你們的媽就會再聳肩了。」她果然又聳了聳肩，心想這人眞難說話，搞不好還自以爲了不起——而父親則肯定，他對她的感覺絕非一時興起。

「不過我想認識妳，」他對她說：「也要妳認識我。」

（「嗯——」聽到這裡，芬妮總是會來上一聲。）這時一陣引擎聲蓋過了樂團的演奏，正在跳舞的人紛紛離開舞池，出去看個究竟。這個插曲讓母親鬆了一口氣，她正愁不知怎麼回父親的話。於是他們一同——沒有牽手——向鄰接碼頭的舞廳門口走去。在吊燈搖曳的光芒下，有艘捕蝦船正啓程出航。剛卸下的一部黑色摩托車正在碼頭上吼聲大作。引擎空轉著，大概是爲了去除油管和排氣口帶有鹽分的濕氣，而駕駛人似乎一心要等噪音正常些才打算開動。摩托車旁有個側座，裡頭坐了個動也不動的黑影，像是穿了太多衣服的傻大個兒。

「是佛洛伊德！」有人說。幾個老員工跟著喊道：「沒錯！是佛洛伊德！佛洛伊德跟『緬因州』！」父親和母親都以爲「緬因州」是那部摩托車的名字。這時樂隊發現人走光了，便停止演奏，樂手紛紛湊近門口的人群看熱鬧。

「佛洛伊德！」大家嚷道。父親常說，他當時想到「那個」佛洛伊德會在一長列燈光中騎著摩托車，駛過漂亮的大理石車道，來到門口底下向衆人自我介紹，實在是忍俊不禁。西格蒙·佛洛伊德來了，父親想他戀愛了，所以這世上沒什麼不可能的。

當然，此佛洛伊德非彼佛洛伊德。這一年「彼」佛洛伊德正好過世。「此」佛洛伊德是個維也納來的猶太人，有個沒人會唸的拗口名字，每年夏天（打從一九三三，他離開老家維也納那年起）都會到亞布納打工；他很有安撫員工和客人的本事，所以贏得了佛洛伊德的美名。他是個走江湖的、來自維也納、又是猶太人，亞布納那些愛賣弄聰明的老外，都覺得「佛洛伊德」這名字再自然不過。三七年夏天，他帶著一部全新的印第安摩托車，外加一個土法自製的側座來到此地，這名字顯得更合適了。

「後座跟側座都給誰坐呀？佛洛伊德？」旅館的女侍老愛取笑他，因為他滿臉嚇人的傷疤和瘢痕（「燙出來的洞！」他說。），根本沒女人喜歡。

「沒半個人，除了『緬因州』。」佛洛伊德邊說邊解下側座的帆布篷。熊就坐在裡頭，黑得像機車排的廢氣，比愛荷華巴布更結實，比野狗更機警。佛洛伊德從北部一處林場把牠贖出來，說動亞布納的經理部門讓他訓練熊娛樂賓客。剛從奧地利移民的佛洛伊德，從紐約坐船來到箱灣港時，履歷表上大大地寫著兩行字：曾任馴獸師與養殖員，擅長機械修理。那時沒動物可養，因此他就在亞布納負責修車，淡季時則到林場和造紙廠當技工。

後來他告訴父親，他一直在找一隻熊。有熊的地方就有錢，佛洛伊德說。

父親看著佛洛伊德在舞廳門口跨下摩托車，心裡納悶老員工是在歡呼什麼勁兒。佛洛伊德扶著側座的黑影子下車時，母親還以為那是個上了年紀的老太婆——說不定還是駕駛的母親（一個裹在黑毯子裡的胖女人）。

「緬因州！」有個樂手吼道，高聲吹起喇叭。

父親和母親眼睜睜看著那隻熊跳起舞來。牠用後腳從佛洛伊德旁邊一路蹬開，然後四足著地，繞著摩托車兜了幾圈；佛洛伊德站在車上鼓掌，名叫緬因州的熊也跟著鼓掌。母親感到父親握住她的手——他們沒有鼓掌——她沒有抗拒，只用相等的力氣回握他，兩人眼光始終沒離開在下面表演的大胖熊。母親心想：我今年十九歲，我的人生正要開始。

「妳這麼覺得？真的？」芬妮每次都問。

「一切都是相對的，」母親會這麼回答：「不過我當時的感受就是這樣，沒錯。我覺得人生『開始』了。」

「老天爺。」法蘭說。

「妳看上的是我還是熊？」父親問。

「別說傻話。」母親說：「我是指整件事。那天的一切是我人生的起點。」

這句話跟父親的開場白（「牠已經老得不算一隻熊了」）一樣，在我心中留下永不磨滅的印象。「那天的一切是我人生的起點」這句話，讓我覺得整個故事在身上生了根。我彷彿可以看見母親的人生就像那部摩托車，熱了好長一段時間的引擎後，終於啓動向前衝。

那麼，父親又是怎麼想的？只因爲一隻捕蝦船帶來的熊出現在他生命中，他便去牽母親的手？

「我知道牠會是『我的』熊，」父親告訴我們：「雖然我說不出所以然。」也許就是這種直覺——曉得某樣事物將屬於他——才使他也向母親伸出了手。現在你明白我們孩子爲何要問那麼多問題了吧！這故事曖昧不明的地方太多了，做父母的總是愛講這樣的故事。

初見佛洛伊德和緬因州那一晚，父親和母親甚至沒有接吻。樂隊休息後，男女員工各自回到旅館旁的兩棟宿舍（比旅館稍欠氣派），父親和母親則走到碼頭上看海。當時他們有沒有談話，又談了些什麼、我們孩子一概不知。那裡想必停了幾艘挺氣派的遊艇，而在緬因，即使私家船埠也少不了有一兩艘捕蝦船停泊在附近。也許有條小艇，父親可能還提議把它借來划一程，但是被母親婉拒了。波芳堡當時還是一片廢墟，不是今日的觀光勝地；但若是波芳堡的岸邊有燈光的話，一定看得到亞布納這頭的兩個人。此外，甘納貝克河在焦點灣的廣闊出海口有打鐘浮標和照明，舞台島說不定在一九三九年就有燈塔了——不過這些父親一向記不清楚。

總之，當時海灣大抵是一片漆黑，因此那艘白色單桅帆船朝他們駛來時——來自波士頓或紐約，或者說，來自西南方的文明世界——父親和母親一定都看得目不轉睛、一清二楚，望著它直駛到碼頭邊。父親抓起繫船索；他總是說，當時他緊張得不知要綁還是要拉——直到那個身穿白禮服、黑長褲、黑皮鞋的男人悠閒地走下甲板，攀上碼頭，從父親手中接過繩索。他輕鬆地把船引到碼頭另一邊，然後把繩子拋回船上。「你自由了！」他對船喊道。父親和母親都說沒看到船上有人，但是船卻慢慢滑開回到海上——像片下沉的琉璃亮著黃光。於是穿白禮服的男人對父親說：「多謝幫忙。你是新來的嗎？」

「是的，我們倆都是。」父親說。那人完美的衣著一點也沒受航海影響。才入夏，他的皮膚已經曬成古銅色了。那人掏出一個漂亮的黑匣子遞向父親和母親，但他們都不抽菸。「我還以為趕得上最後一支舞，」男人說：「樂隊走了嗎？」

「是的。」母親說。活了十九年，我的父母還是頭一回見到這種人。「他看來自信滿滿。」母親對我們說。

「他有錢。」父親說。

「佛洛伊德跟熊來了嗎？」那人又問。

「來了，」父親說：「還有摩托車。」穿白禮服的男人不失優雅地猛抽菸，望著黑暗中的旅館，沒幾個房間還點著燈。不過沿路串起的吊燈照亮了小徑、樹籬和碼頭，在浮動的夜海留下倒影，也映上那人黝黑的臉龐，令他瞇起眼來。「你們曉得，佛洛伊德是猶太人，」那人說：「幸好他離開得早，你們曉得，歐洲快容不下猶太人了，經紀人告訴我的。」

這嚴肅的消息一定令父親印象深刻。他滿心想進入哈佛——還有這個世界——根本沒考慮會有一場戰爭來擾亂他的計畫。白衣人的話使父親當晚二度去握母親的手，母親也再次回以相等的力氣；兩人就這樣禮貌地等著，看那人是要抽完他的菸、道別，還是繼續說下去。

但那人只再說了一句話：「然後，這世界也就容不下熊了！」他笑起來牙齒跟那身禮服一樣白。由於風的緣故，父親和母親都沒聽見菸頭扔進海裡的嘶聲——也沒注意到帆船再次駛近岸邊。直到那人忽然往梯子走去，矯健地往下攀，瑪麗·貝茲和溫·貝里這才發覺白色帆船已經滑進碼頭，那人正好跳上甲板，甚至連繩子都沒用。未起帆的船在另一種力量推動下緩緩發出軋聲，不畏夜深地朝西南方而去（返回波士頓或紐約）——穿白禮服的男人對他們喊的最後一句話，便失落在引擎聲、拍擊船身的海浪聲，以及用萬鈞之力戲弄鷗群（像別了羽毛的休閒帽，被醉客拋在水裡載浮載沉）的風裡。終其一生，父親一直遺憾沒有聽見那人說些什麼。

佛洛伊德告訴父親，他遇見的是亞布納旅館的主人。

「*Ja*（德文的「對」），就是他，沒錯。」佛洛伊德說：「他都是這麼來的，一年只在夏天來個一兩次。有回他跟這裡的一個女孩跳舞——最後一支舞，然後就沒人見到她了。過了一禮拜，才有人來把她的東西拿走。」

「他叫什麼名字？」父親問。

「大概就叫亞布納吧！我想，」佛洛伊德說：「有人說他是荷蘭人，但我從沒聽過他的名字。他對歐洲很清楚倒是眞的——這點我確定！」父親很想追問猶太人的事，但母親用手肘頂了頂他。他們剛下班，正坐在果嶺上——翠綠的草地在月光下轉爲湛藍，旗桿上的紅旗隨風飄動。叫緬因州的熊已經除下面罩，正靠著細細的旗桿想搔癢。

「過來，笨熊！」佛洛伊德對熊說，熊不理他。

「你家人還在維也納嗎？」母親問佛洛伊德。

「家裡就只剩我姐了。」他答道：「打從去年三月就再沒聽到她的消息。」

「去年三月，」父親說：「正是納粹佔領奧地利的時候。」

「*Ja*，還用你說？」佛洛伊德說。旗桿一壓就彎，緬因州搔癢不成，一氣之下把它一巴掌拍出洞口，讓旗桿在果嶺上滾了個圈。

「耶穌基督，」佛洛伊德說：「我們再不換地方，牠恐怕要在球道上挖洞了。」父親拾起無辜的十八洞旗桿插回洞裡。母親今晚不用當「招待」，身上還穿著打掃客房用的制服，這會連忙跑到熊面前喊牠。

那熊幾乎不跑，只是蹣蹣跚跚地走——而且絕不離摩托車太遠。由於牠常在車上擦來擦去，擋泥板的紅漆亮得像鉻鋼一樣，連側座凸起的圓錐點也壓凹了。緬因州經常給排氣管燙到，因為牠老在車子還沒冷卻時就靠上去擦，弄得管子上滿是燒焦的熊毛——彷彿摩托車也曾是隻毛茸茸的野獸。因此緬因州身上的黑毛缺口處處，還有些地方燒得又焦又平——顏色活像曬乾的海草。

沒有人曉得這隻熊到底學了些什麼——甚至佛洛伊德有時也莫名其妙。

他們在午後露天宴會上的「表演」，與其說熊是主角，倒不如說是佛洛伊德和摩托車。佛洛伊德先駕車兜圈子，熊坐在側座上，頂篷卸下——活像飛行員坐在開放式的機艙裡，只差沒有操縱桿。緬因州在公開場合通常都戴著口罩，那是個紅皮口罩，讓父親想到曲棍球賽偶爾用到的護面。戴了口罩，熊看起來個子變小了，原本就有皺紋的臉擠得更皺，鼻子也扯長了些，簡直就像隻發胖的狗。

他們一圈又一圈地繞，等觀眾看膩了打算轉頭繼續聊天，佛洛伊德便停下車讓引擎空轉，走到側座邊用德文對熊大聲吆喝。這下觀眾可樂了，主要是聽人講德文太好笑。佛洛伊德繼續吆喝，直到熊慢吞吞爬出側座，跨上駕駛座，沉甸的熊掌放在車把上，腿太短，搆不到煞車和底板。接著佛洛伊德坐進側座，下令開車。

毫無動靜。佛洛伊德坐在側座，對沒反應的熊大聲咆哮。熊默默攀著車把，在座墊上前後搖擺，兩腿懸空晃個不停，彷彿在水中漫步。「緬因州！」有人喊道。有些害臊的熊鄭重地點個頭，但還是不動。佛洛伊德一邊吼著大家愛聽的德國話，一邊爬出側座，走到駕駛座旁。他打算教這隻畜生騎摩托車。

「換檔！」他抓起熊的一隻巨掌，放在車把上離合器控制的位置。「加油！」他吼道，用另一隻熊掌讓引擎加速轉動。佛洛伊德那輛三七印第安的排檔桿豎在油箱旁，駕駛要換檔，得驚險地暫時放開一隻手不握車把。「啓動！」佛洛伊德喊道，一把將車子推到前進檔。

熊騎著摩托車越過草地，引擎發出穩定的低鳴，速度不增不減，只是直直朝著體面的賓客衝去——那時，男人就算剛運動完也戴著帽子，亞布納的男泳客甚至還穿連身帶帽的泳裝——雖然短泳褲在三〇年代已經風行，緬因人卻不作興這麼穿。不論男女，外套都有墊肩。男人穿又寬又大的法蘭絨上衣，運動的婦女穿便鞋著短襪，正式打扮則是有腰身、泡泡袖的洋裝。熊就朝這麼一班人衝過去，佛洛伊德在後追趕，所到之處無不引起一陣色彩斑斕的騷動。

「*Nein*！*Nein*（不對）！你這隻大笨熊！」

戴著口罩、表情成謎的緬因州，將肥嘟嘟的身子從車把上向前傾，繼續往前衝，路線只稍微偏了點。

「你這笨畜生！」佛洛伊德直嚷嚷。

熊把車騎開——穿越宴會的帳篷時從不撞倒支架，也不扯到餐桌和吧檯上鋪滿酒食的白亞麻桌布。侍者在偌大的草坪上窮追不捨。打網球的人在球場上喝采，可是一看熊靠近就棄拍而逃。

不管熊曉不曉得牠在幹嘛，牠不會碰到圍籬，速度不會太快，也從不騎到碼頭，爬上遊艇或捕蝦船。等觀眾差不多看膩了，佛洛伊德也一定趕上牠了，抱著寬闊的熊背騎在後面，把熊和三七印第安帶回宴會上。

「牠還有點小毛病！」佛洛伊德對觀衆喊道：「不過，就像你們說的：『瑕不掩瑜』！別擔心，牠會學乖！」

這就是表演的全部內容，一成不變。佛洛伊德教給緬因州的只有這樣，他說緬因州只學得會這些。

「牠不是隻聰明熊，」佛洛伊德告訴父親。「我發現牠的時候，牠年紀已經大了。我本來以爲還可以，牠簡直跟小熊一樣聽話。偏偏林場的人什麼都沒教牠。橫豎那班人啥也不懂，跟動物沒兩樣。他們只曉得把牠當寵物，餵飽了安分就成，可是卻養得牠成天打混、無所事事。跟他們一樣。我猜牠愛喝酒的毛病也是林場的人教出來的。牠現在不喝了——我不讓牠喝——但牠老是一副想喝的樣子，懂嗎？」

父親不懂。他只覺得佛洛伊德很了不起，而三七印第安是他見過最漂亮的機器。休假時，父親會騎著它載母親沿著海岸兜風，兩人抱在一起，海風吹得一身清涼。但他們永遠不落單，摩托車要開出亞布納旅館，緬因州非在側座同行不可。要是不帶牠，緬因州會兇性大發；老熊只有這時才會跑，而熊跑起來可是快得嚇人的。

「你可以試著擺脫牠看看，」佛洛伊德對父親說：「最好先用推的，到馬路上再發動引擎。如果你眞要試，第一次先別帶小瑪麗。穿厚一點，否則萬一被牠追上，你會被扁得很慘。牠不會眞的發飆——只會有點亢奮，儘管試吧！不過，如果你開了幾哩路，牠還在後面跟的話，最好停下來帶牠回去，否則牠可能會心臟病發作，或者迷路——牠很蠢的。

「牠不會獵東西吃，要是你不餵牠就完了。牠是家畜，不是什麼野生動物。牠大概比德國牧羊犬聰明一倍，但還是不夠在這世界生存，懂嗎？」

「這世界？」莉莉總是眨巴著眼睛問。但對父親而言，一九三九年夏天的世界是新鮮而溫馨的，有的是母親羞怯的觸感、三七印第安隆隆的吼聲、熊濃烈的體味、緬因寒冷的夜晚，以及佛洛伊德的智慧。

佛洛伊德的那條跛腿當然也是來自摩托車意外——腿沒接好。「差別待遇。」他說。

佛洛伊德短小精悍，靈敏得像隻野獸，膚色很特別，像綠橄欖用慢火熬出的褐色。他的毛髮又黑又亮，有一小叢軟毛長在眼睛正下方的痣上。這顆帶毛的痣比一般大，至少有銅板大小，比胎記更引人注目。但它生在佛洛伊德的臉上，就像笠貝附在緬因的岩石上一樣自然。

「都是我的腦子太大，」佛洛伊德對母親和父親說：「沒留半點空間給頭髮，頭髮吃味了，才長一叢在不該生的地方。」

「那搞不好是熊毛。」法蘭有一回這麼說，但他說得太認眞，嚇得芬妮尖叫著抱住我的頸子，掐得我咬到舌頭。

「法蘭是怪胎！」她大叫：「給我看你的熊毛！法蘭！」可憐的法蘭那時已進入青春期，一向羞於承認自己早熟。不過，就連芬妮也無法分散佛洛伊德和熊的無比魅力。就像一九三九年的父母親一樣，我們完完全全給迷住了。

父親說，有時夜裡他會陪母親散步回宿舍，吻別道晚安。如果佛洛伊德睡了，他就把緬因州繫在摩托車上的鎖打開，解下面罩餵牠吃東西，然後一起去釣魚。爲了不讓緬因州淋到雨，摩托車上張著一塊用木樁架起的防水布，像個低低的開放式帳篷，父親一向把釣魚用具裹在裡邊。

他倆去的是焦點灣的碼頭。它排在一列旅館船塢之後，塞滿了捕蝦船和小漁舟。父親帶緬因州坐在碼頭最前端，用他稱爲「湯匙」的假餌釣小鱈魚，把上鉤的魚直接餵給緬因州吃。只有一晚他們起過爭執。父親通常可以釣到三、四條鱈魚——夠他倆吃了——然後就回家。但是那晚沒有漁汛，等了一個鐘頭還沒半點動靜，父親便從碼頭邊起身，打算去拿緬因州的口罩和鍊子。

「回去吧，」他說：「今天海裡沒魚。」緬因州不肯走。

「走啊！」父親說。可是緬因州連父親也不給走。

「呃！」熊咆哮道。於是父親乖乖坐下來繼續釣。「呃！」緬因州不高興了。父親一次又一次地抛竿、換餌，使盡渾身解數。假如他能到爛泥地裡挖幾條沙蠶來，也許還可以把釣鉤垂到海底去釣比目魚；但是父親一有要離開的樣子，緬因州就勃然變色。父親考慮要不要跳下水從別處上岸，潛回宿舍找佛洛伊德，再從旅館找些吃的把緬因州哄回去。但過了一會，他決定這晚是豁出去了：「好，你要定魚了是吧？我就釣給你看，媽的！」

接近破曉時分，有個捕蝦人帶著蝦籠到碼頭來，準備出海撈昨天撒的籠子——很不幸地，他也帶了餌，被緬因州聞個正著。

「你最好給牠。」父親說。

「呃！」緬因州哼道。捕蝦人只好把當餌的魚全給了熊。

「我會付你錢，」父親說：「絕不食言。」

「說到『食』言，我倒想做一件事，」捕蝦人說：「我要把這隻熊裝到籠裡當餌，看牠被蝦子吃光光！」

「呃！」緬因州哼道。

「你最好別惹牠。」父親說。捕蝦人乖乖住嘴了。

「*Ja*，牠腦袋不怎麼靈光，那隻熊，」佛洛伊德告訴父親：「我早該提醒你，牠對吃的特別死心眼。林場的人餵牠太多東西了，一天到晚吃——吃的都是垃圾。搞得牠現在動不動就覺得沒吃飽，要不就想喝點什麼。你要記住一點，沒餵牠以前，你千萬別先開動，牠會不高興。」

因此緬因州在表演前總是吃得飽飽的——白亞麻桌布上擺滿了冷盤、鮮魚和烤肉，如果緬因州餓著上陣，那麻煩可大了。被佛洛伊德事先塡了個飽、撐了一肚子的熊，騎起車也老實得多。牠穩穩扶著車把，看來甚至有點呆滯，彷彿生理上迫切需要的是一個飽嗝，或者大瀉一頓。

「這種小兒科表演，根本是賠本生意。」佛洛伊德說：「這地方太高級，來的都是勢利眼。我應該找群比較俗的觀衆，會玩賓果，不光是跳舞。我應該去比較『民主』的地方——有賭鬥狗什麼的，懂吧？」

父親不懂。不過，他看到那些比拉孔尼亞堰或漢普頓海灘更低級的地方時，一定大開眼界，到處是醉鬼，大家願意花點閒錢看熊表演。亞布納的觀衆對佛洛伊德和緬因州是太過高尙了，甚至高尙得不會欣賞那部三七印第安。

然而父親知道佛洛伊德無意離開。夏天在亞布納的錢很好賺，只是熊沒變成他想像的金礦而已。佛洛伊德要的其實是別的熊。

「這熊實在太笨，」佛洛伊德對我父母說：「根本沒理由要人家提高報酬。話說回來，你要是在二流度假地敢催人給錢，麻煩才多。」

母親握住父親的手，警告地使了點勁——或許在她看來，他正在想像那些「麻煩」、那些「二流度假地」。但父親想的是他哈佛的學費；他喜歡三七印第安，也喜歡緬因州。他從沒見佛洛伊德費過半點力氣訓練熊。而且年輕的溫．貝里對自己很有信心，巴布教練的兒子相信，天下沒有他想得出卻辦不到的事。

前陣子他計畫過，在亞布納度過夏天後，他就要到劍橋租個地方，找個工作——最好在波士頓。這樣他就能一邊賺錢、一邊熟悉哈佛附近的環境，一旦學費存夠，馬上可以註冊入學。在他想來，這樣說不定還能邊工作邊念哈佛。母親當然很中意這計畫，因爲波士頓和得瑞之間有波緬線的鐵路——那時列車班次還不少，來往十分方便。她已經開始想像父親週末來看她的情形；

而她，或許也會偶爾適度地到劍橋或波士頓去看他一兩回。

「你對熊懂多少？」她問：「對摩托車又懂多少？」

她也不喜歡他另一個主意，如果佛洛伊德不願把熊和三七印第安割愛，父親就要跟他到林場去。溫．貝里身強體健，但絕不是個粗漢子；而在母親想來，林場這種低三下四的所在，父親一去絕免不了被同化——連回不回得來都是問題。

其實她根本無須擔心。等到夏天結束，事態變化之大之烈，遠超乎父母微不足道的計畫所能預期。一九三九的夏天就像當時還沒有名稱的歐戰一樣劈頭而來，無處可躲；而他們——佛洛伊德、瑪麗．貝茲和溫．貝里——就像甘納貝克河口遭到狂風橫掃的鷗群，被那年夏天席捲而去。

八月底的一個夜晚，母親送完晚餐，剛得空換上馬鞋和槌球長裙，在自己房裡的父親便被電召去照顧一位受傷的男客。父親奔過槌球場的草地，母親正在那裡等他。她肩上倚著一支球棍，林間串起照明的燈泡映在她身上，有如聖誕時節般幽幻——在父親眼裡，母親「就像個拿著棒槌的天使」。

「我待會就來，」父親對她說：「有人受傷了。」

她跟著他過去，和一群人一起奔向旅館的碼頭。岸邊燈火輝煌，停著一艘鬧哄哄的大船。甲板上有個銅管聲震耳的樂隊，濃重的油料和引擎廢氣發散在鹹鹹的空氣中，混著稀爛的水果味。顯然船上有一大缸水果酒，乘客不是拿它往身上潑，就是拿來洗甲板了。碼頭的最前端有個人仰臥著，臉頰汩汩流血——他上船時從梯子跌下來，臉給船栓弄得開了個口子。

那人是個大個子，月光映得周遭一片深藍，令他看來滿臉是血。來人一碰到他，他就坐起來大吼：「*Scheiss*！」

父親和母親常聽佛洛伊德嘴裡溜出這個德文字眼，曉得是句粗口。德國人在幾個壯漢扶持之下，總算站了起來。他那件沾滿血跡的白禮服足足可以套進兩個普通人，深藍色的腰帶看起來像窗帘，搭配的領結和領帶拉到頸子上，彷彿一團扭曲的螺旋槳。那人有個厚敦敦的雙下巴，身上發出濃烈的水果酒味。他對著船上大吼一聲，一群德國人出現在甲板上。有位又黑又高的女士從碼頭的梯子攀了上來，她穿著一件滾黃蕾絲邊的晚禮服，活像頭披了絲緞的黑豹。流血的男人抓著她就猛然一靠，雖然她無疑十分強壯敏捷，還是被壓得朝父親倒來，父親連忙替她穩住重心。她比那男人年輕得多，母親注意到，而且也是德國人——她從容地對男人咯啦咯啦說著話，他則粗魯地指著甲板上那群德國人，比手劃腳抱怨不停。這對巨人就一路跌跌撞撞地上岸，沿著鋪滿碎石的馬路走去。

到了亞布納大門口，女人盡量不帶口音地問父親：「他得『封』幾針，*ja*？你們有醫生吧？」櫃檯經理向父親低聲道：「去找佛洛伊德。」

「要縫？」佛洛伊德對父親說：「醫生遠在巴斯，還是個酒鬼。不如我來縫算了。」

櫃檯經理飛奔到宿舍去喊佛洛伊德。

「趕快騎車把陶德大夫帶來！他來了我們自然會把他弄醒。」經理說：「看在老天的份上，快點！」

「就算找得到他，也得花上一個鐘頭。」佛洛伊德說：「縫幾針難不倒我，只要給我件像樣的衣服就成。」

「這回可不一樣，」經理說：「我想行不通，佛洛伊德——這傢伙是個『德國』佬。而且他傷在臉上。」

佛洛伊德三兩下把工作服從滿是瘢痕的橄欖色身軀脫掉，開始梳他的油頭。「給我衣服，」

他說：「只管拿來吧，找陶德大夫太麻煩了。」

「傷在他『臉』上，佛洛伊德。」父親說。

「臉又怎麼？」佛洛伊德說：「還不一樣都是皮，*ja*，跟手腳沒兩樣。我可是縫過一大堆腳，斧頭和鋸子傷的——都是那群笨蛋，砍樹還會砍到自己。」

這會兒在外頭，船上的德國人正扛著大包小包，走碼頭與旅館大門間的最短路線——也就是十八號果嶺。「瞧那群豬，」佛洛伊德說：「弄得坑坑洞洞，小白球會掉進去。」

侍者領班走進佛洛伊德的房間——那是男子宿舍最好的一間，沒人曉得他是怎麼弄到的——開始脫衣服。

「除了外套全給我，小子，」佛洛伊德說：「醫生可不能穿跑堂的外套。」父親有件黑西裝上衣，跟侍者的黑長褲還算配，他便拿來給佛洛伊德。

「我告訴他們幾百遍了，」領班說——雖然他光著身子還這麼威風有點奇怪：「這裡一定得有個駐館醫生。」

「『現在』有了。」整裝完畢的佛洛伊德說。櫃檯經理搶在佛洛伊德身前，往旅館奔去。父親看到領班不知所措地望著佛洛伊德扔在地上的衣服，不但不乾淨，還有一股緬因州的濃重羶味，領班顯然抵死也不想穿。父親連忙跑去追佛洛伊德。

那群德國人已經到了大門外，拖著一個大箱子碾過碎石子路；明天早上可得有人去耙那些石子了。「旅館的人都『刀』哪去了？」有個德國人吼道。

餐廳和廚房之間的上菜間有張一塵不染的長桌，割到臉的大個子德國佬這會兒像具屍體般的躺在上面，一臉慘白。摺起來的西裝上衣墊在他腦袋下，怕是永遠白不回來了；螺旋槳般的黑領帶軟趴趴地癱在他喉邊，腰帶拉了開來。

「你們的醫生『搞』明嗎?」他問經理。穿黃邊禮服的年輕女巨人在一旁握住他的手。

「一流的。」經理說。

「尤其是縫的功夫。」父親說。

母親握住他的手。「這旅館好像不太『溫』明。」德國佬說。

「而且在荒郊『耶』外,」皮膚黝黑如運動健將的女人說完,立刻一笑置之:「不過『翻』正不是什麼大傷,」她對我父母和經理說:「也用不『招』多好的醫生,我想。」

「只要不是猶太人『糾』好。」德國佬說著大咳起來。這時佛洛伊德已經進了房間,但沒人注意他;他正在跟不肯穿過針孔的線頭奮鬥。

「不『揮』是猶太人啦!怎麼可能。」黑女人笑道:「緬因哪『油』猶太人!」接著她一眼望見佛洛伊德,顯然沒那麼有把握了。

「*Guten Abend, meine Dame und Herr*(晚安,女士先生),」佛洛伊德用德文說:「*Was ist los*(怎麼回事)?」據父親的描述,矮不隆咚、滿臉瘢痕的佛洛伊德套在大黑禮服裡,一看就讓人覺得那身衣服是偷來的,而且不只偷一個人。甚至連他最顯眼的工具都是黑的——一團黑線軸,抓在佛洛伊德向洗碗工借的灰橡皮手套裡。洗衣間裡找來最好的一根針,在佛洛伊德的小手裡大得嚇人,彷彿要拿來縫快艇的帆布。搞不好他眞這麼試過。

「你『糾』是『醫生』?」德國佬問道,臉更白了,血也不流了。

「佛洛伊德醫生兼教授正是本人。」佛洛伊德說著,湊過去盯著傷口瞧。

「佛洛伊德?」女人說。

「*Ja*。」佛洛伊德說。他端了一杯威士忌往傷口上倒,卻灑進德國佬的眼睛。

「喔!」佛洛伊德說。

「我瞎了！我瞎了！」德國佬直叫。

「*Nein*，你倒是不瞎，」佛洛伊德說：「不過你實在應該把眼睛閉好。」他在傷口上又倒了一杯酒，然後就動手了。

第二天早上，經理要求佛洛伊德先別帶緬因州出來表演，等到德國人把他們要的一大堆補給品運上船離開再說。佛洛伊德不肯再扮醫生，堅持要穿工作服修他的三七印第安，因此他跟德國佬再照面時就是這副打扮——在網球場望海的一邊，並未刻意遠離旅館和運動場，只是謹慎地待在自己的一角。德國佬腫著一張包了繃帶的大臉，小心翼翼往佛洛伊德走來，彷彿矮小的機車技工是昨晚那個「佛洛伊德醫生兼教授」邪惡的孿生兄弟。

「*Nein*，就是他。」黑女人說，拖住德國佬的手臂。

「喲，猶太醫生一大早在修什麼呀？」德國佬問佛洛伊德。「這是我的嗜好。」佛洛伊德頭也不抬地說。一旁幫佛洛伊德遞工具的父親——就像外科醫生的助手——握四分之三吋螺絲起子的手不禁緊了一緊。

德國佬夫婦沒看見熊。緬因州正在靠在網球場的圍籬上搔癢——牠背對著金屬網眼，使勁地摩擦著，發出自己才懂的呻吟聲，規律的節奏像是在自慰。母親為了讓牠舒服點，把口罩拿掉了。

「從沒看過這種『拍』子的摩托車，」德國佬挑釁地對佛洛伊德說：「我看是破銅爛鐵一堆嘛，*ja*？印『低』安是什麼東西，聽都沒聽過。」

「你不妨自己騎看看。」佛洛伊德說：「怎樣？」

德國女人不太確定這主意是好是壞——她自己不想試倒是可以確定——但德國佬卻顯然正中

下懷。他走近摩托車摸摸油箱，從離合器電線一路摸到排檔桿的球狀圓把，抓住車把用力一扭，感覺一股汽油從油箱順著橡皮管——在一堆金屬中，它就像個活生生的器官曝露在外——從油箱流進汽化器。他沒問佛洛伊德，逕自打開汽化器的安全閥，手指伸進去撥了撥，把沾到的汽油往座墊一抹。

「你不介意吧，『醫生』？」德國佬問佛洛伊德。

「不會，請便，」佛洛伊德說：「去兜個風。」

那就是三九年的夏天，父親已經知道結局，卻毫無插手的餘地。「我阻止不了，」他總是說：「它就這麼來了，像那場戰爭。」

母親在網球場的圍籬邊看著德國佬跨上摩托車，心想最好給緬因州戴上口罩。但熊不耐煩起來，猛搖腦袋，搔得更厲害了。

「跟平常一樣，踩一下就發動，*ja*？」德國佬問。「踩一下它就會走。」佛洛伊德說完立刻和父親同時倒退幾步，弄得德國女人也連忙跟進。

「去吧！」德國佬一腳踩下發動器。

隨著引擎發出第一聲，還沒開始回轉，緬因州立刻從網球場的圍籬邊站了起來，厚實的胸前剛毛直豎，瞪著草地中央要丟下牠開走的三七印第安。就在德國佬換了檔，小心翼翼地打算越過草地開上旁邊一條碎石路時，緬因州四肢並用發動了突擊。牠全速衝過草地中央，硬闖過一場網球雙打——頓時拍子亂飛、球兒亂滾，網邊的球員索性抱緊了網子，閉眼等熊衝過去。

「呃！」緬因州大吼，但是三七印第安的引擎太響，德國佬聽不見。

不過他太太聽見了，回頭一看——和父親與佛洛伊德同時——正好瞧見熊。「上帝！這是什麼荒郊『耶』外！」她發一聲喊，側著身昏死過去，一旁的父親連忙使勁支住，把她輕輕放倒在草地上。

等德國佬發現有隻熊在後面窮追時，他還搞不清楚方向，也不知道大馬路在哪。如果開上大馬路，他一定甩得掉緬因州，但是陷在旅館的步道小徑和運動場柔軟的草地上，車子怎麼也快不起來。

「呃！」熊咆哮道。德國佬橫越過槌球場，往準備午宴的野餐帳篷衝去。緬因州只跑了不到二十五碼就追上摩托車，笨拙地想爬到德國佬後面——彷彿牠終於學會了佛洛伊德教的駕車技巧，堅持要好好秀一場。

這一回，德國佬說什麼也不讓佛洛伊德縫他的傷，連佛洛伊德也承認他幹不來。「一場糊塗，」佛洛伊德對父親說：「要縫這麼多針，我可不幹。我沒辦法聽他叫那麼久。」於是德國佬由海上警察送到巴斯的醫院，緬因州則被藏在洗衣房裡，免得牠不是「野生動物」的眞相拆穿。

「熊就從樹林裡『拋』出來！」德國女人醒來後說：「一定是摩托車的噪音『超』到了牠。」

「帶著小熊的母熊，」佛洛伊德解釋道：「每年這時候都特別兇。」

但是亞布納的經理部門不會這麼簡單就罷休，佛洛伊德心裡明白。「我得走了，免得還得跟他囉哩囉嗦。」佛洛伊德對父親和母親說。他們知道佛洛伊德指的是亞布納的主人，那個穿白禮服，偶爾來趕最後一支舞的人。「我知道那個有錢佬會怎麼說：『好了，佛洛伊德，以前我們就談過有關風險的問題，當初是我答應讓你把熊留在這兒沒錯，但是我們也同意——你得負全部的責任。』如果他還敢說我是個幸運的猶太人——有他媽的美國可待——我就叫緬因州吃了他！」佛洛伊德說：「去他跟他的高級菸！我才不稀罕。反正這家旅館也不是我想待的地方。」

熊被關在洗衣房裡緊張兮兮，看著佛洛伊德把才洗好的濕衣服一一打包，擔心地低吼起來。

「呃！」牠喃喃道。

「噢，閉嘴！」佛洛伊德大吼：「你也不是我想要的熊。」

「都是我不好，」母親說：「我不該拿下牠的面罩。」

「牠頂多能咬出個吻痕而已，」佛洛伊德說：「把那龜兒子弄得一身傷的是爪子！」

「要是他沒有去拉緬因州的毛，」父親說：「就不會這麼慘了。」

「當然！」佛洛伊德說：「誰喜歡被拔毛？」

「呃！」緬因州抱怨道。

「你應該叫『厄爾（Earl）』才對！」佛洛伊德對熊說：「那麼蠢，一天到晚只會說這句。」

「可是你怎麼辦？」父親問佛洛伊德：「你要去哪裡？」

「回歐洲。」佛洛伊德說：「那裡有聰明的熊。」

「那裡有納粹。」父親說。

「只要給我隻聰明熊，管納粹去死。」佛洛伊德說。

「我可以照顧緬因州。」父親說。

「我告訴你一個更好的主意，」佛洛伊德說：「你可以把緬因州買下來。兩百塊，外加你的衣服。這些全濕透了！」他大叫，把自己的衣服胡丟一氣。

「呃！」熊悲傷地哼道。

「口氣放禮貌點，厄爾。」佛洛伊德對牠說。

「兩百塊？」母親問道。

「那是我目前爲止的薪水。」父親說。

「我知道他們給你多少，」佛洛伊德說：「所以只要你兩百塊。當然，也包括摩托車在內。」

你明白為什麼要留下印第安吧，*ja*？緬因州不能坐汽車，牠會暈車。以前有個伐木工人把牠鎖在卡車上，我親眼看見這隻笨熊把後車門扯開，打破車窗，把車廂裡的人狠狠扁了一頓。所以你聰明點，把摩托車買下來。」

「兩百塊。」父親來回唸。

「現在去拿你的衣服，」佛洛伊德說，把地上的濕衣服棄之不顧。緬因州想跟，但佛洛伊德叫母親把牠帶出去鎖在摩托車上。

「牠曉得你要離開很緊張，可憐的東西。」母親說。

「牠只是想念摩托車罷了。」佛洛伊德說，但還是讓熊跟上樓——雖然亞布納要求他不得如此。

「我還管他們准不准？」佛洛伊德邊說邊試父親的衣服。母親四下張望著大廳。熊和女士止步是男子宿舍的規定。

「我的衣服你穿太大了。」父親對穿戴好的佛洛伊德說。

「我還在長。」佛洛伊德說，那時他最少也四十好幾了。「如果有合身的衣服，我現在也不會這麼矮。」他穿了三條父親的西裝褲，一條套一條；上身穿了兩件口袋塞滿衣襪的西裝，肩膀上還扛了一件。「這就用不著旅行箱了。」他說。

「可是你怎麼回歐洲？」母親對房裡的佛洛伊德輕聲說。

「越過大西洋就成了。」佛洛伊德答道。「進來，」他對母親說，然後拉住父母的手放在一起。「你們還是小毛頭，」他對他們說：「所以好好聽我說。你們彼此相愛——我們從這個前提開始，*ja*？」雖然父親和母親從未當著對方承認這回事，還是把手交給佛洛伊德，點了點頭。

「好，」佛洛伊德說：「接下來有三件事。你們保證答應這三件事嗎？」

「我保證。」父親說。

「我也一樣。」母親說。

「很好。」佛洛伊德說：「第一，你們結婚。要快，免得哪個無賴或妓女跑來攪和。懂嗎？就算要付出代價，你們還是快快結婚。」

「好的。」我的雙親都同意。

「第二，」佛洛伊德看著父親說：「你要進哈佛——你得保證——雖然也要付出代價。」

「可是我要結婚。」父親說。

「我說過要付出代價，不是嗎？」佛洛伊德說：「答應我，你一定要去哈佛。即使你的機會再多，也要把握住這世界給你的每一個機會，因爲機會總有一天不再來，懂嗎？」

「反正我也要你進哈佛。」母親對他說。

「就算我得付出代價。」父親說，但他還是同意了。

「再來是第三件，」佛洛伊德說：「你們聽好。」他說著轉向母親，放下父親的手，甚至還推開它，只握住母親的。「原諒他，」佛洛伊德對她說：「雖然妳得付出代價。」

「原諒我什麼？」父親說。

「原諒他就是了。」佛洛伊德看著母親說。她聳了聳肩。

「還有你！」佛洛伊德對正在父親床下嗅來嗅去的熊說，害緬因州嚇一跳，牠剛在床下找到一個網球塞到嘴裡。

「呃普！」熊一張嘴，球滾了出來。

「但願有朝一日，」佛洛伊德說：「你會感激我從噁心的『自然』把你解救出來！」

這一幕就到此爲止。母親總說這是一場包括祝福式的婚禮，父親則說這是猶太人的傳統儀式；猶太人對他而言，就像中國、印度、非洲，以及任何他未曾到過的異域一樣神祕不可解。

父親把熊鎖在摩托車上。他和母親向佛洛伊德吻別時，熊也把頭硬擠過來。

「小心！」佛洛伊德大叫，三人連忙分開。「牠以為我們在吃東西。」佛洛伊德對母親和父親說：「你們在牠旁邊親嘴時要小心，牠不懂什麼叫接吻。牠以為那是在『吃東西』。」

「呃！」熊哼道。

「再拜託你們一件事，」佛洛伊德說：「叫牠厄爾——因為牠只會說這一句。『緬因州』這名字太蠢了。」

「厄爾？」母親說。

「呃！」熊說。

「好吧，」父親說：「厄爾就厄爾。」

「拜拜，厄爾。」佛洛伊德說。「*Auf Wiedersehen*（再見）！」

他們望著在焦點灣碼頭等船的佛洛伊德良久良久。終於一條捕蝦船帶走了他——雖然父母明白，佛洛伊德到了箱灣還要換搭大一點的船，但他們依然覺得那條捕蝦船彷彿就會這樣載著佛洛伊德，一路橫越深海回到歐洲。他們望著小船發出馬達聲上下起伏，直到它比海上的燕鷗和磯鷂還小，完全聽不見聲音為止。

「那天晚上你們是不是就上了？」芬妮每次都問。

「芬妮！」母親說。

「你們不是覺得已經結了婚嗎？」芬妮說。

「別管我們什麼時候。」父親說。

「反正你們上了，對不對？」芬妮說。

「就別管了吧！」法蘭說。

「什麼時候都無所謂。」莉莉用她一貫的古怪語氣說。

這是實話——什麼時候都無所謂。父母親向三九年的夏天和亞布納海濱旅館揮別時，兩人已經墜入情網——心裡也覺得是夫妻了，畢竟他們已經答應佛洛伊德。他們帶著三七印第安，還有改名厄爾的熊回到新罕布夏的得瑞鎮，第一站就先到貝茲家。

「瑪麗回來了！」外婆喊道。

「她坐在什麼東西上面？」拉丁教授問：「跟她在一起的是誰？」

「是一輛摩托車，跟她在一起的是溫．貝里！」外婆說。

「不對，」拉丁教授說：「我是問另外那個！」老先生瞪著側座裡那團龐然大物。

「八成是巴布教練。」外婆說。

「那個呆子！」拉丁教授說：「這麼大熱天，他是見了什麼鬼穿那麼多？愛荷華的人穿衣都不看天嗎？」

「我要跟溫．貝里結婚！」母親匆匆跑過去告訴她的雙親：「那是他的摩托車、他馬上要去念哈佛，還有這是……厄爾。」

巴布教練比較能諒解。他喜歡厄爾。

「我很想知道牠挺舉能舉多重，」這位打過大學十強聯盟的前鋒說：「不過，可以先把牠的爪子修一修嗎？」

再舉行一場婚禮實在多餘，父親覺得佛洛伊德的儀式已經夠了。但女方家長堅持要那位帶母親參加畢業舞會的公理會牧師證婚，於是他們又結了一次。

這是個小小的非正式婚禮。巴布教練當男儐相，拉丁教授負責把女兒交給新郎，嘴裡偶爾咕噥一句古怪的拉丁文。外婆淚眼汪汪，心裡認定溫・貝里根本不是能帶瑪麗・貝茲從草地回到波士頓的哈佛女婿——至少現在不是。厄爾從頭到尾都坐在三七印第安的側座裡，安靜地吃牠的餅乾和鯡魚。

父母共度了一個短暫的蜜月。

「那你們一定上了！」芬妮老愛叫。但也不一定，他們甚至沒過夜。父母搭早班火車到波士頓，在劍橋逛了一圈，想像有朝一日父親進了哈佛，他們會住在那兒，然後搭運牛奶的火車連夜趕路，第二天清晨就回到新罕布夏。他們新婚之夜的床，可能就是母親當小姐時睡的單人床——她仍然住在娘家，父親則爲了哈佛的學費奔波。

巴布教練捨不得讓厄爾離開，他說這隻熊是當後衛的材料；但父親告訴愛荷華巴布，家裡的飯錢和他的學費全得靠這隻熊。因此一天晚上（正當納粹進佔波蘭之後），大氣中浮現第一絲秋意時，母親和父親在得瑞中學的運動場上吻別——就在愛荷華巴布家的後門。

「好好照顧妳爸媽，」父親對母親說：「我會回來照顧妳。」

「噁！」芬妮老對這段有意見，她不喜歡。莉莉也會打個哆嗦，鼻子直皺。

「閉嘴，好好聽故事。」法蘭總是說。

至少我沒有其他兄弟姐妹先入爲主的成見，因此可以清楚想見父母親是怎麼接吻的——非常非常小心——巴布教練在一邊逗熊玩，免得厄爾以爲他們吃什麼東西不分牠。在厄爾身旁接吻一向危機重重。母親對我們說，她知道父親一定不會出軌。如果他敢親別人，熊一定會扁他。

「那你有沒有出軌？」芬妮又用她露骨得可怕的語氣問父親。

「還用說，當然沒有。」父親說。

「騙鬼。」芬妮說。莉莉看來頗爲疑心，法蘭則顧左右不發一言。

那是一九三九年的秋天。母親還不知道她懷孕了——懷法蘭。父親騎摩托車沿東岸而下，尋找有大樂隊、賓果遊戲和賭場的度假地，隨著季節變遷愈來愈深入南方。一九四〇年春天法蘭出生時，他跟厄爾正在德克薩斯，和一支名叫「孤星」的管樂隊巡迴演出。熊在德州很受歡迎，但某晚在渥斯堡有個醉漢想偷三七印第安，沒看見跟車子鎖在一起睡覺的厄爾，結果德州政府裁定父親要付醫藥費。此外，一路駕車回東岸迎接他第一個來到世間的孩子，更是花掉不少錢。

他回到得瑞鎮時，母親還在醫院裡。他們給孩子取名叫法蘭，因爲父親說他們永遠要對彼此、對這個家「坦白」（frank）。

「噁！」芬妮又叫。但是法蘭很驕傲他名字的由來。

父親留在得瑞的時間只剛好夠讓母親懷第二胎。然後，他又帶著厄爾遠征維吉尼亞和南北卡羅萊納。七月四號那天，他們在鱈魚角的法茅斯闖了禍被趕出來，只得回得瑞休養生息。在獨立紀念日遊行上，三七印第安有個輪軸壞了，有個來自兀鷹灣的救火員好心幫父親修理，結果把厄爾惹得發飆。那人不幸帶了兩隻以蠢笨著稱的達爾馬希亞犬，而牠們果然也不負夙名，不知好歹地向側座裡的厄爾挑釁；厄爾俐落地一掌斬掉其中一隻的頭，把另一隻笨狗追得逃進奧斯特威爾男壘隊的遊行隊伍。結果一陣大亂，傷心的消防隊員拒絕再幫父親的忙，當地警長便把父親和厄爾送到城邊。因爲厄爾不肯坐車，這一趟走得奇慢無比——厄爾待在摩托車的側座裡，讓人拖著走。他們又花了五天，才找到零件修引擎。

更糟的是，厄爾對狗上了癮。爲了不讓牠養成習慣，巴布教練試著教牠別的運動，例如撿球、前滾翻，甚至仰臥起坐——但是厄爾年紀大了，也沒有巴布教練鍛鍊體魄的狂熱。厄爾發現，要傷一隻狗用不著跑，只要要點花招——牠的花招可多了——狗自己就會撲過來。「那就完了，」巴布教練說：「牠會變成怎樣的一個後衛！」

所以父親總是把厄爾鎖著，盡量讓牠戴上口罩。母親說厄爾很沮喪——她覺得老熊的心情愈來愈壞；但父親說牠才不沮喪。「牠只是在想狗而已。」父親說：「跟摩托車黏在一起牠最高興了。」

一九四〇年夏天，父親白天住在得瑞的貝茲家裡，晚上就到漢普頓海灘去賣藝。他教了厄爾一套不必讓老印第安受折磨的新把戲，叫作「求職記」。

厄爾和父親就在漢普頓海灘的戶外舞台上表演。燈亮時，厄爾穿著一套西裝，正襟危坐在椅子上。西裝是巴布教練的，已經改得面目全非。等笑聲停止後，父親便帶著一張紙出場。

「叫什麼名字？」父親問。

「呃！」厄爾說。

「嗯，厄爾，我曉得了，」父親說：「你想找工作，厄爾？」

「呃！」厄爾說。

「我知道你叫厄爾。你想找工作，對吧？」父親說：「可是這上面說你不會打字，甚至不會認字——而且還愛喝酒。」

「呃！」厄爾承認。觀眾有時會丟水果到台上，但父親已經先把厄爾餵飽了。這班人可一點不像父親記憶中亞布納的觀眾。

「嗯，如果你只會說自己的名字，」父親說：「我敢說你要不是剛喝了酒，就是笨得連衣服都不會脫。」

厄爾不吭聲。

「怎麼?」父親問道:「讓我們瞧瞧啊,把衣服脫了,快!」這時父親會把厄爾屁股底下的椅子拉開,厄爾便做一個巴布教練教的前滾翻。

「原來你會翻觔斗,」父親說:「那也沒什麼了不起。衣服,厄爾,脫衣服給我們看看。」

叫一大群人看隻熊脫衣服實在有點可笑,母親討厭這一套——她說要厄爾露給這班心術不正的觀眾看,未免太侮辱牠。厄爾脫衣的時候,父親必須幫牠解下領帶——要不然厄爾氣起來會把領帶一把扯斷。

「厄爾,你跟領帶有仇嗎?」父親會說。漢普頓的觀眾愛聽這話。

等厄爾都脫光了,父親便說:「繼續啊——別停。把熊皮脫了。」

「呃?」厄爾說。

「把熊皮脫了。」父親會說,然後拔厄爾的毛——一點點。

「呃!」厄爾怒吼,觀眾頓時緊張地尖叫連連。

「老天,你是隻『眞』熊!」父親大叫。

「呃!」厄爾咆哮,繞著椅子追得父親團團轉——半數的觀眾會躲進夜色中,從柔軟的沙灘跌跌撞撞撲進海裡;其他人則朝他們扔更多的水果,還有盛啤酒的紙杯。

每週一回,在漢普頓的賭場還有一套比較溫和的表演。母親調教了厄爾的舞姿,樂隊奏開場曲時,她和厄爾便下場在空曠的舞池裡跳上一周。舞客們不禁聚集過來嘖嘖稱奇——這麼一隻粗壯的熊,弓著背,穿著愛荷華巴布的西裝,居然也能優雅地立起兩條後腿前後跨步,跟著母親翩然起舞。

有表演的晚上,巴布教練總是在家帶小法蘭。父母親和厄爾沿著海岸驅車回家,半路在高級住宅雲集的萊伊停下來看海;此處的海浪素有「雪浪」之稱。新罕布夏的海濱要比緬因來得開化而世俗，但雪浪放出的粼光，一定令父母想起了亞布納的夜晚。每次回得瑞之前，他們都會到那裡逗留一下。

有天晚上，厄爾不肯離開萊伊的雪浪。

「牠以為我帶牠來釣魚。」父親說：「你看，厄爾，我沒帶釣具——沒餌、沒『湯匙』，也沒釣竿，你這笨熊。」父親伸出空空的手對熊說。厄爾顯得有些不知所措，父母這才發現牠快瞎了。他們說好說歹，總算讓厄爾忘了釣魚的事，這才駕車返家。

「牠怎麼變得這麼老？」母親問父親。

「牠開始在側座裡小便了。」父親說。

一九四〇年秋天，父親為了趕冬季觀光潮離開得瑞時，母親已經大腹便便——這回是芬妮。父親打算去佛羅里達。他第一次和母親聯絡時在清水，然後是塔朋泉。厄爾得了一種奇怪的皮膚病——一種耳疾，只有熊會染上的黴菌；生意也一直不好。

這時是一九四一年初的晚冬時節，芬妮剛出生不久。當時父親不在家，芬妮為此一輩子不原諒他。

「我懷疑他早知道我是女生。」芬妮老愛說。

父親到一九四一年夏天才回到得瑞，母親立刻懷了我。他保證再也不必離開她了；在邁阿密和馬戲團合作的演出十分賣座，賺的錢夠他秋天上哈佛了。他們可以輕輕鬆鬆度過這一夏，漢普頓的表演想去才去。他打算坐火車通學到波士頓，除非那兒找得到更便宜的房子。

厄爾一分一秒地衰老，每天都得在眼睛擦一種像水母薄膜的淡藍色藥膏；但是厄爾牠總是揉出來，抹在家具上。母親發現牠身上的毛掉得十分厲害，顯得佝僂而鬆垮。「牠的肌肉太沒勁了，」巴布教練說：「應該練練舉重，或者慢跑。」

「試試把印第安從牠身邊騎走，」父親對他說：「牠就會跑了。」但巴布教練眞的把車子騎走時，厄爾卻動都不動。牠根本不在乎。

「跟厄爾處得太熟，」父親說：「有時牠就會把你當傻瓜。」應付厄爾這麼久，父親早已明白佛洛伊德爲何會對牠那麼不耐煩。父母很少提起佛洛伊德。有了「歐洲那場戰爭」，他的命運不難想像。

哈佛廣場的酒館有一種名叫「乾啦」（That's All）的威爾森牌麥釀威士忌，非常便宜，但是父親並不嗜酒。劍橋的牛津烤肉店從前賣一種生啤酒，裝在像白蘭地酒杯的玻璃瓶裡，一瓶一加侖。如果你能在短時間內一口氣喝完，就免費再送一瓶。但父親總是等到一週的課程結束後，到那裡喝完一瓶，就匆匆趕去北站搭火車回得瑞。

他盡可能多選課，以便早點畢業。這不是說他比別的哈佛學生聰明（老是比較老，聰明就未必了），只是因爲很少跟朋友在一起。家裡有懷孕的妻子和兩個小寶寶，他根本沒空交朋友，唯一的娛樂就是聽收音機的職棒轉播。就在世界大賽過後沒幾個月，父親聽到日本偷襲珍珠港的消息。

我在一九四二年三月出生，命名爲約翰——跟著約翰．哈佛取的（至於芬妮爲什麼叫芬妮，大概是因爲這名字跟在法蘭後頭滿搭的）。母親不僅忙著哺育我們，還得看護老邁的拉丁教授，外加幫巴布教練照顧上了年紀的厄爾，她也一樣沒空交朋友。

到了一九四二年夏末，戰爭已經波及所有的人，不再只是「歐洲那場戰爭」了。三七印第安雖然不耗油，但已不用來代步，成了厄爾的熊窩。愛國熱潮在各地校園裡擴散。學生有特配的糖票，但大半的人都給了家裡。短短三個月內，父親在哈佛認識的人不是被徵召，就是志願入營。拉丁教授過世之後——沒多久，外婆也在睡夢中隨老伴而去——遺下的一小筆產業便由母親繼承。父親申請提早入伍，在一九四三年春天前去受訓；那年他二十三。

他離開了帶著法蘭、芬妮和我住在貝茲家的母親，還有受託照料老厄爾的愛荷華巴布。

父親寫信回家說，訓練內容就是破壞大西洋城的幾家旅館。他們每天刷洗木頭地板，然後從木板道行軍到沙丘上打靶。新兵使得附近的酒吧大發利市——不過父親例外，他沒去。人人戴著射擊獎章去喝酒，雖然他們絕大多數都比父親年輕，但那裡沒人管你幾歲。酒吧裡擠滿華盛頓來的上班姑娘，大家都抽無濾嘴的香菸——除了父親。

父親說，那時大家老愛講被派到海外前最後的「一夜風流」有多浪漫，但當然是吹牛的居多；不過父親的倒是貨真價實——和母親，在紐澤西一家旅館裡。幸好這一回母親沒懷孕，不必在法蘭、芬妮和我之外再添負擔。

父親在大西洋城時，也到紐約北部一所舊私立高中去接受密碼訓練；接著被派到猶他州肯恩市的夏努特，然後是喬治亞州的薩瓦那——他和厄爾曾在那裡的老旅館「狄索托」表演過；最後經過漢普頓路和啓程港，父親終於向「歐洲那場戰爭」出發，心下暗自希望能遇見佛洛伊德。他相信，留了三個種給妻子，自己一定能平安歸來。

他分發到義大利一個空軍轟炸機基地，那裡最大的危險就是被喝醉的人開槍打到、自己喝醉了開槍打人，或者掉進糞坑裡——父親認識的一位上校就碰過這種事，頭上堆了幾團屎之後才被救起來。此外僅有的危險就是染了淋病的義大利妓女。父親不酒不色，所以安然度過二次大戰。

他搭乘海軍的運輸艦經過千里達，來到巴西——「像是說葡萄牙文的義大利」，他在給母親的信裡寫道。回美國時，患了震嚇症的C–47駕駛員貼著邁阿密最寬的一條大道低空飛行，父親在半空中還認出了厄爾某次表演後嘔吐的停車場。

母親對戰爭的貢獻——除了替母校湯普森女中的同學會做點祕書工作——就是接受護理訓練。她參加了得瑞醫院第二梯次的助理護士課程，每週輪值一次八小時的夜班，另外隨時得遞補正缺——因爲人手總是不足，這是常有的事。她最樂意到婦產科和產房服務——她太了解在醫院裡生下孩子、卻沒有丈夫陪伴的感覺。這就是母親的戰時生活。

戰後不久，父親有次帶巴布教練去波士頓芬威公園看職業美式足球，到北站搭車回得瑞時遇到一位哈佛同窗。對方以六百元賣給他們一部四〇年的雪佛蘭四門轎車——比全新時還貴了些，但是車況良好，而且當時汽油便宜得出奇，一加侖大概只要兩毛錢。父親和巴布教練分攤保險費，於是我們家總算有了一部車。這樣父親在哈佛攻讀學位時，母親就可以帶法蘭、芬妮和我到新罕布夏的海邊玩。有一次愛荷華巴布載我們去白山，芬妮把法蘭推進一個黃蜂窩，害他被螫得好慘。

哈佛也不一樣了，教室裡人擠人，到處是新面孔。斯拉夫學系的學生宣稱他們發明了美式伏特加，照俄國人的喝法，盛在高腳小玻璃杯裡，冷冷地不攙東西——但父親還是喝他的啤酒。他改念英國文學，爲了要提早畢業。

這時看不到幾個大樂團了；交際舞已經式微，很少人再當它是運動或娛樂。厄爾也老朽得不能再表演了。從空軍退伍後的第一個聖誕節，父親在喬登·馬許百貨公司的玩具部工作，而且又讓母親懷孕了；這回輪到莉莉。法蘭、芬妮和我的名字都各有意義，但莉莉卻沒有——這件事一直困擾著她，也許一生都未能釋懷。

父親於一九四六年從哈佛畢業。得瑞中學剛換了位新校長，在哈佛教職員俱樂部跟父親面談過後，便給了父親一個職位——英文老師、外加兩門運動的教練——起薪兩千一百元。也許是巴布教練說動校長這麼做的。父親那年二十六歲，他接受了得瑞的教職，但並不把它當作終生志業。這只不過意味著他終於可以和妻兒一起住在貝茲家的房子，跟愛荷華巴布和老熊厄爾爲鄰。在他生命中這個階段，夢想顯然比學業更重要，說不定還勝過我們孩子；當然，更比二次大戰重要得多（「他哪個階段還不都一樣。」芬妮說。）。

莉莉也在一九四六年出生；那時法蘭六歲，芬妮五歲，我四歲。我們突然多了一個父親——說眞的，他就像頭一次出現。過去他不是在戰場，就是在讀書，要不就帶著厄爾到處跑。對我們來說，父親根本是個陌生人。

他做的頭一件事，就是在一九四六年秋天帶沒去過緬因的我們到亞布納海濱旅館。對父母而言，這當然是一趟浪漫的朝聖之旅——純粹爲了懷舊。莉莉太小，厄爾太老，都不適合遠行，但父親堅持要帶厄爾一起去。

「看在老天的份上，亞布納也算是牠的地方。」父親對母親說：「亞布納沒有緬因州，感覺就不對了！」

於是莉莉留下來讓巴布教練帶，母親開著四〇年的四門雪佛蘭，帶著法蘭、芬妮和我，一大盒野餐，還有堆積如山的毯子。父親發動了三七印第安：他騎車，厄爾坐側座。我們就這樣出發，在濱海公路上九彎十八拐地爬坡，速度慢得難以想像；當時離緬因快速道路落成還有好幾年。光到布朗斯威克就花了好幾個鐘頭，等越過巴斯又費了一小時。接下來，我們才看到甘納貝克河出海口那波濤洶湧的瘀青色海水、波芳堡、焦點灣邊的漁家小屋——以及橫在亞布納路上的一條鐵鍊。告示牌上寫著：

本季休業

亞布納已經休了好幾季的業。取下鐵鍊，一行人往老舊的旅館開去時，父親大概已經心裡有數。旅館外表剝落得白若枯骨，建築荒廢不堪，四處都用木板釘了起來。視野可見的窗子，不是被砸爛就是射碎。十八洞的旗桿插在舞廳廢墟外大門的地板隙縫間，褪了色的旗幟垂頭喪氣，彷彿象徵著亞布納這座圍城已遭攻陷。

「耶穌基督。」父親說。我們孩子在母親身邊擠作一團，抱怨不停。那裡天氣又冷、霧又濃，把我們都嚇壞了。當初我們聽說要去的是一家度假旅館，假如旅館就長這個樣子，我們可不喜歡。網球場碎裂的黏土間大剌剌地站著一叢叢野草，槌球場的草地佈滿一種專在鹽水邊生長的沼澤植物，葉緣呈鋸齒狀，高及父親的膝蓋。法蘭被一扇舊木門割到，痛得嗚嗚咽咽；芬妮吵著要父親抱，我則貼著母親的腿不放。得了關節炎的厄爾不肯離開摩托車，在口罩裡嘔吐起來。父親一解下牠的面罩，厄爾就在地上撿了個東西要吃——一個舊網球。父親把球拿走，往海的方向拋得遠遠的。厄爾興致勃勃想跑過去找，但沒一會兒就忘了自己在做什麼，乾坐在那裡盯著碼頭瞧。也許牠根本什麼也看不見。

旅館的碼頭已經塌陷，船塢在戰時被颱風沖到海裡去了。要把魚樑一路架到焦點灣捕蝦碼頭的漁人，只好將就用一下舊碼頭。有個看不清年齡的男人站在那裡，拿著一把來福槍看守。他要射的是海豹——母親遠遠望見帶槍的人影嚇了一跳，父親不得不這麼解釋。海豹是緬因州漁獲收成不佳的頭號元兇，牠們闖進魚樑，把網裡的魚大啖一頓就跑。海豹吃掉大半的魚，還連帶破壞魚網，所以漁人一見海豹就開槍。

「佛洛伊德一定會說，這就是所謂『大自然的低級法則』。」父親說。他堅持要我們看看他和母親住過的宿舍。

他們一定都很沮喪——我們孩子只覺得又害怕又不舒服——不過與其感傷一處豪華度假地的衰敗，我想母親一定更在意父親目睹亞布納沒落至此的感受。「戰爭改變了一切。」母親說著，對我們習慣地聳聳肩。

「耶穌基督，」父親不停地說。「想想這兒本來該有多熱鬧！」他喊道：「他們怎麼搞砸的？因爲不夠『民主』。」父親對一頭霧水的我們說：「你必須想辦法維持一定的水準和品味，又不至於曲高和寡到破產。在亞布納和漢普頓之間，總該有一條生存的妥協之道。耶穌基督！」他喊個不停：「耶穌基督。」

我們跟著他繞過破敗的建築和張牙舞爪的草叢，發現了樂隊的舊巴士、工作人員的大卡車——上面裝滿了生鏽的高爾夫球桿。它們都曾讓佛洛伊德保養得好好的，現在再也不會動了。

「耶穌基督。」父親說。

我們聽見遠處傳來厄爾的呼喚。「呃！」牠喊。接著我們聽見兩聲來福槍響——來自遠方的焦點灣碼頭。我想大家都知道被打中的不是海豹，而是厄爾。

「天啊，溫！」母親說著抱起我就跑，法蘭跟著她激動地跑來跑去，父親也抱著芬妮飛奔。

「緬因州！」他大喊。

「我打到一隻熊！」碼頭上的男孩歡呼道：「我打到一隻熊！」那男孩穿著軟法蘭絨襯衫和連身的粗棉布工作服，兩個膝蓋口都磨破了。他的紅髮給浪花濺得又硬又亮，白皙的臉上長了一片怪異的疹子，還有一口爛牙，看來只有十三、四歲。「我打到一隻熊！」他尖叫。他太興奮了，海上的漁夫一定都奇怪他在叫個什麼勁；馬達聲和海風太強，他們聽不見。於是小船紛紛朝碼頭靠攏過來，漁夫們顛步上岸，來看發生了什麼事。

厄爾躺在碼頭上，大腦袋傍著一團塗了焦油的繩索，兩條後腿攤在身子下，一隻前爪離一籃魚餌只有幾吋遠。牠眼睛早就不行了，八成把來福槍看成了父親的釣竿；說不定還約莫記得曾在這個碼頭吃過不少鱈魚。等牠走近男孩，老熊鼻還能讓牠聞得到魚餌。男孩一直盯著海面找海豹，無疑被突然出現的熊嚇了一大跳。他射得很準——雖然以那麼近的距離，誰都射得到——兩槍都命中心臟。

「天，我不知道牠是人養的，」拿著槍的男孩對母親說：「我不知道牠是寵物。」

「那當然。」母親安慰他。

「對不起，先生。」男孩對父親說，但是父親聽不見。他坐在碼頭上，把死熊的腦袋擱在他腿上，摟著厄爾的老臉哭了又哭。他當然不只爲厄爾而哭，更爲了亞布納旅館、佛洛伊德及一九三九年的夏天而哭。但是我們孩子只覺得不安——我們和厄爾相處得更久更熟，而父親只是個陌生人。我們大惑不解——爲什麼這個剛從戰場和哈佛回來的男人，竟然抱著我們的老熊嚎啕大哭。我們年紀還小，並不眞正了解厄爾，但是熊的存在感——牠硬硬的毛、帶著水果味的混濁氣息、枯萎天竺葵般的體臭，還有那股尿騷味——在我們的記憶中，遠比去世的拉丁教授和外婆來得更加鮮明。

我清清楚楚記得四歲時，亞布納廢墟下的碼頭這一幕。我衷心相信，這是我有生以來最初的記憶——而非別人轉述給我聽、描繪給我看的二手經歷。那位強壯溫文的男士，就是終於回來和我們住在一起的父親，他坐在那裡抱著厄爾啜泣——在毀朽的碼頭上，下面是一片惡水。馬達聲軋軋響的小艇一艘艘靠過來。母親擁著我們，就像父親摟厄爾那麼緊。

「那蠢小子好像打到誰家的狗了。」船上有人說。

碼頭的階梯上來一個身著污黃色雨衣的老漁夫，花白鬍子底下有一張斑駁的黑臉；濕靴子吱嘎響，身上的魚腥味比厄爾爪邊的魚餌還濃。他上了年紀，應該在亞布納還是大旅館時就在這一帶活躍了。這漁夫也是見過好日子的。

老漁夫看見死熊，便把擋風用的寬帽脫下，拿在硬如魚叉的手上。「老天爺，」他敬畏地說，另一手攬住男孩簌簌發抖的肩膀：「老天爺，你殺了緬因州。」

第二章　第一家新罕布夏旅館

第一家新罕布夏旅館是這麼來的。得瑞中學發覺爲了生存非收女生不可，於是湯普森女中沒了生意，從沒景氣過的得瑞鎮房地產市場忽然出現一片大而無當的產業，沒人曉得該拿一座本是女校的大房子怎麼辦。

「燒了它，」母親建議：「改建成公園。」

畢竟它已經有點像公園了——這是一塊約有兩公頃寬廣的高地，位於得瑞鎮荒廢的中央地帶。周遭的舊木板屋本是大家族群居之地，現在則分租給寡婦、鰥夫及得瑞中學的退休教師。了無生氣的榆樹林圍繞著這群屋子，也圍繞著巨大的四層樓磚造校舍。湯普森女中是以創辦人艾瑟．湯普森命名的；她生前假扮成男人，擔任得瑞聖公會的教區長（人稱艾德華牧師，以藏匿教區內潛逃的奴隸聞名），直到死後才被發現。原是女兒身的眞相雖然揭穿（她爲馬車換輪子時出了意外，當場被壓死），在她聲名最盛時前去告解的幾位男士倒是毫不驚奇。她不知怎麼攢了一大筆錢，卻沒留分文給教會，全都用來辦女校——「直到，」艾瑟．湯普森寫道：「那討人厭的男子中學非收女生不可。」

父親一定也有同感，得瑞中學的確討人厭。雖然我們孩子喜歡在學校的運動場玩耍，父親卻總是不忘提醒，得瑞並不算是「眞的」學校。就像鎮中心本是酪農場，這個運動場從前也是放牧地。十九世紀初得瑞剛創校時，舊穀倉與新校舍還相倚並立，老乳牛跟學生一樣在校園裡走來走去。運動場後來經過改建，但穀倉和最老的一棟校舍還是破兮兮地蹲在校園中央，穀倉裡也仍然象徵性地蹲了幾條乳牛。這是校方打的「如意算盤」——巴布教練起的名號——爲的是可以邊辦學、邊讓學生充當農場的人手——結果學生沒讀到書，牛也被折騰得不像樣，計畫不得不在一次大戰前叫停。然而，那時得瑞還有不少教職員（甚至包括許多新進老師）認爲，這個學校兼牧場的計畫應該重新來過。

父親自然反對這個他所謂的「穀倉教育實驗」（穀倉〔barnyard〕另義爲「低級」）。

「等到我們家孩子大到可以上這見鬼的學校，」他總是對母親和巴布教練氣沖沖地說：「就得修園藝學分了！」

「還有耙糞資格證書！」愛荷華巴布說。

換句話說，這所學校還在摸索辦學方針。它已經淪爲無力翻身的二流預校，雖然課程設計以培養學術基礎爲目的，但教師愈來愈缺乏這方面的本事，因此也順理成章地認爲這種基礎並非必要——何況，學生素質也愈來愈差。報考的人減少，錄取標準一降再降：得瑞成了那種你一被別的學校踢出來，立刻就可以混進去的地方。少數像父親一樣還相信訓練讀寫能力（或許再高級一點，下標點符號）有其必要的教師，眼看心血居然浪費在這種學生上，不禁痛心疾首。「根本是對牛彈琴！」父親大罵：「還不如教他們耙草擠牛奶！」

「他們也不會玩足球，」巴布教練傷心地說：「連爲隊友開路都不肯。」

「甚至跑都不跑。」父親說。

「也不會撞人（hit，與「打」同義）。」愛荷華巴布說。

「哦，他們可會了。」常常挨揍的法蘭說。

「聽說還闖進溫室，把植物全糟蹋了。」母親說，她是從校刊上讀來的。父親說那校刊根本狗屁不通。

「還有人把『那話兒』給我看。」芬妮說，存心惹麻煩。

「在哪？」父親問。

「曲棍球場後面。」芬妮說。

「妳跑到曲棍球場後面幹嘛？」法蘭跟平常一樣厭惡地說。

「那球場到處凹凸不平，」巴布教練說：「自從那個叫什麼來著的人退休，就沒好好維修過。」

「他不是退休，他死了！」父親說。愛荷華巴布年紀大了，父親老對他不耐煩。

一九五〇年，法蘭十歲、芬妮九歲、我八歲、莉莉四歲，蛋蛋剛出生，什麼都不知道，不必跟我們一樣擔心有朝一日得去上這所被罵得一無是處的學校。父親相信，等到芬妮夠大，得瑞也該收女生了。

「倒不是觀念進步了，」父親說：「只是不這麼做就會完蛋。」

他的預言一點不錯。到了一九五二年，得瑞的水準已經大有問題；入學的人逐年減少，而入學標準問題更多。因爲招不到學生，學費相對提高，於是嚇走了更多的人，只得請一些教職員走路——其他那些有原則也有出路的教師，則乾脆辭職不幹。

一九五三年，美式足球隊的季賽戰績是一勝九敗；巴布教練心想校方一定恨不得他早點退休，好把球隊快快解散——成本太高，何況以往爲足球隊（以及其他運動校隊）出錢出力的校友都不來看球了，因爲實在太丟臉。

「都是那該死的制服。」愛荷華巴布說。父親翻著眼，試著容忍人老智昏的巴布，他已經從厄爾身上學到了衰老是怎麼回事。不過憑良心講，巴布教練對制服的批評也不無道理。

得瑞制服原來的設計是深巧克力和亮銀色，大概是拿某種已絕跡的乳牛當樣本的。然而年復一年，隨著衣料裡合成纖維愈來愈多，深可可和銀白的搭配逐漸黯淡得難以入目。

「爛泥巴跟烏雲的顏色。」父親說。

得瑞一些常跟我們玩的學生——當他們不把「那話兒」亮給芬妮看的時候——告訴我們制服顏色在校園裡流行的各種稱呼。其中有個大男生叫拉夫．狄米歐，是愛荷華巴布手下少數明星球員之一，也是父親田徑隊上的短跑健將。他告訴法蘭、芬妮和我，得瑞制服究竟像什麼：「灰得像死人臉。」狄米歐說。我那時十歲，怕他怕得要死；芬妮十一歲，卻擺出比他大的模樣；法蘭十二歲，見到誰都怕。

「灰得像死人臉，」狄米歐故意重複一遍給我聽。「棕色嘛——像牛的米田共，」他說：「就是你的大便，法蘭。」

「我『知道』。」法蘭說。

「再給我看一次。」芬妮對狄米歐說。

她指的是他「那話兒」。總之，大便和死人臉就成了得瑞中學死氣沉沉的代表色。學校董事會迫於這種詛咒的壓力——當然，還可以扯上兼營農場的校史、以及毫無人氣的校區所在地——終於決定招收女生。

這麼做，至少入學人數會增加。

「那足球隊就完了。」巴布教練說。

「女孩子都比你那些球員玩得好。」父親說。

「我正是這個意思。」愛荷華巴布說。

「拉夫．狄米歐玩得不錯。」芬妮說。

「玩『什麼』玩得不錯？」我說。芬妮從桌底下踢我一腳。個子比我們都大的法蘭坐我對面，在芬妮的危險範圍內，一臉悶悶不樂。

「狄米歐至少跑得快。」父親說。

「狄米歐至少肯撞（hit）人。」巴布教練說。

「一點不錯。」法蘭說。他給狄米歐揍過好幾次。我沒挨狄米歐的揍，因爲有芬妮保護。有天我們在美式足球場邊看人畫線——只有芬妮和我兩個，避開法蘭（我們常這麼做）。狄米歐走過來，一掌把我推到練爭球的木橇上。他身上穿著全套護具和球衣，大便和死人臉十九號（他的年齡）。他摘下頭盔，把護齒一口吐到灰渣鋪成的跑道上，露牙衝著芬妮笑。

「滾開，」他盯著芬妮對我說：「我要跟你姐講幾句要緊話。」

「你犯不著推他。」芬妮說。

「她才十二歲。」我說。

「滾開。」狄米歐說。

「你犯不著推他。」芬妮說：「他才十一。」

「我得告訴妳我有多抱歉，」狄米歐對她說：「等妳上這所學校，我已經不在了，到時我早畢業了。」

「什麼意思？」芬妮說。

「他們要收女生。」狄米歐說。

「我曉得，」芬妮說：「那又怎樣？」

「就這樣，很遺憾，」狄米歐說：「等妳終於『夠大』的時候，我已經不在這兒了。」

芬妮聳了聳肩——來自母親的遺傳，漂亮而率性。我從跑道上撿起狄米歐又黏又是砂子的護齒，朝他一扔。

「你怎麼不把它塞回嘴裡？」我說。我跑得很快，但我不認爲可以跑贏拉夫．狄米歐。

頭盔撞擊的聲音。

「滾開。」狄米歐說。他把護齒瞄準我的頭丟來，我低身一閃，它不知飛哪去了。

「你怎麼不去練爭球？」芬妮問他。權充看台的灰木梯後面就是練習場，這時正傳來護肩和頭盔撞擊的聲音。

「我下面受傷了。」狄米歐對芬妮說：「要不要看？」

「掉下來最好。」我說。

「我追得到你，強尼小子。」他說，眼睛沒離開芬妮。沒人叫我「強尼小子」。

「你下面受傷了，追不到。」我說。

我錯了，他跑到四十碼線就追上我，把我的臉按在球場剛畫好的石灰裡，膝蓋壓上我的背。接著我聽見他猛一吐氣，從我的背滾到跑道上，仰天癱倒。

「老天。」他聲音微弱。剛才芬妮抓住他下身護具的金屬杯緣，朝他的「私處」——那時我們都這麼說——用力一扭。

這下他誰都追不到了。

「妳怎麼曉得的？」我問她：「他護具裡的東西。我是說，那個杯子。」

「他給我看過。」她寒著臉說。

我們靜靜躺在練習場後方樹林深處的松針上；巴布教練的哨聲和球員對戰的碰撞聲傳入耳中，但這一切都隔絕在我們之外。

狄米歐揍法蘭時，芬妮從沒管過。我問她爲什麼會在乎拉夫揍我。

「你跟法蘭不一樣。」芬妮嚴肅地低語。她在樹林邊的草叢把裙角沾濕，擦我臉上的石灰。她撩高裙襬，肚皮都露了出來，我幫她拿掉一根貼在上面的松針。

「謝謝。」她說，一心要把我臉上最後一點石灰都擦掉；她把裙子撩得更高，吐點唾沫又繼續擦。我的臉都痛了。

「爲什麼我們喜歡彼此，不喜歡法蘭？」我問她。

「本來就這樣。」她說：「以後也不會改變。法蘭是怪胎。」

「可是他是哥哥。」我說。

「又怎樣？你是我弟弟，」她說：「這也不是我喜歡你的理由。」

「那爲什麼？」我問。

「我就是喜歡。」她說。我們在樹林裡扭著玩了好一會，直到有東西跑進她的眼睛，我幫她拿掉。她滿身是汗，聞起來有一股清爽的泥土味。芬妮的乳房又凸又高，兩邊間距有點寬，但她可壯得很，通常都打贏我，除非我騎到她身上；但她會搔我癢，如果我不放手，甚至可以搔到我癢得尿出來。而一旦被她騎上來，我就別想脫身了。

「總有一天我會打贏妳。」我跟她說。

「又怎樣？」她說：「到時你也不想了。」

這時足球隊有個叫彭德斯特的胖子走進樹林裡來拉大便。我們看見他，連忙藏進常躲的樹蕨裡。多年來，足球隊員都到這片練習場邊的樹林裡大便，尤其是那幾個胖子。這裡回體育館太遠，而且練球前如果沒把肚子拉乾淨，巴布教練可是要說教的。胖子大概怎麼拉也拉不完，我們猜想。

「是彭德斯特。」我說。

「還用說。」芬妮說。

彭德斯特很笨，老是扒不掉護臀。有回他甚至把整個下半身連同釘鞋都脫光，單剩襪子。這次他奮鬥的對象是護臀和褲子，免得兩膝靠得太近。爲了保持平衡，他稍微傾前蹲著，手扶在頭盔上（就擱在他跟前），結果大得一鞋子都是，擦屁股時還得連鞋子一起擦。一時之間，芬妮和我還有點怕他來拿蕨葉當草紙。但彭德斯特總是喘著趕時間，用路上順手撿來的楓葉將就解決。我們聽見巴布教練的哨聲，彭德斯特一定也聽見了。

他一朝練習場跑去，芬妮和我就開始拍手。等他停下來聽，我們也跟著停。可憐的胖子站在樹林裡，懷疑自己爲何會想像聽到掌聲，然後才回球場——他打得奇爛，跟拉大便一樣丟臉。

接下來，芬妮和我便偷偷溜進足球隊回體育館的必經之道。路很窄，上面滿是釘鞋印。我們有點擔心會遇上狄米歐，於是我先到練習場邊「把風」，讓芬妮脫褲子出恭，然後換班，撒一把葉子在我們不甚可觀的成品上，再溜回樹蕨等足球隊練完球。但這時莉莉已經躲在那裡了。

「回家。」芬妮對她說。莉莉七歲，對我們來說太小了些，不過在家裡我們都對她很好；她沒有朋友，迷的只有把她當娃娃疼的法蘭。

「我不必回家。」莉莉說。

「妳最好回去。」芬妮說。

「你的臉怎麼那麼紅？」莉莉問我。

「狄米歐下的毒，」芬妮說：「他還在附近找人下手。」

「如果我回家，他會看到我。」莉莉認眞地說。

「妳現在走就不會。」我說。

「我們會幫妳看著。」芬妮說著，從樹蕨裡探出頭來。「現在沒人。」她悄聲說。莉莉跑回家。

「我的臉眞的很紅嗎？」我問芬妮。芬妮把我的臉捧近，用舌頭在我的臉頰舔一下、額頭舔一下、鼻子舔一下、嘴唇又舔一下。「沒味道了。」她說：「我都幫你舔掉了。」

我們躺在樹蕨裡。雖然並不無聊，但還是好一會兒才等到他們練完球。中獎的是第三個——一個波士頓來的跑鋒，在得瑞念高四，這一年只等著進大學打球。他一腳踩滑，拖了幾步，好不容易站穩往腳底看去。

「彭德斯特！」他大叫。彭德斯特跑不快，在趕去淋浴的隊伍裡總是殿後。「彭德斯特！」波士頓來的跑衛吼道：「你這屎蛋！」

「我怎麼了？」彭德斯特上氣不接下氣地問，他永遠是個胖子——「連基因都胖。」芬妮後來曉得什麼是基因後，總是這麼說。

「你非得在路中間拉嗎？你這屁眼！」跑衛對彭德斯特說。

「不是我！」彭德斯特抗議。

「把我的釘鞋弄乾淨，豬頭三。」跑衛說。在得瑞這種學校，前鋒通常都由比較弱、光長肥肉的低年級男生擔任，為少數幾個好球員流血流汗——巴布教練只讓好球員持球進攻。愛荷華巴布手下幾個兇悍的後衛，把彭德斯特團團圍住。

「這裡還沒女生，彭德斯特，」波士頓來的跑衛說：「只好由你來擦我鞋子的大便。」

彭德斯特乖乖聽命，反正這種事他也幹多了。

芬妮和我走回家，一路經過半倒的穀倉和那群老牛，還有巴布教練的後院；三七印第安生鏽的擋泥板擱在門口——用來刮鞋底的泥。這塊擋泥板就是厄爾僅存的遺物。

「等到念得瑞的年紀，」我說：「希望我們已經搬家了。」

「我可不擦任何人鞋子的大便，」芬妮說；「休想。」

巴布教練和我們一起吃晚飯時，大嘆他不長進的足球隊。「我發誓，這絕對是最後一年，」老教練說，這句話他不知講過幾遍了。「今天彭德斯特居然在練習中，跑去小路上拉大便！」

「我看到芬妮跟約翰脫褲子。」莉莉說。

「亂講。」芬妮說。

「就在小路上。」莉莉說。

「做什麼？」母親問。

「剛才爺爺說的那件事，」莉莉告訴大家。

法蘭厭惡地哼了一聲。父親把芬妮和我趕回房。到了樓上，芬妮對我說：「明白了嗎？只有你和我是一國的，莉莉和法蘭都不是。」

「蛋蛋也不是。」我補充道。

「蛋蛋除外，呆子。」芬妮說：「蛋蛋還不算個人。」他才三歲。

「現在有兩個人在跟我們了。」芬妮說：「法蘭和莉莉。」

「別忘了狄米歐。」我說。

「他啊，我愛忘就忘。」芬妮說：「等到長大，我會有一大票狄米歐。」這念頭把我驚得無言以對。

「別擔心。」芬妮悄聲說，但我沒吭聲。她跑過走廊溜進我房間，鑽到我被窩裡。我們開著門，好聽樓下飯桌的對話。

「這學校不適合我的孩子。」父親說：「我肯定。」

「嗯，」母親說：「聽你說了那麼多，他們還能有別的想法？到時候，他們恐怕也不敢進得瑞。」

「到時候，」父親說：「就把他們送去更好的學校。」

「我不在意學校好不好。」法蘭說，芬妮和我也有同感；雖然我們不想進得瑞，但更不願意被「送去」別的地方。

「要『送去』哪？」法蘭問。

「誰要去？」莉莉問。

「小聲點。」母親說：「誰也不去。我們付不起。當得瑞的老師至少有點好處，孩子讀書不用花錢。」

「便宜沒好貨。」父親說。

「至少在水準之上。」母親說。

「聽我說，」父親說：「我有個賺錢的主意。」

這可是大新聞，芬妮和我凝神傾聽。

法蘭一定被這個話題嚇到了。「我可以離席嗎？」他問。

「當然，親愛的。」母親說。「怎麼賺？」母親問父親。

「看在老天份上，說吧，」巴布教練說：「我可要退休了。」

「聽著，」父親說，我們聽著。「這所學校也許一無是處，但它還會擴張；別忘了，得瑞不是要收女生嗎？就算沒有成長，也不至於倒掉。得瑞存在太久了，沒那麼容易倒，它有生存的本能。得瑞不會變成什麼好學校，但它會變，有時甚至可能改頭換面得令我們認不出來。它會繼續存在──這一點可以確定。」

「所以呢？」愛荷華巴布說。

「所以這裡永遠會有一所學校，」父親說：「私立得瑞中學永遠會待在這個寒酸地方。」他說：「而湯普森女中不會繼續存在，因爲鎮上所有女生都會念得瑞。」

「這誰都知道。」母親說。

「我可以離席嗎？」莉莉問。

「可以，可以，」父親說。「聽著，」他對母親和老巴布說：「你們難道看不出來？」芬妮和我什麼都看不見——除了溜到樓上走廊的法蘭。「湯普森女中的老校舍要怎麼辦？」父親問。母親就是在這時提議燒了它，巴布教練則提議改建成郡立監獄。

「它夠大。」老巴布說。有人已經在鎮代會上提過這個主意了。

「沒人想要監獄。」父親說：「何況還在鎮中央。」

「它看起來夠像了。」母親說。

「只差幾個鐵窗。」愛荷華巴布說。

「聽我說，」父親不耐煩了。芬妮和我僵在一起，法蘭在我門外探頭探腦——莉莉在一旁盯梢。「聽我說，」父親說：「這個鎮需要一家旅館。」

餐桌上傳來一片沉默。「旅館」，躺在床上的芬妮和我曉得，就是害老厄爾喪命的地方。一個有魚腥味，有槍看守的巨大廢墟。

「為什麼？」母親終於開口道：「你老是說這裡有多寒酸——誰會想來？」

「也許並不想，」父親說：「但他們非來不可——那些有孩子在得瑞念書的家長。」他說：「家長會來探望孩子，對吧？還有一件事，這些家長一年比一年有錢，因為學費一定愈來愈貴，而且不再有拿獎學金的學生——全都是有錢人家的子弟。要是你現在來看孩子，在鎮上根本沒地方可待。你得到海邊才找得到旅館，要不就得開車到更遠的山上——因為這裡就是沒地方，一個都沒有。」

這就是他的計畫。雖然得瑞中學連幾個管理員都請不起，父親卻相信它可以帶來足夠塞滿一家旅館的客人——至於這個雜沓的鎮上從來沒人想弄個地方給過客歇息，父親根本不擔心。在新罕布夏，避暑的遊客都往海邊跑——大約半小時車程。到山上滑雪或遊湖則要走一個鐘頭。得瑞位於盆地的低處，而非高處，離海洋近得足以受到濕氣影響，卻感覺不到半點海的清新。海洋與山地的和風穿越不了史匡斯卡河谷上的層層濕霧，而得瑞就在這個河谷裡——冬天冷濕交加，夏天熱如蒸籠。它不是如詩如畫的新英格蘭小鎮，只是一個污水河上的磨坊城——磨坊現在已經廢棄，跟湯普森女中一樣醜陋。這裡唯一的希望就是得瑞中學，沒有別人想來。

「如果這裡有家旅館，」父親說：「就會有人來。」

「可是湯普森女中會是間可怕的旅館，」母親說：「它只能是那個樣子——一間老學校。」

「妳知道可以用多便宜的代價買下它嗎？」父親說。

「你知道要花多少錢，才能整修得像樣嗎？」母親說。

「這主意真教人洩氣！」巴布教練說。

芬妮架住我的手。這是她習慣的攻擊法——壓我的手臂，然後用下巴搔我的肋骨或胳肢窩，要不然就咬我的脖子，勁道足夠令我乖乖躺下。我們的腿在被窩裡穿來掃去，把毯子都踢掉了——誰先鉗住對方的腿，就算贏一著。這時莉莉跟平常一樣古怪地進了房間，四肢著地，身上披著被單。

「討厭鬼。」芬妮對她說。

「對不起，給你們惹了麻煩，」莉莉躲在被單下說。每次她告密，都全身裹著爬進我們房裡來道歉。「我帶東西來。」莉莉說。

「吃的嗎？」芬妮問。我把莉莉的被單掀開，芬妮拿起她啣在嘴裡的紙袋。裡頭是兩條香蕉和兩個晚餐的熱麵包捲。「沒喝的？」芬妮問。莉莉搖頭。

「來吧，進來。」我對她說。莉莉便和我們一起爬到被窩裡。

「我們要搬到旅館住。」莉莉說。

「還不一定。」芬妮說。

樓下餐桌的話題似乎變了。巴布教練又在生父親的氣；聽來還是老原因，怪他從不知足，光活在將來；只顧著計畫下一年，卻不肯好好活在現實的這一刻。

「沒辦法，他就是這個性。」母親說，她總是幫著父親勸巴布教練。

「你有一個好妻子、一個好家庭，」愛荷華巴布對父親說：「還有這麼大一棟老房子——一份遺產！甚至沒花你半毛錢！你也不是沒工作，待遇不高又怎樣——你何必要錢？你還不夠福氣嗎？」

「我不想當老師，」父親靜靜地說，這表示他也生氣了：「也不想當教練，更不想讓我的孩子上這種爛學校。這種鄉下小鎮，學校烏煙瘴氣，盡是有錢人家的問題學生。他們被家長送到這裡來，只不過因爲油條得無藥可救——油條學生加上鄉下學校，根本是爛上加爛。」

「至少你『現在』可以多花點時間和孩子相處，」母親靜靜地說：「用不著老擔心他們過幾年去哪。」

「又是『將來』！」愛荷華巴布說：「這小子活在『將來』！先是爲了進哈佛出去闖蕩——哈佛進了，又要趕著念完——爲了什麼？爲這份他沒有一句好話的工作。爲什麼他就是不喜歡好好在這兒當個老師？」

「『喜歡』？」父親說：「你也不『喜歡』，不是嗎？」

我們可以想見，巴布教練這下一定氣得火冒三丈。通常他跟父親吵架都是這麼收場——父親的頭腦轉得比愛荷華巴布快；老巴布覺得自己有理，卻又辯不贏父親，只好發悶火；芬妮、莉莉和我可以想像他那骨相分明的光頭七竅生煙的樣子。愛荷華巴布對得瑞的意見並不比父親少，但他認爲自己至少有用心做事，也希望父親能一樣腳踏實地——而不是如他說的，活在將來。畢竟，巴布教練是那種打球連牙齒都用上的人；他從沒見父親對任何事如此投入過。

他大概也很遺憾父親並不熱中任何一門體育項目——雖然父親體格健壯，也喜歡運動。愛荷華巴布很愛母親，畢竟在父親離家從軍、上哈佛、帶厄爾闖蕩這些年，他與母親一直相處。巴布教練一定覺得父親忽略了家人；後來那幾年，我想，他還認爲父親忽略了厄爾。

「打擾一下。」我們聽見法蘭的聲音，芬妮卡住我的腰，兩手壓在我背脊的最下方，我想把她的下巴從肩膀撐開，可是莉莉正坐在我頭上。

「什麼事，親愛的？」母親問。

「怎麼了，法蘭？」父親說。我們聽到椅子吱嘎一響，曉得父親又伸手去抓法蘭了。他總是想藉著小小扭打一下讓法蘭放鬆，但法蘭不吃這一套。芬妮和我都愛和父親鬧著玩，只有法蘭不喜歡。

「打擾一下。」法蘭又說。

「好好，什麼事？」父親說。

「芬妮不在她房裡，她在約翰床上。」法蘭說：「莉莉跟他們在一起，還帶吃的給他們。」

芬妮從我身上一躍而起，跳下床，跑出我房間，她的法蘭絨睡袍在樓下被通到走廊的風灌進，蓬得像帆一樣。莉莉抓著被單爬進我的衣櫃，貝茲家的老房子大得很，到處有地方躲，不過母親全都一清二楚。我以爲芬妮要回她房間，但我聽見下樓的聲音，然後是她的尖叫。

「你這不要臉的大嘴巴！法蘭！」芬妮大吼：「你放屁！你隨地大便！」

「芬妮！」母親說。

我奔到樓梯邊，抓著欄杆往下望，台階的地毯和整棟房子鋪的一模一樣，顏色深而柔軟；我看見芬妮衝進餐廳，朝法蘭施展一記鎖喉，兩三下就擒拿到手——法蘭反應慢，也沒什麼運動神經，雖然他個子比芬妮大，比我更不用說——段數卻跟芬妮差得遠。我幾乎沒跟他打過架，就算打著玩的也很少；跟法蘭打架一點也不好玩，因爲他下手老是不知輕重。法蘭生來個兒就大，雖然不喜歡肉體活動，力氣還是不小。他有本事用手肘頂你的耳朵，或拿膝蓋撞你的鼻子；像他這種人打架，總是手一掏就摳到別人眼睛，頭一抬就撞上別人嘴唇。有些不喜歡自己身體的人，和別人的身體也老是過不去；法蘭就是這樣，所以我寧可不惹他，不只因爲他大兩歲。

有時芬妮忍不住非試他一試，結果總是兩敗俱傷。這會兒，她正在餐桌下，把法蘭鉗得死死的。

「叫他們別打了，溫！」母親說。父親正要拖他們出來，卻一頭撞上桌底；巴布教練從桌子另一邊鑽下去。

「該死！」父親說。

我突然覺得有個暖暖的東西靠在大腿邊。那是裹在被單裡往外瞧的莉莉。

「你這長舌公！」芬妮還在尖叫。

接著法蘭抓住芬妮的頭髮，把她的頭往桌腳上叩。我沒有胸部，但我看見法蘭的指節整個陷進芬妮的乳房時，連我都感到一陣劇痛。芬妮不由得放了手，法蘭抓著她的頭朝桌腳又撞了兩下；巴布教練用他的大手抓住桌下四條腿中的三條，這才把他們拉出來。芬妮拚命掙扎，空出的那一腿把巴布的鼻子踹個正著，但愛荷華的老前鋒緊抓不放。芬妮哭著把頭髮扯回來，死命往法蘭臉上一咬。法蘭用手抓住她一邊乳房，他一定扭得很用力，芬妮的嘴鬆開了，發出一聲敗北的嗚咽；那悲慘的聲音恐怖極了，嚇得莉莉披著被單跑回我房間。父親把法蘭的手打掉，巴布教練則把芬妮壓住，免得她又去咬法蘭；但芬妮還有一手空著，便伸過去一把抓住法蘭的私處；無論你那話兒在不在金屬杯裡，有沒有戴護具，芬妮都有本事抓到。法蘭一下子全身痙攣，嘴裡冒出一聲令我發毛的呻吟。父親甩了芬妮一耳光，但她還是不放手；他只得把她的手指一根根扳開。巴布教練想把法蘭拉走，芬妮伸出長腿又踢了一記，父親只得再朝她嘴上用力甩一耳光。這下終於停火了。

父親坐在餐廳的地毯上，抱著哭個不停的芬妮靠在他懷裡來回輕搖。「芬妮，芬妮，」他溫柔地對她說：「爲什麼總要等到人家傷害妳，妳才肯住手？」

「放輕鬆，孩子，輕輕呼吸。」巴布教練告訴法蘭。他仰天倒著，兩膝貼到胸口，臉色灰得像得瑞的制服。愛荷華巴布是老經驗，知道如何照顧小弟弟挨了重擊的人。「有點不舒服，對吧？」巴布教練說：「輕輕呼吸，安靜躺著。一下就好了。」

母親清理餐桌，把翻倒的椅子扶好。對家庭暴力深惡痛絕的她壓抑著一言不發，臉上滿是傷痛和恐懼。

「現在試著深呼吸，」巴布教練對法蘭說；法蘭一試之下咳了起來。「好了，好了，」愛荷華巴布說：「呼吸再放輕一會兒。」法蘭呻吟。

父親察看芬妮的下唇，她淚如雨下，半是抽搐、半是悶哼地啜泣著。「我想妳得縫幾針，親愛的。」他說，但是芬妮猛搖頭。父親雙手緊抱著她的腦袋，在她眼皮上親了又親。「我很抱歉，芬妮，」他說：「可是我能拿妳怎麼辦？我能怎麼辦？」

「我不要縫，」芬妮嗚咽道：「不要。」

但是她下唇垂著一小塊碎肉，弄得父親挽住她下巴的手掌滿是鮮血。母親遞來一條裹滿冰塊的毛巾。

我回房把莉莉好言哄出衣櫃。她要我陪，我只得由她。莉莉馬上睡著了，我則躺在床上想，每次一有人提到「旅館」，就會有血光之災與突來的哀愁。父親和母親開車帶芬妮到得瑞中學的醫務室去了，那裡自然有人會縫她的傷口；沒人怪父親——尤其芬妮，她只怪法蘭——那時，我通常也如此。父親不會自責——就算會也不久；而母親一定會沒來由地自責，而且久得多。

每次我們吵架，父親總要大喊：「你們曉得這樣讓媽和我有多煩心嗎？想想看，如果我倆一天到晚吵，你們可受得了？媽跟我有吵過嗎？有嗎？你們希望這樣嗎？」

我們當然不希望，他們也的確不吵架——幾乎。唯一吵的就是那個老問題，活在將來，不顧眼前。提到這點，巴布教練比母親還激動，但我們知道，這也是母親對父親的意見（而且她還明白，他「就是這個性子」）。

我們孩子並不覺得這有什麼大不了的。我把莉莉翻了個身，這樣我才能伸直平躺，從枕邊豎起耳朵聽愛荷華巴布在樓上對法蘭說些什麼。「放輕鬆，孩子，靠我身上。」巴布說：「只要呼吸得法就對了。」法蘭不知咕噥了什麼。巴布教練說：「可是你不能抓女生的奶子啊，孩子，難怪人家要捏你小弟弟，不是嗎？」

但法蘭還沒咕噥完，抱怨芬妮總是對他使壞，從不放過他，還慫恿別人找他麻煩，他怎麼躲也躲不開。「每次我倒楣，一定有她的份！」他叫道：「你們都不曉得！」他嗄著聲說：「你們不曉得她怎麼整我的！」

我想我曉得。法蘭說得沒錯，但問題是他實在惹人嫌。芬妮對他不好，但芬妮的人可不壞。法蘭對我們其實不壞，但他的人卻不怎麼好。我躺在那裡，想得頭都昏了。莉莉在打鼾。我聽到蛋蛋哼哼唧唧的聲音從走廊上傳來，要是他醒來吵著要媽媽，巴布教練不知要怎麼應付；光在浴室料理法蘭就夠忙了。

「來呀，」巴布說：「讓我看看。」法蘭在哭。「好了！」愛荷華巴布叫道，好像爭球時撿到對方的漏球：「看到沒，孩子？只有尿，沒有血——你沒事了。」

「你們都不曉得，」法蘭還在說：「你們根本不曉得。」

我去看蛋蛋，以爲三歲的他會出些我辦不到的難題；不過一進房裡，出乎意料，他還滿開心的。看到我，蛋蛋顯然也很意外。等我把他丟了滿地的布偶放回床上，蛋蛋就一個個替我介紹，他在上面吐過好幾次奶的破松鼠、只剩一隻耳朵的舊大象，還有橘色的河馬。我一想走，他就作勢不依，我只好抱他回房躺在莉莉旁邊，再抱莉莉回她自己房間。抱著她走這趟路對我來說有點長，還沒躺上床莉莉就醒了，一臉不高興。

「你每次都不讓我睡你房間。」她說，然後馬上又睡著了。

我回房上床陪蛋蛋。他清醒得很，興高采烈地說東說西。我聽到巴布教練在樓下講話——乍聽之下我還以爲對象是法蘭，過一會兒才明白是說給老狗哀愁聽的。法蘭就算沒睡著，大概也氣暈了。

「你簡直比厄爾還難聞。」愛荷華巴布對狗說。說老實話，哀愁聞起來的確有夠嗆；屁就不用說了，要是不小心，牠的口臭也能熏死人。就我對厄爾的模糊印象推想，這隻拉布拉多黑獵犬可能還更臭些。「我們該拿你怎麼辦？」巴布對狗喃喃道。牠最喜歡在我們吃飯時躺在桌底，全程放屁。

愛荷華巴布打開樓下的窗戶。「小子，來。」他對哀愁喚道。「老天。」巴布憋著氣說。我聽見前門打開的聲音，巴布教練大概把哀愁放出去了。

我躺著，任蛋蛋在我身上爬來爬去。我在等芬妮；如果我醒著，她一定會跑來給我看縫合的痕跡。蛋蛋終於睡著了，我把他抱回房和小動物作伴。

父母親開車帶芬妮回來時，哀愁還在外邊；要不是牠的吠聲把我吵醒，我可能就錯過了。

「嗯，看來挺好的，」巴布教練顯然很滿意芬妮的手術結果：「過陣子，連個疤都不會有。」

「縫五針。」芬妮吃力地說，彷彿還多了一條舌頭。

「五針！」愛荷華巴布叫道：「了不起！」

「那老狗又在這兒放屁了。」父親說；他聽起來疲憊不堪，彷彿從出門就一直說、說、說個不停。

「哦，牠眞可愛。」芬妮說。我聽見哀愁的硬尾巴在椅子或櫥櫃上啪、啪、啪地拍打。只有芬妮能在哀愁旁邊待上個把鐘頭不嫌臭；當然，她的嗅覺似乎也沒有別人敏感。她從不拒絕幫蛋蛋——早幾年還包括莉莉——換尿布的差事。哀愁年紀大了常常失禁，芬妮也從不嫌狗大便臭；她就是對強烈的事物特別感興趣。芬妮比我們任一個都能捱得更久不洗澡。

我聽著大人們向芬妮親吻道晚安，心想，這就是一家人——前一刻吵得天翻地覆，下一刻又和好如初。不出我所料，芬妮到我房裡來給我看她的嘴唇。鬈曲的縫線黑得發亮，活像陰毛。芬妮有陰毛，我沒有。法蘭也有，但他不喜歡。

「妳知道看起來像什麼？」我問她。

「嗯，我知道。」她說。

「他抓得痛不痛？」我問她。她靠床邊蹲下，讓我摸她的胸部。

「另一邊，笨蛋。」她說著，移開身子。

「妳眞把法蘭惹火了。」我說。

「我知道。」芬妮說：「晚安。」接著她又探進頭來：「我們要搬到旅館住了。」她說。我聽見她到法蘭房裡的聲音。

「要不要看我縫的地方？」她悄聲說。

「好啊。」法蘭說。

「知道這看起來像什麼？」芬妮問他。

「有點低級。」法蘭說。

「對，不過你也知道像什麼，對吧？」芬妮問。

「嗯，」他說：「所以才低級。」

「抱歉捏你的蛋，法蘭。」芬妮對他說。

「沒關係，」他說：「我沒事。抱歉弄痛妳的……」法蘭想開口，但他一輩子沒講過「胸部」這種字眼，更不用說「奶子」了。芬妮等著，我也等著。「抱歉今天所有的事。」法蘭說。

「嗯，」芬妮說：「我也一樣。」然後我聽見她去逗莉莉，可是莉莉睡得太熟，醒不過來。

「要不要看我縫的地方？」芬妮輕聲說。過了一會，我聽見她對莉莉說：「祝妳好夢，小鬼。」

當然沒必要把傷口給蛋蛋看，他會以爲那是芬妮吃東西沾到的。

「送你一程如何？」父親問他的父親，但愛荷華巴布說運動一下對身體好。

「也許你認爲這是個寒酸地方，」巴布教練說：「不過至少夜路很安全。」我繼續聽著，現在只剩父親和母親了。

「我愛妳。」父親說。

母親說：「我知道，我也愛你。」於是我曉得她也累了。

「去散散步吧！」父親說。

「我不想離開孩子。」母親說，但我明白這不成理由。芬妮和我可以照顧莉莉和蛋蛋，法蘭至少管得了自己。

「用不著一刻鐘，」父親說：「我們過去看看那兒。」

「那兒」指的當然是湯普森女中——父親想改建成旅館的大房子。

「我在那兒念的書，」母親說：「我比你熟，不想看。」

「從前妳很喜歡跟我在晚上散步的。」父親說。母親輕笑一聲，只帶著一絲嘲弄；我知道，她又對他聳肩了。

樓下靜悄悄地，我聽不出他們是在接吻還是穿外套——這是個又冷又濕的秋夜——接著我聽見母親說：「我還是不覺得你明白那地方要砸上多少錢，才起碼『像』間有人要住的旅館。」

「用不著他們要，」父親說：「別忘了，這可是鎮上唯一的旅館。」

「可是哪來的錢？」母親說。

「來，哀愁。」父親說。他們顯然正要出門。「來，哀愁，去把整個鎮臭個夠。」父親說。母親又笑了。

「回答我。」她說，不過撒嬌的意味居多；父親已經說服了她——大概就是縫芬妮嘴唇的時候（我知道，好強的她一定沒流半滴眼淚）。

「錢從哪裡來？」母親問他。

「妳也知道。」他說著闔上門。我聽見哀愁的吠聲，彷彿對著夜裡的一切，又彷彿毫無目標。我曉得，如果這時一艘白帆船出現在貝茲家老屋門口的格子牆前，母親和父親絕不會驚訝。

如果異國風采一度鼎盛的那位亞布納白衣主人就在門口迎接，他們絕不會眨一下眼。如果一身黝黑皮膚、打扮完美無缺的旅館主人抽著菸對他們說：「歡迎上船！」——他們一定立刻跟著白帆船航向大海，再無反顧。

當他們從松樹街往艾略特公園走去，繞過最後一排寡婦鰥夫住的木板屋，映入他們眼裡的破舊校舍在夜色中，一定光彩耀目有如豪華別墅，正舉辦著一場冠蓋雲集的盛宴——雖然那裡半點燈光也沒，四下唯一的活人就是開巡邏車的老警官，每小時巡上一回，把在那兒耳鬢廝磨的小情侶趕走。整個艾略特公園只有一盞路燈，芬妮和我從不敢在入夜後進公園，怕踩到碎酒瓶——還有用過的保險套。

然而父親描繪的情景想必截然不同！帶著母親經過枯樹的殘株時——腳下窸窸窣窣的玻璃在他們聽來，一定就像高級海灘度假地的碎石路——他一定會說：「妳想想看，一間家庭式的旅館！大半時候都隨我們用。只要週末學校有什麼大日子，我們就賺翻了，甚至用不著做宣傳——至少不用多做。尋常日子，我們就讓餐廳跟酒吧開著，好吸引生意人上門——那些要用商業午餐或喝杯雞尾酒的人。」

「生意人？」母親一定驚訝不已：「午餐？雞尾酒？」

即使當哀愁驚動了樹叢裡的情侶，巡邏車攔住父母親要他們表明身分的時候，父親的說服力一定也未曾稍減。「噢，是你啊，溫．貝里。」老警官會說。專值夜班的郝渥．塔克是個老傻子，聞起來活像浸爛在啤酒罐裡的雪茄頭。哀愁一定會朝塔克吠：這味道實在跟牠有得拚。「可憐的巴布，這一季可慘了。」塔克也許會說。人人都知道父親是愛荷華巴布的兒子；他也曾是巴布教練手下的四分衛——在得瑞還贏得了球的時候。

「又慘過一季。」父親調侃道。

「你們在這幹嘛？」郝渥．塔克一定會問。毫無疑問，父親一定會這麼說：「唔，郝渥，我只告訴你一個，我們要把這兒買下來。」

「眞的？」

「如假包換，」父親說：「我們要把這兒變成一家旅館。」

「旅館？」

「沒錯，」父親說：「還要有餐廳跟酒吧，賣午餐和雞尾酒。」

「午餐跟雞尾酒。」郝渥．塔克會複誦一遍。

「就是這樣，」父親會說：「新罕布夏最好的旅館！」

「老天爺。」老警官只可能這麼應。話說回來，正是這位守夜巡官問我父親：「你打算取什麼名字？」

別忘了，當時是晚上，夜晚總是帶給父親許多啓發。他第一次遇見佛洛伊德和緬因州在晚上，和緬因州一起釣魚也在晚上，穿白禮服的男人只在晚上出現過一次，德國佬流著血來到亞布納也在天黑後；父親和母親頭一回睡覺一定是在黑暗中，佛洛伊德的歐洲如今更是一片黑暗。在艾略特公園裡，身上映著巡邏車的聚光燈，父親望著像極了郡立監獄的四層樓磚造校舍——上面爬滿防火梯，彷彿建築物爲自己設的鷹架。無疑地，他會牽起母親的手。在想像力漫無止境的黑暗裡，父親感到新旅館的名字和我們的未來同時在他腦中浮現。

「你打算取什麼名字？」老警官問。

「新罕布夏旅館。」父親說。

「老天爺。」郝渥．塔克說。

「老天爺（Holy Cow，直譯為「聖牛」）」這名字或許更恰當，但事情已成定局；它就叫「新罕布夏旅館」。

母親和父親回家時，我還醒著——他們去了遠不止十五分鐘，因此我知道，他們就算沒碰見佛洛伊德和白衣人，至少也遇上了白帆船。

「我的天，哀愁，」我聽見父親說：「這種事你就不能在外面做嗎？」

我可以清晰地想見他們回家的情景，哀愁一路沿著木板屋的籬笆又嗅又哼，驚醒不少淺眠的老先生老太太。搞不清楚時間的老人也許會往外看，望見牽著手的父母親，然後忘了歲月流逝，邊回床上邊說：「又是愛荷華巴布的兒子跟貝茲家的女兒，還有那隻老熊。」

「我還有一件事不清楚，」母親說：「在我們住進去以前，是不是先得賣了這棟房子搬出去？」

因為這是他能把學校變成旅館的唯一方法。鎮上自然很樂意他把湯普森女中賤價買下，誰也不願讓這個眼中釘空著；溜進去玩的孩子可能會受傷，在防火梯爬上爬下，還會亂砸玻璃。但母親的家——華麗的貝茲老宅——必須拿來抵整修的費用。也許，這就是當年佛洛伊德要母親原諒父親的意思。

「也許我們住進去以前得把它賣掉，」父親說：「但也可能不用搬。反正這只是『枝節問題』。」

這些枝節問題費了好些年才解決。後來芬妮說——那時她唇上的線早已抽去，傷痕淡得令你以爲舉指一抹或者親吻一下就會消失——「如果那時老爸買了另一隻熊，他就用不著一棟旅館了。」但是我父親有兩個幻想：第一，熊能夠以人類的方式生存；第二，人能夠在旅館裡度過一生。

第三章　巴布教練的勝利季

一九五四年，法蘭成了得瑞中學的新鮮人——這個轉變對他而言乏善可陳，只是待在自己房裡的時間更長了。後來發生了一次小小的同性戀事件，當事者都來自同一間宿舍——而且都比法蘭大——我們猜想，他大概遭到了男子預校常見的惡作劇。畢竟他一向都住家裡，對外宿生活毫無概念。

一九五五年，芬妮進得瑞中學，那是招收女生的第一年，轉變並不順利。當然，一跟芬妮扯上關係，要轉變什麼絕對不容易，然而這次還發生了許多始料未及的問題，比方說課堂上的性別歧視、體育館的女淋浴間不夠用等等。學校裡突然出現女老師，也使得一些岌岌可危的婚姻立刻破裂，得瑞男生的性幻想更是不知增色了多少倍。

一九五六年輪到我了。那一年，學校爲巴布教練買了一整批後衛和三個前鋒；校方知道他要退休了，但是打從戰後還沒贏過一季，所以從波士頓最強的幾所高中找來一批高四球員，算是幫他充場面。這下巴布教練不只有堅強的後場，前頭也有了擋人的肌肉棒子。雖然老教練不贊成買「槍手」充數，還是很感謝校方如此有心。然而得瑞中學打的算盤可不只是爲了幫巴布教練贏最後一季；他們如此無所不用其極，爲的是明年要吸引更多的校友捐款，還要替球隊找一個年輕的新教練。只要再輸一季，老巴布明白，得瑞就永遠沒有美式足球隊了。他當然寧可靠自己花上幾年調教的隊伍贏球，但沒人會拒絕在落幕時當個英雄，何況勝利幾乎已經十拿九穩。

「再說，」巴布教練說：「就算天才也得靠教練。少了我，這群傢伙也熱不起來。每個人都需要戰略計畫，也都需要明白自己犯了什麼錯。」那些年，愛荷華巴布對父親的計畫和錯誤有許多意見。

巴布教練說，整修湯普森女中根本是一種「幾近強姦犀牛的工作」，花費的時間更是超乎父親預料。

把母親家的房子賣掉倒是毫無困難——它天生麗質，爲我們換得一大筆錢——但是新主人等不及要這棟房子，結果簽完約，我們又付了一整年昂貴的租金。

我還記得看著舊桌子從未來的新罕布夏旅館拆除——幾百張原本鎖在地上的書桌，留下幾百個待補待鋪的洞。這只是父親得處理的枝節問題之一

四樓的衛浴設備更令他吃驚。母親應該記得的，她進湯普森女中的幾年前，頂樓的馬桶和浴槽都訂錯了。應該給高中生用的衛浴設備，送來裝上一看卻成了迷你型——原本是北部一家幼稚園訂的。因爲比較便宜，校方也就草草將就。於是一屆又一屆的女學生上廁所得彎著腿，洗個手得低著腰——如果一屁股坐下去，兒童號馬桶還會害人折腰。小浴缸注滿只到膝蓋高，鏡子直盯她們的胸部。

「老天，」父親說：「這簡直是給侏儒用的。」他原本想把舊衛浴設備分裝到整棟旅館，至少他還明白客人不可能樂意上公共澡間，但還指望著能靠原有的設備省一筆錢。話說回來，學校和旅館本來就沒什麼共通處。

「鏡子還能用，」母親說：「掛高一點就成了。」

「浴缸跟馬桶也可以用。」父親堅持。

「給誰用？」母親問。

「侏儒嗎？」巴布教練說。

「莉莉跟蛋蛋，」芬妮說：「至少還能用幾年。」

還有跟桌子成套鎖在地上的椅子，父親也不願意丟。

「這些椅子好得很，」父親說：「坐起來很舒服。」

「上面還刻了名字，看起來滿古怪的。」法蘭說。

「『古怪』，法蘭？」芬妮說。

「可是椅子非鎖在地上不可，」母親說：「客人不能搬來搬去。」

「客人搬旅館的家具幹嘛？」父親問道：「我是說，負責佈置的是我們，對不對？我也不准他們搬。」他說：「反正這一來，想搬也搬不了。」

「連餐廳也一樣？」母親問。

「一般人吃飽飯，總會想把椅子往後拉。」愛荷華巴布說。

「反正不行，」父親說：「叫他們把桌子往前推好了。」

「何不把桌子也鎖死？」法蘭建議。

「這主意才叫怪。」芬妮說。後來她又說，法蘭太沒安全感，恐怕一輩子鎖死在地板上才舒服。

客房的裝潢隔間，包括衛浴設備，理所當然耗掉最多工夫。水管弄得像貨運站的鐵軌一樣複雜，如果有人在四樓沖水，你可以聽見它流遍整個旅館——到處尋找去路。有些房間還有黑板。

「反正又不髒，」父親說：「有什麼關係？」

「是啊，」愛荷華巴布說：「還可以留言給下一個房客。」

「例如『別再來這種鬼地方』！」芬妮說。

「這都無所謂，」法蘭說：「我只想要自己的房間。」

「法蘭，」芬妮說：「在旅館裡，每個人都有自己的房間。」

甚至巴布教練也有一間，從得瑞退休後，校方就不再讓他住宿舍。巴布教練逐漸接受了這個主意，等我們要搬進去，他也準備好了。他對運動設備特別關心，碎裂的黏土地排球場、陸上曲棍球場，還有籃球場的籃板和籃框——網子早爛光了。

「再沒有比少了網子的籃框更淒涼的了，」巴布說：「看了就難過。」

有一天我們看著工人啓動空氣鑽孔機，把校名從大門口嵌在磚牆裡的死灰色石板弄下來。他們弄到一半就停了——我確定是故意的——只留下「THOMPSON FEMALE SEMINARY」裡的「MALE SEMIN」（拼法接近male semen，意指男性精液）。當天是星期五，所以那些字整個週末都留在上面。父親和母親很不高興，巴布教練則樂得很。

「你乾脆就叫這兒『男性精液旅館』算了，」巴布教練對父親說：「這樣只要改一個字母。」巴布心情很好；球隊連戰連勝，而且他知道自己就要離開見鬼的得瑞中學了。

即使父親心情不好，他也很少表現在臉上（父親一向精力充沛——「精力生精力」。不論看我們的功課還是訓他的球隊，總是一再重複這句話）。父親沒辭掉得瑞的教職，也許是不敢，也許是母親不准。他想加快馬力整頓新罕布夏旅館，但是還要一邊教三班英文兼冬春兩季的徑賽教練，所以馬力只能加一半。

法蘭在學校彷彿消失了，就像那群擺著好看的乳牛一樣，過一會兒就沒人記得他還存在。他很用功（功課對他似乎頗難），也去上必修的體育課，但沒什麼特別喜歡的運動，更沒優秀到可以加入校隊（大概也不打算加入）。他還是老樣子，又高又壯，笨拙得可以。

法蘭（十六歲時）在嘴上留了一撇鬍子，年紀看起來大多了。他那副天眞如小狗的脫線樣（例如那雙遲鈍的腳），令人覺得，有朝一日，或許他會變成頗具架勢的大塊頭雄犬。但是要法蘭的氣概和身材相稱，恐怕得等下輩子。他沒有朋友，但我們都不擔心；法蘭本來就沒交朋友的本事。

芬妮不用說，男朋友一大堆，幾乎每個都比她大。我對其中一個紅髮高個兒的高三學長頗有好感，他叫史超瑟，是個剛毅木訥的緬因人，也是賽船隊的第一號槳手。雖然他手上塗著強化水泡用的油膏，身上有股像濕襪子的味道，我們家人都還算喜歡他，甚至法蘭也不例外。哀愁老朝他吠，不過那不是因爲味道的關係，而是史超瑟威脅了哀愁的勢力。我不知道史超瑟是不是芬妮最中意的男朋友，但他非常喜歡她，對我們也很好。

其他人可沒這麼好了，其中一個正是巴布教練那批波士頓槍手的頭頭。跟這個四分衛比較起來，拉夫．狄米歐簡直就是聖人；他叫施特林．道夫，大家都喊他「奇普」（Chip）或「奇柏」（Chipper）。他來自波士頓近郊一所貴族高中，是個心狠手辣的壯小子。

「他是天生的領導者，那個奇普．道夫。」巴布教練說。他是天生的祕密警察頭子，我想。金髮的奇柏．道夫十分瀟灑，無懈可擊，甚至說得上漂亮。我們全家都黑髮，除了莉莉，她算不上金髮，比較像是全身漂白過——甚至髮色都灰灰的。

我很想看奇普．道夫打四分衛，卻沒有半個好前鋒掩護的場面——尤其是他頻頻傳球，好趕上達陣的當兒——但入學委員會眞是幫巴布教練幫了個徹底，得瑞的足球隊硬是沒落後過。只要球一到手，對方就搶不走，道夫幾乎用不著傳球。雖然在我們孩子的記憶中，這季的連戰連勝還是頭一回，但看起來卻無聊得很——一路壓著對手打，只等時間耗完，在三、四碼外得分；沒有花巧，全憑實力堅強、訓練有素、執行精準。雖然他們的防守沒那麼厲害，總是會被追回幾分，但也差不了多少——因爲對手幾乎拿不到球。

「全場控球，」巴布教練興奮地說：「打從戰後，我的球隊頭一次能全場控球。」

芬妮和奇普．道夫交往唯一令我安慰的地方是，道夫過慣了群居生活，所以他跟芬妮在一起時，身邊總少不了得瑞那批後衛——通常也有一兩個前鋒。那一年，他們就像打家劫舍的強人在校園裡高視闊步，芬妮偶爾也在列。道夫很迷她——除了法蘭，每個男生都迷芬妮。女生都防著她，免得一比之下黯然失色；她大概也當不了什麼好朋友，芬妮身邊永遠有人來來去去，她對陌生人的興趣太濃，沒法子當女生理想的手帕交。

這些事我完全不懂，簡直如墮五里霧中。芬妮有時會幫我撮合約會，但她找來的女生通常都比我大，根本行不通。「每個人都說你可愛，」芬妮說：「可是你得多跟人家聊聊，你知道——不能『一開始』就摟摟抱抱。」

「我沒有摟摟抱抱，」我告訴她：「我根本到不了那一關。」

「哦，」她說：「那是因爲你總是坐在那邊等，弄得大家都知道你在等什麼。」

「妳就不知道，」我說：「不一定。」

「你說我？」她問，我一言不發。「聽著，小子，」芬妮說：「我知道的是，你想我想得太多了——如果你是這意思的話。」

她叫我「小子」是進得瑞以後的事，雖然我們只差一歲。令我生氣的是，這渾名竟然不脛而走。

「嘿，小子，」奇普．道夫在體育館的浴室對我說：「你姐有全校最棒的屁股，有沒有人上過她？」

「史超瑟。」我說，儘管我希望這不是實話，史超瑟至少比道夫好一點。「史超瑟！」道夫說：「那個他媽的『船夫』？划船的老粗？」

「他很壯。」我說。這倒是實話——賽船隊的都很壯，史超瑟更是最壯的一個。

「對，不過他是老粗。」道夫說。

「一天到晚搖他的槳！」藍尼．梅茲說。

他老是待在奇普．道夫右後方，連淋浴時也不例外，彷彿隨時隨地在等道夫的球。這傢伙的腦袋和身子都像水泥一樣，又笨又硬。

「好了，小子，」道夫說：「去跟你姐講，她有全校最棒的屁股。」

「還有奶子！」梅茲叫道。

「也不錯，」道夫說：「不過她的屁股最特別。」

「她笑起來很好看。」梅茲說。道夫背著他朝我翻翻白眼——彷彿要告訴我梅茲有多笨，他自己又有多聰明。「別忘了用肥皂，藍尼。」道夫說著丟過一長條滑溜溜的肥皂，梅茲本能地去接——天生的接球員——肥皀滑進他環抱的臂膀，啪地一聲打在肚皮上。

我把水關掉，因爲有個大個子擠進我的蓮蓬頭底下。把我擠出去後，他又把水打開。

「讓開，兄弟。」那人輕聲說。他是負責掩護道夫的前鋒之一，名叫小山姆．瓊斯，大家都喊他小瓊斯。小瓊斯就像啓發我父親想像力的夜晚一樣黑。他畢業後進賓州大學打校隊，接著到克里夫蘭打職業隊，直到膝蓋弄傷爲止。

一九五六年我十四歲，小瓊斯是我見過最壯觀的人肉戰車。我正要乖乖走開，卻聽見奇柏．道夫說：「嘿，小瓊斯，你認得這小子嗎？」

「我沒見過他。」小瓊斯說。「哦，他是芬妮．貝里的弟弟。」道夫說。

「你好嗎？」小瓊斯說。

「哈囉！」我說。

「老巴布是他祖父，小瓊斯。」道夫說。

「那很好。」小瓊斯說著，用手上那一小塊肥皂弄得滿口泡沫，然後仰頭，讓傾洩的水柱沖進他嘴裡。也許他是在刷牙，我想。

「我們正在談，」道夫說：「我們最『喜歡』芬妮哪個地方。」

「她的微笑。」梅茲說。

「你還說她的奶子。」道夫說：「我說她有全校最棒的屁股。我們還沒問這小子喜歡他姐哪兒，不過我想先問你，小瓊斯。」

小瓊斯的肥皂已經消失無蹤了，碩大的腦袋上滿是白沫；他湊到蓮蓬頭下一沖，肥皂泡散到腳踝邊。我低頭看著自己的腳，發覺愛荷華巴布另兩個後衛挨了過來。一個臉黑黑的叫柴斯特·普拉奇，他在強光燈下曝曬太久，脖子仍然佈滿燙傷的痕跡，額頭也是坑坑疤疤。普拉奇負責阻擋——不是自願的，只因爲他沒有藍尼·梅茲跑得快。普拉奇是天生的擋人材料，因爲他從不跑開，只會衝去撞對方的球員。接著他悄沒聲息掩到我身後，像隻甩不掉的馬蠅的是個跟小瓊斯一樣黑的男孩；但這兩人相似的地方也只有膚色。他在底線負責接長傳球，只有接應道夫輕鬆愉快的短傳時才離開後場。他叫哈羅·史瓦洛，個子跟我差不多大，但他是個飛人。哈羅·史瓦洛跑起來跟他的姓一樣快（Swallow意爲「燕子」）。如果被擒抱住，搞不好會折成兩半，但除非等著接球飛奔，他一向埋伏在大後方，通常就在普拉奇或小瓊斯身後。

這會兒，他們全到齊了，我不禁想，如果往浴室丟一顆炸彈，巴布教練的勝利季就玩完了。至少在運動這一項上，我是唯一沒人會在乎的。我跟愛荷華巴布的進口後衛根本沒得比，更別說小瓊斯這個大前鋒了。雖然防守前鋒不止一個，但奇柏·道夫之所以沒被擋下來過，主要還是小瓊斯的功勞。也多虧他，柴斯特·普拉奇才找得到空檔帶藍尼·梅茲衝鋒；小瓊斯弄出的空檔，足夠讓他們兩個一起衝。

「快呀，小瓊斯，想一想，」道夫不懷好意地說——他的口氣裡滿是諷意，顯然不以為小瓊斯有思考的能力：「你喜歡芬妮．貝里哪個地方？」道夫問道。

「她有雙好看的小腳。」哈羅．史瓦洛說。大家都瞪著他，但他只顧在水柱下跳來跳去，誰也不看。

「她的皮膚很漂亮。」柴斯特．普拉奇說，全身的坑坑疤疤不由得又成了注目焦點。

「小瓊斯！」奇普．道夫說。小瓊斯關掉他的蓮蓬頭，站在那裡讓水滴了好一會。他令我覺得自己像是多年前的蛋蛋，還在學走路。

「對我而言，她只是個白人女孩。」小瓊斯說，眼神在我們身上停了一下：「不過她似乎是個好女孩。」他加了一句，說給我聽。接著又打開蓮蓬頭，把我向下一推——冷得要命——然後一陣風似地離開了浴室。

我注意到連奇柏．道夫都惹不動他。不過我更在意芬妮有麻煩了——然而，我最在意的是，我一點辦法也沒有。

「奇柏．道夫那個雜碎提到妳的屁股、妳的奶子，還有妳的『腳』！」我對芬妮說：「妳小心他。」

「我的『腳』？」芬妮說：「他說我的腳怎樣？」

「好吧，」我說：「那是哈羅．史瓦洛說的。」大家都知道哈羅．史瓦洛有點瘋瘋的。那年頭，如果有人跟哈羅．史瓦洛一樣神經，我們就說他像隻跳華爾滋的老鼠。

「奇普．道夫說我什麼？」芬妮問：「我只在乎他。」

「他只在乎妳的屁股，」我告訴她：「而且還對每個人說。」

「沒關係，」她說：「我對這種事沒興趣。」

「喔，他可有興趣了，」我說：「妳還是跟史超瑟走近一點。」

「哎，小子，我告訴你，」她嘆了口氣：「史超瑟很可愛，但他太無聊、無聊、無聊！」

我低頭不語。我們站在二樓走廊上，房子卻已經是別人的了，雖然感覺上還是一樣的貝茲老家。芬妮幾乎不到我房裡來了。我們在自己房間做功課，要聊天就到浴室外的走廊。法蘭似乎連浴室也很少用了。現在，每天母親都會在我們房門外多堆幾個箱子，準備搬進新罕布夏旅館。

「我不懂妳為什麼非進啦啦隊不可，芬妮，」我說：「我的意思是，妳居然甘心當個啦啦隊？」

「我高興。」

她說。某一天，就在啦啦隊練習後，我和芬妮在離久未駐足的樹蕨叢不遠處碰面——現在我們是這裡的學生了——遇上了愛荷華巴布那群後衛。他們在回體育館的林間小路逮到一個倒楣鬼，把那人丟在滿是釘鞋印——像機槍掃出來的洞——的泥淖裡修理。芬妮和我一看到那群後衛的臉——而且他們正在揍人——立刻掉頭就跑；他們永遠在找人揍。但跑不到二十五碼，芬妮抓住我的手臂停下腳步：「我想那是法蘭，」她說：「他們在修理法蘭。」

這下我們非回頭不可。在我還沒看清怎麼回事之前，我忽然覺得勇氣十足；芬妮握住我的手，我也緊緊回握。她的啦啦隊裙很短，我的手背都擦到了她的大腿。接著她揮掉我的手尖叫起來。穿著運動短褲的我登時雙腿一冷。

法蘭穿著他的樂隊制服。大便色的長褲（褲管上還有死人灰的條紋）已經被剝掉，內褲褪到腳踝邊，制服上衣翻到胸口，一枚銀肩章浮在泥濘裡，就在法蘭臉旁；跟泥漿沒兩樣的銀帽子和棕總帶壓在哈羅·史瓦洛的膝蓋下。哈羅抓著法蘭一隻手臂向後扣，藍尼·梅茲拉住另一隻。法蘭面朝下趴著，小弟弟浸在泥沼正中央，光溜溜的屁股在泥漿裡載浮載沉，隨著奇柏．道夫踩在上面的腳一上一下。專門擋人的柴斯特．普拉奇坐在法蘭的膝蓋彎上，兩手壓住他腳踝。

「快啊，用力！」道夫對法蘭說著，又用力把法蘭的屁股踩進泥濘裡，釘鞋在上面壓出一個個小印子。

「快啊，你這強姦泥巴的，」藍尼．梅茲說：「聽到沒——用力！」

「住手！」芬妮對他們叫道：「你們幹什麼！」

雖然法蘭似乎是最吃驚的一個，然而就連道夫也掩不住訝異。

「嘿，瞧瞧誰來了。」道夫說。但我知道他正在想接著該說什麼。「我們只是讓他盡興一下，」藍尼．梅茲對芬妮和我說：「法蘭喜歡強姦泥巴，對吧，法蘭？」

「放他走。」芬妮說。

「我們沒傷害他。」柴斯特．普拉奇說。他一向對自己的長相自卑，只敢看我，不敢看芬妮；芬妮漂亮的皮膚八成令他難以逼視。

「妳哥哥喜歡男生，」道夫對她說：「是不是，法蘭？」

「是又怎樣？」法蘭說。他可沒認輸，憤怒得很；如果可以，他大概會用手摳他們的眼睛——也許還能傷了其中一兩個。法蘭幹起架來可夠瞧的。

「插男生的屁股，」藍尼．梅茲說：「噁心。」

「就像插泥漿一樣。」哈羅．史瓦洛說，不過他看起來寧可跑來跑去，也不想壓著法蘭的手。哈羅．史瓦洛永遠一副不自在的樣子——就像頭一回走進喧嚷的夜市。

「嘿，沒事啦！」奇柏．道夫說。他把腳從法蘭屁股上收回，向芬妮和我走近一步。我想起巴布教練常提的膝蓋傷害，心裡暗忖，在他把我揍扁之前，我也許有機會給他膝蓋來上一記。

我不知道芬妮在想什麼，她對道夫說：「我要跟你談談，現在，就我們倆。」

哈羅．史瓦洛帶著鼻音尖笑一聲，像隻跳華爾滋的老鼠。

「這個嘛，當然可以，」道夫對芬妮說：「談談無妨，就我們倆，隨時都可以。」

「現在，」芬妮說：「我要現在——否則免談。」

「呃，現在就現在，沒問題。」道夫說著對後衛們使了個眼色。柴斯特．普拉奇和藍尼．梅茲滿臉妒羨之色，只有哈羅．史瓦洛盯著足球服上的草漬皺起眉頭。他全身就這麼一塊污漬，一點點青草，八成是飛得太低了。也許，他皺眉頭是因爲法蘭攤平的身子擋住了他欣賞芬妮小腳的視線。

「放法蘭走，」芬妮對道夫說：「叫其他人都走——回體育館。」

「我們當然會讓他走，」道夫說：「我們正要這麼做，不是嗎？」他說著，對後衛們比個手勢。他們放開法蘭。法蘭掙扎著邊起身、邊忙著遮他滿是泥漿的私處。他憤怒地默默穿上衣服。那一刻我最怕他——不過反正其他人也依言離開了，踏著小徑往體育館走去。藍尼．梅茲回過頭瞥了一眼，揮揮手。芬妮朝他豎起中指。法蘭推開芬妮和我，拖泥帶水地準備回家。

「忘了什麼嗎？」道夫對他說。

法蘭的鈸還丟在草叢裡。他停下腳步——忘了自己的樂器，似乎比剛才那一切還令他羞愧。芬妮和我都討厭法蘭的鈸。我猜法蘭之所以參加樂隊，全是爲了穿制服——什麼制服都好。他一向不愛團體活動，但巴布教練的勝利季促成了軍樂隊的重組——得瑞從二次大戰後就再沒有過軍樂隊——那身制服實在令法蘭無法抗拒。他對音樂一竅不通，人家只好叫他敲鈸。別人也許會嫌這是個笨差事，但法蘭可不。他就喜歡跟著樂隊行進，什麼也不做，只等著他那一聲「鏘」！

這倒也不像家裡有個練音樂的人，成天又鋸又吹又敲，總要把全家人都搞瘋。法蘭並不

「練」他的鈸。偶爾，我們會聽見法蘭上鎖的房裡突然發出一聲巨響。芬妮和我就會猜，法蘭一定又穿著制服，在鏡子前滿身大汗地假裝在遊行，直到他喘得受不了，才興之所至來一記戲劇性的結束。

那可怕的巨響引得哀愁狂吠，搞不好還加上一串屁；母親嚇得摔了手上的東西，芬妮跑到法蘭門前猛敲。我的想像則不太一樣，在我聽來，它就像一記突兀的槍響。那一剎那，我總以爲嚇到我們的是法蘭自殺的聲音。

在後衛們偷襲他的小徑上，法蘭從草叢裡撿起沾滿爛泥的鈸，鏘地一聲夾在腋下。

「要去哪？」道夫說：「就我們倆。」

「我曉得一個地方，」芬妮說：「不遠，」然後又加一句：「我很熟的地方。」我知道，她說的當然是那片——我們倆的——樹蕨叢。就我所知，芬妮從沒帶史超瑟去過那兒。我希望她說得這麼清楚，只是好讓法蘭和我知道去哪裡救她。但法蘭自顧自拖著腳步回家，對芬妮一聲不吭，甚至正眼也不瞧一下。奇普．道夫用冰藍色的眼珠瞧著我微微一笑：「滾吧，小子。」

芬妮拉起他的手，推著他走下小徑。我連忙三兩步趕上法蘭。「老天，法蘭，」我說：「你要上哪去？我們得幫她。」

「芬妮會要人幫？」他說。

「她幫了你，」我說：「她救了你的屁股。」

「又怎樣？」他說著哭了起來：「你怎知道她要我們幫？」他邊說邊吸鼻子：「說不定她想跟他一起。」

這念頭對我來說太可怕了——幾乎跟道夫強迫她就範一樣可怕！我抓住法蘭僅剩的一邊肩章，拖著他回頭就走。

「別哭。」我說。我可不想讓道夫聽見我們來了。

「我說跟你談談，只是『談談』而已！」我們聽到芬妮尖叫。「你這爛人！」她吼道。「你明明可以好一點，偏偏要耍下流，我討厭你！」她喊著。「住手！」她叫了又叫。

「我以爲妳喜歡我。」我們聽見道夫說。

「也許，」芬妮說：「可現在不了，永遠。」她說，聲音裡忽然沒有憤怒了。她哭了起來。

法蘭和我抵達樹蕨叢時，道夫已經把褲子脫到了膝蓋；他的麻煩跟多年前芬妮和我偷看胖子彭德斯特拉屎時一樣，護臀脫不下來。芬妮衣衫完好，但被動得有點出奇——坐在樹蕨裡（道夫推她的，她後來跟我說），兩手掩臉。法蘭把他那要命的鈸猛然一敲——嚇得我以爲兩架飛機在天上相撞了——然後把右手的鈸朝道夫臉上用力一砸，這肯定是道夫本季挨得最重的一次，他顯然很不習慣；當然，他褲子的位置也頗不方便活動。他一跌倒，我立刻撲上去壓住。法蘭還在敲他的鈸——彷彿這是我們家人殺敵前必跳的戰舞。

道夫把我摔下身，就像還能撲倒蛋蛋的老哀愁一樣——他賞了我一大記頭槌——但法蘭弄出的巨響似乎把四分衛嚇呆了，也讓芬妮脫離了被動狀態。她使出所向無敵的那一招，直取奇柏·道夫的私處。他立刻出現各種痛不欲生的症狀——法蘭一定記憶猶新，我也想起了吃過這招的拉夫·狄米歐。她抓得正中要害，道夫往後一仰，倒在松針堆裡，褲子還掛在膝蓋上。芬妮把他帶著金屬杯的護具半拉到大腿，用力一扯，我們馬上看到了道夫嚇得小不隆咚的私處。「好大條！」芬妮對道夫說：「你可眞大條！」

接著芬妮和我得阻止法蘭繼續敲他的鈸；那巨響彷彿可以毀滅一整座森林，把小動物全嚇跑。奇柏·道夫仰天躺著，一手護著他的小弟弟，一手掩住一邊耳朵，另一隻耳朵壓在地上。我看到道夫的頭盔掉在樹蕨叢裡，便順手撿起來，留下他在那兒調養生息。法蘭和芬妮走到小徑上的泥沼，把頭盔裝滿泥漿還他。

「大便跟死人臉。」芬妮沒好氣地說。

法蘭忍不住敲鈸敲個不停，他太興奮了。

「老天，法蘭，」芬妮說：「拜託別敲了。」

「抱歉。」他對我們說。等快到家了，他又說：「謝謝你們。」

「也謝謝你，」芬妮說：「還有你。」她說著抓緊我的手臂。

「跟你們說，我眞的是同性戀。」法蘭呑呑吐吐地說。

「我想我知道。」芬妮說。

「沒關係啦，法蘭。」我說。身爲人家的兄弟，還能說什麼？

「我一直在想辦法告訴你們。」法蘭說。芬妮說：「這辦法可眞夠古怪。」連法蘭也笑了。我想這還是打從父親發現新罕布夏旅館四樓浴廁的大小──「給侏儒用的」──以來，我頭一回聽到他笑。

我們有時會想，新罕布夏旅館裡的生活是否就像這樣。

更重要的是，等我們搬進去開張後，旅館到底會有什麼人來住。隨著日子一天天接近，父親愈來愈愛強調他心目中完美旅館的條件。他在電視上看到一段某間旅館管理學校──在瑞士──校長的訪問，那人說，新旅館想成功，祕訣就在盡快建立固定的預約模式。

「預約！」父親找了個衣服的紙型把這話寫上，貼在貝茲老家的冰箱上。

「早安，各位『預約』的！」每天吃早餐時，我們都故意這樣打招呼來揶揄父親，但他很認眞。

「你們再笑啊，」有天早上他說：「我已經有兩個了。」

「兩個什麼？」蛋蛋問。

「兩個預約。」父親神祕兮兮地說。

我們打算在和愛塞特中學比賽那個週末開張，這是我們所知的第一個「預約」。得瑞慘兮兮的足球隊每年最後一場季賽，都是以懸殊比數敗給愛塞特或安多佛這些名校。更糟的是，我們還得大老遠跑到他們保養良好的草地上去挨打。這些學校，像愛塞特，多半都有一座標準球場，制服也很漂亮——那時愛塞特和安多佛還是男校——學生都穿西裝打領帶。其實就算隨便穿，他們看來也瀟灑多了；在又乾淨又有自信的同性面前，我們簡直抬不起頭來。每年得瑞的球隊都有氣沒力地上場，活像一群大便跟死人臉——等比賽結束，看球的我們也差不多了。

愛塞特和安多佛老把我們換著玩，他們都喜歡跟得瑞打倒數第二場球，當作熱身準備——因爲他們季賽的最後一戰要互相對壘。

但在愛荷華巴布的勝利季輪到我們做主場了，那年的對手就是愛塞特。無論勝負，這一季我們都穩贏不輸，但大家——包括父親和巴布教練——都看好得瑞有機會以全勝之姿過關，最後一場還可以拿從沒贏過的愛塞特祭旗。由於連戰連勝，連校友都回來看球了，校方還把愛塞特之戰的週末訂爲家長參觀日。巴布教練很希望爲他的槍手後衛和小瓊斯換套新制服，但老教練一想到破兮兮的大便和死人臉戰隊能把白衣紅字、紅色頭盔的愛塞特球員在場上一一擊倒，心裡可樂得很。

話說回來，愛塞特那年戰績不怎麼樣，只有五勝三敗——當然，這一季競爭比較厲害，但他們那一屆並不算強。愛荷華巴布覺得勝利在望，父親也把季賽當作新罕布夏旅館的好兆頭。愛塞特之戰的週末，我們連兩夜沒一間空房，全預約光了，餐廳的位子也已預訂額滿。

「大廚」（父親堅持這麼稱呼）的手藝令母親頗爲擔心；她來自加拿大的愛德華王子島，幫那裡一戶大船家做了十五年的菜。「這跟做旅館的菜可是兩回事。」母親提醒父親。

「不過那可是個大家子——她說的，」父親說：「何況，我們只是個小旅館。」

「愛塞特週末那天旅館可是滿的，」母親說：「還有餐廳。」

廚師名叫尤里克太太，助手就是她丈夫麥斯——他原本是商船上的廚子，左手缺了大拇指和無名指，那是在一艘名叫「大膽女」的船上出的意外。他對我們說著，還眨了眨飽受海鹽浸漬的眼睛。麥斯一直擔心，如果尤里克太太曉得他曾在哈里法斯跟某個大膽女打過交道，不知會怎麼料理他。

「等我一眼望去，」麥斯對我們說——莉莉總是盯著他殘廢的那隻手不放：「大拇指跟無名指已經跟胡蘿蔔血淋淋排在一起了，那把切肉刀像著了魔，自個兒亂砍一通。」麥斯手爪一縮，就像在閃躲刀鋒，莉莉不禁雙眼一閉。她那年十歲，樣子比八歲時大不了多少；蛋蛋六歲，看起來比莉莉還壯——而且對麥斯的故事毫無興趣。

尤里克太太不會說故事。她可以盯著塡字遊戲半天一個格子也不塡。她把麥斯洗好的衣服掛在廚房裡；那兒放的原本是女學生的衣櫃——對晾乾的襪子和內衣褲想必不陌生。尤里克太太和父親決定，最適合新罕布夏旅館的料理是家常菜；就尤里克太太的想法，這指的是兩種烤肉或新英格蘭式料理，再加上兩種派——星期一再把用剩餘的各種烤肉拿來做派。午餐包括湯和冷盤，早餐則有煎餅等等。

「沒什麼花巧，就是簡單實惠。」尤里克太太正經八百地說。她令芬妮和我想到寄宿學校——例如我們熟悉的得瑞中學——的營養師，堅信吃這回事無需趣味，只是教養上需要而已。我們和母親一樣擔心，因爲這也關係到我們未來的三餐——但父親相信尤里克太太應付得來。

她在地下室有個自己的房間。「只要離我的廚房近就好。」尤里克太太說，她希望湯鍋的火徹夜開著。麥斯．尤里克也有個房間——在四樓。因爲沒電梯，父親很樂意把四樓的房間先用掉一個。那裡的衛浴設備是兒童號的，但麥斯多年來用慣了「大膽女」狹窄的廁所，所以不以爲意。

「這對我的心臟好，」麥斯對我們說：「天天爬樓梯，可以增進血液循環。」說著用殘廢那隻手拍拍灰毛叢生的胸口。但我們認爲麥斯只想遠遠避開尤里克太太，爬樓梯也好，用迷你馬桶也好，全都無所謂。他自稱「天生巧手」，不在廚房幫尤里克太太時就負責修東西。「通馬桶、開鎖，全包在我身上！」他說。他能用舌頭發出鑰匙在鎖孔裡轉動的聲音，還有可怕的沖水聲——彷彿四樓小馬桶沖下來的東西在整棟旅館裡長途跋涉。

「『第二個』預約是什麼？」我問父親。我們知道春天有一個畢業週，冬天某個週末也許會有一場曲棍球大賽。但在這之前，造訪的得瑞中學家長數目不多，並不需要預約訂房。

「畢業典禮，對吧？」芬妮問。父親搖搖頭。

「一場大婚禮！」莉莉嚷道。我們瞪著她。

「誰要結婚？」法蘭問。

「我不知道，」莉莉說：「就是很大一場，很大很大——全新英格蘭最大的婚禮。」

我們從來搞不清楚莉莉這些念頭從哪來的；母親擔心地看她一眼，然後轉向父親。

「別賣關子，」她說：「我們都想知道：你那第二個預約到底是什麼？」

「得等到夏天，」他說：「所以有很多時間準備。現在我們先專心應付愛塞特週末，先來的先搞定。」

「搞不好是盲人大會。」早上去學校時，芬妮對法蘭和我說。

「或者痲瘋病研討會。」我說。

「不會有事的。」法蘭說著，一臉擔心。

我們不再走練習場後面那條林間小徑，直接橫越足球場——有時還把手上的蘋果核往底線一丟——或者走學生宿舍之間的大路。我們刻意避著愛荷華巴布的後衛，誰也不想單獨碰上奇柏・道夫。我們沒把事情告訴父親——法蘭要求芬妮和我別說。

「媽已經知道了，」法蘭說：「我是說，她知道我是個同性戀。」

芬妮和我只吃驚了一下，轉念一想，就覺得這實在很正常。如果你有祕密，母親一定替你守著；如果你想來場民主辯論，開上幾個鐘頭甚至幾星期的家庭會議，那就找父親。儘管他對第二個預約守口如瓶，對別人的祕密可不大耐煩。

「一定是歐洲最偉大的作家和藝術家要來這兒開會。」莉莉猜。芬妮和我在桌子底互踢一下，彼此翻翻白眼。我們在眼裡說，莉莉是怪人，法蘭是同性戀，蛋蛋才六歲。這個家只剩我們了——就我們倆。

「是馬戲團。」蛋蛋說。

「你怎麼知道？」父親逼問。

「天啊，溫，」母親說：「眞的是馬戲團？」

「只是個小的。」

「不是那個P.T.巴南的後裔吧？」愛荷華巴布問。

「當然不是。」父親說。

「金氏兄弟！」法蘭說，他房裡貼著一張金氏兄弟馴虎的海報。

「不，這個是迷你型的，」父親說：「就像私人馬戲團。」

「你是說那種不入流的？」巴布教練說。

「沒有怪獸？」芬妮說。

「當然沒有。」父親說。

「『怪獸』是什麼？」莉莉問。

「四肢不全的馬，」法蘭說：「有兩個腦袋的牛——一個長在背上。」

「你在哪看過？」我問。

「有沒有獅子老虎？」蛋蛋問。

「看來他們很適合住四樓。」愛荷華巴布說。

「不，叫他們跟尤里克太太待一起。」芬妮說。

「溫，」母親說：「到底是什麼馬戲團？」

「這個嘛，其實他們住外頭也無妨，」父親說：「舊運動場可以搭帳篷，吃就在餐廳解決，也許有一兩個會住進旅館裡——不過我想他們多半有自己的拖車。」

「動物睡哪？」莉莉問。

「唔，」父親說：「我想他們沒什麼動物——他們是個小馬戲團。也許只有一兩隻。我想他們有一些特別表演，有什麼動物就不曉得了。」

「什麼『特別表演』？」愛荷華巴布說。

「八成是個爛馬戲團，」芬妮說：「盡是一些山羊、雞仔這種大家都看過的畜生——或者幾隻笨鹿、會學人話的烏鴉之類的。沒什麼可看，沒半點異國風情。」

「我寧可沒半點異國風情。」母親說。

「『什麼』特別表演？」愛荷華巴布說。

「唔，」父親說：「我不確定。空中飛人，也許？」

「你不知道有什麼動物，」母親說：「也不知道有什麼表演。你到底知道什麼？」

「他們規模很小，」父親說：「只想預約幾個房間，或許再包下半間餐廳。他們星期一休息。」

「星期一休息？」愛荷華巴布說：「你讓他們租多久？」

「這個嘛……」父親說。「溫！」母親說：「他們到底會待多久？幾個禮拜？」

「他們要待一整個夏天。」父親說。

「哇！」蛋蛋叫道：「馬戲團！」

「馬戲團，」芬妮說：「一個怪馬戲團。」

「爛表演，爛動物。」我說。

「怪表演，怪動物。」法蘭說。

「你參加正合適，法蘭。」芬妮對他說。

「安靜。」母親說。

「用不著擔心，」父親說：「只是個小小的私人馬戲團。」

「叫什麼名字？」母親問。

「這個嘛……」父親說。

「你連名字都不知道？」巴布教練說。

「我當然知道！」父親說：「叫菲利綜藝班。」

「菲利綜藝班？」法蘭說。

「綜什麼藝？」我問。

「唔，」父親說：「這只是個名字而已。他們一定有很多表演。」

「聽起來挺摩登的。」法蘭說。

「『摩登』？法蘭？」芬妮說。

「聽起來挺古怪。」我說。

「古怪是什麼？」莉莉問。

「怪獸嗎？」蛋蛋問。

「別管了。」母親說。

「我想還是先專心應付愛塞特週末吧！」父親說。

「沒錯，還有把大夥的東西搬進旅館。」愛荷華巴布說：「要討論夏天的事，有的是時間。」

「一整個夏天都預約了？」母親問。

「看到沒？」父親說：「這生意多好做！夏天就這麼搞定了，還有愛塞特週末。先來的先搞定，現在我們只管搬進去吧！」

這是愛塞特週末前一週的事，那天比賽，愛荷華巴布的槍手連轟了九次達陣，跟九戰全勝的戰績正好相稱。芬妮沒去看，她決定不當啦啦隊了。星期六那天，芬妮和我幫母親把搬家公司卡車沒運完的東西搬進新罕布夏旅館；莉莉和蛋蛋跟著父親和巴布教練去看球了；法蘭不用說，去當樂隊。

四層樓一共三十個房間，我們家人佔了東南角兩層樓的七個房間，地下室歸尤里克太太，再加上四樓的麥斯，也就是說還有二十二間客房。不過領班兼總管蘭達．蕾伊在二樓還有個日間休息室——用來休養生息，她對父親說。另外，三樓東南角的兩個房間——就在我們頭上——給了愛荷華巴布。這一來就剩下十九間客房，其中只有十三間有正常的衛浴設備，其他六間是兒童號的。

「已經太夠了，」父親說：「這是個小鎮，沒什麼人來往。」

或許應付菲利綜藝班是夠了，但我們都擔心愛塞特週末客滿時要怎麼辦。

搬家那個星期六，芬妮發現屋裡有對講機系統，於是把所有的收音鈕都打開。不用說，房間全是空的，我們只是試著幻想一下頭一批客人住進去的感覺。這套父親稱爲「呱呱盒」的系統，自然是湯普森女中留下的——校長用來通知全校防火演習，老師不在教室時也能聽聽學生有沒有搗蛋。父親認爲留下對講機，就不必裝電話了。

「客人可以用來呼叫服務，」父親說：「我們也可以用來叫他們起床用餐。如果一定要打電話，用櫃檯的就成了。」不過留下呱呱盒，也就意味著可以聽到客房裡的一切動靜。

「『道德上』來說不可以。」父親說，但芬妮和我等不及想聽。

搬家那個星期六，櫃檯甚至還沒接上電話——我們房裡也一樣。連床單都沒有——因爲負責打點旅館內務、依約還要處理我們家私用的布料公司星期一才上班。星期一才上班的還有蘭達·蕾伊，不過她比我們還早到旅館——找她的日間休息室。

「我非要不可，妳明白嗎？」她對母親說：「我啊，早上得伺候客人用早餐，然後又要準備伺候午餐，如果沒有地方躺一躺，根本沒力氣換床單；而且，要是午餐跟晚餐之間不躺一會，感覺就會很糟——如果妳住我那兒，絕不會想回家。」

蘭達·蕾伊住在漢普頓海灘，爲夏日遊客伺候餐點換床單。她一直在找雇期一年的旅館工作——爲了永遠脫離漢普頓海灘，母親猜想。蘭達年紀和母親相若，還說她記得厄爾在賭場的表演。不過她沒看過熊跳舞，只記得那齣叫「求職記」的表演。

「我一直不相信那是眞的熊，」她告訴芬妮和我；在她的休息室裡，我們看著她打開一個小提箱：「我是說，看一頭『眞』熊脫衣服有什麼好興奮的？」

我們奇怪她幹嘛要拿睡衣出來，難道她要在「日間」休息室過夜不成？芬妮對她很好奇——我則覺得她很「異國風情」。她的頭髮染過，我說不出什麼顏色，因爲那不是自然色，既不紅也不金，像是塑膠或金屬，不知摸起來什麼感覺。我想蘭達．蕾伊的身材或許曾像芬妮一樣壯，只是變厚了些——還是很有力，不過走了點樣。她的味道很難形容，離開蘭達的房間後，芬妮試著描述幾句。

「她兩天前在手腕上擦過香水，」芬妮說：「你聽懂了？」

「嗯！」我說。

「不過當時她沒戴錶——錶戴在她的兄弟或爸爸手上，」芬妮說：「總之是某個男人。一個很會流汗的男人。」

「嗯。」我說。

「然後蘭達把錶戴在擦過香水的手腕上，換了一整天床單。」芬妮說。

「誰的床？」我問。

芬妮想了一會兒。「一群怪人睡過的床。」她說。

「菲利綜藝班！」我說。

「標準答案！」芬妮說。

「一整個夏天！」我們異口同聲喊道。

「沒錯，」芬妮說：「總之，我們在蘭達身上聞到的，就是她錶帶的味道。」

這麼說很接近了，但我覺得那味道還要好聞一點——只有一點。我想著蘭達．蕾伊掛在衣櫥裡的褲襪；如果我聞一聞她腿上那雙褲襪膝蓋後的地方，也許就能發現眞相。

「你曉得她爲什麼要穿襪子？」芬妮問我。

「不知道。」我說。

「有個男的在她腿上潑咖啡，」芬妮說：「故意的，那人想燙她。」

「妳怎麼知道？」我問。

「我看到傷疤，」芬妮說：「她告訴我了。」我們跑去把全館的對講機都關了，只聽蘭達．蕾伊的房間。她先是哼歌，然後抽菸。我們想像她和男人在一起會發出什麼聲音。

「好吵。」芬妮說。我們聽著蘭達呼吸，裡頭還混著不少雜音——老式對講機用的是汽車那種電池，聽起來像個通電的自動柵門。

等父親帶莉莉和蛋蛋看球回來，芬妮和我把蛋蛋放進小升降機裡，上上下下。法蘭跑去告狀，於是父親跟我們說，升降機只能載床單和碗盤，不能載活人。

因爲它不夠安全，父親說。如果繩子鬆了，升降機受到地心引力往下掉——東西姑且不論，活人可受不了。

「可是蛋蛋又不重，」芬妮說：「我們也不會拿法蘭來試。」

「你們最好誰都別試。」父親說。

接著莉莉不見了，整理行李的工作因此中斷了一個鐘頭。我們找了半天，原來她坐在廚房裡，專心聽尤里克太太講小時候被體罰的事。如果晚餐前忘了洗手，頭髮會被剪掉一大截，短得她不敢見人；如果說髒話，會被罰光腳站在雪地裡；如果偷東西吃，就得吞下一湯匙鹽巴。

「如果你跟媽咪不在家，」莉莉對父親說：「不會把我們交給尤里克太太吧？」

法蘭的房間是全館最好的，芬妮爲此抱怨不已；她得跟莉莉擠一間。我和蛋蛋的房間有一條沒門的走道相通。麥斯把他房裡的對講機拆了，我們每次偷聽只聽見一團雜音——彷彿老水手還在海上晃蕩。尤里克太太的房間像她的湯鍋，聽起來一直冒泡泡——來自一場文火慢燉的生活。

我們等不及想看到更多客人，更等不及新罕布夏旅館開張，簡直興奮得坐不住。

父親帶我們跑了兩回防火避難路線，想耗耗大家的力氣，但我們反而愈來愈有精神。等天一黑，我們發現電還沒接通，就開始玩抓迷藏，帶著蠟燭在一間間空房裡又躲又找。

我躲在蘭達．蕾伊二樓的日間休息室裡，吹熄蠟燭，憑嗅覺找到她放睡衣的抽屜。我聽見三樓傳來法蘭的尖叫——他摸黑摸到一株盆景；還有陣陣回音，顯然是芬妮在樓梯間鬼笑。

「現在儘管玩吧！」父親從我們的住處吼道：「等客人住進來，可別再胡鬧！」

莉莉在蘭達的房間找到我，幫我把衣服放回抽屜。我們溜出去時被父親逮個正著，莉莉便被帶回房上床睡覺。父親很不高興，剛剛他想打電話去電力公司抱怨，卻發現連電話都沒接通。母親便自告奮勇，帶蛋蛋走一段路到火車站打電話。

我去找芬妮，但她躲過我跑回大廳去了。她把所有的對講機開關都調到「播音」的位置，對全館來了段廣播。

「注意！」芬妮的聲音響徹全館：「注意！每個人都起床接受性檢查！」

「什麼性檢查？」我一邊想，邊下樓梯往大廳跑。

法蘭沒聽清楚，他躲在四樓的工具間，那裡沒有呱呱盒，芬妮的廣播在他耳裡只是一團咕噥，他大概以爲父親又要叫我們跑避難路線，匆匆忙忙想離開，不料卻踩到桶子跌了個狗吃屎，頭撞上地板，手這回摸到隻死老鼠。

我們又聽見他的慘叫。麥斯在四樓另一端打開房門大吼，彷彿人在海上快沉下去了。

「別像娘們在那邊鬼叫！想嚐嚐兩手吊在防火梯上的滋味嗎？」

這一罵把法蘭的興致罵壞了，他說我們的遊戲太「幼稚」，自個兒回房去了。芬妮和我從三樓角落一扇大窗俯望著艾略特公園，那裡是巴布教練的房間，不過他人在體育組的慶功宴上——雖然還差最後一場比賽沒打。

艾略特公園跟平時一樣荒涼，無人的遊樂設施像枯樹般黏在黯淡的孤燈下。最後一批建築器具還在那兒，柴油發電機沒運走，工寮也沒拆，但新罕布夏旅館已經落成，只差造景。這幾天唯一動用到的是一台鑽孔機，癱在前門的石板路旁，像頭餓昏的恐龍。地上還有幾株榆樹的殘根得挖走，停車場也有幾個洞待補。一盞柔和的燈光從我們家的住處流瀉而出，父親正就著燭光哄莉莉睡覺；而法蘭不用說，一定穿了樂隊制服對著鏡子自我陶醉。

芬妮和我看著巡邏車開進艾略特公園——就像一條鯊魚，在空無一物的水域尋找不可得的餌食。我們想，母親和蛋蛋從車站回來時，老警官郝渥．塔克搞不好會「逮捕」他們；新罕布夏旅館透出的燭光，恐怕會讓他以爲湯普森女中有學生的鬼魂在作祟。但老郝渥把巡邏車停在最大的一堆破磚瓦後面，熄了引擎和車燈。

我們看見他的雪茄頭在黑漆漆的車裡閃爍著，像動物的紅眼睛。

我們看見母親和蛋蛋走過遊樂場，郝渥根本沒察覺。他們從黑暗出現，又走出微弱的燈光，彷彿在世上的時日就是如此短促而黯淡；看得我心裡突然一寒，感到在我身旁的芬妮也爲之一顫。

「我們去把所有的燈都打開。」芬妮說。

「可是電又沒接上。」我說。

「那是現在，呆子，」她說：「如果我們把燈打開，電一接通，整間旅館不就全亮了嗎？」

這主意聽來不錯，於是我跟她一起動手——連麥斯門外走廊上的開關也不放過。外頭有一排映照餐廳露天庭院的投光燈，不過現在它能照到的只有鑽孔機，以及一頂倒掛在沒刨掉的小樹上的黃色鋼盔；那鋼盔的主人彷彿已經永遠消失了。

被遺棄的鋼盔令我想到強壯但遲鈍的史超瑟，我曉得芬妮好一陣子沒見他了。我知道她沒有特別要好的男朋友，她也不願多提這事。芬妮還是處女，她告訴我，不是因爲她想這樣，而是整個得瑞中學沒有一個男生「夠格」。

「我可不是自以爲了不起，」她對我說：「只是不想隨便讓哪個肉腳毀了，也不想找個會翻臉不認人的傢伙。這很重要，約翰，」她說：「尤其是第一次。」

「爲什麼？」我問。

「就是很重要，」芬妮說：「因爲那是第一次，所以重要。它會跟你一輩子。」

我很懷疑，也希望不會。我想著蘭達・蕾伊，第一次對她有什麼意義？我想著她的睡衣那股無以名之的味道——就像她錶帶下的手腕，或者她的膝蓋彎。

等芬妮和我打開了所有開關，郝渥・塔克和他的巡邏車還沒半點動靜。我們躡手躡腳走出屋外，想看看來電時整棟旅館大放光明的樣子。我們爬到鑽孔機的駕駛座上等著。

老郝渥靜靜坐在巡邏車裡，看起來就像在等著退休。愛荷華巴布老愛說他「在鬼門關前徘徊」。

郝渥・塔克才發動引擎，整個旅館便跟著大放光明——彷彿是他按下的開關。隨著巡邏車前燈一閃，旅館裡所有的燈也活過來了，郝渥・塔克的車蹣跚前進了幾步便戛然而止——彷彿光芒四射的旅館令他晃了眼，不小心踩空了油門或離合器。然而，看見新罕布夏旅館隨著他發動車子大放光明，實在超過了老塔克承受的極限。他在艾略特公園的人生從未如此多采多姿——偶然遇見一兩件性事，車燈照到幾對沒經驗的少年男女，或者發現個愛找湯普森女中小麻煩的破壞狂。最過分的一次，也只是得瑞的學生把牛偷牽出來，綁在湯普森女中曲棍球場的球門上而已。

郝渥．塔克發動引擎時看見的是整整四層樓的強光震撼——就像新罕布夏旅館被炸彈命中的一剎那。麥斯．尤里克的收音機突然震天價響，嚇得他一陣狂喊。尤里克太太放在地下室鍋爐邊的計時器鈴聲大作，莉莉在睡夢中尖叫起來，法蘭在鏡子前如夢初醒，蛋蛋被電流貫穿整座旅館的哼聲驚動，瞇了瞇眼；芬妮和我坐在鑽孔機上摀住耳朵——彷彿隨著強光而來的定是一場爆炸。老巡官郝渥．塔克感到自己的腳從離合器滑開，心臟也在那一刻停止跳動，離開了這個旅館說活過來就活過來的世界。

芬妮和我最先奔到巡邏車邊，看見老警官身體癱在方向盤上，喇叭響個不停。父親、母親和法蘭從新罕布夏旅館跑出來，彷彿警車發出的是另一回防火演習的訊號。

「老天，郝渥，你『死』啦！」父親邊說邊搖老警官的身子。

「我們不是故意的、不是故意的。」芬妮說。

父親猛捶老郝渥．塔克的胸膛，把他身子擺平在警車前座上，接著又捶他的胸口。

「快打電話叫人來！」父親說。但我們家不像家的旅館沒有一支可用的電話。父親看著警車裡一團亂的線路、開關、耳機和麥克風。「喂？喂？」他左講右講，東按西按。「這鬼玩意怎麼弄？」他吼道。

「誰在呼叫？」車上的裝置傳出一個聲音。

「快派救護車到艾略特公園！」父親說。

「萬聖節警戒狀況？」那聲音說：「萬聖節緊急狀況？喂？喂？」

「耶穌基督，今天是萬聖節！」父親說：「天殺的鬼機器！」他吼道，一拳打在儀表板上，另一拳則往郝渥．塔克悄無聲息的胸口重重一捶。

「我們叫得到救護車！」芬妮說：「學校有救護車！」

於是我跟她一起奔過艾略特公園，四處都沐浴在新罕布夏旅館的強光下。「老天爺。」愛荷華巴布說，我們在松樹街的公園入口正好撞見他。他正望著耀眼的旅館，彷彿以爲旅館沒等他就開張了。在不自然的燈光中，巴布教練看起來老了好幾歲，但我想他只是看起來跟實際年齡一樣大而已——一個爲人祖父、馬上就要退休的教練，只剩下最後一場比賽。

「郝渥．塔克心臟病發！」我告訴他，跟芬妮繼續奔向得瑞中學——那裡也有各種令人心臟病發的把戲，尤其在萬聖節。

第四章　芬妮輸了一場架

萬聖節這天，得瑞鎮警局照例只派老郝渥．塔克巡邏艾略特公園，然而州警局卻派了兩輛警車巡視得瑞中學，校內警力也增加一倍：得瑞中學雖沒什麼傳統，萬聖節的惡作劇可是遠近馳名。

把學校的牛綁在湯普森女中的球門上這回事，就是發生在某年的萬聖節；另一年，又有頭牛被牽進得瑞體育館的室內游泳池，這畜生對氯嚴重過敏，結果被折磨得溺死在水裡。

還有一年，鎮上四個傻小孩跑到得瑞的宿舍要糖果，被綁架一整夜，還給一個扮成劊子手的學生剃光了腦袋，其中一個嚇得一星期不會講話。

「我恨萬聖節。」芬妮說。街上看不到幾個小孩出來要糖果，得瑞的小孩都怕萬聖節。我和芬妮跑著跑著，不時會遇上一兩個頭戴紙袋或面具的膽小鬼，被我們嚇得退避三舍。還有一群小孩——一個扮女巫，一個扮鬼，兩個扮成最近一部火星人入侵電影的機器人——望見芬妮和我跑上人行道朝他們過來，連忙躲到一戶有照明的人家門口。

路旁滿是坐在車裡憂心忡忡的家長——孩子們小心翼翼地挨家挨戶按門鈴，他們則四處留意危險人物。蘋果裡的刀片、巧克力餅裡的砒霜——這些常有的疑慮必定都縈繞在路旁的家長心上。有個憂心過頭的父親把車燈瞄準芬妮和我，跳出車子就要追。「喂！你們兩個！」他吼道。

「郝渥．塔克心臟病發！」我喊道，一聽這話，他似乎就沒興致追了。芬妮和我跑過活像墓場入口的大門，直奔得瑞中學的運動場，經過尖頂鐵柵的當兒，我試著想像愛塞特週末的景象——到處在賣小旗子、毛毯，還有加油用的響鈴；這會兒，它只是個死氣沉沉的大門。一進去，就有群小孩衝著我們狂奔而來，沒命地往外逃，臉上的驚惶與萬聖節面具不遑多讓，身上披的南瓜色和黑白塑料撕得破破爛爛，每個人都像進了小兒科診所似地慘叫連連——又怕又哭，氣都喘不過來。

「耶穌基督。」芬妮說。他們見我們也躲——彷彿芬妮穿著嚇人的打扮，而我戴著全天下最可怕的面具。

我抓住一個小男孩問：「怎麼回事？」但他又掙扎又尖叫，還想咬我的手——他全身濕漉漉，抖個不停，還有股奇怪的味道，身上的骷髏裝在我手裡碎成一片片，活像稀爛的衛生紙或剝落的海綿。「大蜘蛛！」他沒頭沒腦亂叫一通。我放他走了。

「到底怎麼了？」芬妮對孩子們喊，但他們去得跟來時一樣快。運動場就橫在我們面前，漆黑而空曠；盡頭是得瑞的校舍和宿舍，幾乎沒半點燈光，像一排大船停在濃霧籠罩的港口裡——彷彿人全睡了，只剩幾個用功的好學生在「焚膏繼晷」。但芬妮和我知道得瑞的「好」學生少之又少，就算有，恐怕也不會在萬聖節的晚上用功——而那些沒光的窗口，也不代表有人在睡覺。也許他們正在熄燈的房裡摸黑喝酒，互相騷擾，或者折磨那些逮來的小孩。也許校園裡正盛行一種新宗教，必須在晚上舉行儀式祭典——而萬聖節就是它的最終審判日。

有點不對勁。足球場靠這邊的白木球門看起來白得出奇，雖然這是我此生見過最黑的夜。球門看起來太過陰森，也太過顯眼。

「我們應該帶哀愁來的。」芬妮說。

哀愁已經「與我們同在」了，我想——芬妮還不知道，今天父親才帶哀愁到獸醫那裡，讓這隻老狗永遠安息。我們瞞著芬妮——當然，莉莉和蛋蛋也不在場——經過凝重的討論才做了決定。父親對母親、法蘭、我和愛荷華巴布說：「芬妮不會諒解的，」父親說：「莉莉和蛋蛋還太小，問也沒用，他們不會講理。」

法蘭並不喜歡哀愁，但對牠的死刑宣告也顯得有些難過。

「我知道牠不好聞，」法蘭說：「但這也不是什麼要命的毛病。」

「在旅館就很要命，」父親說：「牠的脹氣無藥可救。」

「而且牠也老了。」母親說。

「如果你們老了，」我對母親和父親說：「我們也不會急著要你們安息。」

「那我呢？」愛荷華巴布說：「我猜下一個就輪到我了。看來我放個屁也得小心，否則就得進養老院了！」

「你說這話也無濟於事，」父親對巴布教練說：「眞正愛那隻狗的只有芬妮，也只有她會傷心。我們能做的，就是盡可能別讓她難過。」

父親顯然認爲事先知情會帶來十之八九的痛苦。他並不怕徵詢芬妮的意見；他早就明白芬妮會怎麼想，也明白哀愁非走不可。

我不知道要等搬進新罕布夏旅館多久，芬妮才會注意到放屁老狗不見蹤影，到處嗅著想找出牠的味道——到時候，父親一定得攤牌。

「呃，芬妮，」我想像父親會怎麼開口：「妳知道哀愁不可能返老還童——也不可能自己控制大小便。」

在漆黑的天幕下走過死白的足球門，我一想到芬妮會有什麼反應，不禁打了個寒顫。「劊子手！」她會罵，然後我們人人面露愧色。「芬妮，芬妮。」父親會說，但芬妮一定會鬧得驚天動地。我對那些將要住進新罕布夏旅館的生客感到抱歉，芬妮能發出千百種把所有人都弄醒的聲音。

接著我發現足球門哪裡不對勁，球網不見了。難道球季結束了？我想。不，如果美式足球賽還有一星期才打完，足球賽至少也剩下一星期。我還記得過去在下第一場雪之前，網子都會留在球門上，彷彿得來場大雪，管理員才會想起自己份內的工作。球網會網住來回飄飛的雪花，彷彿緻密到能沾滿灰塵的蜘蛛網。

「球門的網子不見了。」我對芬妮說。

「又怎麼？」她說，於是我們轉了個彎走進樹林裡。即使在黑暗中，我們也找得到那條捷徑——那條足球隊專用、別人都避開的小路。

萬聖節的惡作劇？我想。偷走球網要幹嘛……接著理所當然地，芬妮和我立刻跟網子撞了個正著。只一眨眼，我們全身都罩在網裡——裡頭還有兩個跟我們一樣被逮住的，一個是得瑞的一年級新生，名叫費爾史東，臉圓得像輪胎，軟得像某種乳酪；另一個是鎮上來的萬聖節小孩，扮成猩猩，不過身材看來比較像蜘蛛猴。猩猩面具掛在腦後，所以從背後看是一副猴相，面對他驚惶失措的臉，才看出是個嚇壞的小男孩。

這是個常見的叢林陷阱。小猩猩在裡頭瘋了似地掙扎，費爾史東想躺好，但網子搖個不停，他一下子撞到我：「對不起，」一下又去撞芬妮：「上帝，眞抱歉。」我試著想站穩，但下面的網老把我的腳往上扯，上面的網則把我腦袋朝後拉，害我一再跌跤。芬妮爲保持重心，四肢都朝下伏著。跟我們一起待在網裡的還有一個大牛皮紙袋，小猩猩的萬聖節收穫灑得到處都是——甜爆米花和黏答答的玉米粒在我們身下粉身碎骨，包棒棒糖的玻璃紙則發出軋沙聲。扮猩猩的小孩聲嘶力竭地尖叫，眼看就快轉不過氣了。芬妮摟住他，想讓他安靜下來。「不要緊，這只是個惡作劇，」她說：「會放我們走的。」

「大蜘蛛！」小男孩大叫，在芬妮懷裡又扭又打。

「不，不，」芬妮說：「沒有什麼蜘蛛，他們是人。」

但我知道他們是什麼人，我倒寧願是蜘蛛。

「抓到四個！」有人說——一個我早在更衣室聽熟的聲音。「媽的，一次抓到四個！」

「一隻小的，三隻大的。」另一個熟悉的聲音說，不是拖球的，就是專門阻擋的——我分不清楚。幾支手電筒在夜色裡像眨眼睛的機器蜘蛛，盯在我們身上。

「嘿，瞧瞧誰來了。」發號施令的四分衛奇柏．道夫說。

「她有雙好看的小腳。」哈羅．史瓦洛說。

「漂亮的皮膚。」柴斯特．普拉奇說。

「笑起來很好看。」藍尼．梅茲說。

「還有全校最棒的屁股。」奇柏．道夫說。芬妮跪著不動。

「郝渥．塔克心臟病發！」我對他們喊：「我們得去叫救護車！」

「放那隻蠢猴子走。」道夫說。網子動了一下。哈羅．史瓦洛黝黑的手臂抓住扮猩猩的小孩，把他拖出蜘蛛網。「給不給糖啊？」哈羅說。小猩猩跑走了。

「費爾史東，是你嗎？」道夫問。手電筒照在溫馴的男孩身上，他的兩膝像胎兒一樣蜷到胸口，雙眼閉起，一手掩在嘴上，似乎想在網底睡覺的樣子。

「菜鳥，」藍尼．梅茲說：「你在幹啥？」

「他在吸指頭。」哈羅．史瓦洛說。

「放他走。」四分衛道夫說。柴斯特．普拉奇慘不忍睹的臉皮在燈光裡閃了一下，把冬眠中的費爾史東從網裡拖出來。接著是一小陣肉打肉的聲音，我們聽見費爾史東醒過來，三兩下走掉了。

「好了，瞧瞧我們還有誰。」奇柏．道夫說。

「有人心臟病發，」芬妮說：「我們真的得去醫務室叫救護車。」

「現在妳哪都甭去了。」道夫說：「喂，小子，」他對我說，把手電筒往我臉上照，「你知道我要你幹什麼？嗯？」

「知道個屁。」我說。網外有人踢我一腳。

「我要你乖乖待在大蜘蛛網裡，」道夫說：「等到我們叫你走，你才能走，懂了沒？」「懂才有鬼。」我說。又有人踢我一腳，這回重了點。

「放聰明點。」芬妮對我說。

「一點不錯，」藍尼．梅茲說：「放聰明點。」

「那麼，妳知道我要妳幹什麼？芬妮？」道夫說，但芬妮沒答腔。「我要妳再帶我去一次那個『就我們倆』的地方。還記得吧？」

我試著往芬妮爬去，但有人把我身上的網子收緊了。

「她跟我一起留下！」我叫道：「芬妮跟我一起留下！」

這下我屁股貼地，網子收得更緊了，有人壓在我背上。

「別為難他，」芬妮說：「我帶你去。」

「留在這兒別動，芬妮。」我說，但芬妮讓藍尼．梅茲把她拉了出去。「想想妳說過的話，芬妮！」我對她喊：「記得嗎——第一次的事？」

「那大概不是真的，」她無力地說：「也許根本沒意義。」

接下來她大概試著想逃，因為我聽見黑暗中傳來一陣扭打聲，藍尼．梅茲喊道：「喝！妳這狗娘養的！」然後又是一陣肉打肉的聲音——我聽見芬妮說：「好！好！你們這群畜生。」

「藍尼跟柴斯特會幫忙妳找那個地方，芬妮，」奇柏．道夫說：「好嗎？」

「你這個屎蛋，」芬妮說：「見鬼的屁眼！」她一說，我又聽見肉打肉的聲音；芬妮說：「好！好。」

壓在我背上的是哈羅．史瓦洛。如果我沒被網子纏住，或許還能跟他一拚，可是我動彈不得。

「我們會回來找你的，哈羅！」奇柏．道夫喊道。

「好好看著，哈羅！」柴斯特．普拉奇說。

「會輪到你的，哈羅！」藍尼．梅茲說。三人笑成一團。

「我不用輪。」哈羅．史瓦洛說：「我不想惹麻煩。」但他們已經走遠了。芬妮還在罵個不停——只是離我愈來愈遠。

「你有麻煩了，哈羅，」我說：「你知道他們要對她幹什麼。」

「我才不想知道，」他說：「我不惹麻煩。我到這狗屁學校就是來躲麻煩。」

「現在你就麻煩了，哈羅。」我說：「他們要強暴她。」

「也許吧，」哈羅．史瓦洛說：「不過跟我無關。」我在網裡掙扎了一會，但他輕輕鬆鬆就制住我。「我也不想打架。」他說。

「他們只當你是個神經的黑鬼，」我對他說：「所以他們帶她走了，你卻留在這裡。但是麻煩還是一樣的麻煩，哈羅。」我說：「你跟他們同罪。」

「他們從來沒出過錯，」哈羅說：「沒人敢說。」

「芬妮就敢。」

我說，但我感到甜爆米花被我的臉壓進潮濕的泥土裡。這又將是一個永生難忘的萬聖節，而我覺得自己比往年更渺小無助——記憶中每年萬聖節，我都被那些大孩子嚇得半死。他們把我用自己裝糖果的紙袋套住頭使勁搖，直到我滿耳只聽見玻璃紙沙沙響，然後袋子在耳邊炸開。

「他們長什麼樣子？」父親總會問。

每年他們都長得像鬼、猩猩、骷髏頭，當然還有更可怕的。這一晚大家都化了妝，所以從來沒人被逮到。法蘭曾經被綁在最大一間宿舍的防火梯上，嚇得尿濕了褲子；還有人把三磅重的冷麵扔在芬妮和我身上，邊叫：「鰻魚精來嘍！逃命喔！」留下我們在黑暗的人行道上掙扎，全身黏滿通心麵條，一邊互相拍打一邊哭叫。結果也沒抓到是誰幹的。

「他們要強暴我姐姐，哈羅！」我說：「你得幫她。」

「我誰也幫不了。」哈羅說。「總有人能幫，」我說：「我們可以找人來。我知道你跑得快，哈羅。」

「沒錯，」他說：「可是誰對付得了他們？」郝渥．塔克當然不行，我知道。我聽到校園和鎮上傳來警笛聲，看來父親總算用巡邏車的通訊器弄到了援手，所以也沒有警察可救芬妮了。我哭了起來。哈羅．史瓦洛改坐到我肩膀上。

在長鳴的警笛短暫的間歇裡，我們聽見芬妮的聲音。肉打肉，我想——但不一樣了。那聲音令哈羅．史瓦洛想起了能幫芬妮的不二人選。

「小瓊斯制得住這群傢伙。」哈羅說：「小瓊斯誰都不怕。」

「對極了！」我說：「他跟你是朋友，對吧？他比較喜歡你。」

「他誰都不甩，」哈羅．史瓦洛崇拜地說。他忽然從我身上跳下，摸索著解開網子。「起來。」他說：「小瓊斯只喜歡一種人。」

「他喜歡誰？」我問他。

「他喜歡所有人的姐妹。」哈羅．史瓦洛說。但這話並不令我安心。

「什麼意思？」我問。

「快起來！」哈羅．史瓦洛說：「小瓊斯喜歡所有人的姐妹——他親口說的，兄弟。他說：『所有人的姐妹都是好女孩。』就是這樣。」

「可是這話到底什麼意思？」我說著，努力在他身後追趕——他是全得瑞中學最快的人肉跑車。就如巴布教練說的，哈羅．史瓦洛是個飛人。

我們往小路末端的燈光跑去，也經過剛才芬妮發出聲音的地方——樹蕨裡，愛荷華巴布的後衛正在輪番上陣。我停下來想衝進去找她，但哈羅．史瓦洛把我拉開了。

「你拿那群人沒輒的，兄弟，」他說：「我們得找小瓊斯來。」

我還不知道爲什麼小瓊斯會肯幫忙，只知道我可能還沒搞清楚就死翹翹了——被哈羅．史瓦洛累死的——我想，如果小瓊斯眞的「喜歡所有人的姐妹」，對芬妮未必是什麼好消息。

「他怎麼個『喜歡』法？」我邊喘氣邊問哈羅．史瓦洛。

「就像喜歡他自己的姐妹一樣，」哈羅．史瓦洛說。「兄弟！」他對我說：「你也太慢了吧！小瓊斯自己有個姐妹，」哈羅說：「被一群爛人強暴了，見鬼，」他說：「我以爲這事無人不知。」

「不住宿舍，你就會錯過一大堆情報。」法蘭總是說。

「後來抓到了嗎？」我問哈羅．史瓦洛：「那群強暴小瓊斯姐妹的人？」

「見鬼，」哈羅．史瓦洛說：「小瓊斯自己去抓的！我以爲這事無人不知！」

「他怎麼對付那些人？」我問哈羅，但他已經丟下我跑進小瓊斯的宿舍。他沿著樓梯飛奔而上，我落後好幾層。

「別問！」哈羅．史瓦洛朝下對我喊道。「見鬼，」他說：「沒人知道小瓊斯怎麼修理他們，兄弟，沒人敢問。」

小瓊斯到底住在什麼鬼地方？越過三樓再往上爬，我的肺簡直快炸了。哈羅．史瓦洛早就不見人影。等我爬到最高的五樓，才看見他在樓梯口等我。

小瓊斯住在天上，我想。哈羅解釋說，得瑞中學所有的黑人運動員都集中在這棟宿舍的頂樓。「這樣他們就眼不見爲淨了，懂吧？」哈羅說：「像一群他媽的鳥仔住在樹頂，」哈羅．史瓦洛說：「兄弟，這狗屁學校就是這樣待黑人的。」

宿舍的五樓又暗又熱。「熱氣會上升，懂吧？」哈羅．史瓦洛說：「歡迎光臨他媽的叢林。」

每個房間的燈都熄著，但門縫裡有音樂流瀉出來，就像停電的城市裡的一條小巷，兩旁開滿夜總會和酒吧；我聽見房裡傳來錯不了的走步聲——有人在黑暗中跳舞。

哈羅．史瓦洛敲著其中一扇門。

「幹嘛？」小瓊斯嚇人的聲音說：「找死啊？」

「小瓊斯！」哈羅．史瓦洛說著，愈敲愈大聲。

「你眞想找死，是不是？」小瓊斯說。接著我們聽見一連串的開鎖聲，彷彿從裡頭上了閂的牢房。

「如果哪個他娘的想死，」小瓊斯說：「我倒可以幫忙。」又有幾道鎖開了；哈羅．史瓦洛和我連忙倒退幾步。「你們哪個想先死？」小瓊斯說。一股熱氣和薩克斯風的樂聲從房裡冒出來，他背後映著燭光——點著蠟燭的桌上還鋪了一幅星條旗，活像哪個總統的棺材。

「我們需要你幫忙，小瓊斯。」哈羅．史瓦洛說。

「是哦！」小瓊斯說。

「有人抓了我姐姐，」我對他說：「芬妮被抓走了，他們在強暴她。」

小瓊斯抓住我兩腋，一把將我提起來跟他面對面，輕輕往牆上一靠。我腳底八成離地有一兩呎，但我沒掙扎。

「兄弟，你說『強暴』？」他問。

「對！強暴！強暴！」哈羅．史瓦洛說著，像隻蜜蜂在我們旁邊跳來跳去。「他們在強暴他姐姐，兄弟，眞的。」

「你姐姐？」小瓊斯問道，我沿著牆滑到地板上。

「我姐姐芬妮，」我說。那一刻，我眞怕他會跟上次一樣說：「對我而言，她只是個白人女孩。」但他什麼也沒說。他在哭——那張大臉就像戰士遺忘在雨中的盾牌一樣，又濕又亮。

「求求你，」我對他說：「我們得趕快。」但小瓊斯搖了搖頭，眼淚灑到哈羅．史瓦洛和我身上。

「我們來不及了，」小瓊斯說：「絕對來不及。」

「他們有三個人，」哈羅．史瓦洛說：「三次會久一點。」我一陣噁心——感覺就像每年的萬聖節，一肚子垃圾和廢物。

「我知道是哪三個人，對吧？」小瓊斯說。他開始穿衣服，我這才注意到他原來光著身子。他穿上一條寬鬆的灰色運動褲，把巨大的光腳套進一雙白色的大頭籃球鞋，頭上反戴了頂白色棒球帽。顯然小瓊斯只打算穿這些，因爲他就這樣站到五樓的走廊上大吼一聲：「護法黑軍！」所有的門都開了。「獵獅！」小瓊斯吼道。全五樓的黑人運動員都現身了。「準備行動！」小瓊斯說。

「獵獅！」哈羅．史瓦洛叫著，在走廊上飛來飛去。「準備行動！護法黑軍！」

這時我才發覺，我認識的黑人學生沒有一個不是運動員——當然了，如果沒有點用處，我們的狗屁學校也不會要他們。

「獵獅是什麼意思？」我問小瓊斯。

「你姐姐是個好女孩，」小瓊斯說：「我知道，所有人的姐妹都是好女孩。」他說，我當然同意。哈羅．史瓦洛拍了拍我手臂：「看吧，兄弟，所有人的姐妹都是好女孩。」

我們飛奔下樓，人這麼一大群，卻安靜得出奇。哈羅．史瓦洛領頭，在每個樓梯口不耐煩地停下等候。以小瓊斯的塊頭，他的速度實在驚人。我們在二樓樓梯口遇上了兩個回宿舍的白人學生，他們看到一大批黑人運動員下樓，連忙逃到走廊上。「獵獅！」他們喊道：「他媽的護法黑軍！」

沒一扇門是開著，兩盞燈熄了。於是我們置身在萬聖節的夜晚中，趕向樹林小徑旁我一輩子不會搞錯的所在——那叢曾經、也一直屬於芬妮和我的樹蕨。

「芬妮！」我叫道，沒有回答。我領著小瓊斯和哈羅．史瓦洛走進林子；在我身後，黑人運動員沿著小路散開，四處穿梭——搖樹幹，踢枯葉，有幾個哼著小調，所有人（我忽然注意到）都反戴棒球帽、打赤膊，還有兩個戴捕手面具。他們越過林間，彷彿一台巨大的收割機掃過田野。隨著手電筒一閃一閃，我們像一群巨大的螢火蟲來到了樹蕨叢。藍尼．梅茲還沒穿褲子，我姐姐的頭夾在他兩膝之間。梅茲跪著壓住芬妮的手臂，整個人罩在她頭上，而柴斯特．普拉奇——不用說，排第三——正在輪他那一趟。

奇柏．道夫已經走了，他當然是頭一個。就像打四分衛一樣謹慎，球在他手裡待不久。

「我當然知道他要做什麼，」很久以後，芬妮告訴我：「我心裡早有準備，甚至幻想過——跟他。不知爲什麼，我總覺得第一次會是他。但我沒想到他會讓別人看我跟他一起。我甚至跟他說，就算他們不用強我也會由他。但他把我丟給那兩個人的時候——我心裡眞是一點準備都沒有，怎麼想也想不到。」

對我姐姐來說，爲了好玩打開新罕布夏旅館的燈光，無心害得郝渥·塔克與世長辭，她付出的代價可眞是慘重得不成比例。「乖乖，沒聽過爲那麼點樂子還得賠上這麼多的。」芬妮說。

對我而言，藍尼·梅茲和柴斯特·普拉奇爲他們的「樂子」付出的代價未免太少。梅茲一看到小瓊斯，立刻放開我姐的手臂，拉著褲頭想溜——但這個跑衛已經走慣了別人在平地開出的寬敞大路；在漆黑的林子裡，根本分不清黑人運動員哼著歌的身影。雖然他能跑也能衝，但沒兩下就撞上一棵有他大腿粗的樹幹，鎖骨都撞斷了。他立刻被團團圍住，拖回樹蕨叢裡的聖地。小瓊斯吩咐把他衣服全剝光，綁到一根曲棍球棒上，就這樣光溜溜地抬到訓導長那裡。我後來才知道，這群獵獅者在遞解人犯之前，總要在獵物身上搞點花樣。

有回他們在女生宿舍逮到一個慣犯暴露狂，便把人倒吊在最大一間女浴室的蓮蓬頭下——光溜溜裹在透明的浴簾裡——然後通知訓導長。「護法黑軍報告，」小瓊斯說：「我是他媽的五樓保安官。」

「呃，小瓊斯，什麼事？」訓導長問。

「獵獅隊逮到一個現行犯，」小瓊斯說：「女生宿舍一樓右側的浴室有暴露狂。」

藍尼·梅茲就這樣給拖去訓導長那裡了，但柴斯特·普拉奇比他還早到一步。聽到哈羅·史瓦洛在林裡大喊：「獵獅！」時，藍尼立刻放開芬妮的手，柴斯特·普拉奇則連忙從我姐姐身上滑出來，跟著開溜。他一絲不掛，只能赤著腳在林子裡慢吞吞逃命，這才沒撞上樹。每跑一、二十碼，他就被護法黑軍嚇得死去活來，四處都是在林間穿梭的黑人運動員，拍樹幹、折樹枝、哼他們的歌。柴斯特·普拉奇是頭一次幹輪暴這回事，叢林的儀式令他對夜晚產生了多采多姿的想像，還以為森林裡突然滿是土著（食人族！他想）。他邊嗚咽邊跌跌撞撞往前爬——活像我心目中的原始人，還不太能直立行走，只能四肢並用，一路爬到訓導長的宿舍。

自從得瑞招收女生，男訓導長就不怎麼愉快了。他也是原來的訓導長，一絲不苟，身強體壯，菸斗不離手，喜歡網球、羽球之類的運動。他有個活潑健美像啦啦隊員的太太，只有醒目的眼袋才看得出年紀。他們沒有小孩。訓導長總愛說：「學生全都是我的孩子。」

等女生來了，他對她們卻沒有這種感覺，於是任命自己太太當女訓導長來幫忙。他對自己的新職稱「男訓導長」相當滿意，但他的孩子們為校裡的女生惹出種種新麻煩，又令他絕望不已。

「天啊，」他聽到柴斯特．普拉奇在門上搔來抓去時，八成這麼說：「我恨萬聖節。」

「我去開，」他太太說。於是女訓導長走去開門。「我知道，」她快活地說：「不給糖就惡作劇！」

門外是一絲不掛、抖個不停的後衛柴斯特．普拉奇——全身輝煌的痘疤，滿是幹那回事的味道。

據說女訓導長的尖叫聲把宿舍底下兩層樓的人全吵醒了——包括值夜的護士巴特勒太太，她正趴在隔壁醫務室的桌上小憩。「我恨萬聖節。」她或許會自言自語。她走到醫務室門口，正好看見小瓊斯、哈羅．史瓦洛和我；芬妮在小瓊斯懷裡。

我在樹蕨叢裡幫芬妮穿上衣服，小瓊斯幫她梳理頭髮。她哭了又哭，直到小瓊斯對她說：「妳想用走的，還是用坐的？」這是我們小時候父親常問的話，意思是要步行還是坐車。小瓊斯當然是指他可以抱她。芬妮要人抱。

他抱著她走出樹蕨叢，藍尼．梅茲正在一旁被五花大綁在曲棍球桿上，準備遊街去。芬妮哭個不停，小瓊斯說：「嘿，妳是個好女孩，我看得出來。」芬妮繼續哭。「嘿，聽著，」小瓊斯說：「妳知道嗎？當有人碰妳，而妳不想讓他碰，那就不算眞碰——相信我。他們那樣碰的不是妳，他們沒有眞正『得到』妳，懂嗎？妳還在自己裡面，沒有被任何人碰到。相信我，妳眞的是個好女孩，妳還在自己裡面，信不信？」

「我不曉得。」芬妮輕聲說，又哭了起來。

我去牽她垂在小瓊斯腰旁的一隻手，她緊緊握住，我也緊緊回握。哈羅．史瓦洛一路穿出樹林，悄聲地領我們奔過小徑，找到醫務室，把門打開。

「怎麼回事？」值夜護士巴特勒太太問道。

「我是芬妮．貝里，」我姐姐說：「我被人打了。」

從那時起，「被打」就成了芬妮對整件事的說法，然而大家都明白那是被強暴的意思。「被打」是芬妮唯一肯承認的，雖然人人都明白眞相；但這一來，眞相就沒有法律上的意義了。

「她是說她被強暴了。」小瓊斯告訴巴特勒太太，但芬妮只是搖頭。我猜想，小瓊斯對她的友善，以及那一番「妳還在自己裡面，沒有被任何人碰到」的話，使她把這場凌辱改口說成輸了一場架。她對他低語了幾句——小瓊斯還把她抱在懷裡——於是他把她放下，對巴特勒太太說：「好吧，她被人打了。」巴特勒太太明白他的意思。

「她被打又被強暴，」靜不下來的哈羅．史瓦洛說。但小瓊斯一個眼色就鎭住了他：「你怎麼不飛走？哈羅，怎麼不快飛去找『道夫先生』？」哈羅眼睛一亮，飛走了。

我打電話給父親，這才想起新罕布夏旅館還沒有一支電話可用。於是我打給校警，請他們通知父親：芬妮和我在得瑞中學醫務室，芬妮「被人打了」。

「不過是另一個萬聖節罷了，小子。」芬妮握著我的手說。

「最糟的一個，芬妮。」我對她說。

「目前爲止最糟的一個。」她說。

巴特勒太太把芬妮帶去洗澡——還有其他一堆手續。小瓊斯告訴我，如果芬妮洗了澡，被強暴的證據就沒了。我跑去告訴巴特勒太太，但她已經跟芬妮說過了，芬妮不打算追究。「我被人打了。」她說。不過她還是聽巴特勒太太的勸告，事後去檢查有否懷孕（沒有）——或染上性病（不知誰傳給她一點，後來治好了）。

父親來到醫務室時，小瓊斯已經去幫忙把藍尼．梅茲送到訓導長那裡，哈羅．史瓦洛在校園裡到處搜尋，像隻找鴿子（dove，即道夫）的老鷹；我則陪芬妮坐在雪白的病房裡——她剛洗完澡，頭上還裹著毛巾，左頰敷著一團冰塊，右手無名指包著繃帶（指甲扯脫了），穿了件白色病袍坐在床上。「我要回家，」她告訴父親：「跟媽說，幫我準備幾件乾淨衣服。」

「他們對妳怎麼了，親愛的？」父親在床邊坐下問她。

「他們打我。」芬妮說。

「你到哪去了？」父親問我。

「他去找人幫忙。」芬妮說。

「你有看到什麼嗎？」父親問我。

「他什麼都沒看到。」芬妮說。我想說，我看到了第三幕。然而，儘管大家都明白「被打」是什麼意思，我還是打算對芬妮的說法忠實到底。

「我只想回家。」芬妮說。雖然在我看來，新罕布夏旅館這個陌生的大地方並不適合休養生息。父親去拿她的衣服。

可惜他錯過了藍尼．梅茲被綁在球棍上行過校園，一路抬到訓導長門口，活像一串沒加料的烤肉。父親也沒看到哈羅．史瓦洛影子般掠過宿舍每一個房間，直到他確認道夫一定藏在女生宿舍裡。這一來，他想，逮到道夫躲在哪間只是遲早的問題。

男訓導長順手拿起太太的駱毛大衣給柴斯特．普拉奇披上，口裡喊著：「柴斯特，柴斯特，我的孩子！怎麼會這樣？離愛塞特的比賽只剩一個禮拜哪！」

「林子裡全是黑鬼，」柴斯特．普拉奇悲傷地說：「要變天了，快逃命吧！」

女訓導長把自己反鎖在浴室裡。等她又聽見門口傳來搔抓和敲打的聲音，便對丈夫喊道：「這次你自己去開那該死的門！」

「是黑鬼，別讓他們進來！」柴斯特．普拉奇嚷道，抓住女訓導長的大衣裹緊了身子。男訓導長鼓起勇氣打開門，小瓊斯的祕密警察和他早有默契；他們是得瑞中學最有力的地下護法組織。

「老天，小瓊斯，」訓導長說：「這太過分了。」

「是誰？」女訓導長在浴室裡喊。藍尼．梅茲被抬進客廳，放倒在壁爐前面。他斷掉的鎖骨痛得要死，一看到火，還以爲是要拿來對付他的。

「我招！」他叫。

「你當然得招。」小瓊斯說。

「是我幹的！」藍尼．梅茲叫道。

「當然是你幹的。」小瓊斯說。

「還有我！」柴斯特．普拉奇叫道。

「誰是第一個？」小瓊斯問。

「奇柏．道夫！」兩個後衛異口同聲：「道夫是第一個！」

「你都聽到了，」小瓊斯對男訓導長說：「明白了嗎？」

「他們做了什麼？對誰？——」訓導長問。

「他們輪暴芬妮．貝里。」小瓊斯說，女訓導長正好從浴室探出頭來，一眼望見幾個黑人運動員在門口晃來晃去，活像個土人合唱團，尖叫一聲又躲回浴室去。

「等下我們會帶道夫來。」小瓊斯說。

「溫和點，小瓊斯！」訓導長說：「拜託，溫和點！」

我陪著芬妮，母親和父親帶著衣服來到醫務室，巴布教練在家照顧莉莉蛋蛋！像從前一樣。那法蘭呢？

法蘭出去執行「任務」，父親神祕地說。他一聽說芬妮「被打」，馬上料到最糟的可能。他也知道，芬妮回家躺上床第一件事就是找哀愁。「我要回家，」她會說：「還要哀愁陪我睡覺。」

「也許還來得及。」父親說。球賽前他才把哀愁帶到獸醫那裡，如果獸醫今天很忙，也許放屁老狗還好端端待在籠子裡。法蘭就是負責去看情況的。

但就像小瓊斯的援救行動，法蘭到的時候已經太遲了。他的敲門聲弄醒了獸醫；「我恨萬聖節。」獸醫也許會說。他太太告訴他是貝里家的孩子來找哀愁。「喔？」獸醫說。「抱歉，孩子，」他對法蘭說：「你家的狗今天下午就過去了。」

「我要看牠。」法蘭說。

「喔？可是，」獸醫說：「狗已經死了，孩子。」

「你把牠埋了嗎？」法蘭說。

「這孩子真好。」獸醫太太對丈夫說：「如果他想，就讓他把狗帶回去埋吧！」

「喔？」獸醫說。不過他還是把法蘭帶到醫院最裡頭的房間。法蘭看見三隻死狗排成一列，旁邊還擱著三隻死貓。「週末我們不埋動物。」獸醫解釋道：「哪一隻是哀愁？」

法蘭馬上就找到了老臭狗。哀愁已經發僵了，不過法蘭還是拿了個大垃圾袋，硬把拉布拉多黑獵犬塞了進去。獸醫和他太太當然料想不到，法蘭並不打算埋牠。

「來不及了。」法蘭悄悄對父親說。這時母親、父親、芬妮和我已經回到家——新罕布夏旅館。

「耶穌基督，我可以自己走。」芬妮說，因為我們全都擠到她旁邊。「來，哀愁！」她喊：「快！小子！」

母親哭了起來，芬妮握住她臂膀。「我沒事，媽。」她說：「眞的。沒人碰到『裡面那個』我，我想。」父親也哭了，芬妮跟著握住他的臂膀。我彷彿哭了一整晚，眼淚已經乾了。

法蘭把我拉到一旁。

「搞什麼鬼，法蘭？」我說。

「來看。」他說。哀愁躺在法蘭床下——還塞在垃圾袋裡。

「耶穌基督，法蘭！」我說。

「我要幫芬妮修好牠，」他說：「趕在聖誕節前！」

「聖誕節？法蘭？」我說：「你要『修』牠？」

「我要把哀愁做成標本！」法蘭說。在得瑞中學，法蘭最喜歡的科目是生物，任教的是一位叫佛依特的業餘標本家，課程內容頗為怪異。在佛依特的指導下，法蘭已經製作過一隻松鼠和一隻橘色怪鳥。

「老天爺，法蘭，」我說：「我可不知道芬妮喜不喜歡。」

「這樣跟活著也差不多。」法蘭說。

我可不確定。我們忽然聽到芬妮大哭起來，看來父親已經把噩耗告訴她了。愛荷華巴布令傷心的芬妮轉移了一下注意力，他堅持要出去找奇柏．道夫，大家費了一番力氣才說服他打消念頭。芬妮還要再洗一次澡。我躺在床上聽著浴缸注滿，起身走到門邊問她要不要什麼。

「謝謝，」她低聲說：「我要昨天跟大半個今天，」她說：「我要它們回來。」

「就這樣？」我說：「只要昨天跟今天？」

「就這樣，」她說：「謝謝。」

「但願我能，芬妮。」我告訴她。

「我知道。」她說。我聽見她慢慢沉進浴缸的聲音。「我沒事，」她低聲說：「沒人得到我裡面那個該死的我。」

「我愛妳。」我低聲說。

她沒回答。於是我躺回床上。

我聽見巴布教練在樓上的房間做伏地挺身，然後仰臥起坐，然後單手舉重（啞鈴規律的鏗鏘聲和老人家憤怒的喘息）——我眞希望父母讓他去找奇柏．道夫，道夫絕不是愛荷華老前鋒的對手。

不幸的是，道夫卻是小瓊斯和護法黑軍的對手。他直接跑到女生宿舍找一個叫美琳達．米契爾的啦啦隊員。她別名叫敏蒂，迷他迷得要死。道夫對她說，他方才和芬妮．貝里「胡天胡地」了一陣，但她又去跟藍尼．梅茲和柴斯特．普拉奇搞，令他大倒胃口。他說我姐姐是個「賤貨」。敏蒂．米契爾十分同意，她嫉妒芬妮好久了。

「芬妮現在找了那群黑鬼追我，」道夫對敏蒂說：「她跟他們是一夥的，尤其是小瓊斯，」道夫說：「——那個假道學，訓導長的狗腿。」於是敏蒂．米契爾把道夫藏進她被窩。當哈羅．史瓦洛到門前悄聲問：「道夫、道夫——有沒有看見道夫？護法黑軍想知道。」敏蒂說她從不讓男生進房間，便把哈羅擋在門外。

就這樣，道夫沒被找到。他在天亮後便被得瑞開除——連同藍尼．梅茲和柴斯特．普拉奇。輪暴犯的家長聽說事情經過後，相當慶幸不必追究刑責，也就欣然接受處分。一些教師及大部分學校董事，對這事不能壓到愛塞特之戰以後感到惋惜，但損失三個後衛，總比損失愛荷華巴布本人來得有面子些——要是他們還在隊上，老教頭肯定拒絕出陣。

這種事如果發生在一流私中，慣例都是和稀泥處理掉；得瑞這種爛學校居然也會學人家不讓家醜外揚的本事，眞是難能可貴。

「打」芬妮．貝里這回事——實際上，只是玩得過火了點的得瑞式萬聖節惡作劇——讓奇柏．道夫、藍尼．梅茲和柴斯特．普拉奇被勒令退學；但對我來說，道夫根本毫髮無損。那並不是我們最後一次見到他，或許芬妮也明白。那也不是我們和小瓊斯最後一次見面，還在得瑞那幾年，他和芬妮成了好朋友，差不多算是護花使者了；他們總是在一起。我很清楚，小瓊斯有必要幫助芬妮，讓她覺得自己是個「眞正的好女孩」——他也一直這麼告訴她。小瓊斯離開得瑞後，我們並未中斷聯絡，雖然他——再一次——拯救芬妮的方式總是嫌晚了一步。前面已經說過，小瓊斯畢業後進賓州大學打校隊，接著到克里夫蘭打職業足球，直到膝蓋弄傷爲止。他後來去念法學院，在紐約參加了一個組織——根據他的提議，命名爲「護法黑軍」。就像莉莉說的——後來她自己也證明了這一點——神話無所不在。

柴斯特．普拉奇一輩子都被他帶有歧視有色人種的夢魘所困，最後死於車禍。警方說，他大概在該握方向盤的時候，只顧著對身邊的人上下其手。藍尼．梅茲認識跟普拉奇一同喪生的女人。梅茲鎖骨痊癒後又回去抱球，在維吉尼亞打大學校隊，後來把普拉奇介紹給某年聖誕被他拖去做冤死鬼的女人。始終沒有職業隊要梅茲——顯然他不夠機靈——於是不在乎梅茲動作慢的美國陸軍找上了他，把他送去越南，最後「為國捐軀」。不過他沒被敵人打中，也沒踩到半個地雷；藍尼．梅茲死於另一種戰爭，他想佔一個妓女便宜，結果被毒掉了小命。

哈羅．史瓦洛又瘋又快，我永遠也追不上。天知道他後來怎麼了。祝你好運，哈羅，不論你在何處！

也許是萬聖節的緣故，那股氣氛浸透了我對巴布教練勝利季的記憶，使得這些人都變得像鬼魂、魔法師、惡靈和神話人物一樣。別忘了，那是我們睡在新罕布夏旅館的第一晚——雖然大半時間都醒著。睡在一個陌生地方總是有點怪，你必須先習慣床鋪的聲音。莉莉在半夜一向會乾咳著醒來，活像個老婆婆——因此她小得更令人吃驚——但她的咳嗽聲也不一樣了，聽起來彷彿對病弱的身子（跟母親一樣）厭煩至極。蛋蛋從來不自己起床，除非有人叫他，才裝作早醒了的樣子。但萬聖節隔天早上，蛋蛋卻自個兒爬了起來——幾乎算得上安靜無聲。多年來我一直聽法蘭在房裡自慰，但在新罕布夏旅館裡聽起來也不一樣了——也許，因為我曉得他床下藏著哀愁。

萬聖節隔天早上，我望著晨光灑進艾略特公園。剛降過霜，透過一堆結凍的碎南瓜殼，我看見法蘭帶著裝了哀愁的垃圾袋，往生物實驗室跋涉而去。父親也從同一扇窗看著他。

「法蘭要帶那堆垃圾去哪？」父親問。

「他大概找不到垃圾桶。」我說，好讓法蘭快溜：「我是說，這裡電話不通，『本來』還沒有電，大概也沒有垃圾桶吧！」

「當然有，」父親說：「就在後門。」他盯著法蘭的背影搖搖頭：「笨傢伙，這下八成得走到垃圾場去了。」父親說：「天，這孩子真怪（queer，另義為同性戀）。」

我不禁心裡一突。父親不知道法蘭真是個同性戀。

等蛋蛋終於用完浴室，父親正想進去，卻發覺芬妮已經搶先一步；她又要洗澡了。母親對父親說：「不准說她半句。她愛洗幾次就幾次。」他們吵著走開了——這是很少見的事。「我早說過還要一間浴室。」母親說。我聽著芬妮泡澡。

「我愛妳。」我對著鎖上的門輕輕說。但在淨身的水聲中，芬妮不太可能聽見我說什麼。

第五章　聖誕快樂，一九五六

在我記憶中，一九五六年餘下的日子——從萬聖節到聖誕節！——就是芬妮戒掉一天洗三次澡習慣所費的時間；她不再討厭自己濃郁的體香了。我一直覺得芬妮很好聞——雖然味道有時重了些——但在一九五六年萬聖節到聖誕節這段期間，芬妮老嫌自己難聞；她拚命洗澡，直到身上半點味道也不剩。

我們在新罕布夏旅館又接收了一間浴室，也開始磨練父親頭一門家庭企業的經營技術。母親負責監督尤里克太太執拗的敬業精神和「簡單實惠」的廚藝；尤里克太太則負責麥斯，雖然他老在四樓躲著她。父親則負責蘭達．蕾伊——「可不是那種『負責』啊！」芬妮說。

蘭達的精力十分詭異。她能一早上換好所有的床單，在餐廳同時服務四桌客人，不送錯一道菜也不讓人久等，還能接父親酒吧的班（除了星期一休息，每天晚上都營業到十一點），在早餐（七點）前擺好所有的桌位。但只要一回到「日間休息室」，她不是陷入冬眠狀態就是昏迷不醒。甚至在精力最旺盛、一切都準時完成的時候，看起來還是一副愛睏的樣子。

「幹嘛叫什麼『日間休息室』？」愛荷華巴布問：「我是說，蘭達哪有回過一次漢普頓海灘？她住這兒當然沒什麼不對，但我們何不就直說她住這兒——她又幹嘛不明講？」

「蘭達很盡責。」父親說。

「可是她『住』在『日間休息室』。」母親說。

「什麼是『日間休息室』？」蛋蛋問。看來大家都想知道。

芬妮和我用對講機聽了半天蘭達房裡的動靜，但直到幾星期後，我們才明白日間休息室是什麼。有時我們在早上八、九點打開蘭達房裡的對講機，聽了一陣子呼吸聲，然後芬妮會說：「睡著了。」或者「在吸菸」。

到了深夜，芬妮和我繼續聽著。我說：「也許她在看書。」

「你開玩笑？」芬妮說。

窮極無聊，我們開始聽別的房間，一次一個，或者全部一起。我們聽著麥斯房裡的雜訊——有時會聽到他的收音機——也聽著尤里克太太地下室廚房裡的湯鍋。我們知道三樓只有愛荷華巴布在，偶爾會去偷聽他練啞鈴——還經常打斷他練習批評幾句，例如：「加把勁，爺爺，再快一點！用力舉啊——你變慢了！」

「死囝仔！」巴布吼道。有時他就拿起兩個鐵球貼近對講機一敲，震得芬妮和我跳起來，撫著嗡嗡作響的耳朵。「哈！」巴布教練叫道：「整死你們這群小鬼！」

「三樓有瘋子，」芬妮會用對講機廣播：「大家把門鎖好。三樓有瘋子。」

「哈！」巴布教練一邊喊，一邊做他的仰舉、伏地挺身、仰臥起坐、單手舉重，「這旅館是給瘋子住的！」鼓勵我舉重的正是愛荷華巴布。芬妮的遭遇令我決心要讓自己變強。到了感恩節，我一天可以跑六英里，而得瑞的越野賽跑課只有二又四分之一英里。巴布教我猛吃香蕉、牛奶和橘子。「加上通心麵、米飯、魚、一堆青菜、熱麥片，還有冰淇淋。」老教頭對我說。我一天舉重兩次，除了跑六英里之外，每天早上還到艾略特公園練短跑。

一開始，我只長體重。

「別吃香蕉了。」父親說。

「還有冰淇淋。」母親說。

「不、不，」愛荷華巴布說：「肌肉要花點時間。」

「肌肉？」父親說：「他這叫作肥。」

「你看起來眞像個小天使，親愛的。」母親告訴我。

「你看起來眞像隻熊寶寶。」芬妮告訴我。

「只管吃就是了，」愛荷華巴布說：「舉重加跑步，包你馬上不一樣。」

「在他『爆炸』以前？」芬妮說。

我那時快十五歲，在萬聖節和聖誕節之間重了二十磅；我有一百七十磅（七十七公斤）重，但還是只有五英尺六英寸（一六八公分）高。

「兄弟，」小瓊斯告訴我：「如果把你塗上黑白兩色，然後在眼睛旁邊畫個圈圈，你就像隻貓熊了。」

「別急，」愛荷華巴布說：「你會減掉那二十磅，然後全身硬邦邦。」

芬妮誇張地打了個抖，從桌子下踢我一腳。「好硬！」她叫。

「低級。」法蘭說：「什麼舉重、香蕉、在樓梯跑上跑下，全都低級。」如果早上碰到下雨，我便不去艾略特公園練跑，改在旅館的樓梯跑上跑下。

麥斯威脅要往樓梯間丟手榴彈。在一個大雨滂沱的早晨，蘭達．蕾伊在二樓的樓梯口叫住我；她穿著一件睡袍，看起來比平常更睏。「告訴你，你的聲音就像有人在我隔壁做愛一樣。」蘭達說。她的日間休息室正是靠樓梯最近的一間。她喜歡叫我「小強」。「我不在乎腳步聲，小強。」她告訴我。「我只受不了你喘氣。」她說：「我分不清你是要死了呢，還是快『來』了。總之你把我嚇毛了，告訴你。」

「別理他們，」愛荷華巴布說：「你是這家子頭一個關心自己身體的人，你得擇善固執、終生不渝。」巴布告訴我：「在變結實前，你得先把自己餵胖。」

就這樣，我一直堅持到今天，我的身材全歸功於愛荷華巴布——這份固執從未消失——還有香蕉。

過了好一陣子，多出的那二十磅才消掉。但它們不再回來了——我的體重永遠是一百五十磅（六十八公斤）。

滿十七歲前，我終於又長高兩英寸，然後就定住了。這就是我，五英尺八英寸（一七三公分）、一百五十磅，全身硬邦邦。

再過不久我就四十歲了，但每次練身子時，我總會想起一九五六年的聖誕。現在有各種精巧的舉重器材，不用再往槓鈴上加鐵輪，也不會因爲忘記鎖螺絲，鐵輪一滑把手指壓得血肉模糊，或掉下來砸到腳。然而無論體育館和健身設備有多摩登，我只要輕輕舉幾下，一切就回到了愛荷華巴布的房裡——熟悉的三樓、放槓鈴的破東方地毯——從前哀愁睡在上面那條，每次躺在上面舉完重，巴布和我全身都是老狗毛。等上下舉了一陣，那持久而可貴的痛楚開始傳遍全身，我心中便歷歷在目地浮現出得瑞體育館的舉重室，那些大汗淋漓的身影，還有馬毛氈上的每一點汗跡。我們總是等著小瓊斯做完他「那一趟」；小瓊斯會把所有鐵輪都放上他的槓子，我們則帶著空空如也的槓子，站在那兒等了又等。打克里夫蘭布朗隊那幾年，兩百八十五磅（一三九公斤）重的小瓊斯可以仰舉起五百五十磅（二四九公斤）。他在得瑞時還沒那麼厲害，但已足夠爲我奠定仰舉的練習目標了。

「你多重？」他問我：「你總知道吧？」我告訴他我多重。他搖著頭說：「好，加一倍。」等我加了一倍——大約三百磅（一三六公斤）——他就說：「好，背向下躺到墊子上。」得瑞沒有練仰舉用的長凳，所以我背向下躺到墊子上，小瓊斯拿起三百磅的槓子，輕輕放在靠近我喉嚨的地方——剛好稍微碰到喉結。我兩手抓住槓子，手肘往軟墊一沉。「舉過頭。」小瓊斯說完就走出舉重室去喝水或沖澡，我則躺在槓子下動彈不得——三百磅在我手上文風不動。有些個子比我大的學生走進來，看我躺在那裡，便用尊敬的口氣問我：「呃，你等下會練完嗎？」

「對，我在休息。」我像隻蟾蜍胡吹大氣。於是他們離開，等下再來。

小瓊斯回來了。

「怎樣？」他問，幫我拿掉二十磅、五十磅，然後一百磅。

「試試看。」他一次又一次地說；來了又走，走了又來，直到我能自己從槓子下脫身。

當然，我那一百五十磅的肉從沒舉起過三百磅，只舉過兩回兩百一十五磅；但我一直相信，舉起身體兩倍的重量並非不可能的事。在那股沉甸的壓力下，我總能陷入狂喜的恍惚狀態。有時我舉著舉著，眼前就會浮現出護法黑軍在林子裡前進、哼著小調的身影；偶爾還會想起小瓊斯住的五樓宿舍那股氣味——那炎熱的叢林，天上的夜總會。有時跑了三、四英里後——偶爾要等到六英里——我的肺便會清晰地憶起在哈羅．史瓦洛身後猛追的感覺；還有那一幕，一撮頭髮披散在芬妮微張的嘴邊——她沒有發出聲音——藍尼．梅茲跪在她手臂上，她的頭夾在跑衛厚重的大腿間，柴斯特．普拉奇則像部機器跨在她身上動作。有時我能一點不差地模仿他的節奏，當我邊計數邊做伏地挺身（「七五、七六、七七」）或仰臥起坐時（「一二一、一二二、一二三」）。

愛荷華巴布領我入門，小瓊斯則提供我經驗和完美的榜樣，父親教我如何跑步——哈羅．史瓦洛則告訴我如何跑得更快。技巧的養成和操練——甚至巴布教練的食譜——都不算難，對一般人來說，眞正難的是持之以恆。就像巴布教練說的，你得擇善固執、終生不渝。然而這對我也很簡單，因爲我這麼做全爲芬妮。我不是在抱怨，但芬妮是這一切的動力——她也知道。

「聽著，小子。」她告訴我——在一九五六年的萬聖節到聖誕節之間：「你再吃香蕉，包你馬上吐出來；再吃橘子，一定會被維他命毒死。練那麼辛苦幹嘛？你永遠不會跟哈羅．史瓦洛一樣快，也不會像小瓊斯一樣壯。」

「小子，我根本把你看透了。」芬妮說：「你知道，那種事不可能再發生。就算發生好了，就算你眞強到有本事救我——又憑什麼以爲你會在場？如果眞發生，我一定在離你很遠的地方、而且絕不讓你知道。我說眞的。」

但芬妮把我練身子的目的看得太淺了。我需要的是力量、精神和速度——至少我渴望那種幻覺。我再也不想體驗另一個萬聖節的無助感。

巴布教練勝利季的最後一場比賽——得瑞在主場迎戰愛塞特——開打時，還有兩個破南瓜頭留在那裡；一個在松樹街和艾略特公園邊上，一個被人從看台摔碎在足球場的煤渣跑道。萬聖節的氣氛還在，只是少了奇柏．道夫、藍尼．梅茲和柴斯特．普拉奇。

替補的後衛彷彿著了魔，做什麼都像慢動作鏡頭。等他們跑到小瓊斯開出的空檔，對手早就補上了。高空長傳奇慢無比，似乎永遠掉不下來。爲等這麼個球，哈羅．史瓦洛給撞得人事不省；在這漫長的一天，愛荷華巴布沒讓他再上過場。

「有人敲到你的下場鐘啦，哈羅。」巴布教練對飛毛腿說。

「我哪有什麼鐘？」哈羅．史瓦洛抗議道：「誰敲的？」他問：「『有人』是什麼人？」

上半場結束，愛塞特二十四比〇領先。身兼攻守大任的小瓊斯賞給對方至少一打擒抱，搶球三次，奪回兩次；但得瑞的二線後衛把球又搞丟了三次，還有兩趟長傳被攔截下來。下半場，巴布教練把小瓊斯換到跑鋒的位置，他連三回得到第一次進攻權，直到愛塞特的防守反應過來，他們發現只要小瓊斯在後場，球就在他手上。於是愛荷華巴布把小瓊斯調回前線，讓他打得盡興些。得瑞唯一得到的分數——在第四節後半——理所當然是小瓊斯的功勞。他衝入愛塞特後場搶走跑衛手上的球，然後一路衝進對方的達陣區——身上還拖著兩三個愛塞特的球員。加踢太偏左了，因此終場比數是四十五比六。

芬妮錯過了小瓊斯達陣的場面，她來看球全爲他，在愛塞特之戰重回啦啦隊，也只爲了替他一個人賣力嘶吼。但芬妮和另一個啦啦隊員起了衝突，母親只好帶她回家。那人正是窩藏道夫的敏蒂·米契爾。

「賤貨。」敏蒂·米契爾對我姐姐說。

「爛屄。」芬妮說著用擴音筒朝敏蒂狠狠一摜。擴音筒是紙板做的，活像個大便色的甜筒，上面還畫著得瑞死灰色的校名簡寫「D」。「D什麼？就是死（death）。」芬妮總這麼說。

「正中咪咪。」有個啦啦隊員告訴我：「芬妮的擴音筒正中敏蒂·米契爾的咪咪。」

比賽之後，我向小瓊斯說明芬妮沒來陪他一起回體育館的原因。

「她眞是個好女孩！」小瓊斯說：「你跟她說，好嗎？」

我當然遵命。芬妮已經又洗了個澡，打扮整齊，準備幫蘭達·蕾伊招呼餐廳的客人，她的心情很好。雖然巴布教練的勝利季以大崩盤收尾，大家似乎心情都很好。這是新罕布夏旅館開張的第一晚！尤里克太太的料理更「簡單實惠」了，連麥斯都換上白襯衫打領帶。吧檯後的父親更是容光煥發——在他忙個不停的肩上肘下，酒瓶在鏡中閃耀奪目，就像父親深信總會來臨的東昇旭日。

過夜的有十一對夫婦和七位單身客，還有個離了婚的德州佬，大老遠跑來看兒子跟愛塞特對壘；雖然他兒子第一節就扭傷腳踝退場，但就連德州佬心情也很好。相形之下，其他人就拘束多了——彼此不認得，只是小孩都在得瑞念書——不過學生們回宿舍之後，德州佬也在餐廳和酒吧帶起了談話的氣氛。「有孩子眞不錯，對吧？」他問道：「老天，看著他們長大可眞夠瞧，不是嗎？」每個人都同意。德州佬說：「何不把椅子挪來我這桌？我請大家喝一杯！」一聽這話，母親、尤里克太太和麥斯站在廚房門口焦躁不安，吧檯後的父親不動如山，法蘭一溜煙跑了，芬妮握住我的手，兩人屏息以待，愛荷華巴布像在憋一個大噴嚏。在座的夫婦和單身客一個個起身，想把椅子拉到德州佬那桌。

「我的卡住了！」有個紐澤西州來的女人說；她喝多了，笑聲又尖又吵，就像成天在籠裡隨著滾輪跑的老鼠一樣沒大腦。

一個康乃狄克州來的男人漲紅了臉，拚命想抬他的椅子；直到他太太說：「椅子是固定的，釘子打進地板了。」

另一個麻州來的在椅子旁跪下。「是螺絲。」他說：「用螺絲鎖死了——每張都鎖了四、五個！」

德州佬跪下來瞧他的椅子。

「這裡每樣東西都鎖死了！」愛荷華巴布突然大叫。打從賽後，跟賓州大學的球探說小瓊斯進哪一隊都綽綽有餘，他就沒再講過半句話。巴布紅光滿面得有些反常，彷彿比平時多喝了一杯——也許他退休的感覺終於落實了。「我們都在一艘大船上！」愛荷華巴布說：「漂洋過海，周遊世界！」

「呀——呼！」德州佬大叫：「我爲這話乾杯！」紐澤西女人朝鎖死的椅子一靠。幾個人坐下了。

「我們隨時都有被沖走的危險！」巴布教練說。蘭達・蕾伊在巴布和定在椅子上的得瑞家長之間滿場飛，一會兒遞杯墊，一會兒換雞尾酒附的餐巾，接著用濕布擦桌緣。法蘭從通往大廳的門往裡瞧；母親和尤里克夫婦似乎在廚房門口僵住了，吧檯鏡輝映在父親身上的光芒絲毫未減，但他直直盯著愛荷華巴布，彷彿怕退休的老教練說出什麼瘋話來。

「椅子當然要鎖死！」巴布說著，手臂向上一揮，就像在做最後的半場訓話——而這是他一生最重要的比賽：「在新罕布夏旅館，」愛荷華巴布說：「就算狗屎連天，也沒人會被吹走！」

「呀——呼！」德州佬又叫，但其他人似乎都停止呼吸了。

「坐好你們的位子！」巴布教練說：「這樣就啥都不用擔心！」

「呀——呼！感謝上天，椅子都鎖死了！」膽大的德州佬叫道：「咱們為這話乾杯！」

康乃狄克州來的太太鬆了口氣，大家都聽見了。

「呃，我看，假如咱們想交個朋友聊聊天，就得提高音量了！」德州佬說。

「對！」紐澤西來的女人說，好像一口氣還喘不過來。

父親仍然盯著愛荷華巴布看。但巴布好得很——他回過頭向門口的法蘭眨了眨眼，對母親和尤里克夫婦鞠了個躬，接著蘭達．蕾伊又穿過餐廳，在老教練臉上嫵媚地摸了一把。德州佬望著蘭達，彷彿把椅子鎖不鎖死的事全忘了。椅子不能動又怎樣？他心裡大概這麼想——蘭達．蕾伊動得比哈羅．史瓦洛更快，而且她跟大家一樣，完全融入了開幕夜興高采烈的氣氛中。

「呀——呼！」芬妮在我耳邊低語道。但我繼續坐在吧檯邊看父親調酒。我從沒見他如此聚精會神、活力飽滿。四周的話聲笑語逐漸在我耳邊擴大——似乎直到永遠。於是在我的記憶中，即使座上客不多，這家新罕布夏旅館的餐廳和酒吧永遠充滿了談笑聲——就像德州佬說的，如果坐得那麼開，大家一定得提高音量。

等到旅館營業了一段時間，幾位鎮上的客人我們都認得了——所謂的「熟客」，每晚都在酒吧待到打烊。愛荷華巴布總會在關門前出來喝一杯睡前酒；即使是同樣的夜晚、同樣的熟客，巴布還是會把這招拿出來再現一次。「嘿，椅子挪過來。」他會說，也總有人上當。他們一時忘了身在何處，出力一搬，嘟囔一聲，繃緊的臉出現一絲茫然不解的神色。這時愛荷華巴布就會哈哈大笑，叫道：「新罕布夏旅館裡什麼也動不了！我們都在這兒鎖死了——一輩子！」

開幕那晚，等餐廳和酒吧打烊，大家都上床睡覺之後，芬妮、法蘭和我便在控制台集合，用我們旅館特有的呱呱盒系統巡房。我們聽見有人睡得很沉，有人鼾聲連連，有人還醒著（在看書），但令人驚訝（而且失望）的是，沒一對夫婦在說話或做愛。

愛荷華巴布睡得活像地下鐵，在地底轟然奔過一英里又一英里。尤里克太太留了一鍋湯在熬，而麥斯那兒還是一片雜音。紐澤西夫婦至少有一個在讀書，緩慢的翻頁聲，還有人清醒時短促的呼吸。康乃狄克的夫婦在睡夢中又吁又喘又哼哼，把房間弄得熱鬧滾滾。麻州、羅德島、賓州、紐約、緬因，大家各有各的聲音。

接著我們轉到德州佬的房間。「呀——呼！」我對芬妮說。

「嗚——噫。」她小聲應道。

我們等著聽他的牛仔靴在地板上敲，用帽子喝酒，或者睡得像匹馬——兩條長腿在被窩裡亂踢，一雙大手像要把床勒扁。但我們什麼也沒聽到。

「他死了！」法蘭說，嚇得芬妮和我跳起來。

「老天，法蘭，」芬妮說：「也許他只是剛好不在房裡。」

「心臟病發作，」法蘭說：「他太胖，又喝那麼多酒。」

我們聽著。啥都沒有。沒馬，沒靴子響，也沒呼吸。

芬妮把德州佬房裡的開關從「收音」調到「廣播」。「呀——呼？」她悄聲道。

我們突然靈機一動——三個人（甚至法蘭）都想到了。芬妮馬上把開關調到蘭達．蕾伊的「日間休息室」。

「想知道什麼是『日間休息室』嗎？法蘭？」她說。

然後那令人難忘的聲音出現了。

就如愛荷華巴布所說，我們漂洋過海，周遊世界，隨時都有被沖走的危險。

法蘭、芬妮和我緊緊抓住椅子。

「哦哦哦哦哦哦哦哦哦！」蘭達．蕾伊喘息。

「呼、呼、呼！」德州佬嚷嚷。

過一會兒他說：「眞是多謝妳。」

「噢？」蘭達．蕾伊說。

「不不，我說眞的。」他說。我們聽著他小便——像馬一樣，撒個沒完。「妳不知道，四樓那小不拉嘰的馬桶有多難上，」德州佬說：「那麼矮，還得先瞄準。」

「哈！」蘭達．蕾伊叫道。

「呀——呼！」德州佬說。

「低級。」法蘭說著回去睡了。但芬妮和我一直聽到呱呱盒裡只剩睡覺的聲音。

早上又下雨了。我跑過三樓樓梯口時刻意屏住呼吸——知道蘭達把我的喘息當作什麼以後，我不想再打擾她。

在三、四樓間，我遇見青著一張臉往上爬的德州佬。

「呀——呼！」我說。

「早！早！」他叫道：「保持身材，啊？」他說：「這對你好！身體是要跟一輩子的，對吧？」

「是，先生。」我說著上上下下又跑了幾趟。

到大約第三十趟，我開始想起護法黑軍和芬妮失落的指甲，那血淋淋的手指尖凝聚了多少苦痛，也許痛得讓她忘了身體其他部分——忽然蘭達．蕾伊在二樓樓梯口把我擋下來。

「嗨，小子。」她說，我停下腳步。她穿著睡衣，如果有陽光，我一定能透過衣料看見她全身！但天色只有一絲微明，在陰暗的樓梯間裡，除了她的動作和令人遐思的氣味，其餘都模糊不清。

「早安，」我說：「呀——呼！」

「呀呼你個頭，小強。」她說。我笑著原地跑步。

「你又在喘了。」蘭達說。

「我本來有爲妳屏住呼吸的，」我喘道：「可是太累了。」

「我可以聽到你該死的心跳。」她說。

「這對我好。」我說。

「對我可不好。」蘭達說。她把手按上我胸膛，彷彿在測我的心跳。我不跑了，我只想吐掉嘴裡的黏液。

「小強，」蘭達．蕾伊說：「如果你這麼喜歡讓心臟跳到喘，下次下雨，你不妨來找我。」於是我在樓梯間又來回跑了四十幾趟。搞不好這輩子不會下雨了，我想。早餐時我累得什麼也吃不下。

「就吃根香蕉吧！」愛荷華巴布說。我掉頭他顧。「那一兩個橘子？」巴布說。我找個藉口溜了。

蛋蛋在浴室裡，不讓芬妮進去。

「芬妮跟蛋蛋何不一起洗算了？」父親問。蛋蛋六歲，再過一年大概就不好意思跟芬妮一起洗澡了。他現在很喜歡洗澡，因爲有一堆浴缸玩具可玩；如果跟在蛋蛋後面用浴室，你會發現浴缸像個遭過空襲的兒童海灘，河馬、小船、蛙人、橡皮鳥、蜥蜴、鱷魚、歪嘴的鯊魚、彎了鰭的海豹、褪色的黃烏龜——所有能想到的兩棲類都濕答答地躺在浴缸底和浴墊上，踩上去吱嘎響。

「蛋蛋！」我大吼：「過來清你的狗屁玩意！」

「狗什麼屁？」蛋蛋吼回來。

「拜託，注意用詞。」母親一再對我們說。

早上法蘭總是到後門的垃圾桶旁小便，他說每次浴室都有人在。我則到樓上愛荷華巴布房裡的浴室，當然也順便借用一下舉重器材。

「吵死了！」老巴布抱怨道：「打死我也想不到退休會是這樣，每天聽人小便和舉重，這算什麼鬧鐘哇！」

「反正你習慣早起。」我告訴他。

「我在乎的不是時間，」老教練說：「是方式！」

十一月就這麼溜走了——月初下了一場怪雪，那本來應該是雨，我知道。那麼，雨變成雪意味著什麼？我猜了又猜，想著蘭達．蕾伊和她的日間休息室。

那是個乾旱的十一月。

蛋蛋染了耳疾，似乎經常接近半聾。

「蛋蛋，你把我的綠毛衣拿去幹嘛了？」芬妮問。

「什麼？」蛋蛋說。

「我的綠毛衣！」芬妮吼道。

「我沒有綠毛衣。」蛋蛋說。

「我說『我的』綠毛衣！」芬妮大叫：「他昨天把毛衣套在熊上面——我有看到，」芬妮對母親說：「這會可找不到了。」

「蛋蛋，你的熊在哪？」母親問。

「芬妮沒有熊，」蛋蛋說：「那是『我的』熊。」

「我的跑步帽呢？」我問母親：「昨晚還放在走廊的暖爐上。」

「大概給蛋蛋的熊戴去跑步了。」法蘭說。

「什麼？」蛋蛋說。

莉莉的身體也有問題。每年感恩節前，我們都會做一次健康檢查；這年我們的家庭醫生——一個叫布雷茲大夫的怪老頭，芬妮說他看起來快「累死」了——在例行檢查時發現莉莉一整年都沒長半點，沒重半公斤，也沒高半公分。她跟九歲時一模一樣，比八歲時大不了多少，照資料看，跟七歲時也差不多。

「她沒長？」父親問道。

「我老早講過，」芬妮說：「莉莉不會長，永遠就這麼小個。」

莉莉似乎對這點發現毫不在乎，她聳聳肩膀。「我是小，」她說：「大家總是這麼講。小又怎樣？」

「沒怎樣，親愛的，」母親說：「妳愛小就多小，不過妳還應該長，一點也好。」

「她是那種會一下子竄高的孩子。」愛荷華巴布說，但連他都面露疑色。沒人能把莉莉跟「竄高」聯想在一起。

我們叫她跟蛋蛋背對背站著。六歲的蛋蛋幾乎跟十歲的莉莉一樣高，看來還更結實。

「站好！」莉莉對蛋蛋說：「不准踮腳尖！」

「什麼？」蛋蛋說。

「不准踮腳尖，蛋蛋！」芬妮說。

「那是『我的』腳尖！」蛋蛋說。

「也許我快死了。」莉莉說。大家聽了都心裡一寒，尤其母親。

「妳不會死。」父親斬釘截鐵地說。

「要死也是死法蘭。」芬妮說。

「不對，」法蘭說：「我早死了，給活人煩死的。」

「安靜。」母親說。

我到愛荷華巴布房裡去舉重。每次鐵輪從槓子邊掉下來，都會滾到櫃子旁把門撞開，掉出一堆東西。巴布教練的櫃子亂透了，他根本只管一股腦把東西往裡塞。有天早上愛荷華巴布摔了幾個鐵輪，其中一個撞上櫃子，結果蛋蛋的熊跌了出來，戴著我的跑步帽、穿著芬妮的綠毛衣，還有母親的尼龍襪。

「蛋蛋！」我吼道。

「什麼？」蛋蛋回吼。

「我找到你該死的熊了！」我大叫。

「那是『我的』熊！」蛋蛋叫回來。

「耶穌基督。」父親說。於是蛋蛋又到布雷茲大夫那兒去檢查耳朵，莉莉也跟著去檢查身高。

「要是她兩年都沒長，」芬妮說：「我懷疑她會在兩天內長高。」反正檢查莉莉的法子有的

是，老布雷茲顯然也想搞個清楚

「妳吃得太少，莉莉，」我說：「別擔心，多吃一點就好了。」

「我不喜歡吃。」莉莉說。

天就是不下雨——一滴也沒！不然就下在午後或晚上。我坐在教室裡上代數二、都鐸王朝史、初級拉丁文，聽著雨聲，心情落到谷底；要不就躺在床上，四周一片漆黑——我的房間、整棟新罕布夏旅館，還有艾略特公園——聽著雨下了又下，我心想，就是明天！但一到早上，雨又變成了雪，要不就停了，淨吹著乾乾的風；我只得到艾略特公園跑我的步——經常遇到要去生物實驗室的法蘭。

「瘋子、瘋子、瘋子。」法蘭嘲笑我。

「你說誰瘋子？」我問。

「當然是你們，」法蘭說：「芬妮一年到頭都在瘋，蛋蛋是聾子，莉莉是畸形。」

「那你很正常囉，法蘭？」我邊問邊原地跑步。

「至少我不會把自己的身子，拿來當橡皮筋玩。」法蘭說。我當然知道法蘭常常拿他的身子玩，但父親私下跟我鄭重地談過幾回有關男生女生的話題，有次他說，每個人都自慰，而且有時是必要的。因此我決定對法蘭友善些，不拿打手槍的事調侃他。

「狗標本怎麼樣了，法蘭？」我一問，法蘭立刻正經起來。

「唔，」他說：「還有一些問題。例如擺姿勢就很重要，我還在想什麼姿勢最恰當。」他說：「身體已經都處理好了，最傷腦筋的就剩姿勢。」

「姿勢？」我說，一邊回憶哀愁擺過什麼姿勢。牠睡覺和放屁的樣子似乎次次不同。

「唔，」法蘭解釋道：「標本有幾種典型的姿勢。」

「哦！」我說。

「一種叫『困獸姿勢』。」法蘭說著忽然倒退幾步，舉高前肢作自衛狀，一副豎起背毛要打架的樣子。「懂吧？」

「老天，法蘭，」我說：「我看這不太適合哀愁。」

「唔，反正這是典型姿勢。」法蘭說：「再看這種。」他說著朝我一側身，臉倚著肩膀狺狺低吼，彷彿伏在樹枝上。「這叫『掩蔽姿勢』。」他說。

「哦。」我說，心下懷疑如果擺這個姿勢，是不是還得找根樹枝來讓哀愁趴。

「法蘭，牠是條狗，」我說：「不是豹子。」

法蘭皺起眉頭。「就我個人而言，」他說：「我比較喜歡『攻擊姿勢』。」

「不用擺了，」我說：「我等著瞧。」

「別擔心，」他說：「包你認不出。」我正是擔心這個——到頭來沒人認得出可憐的哀愁，包括芬妮。我想法蘭一定忘了原本的目的——他已經被計畫牽著鼻子走了。這件事可以爲他拿到三個自修的生物學分，比重相當於一份期末報告。我無法想像，擺成「攻擊」姿勢的哀愁會是什麼樣子。

「何不把哀愁蜷成一球，就像牠睡覺的模樣，」我說：「尾巴擱在臉上，鼻子貼著屁眼？」

法蘭跟平常一樣擺出厭惡的表情，而我原地跑也跑夠了，便繞著艾略特公園快跑了幾圈。我聽見麥斯從新罕布夏旅館四樓的窗口對我大喊：「喂，你是呆子嗎！」他的吼聲越過冰凍的地面和枯葉，嚇跑了公園裡的松鼠。在防火梯下二樓某人的窗口，有件淺綠色睡衣在灰暗的天色中飄蕩；看來蘭達．蕾伊今天睡覺穿的不是藍色、就是黑色——或者，亮橘色那件。淺綠色睡衣像幅旗子朝我招搖，於是我又快跑了幾趟。

我到三樓時，愛荷華巴布已經起來了。他正在練挺舉，人仰躺在東方地毯上，腦袋下墊了個枕頭。他正用力把槓子舉高——筆直橫舉，上頭足足有一百五十磅。老巴布的頸子跟我的大腿一樣粗。

「早安。」我小聲說。他朝我擠了擠眼。槓子一歪，鎖鐵輪的小玩意沒弄緊，幾個鐵輪便從一邊掉下，接著又是另一邊。鐵輪子滾了一地，巴布教練連忙閉目縮身。我用腿擋住了幾個，但還是有一個撞上櫃子，門開了，又是一堆東西跌出來，掃帚、汗衫、巴布的跑步鞋，還有支網球拍，柄上纏著他的防汗帶。

「耶穌基督。」父親在樓下自家的廚房說。

「早安。」巴布對我說。

「你覺得蘭達．蕾伊吸引人嗎？」我問他。

「乖乖。」巴布教練說。

「我說眞的。」我說。

「你要聽眞的？」他說：「去問你爸。我太老了，自從最後一次弄斷鼻子，我就沒正眼瞧過女人。」

這一定是他還在愛荷華打前鋒時的事，我知道，因爲老巴布的鼻子都是皺紋。他在早餐前不裝假牙，所以那顆腦袋在大清早總是禿得嚇人——空蕩蕩的嘴在歪鼻子下就像鳥喙的後半部，彷彿某種沒羽毛的怪鳥。愛荷華巴布如猛獅的身體上長了個怪物的腦袋。

「唔，你覺得她『漂亮』嗎？」我問。

「我沒想過。」他說。

「現在想啊！」我說。

「說不上『漂亮』，」愛荷華巴布說：「但她有種魅力。」

「什麼魅力？」我問。

「性感！」巴布的對講機傳出一個聲音——當然是芬妮。她又在控制台偷聽呱呱盒了。

「死囝仔！」愛荷華巴布說。「拜託，芬妮！」我說。

「你應該問我。」芬妮說。

「乖乖。」愛荷華巴布說。於是我告訴芬妮一切，蘭達．蕾伊在樓梯間給我的「建議」、她對我喘息和心跳的興趣——還有下雨天的計畫。

「怎樣，就做啊！」芬妮說：「幹嘛等下雨？」

「妳想她是不是妓女？」我問芬妮。

「你意思是她會收錢？」芬妮說。我倒沒想過這回事——「妓女」這字眼在得瑞給用濫了。

「錢？」我說：「妳覺得她會收多少？」

「我可不曉得她收不收；」芬妮說：「如果我是你，一定先搞清楚再說。」我們把對講機調到蘭達的房間，聽著她睡夢初醒的呼吸聲。我們聽了大半天，彷彿用聽的就能知道她「值」多少。最後芬妮聳了聳肩。

「我要去洗個澡。」她說著把旋鈕一轉，對講機傳出各個空房的聲音。二〇一，沒聲音；三〇一，什麼也沒有；四〇一，一樣；一〇二，空的；四〇二，麥斯的雜音。芬妮起身離開控制台，打算去放水。我又轉了轉旋鈕……二〇三、三〇三、四〇三，再快轉到二〇五、三〇五……

「有了」……四〇五，又沒了。

「等等。」我說。

「那是什麼?」芬妮說。

「我想是三〇五。」我說。

「再聽一遍。」她說。那是蘭達樓上走廊另一端的房間,愛荷華巴布的對面;但他出門了。

「快啊!」芬妮說。我們怕得要命,旅館裡沒客人,三〇五卻鬧哄哄。那是個星期天下午,法蘭在生物實驗室,莉莉和蛋蛋去看電影了,蘭達坐在她房裡不動,愛荷華巴布又不在,尤里克太太在廚房,麥斯藏在雜訊後面聽他的收音機。我轉到三〇五,芬妮和我又聽見了。

「哦哦哦哦哦哦哦哦哦哦!」女人喘著。

「呼、呼、呼!」男人喊著。可是德州佬早回家了,也沒別人住三〇五。

「咿、咿、咿!」女人說。

「唔、唔、唔!」男人說。他們簡直就像對講機捏造出來的!芬妮緊緊抓著我的手。我想關掉,或者換到其他比較安靜的房間,但芬妮不讓我動。

「噫!」女人叫。

「呶!」男人說。一盞燈掉在地上。女人笑了起來,男人則喃喃抱怨。

「老天。」父親說。

「又一盞。」母親說完又笑。

「如果我們是客人,」父親說:「就得賠錢了!」

他倆笑個不停,彷彿父親說的是全世界最好笑的笑話。

「關掉!」芬妮說。我照做。

「有點好笑,對吧?」我試著說。

「為了避開我們,」芬妮說:「他們居然用旅館!」

我不知道她在想什麼。

「天！」芬妮說：「他們眞的彼此相愛——眞的！」我不禁奇怪自己爲何覺得這事理所當然，而我姐姐卻如此意外。芬妮拋開我的手，兩臂環抱著自己，彷彿要讓自己頭腦清醒，又像在取暖。「我該怎麼辦？」她說：「這會成什麼局面？下一步又會如何？」她問。

但我永遠沒辦法看得跟芬妮一樣遠。那一刻我根本沒往前想，我甚至忘了蘭達．蕾伊。

「妳該去洗澡了。」我提醒芬妮；她似乎需要人提醒——或者忠告。

「什麼？」她說。

「洗澡，」我說：「那就是妳該走的下一步。妳要去洗澡。」

「哈！」芬妮說：「見鬼！去他媽的澡！」她說著，繼續兩手環抱，在原地晃來晃去，彷彿想跟自己跳舞。我弄不清她是高興還是生氣，但當我開始同她一起鬧——跟她跳舞、推她、搔她胳肢窩，她也照樣回敬。我們跑出控制室，穿過樓梯間奔上三樓。

「下雨、下雨、下雨！」芬妮大叫。我簡直想找個洞鑽進去。蘭達打開休息室的門，對我們皺眉頭。

「我們在祈雨，」芬妮告訴她：「要不要一起跳？」蘭達笑笑。她穿著一件晃眼的橘色睡衣，手上還拿著本雜誌。

「現在不要。」她說。

「下雨、下雨、快下雨！」芬妮跳著走開了。

蘭達對我搖搖頭——親切地——然後關門。

我跑出去追芬妮，一路追到艾略特公園。我們看見父親和母親在三樓靠防火梯的窗邊。母親開窗叫我們。

「去電影院帶莉莉蛋蛋回家！」她說。

「你們在『那兒』幹嘛？」我叫回去。

「打掃！」母親說。

「下雨、下雨、下雨！」芬妮大叫，我們一路跑到電影院。

莉莉、蛋蛋跟小瓊斯一起走出來。

「這是小孩看的電影，」芬妮對小瓊斯說：「你怎麼也來了？」

「我是個大孩子。」小瓊斯說。他牽起她的手，跟我們一起走回家。半路上芬妮和他繞到得瑞的校園去散步，我則帶莉莉和蛋蛋繼續走。

「芬妮愛小瓊斯嗎？」莉莉認眞地問。

「呃，至少她『喜歡』他。」我說：「他們是朋友。」

「什麼？」蛋蛋說。

感恩節快到了。小瓊斯跟我們一起過節，因爲他父母寄的錢不夠回家。得瑞還有幾個外國學生——家太遠，回不去過節——也來跟我們一起吃感恩節晚餐。大家都喜歡小瓊斯，那些陌生的外國學生則是父親的主意——母親也贊同，她說感恩節本來就該這樣。也許吧，但我們孩子可不太喜歡外人壓境，如果是客人那還沒話說。那時旅館裡住了個聽說很有名的芬蘭醫生，他在得瑞念書的女兒也是我們感恩節的座上客。另外還有個法蘭在標本課認識的日本男孩，法蘭跟我說，他發誓不會透露哀愁的事；不過他英文太破，就算講出來恐怕也沒人聽得懂。然後是兩個長得一雙漂亮小手的韓國女孩，那頓晚餐莉莉的眼光一直沒離開過她們。韓國女孩引發了她對食物一直欠缺的興趣，莉莉看著她們用小手吃掉一大堆東西——動作又細緻又漂亮，於是也有樣學樣，還眞吃了一點。蛋蛋不用說，一直對口齒不清的日本男孩大喊：「什麼？」而小瓊斯則不停地吃、吃、吃，讓尤里克太太得意得差點炸了。

「看，這才叫胃口！」尤里克太太讚美道。

「我要是有他那麼大個兒，吃得也一樣多。」麥斯說。

「才怪，」尤里克太太說：「你沒那本事。」

蘭達．蕾伊這天不穿制服了，她和我們一起用餐，偶爾和母親、芬妮，還有高大的金髮芬蘭女孩起身收碗盤或到廚房端菜。

芬蘭女孩是個大塊頭，在桌邊的動作有如秋風掃落葉，害莉莉左閃右躲。她看起來就像那種身穿藍白相間滑雪裝的大女孩，沒兩下就去摟跟她一個模子出來的父親。

「喝！」每上一道菜，芬蘭醫生就吼一聲。

「呀！呼！」芬妮小聲說。

「我的媽。」小瓊斯說。愛荷華巴布坐在小瓊斯旁邊，那邊最靠近酒吧上頭的電視，可以邊吃邊看球。

「如果這也算個clip❶，我就把盤子吃下去。」小瓊斯說。

「你吃吧！」巴布教練說。

「什麼是chip？」芬蘭醫生問。愛荷華巴布找來十分情願的蘭達．蕾伊做示範，韓國女孩們害羞地吃吃竊笑。日本人奮鬥個不停，手上忙著對付火雞和奶油刀，耳裡聽著法蘭含糊不清的說明，嘴上還得應付蛋蛋連連尖叫「什麼」。

「什麼？」蛋蛋叫。

「這是我吃過最吵的一頓飯。」芬妮說。

「耶穌基督。」父親說。

「莉莉，」母親說：「拜託多吃點。這樣妳才會長。」

「怎麼回事？」有名的芬蘭醫生說。不過聽起來像是「者麼圍事？」他看著母親和莉莉問：「誰不會長？」

「哦，沒什麼。」母親說。

「是我，」莉莉說：「我不長了。」

「妳沒有，親愛的。」母親說。

「她的成長似乎停滯了。」父親說。

「喝，『停滯』？」芬蘭醫生瞧著莉莉說：「不會長，嗄？」他問，莉莉微微點了個頭。醫生用手摸摸她的頭，看看她的眼睛。除了日本人和韓國女孩，大家都停下刀叉。

「你們怎麼說？」醫生問著，然後對他女兒講了一串怪字眼。

「捲尺。」她說。

「喝，捲尺？」醫生叫道。麥斯跑去找了一個。醫生量了量莉莉的胸、腰、手腕、腳踝、肩膀和頭。

「她好得很，」父親說：「沒事的。」

「安靜。」母親說。醫生把測得的數據全寫下來。

「喝！」他說。

「快吃，親愛的。」母親對莉莉說。但莉莉一直看著醫生寫在餐巾上的數字。

「你們怎麼說？」醫生問完，又對他女兒講了一串怪字眼，這回她答不出了。「妳不知道？」

---

❶ 非持球員由後方阻擋對手，在中線以外算是犯規。

醫生問女兒。「字典呢？」他問。

「在宿舍。」她說。

「喝！」他說：「去拿來。」

「現在？」她說著，一臉不捨地看著她堆積如山的第二盤烤鵝和填料火雞。

「去、去！」醫生說：「當然現在。快！喝！快！」藍白滑雪裝的大個子女孩走掉了。

「這是！你們怎說？——一種病態。」芬蘭名醫靜靜地說。

「一種病態？」父親說。

「一種成長停滯的病態。」醫生說：「很常見，原因也很多。」

「一種成長停滯的病態。」

母親重複一遍。莉莉聳了聳肩，學韓國女孩剝雞腿的皮。

高大的金髮女孩氣喘如牛跑回來，發現盤裡的菜已經被蘭達．蕾伊清掉，臉都綠了；她把字典遞給醫生。

「喝。」芬妮在對面向我悄聲說。我從桌底踢她一下，她也回敬一腳；我又踢，卻不小心踢到小瓊斯。

「哇！」他說。

「對不起。」我說。

「喝！」芬蘭醫生指著一行字大喊：「侏儒症！」

一桌默然。只有日本人還在跟他的奶油玉米奮鬥。

「你是說，她是個『侏儒』？」父親問醫生。

「喝！對！侏儒。」醫生說。

「放屁！」愛荷華巴布說：「什麼侏儒！她是小孩！她只是還沒長，你這蒙古大夫！」

「什麼是『蒙古大夫』？」醫生問女兒，但她不肯答。

蘭達・蕾伊端出派來。

「妳絕不是侏儒，親愛的。」母親悄聲對莉莉說，但莉莉只是聳了聳肩。

「是又怎樣？」她勇敢地說：「我是好孩子。」

「香蕉。」愛荷華巴布黑著臉說。沒人知道這是指治療的方法——「餵她吃香蕉就好！」——還是「放屁」的同義詞。

總之，這就是一九五六年的感恩節。我們便如此朝聖誕節而去，思考尺寸大小、聽人做愛、停止洗澡、替死狗擺姿勢——跑步、舉重、等待下雨。

十二月初一個大清早，芬妮把我叫醒。屋裡一團暗，蛋蛋綿長的呼吸從通敞的門廊傳來，他還在睡。有個輕柔小心的呼吸比蛋蛋更靠近我。我感覺到芬妮的氣味——雖然好一陣子沒聞到了：濃濃的但不逼人，有點鹹，也有點甜，很強烈，但不像糖蜜般稠膩。在黑暗中，我知道芬妮愛洗澡的毛病已經好了：全因爲那天偷聽到父母親做那件事的緣故。我想，那件事使芬妮再度接受了自己天生的體香。

「芬妮？」我悄聲說，什麼也看不見。她的手輕撫我的臉頰。

「在這兒。」她說。她靠著牆和床板蜷在我身邊。我永遠不知道她是怎麼擠進來而不吵醒我的。我轉身朝著她，聞得出她剛刷過牙。「聽著，」她悄聲說。我聽到芬妮和我的心跳、在鄰室深海潛水的蛋蛋，還有像她呼吸般輕柔的某種事物。

「雨來了，呆瓜。」芬妮說，用指節頂我的肋骨。「下雨囉，小子，」她對我說：「你的大日子到了！」

「天還沒亮，」我說：「我還想睡。」

「天亮了。」芬妮用氣音朝我耳邊說，往我臉上咬一口，然後開始在被窩裡搔我癢。

「別這樣，芬妮！」我說。

「雨來了、雨來了、雨來了，」她連說帶唱：「別想臨陣脫逃。法蘭跟我早起來了。」她說法蘭正在控制台試我們的呱呱盒。芬妮把我拉下床，催我刷牙換上運動裝，就像平常去樓梯間跑步一樣。她帶我到控制台找法蘭，兩人算了一堆錢給我，叫我放在鞋子裡——厚厚一疊紙鈔，大半是五塊跟一塊。

「這樣我怎麼跑？」我說。

「你用不著跑，沒忘吧？」芬妮說。

「一共多少？」我問。

「先問她收不收，」芬妮說：「再擔心不遲。」法蘭坐在控制台前，活像個遇到空襲的瘋狂塔台管制員。

「那你們要幹嘛？」我問。

「幫你看著。」法蘭說：「萬一不好收拾，我們就報個防火演習什麼的幫你解圍。」

「哦！多謝！」我說：「免了吧。」

「聽著，小子，」芬妮說：「我們付錢，有聽的權利。」

「乖乖。」我說。

「沒問題的，」芬妮說：「別緊張。」

「萬一只是誤會呢？」我問。

「我就是這麼想的。」法蘭說：「反正到時你就把錢拿出來放到一邊，繼續跑樓梯得了。」

「少廢話，法蘭，」芬妮說：「閉上嘴查你的房。」喀、喀、喀、喀……愛荷華巴布又成了地下鐵，在地底好幾英里；麥斯睡在噪音裡，發出另一種噪音；尤里克太太跟幾個湯鍋一起冒著泡泡；三〇八的客人——得瑞一個叫鮑爾（Bower）的學生可怕的姑媽——像磨鑽子一樣打著鼾。

「接下來……早安，蘭達！」隨著法蘭轉到蘭達的房間，芬妮小聲說道。哦！蘭達睡得多香！就像一陣海風拂過絲綢。我感到腋下開始出汗。

「快滾上去吧，」芬妮對我說：「別等雨停了。」

我曉得這不可能，從樓梯間的窗子往外看就知道了，艾略特公園裡一片汪洋，水漫過走道的緣石，形成一條條穿越運動設施的小河。雨從灰黯的天空傾盆而降。我想先來回跑個幾趟——倒不是爲了習慣，只是覺得這樣叫醒蘭達最自然。但等我站在她門外的走廊上，指頭忽然有如針刺，呼吸也粗了起來——喘得比平時還厲害，芬妮後來告訴我，在蘭達起來開門以前，他們就從對講機聽見我了。

「這要不是小強，就是特快車。」蘭達悄聲說，讓我進門。我一個字也說不出口，上氣不接下氣，好像跑了一早上的樓梯。

房裡很暗，但我看得出她穿著藍色的睡衣。她剛起床的呼吸有點酸酸的——但當時聞起來還不錯，她本人的味道也很好聞；雖然事後想起來，那味道就像誇張了好幾倍的芬妮。

「老天，膝蓋這麼冰——穿這種沒褲腿的褲子！」蘭達．蕾伊說：「進來暖和暖和。」

等我七手八腳扯掉短褲，她又說：「老天，手臂這麼冰——穿這種沒袖子的衣服！」我掙扎一番後也扯掉了。我脫了跑步鞋，想辦法把那疊錢塞進其中一隻。我想，也許就是這次在呱呱盒系統下做愛，影響了我一輩子對性交的感覺。即使今天快四十了，我還是習慣說悄悄話。我還記得拜託蘭達也把聲音放小。

「我差點要叫你『說大聲點』！」芬妮後來告訴我：「簡直氣死人——盡說悄悄話！」如果不知道芬妮在聽，我或許會跟蘭達說些別的。我沒怎麼想到法蘭，雖然後來無論住不住一起，我似乎總覺得他正坐在對講機前，偷聽別人的戀情。在我想來，法蘭一定邊聽邊帶著那副不屑的表情，就像他工作時一樣，一種淡漠而氾濫的不快感，近乎嫌惡。

「你很快，小強，你眞快。」蘭達．蕾伊對我說。

「拜託，說小聲點。」我傍著她鮮豔的頭髮喃喃說道。

這次啓蒙令我日後對性事總是緊張兮兮——我始終沒法擺脫這種必須謹言愼行，否則就像是背叛芬妮的感覺。也許是因爲蘭達．蕾伊和第一家新罕布夏旅館，我才覺得芬妮老在偷聽？

「聽起來有點壓抑，」芬妮後來告訴我：「不過應該沒關係——就第一次來說，我確定。」

「多謝妳沒有從旁指導啊！」我對她說。

「你眞以爲我會？」芬妮說，我連忙道歉；但我永遠不知道芬妮會做什麼，又不會做什麼。

「你的狗進行得怎樣了，法蘭？」隨著聖誕節一天天逼近，我碰到他就問。

「你的悄悄話又怎樣了？」法蘭說：「我發現最近常下雨喔！」

也許雨並不怎麼常下——我承認我放寬了標準，把下雪也當成下雨，甚至可能下雨或雪的多雲早晨也算數；反正有時也眞下了。聖誕節前夕，在某個這樣的日子——在我早把塞在鞋裡的錢還給法蘭和芬妮之後——蘭達問我：「小強，你知道按照習慣，客人應該給女侍一點小費嗎？」我一點就通。不知芬妮那天早上有沒有聽到這句話——還有後來鈔票的沙沙響。

我把聖誕節的錢，全花在蘭達身上。

當然我也買了點小東西給父母親。我們並沒有送聖誕大禮的習慣，向來都是送得愈爆笑愈好。我記得我送父親一條圍裙，要他穿著站在吧檯裡，上面還寫了句好笑的標語，我送母親的印象中應該是隻瓷熊。法蘭每年都送父親一條領帶、母親一條圍巾；母親把圍巾轉送給芬妮，讓她隨便戴。父親則把領帶還給法蘭，法蘭愛打領帶。

一九五六年聖誕，我們送愛荷華巴布一樣別致的禮物，一幅加框放大的相片——愛塞特之戰，小瓊斯攻下得瑞全場唯一一次達陣的鏡頭。這禮物沒什麼好笑，但其他的可就不了。芬妮送了一件母親絕不會穿的性感洋裝。芬妮期待母親會轉送給她，但是母親打死也不肯讓芬妮穿這種衣服。

「就讓她在三〇五穿給老爸看吧！」芬妮對我嘔氣。

父親送法蘭一套巴士司機的制服，因爲法蘭實在太愛制服了；他充當旅館門房時便穿這身打扮。難得有不止一個客人過夜時，法蘭就會假裝成新罕布夏旅館的專職門房。這套司機制服是得瑞的死灰色，袖子和褲管都嫌太短，帽子又太大，弄得帶客的法蘭活像個葬儀社的，一副邪氣窮酸相。

「歡迎光臨新罕布夏旅館！」他經常練習，但聽起來總是言不由衷。

沒人曉得該送什麼給莉莉——當然不能送娃娃、玩偶，或者任何沾上「小」字的東西。

「給她吃的！」愛荷華巴布在聖誕前夕建議。我們家送禮不搞精挑細選這套，總是拖到最後才匆忙買一樣，不過某天早上愛荷華巴布卻弄了個大陣仗，他在艾略特公園砍了棵樹，大到得一分爲二才塞得進餐廳。

「你把公園那棵漂亮的樹砍掉了！」母親說。

「唔，反正公園是我們的，不是嗎？」巴布教練說：「不然樹拿來幹嘛？」畢竟，他來自愛荷華——那兒有時一連幾英里都看不到半棵樹。

蛋蛋收到的禮物最好，因爲我們之中只有他正是過節的年紀，而且蛋蛋很喜歡各種有的沒的。大家都送他玩具動物啦、球啦、洗澡時玩的小東西啦，還有在戶外玩的玩具——這些垃圾在冬天過完前不是蹤影全無，就是缺手斷腳，或者長埋在雪堆下。

芬妮和我在鎮上的古董店找到一罐猩猩的牙齒，便買下來打算送法蘭。

「可以裝在他的標本上。」芬妮說。還好我們要到聖誕節當天才送他，我怕他會拿哀愁來試。

「哀愁！」聖誕節前夕一晚，愛荷華巴布突然大叫出聲。我們都醒過來，嚇得寒毛直豎。

「哀愁！」在空曠的三樓底下，我們聽著老祖父叫了又叫：「哀愁！」

「這老糊塗作惡夢了。」父親說著，披了睡袍奔上樓。我則跑到法蘭房間，瞪著他。

「看我幹嘛？」法蘭說：「哀愁在實驗室，還沒弄好。」

我們全上樓去，看愛荷華巴布究竟怎麼回事。

巴布說，他「看到」了哀愁。巴布教練在睡夢中聞到哀愁的味道，睜眼一看，哀愁就站在牠最愛的東方地毯上。「牠看我的樣子好可怕，」老巴布說：「好像要對我『攻擊』！」

我又瞪著法蘭看，他聳了聳肩。父親翻著眼。

「你在作惡夢。」他對老祖父說。

「哀愁眞的在這裡！」巴布教練說：「可是牠樣子變了，看起來想要我的命！」

「噓，別這麼大聲。」母親說。父親揮揮手叫我們出去；我聽見他同愛荷華巴布說話，就像哄蛋蛋、莉莉，或者我們小時候一樣——我這才發覺父親常對巴布用這種口氣，彷彿把自己的爹當孩子看。

「是那條舊毯子的關係，」母親悄聲對我們說：「上面沾了那麼多狗毛，所以爺爺睡覺時會聞到哀愁的味道。」

莉莉很害怕，不過她一向膽小。蛋蛋左搖右晃，好像站著睡著了。

「哀愁不是死掉了嗎？」蛋蛋說。

「對啊！」芬妮說。

「什麼？」蛋蛋說，聲音大得嚇莉莉一跳。

「好了，法蘭，」我在樓梯間悄悄問他：「你到底把哀愁擺成什麼姿勢？」

「攻擊姿勢。」他說。我不禁毛骨悚然。

我猜想，老狗一定討厭被擺布成這種可怕樣，所以回新罕布夏旅館來作祟。牠找上愛荷華巴布，因爲毯子在他房間。

「把哀愁的毯子放到法蘭那兒。」吃早餐時我提議。

「我又不要。」法蘭說。

「我要，」巴布教練說：「放啞鈴剛好。」

「你昨天的夢眞嚇人。」芬妮大著膽說。

「芬妮，那不是夢，」巴布沉著臉說：「那是活生生的哀愁。」莉莉聽到「活生生」三個字，嚇得手上舀麥片的湯匙匡噹落地。

「活什麼生？」蛋蛋說。

「聽著，法蘭，」聖誕夜前一天，我在天寒地凍的艾略特公園裡對他說：「我看你還是把哀愁留在實驗室比較好。」

法蘭聽了這話，一副準備要「攻擊」的樣子：「牠已經好了，」他說：「今晚一定回家。」

「幫個忙，別把牠當禮物包起來，好吧？」我說。

「包起來？」法蘭稍帶厭惡地說：「你以爲我瘋啦？」

我沒接腔。他說：「喂，你用點腦行不行？我把哀愁做得太好了，連爺爺都『預感』牠會回家。」

我始終搞不懂，法蘭爲何總能把狗屁不通的事說得理直氣壯。

就這樣，到了聖誕夜。就像俗話說的，萬籟俱寂，只有一兩個鍋子在響。麥斯．尤里克那兒雜音依舊，蘭達．蕾伊在她房裡。二〇二有客人——一個來看兒子的土耳其外交官：他兒子是得瑞唯一沒回家（或到別人家）過聖誕的學生。所有禮物都藏得好好的；我們家習慣早上才把禮物拿出來，放在沒裝飾的聖誕樹下。

我們都曉得母親和父親把禮物藏在三〇五——經常爲他們帶來愉快時光的那個房間。愛荷華巴布把禮物堆在四樓一間小浴室裡——自從莉莉診斷出疑似症狀之後，再也沒人說那些浴室是「給侏儒用的」了。芬妮把她買的禮物全亮給我看——還試穿那件要送母親的性感洋裝。於是我把買給蘭達．蕾伊的睡衣拿出來，芬妮一穿之下，我發覺應該送她才對；那是件雪白的睡衣，蘭達的衣服沒這款顏色。

「你應該送我！」芬妮說：「我喜歡！」

但我永遠來不及弄清楚如何應付芬妮。就像她說的：「我永遠比你早一年，小子。」

莉莉把禮物藏在一個小盒子裡，每樣禮物都小小的。蛋蛋沒買半樣東西，卻在旅館裡到處找人家送他的禮物。法蘭把哀愁藏在巴布教練的櫃子裡。

「爲什麼？」事後我問了又問。

「因為只藏一個晚上，」法蘭說：「而且我知道芬妮絕對不會找到那裡。」

一九五六年的聖誕夜，大家都早早上床，但沒一個人睡著——這是我們家另一個習慣。我們聽著公園裡的冰在雪下呻吟——有時艾略特公園就像入土的棺材一樣，會隨著溫度變化發出吱嘎聲。

為什麼在一九五六年，就連聖誕夜都有點像萬聖節？夜半時甚至傳來狗吠聲。那當然不是哀愁，但沒闔眼的我們都想起了愛荷華巴布的夢——或者法蘭說的「預感」。

然後聖誕節的早晨來臨——天朗氣清，冷風陣陣——我繞著艾略特公園快跑了四五十趟。脫掉衣服，我就沒有穿運動裝時那麼「圓」——蘭達．蕾伊總是這麼說我。有些香蕉變硬了。不管聖誕不聖誕，身子還是得照練，全家齊聚吃聖誕早餐前，我和巴布一起舉了會兒重。

「你舉啞鈴，我練挺舉。」愛荷華巴布對我說。

「好的，爺爺。」我依言而為。在哀愁的老毯子上，我們腳對腳做仰臥起坐、頭對頭做伏地挺身。家裡只有一支長槓子和一對啞鈴，所以得輪著練——這是我們無言的晨禱。

「你的臂膀、胸肌跟頸子滿像樣了，」老巴布對我說：「不過前臂還得多練練。做仰臥起坐時最好在胸口放個二十五磅的鐵輪子——你這樣太輕鬆了。還有，記得彎膝蓋。」

「呵。」我說，像在蘭達門前一樣喘。

巴布拿起槓子，先輕輕鬆鬆平肩舉了十下，然後又站著舉幾回——上面大概放了一百六十到一百八十磅。忽然一邊的鐵輪鬆開掉下來，我連忙躲開，接著另一邊也有五十或七十五磅滑下來，老巴布叫道：「媽的！混帳東西！」鐵輪子一個個滾過地板。父親在樓下對我們大喊。

「耶穌基督，這兩個舉重狂！」他吼道：「螺絲鎖緊點！」

有個鐵輪撞上櫃子的門，門當然又開了，掉出一支網球拍、巴布的換洗衣袋、一條吸塵器的管子、一個軟式網球，還有哀愁——的標本。我正要開口——我跟巴布一樣被嚇到了，不過我至少知道怎麼回事；那是被法蘭擺成攻擊姿勢的哀愁。好吧，那姿勢相當完美，而且就剝製這麼大一隻拉布拉多獵犬來說，法蘭的技術也比我想像中好得多。哀愁給固定在一塊松木板上——就像巴布教練說過的：「新罕布夏旅館所有的東西都不會動——在這兒，我們都一輩子鎖死了！」這條惡犬優雅地滑出櫃子，四腳結結實實地站著，像隨時要撲過來。牠的毛皮又黑又亮，一定才剛上過油；黃眼珠迎著明亮的晨曦，法蘭特意刷過的黃板牙也閃閃發光。我從沒看過哀愁的毛在牠活著時豎成這個樣子；牙齦還有一絲津液，顯得亮晶晶地——逼眞極了。牠的黑鼻頭看起來濕潤健康，我幾乎可以聞到牠身上的惡臭朝愛荷華巴布和我飄散過來，但這隻哀愁嚴肅得不像會放屁。

這隻哀愁是來眞的。等我喘過一口氣，想告訴祖父這只是要送芬妮的禮物——只是法蘭在實驗室的蹩腳作品——老教練已經把槓鈴拋向狺狺欲撲的狗，用那打線鋒的壯碩身子朝我橫撞過來（不消說，一定是爲了保護我）。

「我的媽！」愛荷華巴布的聲音微弱得出奇，鐵輪在哀愁身旁滾了一地。惡犬不爲所動，還是那副準備撲殺獵物的樣子。而剛打完最後一季的巴布教練，就這麼死在我懷裡。

「老天，你們該不會是故意扔的吧？」父親在樓下對我們大吼。「老天！」他叫道：「休息一天可不可以？看在老天份上，今天是聖誕節哪！聖誕快樂！聖誕快樂！」

「他媽的聖誕快樂！」芬妮在樓下嚷道。

「聖誕快樂！」莉莉和蛋蛋說——連法蘭也說了。

「聖誕快樂！」母親輕聲喊著。

我是否聽見蘭達．蕾伊附和的聲音？還有準備好聖誕早餐的尤里克夫婦？我還聽到一串怪字眼——大概是二〇二的土耳其人。在我已經十分強壯的臂膀裡，躺著一位曾經叱吒球場的足球明星。對我而言，他就像從前家裡那頭熊一樣，沉重而意義深長。我凝視著隔在哀愁和我們之間短短的距離，良久良久。

第六章　佛洛伊德來信

巴布教練的聖誕禮物——小瓊斯在愛塞特之戰達陣的加框放大相片——改由芬妮接收，她同時也繼承了愛荷華巴布的三〇六室。芬妮不要被法蘭改頭換面的哀愁，蛋蛋便把狗標本拖回房裡藏在床下，幾天後母親發現，嚇得大叫一聲。我知道法蘭本來想把哀愁要回去——在表情和姿勢再下點功夫——但自從把祖父嚇死之後，他就一直把自己鎖在房裡。

愛荷華巴布享年六十八，但是老前鋒當時健康狀況仍然一級棒；如果沒有哀愁驚天動地的一嚇，至少可以再活十年。全家人都盡可能不讓法蘭爲這次意外自責過深。「反正法蘭也『深』不起來。」芬妮說，但她也努力想令法蘭振作，「把哀愁做成標本是個貼心的主意，法蘭。」芬妮對他說：「可是你得明白，不是每個人的品味都跟你一樣。」

她的意思也許是，做標本跟性一樣，個人感覺不同，加諸他人的方式最好小心選擇。

如果法蘭眞有罪惡感，他僅有的表現就是疏離到誇張的地步；法蘭在家裡向來最心不在焉，現在更是變本加厲地沉默。然而芬妮和我都覺得，法蘭不願開口要回哀愁，只是在鬧彆扭而已。

母親不顧蛋蛋抗議，叫麥斯·尤里克把哀愁處理掉。麥斯倒也乾脆，直接把僵硬的狗丟進後門的垃圾桶。某個下雨的早晨，我從蘭達·蕾伊的房間看見垃圾桶露出哀愁的尾巴和一截身體，不禁大吃一驚；我可以預見，開車來收垃圾的清潔隊員肯定也會嚇一跳——他會想，老天，新罕布夏旅館的人死了寵物，就這樣丟進垃圾堆！

「回床上來，小強。」蘭達·蕾伊說。但我仍然注視著逐漸變爲雪花的雨——雨落在那排垃圾桶上，裡頭塞滿聖誕禮物包裝紙、絲帶、錫箔、餐廳的瓶瓶罐罐、引來鳥和狗的殘羹剩餚，還有一隻沒人要的死狗。唔，應該說幾乎沒人要。法蘭要是看到哀愁落得如此下場，一定會心碎。我望著雪逐漸積滿艾略特公園，忽然看見我家另一個還對哀愁有興趣的成員。我看見蛋蛋身穿滑雪衣帽，拖著雪橇來到後門。他匆匆越過濕滑的雪，雪橇在光禿禿的碎石車道上發出吱嘎聲。蛋蛋的目標十分明確——他朝地下室窗口瞥一眼，便躲過了尤里克太太的視線；接著又朝四樓看看，不過麥斯沒在留意垃圾堆。我們家人住的房間看不見後門。蛋蛋曉得，現在只剩蘭達．蕾伊會發現他了；但她此刻正在床上。蛋蛋抬頭往她窗口望來，我連忙躲一邊去。

「小強，如果你這麼想跑，」蘭達不高興地說：「那就去吧！」

當我再往窗外望時，蛋蛋已經不見人影，哀愁也跟著消失了。我知道，讓哀愁從墳裡復生的事還沒了結；然而牠下次會怎麼出現，就不是我猜得到的了。芬妮搬到愛荷華巴布房裡後，母親也把各人房間重新安排一遍。我和蛋蛋分在一起，就在原先芬妮和莉莉那間；我們原本相通的兩個房間則給了莉莉——彷彿莉莉的侏儒症不僅需要隱私，還需要大得不合理的空間。我抗議，但父親說我得做蛋蛋的好榜樣。法蘭的祕密總部維持不變，愛荷華巴布的槓鈴也留在原處，這下我更有理由去找芬妮了；她喜歡看我舉重。於是練習時我想的不只芬妮了——她是我唯一的觀眾！——只要多出點力，我還能憶起巴布教練。我這是爲了我倆而舉。

我想，從垃圾堆把哀愁搶救回來，也許正是蛋蛋使巴布死而復生的獨門方法。我不知道自己能做蛋蛋的什麼「好榜樣」，不過共處一室倒也相安無事。他令我困擾的只有衣服或者說他穿衣服的習慣；蛋蛋不光穿而已，簡直愛打扮透了。他一天要換好幾套行頭，脫下的衣物在屋裡堆積如山，每隔幾天母親就進來風捲殘雲一番，叫我多督促蛋蛋注意整潔；也許父親說的「榜樣」，就是指這回事。

跟蛋蛋同住的頭一個禮拜，與其管他亂扔衣服，我更急著知道他把哀愁藏在哪裡；我可不想再被那副死相嚇到。雖然，我明白死亡的形相永遠是嚇人的——這是它的本質——就算早有心理準備也沒用。至少，這一點適用在蛋蛋和哀愁身上。

除夕前一天晚上，離愛荷華巴布去世不到一星期，同時也是哀愁從垃圾堆失蹤後兩天，我在漆黑一片的房裡對蛋蛋悄悄開口；他還沒睡，我曉得。

「好了，蛋蛋，」我低聲說：「牠在哪？」不過對蛋蛋說悄悄話實在是件傻事。

「什麼？」蛋蛋說。母親和布雷茲大夫都說蛋蛋的聽力有進步，但父親說蛋蛋沒有聽力，只有「聾力」；要是布雷茲大夫覺得蛋蛋的耳朵有進步，那他八成也聾了。布雷茲大夫甚至認爲莉莉的侏儒症也有「進步」，因爲她有長大（一點點）。但是別人長得更多，相形之下，莉莉反而「長小」了。

「蛋蛋，」我大聲了些：「哀愁在哪裡？」

「死掉了。」蛋蛋說。

「見鬼，我知道牠死了，」我說：「可是牠在哪？蛋蛋，哀愁在哪？」

「哀愁跟巴布爺爺在一起。」蛋蛋說。這話當然沒錯。同時我也明白，甭想從蛋蛋口裡套出哀愁的下落了。

「明天是除夕。」我說。

「誰？」蛋蛋說。

「除夕！」我說：「我們有個派對。」

「在哪？」他問。

「就在這，」我說：「新罕布夏旅館。」

「哪間？」他說。

「大廳，」我說：「最大那一間——就是餐廳，呆子。」

「這裡不能開派對。」蛋蛋說。蛋蛋的衣服丟得到處都是，房裡當然沒有開派對的地方，這我知道，但我沒多想；等蛋蛋再開口，我已經快闔眼了。

「濕掉的東西要怎麼弄乾？」蛋蛋問。

我不禁想像起哀愁現在的模樣，雪雨交加之下，天知道牠在沒加蓋的垃圾桶裡待了多久。

「什麼濕東西，蛋蛋？」我問。

「毛，」他說：「毛要怎麼弄乾？」

「你的毛，蛋蛋？」

「隨便誰的，」蛋蛋說：「很多，比我還多。」

「唔，我想是用吹風機吧！」我說。

「芬妮那個？」蛋蛋問。

「媽也有。」我告訴他。

「嗯，」他說：「可是芬妮那個比較大，我想應該也比較『熱』。」

「有那麼多毛要弄乾啊？」我說。

「什麼？」蛋蛋說。但我懶得再說一遍了，蛋蛋的耳聾會挑場合。

隔天一早，我看著他脫下睡衣，裡頭是一整套正式打扮——他就穿這樣睡了一夜。「你準備得可眞周到啊！」我說。

「準什麼備？」他問：「今天不上學，還在放假。」

「那你幹嘛穿這樣睡覺？」我問，但他沒理會，自顧自在衣服堆裡東翻西揀。「找個什麼勁？」我說：「你不是都打扮好了？」但蛋蛋只要一感覺我有取笑他的意思，就裝作沒聽見。

「派對上見。」他說。

蛋蛋喜歡新罕布夏旅館，搞不好比父親還喜歡——父親喜歡的只是開旅館這個主意；老實說，他已經愈來愈懷疑這個事業有成功的可能。蛋蛋喜歡所有的房間、樓梯，還有這間前女子中學無所事事的感覺。父親知道我們空無一人的時候太多了些，但蛋蛋用不著在乎。

客人用早餐時偶爾會把在房裡發現的怪東西拿過來。「房間很乾淨，」他們會說：「可是……有人留了這個。橡皮牛仔的右手、滿是蛛網的蛤蟆腿、畫上鬼臉的紅磚J、寫著「噁！」的黑桃五、裝了六粒彈珠的小襪子，還有一套掛在四〇七室衣櫃裡的制服（蛋蛋別了警徽的棒球裝）。

除夕當天，正當乍暖還寒——霧氣籠罩著艾略特公園，昨天下的雪已經融化，露出一星期前灰兮兮的雪塊。「早上你到哪去了，小強？」大家在餐廳七手八腳地佈置除夕派對時，蘭達．蕾伊問我。

「今天沒下雨。」我說。我知道這個藉口很勉強——她也知道。我並未對蘭達不忠——也沒人可以讓我不忠——但我一直夢想著一個跟芬妮年紀相若的對象。我甚至要她替我安排約會，只要是她認可的朋友就好——但芬妮總說她朋友配我太老；也就是說，她們至少都十六了。

「今天不舉啊？」芬妮問我：「你不怕身材走樣？」

「我要練習怎麼『派對』。」我說。

我們預計會有三四個得瑞的學生（過完聖誕提前回學校的）在旅館過夜，包括來跟芬妮約會的小瓊斯，還有小瓊斯的姐妹——她不是得瑞的學生。小瓊斯是爲我帶她來的，我很怕小瓊斯的姐妹會跟他一樣高大，也很想知道她是否就是哈羅．史瓦洛口中被強暴的那個。我實在好奇得有點過分，跟我約會的到底是位被強暴過的高大女孩，還是沒被強暴的高大女孩？——我唯一肯定的是，她一定是個女巨人。

「別緊張。」芬妮對我說。

我們把聖誕樹卸下來。父親不禁熱淚盈眶，因為這是愛荷華巴布砍的樹；母親也難過得走開了。巴布的葬禮在我們眼中顯得很低調——這也是我們有記憶以來的第一次葬禮；拉丁教授和外婆過世時我們還不夠大，老熊緬因州也沒有葬禮。由於愛荷華巴布死得熱鬧非常，我們以為他的葬禮也應該大吵特吵——「至少要像槓鈴摔到地上那麼大聲。」我對芬妮說。

「正經點。」她說。她似乎覺得自己比我更大了，我恐怕這正是實情。

「這個姐妹是不是那個被強暴的？」我貿然問芬妮：「我是說，小瓊斯帶的是他哪個姐妹？」從芬妮的表情看來，這問題使我們之間的差距又增加了幾年。

「他只有一個姐妹。」芬妮盯著我說：「被不被強暴有關係嗎？」

我啞口無言，我能說「有」嗎？我能說，一般人不跟被強暴過的人提強暴這回事，跟沒被強暴的人就可以暢談無隱？要探討他人內心的傷痕，也得看對象？我們必須假設傷痕存在，把受害人當成殘障者對待（我們又該如何對待殘障者）？沒關係？關係大了。我也知道自己為什麼會這麼想，我才十四歲，正是缺乏經驗的年紀（關於強暴，我永遠只能缺乏經驗），我以為「碰」一個被強暴過的人應該有點不同，或者說應該避重就輕，要不就別碰她。我還是把這些想法告訴了芬妮，她瞪著我瞧。

「你錯了。」她說。但她的語氣就像罵法蘭「混帳王八蛋」一樣。我覺得自己一輩子大概都是十四歲了。

「蛋蛋呢？」父親吼道：「蛋蛋！」

「蛋蛋從不幫忙。」法蘭一邊胡亂掃著聖誕樹在餐廳裡遺下的松針，一邊抱怨。

「法蘭，蛋蛋還小。」芬妮說。

「蛋蛋應該可以更懂事點。」父親說。而我（蛋蛋的「好榜樣」）……我很清楚蛋蛋爲何又聽不見了，他此時一定在新罕布夏旅館某個房間，整理濕得一團糟的拉布拉多黑獵狗——哀愁。

等聖誕節最後一絲蹤跡都從新罕布夏旅館掃地出門，我們開始想除夕夜要怎麼佈置。

「沒人想過除夕，」芬妮說：「乾脆別佈置算了。」

「派對還是要的。」父親逞強地說，儘管他可能是最沒心情過節的人。

大家都記得除夕派對是誰的主意——愛荷華巴布。

「反正沒人會來。」法蘭說。

「你說你自己是吧，法蘭？」芬妮說：「我可有朋友要來。」

「就算有一百個人來，你還不是躲在房間裡，法蘭。」我說。

「吃你的香蕉去吧！」法蘭說：「順便跑一跑——跑到月球去算了。」

「嗯，我喜歡派對。」莉莉說。大家都望著她——因爲她不開口，就沒人看見她；她眞是愈來愈小了。莉莉已經快十一歲，可是個子比蛋蛋還小得多；她只到我的腰，體重不到四十磅。

所以我們再無異議，只要莉莉想開派對，我們就得盡力投入。

「那餐廳該怎麼佈置，莉莉？」法蘭問她。他對莉莉說話時總彎著腰，就像對嬰兒車裡的寶寶說話，滿口童言童語。

「不用佈置，」莉莉說：「只要快快樂樂的就好了。」

我們默默站著，像是聆聽死刑宣判。母親說：「這主意很棒！我這就打個電話給馬特森家。」

「馬特森？」父親說。

「還有法克斯家，也許再加上考德家。」母親說。

「別找馬特森！」父親說：「還有，考德已經邀過我們了——他家每年都有派對。」

「唔，那我們邀些老朋友得了。」母親說。

「嗯，還會有些熟客。」父親說，但他也不敢確定，我們都避開視線不看他。我們的「熟客」其實只有一小撮，大半是巴布教練的酒友。他們會不會再出現都成問題，何況是在除夕夜。

尤里克太太不曉得該準備多少菜餚，麥斯不確定該把停車場的積雪鏟光，還是跟平常一樣弄出幾個位子就好。蘭達．蕾伊似乎自顧自地為新年派對興高采烈著，連要穿的衣服都想好了——她全告訴了我。我認得那件衣服——就是芬妮買給母親的性感洋裝，母親又送給了蘭達。看過芬妮試穿的我，很擔心蘭達要怎樣才套得上身。

母親找了個樂團來表演。「差不多算個樂團吧！」以前聽過的芬妮說。他們到暑假就在漢普頓海灘表演，不過大半成員平時都得回高中念書。彈電吉他的是個叫史利西．威爾斯的高中小混混，擔任主唱兼原音吉他的就是他母親——一個體格嗓音都相當可觀的女人，名叫桃樂絲；蘭達．蕾伊挑明了說她是個「蕩婦」。樂團的名字叫作「桃樂絲颶風」，不知是跟著她取的，還是和幾年前一個也叫桃樂絲的輕度颶風有關。樂團成員包括這對母子，還有威爾斯的兩個高中哥兒們，一個彈貝斯，一個打鼓。我猜這三個男生放學後大概在同一家修車廠工作，因為他們的行頭就是修車技工的制服，名字跟胸口的GULF標誌繡在一起，依次是丹尼、傑克和史利西。桃樂絲穿得很隨便，隨便到連蘭達．蕾伊都覺得惹眼。法蘭對「桃樂絲颶風」自然只有一句話好說：「低級。」

他們喜歡唱貓王普里斯萊的曲子——「如果聽眾裡有很多成年人，我們就唱些慢的，」桃樂絲在電話裡告訴母親：「要是年輕人多，就飆些快的。」

「乖乖，」芬妮說：「我等不及想聽小瓊斯對桃樂絲颶風有什麼看法。」

我打破了好幾個該放到餐桌上的玻璃菸灰缸，因為我等不及想聽小瓊斯的姐妹對我有什麼看法。

「她多大？」我問芬妮。

「如果你運氣好的話，」芬妮故意吊我胃口：「她大概有十二歲。」

法蘭把掃帚和拖把放回一樓工具間時，發現了一點哀愁的蹤跡；那塊制式底座板，上面原本載著攻擊姿勢的哀愁。板子上有四個整齊的螺絲洞，還有哀愁的爪印——牠的爪子是用螺絲鎖在板子上的。

「蛋蛋！」法蘭大叫：「你這個小偷！」

看來蛋蛋把哀愁從板子上拿掉了，此刻他大概正在按著記憶，自行改良老狗的姿勢吧！

「還好緬因州沒落到蛋蛋手裡。」莉莉說。

「應該說，還好緬因州沒落到法蘭手裡。」芬妮加一句。

「這裡沒地方跳舞，」蘭達．蕾伊悶悶不樂地說：「椅子都挪不開。」

「我們可以繞著椅子跳！」父親盡往好處想。

「一輩子都鎖死了。」芬妮悄聲說，但父親還是聽見了。他聽到巴布說過的話還沒法子平心靜氣——至少現在還不行——馬上又傷心起來，頭也別開了。在我記憶中的一九五六年除夕，每個人都不時「把頭別開」。

「哦，該死。」芬妮對我低語，滿臉愧疚——很少有的事。

蘭達．蕾伊很快給了芬妮一個擁抱。「妳得成熟一點，親愛的，」她對芬妮說：「妳得明白，大人恢復得沒小孩快。」

我們聽見法蘭在樓梯間尖著喉嚨喊蛋蛋。他恢復得也不怎麼快，我想，就某種意義而言，法蘭從來就沒當過小孩。

「閉上你的烏鴉嘴！」麥斯．尤里克在四樓吼道。

「下來幫忙佈置！你們兩個！」父親大喊。

「死小孩！」麥斯又叫。

「他又懂什麼小孩了？」尤里克太太咕噥道。

哈羅．史瓦洛從底特律打電話來。他不會提早回得瑞，所以也趕不上派對。他說每年除夕總是無聊得要命，最後只得看一整天的除夕節目。「我還是待在底特律算了，」他說：「犯不著大老遠搭飛機到波士頓，跟小瓊斯一票人坐車跑來跑去，結果照樣待在個爛旅館裡看除夕節目。」

「我們不開電視的，」我告訴他：「會干擾樂團表演。」

「哦，」他說：「反正我也趕不上了，還是留在底特律吧！」跟哈羅．史瓦洛說話不能講什麼邏輯，我向來搞不清該怎麼接腔。

「巴布的事我很難過。」哈羅說。我謝過他，向大家轉達他的問候。

「痞子也不來。」芬妮說。她有個從康乃狄克格林威治來的朋友叫恩妮斯汀．塔克，「痞子」就是恩妮斯汀的波士頓男友。除了芬妮和小瓊斯，大家都喊恩妮斯汀「小點」；顯然是因爲從前母親喊她「小不點」時溜了口，從此這渾名就如俗話說的，「跟定」她了。恩妮斯汀似乎覺得無所謂，也不怎麼氣小瓊斯給她取的另一個綽號；她胸部很豐滿，所以小瓊斯喊她「大咪咪」，連芬妮也跟著叫。小點塔克太崇拜芬妮，無論芬妮怎麼損她都不以爲忤；至於小瓊斯——我那時認爲，如果他要損你，也只有認了。小點塔克有錢又漂亮，正當十八年華，人也不壞——只是老把人家開的玩笑當眞——她是芬妮所謂的「交際花」，也是芬妮在得瑞唯一的同性朋友。小點雖然才十八歲，在芬妮眼裡已經夠「幹練」了。芬妮對我解釋他們的計畫，小瓊斯和他的姐妹從費城開車過來，先去格林威治接大咪咪，然後再到波士頓接她男朋友彼得．拉斯金（「痞子」是也）。可是痞子來不成了，芬妮說，因為他在親戚的婚禮上得罪了個姑媽；不過大咪咪還是要跟小瓊斯他們來。

「這下就多一個女生給法蘭了。」父親好意說道。我們都默不作聲，心上惡兆連連。

「那我都沒有。」蛋蛋說。

「蛋蛋！」法蘭吼道，害我們都嚇一跳。沒人知道蛋蛋在場，更不知他何時來的。蛋蛋又換了套衣服，正裝出忙著整理餐廳的樣子，彷彿跟我們做了一整天事。

「我有話跟你說，蛋蛋。」法蘭說。

「什麼？」蛋蛋說。

「別吼他！」莉莉說著，像個小媽媽氣沖沖把蛋蛋拉到一旁。我們發現，莉莉看蛋蛋比她高，反而有興趣照顧他了。法蘭跟過去，在牆角對蛋蛋嘶嘶作聲，活像一窩蛇。

「我知道牠在你手上，蛋蛋。」法蘭說。

「什麼？」蛋蛋說。

父親在場，法蘭不敢把「哀愁」兩字說出口，其他人也不會讓他欺負蛋蛋；蛋蛋曉得自己安全得很。蛋蛋身上穿著兒童尺寸的軍裝，芬妮曾經對我說，法蘭大概也很想要那種制服，所以每次看到蛋蛋穿——何況蛋蛋還有好幾套——就生悶氣。法蘭愛制服愛到令人覺得反常，蛋蛋穿制服卻再自然不過，難怪法蘭恨得牙癢癢的。

我問芬妮，等新年假期過完，得瑞也開學了，小瓊斯的姐妹要怎麼回費城。芬妮一臉不解。我解釋道，小瓊斯不可能一路開車送她到費城，然後再回得瑞上課。他也不可能把車留在學校，校規不准。

「她自己會開車回去吧！」芬妮說：「車子是她的——我想是。」我登時醒悟，如果車是她的，那她一定大到可以開車了。「她至少有十六歲！」我對芬妮說。

「怕什麼，」芬妮放低聲音：「你可知蘭達幾歲了？」但是想到這女孩比我大就夠嚇人了。何況還是個女巨人，一個年紀比我大、個子比我高，還被強暴過的女孩。

「還有，依照常理判斷，她鐵定是個黑人，」芬妮對我說：「你該不會沒想到吧？」

「我不在乎。」我說。

「算了吧，你哪樣不在乎？」芬妮說：「大咪咪十八一朵花，夠你哈個半死了。她也會來喔！」

這倒是眞的，大咪咪塔克曾經當別人的面說我「可愛」——當然只是擺高姿態、隨口說說而已。不過我在意的不是這個，她人很好，但是除非想尋我開心，她根本不把我放在眼裡。如果說我怕她，也只是像怕一個永遠記不得你名字的人。芬妮說過：「你自以爲令人印象深刻，這世上偏有人看過你就忘。」

迎接除夕這一天，新罕布夏旅館裡人人心情起落不定。我記得，當時我們心中交織的情感，要比尋常死了親人的空虛悲痛更加強烈；我們一會兒想起沒人哀悼的愛荷華巴布，一會兒又想到我們最大的責任（爲了愛荷華巴布）就是高高興興過一天。這也許是老巴布傳給父親的那句格言在我們身上頭一回接受考驗；日後，父親也一再拿來教誨我們。由於太過熟悉，我們簡直無法想像可以懷疑它；雖然要到很久很久以後，我們才曉得自己到底信不信。

這就是巴布「我們都在一艘大船上」的理論——「漂洋過海，環遊世界」。不管是否隨時有被沖走的危險——或者正因爲有這種危險——我們不能沮喪、不能悲傷。無論這世界如何運作，我們都沒有理由憤世嫉俗、悲觀絕望。在父親和愛荷華巴布看來，這世界糟糕透頂的運作方式不過是一種強烈的誘因，使我們的目標更明確，而且有毅力活得更好。

「樂天的宿命論。」後來法蘭這麼歸結他們的哲學，從小問題多多的法蘭才不信這一套。

有一晚，我們在新罕布夏旅館的酒吧裡看電視，一齣灑狗血的肥皂劇。母親說：「我不想看下去了，我喜歡好結局。」

父親說：「天底下沒有好結局。」

「沒錯！」愛荷華巴布叫道——活力與自制奇妙地融合在他沙啞的嗓音裡。「死這回事既可怕又無可避免，而且總來得不是時候。」巴布教練如是宣言。

「那又怎樣？」父親說。

「對極了！」愛荷華巴布喊道：「這就是重點，那又怎樣？」

因此我們家的座右銘就是，不圓滿的結局，並不能否定一段豐富多采的人生。這個想法來自「沒有好結局」的信仰，母親排斥它，法蘭憤恨不平，芬妮和我或許算是相信——有時我們一懷疑，這世界就會發生一些事來證明老前鋒是對的。我們始終不知道莉莉有什麼信仰（一定小小的，藏在她心底），而蛋蛋則是把哀愁找回來的人——找回哀愁也算是一種信仰。

法蘭發現的木板上留著哀愁的爪印和螺絲洞，像個釘過四隻腳基督的十字架被丟在那邊，不祥極了。我拜託芬妮查一次房，她卻說法蘭和我是傻瓜——搞不好蛋蛋要的是那塊板子，哀愁早扔掉了。從對講機當然得不到半點訊息，畢竟哀愁——無論被丟掉還是藏起來——現在不會呼吸。四〇一——就在麥斯那個雜音間的另一頭——有一陣怪異的風聲，像是激烈的氣流。但芬妮說大概只是窗子開著而已，蘭達．蕾伊才幫小點塔克理過床，也許順便把窗子打開透透氣。

「幹嘛把小點分到四樓？」我問。

「媽本來以爲痞子會跟她一起來，」芬妮說：「待在四樓可以多一點隱私，不被你們這些小鬼打擾。」

「妳該說『我們』才對。」我說：「小瓊斯睡哪？」

「不跟我，」芬妮立刻撇清：「小瓊斯跟莎琳娜在二樓各有一間房。」

「莎——琳——娜？」我說。

「對。」芬妮說。

莎琳娜．瓊斯！我想著，喉頭不禁一緊。十七歲、六英尺六英寸（一九八公分）高，我想像著，一絲不掛、乾乾淨淨的她大概有一百八十五磅（八十四公斤）重，可以仰舉起兩百磅（九十一公斤）。

「他們來了。」莉莉到機房通知我們，聲音小小的。莉莉每次看見小瓊斯的身材都嚇得喘不過氣。

「她個子大嗎？」我問莉莉，但在莉莉眼裡大家都是巨人，我得親眼看見才成。

法蘭又在愛現了，穿上巴士司機的制服，扮他的旅館門房。他提起小點塔克的行李走進大廳——小點是那種行李箱不離身的女孩。她穿著一襲改過的男裝，扣領襯衫和領帶一應俱全——除了那對名副其實的驚人胸部，扮得再像男人也掩不住。她扭著腰肢一陣風走進大廳，前頭是提著行李滿頭大汗的法蘭。

「嗨，強強！」她說。

「嗨，大咪咪。」我本來沒意思喊她的綽號，因爲只有小瓊斯和芬妮這樣喊她才不生氣。她瞪我一眼，把我拋在身後，跑過去抱住芬妮，發出只有她那種女孩叫得出來的尖叫聲。

「法蘭，行李要放到四〇一。」我說。

「老天，現在不成。」法蘭累得把行李往大廳一放。「這得一整隊人馬才動得了。」他說：「也許你們這些傻瓜待會兒有興趣在派對時搬上去，就當練著玩吧！」

小瓊斯陰森森地罩進大廳，看來十足有把行李扛上四樓的本事——連法蘭帶行李，我想。

「嘿，你的玩伴來囉，兄弟。」小瓊斯說。

我連忙朝他身後張望，甚至還驚恐地往他頭上瞥了一眼，彷彿莎琳娜可能聳立在那裡。

「嘿，莎琳娜，」小瓊斯說：「妳那舉重的在這。」門口進來一個纖瘦的黑人女孩，跟我差不多高；頭上那頂寬邊高帽使她看起來比實際高一些——而且她還穿了高跟鞋。她的打扮——女性的打扮——跟小點一樣時髦。她穿著乳白的寬領絲質上衣，領子從修長的頸部直開下來，可以隱約看到胸罩的紅蕾絲邊；她每個指頭都戴了戒指，還有手鐲，一身迷人的巧克力色，大眼睛閃爍有神，寬闊的嘴笑起來露出一口奇怪但漂亮的牙齒。她的味道香極了，老遠就聞得到，連小點塔克的尖叫聲也蓋了過去。我猜她大概有二十八到三十歲。小瓊斯把我介紹給她認識，她微露驚訝之色；動作敏捷得跟身材不相稱的小瓊斯，連忙溜得遠遠的。

「你就是那個舉重的？」莎琳娜．瓊斯說。

「我十五歲了。」我撒謊，不過反正也快了。

「老天爺。」莎琳娜．瓊斯說，她美得令我不敢逼視。「小瓊斯！」她叫道，但小瓊斯早帶著他那一身肌肉躲遠了。顯然他不想讓芬妮失望，所以才拿我當藉口來釣他姐姐，大老遠搭她的便車從費城來參加除夕派對。

「他跟我說芬妮有個哥哥。」莎琳娜傷心地說。我想小瓊斯指的也許是法蘭。莎琳娜．瓊斯在費城一家律師事務所當祕書，二十九歲。

「十五歲。」她嘆著氣說。她的牙齒不像小瓊斯那麼白而亮，顆顆大小相同，形狀齊整，只是帶點珍珠色調。它們並不難看，但卻是她全身唯一算得上不完美的部分。我怕壞了，不得不拚命注意她的缺點。我覺得自己又蠢又呆——就像法蘭說的，一肚子香蕉。

「今天有樂團表演。」我說完馬上又後悔。

「算了。」莎琳娜說，但她很和氣。「你會跳舞？」她微笑著問。

「不會。」我老實說。

「哦，」她說，費盡心思想對我友善些。「你舉重？」她問。

「沒小瓊斯舉的重。」我說。

「我倒想朝他頭上丟幾個鐵輪子。」她說。

法蘭跌跌撞撞地越過大廳，跟小瓊斯一整箱的冬衣掙扎奮鬥。他似乎跨不過小點塔克擱在樓梯口的行李，乾脆把箱子就地一扔——害坐在那裡看莎琳娜·瓊斯的莉莉嚇一跳。

「這是我妹妹莉莉，」我對莎琳娜說：「那是法蘭。」我指著法蘭悄悄溜走的背影。我們聽見芬妮和小點塔克不知在哪尖著喉嚨講話的聲音。我知道這會兒小瓊斯一定在跟父親說話——表達對巴布教練的哀思。

「嗨，莉莉。」莎琳娜說。

「我是個侏儒，」莉莉說：「不會長大了。」

對莎琳娜·瓊斯而言，有知道我年紀的失望在先，這消息一定再自然不過，她一點都不吃驚。

「哦，這倒有趣。」她對莉莉說。

「妳會長的，莉莉。」我說：「至少還會長一點，妳不是侏儒。」莉莉聳聳肩：「我無所謂。」她說。

一個人影閃過樓梯轉角處——手持戰斧，臉孔塗著戰士的油彩，幾乎一絲不掛（只裹了條臀邊繫著五彩珠子的黑腰布）。

「那是蛋蛋。」我說。莎琳娜滿眼驚奇，漂亮的嘴巴微張，彷彿想要說什麼。

「一個印第安小男生？」她說：「他爲什麼叫蛋蛋？」

「我知道！」莉莉坐在台階上，舉起一隻手——就像在教室裡等老師點她回答。幸好有她在，因爲我一向不愛解釋蛋蛋這名字的由來。從母親懷孕那一天起，蛋蛋就只是蛋蛋。芬妮問寶寶要取什麼名字，法蘭陰森森地說：「他現在還只是個蛋。」對我們來說，法蘭的生物知識一向驚人。等母親肚子一天大過一天，蛋蛋這名字叫得也愈發響了。母親和父親都希望生第三個女孩，因爲寶寶預產期在四月（April），用來當女生的名字再好不過。他們沒想男生的，父親不中意自己的名字（Win），而母親雖然喜歡愛荷華巴布，也不怎麼想用「小羅勃」爲寶寶命名。等到蛋蛋確定是個男生了，他在家裡已經成了蛋蛋，沒有二話——這名字如俗話說的，跟定他了。

「他本來就是個蛋，現在還是蛋。」莉莉解釋給莎琳娜聽。

「老天爺。」莎琳娜說。我恨不得新罕布夏旅館趕快發生點什麼事，分散她的注意力……一想到外人怎麼看待我們家，我就忍不住發窘。

「你要知道，」多年後，芬妮對我說：「我們一點也不怪，正常得很，對彼此來說，」芬妮說：「我們就像雨水一樣普通。」她說的是，對彼此來說，我們就像麵包的香味一樣美好平常。我們是一家人，對家人而言，再誇大的表現都算正常；因爲那永遠是合理的誇大，絕不過分。但是在莎琳娜·瓊斯面前，我的窘態卻牽連到全家，甚至外人。每次我和哈羅·史瓦洛說話都替他發窘，深怕有人取笑他，害他難過。在除夕夜的新罕布夏旅館，我也為蘭達・蕾伊發窘，因為她穿著芬妮送給母親的洋裝；我甚至還為那差不多算個樂團的「桃樂絲颶風」發窘。

我發現，史利西・威爾斯正是多年前在週末電影院恐嚇過我的小混混。當時他拿了個麵包捏成一團，沾滿修車時染上的油漬，湊到我鼻頭下。

「小子，要不要來一口？」他說。

「不，謝了。」我說。法蘭跳起來從走道跑掉了，我則被史利西・威爾斯一把抓住手臂，按回座位上。「動什麼動？」他說，我發誓不動了。他從口袋掏出根長釘子往麵包團一戳，然後用力一握，釘子便從他的中指和無名指間狠狠地刺出來。

「想不想讓你的眼睛多個洞？」他問我。

「不，謝了。」我說。

「那就滾你的蛋！」他說，那一刻我甚至也為他發窘。我去找法蘭——每次他在電影院裡覺得害怕，就跑到飲水機旁站著。法蘭也總是令我發窘。

在除夕夜的新罕布夏旅館裡，我立刻明白史利西・威爾斯認不出我了。我們之間隔著漫長的里程、無數的舉重，還有一大堆香蕉。要是他還敢用麵包和釘子嚇我，我不費吹灰之力，就可以把他掐到沒氣。自從週末電影院一別之後，他似乎沒再長多少，又瘦又灰，臉色像個髒兮兮的菸灰缸；GULF襯衫裡的肩膀往前垂，走起來彷彿兩臂有千百斤重。我估計就算加上扳手跟一堆重傢伙，他最多也不過一百三十磅（五十九公斤），我可以輕輕鬆鬆把他抓起來舉好幾下。

「桃樂絲颶風」似乎並不在意沒幾個觀衆；搞不好男生們拖著俗麗的設備，到處找插頭時，還很高興只有幾雙眼睛盯著他們。

我聽見桃樂絲・威爾斯說的第一句話是：「把麥克風往後移，傑克，少犯賤。」名叫傑克的貝斯手——也是油膩的GULF一夥——往麥克風後面一縮，彷彿深怕被電到——或者怕犯賤。史利西．威爾斯親熱地在另一個成員的小腹捶了一記，名叫丹尼的胖鼓手忍住了——但是顯然相當痛。

桃樂絲．威爾斯有一頭稻草般的黃髮，彷彿全身剛泡過沙拉油，就濕淋淋地套上衣服。疹子般的吻痕——法蘭稱爲「吸痕」——遍佈胸口和脖頸，活像鞭子打出來的。她搽李子色的口紅，連牙齒也沾了點。她對莎琳娜和我說：「你們要跳快的還是三貼？還是都要？」

「都要。」莎琳娜．瓊斯說，拍子一點不亂。我確定，就算這世界不再有戰爭、饑荒或其他災難，人類還有把彼此窘到死這一招。也許得多費點時間，但我相信一樣有效。

在正牌的桃樂絲颶風過境幾個月後，桃樂絲．威爾斯頭一次聽到貓王的〈傷心旅館〉——正好就在一家旅館裡。她告訴莎琳娜和我，那眞是一種神聖的經驗。

「你們明白嗎？」桃樂絲說：「我聽到它從收音機放出來的時候，正好跟一個傢伙窩在旅館裡。這首歌教會我如何『感覺』。」桃樂絲說：「那大概是半年前的事，從此以後，我就脫胎換骨了。」

我不禁想著那個跟桃樂絲．威爾斯窩在旅館裡的傢伙；他現在人在哪裡？是否也脫胎換骨了？

桃樂絲只唱貓王的歌，而且常把歌裡的男性改成女性（反之亦然）；這種即興改詞，加上她——小瓊斯說的——「沒半點黑人腔」，令她的歌聲頗難入耳。

爲了表示和好，小瓊斯邀莎琳娜跳第一支舞；我記得那首歌是〈寶貝，咱們來玩家家酒〉，史利西．威爾斯的電吉他好幾次蓋過他母親的歌聲。「耶穌基督，」父親說：「我們要付多少錢?」

「別管了,」母親說:「大家盡興就好。」

看來沒什麼人盡得了興,除了蛋蛋;他穿著長袍,戴母親的太陽眼鏡,離法蘭遠遠的。法蘭藏在燈光邊緣那一堆空桌椅間,不用說,又在發他的牢騷。

我向小點塔克道歉方才喊她大咪咪——只是溜了嘴而已,我說。

「沒關係,強強。」她裝作滿不在乎的樣子說——或者更糟,她真的不在乎我。

莉莉請我跳舞,但我窘得不肯跳;蘭達又邀我,我窘得拒絕不了。莉莉一臉受傷的表情,拒絕了父親殷勤的邀請。蘭達.蕾伊帶著我滿場轉。

「我曉得我要失去你了,」蘭達對我說:「給你一個建議,要把別人甩掉之前,先說一聲。」

我希望芬妮趕快插進來,但蘭達卻帶我來到莎琳娜和小瓊斯身邊,他們顯然還在吵嘴。

「交換!」蘭達愉快地說,把小瓊斯帶走了。

在一陣令人難忘的大雜燴合奏、樂器破音和桃樂絲刺耳的嗓音中,「桃樂絲颶風」速度一變,換了首適合三貼的慢歌〈愛你的理由〉;我在莎琳娜堅實的臂膀裡,一路發抖。

「你跳得不賴哇,」莎琳娜說:「何不試著追你姐姐的朋友——那個叫塔克的女孩?」她問我:「她年紀跟你差不多。」

「她十八了,」我說:「何況我根本不知道怎麼『追』。」我很想告訴莎琳娜,雖然我和蘭達.蕾伊有肉體關係,卻幾乎沒學到什麼。跟蘭達做愛根本無需前戲,一開始就是真槍實彈、直接了當;但蘭達不肯讓我吻她的嘴。

「最可怕的細菌都從這兒進來,」蘭達告訴我:「病從『口』入。」

「我甚至不懂怎麼接吻。」我告訴莎琳娜。她似乎有些困惑——對她來說,這兩句話顯然沒什麼關聯。

芬妮看不慣蘭達．蕾伊跟小瓊斯跳慢舞的樣子，硬把小瓊斯搶過去。我不禁緊張起來——生怕蘭達下一個又找上我。

「放鬆，」莎琳娜說：「你簡直像一團鐵絲。」

「對不起。」我說。

「別對異性道歉，」她說：「如果你有企圖。」

「企圖？」我說。

「比接吻更進一步。」莎琳娜說。

「我連接吻都到不了。」我對她解釋。

「這簡單，」莎琳娜說：「要接吻，你只要裝作會的樣子就好了，人家自然會讓你吻。」

「可是我也不知道怎麼『裝』。」我說。

「這簡單，」莎琳娜說：「多練幾次就成了。」

「沒人讓我練。」我說——但腦海裡立刻想到芬妮。

「找小點塔克試試。」莎琳娜笑著悄聲說。

「可是我得裝作會的樣子，」我說：「而我根本不會。」

「又回到原點了，」莎琳娜說：「我太老了，不適合讓你練。這對我倆都不好。」

在舞池裡逡巡的蘭達．蕾伊找上藏在空桌子後的法蘭，但法蘭在她開口前就溜掉了。蛋蛋不見人影，法蘭大概正在想找個理由去逮他。莉莉跟父母的朋友馬特森先生一板一眼地跳著舞，不幸的是他太高了——就算他矮，也不可能矮到適合莉莉。他們像一對說不出在幹什麼的動物，怪透了。

父親和馬特森太太跳舞，母親則站在吧檯跟一個幾乎每天來的熟客聊天——那人叫摩頓，是巴布教練的酒友，也是林場的工頭。摩頓是個魁梧的胖子，生了雙又軟又胖、但力氣十足的手。他有一搭沒一搭地聽著母親說話，臉上滿是哀悼愛荷華巴布的神色；他盯著桃樂絲．威爾斯，似乎在想，巴布才終生退休沒多久，居然就跑來個這副德行的樂團。

「要變花樣，」莎琳娜對我咬耳朵：「這是接吻的祕訣。」

「我有十萬個理由愛你！」桃樂絲．威爾斯哼道。

蛋蛋回來了，他扮成一隻大公雞；然後又不見了。小點塔克似乎有點無聊，不確定要不要跟芬妮搶小瓊斯。誠如芬妮所說，她太「幹練」，不打算跟吧檯邊自個兒調了杯酒的蘭達攀談。我看見麥斯．尤里克站在廚房門口痴痴地望。

「要輕輕咬，還要用點舌頭，」莎琳娜說：「最重要的是，你的嘴得到處動一動。」

「妳要不要來杯酒？」我說：「妳年紀夠大了。我爸幫我們孩子留了一箱啤酒在後門的雪堆裡，他說不能讓我們在吧檯喝。不過妳當然可以。」

「帶我去後門，」莎琳娜說：「我們喝點啤酒，不過你可別撒野。」

我們離開舞池，運氣不錯，正好避開桃樂絲．威爾斯節奏急轉，換成了「我不在乎陽光是否照耀」——小點塔克跳起來，跟芬妮換過小瓊斯；蘭達．蕾伊悶悶不樂地看我離開。

莎琳娜和我驚動了法蘭——他正對著後門的垃圾桶小便。法蘭連忙擺出平常那副呆相，假裝指放啤酒的地方給我們看。「有開瓶器嗎？法蘭。」我說，但他的身影早已沒入白茫茫的艾略特公園裡——那濃重的霧氣將滯留一整個冬季。

莎琳娜和我到大廳的櫃檯邊開啤酒。法蘭在那兒的一根釘子上，用麻繩繫了個開瓶器，輪班接電話時用來開他的百事可樂。我想靠著莎琳娜坐在小瓊斯裝冬衣的箱子，卻笨手笨腳地灑了一些啤酒在小點塔克的行李上。

「你可以對她獻點殷勤，」莎琳娜說：「幫她把行李抬到房間。」

「妳的行李呢？」我問莎琳娜。

「才過一晚，」莎琳娜說：「我用不著行李。你也不必帶路，我自己找得到房間。」

「我還是可以幫妳帶路。」我說。

「唔，隨你，」莎琳娜說：「我帶了書。這舞會對我是多餘的。」跟著又加一句：「我得養精蓄銳，好一路開車回費城。」

我帶她到二樓的房間。借她的話說，我根本不想對她有什麼企圖；反正我也沒那個膽。「晚安。」我在門口喃喃說道，放掉了一切可能。但她沒讓我逃遠。

「嘿，」在我離開二樓走廊前，她打開門叫住我：「不試的話你怎麼更進一步呢？」跟著又加一句：「你甚至不試著吻我。」

「對不起。」我說。

「別道歉！」莎琳娜說。她站在走廊上緊貼著我，讓我吻她。「一步步來，」她說：「你聞起來不錯——這是個好的開始。別發抖。不要一下子就甩牙齒碰，還有，別把舌頭塞進來！」我們再試一遍。「把手放在口袋裡。」她說：「注意牙齒。這次好多了。」她說著退回房裡，招手示意我進去。「別亂來，」她說：「手放在口袋裡，腳站好別動。」我笨拙地挨近她，牙齒猛撞了一下，她連忙把頭往後一縮，離我遠遠的；我睜眼望去，發現她手裡居然有一排上門牙。「笨蛋！」她喊道：「小心你的牙齒！」我嚇壞了，一時還以爲她的門牙給我撞了下來。她轉身背對我說：「別看我。這是假牙。把燈關了。」我照做，她房裡頓時一陣漆黑。

「對不起。」我絕望地道歉。

「別道歉。」她喃喃道：「我被強暴過。」

「嗯，」我說，心下明白這個話題還是避不了，「芬妮也是。」

「我聽說了，」莎琳娜說：「不過他們沒有找根管子敲掉她的牙，對吧？」

「對。」我說。

「每次問題都出在接吻，每一次！」莎琳娜說：「剛要進入狀況，上排的牙就鬆了——要不就是那個呆子牙齒碰得太用力。」

我沒再道歉，只伸出手想碰她，但她說：「手放你自己口袋。」接著她靠過來說：「我可以幫你，如果你也幫我，我可以教你有關接吻的一切。」她說：「不過有件事你一定得跟我說。我找不到適當的人問，一直藏在心底。」

「好。」我答應，心裡直發毛——不知自己到底答應了什麼。

「我想知道把這該死的牙齒拿掉會不會好一點，」她說：「還是會讓人覺得很噁心。我一直以爲這樣很噁心，所以從沒試過。」她走進浴室，我在黑暗中等待，望著浴室大門被燈光框出來的輪廓——直到燈又熄掉，莎琳娜回到我身邊。

她的嘴溫暖又靈巧，就像這世界的核心開了一個洞穴。她的舌頭長而圓潤，牙齦硬硬的，但咬過來一點也不會不舒服。「少用點嘴唇，」她喃喃說道：「多用舌頭。不對，別那麼用力，那太噁心！對，輕輕咬比較好。很好。手放口袋——我說眞的。你覺得怎樣？」

「哦，好極了。」我說。

「眞的？」她說：「這樣眞的比較好？」

「這樣比較『深』！」我說。

她笑了：「也比較好，是嗎？」

「棒透了。」我承認。

「手放回口袋，」莎琳娜說：「別昏頭，別那麼大力，哎喲！」

「對不起。」

「別道歉。只要別咬那麼重就好。手放口袋，我說眞的。別亂來。手放口袋！」

如此這般，莎琳娜終於宣布我已經夠格面對小點塔克及全世界，接著便催我行動——我一頭撞上二〇二的房門，手還在口袋裡。「謝謝！」我對莎琳娜喊道。在走廊的燈光下，她勇敢地扁著嘴對我綻出一朵玫瑰紅的微笑，比那一口珍珠色的假牙好看多了。

她告訴我，她刻意把我的嘴唇吸腫了；我便這樣噘著嘴走進餐廳，滿懷信心，準備要在小點塔克身上樹立我接吻的里程碑。但桃樂絲正呻吟似地唱著〈我忘了要記得遺忘〉，蘭達癱在吧檯邊不省人事，洋裝翻了起來，露出臀上一塊拇指印大小的傷痕直盯著我。林場工頭摩頓正在跟父親話當年——想必談的是愛荷華巴布。

「我忘了要記得遺忘……」桃樂絲．威爾斯哼道。

可憐的莉莉，她實在小得享受不了派對的樂趣——雖然她還是會滿心期待派對的到來——已經上床睡覺去了。蛋蛋穿著家居服，不高興地坐在鎖死的椅子上，悶著一張小臉，彷彿吃了什麼跟肚子作對的東西，彷彿打算醒著捱到半夜——還有，彷彿失去了哀愁。

我想法蘭此刻大概在後門的雪中喝啤酒，要不就在大廳櫃檯啜他的百事可樂，或者在控制台前——偷聽莎琳娜一邊看書，一邊用她美妙的嘴哼著小調。

母親和馬特森夫婦專心盯著桃樂絲．威爾斯看。只剩芬妮有空——小點塔克正和小瓊斯在舞池裡。

「跟我跳。」我拉著芬妮說。

「你不會跳。」芬妮說，不過還是由著我把她帶進舞池。

「我會親嘴。」我對芬妮悄悄說，想去吻她，被她一把推開。

「交換！」她對小瓊斯和小點塔克說。小點塔克馬上到了我懷裡，也馬上露出不耐煩的樣子。

「十二點以前找她跳就好了，」莎琳娜建議我：「新年報時那一刻，大家都可以吻自己的舞伴。只要你親到她，她一定會上鉤。第一次，好好加油。」

「你喝了酒嗎？強強？」小點問我：「瞧你嘴唇都腫了。」

桃樂絲．威爾斯邊揮汗邊嘶吼，來了首〈想要靠近你〉；糟的是這首歌不快不慢，害小點塔克不知要不要靠近些。在她決定之前，麥斯．尤里克從廚房跳了出來，頭戴水手帽，口啣裁判用的哨子；他一吹之下，哨音之尖連吧檯邊的蘭達都為之一動。「新年快樂！」麥斯叫道。芬妮踮起腳尖給了小瓊斯一個甜蜜的吻，母親跑去找父親。工頭摩頓望了昏睡的蘭達．蕾伊一眼，又改變了主意。小點塔克無奈地聳聳肩，降尊紆貴地對我一笑，我立刻想起莎琳娜．瓊斯芬芳幽深的口腔；於是，如同俗話說的，我開始行動。牙齒輕碰，不要急躁，舌頭伸進去，稍微深探一下，牙齒在上唇底下遊走。小點聲名遠播的豐滿胸部像兩個柔柔的拳頭朝我推來，但我的手還是放在口袋裡，不用強。她隨時可以把我推開、但一直沒停下來的意思。

「老天爺。」小瓊斯發現了，讓小點塔克清醒了一下下。

「大咪咪！」芬妮說：「妳在跟我弟幹嘛？」我繼續把住小點塔克好一會，吸住她的下唇，輕咬她忽然長驅直入的舌頭。我匆忙把手抽出口袋，因為小點塔克決定〈想要靠近你〉適合跳三貼。

「你在哪學的？」她輕聲說，一對乳房像溫暖的小貓咪偎在我胸前。在桃樂絲颶風還沒換節奏之前，我們連忙離開舞池。

一陣風在大廳裡呼嘯，法蘭沒關上通往後門的出口；我們聽見他在一片漆黑中對著垃圾桶撒尿——很用力。繫著麻繩的開瓶器底下堆了好幾個啤酒蓋。我一把提起小點塔克的行李，她問：「你不分兩趟搬嗎？」我聽見法蘭打了個響嗝，活像一聲原始的鑼，宣告舊的一年過去了。我握緊行李，開始爬樓梯——整整四樓。小點跟在後面。

「哇，」她說：「我知道你很壯，強強，可是沒想到你那麼會親嘴，簡直可以上電視了。」

不知她是怎麼想的，難道要我用嘴拍廣告，對著鏡頭獻上一吻不成？

提著小點塔克的行李一路來到四〇一，我暗自慶幸還好早上沒做仰舉，也沒練啞鈴——後腰的傷似乎沒事。窗子是開的，但我沒聽到幾個鐘頭前從對講機傳來的氣流聲；風大概停了吧，我想。行李像爆炸一樣落下，我手上頓時輕了好幾磅。小點塔克把我帶到床邊。

「再來一次，」她說：「我打賭你一定不行。你剛剛一定是碰運氣的。」於是我又吻她，這回牙齒多碰了幾下，舌頭也調皮了點。

「天，」小點塔克撫摸著我，喃喃說道：「手別放口袋裡！」她說：「哦，等等，我先去浴室一下。」她打開浴室的燈，說道：「哦，芬妮眞好，還把吹風機給我用！」這時我才聞到房裡的味道——一股比沼澤更濃烈的燒焦味，但又濕濕的，彷彿硬把水火混成一團。我恍然大悟，原來在對講機裡聽到的是吹風機的聲音，但是在我能衝進浴室阻止小點之前，她已經說道：「浴簾下面是什麼東西？天啊啊啊啊啊啊！」她的尖叫令我僵在床和浴室之間動彈不得，就算隔著四層樓，正在唱〈你令人心碎〉的桃樂絲．威爾斯一定也聽到了。莎琳娜．瓊斯後來告訴我，她連書都摔了。吧檯邊的蘭達．蕾伊被震得站起來至少一秒鐘。小瓊斯跟我說，史利西．威爾斯以爲他的吉他擴大器出了毛病，不過其他人都沒搞錯。

「大咪咪！」芬妮叫。

「耶穌基督！」父親說。

「老天爺！」小瓊斯說。

我頭一個到，連忙把小點抱出浴室。她側著身子暈倒在小馬桶邊，頭栽在小洗手台下。她顯然正在裝子宮頸環——在那個年代，算是夠「幹練」了——的時候，望見了半滿的大浴缸。浴簾浮在水上，小點靠過去掀開一看，正好瞧見哀愁沉在水裡灰撲撲的腦袋，活像剛被謀殺；一隻在水裡咬牙切齒的狗，彷彿還想跟死神拚鬥一場。

連發現牠的人也不能倖免。幸好小點塔克的心臟年輕強壯；我把她抱到床上時，還可以感覺它在跳動。我想要讓她甦醒，最好的方法就是吻她，她眼睛一睜，又來了一聲尖叫——比上次還大聲。

「那是哀愁。」我告訴她，彷彿這樣就能說明一切。

莎琳娜．瓊斯首先趕到四〇一，因爲她人在二樓，距離最近。她瞪著我，彷彿我是個強暴犯。她說：「你一定做了我沒教的動作！」顯然她認爲我跟小點親嘴時使了壞。

這當然是蛋蛋幹的好事。他在小點的浴室裡用吹風機吹哀愁，結果把狗燒著了。慌亂之下，蛋蛋把著火的狗丟進浴缸，放水灌救。火滅了之後，又打開窗讓屋裡的焦味發散。那時已近半夜，蛋蛋累了，又怕法蘭找到他，只得用浴簾草草蓋上；因爲浸了水的狗變重了，他抱不動。於是蛋蛋回房換上家居服，等著挨罰。

「我的天，」法蘭看到哀愁，苦著臉說：「我想牠眞的毀了，修不好了。」

連「桃樂絲颶風」的成員也擠進小點的浴室來，對可怕的哀愁致敬一番。

「我想把牠弄好！」蛋蛋哭道：「牠本來好好的，我要牠跟從前一樣！」

忽然充滿同情心的法蘭，似乎頭一回明白做標本是怎麼回事。

「蛋蛋，蛋蛋，」法蘭對嗚咽不止的蛋蛋說：「我可以把牠弄好，你應該讓我來的。我可以把牠弄成任何模樣，」法蘭說：「現在也還是可以。」他說：「你要牠跟從前一樣是嗎？我會讓牠跟從前一樣。」芬妮和我瞪著浴缸，心下委實懷疑，把和善多屁的拉布拉多獵犬弄成個殺手是一回事，可是要把這火烤水浸的噁心樣變回原狀，恐怕連法蘭都只有借助魔力才可能。

話說回來，一向樂天派的父親倒認爲，這件事是給法蘭的最佳「治療」；不用說，對蛋蛋的「成熟」也有助益。

「兒子，如果你眞能把牠弄得跟從前一樣好，」父親對法蘭說，莊重得有點過頭：「我們都會很高興。」

「還是丟掉的好。」母親說。

「附議。」芬妮說。

「我明明丟過的。」麥斯．尤里克抱怨道。

法蘭和蛋蛋同時哭了起來。也許父親認爲修復哀愁這件事包含了法蘭的同情心；如果眞修好，還能喚回他的自尊。也許父親還覺得蛋蛋整頓哀愁的舉動——把哀愁「弄好」——多少能留下一點愛荷華巴布的回憶。但就像芬妮多年後說的，本來就沒有「好的哀愁」，就定義上，哀愁從來沒好過。

我能責怪父親給他們機會嗎？或者責怪法蘭助長了父親令人不快的樂天性格？自然也不能怪蛋蛋，我們沒人會怪他。

只有睡著的莉莉無動於衷，也許她身處的世界和我們已大不相同。蘭達．蕾伊和桃樂絲．威爾斯沒爬上四樓來看究竟，但等我們到了餐廳一看，她們倆彷彿已經因此昏天暗地得一塌糊塗——即使自己沒碰上。就算小瓊斯本來有點意思，經過這陣亂也不得不打消了；芬妮親他一下，回自己房去。小點塔克雖然喜歡我吻她，但卻不原諒有人闖進她浴室窺探——哀愁，還有我。我想她最恨的，還是被我看到她昏倒的姿勢——套用芬妮的說法：「正在裝子宮頸環的姿勢！」

我和小瓊斯兩個人待在後門，一邊喝冰啤酒，一邊注意艾略特公園裡有沒有跟我們一樣挨到現在的人。史利西．威爾斯跟他的夥伴回家了，桃樂絲和蘭達還泡在酒吧裡——醉眼惺忪之下，她們似乎一見如故起來了。小瓊斯說：「我不想冒犯你姐，可是我好想上啊！」

「附議。」我說：「雖然我也不想冒犯你姐。」

聽著餐廳裡笑聲不斷，小瓊斯對我說：「想不想釣酒吧的兩位女士？」我不敢對他說我不喜歡這主意——我早就被其中一個釣過了。我跟小瓊斯說蘭達．蕾伊很容易上手，而且她只要錢，什麼麻煩也沒有。但我馬上自責起來，我居然這麼樂意背叛她。

我又喝了一瓶啤酒，聽著小瓊斯帶蘭達往大廳另一端離我而去。等再喝完一兩瓶，我聽見桃樂絲．威爾斯一個人唱著〈傷心旅館〉，沒有伴奏，有時還忘了詞——要不就含糊帶過去。最後傳來她在酒吧水槽裡嘔吐的聲音。

不一會，她發現我在後門口，我問她要不要最後一瓶啤酒。「好啊，當然。」她說：「這樣才好化痰。該死的〈傷心旅館〉，」她又加了一句：「老害我感動過頭。」

桃樂絲．威爾斯換上及膝的牛仔靴，一手拎起帶子細細的綠高跟鞋，另一手則撥弄著大衣——斜紋軟呢的料子，上面斑斑點點，還有個小小的毛皮領子。「只是麝香鼠啦！」她說，拿它摩擦我的臉，把啤酒瓶夾在拿高跟鞋的手上，一口氣幾乎喝光。我看著她抬起的喉嚨，那些吻痕顯然是用五毛錢銅板烙出來的。她把酒瓶往下一丟，一腳踢出門外，任它朝垃圾堆滾去。她挨近我，把大腿插在我兩腳之間，然後吻我。她的吻跟莎琳娜教我的完全兩樣，好像一團軟軟的果泥塞進我唇舌，害我咳了又咳。她的吻混合了嘔吐和啤酒的味道，久久不散。

「我要去另一個派對找史利西，」她說：「要來嗎？」

我想起當年史利西在電影院用麵包團和鐵釘恐嚇我的往事。「不，謝了。」我說。

「膽小鬼。」她說，打了老大一個嗝，「這年頭的小鬼眞沒種。」說著忽然把我抓過去，一把抱住我；她的身子像男人一樣硬邦邦，只有一對乳房在我們之間滑來滑去，像剛上岸的魚在網裡活蹦鮮跳。她用舌頭從我的下巴舔起，一路舔進耳朵。「膽小鬼。」她低聲說，然後把我推開。

她在後門邊的雪泥堆裡滑倒了。我過去扶她起來，她用力一揮，把我推進垃圾堆，然後獨力走進一片漆黑的艾略特公園。我等著看她穿越黑暗，步入路邊孤燈黯淡的光芒中，然後再度進入黑暗。

她走進燈光的片刻，我對她開口喊道：「晚安，威爾斯太太，謝謝妳的表演！」她對我豎起中指，腳底一滑差點又跌倒，身子晃出了光圈——「搞什麼？」她不知對著什麼開罵起來：「見你的鬼！」

我轉過頭去背對燈光，找了個最空的垃圾桶吐了起來。等我再度望向燈光，一個人影正好進入其中。我以爲桃樂絲又打算回來捉弄我，但那人顯然剛從另一場新年派對出來，走錯了回家的路。那是個成年男子，要不就是差不多成人的青少年。雖然酒精使他步履蹣跚，走在雪地上的腳步倒是比桃樂絲．威爾斯穩當些。

「小姐，妳才見鬼！」他對著黑暗嚷嚷。

「沒種！」桃樂絲從遠處喊回來。

「婊子！」那人叫道，步伐一個不穩，坐倒在雪堆裡。「見鬼。」他自言自語——沒看見我。

這時我才看清他的穿著，黑長褲、黑禮鞋、黑腰帶、黑領結，還有一件白禮服。我當然知道他不可能是那個白衣人；他沒有那份威嚴，就算這人眞的剛航海回來，也不像去過什麼異國的樣子。再說今天除夕，在新英格蘭並不是穿白禮服的時節。我明白，這人的打扮之所以不合時宜，並不是故意標新立異。在新罕布夏州這種所在，唯一的解釋就是，這傻瓜等所有黑禮服都被人租光了，才想到要上租衣店。也許他甚至不曉得這裡的正式穿著冬夏有別；這人若不是剛從高中派對出來的年輕土包子，就是剛離開一般派對（跟高中派對一樣，浪費時間和精力）的成年土包子。他不是我們熟知的白衣人，只是令我想起那人而已。

我發現他竟然躺在路燈下的雪堆裡睡著了。那時氣溫差不多接近冰點。

我終於感到除夕這天有點意義了，我之所以參與其中似乎是有理由的——超乎我那隱晦但實在的慾望。我抱起那人，把他帶到旅館大廳裡。他比小點塔克的行李輕得多了，雖然他不是青少年，而是成人——看起來比我父親還老些。我在他身上搜了搜，希望能確定他的身分，結果證實了我的猜測——白禮服的商標寫著：「本衣爲切斯特男士租衣店所有」。這人看起來雖然挺體面——至少在得瑞看起來是這樣——身上卻沒有皮夾，倒有一把銀梳子。

也許桃樂絲．威爾斯趁黑把他洗劫一空，也許他們對罵就是爲了這個。不，我轉念又想，桃樂絲不會留下梳子。

我念頭一動，把白衣人安頓在旅館大廳的沙發上應該是個不錯的玩笑——等到天亮，父親和母親一定會大吃一驚。我可以說：「昨晚這人來趕最後一支舞，可是來遲了。他在大廳等著見你們。」

我覺得這主意妙透了。但我喝了不少酒，想想還是先把芬妮叫醒，讓她看看橫在沙發上睡得正香的白衣人再說。如果覺得這主意不好，芬妮會直說；但我敢說她一定喜歡。

我整了整那人的黑領帶，把他的雙手合疊在胸口，然後扣好腰釦，把腰帶拉正，這樣就沒那麼邋遢了。美中不足的是他皮膚不夠黑，沒有菸匣——還少了停在亞布納海濱旅館外的白帆船。

我知道新罕布夏旅館聽不到海浪聲，只有艾略特公園的積雪結凍、消融，然後又結凍；這裡也沒有海鷗的叫聲，只有狗——翻垃圾的野狗，到處都是。把白衣人安頓在沙發上之後，我才發覺旅館大廳有多簡陋——根本還像一所女校；等在前頭的是互相排擠、深怕（在男女關係上）被比下去的焦慮感、過早的婚姻，還有種種終將落空的期望。身穿白禮服，在新罕布夏旅館裡幾乎算得上優雅的男人，彷彿就像另一個星球的生物。我忽然不想讓父親看到他了。

我跑進餐廳去喝水，桃樂絲．威爾斯在吧檯留下一個破杯子，蘭達．蕾伊看不出性別的工作鞋在桌子下，她一定是把鞋子踢在那兒就不管了——爲了跳舞，還有對小瓊斯展開行動。

如果我叫醒芬妮，她也許會撞見小瓊斯和蘭達在一起，那不是害她難過嗎？

我在樓梯口聽了聽，心裡又湧起一絲對小點塔克的興趣——想看看她的睡姿——但我一打開對講機，聽到的卻是打呼聲（活像在泥裡打滾的豬）。預約登記簿上空空如也，直到夏天才會有那個「富立茲表演班」上門來嚇人。服務台小小的收銀櫃甚至沒上鎖——法蘭當班接電話時窮極無聊，還拿開瓶器在椅子扶手刻上他的名字。

大年初一，在曲終人散、天光朦朧之際，我覺得還是別讓父親見到白衣人比較好。我可以找小瓊斯嚇走他，但要是打擾到小瓊斯和蘭達．蕾伊的好事，我一定會窘死。

「嘿，起來！」我小聲對穿白禮服的男人說。

「混蛋！」他在睡夢中大叫：「啊，婊子！」

「小聲點！」我壓低嗓門厲聲說。

「啥？」他說。我環抱住他胸膛，用力扣緊。「嗚！」他呻吟道：「救命！」

「你沒事，」我說：「不過你現在就得走。」

他睜開眼坐起來。

「好個壞小子，」他說：「你這是把我帶到哪來著？」

「你昏倒在外面，」我說：「我搬你進來，免得你凍死。現在你得走了。」

「我要上廁所。」他很有尊嚴地說。

「到外面上。」我說：「你能走路吧？」

「我當然能走。」他說著往後門走去，又在門口停住了。「外面這麼黑，」他說：「你在設計我，對不對？有多少人埋伏在那？」

我帶他到大廳正門，把外面的燈打開。恐怕父親就是被燈光弄醒的。「再見，」我對身穿白禮服的男人說：「新年快樂！」

「這不是艾略特公園嗎！」他憤然喊道。

「對。」我說。

「那這裡一定是那間怪旅館！」他說：「如果這裡是旅館，我要租個房間過夜。」

我想最好別告訴他身上沒錢，所以我說：「我們客滿了，沒房間。」

穿白禮服的男人瞪著冷清的大廳，牆上空空如也的郵件匣，還有小瓊斯丟在樓梯口的冬衣箱。「客滿？」他說，彷彿頭一回發現某種世間常理：「老天爺，」他說：「我還聽說這兒快倒了。」這可不是我想聽的話。

我又把他領到大門口，他彎下腰拾起一堆郵件遞給我；大家為派對忙了一天，沒人記得到大廳口去拿信。

男人只往外走了幾步，然後又折回來。

「我要叫計程車，」他告訴我：「外頭暴力太多。」顯然他指的是另一種世間常理，而非艾略特公園——桃樂絲．威爾斯早走了。

「你沒錢坐計程車。」我告訴他。

「哦，」穿白禮服的男人說著，往濕冷的台階上一坐。「我得想一想。」

「想什麼？」我問。

「想想看我該去哪！」他說。

「回家？」我提醒，但那人朝上揮了揮手。

他還在想。我看看郵件。一樣的帳單，一樣沒人寫信來訂房間。只有一封信與眾不同：上面貼了漂亮的外國郵票，郵戳印著sterreich（奧地利），還有一堆異國文字。信是從維也納寄來的，收信人是父親，但寫得很怪。

溫．貝里
哈佛畢業
一九四？年班
美國

看來這封信旅行了很久才抵達父親這裡，但至少郵政當局總算有人知道哈佛在哪。後來父親說，能收到這封信是他上哈佛最具體的收穫；如果他念的是比較沒名氣的學校，這信就收不到了。「光憑這點，我就寧可他念比較沒名氣的學校。」芬妮後來說。

當然，哈佛校友會效率之強可見一斑，否則也不可能光憑名字和「一九四？年班」，就查到四六年畢業的父親住在哪裡。

「怎麼回事？」我聽見父親的聲音。他從二樓的房間走出來，在樓梯間對我喊。

「沒事！」我說，踢了踢坐在台階上的醉漢，他又睡著了。

「外面的燈怎麼開著？」父親喊。

「快走！」我低聲對穿白禮服的男人說。

「很高興見到你！」那人誠心地說：「我這就上路啦！」

「好，好。」我低聲道。

可是那人才走到最下一階，馬上又露出想事情的樣子。

「你在跟誰說話？」父親喊。

「沒人！是個醉鬼！」我說。

「耶穌基督！」父親說：「醉鬼還說沒人！」

「我換衣服就來，」父親說：「耶穌基督。」

「我可以應付！」我喊。

「快走！」我對穿白禮服的男人吼道。

「再見！再見！」那人喊著，在新罕布夏旅館的台階下愉快地對我揮手。「我很盡興！」

我當然明白，那封信是佛洛伊德寄來的。在父親知道之前，我想先看看信裡寫些什麼，也想和芬妮──或者加上母親──好好討論一番。但來不及了。信很簡短扼要。

假如你收到這封信，那麼你果真照當年跟我的約定進了哈佛。好孩子。

「晚安！上帝祝福你！」穿白禮服的男人叫道。但他走到燈光的盡頭處又停了下來，背對黑暗的艾略特公園揮著手。

我把燈關掉，這樣萬一父親來了，也看不到那個盛裝的幻影。

「我看不見！」醉漢哭道，我又打開燈。

「快滾！否則揍扁你！」我對他大吼。

「這不是應對之道！」我聽見父親喊道。

「晚安！祝福你們！」那人叫。我關掉燈時，他還待在燈下，但這回沒抗議了。我把佛洛伊德的信看完。

我終於找到一隻聰明熊，一切都改觀了。我現在有一家好旅館，但我年紀大了，如果你和瑪麗來幫我經營，它可以變成了不起的大旅館！我有一隻聰明熊，但我也需要一個像你一樣聰明的哈佛畢業生！

父親一陣風衝進大廳，腳上的拖鞋踢開了一個啤酒瓶，睡袍被大門吹進來的風颳得潑刺響。

「他走了。」我對父親說：「只是個醉鬼。」但父親又打開了外面的燈——在燈光的邊緣，白衣人正揮著手。「再見！」他滿懷希望地喊道；「再見！祝你好運！再見！」這一幕效果驚人，白衣人轉身消失在燈光外——彷彿出海遠蕩而去——父親目瞪口呆地望著那人黑暗中的背影。

「喂！」父親大喊：「喂？回來！喂？」

「再見！祝你好運！再見！」白衣人喊道。父親呆呆地瞪著那片黑暗，直到冷風把穿著睡袍和拖鞋的他吹得發抖；我把他拉進屋裡。

像所有說故事的人一樣，我有能力結束這個故事，而當時也可以這麼做。但我沒有撕掉佛洛伊德的信。在白衣人的影子還殘存在父親腦海之際，我把信遞給他——就像所有說故事的人一樣，多少知道我們將要往哪裡去。

第七章　哀愁再現

教我接吻的莎琳娜．瓊斯（那深而鮮活的口腔令我永遠難忘），後來終於找到一個了解她牙齒該不該拿掉的男人；她嫁給同一家事務所的律師，生了三個健康的小孩。（「砰！砰！砰！」芬妮說。）

裴子宮環時昏倒的小點塔克（有朝一日，她豐滿的胸部和摩登的舉止對我都不再像五六年時那麼特別）命硬得很，逃過了哀愁這一關；事實上，不久前我聽說她還沒結婚，依然是個交際花。

而一個名叫菲德利克．佛特，只有四英尺（一二二公分）高的四十一歲中年人，或者我們口中的「菲利」——他的馬戲團就是預約了一整夏、令人又好奇又不安的「菲利綜藝班」——在一九五七年冬天，從父親手中買下第一家新罕布夏旅館。

「八成沒賣幾文，我賭。」芬妮說。但我們一直不知父親是用多少錢把旅館賣掉的，由於菲利綜藝班是那年夏天唯一預約的客人，父親便先寫信通知小個子團主，表示我們全家即將搬到維也納。

「維也納？」母親吸吸不休❷，對父親直搖頭：「你對維也納懂多少？」

「我又對摩托車懂多少？」父親反問：「熊呢？還有旅館？」

「問題是你學到了什麼？」母親問。但父親對這點毫無疑慮，佛洛伊德說了，一隻聰明熊可以使一切改觀。

「我知道維也納跟得瑞不一樣。」父親對母親說，然後寫信向菲利綜藝班道歉——由於他要把新罕布夏旅館賣掉，馬戲團可能得另覓居處。我不知道菲利綜藝班是否出了個好價錢，但他們是頭一個買主，父親便接受了。

「維也納？」小瓊斯說：「老天爺。」

芬妮原本可能反對，因爲怕離開小瓊斯；但她發現小瓊斯不忠（聖誕夜和蘭達・蕾伊那回事），所以對他冷冷淡淡的。

「跟她說，那只是生理需要。」小瓊斯說。

「那只是生理需要，芬妮。」我說。

「還用說嗎？」芬妮說：「看來你一定很清楚是怎麼回事。」

「維也納，」蘭達・蕾伊在我身下嘆了口氣——也許只是出於無聊。「我倒想去看看，」她說：「不過看來我還是得留下——要不就沒事做，要不就替那小禿子幹活。」

「小禿子」說的就是菲德利克・佛特。他在一個下雪的週末前來拜訪，對四樓浴室器材的尺寸印象深刻——還有蘭達・蕾伊。當然，莉莉也對菲利留下深刻的印象；他個子只比莉莉大一點，雖然我們一再向她（其實主要是對我們自己）保證，她還會長——一點點——而且她的身材比例也不會像菲利一樣畸形（希望如此）。莉莉長得很漂亮，玲瓏可愛；菲利的腦袋則比身子大了好幾號，鬆垂的手臂像錯接一氣的牛腿肉，手指像一截截切好的臘腸，洋娃娃的腿上有對腫腫的腳踝——活像鬆緊帶沒了彈性的襪子。

「你的馬戲團是什麼樣子？」莉莉大著膽子問。

「怪表演，怪動物。」芬妮在我耳邊低語，害我打了個冷顫。

❷ mutter，與德文的「母親」拼法相同。

「我覺得他很可愛。」莉莉說。

「如果他們長得都像『那樣』。」蘭達．蕾伊翻著眼——沒再說下去，她決定別想。

「如果他們都長得像那樣，」尤里克太太說：「一定吃不了多少。」

「也就是說，」等菲利走了，麥斯．尤里克說：「那見鬼的四樓對他們正合適！」

「我們只是個小馬戲團。」菲利對莉莉意味深長地說。

「小表演，小動物。」法蘭喃喃說。

可是菲利綜藝班的團主卻害蛋蛋作惡夢——突如其來的尖叫聲令我背脊一涼，脖子也扭了；蛋蛋雙手亂揮，一把將床頭燈掃到地上，兩腳在被裡亂踢，彷彿快被床淹死了。

「蛋蛋！」我吼道：「那是夢！你在作夢！」

「什麼？」蛋蛋尖叫。

「作夢！」我吼回去。

「小矮人！」蛋蛋喊：「他們在床下！爬來爬去！到處都是！」

「老天，」父親說：「既然只是小矮人，又有什麼好怕？」

「噓。」母親說，深怕莉莉聽了傷心。

到了早上，我躺在槓鈴下，不時偷瞥一眼下床換衣服的芬妮，心裡想著愛荷華巴布。他對去維也納的事會怎麼說？還有佛洛伊德那間需要一個哈佛畢業生的旅館？還有，一隻聰明熊眞能爲人帶來成功的希望？我邊舉邊想。「都一樣，」愛荷華巴布一定會說：「不管去維也納還是留在這，全都一樣。」在沈重的壓力下，這是我覺得巴布教練會說的話。「無論到哪，」巴布會說：「我們都一輩子鎖死了。」不管在得瑞或維也納，旅館都是父親的旅館；果眞沒有任何事物能令我們多少變得「異國」些？我不禁想著，感覺槓鈴美妙地一起一落，還有在我視野一角的芬妮。

「拜託你把舉重器材搬到別的房間，」芬妮說：「這樣我才好一個人換衣服——看在老天的份上。」

「妳對去維也納有什麼想法，芬妮？」我問她。

「我想那地方會讓我們幹練一點。」芬妮說。她已經打扮齊整，和平時一樣自信十足，俯視著拚命想把槓鈴平緩放下的我。「我房間裡大概不會有舉重器材，」她加一句：「也沒有愛舉重的小子。」芬妮說著，朝我的左臂（比較弱的那手）腋下輕吹一口氣——然後三兩步跳開，避過先左後右紛紛滑落的鐵輪子。

「耶穌基督！」父親在樓下對我大吼。我想，如果愛荷華巴布還在世，他大概會說芬妮錯了；無論維也納會不會令我們變得更幹練——無論芬妮的房間放著槓鈴還是綴滿蕾絲！我們只是從一家新罕布夏旅館換到另一家而已。

佛洛伊德的旅館——或者說我們從航空信想像出來的片段印象——名叫佛氏旅館（Gasthaus Freud）；佛洛伊德的來信並未提到「另一個」佛洛伊德是否在那兒待過。我們只知道旅館位於「第一區的『市正當中』！」——佛洛伊德說的。但就他寄來那幅灰濛濛的黑白相片，只能勉強辨認出兩扇鐵門，被一連串像是糖果店的陳列櫃夾在中間；一個看板寫著「KONDITOREI」（蛋糕屋），另一個是「ZUCKERWAREN」（糖店），「SCHOKOLADEN」（巧克力）顯然也算一個。而最上方那一個更寫著大大的「BONBONS」（糖果），比褪色的「佛氏旅館」四個字還大。

「什麼？」蛋蛋說。

「BONBONS，」芬妮說：「乖乖。」

「哪個是糖果店的門？旅館的門在哪？」法蘭問，他天生有門房的本能。

「我看得等你住在那裡才知道。」芬妮說。

莉莉找來一支放大鏡，試著解讀旅館鐵門上、門牌號碼下面那個字體十分奇怪的街名。

「克魯格街（Krugerstrasse）。」她下結論，至少這和佛洛伊德信上的住址一致。父親向旅行社買來一份維也納地圖，我們找到克魯格街——如同佛洛伊德所言，在第一區的「市正當中」。

「離歌劇院只有一兩條街！」法蘭興奮地叫道。

「乖乖。」芬妮說。

地圖上綠色的小塊是公園，紅線和藍線是公車行經之處，還有華麗的建築物——大得和街道不成比例——代表各個名勝地標。

「好像大富翁。」莉莉說。

我們找出了大教堂、博物館、市政廳、大學和議會。

「不知幫派都在哪一區出沒？」同我們一起看地圖的小瓊斯說。

「幫派？」蛋蛋說：「誰啊？」

「就是耍狠的傢伙，」小瓊斯說：「身上帶刀帶槍的。」

「幫派。」莉莉複誦一遍。我們瞪著地圖上的街道，彷彿這樣就可以看出那些暗巷所在。

「這是歐洲，」法蘭厭惡地說：「也許沒有幫派。」

「這是個都市，不是嗎？」小瓊斯說。

但對我而言，從地圖上它看起來像個玩具城——有漂亮的名勝，到處是劃分成綠地、供人取樂的大自然。

「說不定在公園。」芬妮咬著下唇說：「幫派都在公園出沒。」

「見鬼。」我說。

「那裡沒有幫派！」法蘭叫道：「只有音樂！只有點心！每個人見面都打躬作揖，穿著打扮不一樣，如此而已！」我們瞪著他，不過都曉得他生呑活剝了不少維也納的事；父親常帶書回來，法蘭都搶頭一個看。

「點心、音樂，每個人見面都打躬作揖，法蘭？」芬妮說：「是這樣嗎？」莉莉拿著放大鏡在地圖上看來看去——彷彿縮小的人們會浮現在紙上，打躬作揖，穿著打扮不一樣，或者結成幫派出沒。

「唔，」芬妮說：「至少可以確定不會有黑人幫派。」芬妮還在爲蘭達・蕾伊的事跟小瓊斯嘔氣。

「見鬼，」小瓊斯說：「你們最好期待有。黑人幫派是最好的幫派，兄弟。那些白鬼幫派都有自卑感，有自卑感的幫派是天下最爛的幫派。」

「什麼感？」蛋蛋說。他一定以爲「自卑感」是某種武器，有時我也這麼想。

「唔，我想那裡應該『不錯』。」法蘭板著臉說。

「嗯，一定的。」莉莉跟法蘭一樣正經八百地說。

「我看不到，」蛋蛋認眞地說：「我看不到，所以不知道那裡什麼樣子。」

「應該還好啦，」芬妮說：「大概不會好到不得了，但應該還可以。」

很奇怪，芬妮似乎是我們之中受愛荷華巴布那套哲學——多少也可以算是父親現在的哲學——影響最深的；芬妮一向最愛嘲諷父親和他的計畫，所以這一點顯得更奇怪。芬妮被強暴時，父親對她說——他居然說得出口，不可思議！——碰到壞運降臨的日子，他便試著把它想成自己最幸運的一天。「也許這是妳最幸運的一天。」父親對芬妮說。我很訝異，芬妮居然接受了這種逆向思考；有時候，她就像隻鸚鵡，一個勁複誦父親哲學的零碎片段。「這只是小事一件而已。」我聽見她對法蘭說——關於嚇死愛荷華巴布那回事。還有一次，我聽見父親談起奇柏・道夫：「他大概活得很不快樂。」芬妮居然也認同這種說法！

對於到維也納的事，我覺得自己似乎比芬妮緊張得多；只要她和我的感覺沒有百分之百合拍，我都非常在意——因為我萬萬不願和她產生隔閡。

我們都曉得母親認為這主意太瘋狂，但是怎樣也無法令她對父親說個不字。

「我們不會說那裡的語言。」莉莉對母親說。

「什麼？」蛋蛋嚷道。

「語言！」莉莉說：「維也納的人說德文。」

「你們會上美國學校。」母親說。

「那種學校一定盡是些怪學生。」我說：「大家都是外來客。」

「我們就是外來客。」芬妮說。

「在說英語的學校裡，」我說：「一定到處是適應不良的人。」

「加上政府官員的子弟，」法蘭說：「外交官跟大使的小孩都會送到那裡，八成都爛透了。」

「還會有哪裡的小孩比得瑞中學的爛？法蘭。」芬妮說。

「哈！」小瓊斯說：「爛是一回事，又爛又在國外是另一回事。」

芬妮聳聳肩，母親也一樣。

「到時我們還是一家人，」母親說；「家庭還是你們生活的重心——跟現在一樣。」

這句話似乎令大家滿意了。我們忙著看父親從圖書館借回來的書、旅行社的說明手冊，並一再重讀佛洛伊德意氣風發的簡短來信：

你們來得好！小鬼和寵物全帶來！房間多的是。市正當中。女孩可以逛街逛個夠（有幾個女孩？），男孩可以帶寵物到公園玩個夠。帶錢來。需要你們協助重修。你們會喜歡熊的。聰明熊使一切改觀。這下我們可以接美國客人了。客人素質一提升，我們就會有家值得驕傲的旅館。希望你的英文還好，哈哈！最好學點德文，明白吧？記住，奇蹟不會在一夜間發生；不過連熊都有可能在兩夜間稱后，哈哈！我老了——這是問題所在。現在沒事了。我們要給那些狗娘養下三濫賤胚的納粹看看這旅館有多好！希望小鬼都別感冒，寵物記得要打預防針。

我們唯一的寵物就是哀愁——牠是需要補救，但用不著預防針。

因此我們猜，佛洛伊德該不會以爲厄爾還活著吧？

「怎麼可能，」父親說：「他只是說些一般該注意的事，對我們體貼而已。」

「別忘了給哀愁打針啊，法蘭。」芬妮揶揄道，不過法蘭對哀愁的感覺已經好多了，甚至偶爾拿重做標本的事開他玩笑也無所謂；爲了蛋蛋，他替哀愁設計了一個比較可親的姿勢，似乎挺用心的。我們自然看不到糟老狗變身的過程，不過從實驗室回來的法蘭總是滿臉愉快的樣子，我們只有期待這次哀愁眞的會「變好」一點。

父親讀了一本有關奧國反猶太主義的書，心裡不禁嘀咕「佛氏旅館」這名字是否合適。從他所讀到的來看，父親想，維也納人似乎沒喜歡過另一個佛洛伊德。他還想知道，那些「狗娘養下三濫賤胚的納粹」是什麼人物。

「我想知道佛洛伊德有多老。」母親說。父母討論的結果是，一九三九年，佛洛伊德大約四十五到五十歲，所以他現在大概六十五了。

不過母親說佛洛伊德大概更老——從他的來信判斷。

嗨！想到一事，限制某些活動只能在某層樓各別進行你覺得如何？例如某些客人只能在四樓，某些只能在地下室？差別待遇眞難搞。你覺得呢？現在白天和晚上的客人興趣就很不同——雖然還不到打起來的程度。哈哈！等咱們重新裝修，情況自會改觀。只要他們別再挖他媽的馬路就成了。戰後重建還得幾年，聽說。等著瞧熊吧，不只聰明，而且年輕！這搭檔鐵定是天下無敵！你問「佛洛依德這名字在維也納受不受歡迎」是什麼意思？你眞的有進哈佛嗎？哈哈！

「看起來不見得老，」芬妮說：「倒是有點瘋。」

「他只是英文不太靈光而已，」父親說：「畢竟不是母語。」

就這樣，我們開始學德文。芬妮、法蘭和我在得瑞修課，帶唱片回來放給莉莉聽；蛋蛋由母親教，一開始只教他熟悉觀光地圖上的街名和地標。

「羅布科維茨廣場（Lobkowitzplatz）。」母親唸。

「什麼?」蛋蛋說。

父親應該自修，可是他似乎進步得最慢。「你們小孩非學不可，」他老是說：「我用不著上學，跟新同學打交道什麼的。」

「可是我們要上美國學校。」莉莉說。

「就算如此，」父親說：「你們還是比我更需要學德文。」

「可是你要經營旅館。」母親對他說。

「我打算向美國客人下工夫，」父親說：「大肆宣傳，先把美國客人招攬過來——記得嗎？」

「那我看咱們也溫習一下英文算了。」芬妮說。

法蘭進步得比我們都快，德文似乎跟他是天作之合，每個音節都要發音，動詞全落在句尾，一個蘿蔔一個坑，母音的曲音（umlaut）可以算是一種裝飾，語言有性別這回事，一定也令法蘭十分中意。等到冬末，他已經愛現得滿口都是德文，弄得人人頭昏腦脹；他一一更正我們硬擠出來的回話，還安慰說，到了那邊他會照顧大家。

「乖乖，」芬妮說：「這我可敬謝不敏。上學要讓法蘭帶路、坐公車要他跟司機打交道、上館子要讓他點菜、電話也全讓他接？天，好不容易要出國了，我可不想靠他過日子！」

準備移居維也納的法蘭，彷彿花一樣盛開。不用說，有機會重修哀愁是很大的鼓勵，不過他似乎真有研究維也納的興趣，每天晚飯後都要挑一段他所謂的維也納歷史「精華」，朗誦給我們聽；蘭達．蕾伊和尤里克夫婦也跟著聽——純粹是好奇，因爲他們知道自己不會跟著去，菲利綜藝班來了會怎樣也還不清楚。

上了兩個月歷史課後，法蘭拿和奧國皇太子在梅耶林自殺同時的歷史人物（他曾把這個故事一五一十地唸給我們聽，把蘭達感動得直掉淚）給我們來了次口頭小考。芬妮說，魯道夫王儲已經成了法蘭的英雄——「因爲他的打扮。」法蘭在房裡掛了兩幅魯道夫的畫像，頭一幅穿著獵裝——一個頂上稀疏、鬍子大得不成比例的年輕人，身披毛皮大衣，叼著跟手指一樣粗的香菸。另一幅則全副武裝，別著金羊毛勳章，額頭彷彿嬰孩一樣嬌嫩，鬍子像鐵鏟般銳利。

「好，芬妮，」法蘭開口道：「這題問妳。這人是個天才作曲家，也許還算是世上最偉大的管風琴家，但他是個鄉巴佬，在皇都裡像個呆子——而且還有個愚蠢的習慣，常跟年輕女孩鬧戀愛。」

「這哪裡愚蠢了？」我問。

「閉嘴，」法蘭說：「我說愚蠢就愚蠢。這題問的是芬妮，跟你無關。」

「安東・布魯克納。」芬妮說：「好吧，他是很蠢。」

「而且非常蠢。」莉莉說。

「下個該妳，莉莉，」法蘭說：「『法蘭德斯的土包子』是誰？」

「嗳，拜託，」莉莉說：「這太容易了，問蛋蛋。」

「對蛋蛋太難。」芬妮說。

「什麼難？」蛋蛋說。

「史蒂芬妮公主，」莉莉沒精打采地說：「比利時國王的女兒，魯道夫的妻子。」

「輪到爸了。」法蘭說。

「乖乖。」芬妮說。父親的歷史知識幾乎跟德文一樣爛。

「誰的音樂廣受歡迎，甚至農夫都學他留鬍子？」法蘭問。

「老天，你眞是個怪胎，法蘭。」芬妮說。

「布拉姆斯？」父親瞎猜，我們齊聲呻吟。

「布拉姆斯留的鬍子像農夫，」法蘭說：「可是農夫的鬍子是學誰的？」

「史特勞斯！」莉莉和我喊道。

「無聊的傢伙。」芬妮說：「現在我來考考法蘭。」

「來吧！」法蘭閉上眼睛，臉皺成一團。

「珍妮・海格是誰？」芬妮問。

「她是史尼茲勒的『好姑娘』。」法蘭說著臉紅了。

「什麼是『好姑娘』，法蘭？」芬妮問。蘭達笑了起來。

「妳明明曉得。」法蘭還在臉紅。

「那麼，史尼茲勒跟他的『好姑娘』在一八八八年到一八八九年之間，一共幹了幾次好事？」

「天，」法蘭說：「太多了！我哪記得。」

「四百六十四次！」麥斯說。他每次歷史課都出席，而且過耳不忘。麥斯跟蘭達都沒受過什麼教育，感覺新鮮極了，聽得比我們還專心。

「再問爸一題！」芬妮說：「蜜琪．卡斯帕是誰？」

「蜜琪．卡斯帕？」父親說：「耶穌基督。」

「耶穌基督，」法蘭說：「芬妮只記跟性有關的部分。」

「她是誰啊，法蘭？」芬妮問。

「我知道！」蘭達說：「她是魯道夫王儲的『好姑娘』。魯道夫前一晚和她共度春宵之後，跟瑪麗．菲茲拉在梅耶林自殺。」蘭達心裡有個特別的位置是留給「好姑娘」的。

「我也算，對不對？」法蘭講過亞特．史尼茲勒的生平和作品之後，蘭達問我。

「最好的。」我告訴她。

「哦？」蘭達說。

「貧無立錐之地的佛洛伊德住在什麼地方？」法蘭問，這次問全部的人。

「哪個佛洛伊德？」莉莉反問，大家都笑了。

「Suhnhaus，」法蘭自問自答。「有人會翻譯嗎？」他又問。「『贖罪之家』。」回答的還是他。

「去你的，法蘭。」芬妮說。

「跟性無關，所以她不曉得。」法蘭對我說。

「最後一個摸到舒伯特的人是誰？」我問法蘭，他滿臉狐疑。

「什麼意思？」他問。

「就我說的那個意思。」我說：「最後一個摸到舒伯特的人是誰？」芬妮笑了，我跟她說過這故事；法蘭應該不知道——因爲我把那幾頁從他的書裡撕掉了。這故事很變態。

「這是什麼玩笑嗎？」法蘭問。

舒伯特死後六十年，可憐的鄉巴佬安東．布魯克納參加了舒伯特的開棺調查；除他之外，參與其事的只有幾個科學家。市長派了個人來演講，對那堆遺骸大作文章。舒伯特的頭骨給拍了照，有個祕書負責記載調查結果——舒伯特的遺骨略呈橘色，齒型比貝多芬好看（之前貝多芬也從墳裡被挖出來研究過）。他們還測了舒伯特的腦容量。

將近兩小時的「科學調查」後，布魯克納再也忍受不住，抓起舒伯特的頭骨抱在懷裡，直到人家叫他放手，所以布魯克納是最後一個摸到舒伯特的人。這是法蘭最喜歡的那種故事，他卻沒聽過，嘔得半死。

「還是布魯克納。」母親靜靜地說。芬妮和我都吃了一驚，我們平時以爲母親什麼都不曉得，到頭來才發覺她無所不知。我們知道，母親正暗自研究著維也納——也許因爲她明白，父親毫無準備。

「這種芝麻小事！」等到我們解釋給他聽，法蘭說：「眞是無聊！」

「歷史本來就是一堆芝麻小事。」父親又擺出遺傳自愛荷華巴布的一面。

但通常這些芝麻小事的來源正是法蘭——至少關於維也納而言，他討厭被比下去。法蘭房裡掛滿了聯隊士兵的畫像，輕騎兵身穿貼肉的粉紅長褲、合身的上衣藍得像陽光照耀的湖面；將校身穿晨曦般亮綠的軍服，佩帶提洛爾步槍。一九〇〇年巴黎萬國博覽會上，奧國贏得了最佳（砲兵）制服獎，難怪世紀末的維也納會那麼吸引法蘭。問題是他也只對這段時期下了工夫——還拿來教我們。其他部分他就沒那麼有興趣了。

「維也納跟梅耶林是兩回事，看在老天的份上，」芬妮在我舉重時悄悄說：「至少現在如此。」

我問她：「因爲太過神經質，老把自己的鬍子硬生生拔掉的藝術歌曲巨匠是誰？」

「胡果．佛爾夫。少來了，」芬妮說：「你不懂嗎？維也納不再是那麼回事了。」

嗨！

佛洛伊德寫道：

你要旅館的平面配置圖？我不太明白你想幹嘛！東西關係論壇佔了二樓——他們白天在那辦公。我讓妓女用三樓，就在他們上面。辦公室晚上不用，所以（通常）沒人抱怨。哈哈！一樓是我們的——熊和我，到時還有你們全家。所以還剩四樓和五樓給客人，如果眞有人上門。你幹嘛問？你有計畫？妓女說我們需要一部電梯，她們上上下下沒個完。哈哈！你什麼意思，問我幾歲？快一百啦！不過維也納人有個說法更好：我們說：「我繼續走過打開的窗口。」這是個老笑話。從前有個街頭賣藝的小丑叫老鼠王：他會訓練老鼠，會卜卦算命，會模仿拿破崙，還可以讓狗隨地放屁。有天晚上，他抱著一大盒老鼠從窗子跳出去，盒子上寫：「人生太嚴肅，藝術才有趣！」聽說他的葬禮是一場舞會。一個街頭藝人自殺了。生前無人接濟，死後卻大家懷念。現在有誰能讓狗奏音樂，讓老鼠猛喘氣？熊也知道：讓人生顯得不那麼嚴肅的、就是拚命地工作和偉大的藝術。這點妓女也明白。

「妓女？」母親說。

「什麼？」蛋蛋說。

「賣肉的？」芬妮說。

「旅館裡有妓女？」莉莉問。這下還有什麼新鮮事？我想。麥斯一聽之下更失望不能同行，蘭達．蕾伊聳聳肩膀。

「一群『好姑娘』！」法蘭說。

「老天，」父親說：「如果眞有妓女，就把她們趕出去。」

「*Wo bleibt die alte Zait*
und die Gemutlichkeit?」

法蘭邊走邊唱。

「舊時光哪裡去了？
美好的過去何在？」

這是布拉特費許在菲亞卡舞會上唱的歌。布拉特費許是魯道夫王儲的馬車夫——一個帶著馬鞭，看起來很危險的浪蕩子。

「*Wo bleibt die alte Zait*

Pfirt di Gott, mein schones Wien!」

法蘭繼續唱。魯道夫王儲殺了情婦，開槍轟掉自己的腦袋之後，布拉特費許唱的就是這首歌。

「舊時光哪裡去了？

再會，我美麗的維也納！」

嗨！

佛洛伊德來信。

「別擔心妓女。她們在此地是合法的。只是做生意罷了。那個東西關係論壇才該注意。他們的打字機讓熊很不安。老是抱怨，還佔用電話。該死的政治，該死的知識份子，該死的陰謀。」

「陰謀？」母親說

「他用詞有毛病，」父親說：「佛洛伊德不很懂英文。」

「舉出維也納市區內以反猶太人士命名的廣場，」法蘭說：「一個就好。」

「耶穌基督，法蘭。」父親說。

「不對。」法蘭說。

「卡爾．路格博士。」母親說。她話中的無力感，令芬妮和我不禁心底一寒。

「很好。」法蘭讚美道。

「誰認為整個維也納，就是一樁把性的眞相隱藏起來的精密工程？」母親問。

「佛洛伊德？」法蘭說。

「不是我們的佛洛伊德。」芬妮說。

但我們的佛洛伊德在信裡寫道：

「整個維也納就是一樁把性的眞相隱藏起來的精密工程。所以嫖妓是合法的。所以我們得相信熊。報告完畢。」

一天早晨，我和蘭達．蕾伊在一起，疲倦地想著亞特．史尼茲勒在大約十一個月的時間內，幹了珍妮．海格四百六十四次的事。蘭達問我：「那是什麼意思？他說『嫖妓是合法的』——那是什麼意思？」

「就是不犯法，」我說：「在維也納，嫖妓並不犯法。」

蘭達沉吟了好一會兒，然後僵硬地從我身下移開。

「在這裡合法嗎？」她問我；顯然很認眞——而且害怕。

「在新罕布夏旅館裡，一切都是合法的。」我說。這是愛荷華巴布式的說法。

「不對！我是問『這裡』！」她生氣地說：「在美國合法嗎？」

「不，」我說：「在新罕布夏不合法。」

「不？」她喊起來：「你說這犯法？眞的？」她尖叫。

「呃，就是這麼回事。」我說。

「爲什麼？」蘭達吼道：「爲什麼犯法？」

「我不知道。」我說。

「你還是走吧，」她說：「你要去維也納，卻把我留在『這裡』？」她說著把我推出門：「你還是走了好。」

「誰費了兩年畫一幅壁畫，卻叫它作*Schweinsdreck*？」法蘭在早餐時問我。*Schweinsdreck*是「豬屎」的意思。

「老天，法蘭，我在吃飯哪！」我說。

「古斯塔夫．克林姆。」法蘭得意地說。

一九五七年冬天就是這麼過去的，繼續舉重，但節制香蕉的量；仍然去找蘭達，但心裡夢想著帝國的都城，學習不規則動詞和歷史軼事，想像菲利綜藝班和佛氏飯店的模樣。母親看來十分疲倦，但依然一切忠於父親；他們造訪三〇五的頻率愈來愈高，也許在那兒彼此的歧見才好解決。尤里克夫婦變得疑心重重——顯然逐漸覺得自己被丟下了——「丟給個侏儒。」麥斯說，不過沒當著莉莉的面。某個早春的清晨，當艾略特公園半凍結的地面開始鬆軟，蘭達．蕾伊不肯再收我的錢——但還是接納我。

「這樣不合法，」她苦悶地低聲說：「我不想犯罪。」

後來我才發覺，她還押了更大的賭注。

「維也納，」她喃喃道：「你到了那兒沒有我怎麼辦？」她問。我有一腦袋的計畫，也構想了幾乎一樣多的遠景，不過我還是保證會拜託父親帶她同行。

「她是個好幫手。」我對父親說。母親皺眉，芬妮咳嗽，法蘭對維也納的天氣咕噥了幾句——「老是下雨。」蛋蛋自然又問我們在講些什麼。

「不行，」父親說：「蘭達不能去。我們負擔不起。」每個人看來都鬆了一口氣——包括我在內，我承認。

我把消息告訴正在擦酒吧天花板的蘭達。

「唔，反正問問也無傷，對吧？」她說。

「對。」我說。可是隔天早上當我在她門前停下小喘一會，可就傷得很了。

「繼續跑吧，小強，」她說：「跑步不犯法，也不花錢。」

於是，我笨拙而含糊地和小瓊斯交換了一下有關慾望的想法；我發覺他懂得並不比我多，心裡有些安慰。倒是有一大堆不同想法的芬妮，令我們困惱不已。

「女人，」小瓊斯說：「跟你我大不相同。」我自然點頭連連。芬妮似乎已經原諒小瓊斯和蘭達．蕾伊的一夜風流，但內心有一部分依然對小瓊斯保持距離。至少在表面上，芬妮顯得並不在乎離開小瓊斯到維也納去。她也許正在左右為難，不想太過思念小瓊斯，也不想對維也納那些未知的歷險太過期待。

關於這件事，芬妮總是不願多說。那年春天，我發覺自己反而跟法蘭混在一起的時候比較多。法蘭已經馬力全開，他那撇鬍子跟魯道夫王儲比例過大的八字鬍像得可怕，但芬妮和我總愛喊他老鼠王。

「他來了！能讓狗隨地放屁的人，他是誰？」我喊。

「『人生太嚴肅，藝術才有趣！』」芬妮叫：「街頭小丑的英雄在此！別讓他走近打開的窗口！」

「老鼠王！」我吼。

「你們兩個都去死吧！」法蘭說。

「狗進行得怎麼樣了，法蘭？」我問，這句話總是令他轉怒爲喜，屢試不爽。

「唔，」法蘭說，心裡閃過一絲哀愁的身影，鬍子爲之一顫。「我想蛋蛋會喜歡，不過大家可能會覺得看起來太溫馴了。」

「我懷疑。」我說。看著法蘭，我可以想像魯道夫王儲如何愁眉不展地前往梅耶林——去殺他情婦，然後自殺。但總比想像佛洛伊德那個抱著一盒寵物跳出窗口的街頭藝人更容易些，一頭撞在大街上的老鼠王，死在一個生前無人關心、身後卻人人哀悼他的城市。法蘭看起來活脫就是這模樣。

「誰能讓狗奏音樂、讓老鼠猛喘氣？」早餐時我問法蘭。

「去舉你的重，」他說：「最好讓鐵輪子掉在你腦袋上。」

法蘭到生物實驗室去了。如果老鼠王可以讓狗隨地放屁，法蘭也能讓哀愁在不止一種姿態中復活——或許，法蘭眞可以算得上什麼王子，就像魯道夫一樣——奧地利王位繼承人、波希米亞王、特蘭西法尼亞王、摩拉維亞侯爵、亞許維茨公爵（這只是魯道夫一大串名銜的其中幾個）。

「老鼠王到哪去了？」芬妮會問。

「跟哀愁在一起。」我會說：「訓練牠隨地放屁的功夫。」

在旅館的走道擦身而過時，我會對莉莉說，芬妮也會對法蘭說：「繼續走過打開的窗口。」

「*Schweinsdreck*。」法蘭說。

「愛現。」芬妮回敬。

「你才是豬屎，法蘭。」我則說。

「什麼？」蛋蛋叫。

有天早上，莉莉問父親：「我們會在菲利綜藝班搬進來以前離開嗎？會不會見到他們？」

「相見不如不見。」芬妮說。

「至少有一天會碰頭吧？」法蘭說：「移交鑰匙什麼的。」

「什麼鑰匙？」麥斯．尤里克說。

「有鎖嗎？」把我拒於門外的蘭達．蕾伊說。

「也許會見個十或十五分鐘的面。」父親說。

「我想看看他們。」莉莉認真地說。我看著母親，她一臉倦容，但還是很好看；她線條柔和的身軀上總是有些凌亂——父親老愛黏她。他經常把臉埋在她頸邊，從後面伸出手扣在她胸前——在我們面前，母親也只假意稍事抗拒。一到她身邊，父親就令人想到那種頭老往你懷裡鑽，鼻子喜歡朝人腋下和股間嗅的狗——我不是說父親愛對母親亂來，但他總是在尋求身體的接觸，摟緊了，就不放手。

當然，蛋蛋也一樣黏母親，還有莉莉——不過她自尊比較強，表現得比較內斂，也許是由於她的小個子已成注定，要是太孩子氣，看起來就更小了。

「奧國人的平均身高要比美國人矮三到四英寸，莉莉。」法蘭告訴她，不過莉莉看來毫不在意——她聳了聳肩，像母親一樣，漂亮而率性。雖然表現方式不同，芬妮和莉莉都遺傳了母親這個動作。

那年春天我只看到芬妮聳過一次肩，靈敏地一聳，後頭似乎隱藏著一絲不自知的痛楚——當時小瓊斯對我們說，到了秋天，他就要拿獎學金到賓州大學打美式足球了。

「我會寫信給你。」芬妮對他說。

「嗯，我也會寫給妳。」他告訴她。

「我會寫得更多。」芬妮說。小瓊斯想聳肩，但沒聳成。

「見鬼，」他對我說，在艾略特公園裡朝一棵樹扔石頭。「芬妮到底想幹嘛？她以爲到了那邊會碰上什麼？」

「那邊」是我們大家對維也納的概稱。法蘭除外，現在他用德文說了：「Wien。」

「V伊嗯，」莉莉顫抖著說：「聽起來像蜥蜴叫。」我們都瞪著她，等著蛋蛋問：「什麼？」

艾略特公園長出草來了。一個溫暖的夜裡，我確定蛋蛋已經睡熟，便開窗望著月亮和星星，靜聽蟋蟀和青蛙合唱。蛋蛋忽然開口說：「繼續走過打開的窗口。」

「你醒著？」我說。

「我睡不著，」蛋蛋說：「我看不見要去的地方，」他說：「我不知道那裡什麼樣。」

他聽起來快哭了。我說：「別這樣，蛋蛋，那邊一定很棒的。你從來沒住過城裡，不是嗎？」

「我知道。」他說著吸了一下鼻子。

「那邊一定比這兒有更多事可做。」我向他保證。

「我在這兒就有很多事可做。」他說。

「但那邊會非常不一樣。」我告訴他。

「爲什麼人要從窗子跳出去？」他問我。

我向他解釋這不過是個故事，雖然他不可能搞懂背後的隱喻。

「旅館裡有間諜，」他說：「莉莉說的『間諜跟低級女人』。」

我想，搞不好莉莉以為「低級女人」是個子像她一樣小的女人；只好費了番唇舌向蛋蛋保證，佛氏旅館的住客沒什麼好怕的。我說，父親會料理一切——在沉默中，我聽著自己和蛋蛋默認了這個允諾。

「我們怎麼去？」蛋蛋問：「那麼遠。」

「坐飛機。」我說。

（事實上，應該說兩架飛機；父親和母親不坐同一架飛機，很多夫婦都這麼做。我向蛋蛋解釋，但他只一個勁說：「我不懂。」）

於是母親到我們房裡安慰蛋蛋，我聽著他們說話，再度沉入夢鄉，直到母親離開才又醒來；蛋蛋睡著了。母親走到我床邊坐下，她披著一頭長髮，看起來年輕極了；說眞的，在半明半暗之間，她看起來像極了芬妮。

「他才七歲，」她說，指的是蛋蛋。「跟他多說點話。」

「好的。」我說：「妳想去維也納嗎？」

當然，她聳了聳肩——跟著微微一笑，說道：「你們的爸是個很好很好的人。」就在這時，我第一次能夠清楚想見他倆在一九三九年夏天的情景，父親向佛洛伊德保證要結婚、要進哈佛——然後佛洛伊德要求母親一件事，原諒父親。這就是她應該原諒父親的嗎？父親打算遠離得瑞這個鬼地方、得瑞中學這個爛學校——還有生意清淡（雖然沒人這麼說）的第一間新罕布夏旅館——是這麼糟糕的事嗎？

「妳喜不喜歡佛洛伊德？」我問她。

「我對他並不了解。」母親說。

「但是爸爸喜歡他。」我說。

「你爸是喜歡他，」母親說：「但其實你爸也不了解。」

「妳想那隻熊會長什麼樣子？」我問。

「我不知道熊有什麼用處，」母親低聲說：「所以我也想不出會是什麼樣。」

「牠能用來幹嘛？」我問，但她只是又聳了聳肩——也許是想記起厄爾的樣子，或者思考厄爾曾經有什麼用處。

「我們等著瞧吧！」她說，親了我一下。這是愛荷華巴布式的說法。

「晚安。」我對母親說，回親她。

「繼續走過打開的窗口。」她悄聲說，於是我進入夢鄉。

然後我夢見母親死了。

「不要熊了。」夢中她對父親說，但他沒聽懂，他以為那是一個問句。

「不，再一隻。」他說：「一隻就好，我保證。」

她微笑著搖頭，她太疲倦了，無法多說。肩膀極輕極微地一動，把她的習慣動作表現在眼底，然後驀然地一骨碌消失了；於是，父親發現白衣人牽起了母親的手。

「好吧，不要熊！」父親連忙改口，但母親已經登上了小白船，揚帆出海。

夢裡沒有蛋蛋。但我醒來後，蛋蛋就在那裡——還睡著，而且有某種生物在注視他。我認出了那光滑的黑色背影——油光閃閃的濃密短毛，那顆呆頭方方正正的後腦勺，以及半豎半垂、有跟沒有一樣的耳朵。牠就像從前那樣坐在自己的尾巴上，面對蛋蛋。法蘭大概把牠弄成了傻笑或哈氣的呆樣，就像那種把木棒或皮球一次又一次叼到主人腳邊的笨狗一樣。啊，在這世上愚蠢但快樂的撿球狗——牠正是我們的老哀愁，會撿東西、會放臭屁。我溜下床去看牠——從蛋蛋的位置。

只瞥一眼，我便看出法蘭把牠變得實在「好」得可以。哀愁坐在尾巴上，前爪靠著下半身，微微遮住鼠蹊部；臉上的愉悅呼之欲出，舌頭傻傻地伸著，看起來就像隻會放屁、搖尾巴、在地上笨笨地打滾、等不及要人搔搔耳根的寵物——奴性深重，只想撒嬌討好主人。要不是牠早已死去，而且後來現身的模樣也太令人難忘，這隻哀愁看來還眞是馴良得跟活著時沒有兩樣。

「蛋蛋？」我小聲說：「醒一醒。」但是這天是星期六，蛋蛋在早上可以名正言順地賴床，而且我知道他整夜都沒睡好，也許只睡了一下下。從窗外，我看到家裡的車在艾略特公園的樹林間穿梭，好像把公園泥濘的路面當作滑雪場的彎道——速度很慢，所以我知道開車的一定是法蘭，他剛拿到駕駛執照，老愛繞著公園裡的樹練習。芬妮也剛取得練習執照，法蘭負責教她。我確定那是法蘭，因爲車子穩穩地穿過林間，就像大房車甚至靈車的步調——法蘭一向這麼開。就算載母親去超市買東西，他的車速也像運送皇后的棺柩，緩緩穿越前來瞻仰遺容的群衆。換成芬妮坐上駕駛座，法蘭便在一旁大呼小叫，縮在座椅上發抖；芬妮喜歡來快的。

「蛋蛋！」我聲音放大了點，他微微動了一下。外頭傳來開關車門的聲音，艾略特公園裡的駕駛換班了。一聽車子在林裡左衝右拐，春泥四下飛濺，我就知道開車的是芬妮；這時法蘭一定坐在俗稱的死亡座位上，雙手忽隱忽現地亂揮。

「耶穌基督！」我聽見父親從另一扇窗子大吼，然後關上窗向母親嘮叨——芬妮開車的習慣有多危險、艾略特公園裡的草皮非重鋪不可、等下還得拿鏟子把車上的泥刮掉之類。就在我看著芬妮在林裡飛車的當兒，蛋蛋張開眼睛望見了哀愁。他的尖叫聲害我把兩手拇指插進了窗框，牙齒咬了舌頭。母親飛奔進來看到哀愁，同樣尖叫失聲。

「耶穌基督，」父親說道：「為什麼法蘭老要讓那該死的狗突然出現在人前？為什麼就不能先告訴大家：『現在我要你們瞧瞧哀愁。』等大家都有心理準備，再把這要命的東西帶進來亮相——天哪！」

「哀愁？」蛋蛋說，從被單下偷瞥一眼。

「對，就是哀愁，」我說：「牠看起來好得很吧？」蛋蛋小心翼翼地對一臉呆相的狗笑了笑。

「牠看起來的確很『好』。」父親說，忽然開心起來。

「牠在『笑』！」蛋蛋說。

莉莉走進房裡抱住哀愁，然後坐下來靠著直挺挺的狗。「瞧，蛋蛋，」她說：「你可以拿牠當靠背。」

法蘭走進來，滿臉得意。

「棒極了，法蘭。」我說。

「真的很棒。」莉莉說。

「好一件工程，兒子。」父親說。法蘭整個人容光煥發。芬妮則人未到聲先到。

「說真的，法蘭在車上像個膽小鬼。」她抱怨道：「簡直就是在教人開馬車！」說完一眼看見哀愁。「哇！」她大叫一聲。為何我們都靜靜等著聽她說什麼？她還不滿十六歲，但全家人已經當她是真正的權威——她說了就算。芬妮繞著哀愁轉一圈，嗅來嗅去——彷彿自己也是一條狗，然後伸手環著法蘭的肩，他身子一僵，等她判決。「老鼠王創造了一件他媽的傑作。」芬妮宣布，法蘭焦灼的臉這才閃過一抹笑容。「法蘭，」芬妮真心地說：「你做到了，這就是哀愁。」然後她坐下來拍拍哀愁——就像從前一樣，摟牠腦袋，搔牠耳根。蛋蛋這才完全放心，毫無顧慮地抱住哀愁。「你也許在車上像個屁眼，法蘭，」芬妮說：「不過對哀愁下的工夫，絕對是一流的。」

法蘭這下搖搖欲墜，看起來快樂昏了。大家同時七嘴八舌起來，拍拍法蘭，摸摸哀愁——除了母親，我們忽然發現她站在窗口，望著艾略特公園。

「芬妮。」她說。

「什麼？」芬妮說。

「芬妮，」母親說：「妳以後不可以在公園那樣開車，知道嗎？」

「好。」芬妮說。

「現在就到後門去，」母親說：「叫麥斯幫妳把澆花的水管找出來，再弄幾桶熱的肥皂水。現在就去把車上的泥洗掉，別等它乾。」

「好。」芬妮說。

「看看公園，」母親說：「妳把新長的草都弄壞了。」

「對不起。」芬妮說。

「莉莉。」母親說，眼睛仍然望著窗外——芬妮的工作已經完了。

「什麼事？」莉莉說。

「妳的房間，莉莉，」母親說：「我該怎麼說妳的房間？」

「嗯，」莉莉說：「太亂了。」

「已經亂了一個禮拜，」母親說：「今天，拜託，沒弄整齊以前別出房間。」

我注意到父親跟著莉莉一齊開溜了——芬妮也乖乖去洗車。法蘭簡直不敢置信得意的一刻硬生生被腰斬！他似乎不願離開自己一手再造的哀愁。

「法蘭。」母親說。

「有！」法蘭說。

「既然你已經把哀愁修好，是不是也可以整理一下你的房間？」母親問道。

「哦，當然。」法蘭回答。

「我很抱歉，法蘭。」母親說。

「抱歉？」法蘭說。

「我很抱歉，可是我不喜歡哀愁。」母親說。

「妳不『喜歡』牠？」法蘭說。

「不喜歡，因爲牠已經死了，法蘭，」母親說：「牠很逼眞，法蘭，但牠是死的，我不覺得死的東西有什麼意思。」

「對不起。」法蘭說。

「耶穌基督！」我說。

「還有你，拜託，」母親對我說：「說話可不可以注意點？你的用詞簡直糟透了，」母親告訴我：「你尤其該想想，你是跟一個七歲大的小孩住在一起。我實在聽煩了你們滿口『他媽的』的這個那個，」母親說：「這個家不是男生更衣室。」

「是。」我說，發現法蘭已經不見——老鼠王開溜了。

「蛋蛋。」母親說——語氣柔和了些。

「什麼？」蛋蛋說。

「哀愁不准離開你房間，蛋蛋，」母親說：「我不想被嚇死。」她說：「如果牠跑到外頭——如果我看到牠在這個房間以外的地方，那牠就得離開我們家——永遠。」

「好，」蛋蛋說：「可是我能不能帶牠去維也納？我是說，等我們搬家時，哀愁可以跟去嗎？」

「我想牠是非去不可。」母親說。她的口氣帶著聽天由命的意味，就像我在夢中聽到的一樣——當她說：「不要熊了。」然後隨著小白船遠去之時。

「老天爺。」小瓊斯看到坐在蛋蛋床上的哀愁——披著母親的圍巾，還戴了蛋蛋的棒球帽——忍不住說道。芬妮特地帶小瓊斯來看法蘭創造的奇蹟。哈羅．史瓦洛也跟著來，但是卻走丟了；他在二樓轉錯了方向，所以這會還沒進我們家門，在旅館裡到處闖來闖去。我在桌前正想用功——準備德文測驗，但願不必向法蘭求援。芬妮和小瓊斯出去找哈羅了，蛋蛋決定這身打扮不適合哀愁，把狗剝光重新再來。

過了一會，哈羅自己找上門來，站在門口瞄著我和蛋蛋——還有坐在蛋蛋床上一絲不掛的哀愁。哈羅從來沒見過哀愁——不管活的還是死的！便站在門口對狗叫喚。

「這裡，狗狗！」哈羅喊：「過來！來呀！」哀愁坐在那兒對哈羅笑，尾巴似乎拚命想搖——但還是不動。

「來呀，過來，狗狗！」哈羅喊道：「好狗狗！過來！」

「牠不可以離開這個房間。」蛋蛋告訴哈羅．史瓦洛。

「哦？」哈羅說，滿是驚嘆的眼珠子朝我一轉。「呃，牠還眞守規矩，」哈羅說：「動都不動！」

我帶哈羅下樓到餐廳，芬妮和小瓊斯正在那裡找他。我看沒什麼必要跟哈羅說哀愁是死的。

「那是你小弟弟？」哈羅問我，指的是蛋蛋。

「對。」我說。

「你們還有一條好狗。」哈羅說。

「見鬼，」後來小瓊斯對我說道。那時我們站在得瑞的體育館外面——為了週末小瓊斯的畢業典禮，體育館給打扮得像個議會大廳。「見鬼，」小瓊斯說：「我眞的很擔心芬妮。」

「爲什麼？」我問。

「她心裡有結，」小瓊斯說：「她不肯跟我睡覺。」他說：「連當作道別什麼的也不行，一次都不！有時我覺得她根本不『信任』我。」小瓊斯說。

「呃，」我說：「你知道，芬妮才十六。」

「她可是個『老』十六，你也知道。」他說：「拜託你勸勸她。」

「我？」我說：「我能怎麼勸？」

「問她爲什麼不跟我睡覺。」小瓊斯說。

「見鬼。」我說，不過我還是問了——等到得瑞中學空無一人，小瓊斯也回家過暑假（鍛鍊體魄，準備進賓州大學打球），芬妮和我經過舊校園，還有那條足球隊員常走的林間小路，兩人都憶起過去，彷彿已是陳年往事。「妳爲什麼不和小瓊斯睡覺？」我問她。

「我才十六歲，約翰。」芬妮說。

「可是妳是個『老』十六了。」我說，雖然我並不眞懂這句話什麼意思。芬妮理所當然地聳了聳肩。

「你想想看，」她說：「我會和小瓊斯再見面，我們會通信，保持朋友關係。好了，等到有天我大一點，而我們還是朋友，那時跟他睡覺或許就是天經地義的事。我不想現在就用掉。」

「爲什麼妳就不能先跟他睡一次？」我問她。

「你沒聽懂。」她說。

我想這大概跟她被強暴的事有關，但芬妮一向清楚我會打什麼主意。

「你錯了，小子，」她說：「這跟被強暴無關，和別人睡覺是完全不同的事——如果真要有意義的話。我只是不知道和小瓊斯睡覺有什麼意義，至少現在還不知道。還有，」她說著一聲長嘆，頓了一下：「我說不上有什麼經驗，但我覺得，似乎你一旦讓某人——或者某些人——得到你以後，他們就不再理你了。」

這明明就是說她被強暴的事，我有點迷糊了。我說：「妳講的是誰？芬妮。」她抿唇不語。然後她說：「我覺得很奇怪，他竟然一點消息也沒有——那個奇柏．道夫。你想得到嗎？」她說：「這麼久以來一句話也沒。」

現在我眞的迷糊了，聽起來，她似乎還認爲道夫會跟她聯絡！我想不出什麼可說，只好開個笨玩笑：「芬妮，我想妳也沒寫信給他吧？」

「兩次，」她說：「我想這就夠了。」

「夠了？」我嚷道：「妳幹嘛寫什麼信給他？」

她看來很吃驚：「怎麼？告訴他我在做什麼呀！」她說。我瞪著她，她把頭別開。「我愛過他，約翰。」她輕聲說道。

「道夫強姦妳，芬妮，」我說：「道夫、柴斯特．普拉奇和藍尼．梅茲——他們三個輪暴妳。」

「別提這回事，」她厲聲對我說：「我談的是奇柏．道夫。」她說：「就他一個。」

「他強姦妳。」我說。

「我愛他，」她說，仍然背對著我，「你不明白，我那時候愛他——說不定現在還是。」她說。「好了，」她明快地說道：「你要把這話說給小瓊斯聽嗎？你想我該告訴他嗎？」她問：

「小瓊斯會想知道嗎？」

「不。」我說。

「我也這麼想。」芬妮說：「所以我想，在這種情況下，我不會跟他睡覺。這樣可以了嗎？」她問。

「好吧。」我說，但我很想告訴她，奇柏．道夫絕對沒愛過她。

「別告訴我，」芬妮說：「別跟我說他不愛我。我想我明白。可是你知道嗎？」她問我：「有朝一日，」芬妮說：「奇柏．道夫也許眞會愛上我。還有一件事，你知道嗎？」她又問。

「什麼事？」我說。

「也許當這件事眞的實現——當他眞的愛上我，」芬妮說：「那時候，也許我就不再愛他了。那麼我就眞的得到他了，對吧？」她問我。我只是瞪她。誠如小瓊斯所說的，她眞是個「老十六」。

我突然覺得對我們每一個人來說，搬到維也納這件事永遠不嫌快——我們需要時間長大、變得更聰明（假設成長過程眞會帶來這樣的結果）。我知道，就算不可能超越芬妮，我還是需要一個趕上她的機會；爲此，我想我需要一間新旅館。

我突然發現，芬妮對維也納的想法可能差不多，利用它——好讓自己變得更能幹、更強悍，而且（或許）成熟到足以面對我倆都不了解的世界。

「繼續走過打開的窗口」是那時我唯一能對她說的話。我們看著球場推平的草皮，心裡明白；到了秋天，那裡會佈滿釘鞋印，被球員的手腳碰得一翻再翻——然而到時我們不在得瑞，看不見它，也無法從裡面往外看。在另一個世界，這些事——或者類似的事——同樣進行著，我們將在一旁圍觀，或者置身其中，不論那是什麼事。

我握住芬妮的手，沿著足球隊員的小徑走去，只在我們熟悉的轉角——通往林裡的樹蕨——稍稍停步一下；我們用不著看了。「再見。」芬妮對那神聖而齷齪的所在輕聲道別，我握住她的手——她也緊緊回握，然後又一把掙脫——接著我們試著只用德文交談，一路走回新罕布夏旅館。雖然德文即將成爲新的日常語言，我們卻還講不流利。芬妮和我明白，如果想要擺脫法蘭，非得學好不可。

歸途上經過艾略特公園，法蘭正在林間練他開靈車的功夫。「要練嗎？」他問芬妮。她聳聳肩。接著母親差他倆一起去辦事——芬妮開車，法蘭縮在一旁求天保佑。

那天晚上我剛要睡，卻發現蛋蛋把哀愁擱在我床上——套著我的運動服。把哀愁——還有牠的毛——弄走以後，我也睡意全消了，只好下樓去餐廳的酒吧看書。麥斯·尤里克坐在一張鎖死的椅子上，正在喝酒。

「那個史尼茲勒跟他的珍妮什麼東東，一共幹了幾次？」麥斯問我。

「四百六十四次。」我說。

「有夠厲害！」他叫道。

等麥斯醉步蹣跚上樓去睡了，我坐在那裡聽著尤里克太太收鍋子。蘭達·蕾伊不在，她出去了——也許她在，但都無所謂了。這時跑步嫌太晚，芬妮睡了，我也不能舉重。哀愁霸佔我的床有好一會兒，所以我還是決定繼續讀書。那是本關於一九一八年感冒大流行的書——記錄許多沒活過那一關的有名人和沒名人。當時似乎是維也納最悲慘的年代。曾把自己的畫叫作「豬屎」的古斯塔夫·克林姆死在那時；他是席勒的老師，而席勒的妻子愛笛絲一樣沒躲過——沒過多久，年紀輕輕的席勒也去了。我讀了整整一章有關如果席勒沒死，他會畫出哪些作品的討論。我心裡浮現一個模糊的念頭，也許這整本書要說的就是，如果沒有這一場感冒大流行，維也納會變成什麼樣子。就在這時，莉莉把我叫醒。

「怎麼不回自己房間睡？」她問。我說是因爲哀愁。

「我睡不著，因爲我想像不出我在『那邊』的房間會是什麼模樣。」莉莉說。我告訴她一九一八感冒大流行的事，但她不感興趣。「我很擔心，」莉莉說：「我擔心那邊會有暴力。」

「什麼暴力？」我問她。

「佛洛伊德的旅館，」莉莉說：「一定到處是暴力。」

「什麼？」我問。

「色情和暴力。」莉莉說。

「妳是指那些妓女？」我問她。

「我是說那邊的『風氣』。」莉莉說，優雅地坐在一張鎖死的椅子上，輕輕地搖來搖去——當然，她的腳搆不到地板。

「妓女的『風氣』？」我說。

「色情和暴力的風氣。」莉莉說：「整個維也納就是給我這種感覺，」她說：「想想魯道夫——殺了他的情人，然後又自殺。」

「那是上個世紀的事，莉莉。」我提醒她。

「還有那個跟女生上了四百六十四次床的傢伙。」莉莉說。

「史尼茲勒，」我說：「那也差不多快一世紀了，莉莉。」

「說不定現在更糟，」莉莉說：「大部分事情都這樣。」

這絕對是法蘭跟她說的，我肯定。

「還有流行感冒，」莉莉說：「還有戰爭，還有匈牙利人。」

「妳說革命？」我問她：「那是去年的事，莉莉。」

「還有俄國佔領區的強暴事件。」莉莉說：「芬妮又會被強暴，說不定我也會。」她說完，又加了一句：「如果逮到我的人個子夠小。」

「佔領時期已經過去了。」我說。

「暴力的風氣，」莉莉重複一遍：「壓抑的性慾。」

「那是『另一個』佛洛伊德，莉莉。」我說。

「還有，能要幹什麼？」莉莉問：「一個有妓女、間諜和熊的旅館。」

「那裡沒有間諜，莉莉。」我說。我知道她指的是東西關係論壇的人。「我想他們只是知識份子而已。」我告訴她，但似乎沒什麼用，她搖搖頭。

「我受不了暴力，」莉莉說：「而維也納卻『殺氣騰騰』。」她說，彷彿在觀光地圖上發現了小瓊斯說的那種幫派所有的出沒地點。「整個城市都『高喊』暴力，」莉莉說：「簡直就像在『廣播』一樣！」莉莉說，彷彿咬住「殺氣騰騰」「高喊」「廣播」這幾個字不放，恨不得吞下去。「光是想到要去那邊，都會為暴力發抖。」莉莉說著發起抖來，小小的膝蓋緊壓著釘死的椅子，細瘦的雙腿前後擺盪，在地上颳起一陣風。莉莉不過十一歲，我實在搞不懂她那些用語和超齡的想像力是打哪來的。為什麼我們家的女生要不就非常聰明——像母親，要不就是個「老十六」——像小瓊斯說的芬妮，要不就像莉莉，嬌小溫柔，可是卻聰敏早熟？為什麼就是她們才有頭腦？我想著父親，雖然他和母親一樣是三十七，父親看起來卻小上十歲——「腦袋也差十歲。」芬妮說。那我呢？我無法不想，因為芬妮——甚至莉莉——讓我覺得自己永遠只有十五歲。蛋蛋更晚熟——七歲了，舉止習慣卻還是五歲的。至於法蘭，這個老鼠王倒是會使死狗復生，會說另一種語言，會賣弄一堆歷史軼聞；在這幾點上他的確很能幹，但更多時候，我卻覺得法蘭的精神年齡只有四歲。

莉莉坐在那裡，低著頭，晃著腿。「我喜歡新罕布夏旅館，」莉莉說：「我愛這裡，我不想離開。」她說，兩眼理所當然含著淚水。我摟摟她，把她抱起來；在季節變遷之際，也許我可以拿她來練挺舉。我把莉莉帶回她房間。

「這樣想好了，」我告訴她：「妳就當我們去的是另一家新罕布夏旅館，莉莉。一模一樣，只是在另一個國家。」但莉莉還是哭個不停。

「我寧可留下來跟菲利綜藝班待在一起。」她哭著說：「就算不知道他們『做』什麼，我還是寧可跟他們一起。」

當然，我們很快就會知道他們『做』什麼了。然而，快得出乎意料。夏天馬上到了，我們還沒打包——甚至還沒訂機票——之前，四英尺高、四十一歲的「菲利」就來了。有些文件要簽，菲利綜藝班一些成員也想看看未來的家是什麼樣子。

某天一早，蛋蛋還傍著哀愁熟睡，我從窗口望向艾略特公園。起先也沒什麼奇怪的，只見幾個男女從一部福斯小包車走出來，每個人都一般高矮。我們這時畢竟還是家旅館，因此我以爲那是前來投宿的客人。接著我發現一共有五女八男——全塞在一輛小包車上。我認出其中一個正是菲德利克．佛特，也發現所有人全和他一樣大小。

麥斯．尤里克正邊刮臉邊從四樓往外望，一看之下尖聲大叫，臉上也劃了道口子。「一整車他媽的侏儒，」他後來告訴我們：「誰料得到一大早會看到這玩意？」

不知道蘭達．蕾伊看到他們會有什麼反應，但蘭達還沒起床。芬妮和我的槓鈴安然躺在她房裡，法蘭——無論他是在作夢、念德文，或者研究維也納，都自成一國與世隔絕。蛋蛋和哀愁睡在一起，而父親和母親——尷尬得很——正在三〇五風流快活。

我跑到莉莉房裡，知道她一定想看看菲利綜藝班——至少人類部分——的模樣；但莉莉早醒了，正在窗邊看他們。她穿著一件母親在古董店買的老睡袍——全身都裹住了——懷裡抱著她的布娃娃。「佛特先生說得沒錯，是個小馬戲團。」莉莉讚嘆地說。我們看著侏儒聚在艾略特公園裡的福斯小包車邊，伸懶腰，打呵欠；有人來了個倒立，有人翻了個跟斗，還有人四肢著地，像猩猩一樣開始爬來爬去；菲利拍了拍手，叫他們別胡鬧。於是他們集合，像支迷你足球隊（不過多了兩個人）在底線進行作戰會議。接著他們齊步開拔，向我們大廳的門口走來。

莉莉跑去迎接他們，我則衝到控制台去昭告大家。例如，給三〇五：「新買主來了——一共十三名。完畢。」給法蘭：「*Guten Morgen!* 菲利綜藝班 *ist hier angekomme. Wachs du auf!*（早安！菲利綜藝班這廂來矣。快快起身！）」給芬妮：「小矮人來了！快叫醒蛋蛋，免得他嚇壞！他會以爲自己在作夢。跟他說一共有十三個小矮人，不過安全得很！」接著我跑到蘭達·蕾伊的房門前，我比較習慣對她親自開口。「他們來了！」我在門外輕聲說。

「繼續跑吧，小強。」蘭達說。

「一共十三個，」我說：「五女八男，」我說：「妳至少可以分到三個！」

「他們個子多大？」蘭達問。

「給妳個驚喜，」我說：「自己看吧！」

「繼續跑，」蘭達說：「你給我跑遠一點。」

麥斯·尤里克跑去跟尤里克太太一起藏在廚房裡，他們害臊，不想見人。但父親還是把他們拖出去打照面。尤里克太太領著侏儒們巡視她的廚房，展示她的湯鍋，還有簡單實惠的口味。

「他們個子是小，」尤里克太太後來說：「不過人這麼多，多少也能吃一點。」

「他們搆不到電燈開關，」麥斯·尤里克說：「我還得把所有開關重裝一遍。」他不甚樂意地搬離四樓，顯然侏儒們最中意的就是那裡——「正好洗他們的小臉，尿他們的小尿。」麥斯咕噥道，不過沒當著莉莉的面。芬妮認爲麥斯氣的只是離尤里克太太更近了，不過也沒多近，他搬到三樓。我想，這下他可要聽一輩子那些小腳小腿啪噠啪噠的聲音了。

「動物要住哪裡？」莉莉問佛特先生。菲利表示，馬戲團只打算把新罕布夏旅館當作暑期駐地，所以動物會待在外面。

「什麼樣子的動物？」蛋蛋問，把哀愁緊緊抱在胸前。

「活的。」侏儒裡的一個女士說道。她跟蛋蛋差不多大小，似乎很喜歡哀愁，一直拍牠

到了六月底，侏儒們把艾略特公園裝滿得像個遊樂場；原本色彩鮮豔，但現在已經褪成粉蠟色的帆布在幾個小帳幕、旋轉木馬台，以及進行表演的主帳篷上隨風鼓動。鎮上的孩子每天都來公園晃蕩，但侏儒們並不急；他們慢條斯理把帳幕一個個架起來，換了三次旋轉木馬的位置——然而卻不把馬達接上，甚至測試一下都不肯。有天外地寄來了一個餐桌大小的箱子，裡頭裝滿五顏六色的票軸，每個都有輪胎那麼大。

法蘭在變得十分擁擠的公園裡小心地練車，一邊繞著幾個大小帳篷轉，一邊叫鎮上的小孩讓路。「七月四號才開張，小朋友。」法蘭把手伸出車窗，多管閒事地說：「到時再來啊！」到時我們就不在了，大家都希望馬戲團的動物能在我們出發前抵達。不過我們已經有心理準備，等不到開張那一晚了。

「反正他們那些表演我們都看過。」芬妮說。

「總之，」法蘭說：「大概就是走一走，讓人看看他們有多小而已。」

莉莉氣炸了。她指出，菲利綜藝班的表演還包括倒立、變戲法、在水火裡跳舞、用八個人疊

的金字塔、蒙起眼睛打棒球；個子最小的女侏儒還說，她會表演無鞍騎術——騎在狗背上。

「狗？哪來的狗？」法蘭說。他說話酸溜溜的，因爲父親把車子也賣了，這下他得徵得菲利的同意才能在公園裡練車。菲利並不小氣，只是法蘭討厭開口求人。

芬妮喜歡找麥斯．尤里克用旅館的小貨卡練車，因爲她飆多快麥斯都不在乎。「煞車要踩就一次到底！」他會鼓勵道：「超過那小子——空隙夠過。」芬妮每次練車回來，都會吹她今天又在露天音樂台旁「留了九英尺橡皮」，在大街通小街的轉角又「留了十二英尺橡皮」。「留橡皮」是得瑞這裡的俗語，意思是輪胎緊急煞車後，在路上留下的黑色痕跡。

「低級，」法蘭說：「既傷離合器，又傷輪胎。根本是血氣方剛的小鬼逞一時之快——妳會惹麻煩，練習執照被吊銷，連帶賠上麥斯的執照（雖然大概也是應該的），妳會撞到狗，還有小孩，鎮上的呆子會找妳比快，跟到家把妳揍個半死，說不定還會連我一起揍，」法蘭說：「只因爲我認識妳。」

「我們要去維也納了，法蘭。」芬妮說：「趁快到鎮上壓一壓馬路吧！」

「壓一壓？」法蘭說：「低級。」

嗨！

佛洛伊德寫道：

你們快來了！來得正好，夠多時間讓小鬼在開學前適應。每個人都期待你們來，連妓女也不例外！哈哈！妓女很樂意疼愛小鬼們——眞的！我把照片給她們看了。夏天是妓女的旺季：

遊客很多，大家心情都很好。連東西關係論壇的傢伙也很安分。他們夏天不忙——上午十一點以前不打字。政治也要放暑假，哈哈！這裡很好，公園有好音樂、好冰淇淋。連熊也高興——歡迎你們光臨。對了，熊的名字叫蘇西。附上蘇西和我的愛，佛洛伊德。

「蘇西？」芬妮說。

「熊叫蘇西？」法蘭說，似乎很失望沒取個德文名字，而且還是隻母熊。我想，大家都有些失望——還沒出發，就來了這麼個反高潮。但搬家就是這麼回事，先是興奮，然後焦慮，最後失望。首先我們一股腦惡補有關維也納的事，接著提早開始想念新罕布夏旅館，然後是一段漫長的等待；大概是為了準備面對出發當天，便抵達目的地無可避免的失望——託噴射機發明的福。

七月一日當天，我們借用菲利綜藝班的福斯小包車到機場。車上有許多怪怪的手控開關，用來煞車加油門，因為侏儒踩不到踏板。法蘭和父親為誰比較夠格開這部怪車爭了半天，最後還是菲利自告奮勇，送我們第一批人到機場。

第一批包括父親、法蘭、芬妮、莉莉和我。母親和蛋蛋隔天才到維也納和我們會合，哀愁跟她們一起飛。出發當天，蛋蛋比我還早起，他坐在床上，穿著白襯衫、最體面的長褲和黑皮鞋，還套了件白亞麻禮服；看起來就像在短劇裡演瘸腿餐廳服務生的侏儒。蛋蛋在等我起床，好幫他打領帶。跟他一起坐在床上的正是咧開了嘴的大狗哀愁，那定格不動的痴笑，只有瘋子才學得來。

「你明天才去，蛋蛋。」我說：「我們今天出發，可是你跟媽咪明天才走。」

「我要先準備好。」蛋蛋不安地說。我幫他打好領帶——好讓他安心。我帶著行李下樓時、他連哀愁都打扮了——一身飛行裝。蛋蛋和哀愁跟著我下樓。

「如果還擠得下，」母親對父親說：「你們哪個最好把死狗也帶走。」

「不要！」蛋蛋說：「我要哀愁跟我一塊。」

「你們不妨把牠放進行李一起通關，」菲利說：「用不著帶牠一起坐客艙。」

「牠可以坐我腿上。」蛋蛋說。就這麼決定了。

大行李箱先寄過去。

隨身攜帶的行李都打理好了。

侏儒們揮著手。

防火梯下方，蘭達·蕾伊的窗口掛著那件橘色的睡衣——它曾經鮮明亮麗，但現在卻和馬戲團的帆布一樣褪了色。

尤里克太太和麥斯站在後門，尤里克太太手上戴著橡皮手套，大概剛剛還在刷鍋子，麥斯則拿了個簍子。「四百六十四次！」麥斯大叫。

法蘭臉一紅，吻了一下母親。「回頭見。」他說。

芬妮吻了蛋蛋。「回頭見，蛋蛋。」芬妮說。

「什麼？」蛋蛋說。他把哀愁的衣服脫了，老狗現在一絲不掛。

莉莉在哭。

「四百六十四次！」麥斯沒頭沒腦地叫。

蘭達·蕾伊也在場，白色的女侍制服上有一滴橘子汁。「繼續跑吧！小強。」她溫和地輕聲說道，然後親我——她親了每一個人，除了法蘭；他早躲到車上去了。

莉莉還在哭，有個侏儒騎著莉莉的舊單車。就在我們駛出艾略特公園的當兒，菲利綜藝班的動物正好抵達。我們看著那群長長的平台式拖車，還有上面的籠子和鎖鍊。菲利停住車子，跑下去四處指揮。

在我們的籠子——福斯小包車裡，大家望著動物瞧，我們原本以為也是些迷你品種。

「小馬，」莉莉啜泣著說：「還有猩猩。」在一個側面畫了紅色大象的籠子裡，有隻人猿正尖嘶不已。

「普通得很。」法蘭說。

一隻拉雪橇的狗繞著小包車走來走去，吠個不停。有個女侏儒朝牠身上一騎。

「沒老虎，」芬妮失望地說：「沒獅子，沒大象。」

「看到熊沒？」父親說。有個什麼都沒畫的灰籠子，裡頭一個黑影不停擺動，隨著自己才聽得見的傷心小調打拍子——牠鼻子太長、腰臀太肥、下巴太厚、爪子太短，要高興起來大概很難。

「那是熊？」芬妮說。

還有個籠子似乎裝滿了鵝或雞之類的家禽。看來這是個全靠馬和狗撐場面的馬戲團——加上一隻猩猩，一頭令人失望的熊；這就是我們種種奇思遐想僅有的回報。

等菲利回到車上，帶我們往機場和維也納而去，我回頭望著艾略特公園裡的一切，蛋蛋手裡還抱著在場唯一稱得上奇特的動物；聽莉莉在我身旁哭個不停，我想像自己看見的是——小矮人走來走去，動物紛紛卸下，一團混亂——一整個名叫哀愁的馬戲團，而不是菲利綜藝班。母親揮著手，尤里克太太和蘭達．蕾伊跟著揮。麥斯．尤里克還在叫，但我們聽不見了。芬妮跟著他的嘴形說：「四百六十四次！」法蘭已經讀起德文字典來，而向來不往回看的父親坐在前座，和菲利扯著可有可無的閒話。莉莉還在哭，但她的眼淚跟雨滴一樣無害。於是艾略特公園消失了，我最後望見蛋蛋雜在侏儒裡努力地跑著，哀愁像個神像頂在他頭上——供那些「普普統統」的動物頂禮膜拜。蛋蛋興奮極了，張著嘴大叫，芬妮跟著他的嘴形低語：「什麼？什麼？什麼？」

菲利載我們到波士頓，芬妮去買母親說的「城裡人的內衣」，莉莉一路哭著逛過內衣賣場，法蘭和我在手扶梯上上下下。我們太早抵達機場，菲利很抱歉不能陪我們等，動物需要他照顧；於是父親祝福他一切順利——包括事先感謝他明天帶母親和蛋蛋到機場。法蘭在羅根國際機場的洗手間被人「搭訕」，但他不肯對芬妮和我描述經過，只一個勁說他被「搭訕」了。他很憤怒，而芬妮和我也很生氣，因為他不肯吐露更多細節。父親為了讓莉莉心情好些，買了一個塑膠提包給她。我們在天黑前上飛機，大約七點或八點起飛；夏日入夜的波士頓市區燈火半明半暗，天光還足夠清楚地看到港口。這是我們頭一回坐飛機，大家都高興得很。

我們一整晚都在海上飛行。父親從頭睡到尾。莉莉不肯睡；她一直望著黑暗，還報告說她看見兩艘遠洋客輪。我睡了又醒，醒了又睡；閉起眼睛，我看見艾略特公園變成一個馬戲團。兒時到過的場所大半不會隨記憶變得更加美好。我想像回到得瑞的情景，不知菲利綜藝班會使鄰近更加興旺，還是適得其反。

早上七點三刻——或者八點三刻，我們降落在法蘭克福。

「*Deutschland*（德國）！」法蘭說。他帶我們穿過法蘭克福機場，大聲唸出所有的標示，和外國人彬彬有禮地交談，準備轉機到維也納。

「我們才是外國人。」芬妮一再低聲說。

「*Guten Tag*（日安）！」法蘭對來往的陌生人一一寒暄。

「他們是法國人，法蘭，」芬妮說：「我確定。」

父親差點搞丟護照，因此我們把護照用兩條粗橡皮圈綁在莉莉手上；然後我抱起莉莉，她似乎已經哭得筋疲力盡。

我們在八點三刻或九點三刻離開法蘭克福，抵達維也納時差不多正午。這架飛機小得多，飛行時間很短，但震動得很厲害。看到高山的莉莉嚇壞了，芬妮說，爲了母親和蛋蛋，希望明天天氣好些。法蘭吐了兩回。

「說德文啊！法蘭。」芬妮說。但法蘭難過得沒工夫理她。

等到了佛氏旅館，還有一整天外加一早上可以準備迎接母親和蛋蛋。我們一共在空中飛了八小時——從波士頓到法蘭克福花了六到七小時，其他是轉機的時間。母親和蛋蛋預定稍後在第二天晚間出發，從波士頓飛往蘇黎世。轉機到維也納大概要一個鐘頭，而從波士頓到蘇黎世所需大約七小時，和我們到法蘭克福的時間相等。但是母親和蛋蛋——還有哀愁——沒等到蘇黎世就落地了。離開波士頓不到六小時，他們的飛機斜著墜毀在大西洋裡——就在法國本土的海岸線邊。

就我後來（無關理智）的想像，知道他們不是在黑暗中墜落，而且看得到遠方的土地——因此或許還抱著一線希望——多少令人感到些微安慰。大家都希望當時蛋蛋睡著了，雖然不太可能，他一定全程都醒著，哀愁在膝上顚簸不已，蛋蛋一定挑靠窗的位子坐。

我們事後獲悉，意外發生得很快；但一定還來得及讓機上人員發出警告——無論用的是哪種語言。母親也來得及親吻蛋蛋，把他抱緊，蛋蛋也來得及問「什麼」？

雖然我們搬進了佛洛伊德的城市，我必須說，你不能太高估夢的意義；我夢見母親的死並不眞確，而且再也沒有夢過第二次。她的死或許勉強可以一表八千里，硬說是白衣人造成的，但載她離開的並不是白帆船。她從天上直直墜落到海底，旁邊是她的小兒子，抱緊了哀愁尖叫。

救難機首先發現的自然是哀愁。當他們試著在早晨灰藍的海面上尋找碎片，好確認殘骸所在的時候，有人看見一隻在水裡載浮載沉的狗。仔細觀察之下，他們確定狗也是罹難者之一；機上無人生還，救難人員當然也不會知道，狗其實早就死了。對於哀愁引導他們找到飛機殘骸這件事，我們剩餘的家人都不感驚訝。之前法蘭就證明過，哀愁會浮起來。

後來芬妮說：我們得注意，哀愁「下一次」不知會以什麼模樣出現。我們得學著辨認各種不同的姿勢。

法蘭沉默無語，想著復生的可能性——這對他本是一大奧祕，現在卻成了痛苦的源泉。

父親得去認屍，他把我們留給佛洛伊德照顧，自己搭火車去。後來，父親便很少提到母親和蛋蛋，他向來不往回看，而且照顧我們的職責也不容許他沉湎在回憶裡。不用說，他心裡一定覺得這才是當年佛洛伊德要母親原諒他的地方。

莉莉哭了又哭，她始終明白：小小的菲利綜藝班才是更好相處的對象——無論從什麼角度看。

而我呢？蛋蛋和母親走了——哀愁不知變成什麼樣子，或許躲在新的偽裝下——我只知道，我們來到了一個陌生的國度。

第八章　哀愁浮起

蘭達．蕾伊——透過對講機，她的呼吸曾是我最初的誘惑；偶爾在夢中，我仍會憶起那雙手溫暖、有力而沉重的感觸——永遠沒有離開第一家新罕布夏旅館。她一直效忠菲利綜藝班，服侍他們無微不至——也許是隨著年紀漸長，她發現與其伺候一般成人，還不如幫侏儒服務鋪床來得舒服些。後來菲利寫信通知我們，蘭達．蕾伊在睡夢中過世了。自從失去母親和蛋蛋，我就不信世上有「死得其所」這回事，但芬妮說蘭達就是如此。

至少比不幸的麥斯．尤里克好多了——他死在新罕布夏旅館三樓一個浴缸裡。也許，麥斯為了被迫放棄迷你衛浴設備及四樓心愛的避風港這回事，還在嘔氣；我猜，他一想到頭上住著一群侏儒，就算實際上沒聽到什麼，一定也飽受折磨。我始終覺得，奪走麥斯老命的一定就是蛋蛋藏哀愁的那個浴缸——畢竟小點塔克差點也嚇死在那兒。菲利並沒有說是那一個，只說在三樓。麥克顯然是洗澡時中風溺斃的，一個在海上出生入死的老水手竟被一個浴缸終結掉，令可憐的尤里克太太平添萬分苦痛，深深覺得麥斯死非其所。

「四百八十四次！」每回提到麥斯，芬妮總不忘這一句。

尤里克太太現在還是菲利綜藝班的廚子——證明她簡單實惠的廚藝和人生觀就是經得起考驗。有年聖誕，莉莉寄給她一張手寫的紙卷，上面用漂亮的書法寫著某個盎格魯撒克遜無名詩人的句子：「謙遜的人，上帝派遣的天使賜他們勇氣、力量和信仰。」

阿門。

不用說，菲利一定也有看顧他的天使，他在得瑞終老，整年都住在新罕布夏旅館裡（當他不再帶著新的一批侏儒出外獻藝，也不做冬季巡迴演出時）。莉莉每次想起他便難過，也許她一開始懷念的只是菲利的身材，但後來莉莉一想到菲利，腦裡浮現的則是，如果我們留在菲利的新罕布夏旅館裡，不搬來維也納會是什麼景況——她於是想像，如果沒有失去母親和蛋蛋，我們的生活一定大不相同。只是當時沒有「上帝派遣的天使」可以拯救他們。

在一九五七年的維也納，全城的建築物空隙處處，四下都是通風的斷垣殘壁，跟剛轟炸過一模一樣。在一片瓦礫、周邊通常曾是遊樂場的平地上，清理過的碎石雖然排得整整齊齊，仍然令人覺得裡頭藏著沒爆炸的炸彈。從機場到市郊的路上，我們看到一輛用水泥固定在地下的俄軍坦克，大概是某種紀念碑。砲塔上開著花，長長的砲身掛滿旗幟，紅星已經褪色，還有小鳥遺下的斑斑點點。它就這樣永遠佇立在一間貌似郵局的建築物前面，但是計程車開得太快，我們沒看清楚。

哀愁浮了起來，但我們比噩耗早一步到達維也納，因此心情是謹慎而樂觀的。愈接近市區中心，被封閉的戰爭遺跡愈多；有時甚至可以看到精巧的建築上直透出一絲陽光——屋頂上一排丘比特石像俯視著我們，肚腹還留著機關槍掃出的彈孔。街上行人也多起來了。然而相形之下，市郊就像一幅古老的深棕色相片——裡頭的人都還沒起床，或者全死光了。

「陰森森的。」莉莉說。她怕得不哭了。

「舊兮兮的。」芬妮說。

「*Wo ist die Gemtichkeit?*（美好的過去何在？）」法蘭開心地唱著，四下尋找「美好的過去」。

「你們的媽一定會喜歡這裡。」父親樂觀地說。

「蛋蛋不會喜歡。」芬妮說。

「蛋蛋『聽』不見。」法蘭說。

「媽也不會喜歡。」莉莉說。

「四百六十四次！」芬妮說。

計程車司機講了一串怪字眼，連父親也聽得出那不是德文。法蘭吃力地交談了幾句，發現他是個匈牙利人——因爲革命剛逃過來的。我們看著後視鏡裡那對混沌的眼睛，試圖找出一絲未癒的傷痛——想像著，即使看不出什麼。突然右邊出現一個公園，還有一棟美麗如宮殿（其實「本來」就是棟宮殿）的建築，中庭的門走出一個愉快的胖女人，身穿護士制服（顯然是奶媽），推著一部雙人娃娃車（有人生了雙胞胎）。法蘭唸著旅遊指南上一些無聊的數據。

「雖然人口不及二百五十萬，」他唸道：「維也納卻有三百家咖啡屋！」我們從計程車往外盯著看，以爲滿街都是咖啡漬。芬妮搖下窗子嗅了嗅，傳來一陣歐洲特有的柴油味，但沒半點咖啡味。沒過多久，我們就明白咖啡屋是用來幹什麼的，長坐、寫功課、跟妓女搭訕、射飛鏢、打彈子、喝咖啡之外的飲料、擬（逃出這裡的）計畫、打發失眠、作白日夢。但這會兒我們的目光都被史瓦森堡廣場的噴泉吸引住了。經過公車幹道的圓場街，司機開始唸唸有詞：「克魯格街，克魯格街。」彷彿這樣唸，那條小路就會跳將出來（果眞如此）。接著他又唸：「佛氏旅館，佛氏旅館。」佛氏旅館並沒跳將出來。我們的司機慢條斯理地開過了頭，法蘭跑進莫瓦特咖啡屋問路，人家指給我們看——就在剛才經過的地方。糖果店都不見了（雖然「BONBONS」之類的招牌還倚在櫥窗裡），父親以爲佛洛伊德爲了迎接我們，已經開始他的擴張計畫，把糖果店買下來了；可是近一點看，才發現糖果店被火燒過，看樣子多少也曾威脅到隔壁佛氏旅館的住客。我們走進又小又暗的旅館，經過一塊糖果店在火災後遺下的告示，法蘭說，上面寫的是「請勿踐踏糖果」。

「請勿踐踏『糖果』，法蘭？」芬妮說。

「它就這麼寫的。」法蘭說。大家小心翼翼地走進佛氏旅館的大廳，果眞覺得腳底有點黏（顯然是那些已經踐踏過糖果的腳留下的——被火融化的糖在地下發出可怕的光澤）。接著一股濃烈的巧克力焦味包圍了我們。莉莉跌跌撞撞地抱著袋子，一腳領頭滑進大廳，尖叫起來。

我們只想著佛洛伊德，卻忘了他的熊。莉莉更沒料到會在大廳見到熊——鬆綁的。誰也想不到牠就坐在櫃檯邊的沙發上，兩條短腿交叉著，腳跟擱在椅子上，好像正在看雜誌（果然是佛洛伊德說的「聰明熊」）。莉莉的尖叫嚇得牠把雜誌從爪子裡一扔，又回復成一副熊樣，搖搖擺擺爬下沙發，慢吞吞橫著身邁向櫃檯，對我們視而不見。我們這才發現牠個子其實不大——胖，但很矮，不會比一條拉多拉多獵狗大（我們不約而同這麼想），但毛更密、腰更厚、屁股更肥、四肢更壯。牠用後腿站起來，往櫃檯的喚人鈴轟然一叩，力道太兇猛了，小小的鈴聲幾乎淹沒在熊掌的巨響中。

「耶穌基督！」父親說。

「是你嗎？」一個聲音喊道：「是溫．貝里嗎？」佛洛伊德還沒出現，熊很不耐煩，抓起櫃檯上的鈴朝大廳門一扔，發出一陣像鐵鎚砸在管風琴柱上的巨響。

「聽到啦！」佛洛伊德喊道：「耶穌基督！是你嗎？」他張著雙臂走出來——樣子在我們看來跟熊一樣古怪。我們第一次發覺，父親那句「耶穌基督」是跟佛洛伊德學的；或許令我們吃驚的，就是這點發現和佛洛伊德本人的對比有多強烈，他的體態動作與運動家型的父親毫無相似之處。如果菲利的侏儒可以投票，佛洛伊德加入菲利綜藝班絕無問題——他只比侏儒大一點點。那具身軀彷彿成了自己光榮歷史的簡明本，精實短小。我們所知的黑髮，此時已像玉米鬚一樣又白又長地四下發散。他拄著根高爾夫球棍或球棒似的枴杖——後來我們才知道，那眞是根球棒。他臉頰上那一小叢怪毛還是像銅板般大，只是顏色灰得跟人行道一樣——沒有特徵、毫不顯眼的市街色彩。但（關於他變得有多老這一點）最重要的是，他瞎了。

「是『你』嗎？」佛洛伊德對著大廳喊道；沒向著父親，卻面朝樓梯口古老的鐵欄杆。

「我在這兒。」父親溫和地說。佛洛伊德張開雙臂，朝父親的聲音摸索而去。

「溫・貝里！」佛洛伊德大叫。熊連忙奔過去，用粗粗的熊爪掣住佛洛伊德的手肘，把他推往父親的方向。當佛洛伊德放慢步伐——怕碰到不該有的椅子或人腿——熊就用頭從後面頂他。我們想，牠不但是隻聰明熊，並且還是隻「導盲熊」。佛洛伊德找到一隻熊當他的眼睛。不用說，這樣的熊當然能改變人生。

盲眼的小矮人抱緊了父親，我們看著他倆在昏暗的旅館大廳裡笨拙的雙人舞。等兩人的話聲低了些，我們便聽見三樓的打字機正在幹活——激進份子演奏著他們的音樂，左派人士撰寫著他們的世界觀。甚至連打字機聽起來都充滿自信——與其他錯誤的世界觀勢不兩立，對自己的正義深信不疑、奉若真理，將字句一個個鏗鏘有力地擲出，就像演說停頓處不耐地在桌上叩然作響的手指。

但這總比晚上抵達好些。入夜後，在黯淡微弱的照明和包容一切的黑暗中，大廳或許會顯得像樣點；但對我們孩子而言，打字機和熊總勝過聽（或想像）著床吱嘎作響、妓女在樓梯上上下下、整夜在大廳裡罪惡地迎來送往好些。

熊在我們之間嗅來嗅去，莉莉很害怕（牠個子比她大），我有些害羞，法蘭則試著寒暄幾句——用德文——但熊只一個勁兒地望著芬妮。牠那顆大腦袋靠上她的腰，鼻尖直嗅她的大腿根部。芬妮笑著跳起來。佛洛伊德說：「蘇西！妳有沒有乖？不要粗魯！」蘇西熊四肢並用，轉身跑去朝老人的肚子一頂，把他撞倒在地上。父親似乎想出面阻止，但佛洛伊德拄著球棒站了起來，看不出是不是在笑。「哦！蘇西！」他朝著錯的方向說。「蘇西只是有點愛現，她討厭人家批評。」佛洛伊德說：「而且她比較喜歡女孩，不喜歡男生。女孩在哪？」老人說著，雙手向兩邊攤開，芬妮和莉莉向他走去——蘇西跟在芬妮後面，親熱地從後面頂她。法蘭忽然滿心想和熊交個朋友，扯著牠粗粗的毛皮，結結巴巴地說：「呃，妳一定就是蘇西熊了，我們常聽說妳的事。我叫法蘭。*Sprechen Sie Deutsch?*（她懂德文嗎？）」

「不，不，」佛洛伊德說：「不要德文，蘇西不喜歡德文，她說『你們的話』。」他對著法蘭大概的方向說。

法蘭傻傻地彎下腰去抓弄熊毛。「妳會握手嗎？蘇西。」法蘭彎著腰問道，熊卻轉過身子，面對他站了起來。

「牠沒粗魯吧？」佛洛伊德大叫：「蘇西，乖一點！別粗魯！」熊站起來並不比我們高——佛洛伊德和莉莉除外。熊鼻子剛到法蘭下巴，彼此面對面瞧了一會兒，熊把重心移到後腿，拖著腳步，像個拳擊手。

「我叫法蘭。」法蘭緊張兮兮地對熊說道，伸出一隻手；然後又伸出另一隻手，想去抓熊的右掌來握。

「省省吧，小子。」熊對法蘭說，一掌把他的雙臂拍開。法蘭倒退了幾步，一腳踩在喚人鈴上，發出短促的一聲「鈴」。

「你怎麼教的？」芬妮對佛洛伊德說：「你怎麼教牠說話的？」

「沒人教我說話，甜心。」蘇西熊說，聞一聞芬妮的屁股。

莉莉又尖叫起來：「熊在說話，熊在說話！」

「她是隻聰明熊！」佛洛伊德嚷道：「我不是說了嗎？」

「熊在說話！」莉莉歇斯底里地叫。

「至少我不會尖叫。」蘇西熊說著，又一點熊樣也沒了；她直著身悶悶地走回沙發邊女——被莉莉驚動前坐的地方——蹺起二郎腿往椅子一擱。剛才她看的是一本時代週刊，過期很久了。

「蘇西來自密西根，」佛洛伊德說，彷彿這樣就算說明了一切：「大學是在紐約念的。她很聰明。」

「我念過莎拉．勞倫斯，」熊說：「後來退學了。什麼狗屁菁英嘛！」她說——莎拉．勞倫斯學院。時代週刊在她不耐煩的熊掌上一頁頁翻過。

「她是個『女孩』！」父親說：「穿熊裝的女孩！」

「我是『女人』，」蘇西說：「說話小心點。」那年才一九五七，蘇西是一隻超越時代的熊。

「穿熊裝的女人。」法蘭說。莉莉躲到我身邊，抱住我的腿。

「世上沒有聰明熊，」佛洛伊德語出不吉：「除了這一種。」

樓上的打字聲在我們驚愕的沉默中繼續爭辯不休。蘇西的確是隻聰明熊，也是隻導盲熊；然而一旦曉得她不是真熊，蘇西的存在感突然膨脹了起來，擁有的力量也不一樣了。蘇西不僅是佛洛伊德的眼睛，我們想，可能還是他的心靈和智慧。

父親四下環顧著大廳，年老目盲的良師益友倚在他身旁。不知這一回父親又看到了什麼？當他的眼神掃過蘇西熊坐的沙發、以及印象派的複製畫時——碩大如牛的粉紅色裸女，落在一片盛開的光亮中（和壁紙的花紋毫不搭調）——他又看到了什麼樣的城堡、宮殿，以及種種豪奢的遠景在眼前擴展開來？還有那填塞物已經裂開暴露（就像藏在市郊廢墟下的未爆彈）的安樂椅？還有那黯淡得令人作不了夢的檯燈？

「可惜糖果店燒掉了。」父親對佛洛伊德說。

「可惜？」佛洛伊德叫道：「*Nein, nein,* 不可惜，好得很！糖果店完了，而且沒保險，正好讓我們買下來——便宜得很——可以弄個人人從街上都看得到的大廳！」佛洛伊德喊著，雖然他再也看不到什麼。「這火太幸運了，」佛洛伊德說：「正好迎接你們。」他說著抓住父親手臂：「這火燒得好！」

「一場聰明熊的火。」蘇西熊挖苦道，繼續看她的過期週刊。

「是妳放的？」芬妮問蘇西熊。

「還用說嗎？甜心。」蘇西說。

哦，這裡有個女人也被強暴過，但當我把芬妮的遭遇，以及就我所見她處理的方式——也許該說「逃避」處理的方式，或者把最糟的部分否認掉的方式——告訴這個女人，她卻跟我說，我和芬妮都錯了。

「錯了？」我說。

「還用說嗎？」這女人說：「芬妮是被強暴，不是被打。那些混蛋當然得到了『裡面那個她』，千眞萬確。你那狗屁黑朋友懂什麼？有個姐姐被強暴就以專家自居？芬妮把對付那些爛人唯一的武器平白丟掉了——那些精液；沒人阻止她，沒人要她面對——結果她就得一輩子都讓這事跟著。其實，對攻擊者毫不抵抗，一開始她的尊嚴就喪失了——而你，」這女人對我說：「你不待在那裡『面對現實』，卻跑去找什麼救美的英雄，自以爲是地張揚其事，弄得強暴的尊嚴也喪失了。」

「強暴也有尊嚴？」法蘭說。

「我得去求救，」我說：「就算我留下，也只是被痛揍一頓，她一樣會被強暴。」

「我得跟你姐談一談，甜心，」這女人說：「靠那套半吊子心理學是沒用的，相信我，我懂強暴。」

「哈！」愛荷華巴布曾經說過：「所有的心理學都是半吊子。去他媽的佛洛伊德！」

「他指的是『彼』佛洛伊德。」父親補充道。後來我想，我們的佛洛伊德大概也差不多。

總之，這位強暴專家認爲芬妮的反應爛透了。我不禁滿腹疑問，因爲我知道芬妮事後還寫信給道夫；照這位強暴專家的說法，強暴根本不該是那麼回事，也不會有那種後果——毫無可能。她說她懂，因爲她有經驗。大學時她曾經參加一個社團，成員全是受害的女性，她們對強暴是怎麼回事、當事人怎樣反應才算正確，都有「精確」的結論。她還沒跟芬妮談話，我已經看出她把自己的不快樂，看得神聖不可侵犯，在她心目中，對強暴這回事唯一可信的反應就是她自己的反應。如果有人受到相似的侵害卻反應不同，只表示這人受的侵害絕對非我族類。

「人都是這樣，」愛荷華巴布一定會說：「非得把自己的不幸放諸四海皆準，這樣心裡才比較好受。」

這能怪他們嗎？但跟這種人爭辯只會惹出一肚子氣，由於己身的遭遇，他們否定了自我的人性，連帶也要否定跟自己不一樣的人性——其實人性有同也有異，並行不悖。像她這樣子，只能說太不幸了。

「八成活得很不快樂。」愛荷華巴布一定會說。

的確，她是活得很不愉快。這位強暴專家就是蘇西熊。

「什麼叫作『哪兒都會發生的小事』？甜心。」蘇西熊問芬妮：「什麼叫作妳『最幸運的一天』？這些混蛋不只強暴妳，還要奪走妳的力量，而妳卻由他們去；女人怎麼能對暴行這麼『被動』地接受……妳居然還覺得『第一次』會是那個道夫？甜心！妳把這事未免『看得太輕』了吧——妳是在貪方便，想要大事化小而已。」

「被強暴的到底是誰？」芬妮問蘇西：「我的意思是，妳被強暴是妳的事，我被強暴是我的事。我說沒人得到我，就眞的沒人得到我。妳以爲他們每次都能得手嗎？」

「還用說嗎？甜心。」蘇西說：「強暴犯的武器就是那條命根子，只要把武器用在妳身上，那還不算得手？舉個例子吧，」蘇西說：「妳最近的性生活如何？」

「她才十六歲，」我說：「還不到有什麼性生活的年齡。」

「我很清楚，」芬妮說：「性生活跟強暴是兩回事。」她說：「就像白天和晚上。」

「那妳爲什麼還說道夫是『第一個』，芬妮？」我靜靜地問她。

「還用說——這就是重點。」蘇西說。

「聽著，」芬妮對我們說——法蘭在玩牌，假裝沒聽到；莉莉一字不漏聽著我們對話，像旁觀一場網球爭霸戰，每一球都值得尊敬。「聽著，」芬妮說：「眞正的重點是，被強暴是我的事。它是我的，我『擁有』它。我自己會面對。」

「可是妳沒有面對，」蘇西說：「妳不夠憤怒，妳應該要憤怒，應該對這一切氣得發狂。」

「最好『擇善固執，終生不渝』。」法蘭翻翻白眼，引了句愛荷華巴布的老話。

「我是說正經的。」蘇西熊說。其實，她就是太過正經——但已經比初次見面時可親多了。

後來，蘇西熊終於眞正搞懂了強暴的意義；她創立了一所優良的性侵害輔導中心，輔導文案的第一行就寫著，搞清楚「強暴是誰的事」最重要。她終於了解，雖然憤怒的確對她有益，但是當時卻不見得對芬妮有益。「讓受害人暢所欲言，」她在輔導通訊裡寫道：「不要把自己的問題和受害人的問題混爲一談。」蘇西熊成了一位眞正的強暴專家——她的名言是：「注意，每一個強暴事件的重點所在，未必和妳自身的經驗相同；請多加考慮，因爲可能性不止一種。」她會對手下的輔導員如此建議：「我們必須了解，受害人的反應和調適方式不止一種。任一個受害人都可能會有常見的徵候，罪惡感、否認一切、憤怒、混亂、害怕，以及其他種種不同的反應——事實上，可能是以上全部，可能是部分，也可能完全沒有。而後遺症可能發生在一星期內、一個月、一年、十年，也可能永遠不會發生。」

一點不錯，愛荷華巴布一定會喜歡這隻熊，就像喜歡厄爾一樣。但是剛見面這幾天，蘇西只是隻大談強暴問題的熊——當然還談了一堆別的問題。

我們沒多久就不得不和她親近得異於常情，因爲我們忽然沒了母親，又需要一個母親般的對象依靠；後來，我們幾乎一切都依靠蘇西，這隻聰明（不過有點粗魯）的熊顯然比佛洛伊德更無所不知，打從我們抵達旅館頭一天起，什麼事都問她。

「打字的到底是什麼人？」我問。

「妓女一次收多少錢？」莉莉問。

「哪裡買得到好用的地圖？」法蘭問：「最好附有徒步觀光路線。」

「你要觀光，法蘭？」芬妮說。

「帶孩子去看房間，蘇西。」佛洛伊德對他的聰明熊說。不知爲何，我們頭一個看到的就是蛋蛋的房間，也是最差的一間——四四方方、有兩道門卻沒窗子，一道門通往莉莉的房間（只多了扇窗），另一道通往樓下的大廳。

「蛋蛋不會喜歡。」莉莉說，但她覺得蛋蛋一定都不喜歡：包括搬家在內的每一件事。我想她說得對，現在每當我憶起蛋蛋，他總是出現在佛氏旅館這個他從未見到的房間裡；一個沒有空氣和窗戶的小盒子，一個深陷在異國旅館正中央的斗室——不宜客居。

一般家庭常有這種不人道的事，老么總是分到最差的房間。蛋蛋在佛氏旅館裡一定不會快樂，我也懷疑如今還有誰快樂得起來。當然，我們一開始的遭遇就不甚公平，只待了一天一夜，就得面對母親和蛋蛋的噩耗，讓蘇西當我們的導盲熊，看著父親和佛洛伊德攜手往他們的大旅館邁進——至少要能賺錢，他們希望，就算變不成一流旅館，至少要夠好。

抵達當天，父親和佛洛伊德就開始擬計畫了。父親希望把妓女移到五樓，把東西關係論壇的人移到四樓，這樣便可以清出二樓和三樓給客人。

「爲什麼付錢的客人還得爬個四、五樓？」父親問佛洛伊德。

「妓女也是付錢的客人。」佛洛伊德提醒他。至於她們每晚得送往迎來，就更不用提了：「而且有些恩客年紀太大，爬不了那麼多樓梯。」佛洛伊德添上一句。

「他們要是老得爬不上樓，」蘇西熊說：「也不該有力氣幹那骯髒事。與其讓他們躺在小女孩身上嘸氣，翹毛在樓梯上還好些。」

「耶穌基督，」父親說：「那就把二樓給妓女，叫那些要命的激進派搬到頂樓。」

「知識份子，」佛洛伊德說：「身子可也不怎麼硬朗。」

「激進派不見得都是知識份子。」蘇西說：「反正，我們總有一天得裝部電梯。」她又說：「我主張讓妓女待在底下，叫那些動腦筋的多爬幾層樓。」

「對了，把客人放中間。」父親說。

「客人？在哪裡？」芬妮問。她和法蘭查過旅客登記簿，佛氏旅館空空如也。

「都是那場糖果火災，」佛洛伊德說：「把客人全熏跑了。只要我們弄好大廳的門面，客人就會再湧進來！」

「然後整夜聽人相幹不得安眠，一大早又被打字機弄醒。」蘇西熊說。

「多有波希米亞風情。」法蘭盡往好處想。

「你又懂什麼波希米亞了，法蘭？」芬妮問。法蘭房裡有一個裁縫用的人形，是從前一個長年租房的妓女留下的。身材有點豐滿，上面擱了個模特兒的頭——佛洛伊德說那是從卡恩納街一家大型百貨公司偷來的。模特兒的臉很漂亮，但有點斑痕，假髮也歪歪的。

「正好套你那些制服，法蘭。」芬妮說。法蘭板著臉把大衣掛上去。

「多謝妳雞婆。」他說。

芬妮和我的房間相鄰，共用一個有老式浴缸的浴室。浴缸很深，足足可以塞一頭牛進去燉。廁所在走廊盡頭，緊鄰大廳。只有父親房間有全套衛浴設備。蘇西與我們共用一間浴室，也就是說，她得從我們其中一人的房間進去洗澡。

「別高興得太早，」蘇西說：「我不常洗澡。」

我們看得出來。她的味道不怎麼像熊，聞起來又苦又鹹、又濃又烈。她取下熊頭時，我們見到的是一頭潮濕的黑髮，蒼白的臉上滿是痲子，還有一雙狂野不安的眼睛——我們覺得她穿上熊裝還令人舒服些。

「你們看到的，」蘇西說：「都是粉刺肆虐的結果——我悲慘的青春期。我是那種天生頭上就該罩個袋子的女孩。」

「別難過，」法蘭說：「我是個同性戀，青春期也愉快不到哪裡去。」

「唔，至少你長得很有魅力，」蘇西說：「你們全家人都很有魅力。」她說著，滿懷嫉妒地瞪我們一眼：「你也許被歧視過，可是我告訴你，沒有比欺侮醜小孩更惡劣的事。我從小就醜，後來更是他媽的一天醜過一天。」

我們忍不住盯著她的熊裝瞧，心裡猜想，難不成蘇西的身子也跟熊一樣腫？到了下午，我們看見她穿著運動衫和短褲，滿頭大汗地靠在佛洛伊德的辦公室牆邊做曲膝體操；她在爲自己扮演的角色熱身，準備等激進派離開，妓女出來營業——我們看得出來，她的身材果然跟熊的樣子很配。

「很肥吧？嗯？」蘇西對我說。愛荷華巴布一定會說，吃太多香蕉，路走得不夠。但是憑良心說，蘇西到哪裡都得穿上熊裝、裝成熊樣，這樣子要運動可不容易。

「我不能穿幫，否則麻煩大了。」

蘇西說。因為要是沒有她在，佛洛伊德要怎麼維持秩序？蘇西是他的守護神。有時右翼搗亂份子會跑來騷擾激進派，在大廳和樓梯間激昂地對峙相罵——新法西斯份子會高聲嘶吼：「天下沒有白吃的午餐！」——一小群暴徒會高舉標語聚集在大廳，要東西關係論壇滾到……遠東去——蘇西說，這時佛洛伊德就需要她幫忙。

「還不快滾，你們把熊惹毛了！」佛洛伊德嚷道。有時蘇西熊還得悶吼一聲，假裝發動攻擊。

「挺好玩的，」蘇西說：「其實我根本不怎麼厲害，但大家都怕熊，我只要抓住一個，所有人馬上縮成一團哀哀叫。我只要對那群混蛋噴口氣，朝他們靠過去就成了。沒人敢跟熊鬥。」

激進派感激熊的保護，因此要他們搬到樓上絕無問題。午後，父親和佛洛伊德向他們說明狀況，然後差我去搬打字機，我便一部一部往五樓空蕩蕩的房間裡搬。打字機一共六部，加上一部油印機，一些辦公室常見用品，還有數量多到有點誇張的電話。我搬完三、四張桌子就有點累了，不過最近因為出遠門都沒舉重，所以正好運動一下。我問年紀較輕的幾個激進派哪裡可以弄到舉重器材，但他們疑心很重——畢竟我們是美國來的——而且要不是真不懂英文，就是寧可說自己的語言。有個年長的激進派抗議了一下，跟佛洛伊德熱鬧滾滾地爭著。蘇西熊哼了哼，頭伸到老人腳邊探來探去——彷彿想用他的長褲擤鼻子——於是老先生安靜地上樓了，雖然他明知蘇西不是真熊。

「他們都寫些什麼？」芬妮問蘇西：「是不是宣傳通訊之類的？」

「他們要那麼多電話幹嘛？」我問，因爲一整天都沒聽到電話響。

「他們打很多電話，」蘇西說：「我猜都是些恐嚇電話。我沒看他們的宣傳品，那些政治理念我沒興趣。」

「他們有什麼政治理念？」法蘭問。

「改變他媽的一切，」蘇西說：「從頭開始。他們要把檯子上的球掃光，重開一局。」

「我也想，」法蘭：「聽起來不錯。」

「他們好恐怖，」莉莉說：「眼光直穿過你，好像看的是你身子後面。」

「唔，妳本來就不高，」蘇西熊說：「他們可是常看我。」

「還有一個常看著芬妮。」我說。

「我不是這意思，」莉莉說：「我是指他們對人視而不見。」

「那是因爲他們在思考，怎樣才能改變一切。」法蘭說。

「包括人在內嗎？法蘭？」芬妮說：「他們認爲『人』也能改變嗎？你覺得呢？」

「當然，」蘇西熊說：「比方說，人都會死。」

悲傷令一切變得親密起來，在哀悼母親和蛋蛋之際，激進派和妓女一下子成了我們的熟朋友。我們失去了母親（對妓女而言），也失去了手足（對激進派而言）。因此，爲了彌補我們——還有佛氏旅館——受到的傷害，激進派和妓女待我們都很好。除了日夜作息不同，他們相似的程度其實超乎彼此想像。

他們都相信一個跟電視廣告同樣單純的理想，總有一天，自己能夠「自由」。兩方都把身體當作一件可以爲理想輕易犧牲的物品（在付出犧牲後，也能輕易地復原或代換）。甚至連名字都差不多——即使理由未必相同；他們只有代號或綽號，如果用的是眞名，姓氏也略去了。

其中甚至有兩個人名字一模一樣，不過從來不會搞混，因爲激進派那個是男的，妓女自然是女的；而且他們也從不同時在佛氏旅館出現。這兩人都叫老比利，比利（Billig）在德文裡是「廉價」的意思。老妓女取這個名字，是因爲她接客的價碼比一般低得多；雖然克魯格街位於第一區，這裡的妓女跟卡恩納街（就在轉角處）比較起來，只能算是次級品。繞過卡恩納街走進這條小路，就像紆尊降貴（相對來說）走進一個黯然失色的所在；只差一條街，就不見了沙赫大飯店的燈火和國立歌劇院的燦爛輝煌，你會注意到妓女的眼影搽得更濃、膝蓋有些彎曲、腳踝彷彿要陷進肉裡（因爲站得太久）、腰也更粗——就像法蘭房裡的裁縫人形。老比利正是克魯格街妓女淘的大姐頭。

與她同名的激進份子，就是搬到五樓時和佛洛伊德吵得最兇的老先生；「廉價」這個美名的由來，是因爲他以捉襟見肘見稱，而且經歷輝煌——同儕甚至稱他爲「左派中的左派」。布爾雪維克還在時，他就是其中一個；等到名稱改了，他也跟著改名。每次有什麼運動，他總是站第一線，可是一旦運動出現亂象或走進死胡同，老比利馬上又躲到後頭，無影無聲地開溜，等著下次再去站第一線。激進派年輕一輩的理想家們總是對老比利又懷疑又羨慕——因爲他就是能存活下來。妓女對她們的老比利看法也差不多。

不論明暗裡外，這個社會對年資制度總是又尊敬又不屑。

跟激進派的老比利一樣，妓女老比利也是爲了搬家，和佛洛伊德吵得最兇的一個。

「妳是往下搬哪，」佛洛伊德說：「可以少爬一層樓。我們旅館沒電梯，從三樓搬到二樓是『優待』妳。」

我跟得上佛洛伊德的德文，但老比利的回答就聽不懂了。法蘭告訴我，老比利說她的「紀念品」太多，搬不了。

「我們有他在！」佛洛伊德說著手朝我一伸。「看他的肌肉！」佛洛伊德以手代眼、又拍又捏，把我往老妓女大概的方位一推。「妳自個摸摸！」佛洛伊德嚷道：「妳的紀念品再多，他都搬得動。只要一天工夫，他能把旅館搬空！」

法蘭告訴我老比利的回答：「免了，我摸夠了，」老比利對佛洛伊德說：「連睡覺都在摸。」她說：「他看來是搬得動，可是我可不要有東西弄壞。」

於是，我盡可能小心地把她的「紀念品」搬下樓。老比利有一大堆搪瓷熊，足以和母親的收藏匹敵。（母親死後，老比利邀我到她家裡參觀——白天她不到佛氏旅館幹活的時候——讓我和搪瓷熊靜靜地相處一會，憑弔那些和母親一起逝去的收藏品。）老比利也喜歡植物——全養在動物鳥獸形狀的花盆裡；花朵開在青蛙背上，羊齒蕨在一群紅鶴間蔓延，橘子樹從一隻鱷魚頭頂長出來。別的妓女要搬的不外衣服、化妝品和藥物。想到她們在佛氏旅館租的是「夜間休息室」——跟蘭達．蕾伊的「日間休息室」正好相反——我心裡不禁浮起一股異樣的感覺；原來不論日夜，休息室的用途都差不多。

幫妓女把東西從三樓搬到二樓那天晚上，我們自然也打了照面。克魯格街的妓女除了老比利一共四個，分別是貝貝、姚蘭塔、小黑英琪和尖叫安妮。貝貝（Babette）取了個法國名字，因爲她是唯一會說法文的，法國人多半也找上她（他們特別在意你說不說法文）。貝貝個子很小——所以莉莉最喜歡她——長了一張妖精臉，給旅館大廳昏暗的燈光一照，（從某些角度）看來就像老鼠般嚇人。我後來認爲貝貝可能有厭食症，只是她不知道——在一九五七年，沒人曉得厭食症是什麼玩意。她總是穿印花衫之類富有夏日氣息的裝束——即使當時不是夏天。貝貝看起來總像搽了太多的粉（彷彿一碰，就會從毛孔噴出一小撮），不搽的時候，皮膚看起來就像蠟

（彷彿一碰，就會按出個凹痕）。有次莉莉告訴我，小個子貝貝在她的成長過程中意義重大，因爲貝貝讓她了解小個子也可以和大個子睡覺，不會弄壞身子。「不會『全部』弄壞。」莉莉老愛這麼說。

姚蘭塔（Jolanta）因爲喜歡波蘭式笑話，所以取了個波蘭名字。她長了一張方臉，看起來很強壯，塊頭跟法蘭一樣大（也差不多一樣笨拙），她熱心得經常令人猜疑——彷彿笑話說到一半會忽然翻臉，從提袋掏出把刀子，或者拿酒杯朝人臉上摜。姚蘭塔的肩膀很寬、胸部很大、雙腿很有肉，但一點也不胖——她有種迷人的肉感，像個無形間沾染了都市暴力的農家女；很性感，但也很嚇人。初抵佛氏旅館那段日子，我自慰時最常想的就是她——但和她講的話也最少；不是因爲她最粗魯，只是我最怕她。

「你怎麼辨認一個波蘭妓女？」她問我，我只好找法蘭翻譯。「她會出錢叫你上她。」姚蘭塔說。這句我不用翻譯就懂了。

「你聽懂沒？」法蘭問我。

「天，聽懂了，法蘭。」我說。

「那就笑啊！」法蘭說：「你最好快笑。」我望著姚蘭塔——手臂像莊稼漢一樣粗，一握拳跟拳擊手差不多——連忙咧嘴而笑。

小黑英琪（Dark Inge）不愛笑，她一直活得很不快樂。更重要的是，她根本還沒活多久，英琪才十一歲。她是個黑白混血兒，母親是奧國人，父親是黑人美軍——她在佔領期初期時出生。一九五五年，英琪的父親隨佔領軍回國，從他口中得知黑人在那裡受到的待遇，令英琪和她母親都不想跟去。英琪的英文在妓女裡說得最好，父親到法國去——去認母親和蛋蛋的屍——那幾天，陪伴我們度過漫漫長夜的就是英琪。雖然她和莉莉同年，個子卻跟我一樣高，經過打扮，簡直像芬妮一樣成熟。溫和、漂亮、黑皮膚的英琪只扮演意淫的角色，不算是眞的妓女。

沒有別的妓女陪伴，英琪不能到克魯格街上拉客，除非蘇西跟著她。看上她的嫖客只能望著她——自慰。英琪的年紀還不能碰男人，嫖客也不能跟她單獨待在房裡：只要有人找英琪，蘇西熊一定作陪。這套把戲很簡單，但也很有用。如果有人想佔她便宜，蘇西熊便會發出必要的聲音和動作，作勢欲撲。如果有人強要英琪多脫幾件，或者看她自慰的樣子，蘇西熊便開始蠢蠢欲動。英琪就警告他：「你看你把熊惹火了。」對方只好溜之大吉——要不就趕緊對著別開目光的英琪，草草了事。

妓女都曉得，只要在聲音裡帶點不悅，沒兩下蘇西熊就會闖進來幫忙。蘇西就像訓練有素的動物，對她們的聲音瞭若指掌；貝貝鼻音濃重的輕哼、姚蘭塔激動的怒吼，還有老比利那些「紀念品」的碎裂聲。但是對我們孩子來說，最差勁的還是那些扭扭捏捏，對著英琪瞥兩眼自慰的嫖客。

「有頭熊在場，我大概挺不起來。」法蘭說。

「有蘇西在場，你大概也挺不起來。」芬妮說。

莉莉在發抖，我靠到她身邊。父親在法國——和我們最親愛的兩個人在一起——而我們旁觀佛氏旅館人來人往，帶著悼亡者才有的超然洞察力。

「等我年紀夠大，」英琪告訴我們：「就能賣眞的了。」我們都很驚訝，原來「賣眞的」的代價比看著她自慰更高。

她母親的打算是，等英琪「年紀夠大」，就讓她從這行金盆洗手。英琪的母親就是佛氏旅館第五位午夜女郎——尖叫安妮。她接的客比克魯格街其他妓女都多，因為她得準備兩個人的退休金（包括女兒的份）。

如果你要一朵小花或幾句法文，就找貝貝。如果你只想試試滋味，或者預算不多，就找老比利。如果你喜歡冒險——甚至一點暴力，不妨試試姚蘭塔。如果你有自卑感，那就付錢偷看一眼英琪。如果你希望從頭被騙到尾，尖叫安妮是最佳選擇。

誠如蘇西熊所說：「尖叫安妮是這一行假裝高潮的冠軍。」

尖叫安妮的假高潮能把莉莉從最可怕的惡夢驚醒，讓法蘭從床上一骨碌坐起來，被擱在床邊的裁縫人形嚇得在黑暗中狂叫；讓我從沉睡中一下子睜開雙眼，發現自己正在勃起，摸摸喉嚨看是哪兒給割了。對我而言，尖叫安妮是不讓妓女待在我們頭頂正上方的最佳理由——也是唯一理由。

她甚至能讓父親忘了哀痛——即使他剛從法國回來。「耶穌基督，」父親說完，便到房裡一個個親吻我們，看大家是否安好。

只有佛洛伊德無動於衷睡他的覺。「假高潮騙不了的，只有佛洛伊德。」法蘭說。他把這話搬出來一用再用，自以爲很聰明——他指的當然是另一個佛洛伊德，不是我們的老瞎子。

有時候，尖叫安妮甚至能騙倒蘇西熊。蘇西會嘀咕：「天，這回鐵定不是裝的。」更糟的是，她會把假高潮跟呼救聲弄混。「這絕不是高潮，老天！」蘇西喊，令我不禁想起蘭達·蕾伊。「要死人了！」於是她一路大吼著衝上三樓，猛力撞開尖叫安妮的房門，發出可怕的喉音朝半壞的床鋪撲過去——把尖叫安妮的恩客嚇得屁滾尿流、不省人事、當場陽痿。這時尖叫安妮才慢條斯理地說：「嗳，沒事啦，蘇西，這人安分得很。」但這時要重整旗鼓已經太遲了，通常對方早已嚇得垂頭喪氣，龜縮不出。

「眞是名副其實的現世報，」芬妮曾說：「正要爽到最高點，就衝進來一隻熊要宰人。」

「老實說，甜心，」蘇西說：「我猜有些人當場就爽出來了。」

這些客人該不會非要熊幫忙才「爽」得出來吧？我想。但我們年紀太輕，這裡有些事我們永遠也不會懂。就像從前萬聖節那些鬼魅，佛氏旅館的人們在我們眼中永遠難辨虛實：至少妓女和她們的恩客如此——還有那些激進派。

老比利（激進派那個）一向最早到。跟愛荷華巴布一樣，他說自己年紀大了，不能再把生命浪費在睡覺上。他到得太早，有時甚至會跟最後一個妓女擦身而過。這妓女自然非尖叫安妮莫屬，爲了自己和黑女兒的將來，她幹活總是幹得最辛苦。

蘇西都在清晨時分睡覺。天亮後，妓女的麻煩比較少，彷彿日光能保證大家的安全——雖然不見得眞如此——而激進派通常要到日上三竿才開始吵嘴；他們大部分是夜貓子，一整天都在寫那些宣言、打恐嚇電話，甚至彼此攻訐——「因爲找不到更實際的敵人。」父親說。畢竟，父親是個資本主義者，還有誰會想像一間完美的旅館？除了凡事要求安定的資本主義者，還有誰會想住在旅館裡，經營這種不事生產的事業，販賣睡眠——這種跟工作無關，就算不是娛樂，至少也只是休息的商品？就父親的想法，激進份子比妓女要笨得多了。我想，母親死後，父親熟悉了慾望和孤獨帶來的痛苦，也許還暗自慶幸旅館裡有這麼一門「生意」——妓女自己的說法。

父親也不很同情那些意圖改變世界、剷除人類劣根性的理想主義者。這令我很驚訝，因爲我一直認爲他正是某種理想主義的化身——但父親顯然寧可跟劣根性賽跑一輩子，也不打算做任何改變。父親始終沒學會德文，所以與激進份子不相往來；相較之下，妓女的英文要好得多了。

激進派的老比利會說一句英文。他喜歡逗莉莉、搔她癢，或給她棒棒糖；「美國佬滾回家。」他總是慈愛地對她說。

「這老傢伙眞可愛。」芬妮說。法蘭則試著教老比利幾句他可能會喜歡的英文。

「帝國主義走狗。」法蘭說。但老比利總是把這句跟「納粹豬」搞混，用在不該用的地方，聽起來怪透了。激進份子裡英文說得最好的人叫菲格波（Fehlgeburt）。法蘭告訴我，那是「miscarriage」的意思。

「你是說，違反正義的誤判（miscarriage of justice）？」芬妮問。

「不是，」法蘭說：「另一個意思，跟寶寶有關的。」

大家都喊她菲格波小姐（Fralein Fehlgeburt）——也就是我們口中的「流產小姐」，但她從未懷孕，當然也沒流過產。菲格波是個大學生，取這名字是因爲東西關係論壇另一位女性成員的化名叫作「懷孕」——她倒是眞懷過。史芳格小姐（Fralein Schwanger）——也就是德文的「懷孕小姐」——年紀較大，差不多跟父親同年；她從前懷孕的事在維也納的激進派圈子相當有名。史芳格以她懷孕的經驗寫過一本書，然後又寫了一本——算是續集——關於去墮胎的書。剛懷孕時，她在身上貼了一個亮紅色的標誌，寫著：「我懷孕了（SCHWANGER）！」下面還有字體一樣大的問題：「你是孩子的爸嗎？」後來印在書的封面上，轟動一時。史芳格把版稅全捐給了激進運動，後來墮胎了——然後寫書——又成爲大家爭議的話題。直到現在，她的演講還能吸引不少人，車馬費用依然一概捐出。史芳格那本關於墮胎的書在一九五五年出版，正當佔領時期結束，因此她把孩子打掉的事就成了奧地利掙脫外來強權的象徵。「孩子的父親，」史芳格寫道：「可能來自俄國，也可能來自法國、英國或美國；至少對我的身體和思想而言，他是個外來者，我不需要他。」

史芳格和蘇西很投緣，她倆有一大堆強暴理論可談。但史芳格和父親也處得不錯；母親過世後，最能安慰父親的就是她，倒不是他們有什麼曖昧（他們是這麼說的），而是因爲史芳格冷靜的嗓音——那柔和沉穩的抑揚頓挫——在佛氏旅館衆人中最像母親。史芳格和母親一樣，是個以柔克剛的說客。「我只是比較實際。」她總會天眞無邪地說——然而史芳格跟任何激進派沒有兩樣，心中都狂燒著大破大立、重建世界的夢想。

史芳格每天都帶我們到卡恩納街的歐羅巴咖啡屋——有時也去歌劇院後面，亞伯蒂納廣場二號的莫札特咖啡屋——喝加牛奶、肉桂和鮮奶油的咖啡，一天要去好幾次。「你們知道嗎？」法蘭後來一再說：「《黑獄亡魂》（*The Third Man*）就是在莫札特咖啡屋拍的。」史芳格根本不在乎，讓她拋開打字機和舌戰的是鮮奶油；她就是喜愛咖啡屋寧靜的氣氛。「我們這個社會唯一值得稱道的地方——可惜也得一起消滅。」她對法蘭、芬妮、莉莉和我說道：「乾杯，親愛的！」如果想要鮮奶油，你得點*Schlagobers*。如果史芳格對其他激進派來說是「懷孕」，對我們而言，她就是純度百分百的*Schlagobers*。鮮奶油是這位母親般的激進份子唯一的弱點，我們實在喜歡她。

年輕的菲格波小姐在維也納大學主修美國文學，非常崇拜史芳格。她對自己的化名「流產」似乎十分驕傲，因爲Fehlgeburt好像也可以作「墮胎」解。我認爲不太可能，但至少在法蘭的字典裡，「流產」和「墮胎」是同一個字。Fehlgeburt這個字正象徵著我們和激進份子之間無可彌補的差距；追根究柢，所有誤解都是語言上的問題，就像我們從未眞正了解她們倆的「眞正意義」——又剛強又像母親的史芳格，爲一場看來毫無理性的運動投下所有精力和金錢，但又能用溫和有條理的言語和鮮奶油給我們安慰。還有像個浪人、害羞結巴、在大學專攻美國文學的流產小姐，她經常唸書給莉莉聽（不只安慰沒媽的孩子，也順便練習英文），唸得非常好，芬妮、法蘭和我也幾乎從不缺席。她喜歡在法蘭房裡唸，連一旁的裁縫人形也彷彿在洗耳恭聽。

就在佛氏旅館裡，菲格波小姐的朗讀聲中——父親去法國認屍，母親和蛋蛋剛從冰冷的海裡被撈起來（浮標正是哀愁）——我們頭一回聽完全本《大亨小傳》。在流產小姐輕快的奧地利口音中，小說的結局令莉莉直震到內心深處。

「蓋茨比相信那盞綠光，還有年復一年從我們眼前溜走的歡樂遠景。現在它又逃開了，不過沒關係……」菲格波激動地讀下去：「——明天我們會跑得更快、手伸得更遠……」流產小姐讀道：「然後一個晴朗的早晨——」她在這裡頓住了，淺碟般的雙眸閃閃發亮，彷彿映著蓋茨比所見的綠光——或許，還有那片歡樂遠景。

「什麼？」莉莉屏住呼吸問道，法蘭房裡頓時出現了蛋蛋的一絲回音。

「於是我們奮力向前，」菲格波唸完最後一句：「逆水行舟，不斷被推回過去。」

「就這樣？」法蘭問道：「沒有了？」他雙眼瞇著，閉得死緊。

「當然沒有了，法蘭，」芬妮說：「你難道聽不出故事的結局嗎？」

菲格波面無血色，稚氣的臉有著成年人的深鎖愁眉，一絲輕顫的金髮環著小巧的粉紅色耳朵。接著莉莉忽然嚎啕大哭起來，我們怎麼也哄不住她。這時還不到黃昏，妓女們都不在，但莉莉的哭聲卻讓蘇西熊誤以為尖叫安妮在別人房裡假裝高潮；她衝進法蘭房裡，把裁縫人形撞到一邊，嚇得可憐的菲格波小姐驚叫一聲。然而莉莉還是沒有停。她的哭號聲似乎被喉嚨鎖住了不放，滿腔悲痛哽在那裡；我們簡直難以相信，這小小的身軀竟能震動得如此厲害、發出如此巨大的音響。

當然，我們都認為感動莉莉的並不是這本書——只因為那最後一句「不斷被推回過去」，令她想起了我們自己的過去；她想的是母親、是蛋蛋，還有我們永遠忘不了他們的事實。然而等我們哄得她緩和了些，莉莉卻忽然脫口而出——她是為了父親而哭。「爸爸是個蓋茨比，」莉莉哭道：「他是！我知道！」

我們立刻展開圍剿。法蘭說：「莉莉，別為那個什麼『歡樂遠景』傷心，這跟愛荷華巴布說爸活在未來的意思不一樣。」

「這個未來相當不一樣，莉莉。」我說。

「莉莉，」芬妮說：「什麼是爸爸的『綠光』？對爸爸而言，他有綠光嗎？」

「妳要知道，莉莉，」法蘭說，似乎有點煩了：「蓋茨比愛的不是黛西本人，而是『愛著黛西』這個念頭而已，何況爸爸也沒有什麼黛西，莉莉。」

法蘭說著哽住了——也許他忽然想起，父親連妻子都沒了。可是莉莉說道：「蓋茨比就是那個白衣人，就是爸爸；『現在它又逃開了，不過沒關係——』」莉莉背道：「你們看不出來？」她尖叫：「永遠都有一個『它』在那裡，每次都從我們面前逃開，一次又一次，永遠追不上，」莉莉說：「而且爸爸絕不會罷休，」她說：「他會一直跟在後面，然後它會一直逃開。哦，該死！」她喊著，跺著她的小腳：「該死！該死！」莉莉哭著，再次一發不可收拾——音量足以跟尖叫安妮匹敵。我們忽然明白，安妮只能裝假高潮而莉莉卻能模擬死亡。她的傷痛如此眞實，我甚至以爲蘇西熊會把頭套拿下，以人的身分對她致敬。但蘇西熊樣不改，挨過去把法蘭的房門撞開，留下我們面對悲痛逾恆的莉莉。

法蘭把這稱作莉莉的「*Weltschmerz*」。「人人都有煩惱，」他說：「人人都會傷心，但這只是一般的煩惱和傷心；而像莉莉這樣，」法蘭說：「才算是眞正的『*Weltschmerz*』。這個字不能譯作『厭世』，」法蘭告訴我們：「那太平淡，不足以形容莉莉。莉莉這種應該說是『痛世』。」法蘭說：「如同字面的意義，『*Welt*』就是世界，『*Schmerz*』則是痛苦，眞正痛徹心腑的傷痛。莉莉是個『痛世』的例子。」法蘭得意地說。

「像『哀愁』那樣是嗎？唔，法蘭？」芬妮問道。

「有點像。」法蘭僵著臉答道。法蘭不再認哀愁是朋友了。

母親和蛋蛋的死——哀愁從深海裡的蛋蛋膝上浮起，成了葬身處的標記——令法蘭決心不再替死者擺姿勢，放棄任何形式的標本學，也不相信任何復活再生的宣示。「包括宗教。」法蘭說。照他看來，宗教只是另一種標本學。

受到哀愁的擺弄，法蘭對任何信仰都嗤之以鼻。他變得比愛荷華巴布更宿命論、比芬妮和我更多疑。他成了近乎瘋狂的無神論者，什麼都不相信，除了命運——幸或不幸、是喜是悲，一切都是隨機的，人無力可回天。他變成一個專事反對的道學先生，對別人擺出來的貨色一概否定，從政治到道德，法蘭永遠站在反方；他稱之為「反面力量」。

「可是這力量到底反些什麼？」芬妮曾經問。

「任何定論，」法蘭說：「只要人家贊成，你就反對；只要人家反對，你就贊成。如果你坐的飛機沒失事，這就表示你坐對了飛機。僅此而已。」

換句話說，法蘭已經昏了頭。母親和蛋蛋離我們而去，法蘭卻離得更遠——他陷進了一種比任何宗教更缺乏深度的宗教，為反對而反對的反對派。

「也許可以說，法蘭自創了一派。」莉莉曾經說。這指的是虛無主義、無政府思想、面對憂傷的嬉皮笑臉和微小的快樂、還有像晝夜交替般尋常，降臨在無憂無慮的生活中的低潮。法蘭相信措手不及和青天霹靂。他總是攻擊又攻擊、後退又後退，越過前一刻黑暗中滿是死者的荒原，又在乍現的陽光裡睜著眼笨拙地四下跌撞。

「他瘋了。」莉莉說。她當然明白。

莉莉也瘋了。她似乎把母親和蛋蛋的死，看成對自己內在深處某些缺陷的懲罰，因此決心要改變自己，包括長大。

「至少長一點。」她黯然而堅定地說，芬妮和我十分擔心。莉莉不像還會長大的樣子，而那追求「長大」的死心眼令我們害怕。

「我也想改變，」我對芬妮說：「可是莉莉——我不知道。莉莉就是莉莉。」

「誰都知道。」芬妮說。

「除了她自己。」我說。

「一點不錯。」芬妮說：「你又打算怎麼改變？有比長大更好的辦法嗎？」

「沒有。不會更好。」我說。我只是這個大夢小夢不斷的家族中比較實際的一個罷了。我明白自己不可能「長大」，童年永遠不會離我而去，我也不可能完全成熟——成熟到足以應付這世界；那該死的*Welt*，如同法蘭所說。我明白自己改變不了什麼。我能做的只是一些會讓母親高興的事；例如不再罵髒話，改進會讓母親煩心不已的措詞——於是我這麼做了。

「你是說，以後不再說『幹』『他媽的』『雞巴』，甚至『去你的』？永遠不說？」芬妮問我。

「對。」我說。

「甚至不說『放屁』？」芬妮問。

「對。」我說。

「你放屁。」芬妮說。

「這很有意義。」法蘭說。

「你狗屁到家。」芬妮用話激我。

「我覺得這麼做很可貴，」莉莉說：「改變雖小，卻很可貴。」

「他跟一群想打破世界重來的人住在一間二流妓院裡，卻不想說髒話。」芬妮說。「爛人，」她對我說：「你這可悲的呆子，一天到晚玩你那根雞巴，想的都是女生的奶子，嘴上還想裝好寶寶，是嗎？」

「別這樣，芬妮。」莉莉說。

「妳這矮冬瓜。」芬妮說。莉莉哭了。

「我們應該團結，芬妮，」法蘭說：「這樣傷人沒好處。」

「你這大變態。」芬妮對他說。

「那妳呢？甜心？」蘇西熊問芬妮：「妳憑什麼這麼強？」

「我一點也不強，」芬妮說：「妳這笨熊，不過是個沒人要的女生，而且滿臉痘子，坑坑洞洞——所以妳寧願做熊不做人。妳以為這樣就強？當熊他媽的容易多了，是不是？」芬妮反問蘇西：「替一個以為妳很聰明的老瞎子做事——說不定他還以為妳很漂亮。」芬妮說：「我不強，但是我聰明。我能面對這一切，而且還有餘力。」她說：「如果我知道自己想要什麼，一定能到手。」接著又加一句：「因為我能看清事情的眞相。」芬妮說。「而你們，」她對我們說——包括可憐的流產小姐——「你們只會乾等，希望局面改觀。你以為爸不是這樣嗎？」她忽然問我。

「他活在未來。」莉莉嗚咽著說。

「他跟佛洛伊德一樣瞎了眼，」芬妮說：「要不就快瞎了。你們猜我打算怎麼辦？」她問我們：「我髒話一樣照講，想怎麼講就怎麼講，這是我的武器。」她對我說。「如果我要長大，也得等自己準備妥當，時機成熟。」她對莉莉說。「我也絕不會像你『那樣』，法蘭，誰也不會像你。」她眞心地補上一句。「我也不會寧可做熊不做人，」她對蘇西說：「穿著愚蠢的熊裝，汗流得跟豬一樣，把作弄人當樂子，全都只因為妳不自在，不喜歡做自己，可是我很自在，我喜歡我自己。」芬妮說。

「妳眞好運。」法蘭說。

「對，妳眞好運，芬妮。」莉莉說。

「長得漂亮又怎樣？」蘇西說：「還不是隻母狗。」

「現在開始，我要擔任母親的角色，」芬妮說：「我要照顧你們這些傢伙——你、妳還有你，」芬妮說，指著法蘭、莉莉和我。「媽走了，愛荷華巴布又不在，沒人提醒你們看路，」芬妮說：「只好由我來，免得你們踩到大便——這就是我的工作。爸根本什麼都不清楚。」芬妮說，我們點頭——法蘭、莉莉和我，甚至蘇西熊也點頭。我們都明白，父親瞎了眼，要不就快瞎了。

「就算這樣，我也不用妳來照顧。」法蘭對芬妮說，但他顯然有點動搖。

莉莉走過去，把頭擱在芬妮懷裡哭起來——很舒服，我猜。芬妮當然知道我愛她——絕望地、而且愛得過火——因此我無須多做表示。

「唔，我可用不著一個十六歲的小鬼幫我。」蘇西熊說。但這時她沒戴頭套，放在熊爪上；那滿面的疤痕、受傷的眼神和小小的嘴，顯示她言不由衷。蘇西把熊頭又戴回去，那是她唯一的權威。

一臉嚴肅、滿懷好意的流產小姐似乎找不到適當的字眼可說。「我不知道，」她說：「我不知道怎麼講。」

「用德文講看看。」法蘭鼓勵她。

「隨便講，講出來就好。」芬妮說。

「嗯，」菲格波說：「那一段，很棒的那段，那個結局——我是說，《大亨小傳》的結局。」她說。「繼續，」芬妮說：「全講出來。」

「嗯，」菲格波說：「我不知道，可是——不知怎麼——那個結局令我很想去美國。我是說，這違反我的政治信仰——你們的國家——我也知道。可是那個結局——我不曉得為什麼——實在美極了。讓我看了好想去。我是說，這沒有『意義』，可是我就是想去美國看看。」

「妳想去美國？」芬妮說：「我還眞寧願沒離開。」

「我們可以回去嗎？芬妮？」莉莉問。

「這得問爸。」法蘭說。

「乖乖。」芬妮說。我看得出她在想像那一幕，在父親的大夢裡引進一點現實，會有什麼結果。

「你們的國家，請原諒我這麼說，」另一個激進份子說——別人都直接叫他「阿貝特」（Arbeiter，德文的『工人』）：「你們的國家是罪惡的巢穴。」阿貝特說：「請原諒我這麼說。你們的國家是公司化生產的終極勝利，也就是說，整個國家都被公司的集體思考控制。這些公司毫無人性可言，因爲沒有一個人必須爲自己行使的權力負責；公司就像一台以利潤爲能源和動力的電腦。美國是——請原諒我——世上最沒有人道的國家，我認爲。」

「你認個屁，」芬妮對阿貝特說：「狗屁不通的傢伙，你自己說話才像電腦。」

「你的頭腦就像汽車排檔，」法蘭對阿貝特說：「四段變速——每個檔的速度都一成不變，還有倒退檔。」

阿貝特瞪著我們看。他的英文有點拖泥帶水——而他的頭腦，後來我發現，差不多跟除草機一樣聰明。

「也差不多跟除草機一樣浪漫。」蘇西熊說。沒人喜歡阿貝特，甚至軟心腸的流產小姐也一樣。她的弱點——對激進派來說——就是太愛文學，尤其是浪漫的美國文學（「妳那個什麼主修，親愛的？」史芳格總愛調侃她）。可是她對文學的喜愛卻是一種力量——對我們孩子而言，那是她身上還沒死絕的一點浪漫；至少，當時還沒死絕。後來——上天原諒我——我卻成了抹殺那一點浪漫的幫兇。

「文學是給愛作夢的人看的。」老比利對可憐的「流產」說。這當然是激進派的老比利。妓女老比利喜歡作夢；她曾對法蘭說，作夢是她唯一喜歡的事——還有那堆「紀念品」。

「念點經濟學，親愛的。」史芳格對菲格波說——懷孕小姐對流產小姐說。

「一個人能起多大作用，」阿貝特告訴我們：「跟全體人口中做決策的比例，有直接關係。」

「可以有力量做決策。」老比利糾正他。

「可以做有力量的決策。」阿貝特說——兩個人像蜂鳥般，對同一朵花刺個不停。

「一堆狗屁。」芬妮說。阿貝特和老比利的英文都很爛，成天對他們說「見你的大頭鬼」也無所謂，反正他們聽不懂。雖然我發過誓不說髒話，但實在心癢難搔，只好聽芬妮對他們開罵過過乾癮。

「美國必然會發生一場種族鬥爭，」阿貝特對我們說：「而且意義必然會被曲解。事實上，那將是一場階級鬥爭。」

「阿貝特，你放屁的時候，」芬妮說：「動物園的海豹會停下來不游泳嗎？」

另外兩個激進份子很少加入我們的談話。其中一個成天打字，一個則耗在東西關係論壇成員共有的一輛汽車上，六個人，正好坐滿——車從來沒好過，休想用來逃亡，我們想；要逃亡大概也不會用到。父親想——在破車底下修個不停的技工是個髒兮兮的憂鬱青年，身穿連身工作服，戴著巴士車掌的海藍色帽子。他是工會的人，在瑪麗亞海佛街的市公車處值夜勤，每天都擺著愛睏的臭臉，一身工具匡噹響。他的代號名副其實，叫作「史勞本史呂瑟」（Schraubenschlssel）——意思是「扳手」。法蘭愛賣弄，繞著舌頭發出「史勞本史呂瑟」的音，但芬妮、莉莉和我寧取譯名，就叫他扳手。

「嗨，扳手，」芬妮對躺在車底下咒罵的技工說：「希望你腦子還算乾淨。」扳手不懂英文，我們所知他唯一的私事是，他曾經約過蘇西。

「除了他，根本沒人約我，」蘇西說：「好個狗屁傢伙。」

「好個狗屁傢伙。」芬妮重複一遍。

「唔，其實他根本沒看過我的樣子。」蘇西說。

「那他知道妳是女的嗎？」法蘭說。

「老天，法蘭。」芬妮說。

「唔，我只是好奇。」法蘭說。

「扳手是個不折不扣的變態，我看得出來，」芬妮說：「別跟他出去，蘇西。」芬妮對熊忠告。

「妳開什麼玩笑？」蘇西說：「甜心，我不跟『男人』出去的。」

芬妮似乎不為所動，但我看得出法蘭很不自在，想跟進話題，然後又放棄。

「蘇西是個同性戀，芬妮。」我私下對芬妮說。

「她沒這麼說。」芬妮說。

「我猜她是。」我說。

「是又怎樣？」芬妮說：「法蘭呢？HOMO一個，還不是好好的。」

「小心蘇西，芬妮。」我說。

「你想我想得太多了，」她一說再說：「別管我，行不行？」芬妮問我。但這是我永遠辦不到的事。

「一切性行為都包含四或五種不同的性行為。」東西關係論壇的第六個成員告訴我們。這句話簡直就是把佛洛伊德——另一個——扭了好幾彎的結果，我們只好求法蘭再解釋一遍，因爲聽完翻譯還是不懂。

「他就這麼說的，」法蘭告訴我們：「任何一次性行爲，都包括一堆其他的性行爲。」

「有四、五種？」芬妮問。

「我們和一個女做愛時，」那人說：「同時也帶著未來的自我和童年的自我。理所當然，也包括對方的未來和童年。」

「理所當然？」法蘭說。

「這麼說，每次兩人相幹，等於一上就是四、五個？」芬妮問道：「那不累死了？」

「性行爲耗費的能量，是唯一無須社會補充的能量。」第六個激進份子用夢幻般的口吻對我們說。法蘭費力地翻譯道：「性行爲的能量由我們自己補充。」那人看了看芬妮，彷彿他剛才說的是世上最玄奧的哲理。

「胡扯。」我悄悄對芬妮說，可是她心動的程度似乎超乎我想像。我恐怕她喜歡這個激進派。他的名字叫恩斯特（Ernst），一個普通的名字。他不參與辯論，總是造一兩個天外飛來、甚無意義的句子，靜靜說完，繼續打字。其他的激進份子傍晚離開佛氏旅館後，都會到對街的莫瓦特咖啡屋消磨幾個鐘頭——那是個光線昏暗的地方，有彈子檯和飛鏢靶，還有一群嚴肅的常客，總是喝茶和蘭姆酒、下棋或看報。恩斯特很少跟同夥一起上莫瓦特咖啡屋。他只是寫了又寫。

尖叫安妮是最後一個回家的妓女，而恩斯特則是最後一個離開旅館的激進派。就像她常和清早前來上班的激進派老比利擦身而過，尖叫安妮也常遇到終於停工的恩斯特。恩斯特有股超然世外的陰森感，每次和史芳格談話，兩人總是愈說愈小聲，最後全變成耳語。

「恩斯特寫些什麼？」芬妮問蘇西熊。

「黃色小說。」蘇西說：「他也約我出去過，而且看過我。」我們聽了，好一陣悶聲不吭。
「哪種黃色小說？」芬妮謹慎地問道。
「妳以爲有幾種，甜心？」蘇西態反問。「最爛的那種，」蘇西說：「變態、暴力、墮落。」
「墮落？」莉莉問。
「妳不能看，甜心。」蘇西說。
「告訴我內容。」法蘭說。
「太噁心了，說不出口。」蘇西對法蘭說：「你德文比我好，法蘭——自個試吧！」
不幸的是，法蘭果眞試了——他把恩斯特的黃色小說翻譯給我們聽。後來我問法蘭，他是否認爲恩斯特的黃色小說是一切麻煩的開端——如果我們根本沒理會他寫什麼，事態是否也照樣會走下坡？不過法蘭的信仰（或者說『反』信仰）早就替他決定了一切問題的答案。
「走下坡？」法蘭說：「唔，那是必然的方向——我是說，其實都一樣。如果不是黃色小說，也會是別的。重點是，我們注定了要往下滾。你幾時聽過什麼往上滾了？讓我們往下滾的不是什麼實際的東西。」法蘭說，隨口拈來得令人瞪眼。
「這麼看好了，」就在最近，法蘭告訴我：「爲何你彷彿耗了大半輩子，才變成個愚蠢的青少年？你還是小孩的時候，童年爲何總是沒完沒了，彷彿整整佔了這一趟的四分之三？而當這一切結束，孩子長大成人，現實忽然逼到你眼前……唔，」法蘭最近對我這麼說：「反正你又不是沒聽過這套。在第一家新罕布夏旅館裡，我們似乎永遠都是十三、四、五歲。他媽的永遠——芬妮一定會這麼說。然而，一離開那兒，」法蘭說：「我們的餘生卻以兩倍的速度流逝，就是這麼回事。」法蘭得意地斷言：「你半輩子都是十五歲，然後有天忽然二十幾了，只一晃眼，二十也成了過去式。接著，就像和好友度過一個愉快的週末，三十也跑過去了。不知不覺，你又開始希望還是十五歲。」

「走下坡？」法蘭說：「這是一條長長的上坡路——直到十四、五、六歲爲止。然後呢，」法蘭說：「就是不斷地下坡。誰都知道，下坡比上坡快得多。你一直往上、往上——直到十四、五、六——然後就一路急轉直下，就像水往低處流。」法蘭說：「就像沙子向下漏。」翻譯黃色小說給我們聽時，法蘭十七歲，芬妮十六，我十五。莉莉十一，還不到可以聽的年紀；但她堅持，既然她可以聽菲格波唸《大亨小傳》，就能聽恩斯特的黃色小說。（諷刺的是，尖叫安妮卻不准英琪聽半個字。）

「恩斯特」當然是只在佛氏旅館使用的化名，他另外還用許多不同筆名寫黃色小說。蘇西熊告訴我們，恩斯特在大學開的課叫「文學中的情色史」，但他的黃色小說半點情色也沒有。菲格波選過恩斯特這門課，連她都承認，恩斯特的作品跟眞正的情色文學（並不色情）毫無相似之處。

恩斯特的黃色小說令我們口乾頭痛，法蘭曾說，他光讀都會眼睛發澀，莉莉聽過一次就不聽了，我坐在法蘭房裡，聽得全身發冷；死屍般的裁縫人形像個出奇沉默的女老師，監聽著他朗誦。我感覺冷意鑽進褲腳，來自古老乾燥的地板，來自旅館的地基，來自不見天日的泥土裡——那兒想必藏著文多波那（Vindobona，維也納在羅馬時代的舊稱）人的遺骨，藏著土耳其侵略者常用的拷問用具，皮鞭、短棍、壓舌具和短刀，還有神聖羅馬帝國時興的恐怖刑房。恩斯特的黃色小說與性愛完全無關，滿是毫無希望的痛苦，沒有一點美好回憶便死去的人生。聽得蘇西衝出去洗澡，聽得莉莉大哭（當然），聽得我反胃噁心（兩次），法蘭甚至把其中一本扔到裁縫人形上（彷彿書是它寫的）——那本書叫《新加坡客船上的孩子》；這些孩子沒人抵達新加坡，一個都沒有。

可是芬妮聽了只皺皺眉頭。那本書令她想著恩斯特、想去找恩斯特——藉口問他爲什麼要寫這些。

「頹廢加速革命的到來，」恩斯特對她緩緩說道，負責翻譯的法蘭絞盡腦汁一再修正：「一切頹廢都會助長此一過程，直到革命水到渠成。在目前的階段，累積厭惡感是必要的。厭惡政治、厭惡經濟、厭惡不人道的社會組織、厭惡道德——厭惡我們自己，厭惡我們對自己的縱容。」

「全是藉口。」我對芬妮悄悄說，但她只皺了皺眉，全神貫注在他身上。

「當然，黃色小說家是最可惡的。」恩斯特繼續長篇大論：「但妳要明白，如果我是共產黨，我會希望哪種政府掌權？最自由派的嗎？不，我會要求最專制、最資本主義、最反共產的政府——這樣我才有奮鬥的理由。左派怎能缺少右派幫忙？這世界愈愚蠢右傾，對左派愈有利。」

「你是共產黨嗎？」莉莉問恩斯特。她知道，這個詞在新罕布夏的得瑞可不怎麼好聽。

「那只是個必要的階段，」恩斯特說——對共產主義和他自己，也對著我們——彷彿我們全都置身歷史之外，彷彿有具龐然大物正在前進，我們要不就被拖著走，要不就隨著廢氣四下飛散。「我寫黃色小說，」恩斯特說：「因爲我爲革命服務。而就個人而言，」他說著，手無力地揮了揮，「唔……就個人而言，我是個美學至上的人，我思考情色。就像史芳格捨不得咖啡屋和鮮奶油——因爲革命會消滅這一切——我則哀悼情色，因爲它也得一併消滅。革命之後，」恩斯特嘆了口氣，「情色也許會重新出現，但會改頭換面。在新世界裡，它不再那麼重要了。」

「新世界？」莉莉複誦道。恩斯特閉上雙眼，彷彿這句話是他最心愛的音樂的反覆句，彷彿他在心裡看見了「新世界」，一個截然不同的星球，住著全新的生物。

我覺得以一個革命家來說，恩斯特的手實在相當秀氣；指頭又細又長，用打字機時——他的鋼琴，用來演奏他為未來劇變譜寫的歌劇——大概很管用。身上那套有點發亮的廉價水藍色西裝通常很乾淨，但皺巴巴的；襯衫洗得很白，但從來不熨；他不打領帶，頭髮太長時，就一次剪成小平頭。他長得有點像運動員，清爽、年輕而堅毅——有種孩子氣的英俊。蘇西熊和菲格波告訴我們，恩斯特在學生間素有白馬王子之名。流產小姐說，他在教授情色文學時很熱情，甚至活潑；和他談起革命時那副沒精打采、低調、疲倦、遲鈍（至少像在打瞌睡）的樣子完全不同。

他相當高，雖然不壯，也不文弱。每當我看見他拱著肩翻起西裝上衣的領子——準備離開佛氏旅館回家，不用說，又幹了一整天可悲又可惡的活——我總會暗吃一驚，他的側面竟讓我想起奇柏．道夫。

道夫的手指也不像四分衛的——太纖細了，跟恩斯特一樣。我還記得道夫把護肩一拱，小跑步回去召開作戰會議，心裡想著下一個暗號、下一次號令，兩手像小鳥般棲在護臀上的樣子。當然，我立刻明白了恩斯特的角色，他正是激進派的四分衛、發號施令者、陰謀策劃人、眾星拱月的對象。同時我也明白芬妮在恩斯特身上看到了什麼，除了和道夫神似的外貌，還有獨斷的人格、邪惡的感覺、毀滅的氣氛、冷酷的統率能力——這些特質就是能夠無形間潛入我姐姐心裡，碰觸到「裡面那個她」，令她無力抗拒。

「我們都想回家，」我對父親說：「回美國。我們想美國。我們不喜歡這兒。」

莉莉握住我的手。我們又集合在法蘭房裡——法蘭不安地和裁縫人形作勢對打，芬妮坐在法蘭床上，望著窗外。從那裡她可以看見克魯格街另一端的莫瓦特咖啡屋。清晨時分，有人把滿地菸蒂從咖啡屋門口清出來，越過人行道，直掃進陰溝裡。激進派晚上不去莫瓦特，那時都是妓女們從街上過去偷閒——喘口氣、打打彈子、喝杯啤酒或葡萄酒，或趁機釣個凱子——父親也准法蘭、芬妮和我偶爾去丟丟飛鏢。

「我們想家。」莉莉說，拚命忍住不哭。這時還是夏天，母親和蛋蛋剛走不久，一提到對任何人、事、物的想念，話還是沒法子說長。

「這裡不成的，爸，」法蘭說：「看來沒希望了。」

「現在回去還來得及，」我說：「還沒開學，我們也沒做任何承諾。」

「可是我已經做了承諾，」父親溫和地說：「對佛洛伊德。」

一個老瞎子能抵得過我們嗎？我們眞想對父親大吼，但父親不讓我們在這個問題上打轉。

「妳看呢，芬妮？」他問，但她一直望著窗外清晨的街道。激進派老比利走過來，妓女尖叫安妮走過去；兩人看來都很疲倦，但是也都一秉維也納人的作風，熱切地打了個招呼。透過法蘭房裡打開的夏窗，我們都聽見了。

「爸，」法蘭對父親說：「我們是住在第一區沒錯，可是佛洛伊德沒告訴我們，這是第一區最爛的一條街。」

「而且是單行道。」我加了一句。

「也沒有地方停車。」莉莉說。克魯格街似乎是專供運貨車，到卡恩納街那些熱鬧店面後門送貨用的巷子。

第一區的郵局也在這條街上——一棟凋敝破舊的建築，對招徠顧客毫無幫助。

「還有妓女。」莉莉小聲說。

「全是二流的，」法蘭說：「一點進步的希望也沒有。我們跟卡恩納街只有一街之隔，卻永遠不可能跟它一樣。」

「就算有了新的大廳，」我說：「就算它夠吸引人，也沒人會過來看。何況你還把客人放在妓女和革命份子中間。」

「在罪惡和危險中間，爸。」莉莉說。

「當然長久來看這也無所謂，我覺得，」法蘭說，我真想踢他兩腳。「我是說，反正都是走下坡，我們什麼時候離開都無所謂，但這也注定我們非離開不可。這間旅館會一路下坡到底，我們可以在往下沉的時候離開，也可以等沉到底才走。」

「可是我們現在就想走，法蘭。」我說。

「對，『大家』都這麼想。」莉莉說。

「芬妮？」父親問，但芬妮依然看著窗外。外面有輛郵車正在窄巷裡，努力想越過一輛載貨卡車。芬妮看著郵車來來去去，等著小瓊斯的信——還有道夫的，我猜——她給兩人都寫了很多封，但只有小瓊斯回信。法蘭還在發揮他的超然哲學，說道：「我是說，我們可以等到妓女全都沒通過體檢，可以等到英琪長大，可以等到史勞本史呂瑟把車修炸了，等到被第一個客人告，或者最後一個——」

「我們不能走，」父親打斷道：「除非一切都上軌道。」連芬妮也轉頭望著他。「我的意思是，」父親說：「等這家旅館賺錢了，我們才有能力離開。我們不能在還沒成功的時候走掉。」他頭頭是道地說：「因爲這樣我們等於空手而回。」

「你是指錢？」我說。父親點頭。

「你已經把錢全投下去了？」芬妮問他。

「大廳的整修工作會在夏天結束前開始。」父親說。

「那還不遲！」法蘭叫道：「呃，不是嗎？」

「把錢收回來，爸！」莉莉說。

父親和氣地微笑，搖了搖頭。芬妮和我看著窗外的黃色小說家恩斯特，他正經過莫瓦特咖啡屋，滿臉的厭惡。穿越馬路時，他一腳踢開擋路的垃圾，動作就像老鼠後頭的貓一樣處心積慮，但他看來總是爲了沒老比利早到而失望。他至少得寫上三個鐘頭的黃色小說，才能出來用午餐，去大學教課（他稱之爲自己的「美學時間」），然後又要面對疲勞難捱的午後，他跟我們說，這段時間是保留給「意識型態」的——他得爲東西關係論壇的通訊撰文。橫在他面前的是什麼樣的日子啊！他早已厭惡透頂，我看得出。芬妮的雙眼離不開他。

「我們最好馬上離開，」我對父親說：「不管錢有沒有投下去。」

「沒地方可去。」父親誠摯地說。他兩手一抬，幾乎有點像在聳肩。

「沒地方可去，也比這裡強。」莉莉說。

「我同意。」我說。

「這話沒有邏輯。」法蘭說，我瞪他一眼。父親看著芬妮。這使我想起，他有時也會這麼注視母親，他又在展望將來了，並且事先尋求寬恕；他希望被原諒，不論結果如何。彷彿那些夢想的力量實在太大，逼他非得遵行自己想像的未來不可——然後要我們容忍他不顧現實，甚至不顧我們好一陣子。這就是他的「眞愛」，未來。而父親就是這樣注視著芬妮。

「芬妮？」父親問她：「妳看呢？」我們總是期待著芬妮的意見。她注視著街上恩斯特方才的位置——那個黃色小說家，談論情色的「美學家」，白馬王子恩斯特。我看得出芬妮「裡面那個她」出了差錯，她心裡有某種東西不見了。

「芬妮？」父親溫柔地說。

「我想我們應該留下，」芬妮說：「看看會成什麼局面。」她對著大家說道。我們孩子都把頭別開，父親則擁抱她，給她一吻。

「好女孩，芬妮！」父親說。芬妮聳聳肩，和母親一模一樣——對他總是有效，屢試不爽。

我聽人說，現在的克魯格街已經不准車子駛入，只有行人。街上有兩家旅館、一家餐廳、一家酒吧，還有一間咖啡屋——甚至還有電影院和唱片行。總之，聽說它已經變得十分熱鬧。唔，實在很難相信。無論如何，我再也不想看到克魯格街，不管它變了多少。

聽說克魯格街也有了些時髦地方，精品店、美容院、書店、唱片行、一家毛皮專賣店，還有沐浴用品店。簡直不可思議透頂。

聽說郵局還在那兒。郵件永遠存在。

克魯格街也還有妓女。不用聽說我也知道，妓女永遠存在。

第二天早上我把蘇西熊叫醒。「呃！」她說，跟睡意掙扎：「搞什麼鬼？」

「我需要妳幫忙，」我對她說：「妳得幫幫芬妮。」

「芬妮強得很，」蘇西熊說：「又強又漂亮，」她說著翻了個身：「才用不著我幫。」

「妳能影響她。」我說，這是個不可靠的指望；蘇西才二十，只比芬妮大四歲，但你十六歲時，大四歲就算差很多了。「她喜歡妳，」我說，這是眞的，我知道。「妳至少大她一點，像個大姐姐，懂吧？」我說。

「呃！」蘇西熊說，還在裝。

「妳也許有點怪，」法蘭對蘇西說：「但是比我們更能影響芬妮。」

「幫芬妮幹嘛？」蘇西問。

「避開恩斯特。」我說。

「還有黃色小說。」莉莉說。「幫她找回『她裡面的她』。」法蘭求蘇西熊。

「我不搞未成年的女孩。」蘇西熊說。

「我們要妳幫她，不是要妳搞她。」我對蘇西說。但蘇西熊只是笑笑。她從床上坐起來，熊裝攤在地板上，那頭亂髮跟熊毛一樣又硬又蓬，僵硬的臉就像個傷疤懸在破襯衫上面。

「幫忙跟搞是同一回事。」蘇西熊說。

「請妳試試看好嗎？」我問她。

「你還問我麻煩從哪開始？」法蘭後來對我說：「聽著，不是黃色小說——至少我認為不是。」法蘭說：「當然，是不是都無所謂，但我知道，把『你』搞出毛病的麻煩是從哪來的。」

跟黃色小說一樣，我實在不願意描述這件事。法蘭和我只知道一點點——我們只匆匆瞥了一眼，但這就已太夠了。八月一個燠熱的晚上，莉莉把法蘭和我叫醒，要我們倒水給她喝——彷彿她還是個寶寶。這天晚上如此之熱，熱得克魯格街上沒半個男人有興致尋歡，因此佛氏旅館非常安靜。沒有客人讓安妮尖叫、對姚蘭塔抱怨、跟貝貝哼哼唧唧、向老比利討價還價，甚至看一看小黑英琪。連莫瓦特咖啡屋都嫌熱，因此妓女們坐在佛氏旅館陰暗涼爽的大廳台階上——大廳已經開始整修。佛洛伊德上床了，當然是在睡覺，他看不見熱。至於看未來比現在更清楚的父親，這時也睡了。

我走進法蘭房間，就著人形打了幾回拳。

「耶穌基督，」法蘭說：「你最好早點弄到啞鈴，免得老來找我的人形麻煩。」但他也睡不著，於是我們把人形推來推去玩了一會。

那聲音顯然不是尖叫安妮——也不是其他的妓女。它聽起來與哀愁無關，太輕快了，毫無哀愁可言；那聲音充滿了水津津的音樂，令法蘭和我無法把它和賣春、甚至情慾聯想在一起——它實在太輕快、太多水津津的樂聲。法蘭和我從來沒聽過這種聲音，在我四十一年的記憶中，也從來沒有再聽到這首曲子；沒有人能把它一模一樣地唱給我聽。

這是蘇西熊讓芬妮唱出的歌聲。蘇西從芬妮的房間到浴室洗澡，法蘭和我則從我房間往同一間浴室走去。從浴室門口，我們可以看見芬妮的房間。

起先，扔在芬妮床腳下的熊頭令我們吃了一驚；彷彿有人在蘇西闖進來的時候，砍掉了她的頭。但法蘭和我注意的焦點不是熊，而是芬妮的聲音——又尖又柔，像母親一樣好聽，像蛋蛋一樣快樂。雖然性是這首歌的主題，聽起來卻幾乎沒有半點性愛的成分；芬妮躺在床上，兩手往上伸，頭向後仰，在我姐姐微微踢動的長腿間（像在水中漫步，彷彿輕得要浮起來）那片漆黑的交叉處（我不該看的），趴著一隻沒頭的熊——沒頭的熊趴在那裡，彷彿一頭野獸在吃剛捕獲的獵物，或者在喝叢林深處的水。

這景象把法蘭和我嚇壞了。我們不知該往哪去，腦裡一片空白——或者說負荷過度，毫無來由地跌跌撞撞地奔進大廳。妓女坐在台階上迎接我們，由於燠熱、無聊、又沒事可做，妓女看到我們似乎高興得有點過頭，雖說她們一向都很高興看到我們；除了尖叫安妮——她本來大概還以為我們是上門的「生意」。

英琪說：「嘿，你們兩個，怎麼好像見了鬼似的。」

「吃壞肚子嗎？親愛的，」老比利說：「這麼晚還醒著？」

「你們那東西硬得睡不著覺嗎？」姚蘭塔問。

「*Oui, oui,*（法文：『對呀』）」貝貝哼道：「把硬東西交給我們吧！」

「別鬧了，」老比利說：「天氣太熱了，不好辦事。」

「我們才不嫌熱。」姚蘭塔說。

「也不嫌冷。」尖叫安妮說。

「要玩牌嗎？」英琪問我們：「玩『心臟病』好不好？」

但法蘭和我就像上了發條的玩具士兵，在樓梯口笨拙地向後一轉，一路逃回法蘭房裡——接著，彷彿磁鐵一樣，我們被吸過去找父親。

「我們要回家。」我對他說。他醒過來，把法蘭和我一起拉到床上，就像小時候一樣。

「拜託，爸，我們回家。」法蘭低聲說。

「只要我們成功，」父親說：「只要等我們賺了錢——我保證。」

「什麼時候？」我嘶啞地問他，但父親只是對我施展一記擒拿，親了親我。

「快了，」他說：「這地方就要上軌道了——很快，我可以感覺得到。」

但是我們在維也納一直待到一九六四，足足七年。

「我在那裡『長大』的。」莉莉說；等我們離開維也納時，她已經十八歲。長是長了，但還是那麼一點大——芬妮說。

哀愁會浮起來。我們早就知道，不該那麼驚訝的。

但蘇西熊讓芬妮忘了黃色小說的那一晚——讓我姐姐歌唱得如此動聽的那一晚——法蘭和我發現一點令人吃驚的相似之處，更甚於黃色小說家恩斯特和奇柏．道夫。法蘭和我把裁縫人形推到他們口擋著，躺在黑暗中講悄悄話。

「你看到那隻熊沒有？」我說。

「看不到她的頭。」法蘭說。

「對，」我說：「所以其實只有熊裝，蘇西弓著背。」

「她幹嘛還穿熊裝？」法蘭問。

「不知道。」我說。

「說不定她們才剛開始。」法蘭推論。

「可是那隻熊的『樣子』，」我說：「你看到了嗎？」

「我知道。」法蘭小聲說。

「那身毛，那蜷曲的身子。」我說。

「我知道你說什麼，」法蘭說：「別講了。」在黑暗中，我們都明白「蘇西熊」看起來像什麼——我們都看得出她像誰。芬妮早警告過我們：要小心哀愁的新姿勢和偽裝。

「哀愁，」法蘭喃喃說：「蘇西熊就是哀愁。」

「她的『樣子』是很像。」我說。

「她就是哀愁，我知道。」法蘭說。

「就目前而言，也許，」我說：「目前她是。」

「哀愁。」法蘭一再反覆，直到睡著。「那是哀愁。」他喃喃說：「你殺不了牠，哀愁會浮起來。」

第九章　第二家新罕布夏旅館

佛氏旅館新大廳最後一項整修是父親的主意。我想像某個早上，他站在克魯格街的郵局前遙望新大廳——糖果店已完全被合併，舊招牌像疲憊的士兵遺下的槍枝，擱在工人拆除的鷹架旁，上面寫著：「糖果」「蛋糕屋」「糖店」「巧克力」，還有「佛氏旅館」。這時父親靈光一閃，所有的招牌都該丟掉——不再有糖果店，也不再有佛氏旅館。

「新罕布夏旅館？」妓女尖叫安妮說，她永遠第一個到（也最後一個離開）。

「跟著時代走是好事，」激進派老比利說：「隨機應變，無災無難。『新罕布夏旅館』，聽起來還不賴。」

「另一個階段，另一種局面。」黃色小說家恩斯特說。

「好主意！」佛洛伊德喊道：「想想那些美國客人——鐵定會上鉤！也不再有反猶太的問題。」老頭子說。

「有反精神分析傾向的客人，也不會裹足不前了，我想。」法蘭說。

「你以爲他還會取什麼鬼名字？」芬妮對我說：「這是爸的旅館，不是嗎？」

一輩子鎖死了，愛荷華巴布一定會說。

「我覺得很可愛，」莉莉說：「這主意不錯，名號雖小，但是很可愛。」

「可愛？」芬妮說：「乖乖，我們有麻煩了，莉莉覺得這名字可愛。」

「有點濫情，」法蘭發揮他的哲學：「不過反正都一樣。」

我心想，要是法蘭再說什麼「都一樣」，我可要尖叫了，而且一定叫得比假高潮還厲害。幸好蘇西熊再度替我解圍。

「聽好，小鬼，」蘇西說：「你們老爸這一著很『實際』。你們知道英、美觀光客看到這名字會多安心嗎？」

「沒錯。」史芳格友善地說：「對英國人和美國人來說，這裡算是『東方』的城市。看那些教堂的造型——那些可怕的洋蔥狀圓頂，」史芳格說：「意味著一個西方人無法理解的世界……當然得看你們從多西邊的地方來，甚至中歐也可能看起來像東方。」她說：「只有『膽小』的人會對這裡有興趣。」她預言道，彷彿又在構思另一本有關懷孕和墮胎的書。「新罕布夏旅館這名字能打動人心，讓他們有回家的感覺。」

「棒極了，」佛洛伊德說：「膽小的客人儘管來吧！」他說著長吁一聲，伸手去摸離他最近的腦袋。他摸到芬妮的頭，拍了拍，馬上被蘇西熊柔軟的大爪子一把掃開。

我漸漸習慣了那隻佔有慾很強的爪子。在這世上，原本顯得邪惡的事物可能逐漸變得平常，甚至令人安心。當然，原本令人安心的也可能反過來變得邪惡，但我必須承認蘇西對芬妮有正面的影響。只要蘇西真能不讓芬妮接近恩斯特，我就非感激她不可——說不定蘇西熊還能說服芬妮，別再寫信給奇柏．道夫？

「妳覺得妳是同性戀嗎，芬妮？」我在黑暗但安全的克魯格街上問她——父親正忙著弄一閃一閃的粉紅色霓虹燈，新罕布夏旅館！新罕布夏旅館！新罕布夏旅館！

「我懷疑，」芬妮輕聲說：「我想我只是喜歡蘇西。」

我想，先是法蘭說他是個同性戀，現在芬妮又和蘇西在一起，說不定早晚我和莉莉也會發現自己有這種傾向。但與往常一樣，芬妮又看透了我的想法。

「這不一樣，」她輕輕說道：「法蘭已經『肯定』了，我還沒有——唯一肯定的也許是，這樣對我比較輕鬆。我是說，同性相愛比較容易，用不著付出那麼多，也比較不冒險。」她說：「和蘇西在一起，我覺得很安全，」她悄聲說：「就只是這樣吧，我想。男人太『不一樣』了。」

「另一個階段。」一旁經過的恩斯特唸唸有詞——概括一切而言。

由於大家對《大亨小傳》反應熱烈，受到鼓舞的菲格波開始讀《白鯨記》給我們聽。有母親和蛋蛋的遭遇在先，我們很難接受關於海洋的故事，但最後還是克服了；我們專心聽大白鯨的部分，尤其是那些魚叉手（我們各有各的喜好）；我們也一直注意莉莉，等著她把艾哈布船長和父親劃上等號——「搞不好她還會當法蘭是那條白鯨。」芬妮悄聲說。但莉莉找上的是佛洛伊德。一天晚上，裁縫人形照常守在一旁不動，菲格波像海洋——像潮水——般唸了又唸，莉莉忽然說：「你們聽到沒？噓！」

「什麼？」法蘭幽幽地問道——就像蛋蛋的語氣，我們都明白。

「別打岔，莉莉。」芬妮小聲說。

「不，你們聽。」莉莉說。片刻之間，我們以為自己置身甲板之下，躺在水手的臥鋪裡，聽著艾哈布船長的義腿不停移動著，像木棍重擊，又像人骨的鈍響。但那只是佛洛伊德的球棒，他正在樓上盲目地摸索——正要去找妓女。

「他找哪一個？」我問。

「老比利。」蘇西熊說。

「老的配老的。」芬妮說。

「好可愛啊！」莉莉說。

「我是說，他『今晚』找老比利，」蘇西說：「他一定累了。」

「每個妓女他都要？」法蘭說。

「姚蘭塔除外，」蘇西說：「佛洛伊德怕她。」

「我才怕她。」我說。

「當然英琪也除外。」蘇西說：「佛洛伊德看不見她。」

我從沒想過要找妓女——一個也沒想過。蘭達．蕾伊跟她們並不一樣。和蘭達做愛，金錢只是附帶的；而在維也納，性只是一門生意。我可以邊幻想姚蘭塔邊自慰，這已經夠刺激了。至於……至於愛情，我一向有芬妮可以幻想；而在晚夏的夜裡，我還會想著菲格波。《白鯨記》唸起來實在長得可怕，因此菲格波都讀到很晚，由法蘭和我護送她回家；菲格波住在市政廳後面、大學附近一棟簡陋的公寓。她不喜歡晚上獨自走過卡恩納街和排水道，因爲有時會被誤認爲妓女。

能把菲格波誤認爲妓女的人，一定有超乎尋常的想像力；她明明白白就是個女學生。這不是說她不漂亮，而是她根本不在乎自己漂不漂亮。不論自己的外表有多美——她也的確很好看——她都一概壓抑或忽視。菲格波留著一頭亂髮，很少洗，就算洗了也不整理。她只穿牛仔褲、套頭毛衣或運動衫。她的嘴和雙眼滿是倦意，顯然讀太多、寫太多、想太多超乎自身的事物，以致無暇保養或追求快樂。她的年紀和蘇西熊相若，但是缺乏當一隻熊的幽默感；她對新罕布夏旅館夜生活的反感，跟恩斯特的厭惡顯然相去不遠。遇到下雨天，法蘭和我只送她到歌劇院附近的圓場街搭巴士；天氣好時則陪她穿過英雄廣場，沿著圓場街往大學而去。我們只是三個剛才還在幻想著鯨魚的孩子，走在這個對我們太過古老的城市巨大的建築下。通常法蘭彷彿並不在場。

「莉莉才十一歲，」菲格波說：「這麼小年紀就喜歡文學，眞是太好了。文學可以救她。她實在不該待在那旅館裡。」

「*Wo ist die Gemutichkeit?*（美好的過去何在？）」法蘭哼道。

「妳對莉莉真好。」我對流產小姐說：「妳想過要有個自己的家嗎，有朝一日？」

「四百六十四次！」法蘭唱著。

「在革命成功以前，我不想要小孩。」菲格波平板地說。

「你想菲格波喜歡我嗎？」我在回家的路上問法蘭。

「等開學吧！」法蘭建議：「找個好女孩——和你一樣大的。」

就這樣，雖然住在維也納一間妓院裡，我的性生活仍和一九五七年美國的十五歲青少年沒什麼兩樣。我幻想著一個兇巴巴的妓女自慰，送一個比我大的年輕女孩回家——等待有朝一日能壯起膽子吻她，甚至握一下手也好。

我期待那些「膽小」的客人——那些會找上新罕布夏旅館的觀光客（根據史芳格的預言）——能使我找回自己。然而事與願違。偶爾他們會坐著巴士上門，成員奇怪的旅行團——有時旅遊路線也一樣奇怪。德文、肯特、康瓦爾來的圖書館員，俄亥俄州來的鳥類學家——剛從魯斯特看完鸛鳥回來。他們作息太過一致，在晚上妓女開始做生意前早已上床休息，對整夜騷亂渾然不覺；還沒等尖叫安妮最後一次假高潮收尾，激進派老比利從街上走來——蒼老的心目中有著閃閃發亮的新世界——他們又一大早便出發了。這些旅行團大都不懂怎麼觀光，因此法蘭有時會帶他們做「徒步旅行」，順便賺點零用。團體客人都很好應付——甚至包括一個日本男聲合唱團；他們一同發現旅館裡有妓女，於是整團整團地上。多嘈雜詭異的光景——雜成一片的做愛聲和歌唱聲！日本人帶了一大堆相機，見人就拍——也包括我們一家子。法蘭說，我們在維也納唯一拍的照片竟然就是日本合唱團那次留下的，實在有夠丟臉。莉莉和菲格波合照了一張——菲格波手上當然少不了一本書。兩個老比利的合照動人極了，借用莉莉的說法，他倆看起來就像一對

「可愛」的老伴。有一張拍的是芬妮靠在蘇西熊壯碩的肩膀上——芬妮顯得有點瘦，但自信又強悍——法蘭給當時芬妮的評論是「自信得有毛病」。還有一張很特別，拍的是父親和佛洛伊德。他們看來就像同時握著那支球棒，或者說正在搶棒子；彷彿為了下一個輪誰上場爭論不休，等拍完照還要繼續吵。

我和英琪站在一起。我還記得日本紳士要我和英琪靠著合照的情形，當時我們正坐著玩心臟病，但日本人說光線不對，所以我們得站起來。那一刻有點不自然，尖叫安妮還坐著——靠她那邊的桌子光線很足——敷了厚厚一層粉的貝貝正在和姚蘭塔說悄悄話，姚蘭塔則站在離桌後有點距離的地方，雙手環抱在傲人的雙峰前。姚蘭塔從來學不會心臟病的玩法，在相片裡看來一副要讓人玩不下去的樣子。我記得日本人也很怕她——也許因為她的個子比他們都大得多。

這些相片——一九五七到六四年間，我們在維也納僅有的留影——最特別的地方是，裡頭每個熟人身旁都有幾個日本觀光客，百分之百的陌生人。甚至黃色小說家恩斯特倚在外頭車子邊的相片，也不例外。跟他一起的是靠在擋泥板旁的阿貝特，還有從老爺賓士車底下伸出的兩條腿——扳手的，史勞本史呂瑟在相片裡的存在向來不超過兩條腿。還有一群日本人圍著車子——我們誰也沒再見過這些觀光客。

如果當時我們看得夠仔細，能否看出這不是普通的車子呢？誰聽過一部賓士車——就算是老爺車——需要動這麼大工程的？扳手先生總是一天到晚躺在車底下，或在周邊爬來爬去。這部東西關係論壇的機關車幾乎很少用到，為什麼得費這麼大勁保養？現在再看看它——好吧，相片是很清楚。現在再看這張相片，實在很難不去想這部老賓士眞正用途何在。

它是炸彈。引線裝了又裝，隨時可以派上用場。整輛車就是一個炸彈。而充斥在我們僅有的相片裡那些陌生的日本人……好吧，現在看來，這群異國紳士彷彿象徵著無名的死亡天使。想想，這麼多年來我們一直拿史勞本史呂瑟開玩笑，說他技術一定很差，所以車子才需要天天重修！而扳手先生卻是個不折不扣的「專家」——炸彈專家！將近七年，炸彈每天都處在待命狀態。

我們從不曉得他們在等什麼，或者何時才算「時機成熟」——假如沒有被我們逼得非用不可的話。如今，日本人留下的相片是唯一的佐證——關於這陰森森的故事。

「你最記得維也納哪些事情，法蘭？」後來我問他——我總是不停地問。法蘭走進房間一個人待了會兒，然後出來遞給我一張字條，上面列著：

1. 芬妮跟蘇西熊在一起。
2. 去買你見鬼的舉重器材。
3. 送菲格波回家。
4. 老鼠王再現。

法蘭把清單遞給我後說道：「當然還有很多，但我不打算想。」

我了解。我當然也記得買舉重器材的事。所有人都去了，父親、佛洛伊德、蘇西，還有我們孩子。佛洛伊德帶路，他曉得運動器材店在哪裡。蘇西幫佛洛伊德看路，為了讓她記起店鋪的所在，佛洛伊德在巴士裡直叫：「過了瑪麗亞海佛街的醫療器材店沒有？」佛洛伊德叫道：「就在接下來左邊第二或第三家。」

「呃！」蘇西應道，往窗外瞧瞧。公車車掌提醒佛洛伊德：「最好沒危險——牠沒綁鍊子，那隻熊。沒綁鍊子通常是不准上車的。」

「呃！」蘇西說。

「這是隻聰明熊。」法蘭對車掌說。

我在運動器材店買了三百磅的鐵輪子、一支長槓鈴，還有兩個啞鈴。

「請送到新罕布夏旅館。」父親說。

「他們不送貨。」法蘭說。

「不送？」芬妮說：「我們拿不走啊！」

「呃！」蘇西說。

「乖一點，蘇西！」佛洛伊德叫：「不得無禮！」

「如果你們肯送貨，這隻熊會很感激你們。」法蘭對店員說。但是沒用，我們早該明白藉熊達成目標的手段漸漸不靈了。我們盡可能把鐵輪分配妥當，我把兩支短啞鈴各掛上七十五磅，一手提一支，父親、法蘭和蘇西熊奮力抬起槓鈴，外加一百五十磅的鐵輪。芬妮替大家開門兼清場，莉莉扶著佛洛伊德，充當回程的「導盲熊」。

「耶穌基督！」父親說。公車車掌不准我們上去。

「來的時候明明可以！」芬妮說。

「他們在乎的不是熊，」佛洛伊德說：「是那根槓鈴。」

「你們這樣抬看起來很危險。」芬妮對法蘭、蘇西和父親說。

「要是你跟愛荷華巴布一樣練過舉重，」我告訴父親：「就可以自己抬了，不至於看起來那麼重。」

莉莉注意到奧地利准熊坐巴士，卻不准舉重器材上車；她還注意到這裡對滑雪這回事也很寬鬆，便建議去買個裝滑雪板的袋子，把槓鈴包在裡面。這一來，車掌就會以爲那只是副特別重的滑雪板了。

法蘭建議找人回去借史勞本史呂瑟的車。

「它從來不跑。」父親說。

「也應該會跑了吧，」芬妮說：「那呆子不知修幾年了。」

於是父親跳上巴士回去借車，但被激進派一口回絕。也許當時我們就該警覺，停在旅館外的是一顆炸彈？但我們以為這只是激進派不友善的一面，只得自己把舉重器材扛回家。走到美術史博物館，我不得不先走一步，讓其他人和楨鈴待在那兒。博物館也不讓楨鈴進門——當然更不放熊進去。「布勒哲爾❸就不會在意。」法蘭說。結果他們只得在街角打發時間。蘇西跳了一會兒舞，佛洛伊德用球棒打拍子，莉莉和芬妮唱了一首美國歌——閒晃之餘順便賺點錢；街頭藝人是維也納的特產。稱這些表演為「老鼠王再現」的法蘭則摘下帽子收錢，那帽子就是當年父親買給他的巴士司機制服配件之一——那頂他充當旅館門房時戴的，活像葬儀社的灰色帽子。法蘭在維也納一向戴著它——我們家的老鼠王化身。我們常想到這位憂傷的藝人，帶著沒人要的老鼠一起跳樓，不再走過打開的窗口。「人生太嚴肅，藝術才有趣！」是他的宣言；他一直走過那些打開的窗口——直到終於被牽引過去。

我提著一百五十磅慢跑回家。

「嗨，扳手。」我對車底下的激進份子說。

然後我奔回博物館，再提起七十五磅踱回家，剩下的七十五磅由父親、法蘭、蘇西、芬妮、莉莉和佛洛伊德分攤。就這樣我有了舉重器材，足以喚起我對第一家新罕布夏旅館和愛荷華巴布

❸ Brueghel，十六世紀法蘭德斯畫家。

的記憶，驅走一些維也納的陌生感。

我們當然也得上學。美國學校在熊布朗宮旁、希慶的動物園附近。一開始蘇西每天早上陪我們搭公車上學，放學時來接我們。有隻熊接送讓我們在同學面前神氣極了。不過父親或佛洛伊德得陪著一起來，因爲熊不能單獨坐公車；而且學校離動物園不遠，這裡的人看到熊比城裡人更緊張。

很久以後我才猛然發覺，我們一直沒有關心法蘭的性生活，實在太對不起他。在維也納七年，我們始終不知道他交了什麼男朋友。他只說是美國學校的同學——因爲法蘭年紀最長，修的又是高級德文課，他一個人待在學校的時間比我們都長；待在性氾濫的第二家新罕布夏旅館裡，法蘭一定養成了謹慎小心的習慣，就像當年我要求蘭達在對講機下說悄悄話一樣。至於芬妮，當時她有能作伴——還得從強暴的陰影裡走出來，蘇西老是對我說。

「她早走出來了。」我說。

「你還沒有，」蘇西說：「奇柏．道夫還在你心裡，也在她心裡。」

「那麼，芬妮的問題在道夫，」我說：「強暴的事已經過去了。」

「等著瞧吧，」蘇西說：「我是隻聰明熊。」

膽小的客人不斷上門，不過並沒多到驚人的程度。多到「驚人」的膽小客人，其實也不全是好事——雖說我們是多多益善。無論如何，這裡的投宿名單至少比第一家新罕布夏旅館好看。

觀光團比一般客人容易應付，獨行的膽小客人更容易不安。那些膽小的單身旅客、膽小夫婦——偶爾還帶個膽小孩子——更容易被旅館裡日夜輪流的活動驚擾。不過，第二家新罕布夏旅館開業頭三、四年內，只有一個客人敢抱怨——他們果眞夠膽小。

抱怨的是個和丈夫女兒同行的美國人，她女兒跟莉莉差不多大。他們也來自新罕布夏，但不是得瑞那一帶。這一家子到櫃檯登記的時候正好輪法蘭當班——向晚時分，剛放學。法蘭說，那女人一開始就抱怨，說他們有多想念新罕布夏那樣「乾淨清白、童叟無欺的好風氣」。

「又是那套『簡單實惠』的狗屁。」芬妮說，想著尤里克太太。

「我們在歐洲簡直是一路挨搶。」新罕布夏來的丈夫對法蘭說。

恩斯特當時人在大廳，正向芬妮和我描述一些印度密宗的怪體位。用德文說起來難懂得很，不過，儘管我們的德文程度從未追上法蘭——而莉莉只花一年，口頭上就講得幾乎跟法蘭一樣好——在美國學校還是學了不少。課堂上當然不教性愛用語，那是恩斯特的專長。儘管恩斯特令我發毛，我還是無法忍受讓他和芬妮單獨一起，因此只要我撞見他們在談話，總是盡可能在一旁聽著。蘇西熊也喜歡旁聽——用她的大爪子碰碰芬妮，好讓恩斯特看清楚。但新罕布夏的美國客人來投宿時，蘇西熊正在上廁所。

「浴室還有毛，」那女人對法蘭說：「你絕對想不到我們住過多骯髒的地方。」

「我們把旅遊指南扔了，」她丈夫對法蘭說：「根本不能信。」

「我們現在只相信自己的直覺，」女人說著，環顧著新罕布夏旅館嶄新的大廳：「我們要找有『美國味』的。」

「我想趕快回家。」女兒像老鼠一樣小聲說。

「三樓有兩個不錯的房間，」法蘭說：「而且相鄰。」但他擔心可能離妓女太近，只隔一層地板。「不過，」法蘭說：「四樓的視野比較好。」

「去他的視野，」女人說：「我們要三樓那兩間，不要『毛』的。」她嘔氣地說。就在這時，蘇西熊慢吞吞走進大廳——跟小女孩打了個照面。蘇西故意把頭一昂，發出低沉的吐息和鼻鳴。

「你們看，有熊。」小女孩抱住她父親的腿說。

法蘭往櫃檯的鈴一按：「提行李！」他大叫。

我不得不從恩斯特的密教體位中抽身。

「『梵儼塔』（Vyanta）有兩種主要體位，」他平鋪直敘地說：「女性身子往前傾，雙手著地，男性站著，從後方進入她——這就是『偈奴迦梵儼塔阿沙那』（dhenuka-vyanta-asana），或者『母牛體位』。」

「『母牛體位』？」芬妮說。

「呃！」蘇西不悅地說，把頭擱在芬妮懷裡——娛樂一下來客。

我提起行李往樓上走，小女孩兩眼一直盯著熊不放。

「我妹妹年紀和妳差不多。」我對她說。莉莉帶佛洛伊德出去散步——他一定又到處描述那些自己看不見的景物。

佛洛伊德就是這樣帶我們觀光的。一邊拄著球棒，一邊跟著我們其中一個，或者蘇西。我們隨他穿越大街小巷，在街角大聲把街名唸給他聽；佛洛伊德的聽力也不行了。

「我們走到Blutgasse沒有？」佛洛伊德會喊：「走到『血路』沒有？」

然後莉莉、法蘭、芬妮或我就跟著吼道：「*Ja! Blutgasse!*」

「右邊轉，」佛洛伊德指示道：「等走到Nomgasse，孩子們，」他說：「先找五號。你們會看到費加洛家的大門，莫札特的《費加洛婚禮》就是在這裡寫的。哪一年，法蘭？」

「一七八五！」法蘭吼回去。

「還有比莫札特更重要的，」佛洛伊德說：「就是維也納第一家咖啡屋。我們還在Blutgasse上嗎？孩子們？」

「*Ja*！還在『血路』。」我們說。

「看六號，」佛洛伊德嚷道：「那就是維也納第一家咖啡屋！連史芳格都不曉得這回事。史芳格喜歡鮮奶油，可是她跟那些搞政治的沒兩樣，」佛洛伊德說：「半點歷史都不懂。」的確，我們從史芳格那兒學到的不是歷史。我們學著愛上喝咖啡，跟著再來一小杯水；我們還喜歡上報紙油墨染上手指的感覺。芬妮和我總是搶著看僅有的一份《國際先鋒論壇報》。在維也納七年，報上總少不了小瓊斯的新聞。

「賓州大學勝海軍官校，三十五比六！」芬妮唸道，大家歡聲雷動。

後來，這些消息變成了克里夫蘭布朗勝紐約巨人，二十八比十四，或者不幸敗給巴爾的摩小馬，十七比二十一。小瓊斯偶爾寫信給芬妮，談的事也不外這些。但以如此間接的方式——過期報紙上的足球賽比數——得知他的消息，感覺眞是相當特別。

「到Judengasse，右轉！」佛洛伊德說。於是我們沿著「猶太路」往聖．路普雷希特教堂走去。

「落成於十一世紀。」法蘭喃喃道。對他而言歷史愈悠久愈好。

接下去是多瑙河，在斜坡最下方的弗朗茲．約瑟夫河濱道路，就是佛洛伊德常帶我們造訪的大理石碑：紀念被納粹屠殺的受難者——當年該地正是蓋世太保的大本營。

「就在這兒！」佛洛伊德尖叫，邊跺腳邊用球棒敲地下。「把石板的樣子講給我聽，」他叫道：「我沒看過。」

他當然沒看過，因爲他就是在這裡瞎的。納粹在集中營，對佛洛伊德的雙眼做了個失敗的實驗。

「不是，跟夏令營沒關係。」芬妮必須向莉莉解釋，因爲莉莉一向怕被送去夏令營，聽到露營的人慘遭折磨一點也不驚訝。

「這不是夏令營，莉莉。」法蘭說：「佛洛伊德待的是『死令營』。」

「但是死神先生從來沒逮到我，」佛洛伊德對莉莉說：「他找上門時我都不在家。」

佛洛伊德還對我們說明，新市場邊那座噴泉——天祐之泉，或者東納噴泉（以設計人命名）——的裸像，其實是仿製品。真品在下觀景宮（Low Belvedere）。瑪麗亞．德蕾莎❹曾譴責過這些象徵生命泉源之水的裸像。

「德蕾莎是個婊子，」佛洛伊德說：「她還創辦了個什麼『貞操委員會』。」

「『貞操委員會』？」芬妮問：「幹嘛的？」

「還能幹嘛？」佛洛伊德反問：「這些人有什麼好幹？他們拿性這碼事沒法子，只好找幾個噴泉開刀。」

即使是佛洛伊德——另一個——的維也納，也以拿性這碼事沒法子惡名遠播。不過同時的英國維多利亞王朝還不信邪，硬把瑪麗亞．德蕾莎『貞操委員會』那套搬出來試。「那年頭，」佛洛伊德讚美地指出：「妓女還可以在歌劇院的走道上談交易。」

「中場休息的時候。」法蘭補充，怕我們不知道。

法蘭最喜歡跟佛洛伊德一起去歷代皇帝的藏骨之地——卡普茲納教堂地下墓地的皇室陵寢。哈布斯堡王朝自從一六三三年起，代代都埋骨於此。裝嫻淑的老瑪麗亞．德蕾莎也在這裡，除了她的心。陵寢裡的遺體都沒有心臟——放在另一間教堂裡，我們得另走一趟。「到頭來，歷史總是把一切拆散。」佛洛伊德在無心的陵寢中嘆道。

再會，瑪麗亞．德蕾莎——還有弗朗茲．約瑟夫、伊莉莎白，以及下場淒慘的墨西哥皇帝馬克西米里安。當然，法蘭心目中的英雄也和他們睡在一起，自殺身亡的哈布斯堡繼承人，可憐的魯道夫也在這裡。每次一進陵寢，法蘭的心情就特別沉重。

令芬妮和我心情最沉重的，是跟著佛洛伊德走過魏普圓場街到富特路這一段旅程。

「轉彎！」佛洛伊德叫道，球棒隨之顫抖。

我們在猶太廣場上。這裡原本是維也納的猶太區，打從十三世紀就一直算是貧民窟。猶太人在一四二一年在本地首次遭到大舉驅逐，而關於最近這一次，我們所知也詳細不了多少。

令我們難以承受和佛洛伊德待在那裡的原因是，這一段路已經少有可見的歷史。佛洛伊德沿路喊出的公寓已經不再是公寓，他指出的整棟建築根本不存在——而他在那裡認識的人也不存在。這一段旅程充滿我們見不著的事物，但佛洛伊德看得見，他看見的是一九三九年之前的猶太廣場，他還在那裡，眼睛完好。

新罕布夏夫婦帶著女兒前來投宿那天，佛洛伊德帶莉莉去的就是猶太廣場。我知道，因為莉莉回來時非常難過。剛把美國客人和行李送到三樓的我也很難過，上樓時我一路想著恩斯特對芬妮描述「母牛體位」的情景。行李感覺上並不重，因為我把它們想成恩斯特；我想把他提到新罕布夏旅館頂樓，找個窗口把他扔下去。

新罕布夏來的女人用手摸了下樓梯的扶手。「灰塵。」她說。

史勞本史呂瑟在二樓的樓梯口經過我們身邊，一雙手從指尖到前臂都沾滿機油，脖子上套了一捲銅線，活像要上絞架的犯人。他抱著一個看來很重的盒子，像是個超大型電池——日後回想起來，用在賓士車上實在太大了些。

「嗨，扳手，」我說。他咕噥了一聲擦身而過，嘴裡小心地——對他而言——咬著一支小小

---

❹ Maria Theresa，十八世紀奧匈帝國女皇。

的東西，像是包在玻璃裡的保險絲。

「那是旅館的技工。」我解釋道，這麼說最簡單。

「樣子不怎麼乾淨。」新罕布夏來的女人說。

「有汽車停在頂樓嗎？」她丈夫問。

我們走上三樓，正在微暗的走廊上找房間時，五樓有扇房門開了，瀉出一屋子十萬火急的打字聲──菲格波大概在給哪篇宣言下結語，要不就是在寫她那篇以浪漫傳奇爲美國文學中心思想的論文──阿貝特的吼聲從樓梯間傳來。

「妥協！」阿貝特叫道：「你最會的就是『妥協』！」

「每個時代都不一樣！」老比利吼回去，老激進派忙了一天正要離開。當他走到三樓的樓梯口，我還在跟行李和鑰匙奮鬥。

「你這隻風向雞，老頭！」阿貝特大吼，吼的當然是德文。我猜，對不懂德文的美國人來說，聽起來一定更詭異不吉；我聽得懂，也覺得這話挺嚇人。「總有一天，老頭，」阿貝特下結論：「你會給風一起吹走！」

激進派老比利在樓梯口停下，對著阿貝特回罵：「你這瘋子！想把大家都害死嗎？沒『耐性』的傢伙！」他大吼。

三樓和五樓之間有個如鮮奶油般柔和的人影輕悄地移動著，好心的史芳格出來安撫他們兩個，一會兒往下跑幾步跟老比利耳語幾句，一會兒又往上跑幾步去找阿貝特──跟他說話得把聲音放大些。

「閉嘴！」阿貝特打斷她：「去懷妳的孕！」他對史芳格說：「墮妳的胎！吃妳的鮮奶油！」他語出惡毒。

「禽獸！」老比利大叫，開始往回走：「對你這種人用不著紳士！」他對阿貝特怒吼：「你甚至不懂『人道主義』！」

「求求你們，」史芳格還在試著調停：「比利、比利……」

「妳要鮮奶油是嗎？」阿貝特對她吼道：「最好整條卡恩納街上都是奶油，」他瘋狂地說：「最好把整條圓場街的車子都淹掉，奶油與鮮血。」他說：「妳會看到那一天的，到處都是，淹沒一切！」阿貝特說：「奶油與鮮血！」

我領著膽小的美國夫婦走進滿是灰塵的房間。天馬上就黑了，我知道，樓上的對吼會熄火，而樓下的呻吟聲就要開始。床搖動的聲音、洗身子的水聲、熊的腳步聲——為維持二樓的治安——還有佛洛伊德的球棒，規律地一步一響，從一個房間到另一個房間。

這家美國人會去歌劇院嗎？回來時會不會撞見姚蘭塔把一個膽大的醉漢箝上樓——或者把他摔下樓？會不會有人在大廳像揉麵團一樣揉貝貝，而英琪在一旁跟我玩紙牌，聽我訴說小瓊斯的英勇事蹟？她愛聽護法黑軍的故事。等她「年紀夠大」，英琪說，她要賺一大筆錢，然後去找父親，親眼看看美國的黑人過得有多糟。

等到深夜幾時，尖叫安妮又會來個假高潮，把新罕布夏的小女孩嚇得穿過相連的門跑去找爸媽？他們三人會不會一起擠在床上——聽著老比利討價還價的磨功，姚蘭塔把人往地下拽的重擊——直到天亮？

尖叫安妮警告過我，要是我敢動英琪會有什麼下場。

「我不讓她跟街上的野男人廝混，」她開門見山地說：「但是我也不想讓她以為自己在『戀愛』什麼的。那八成更糟——我很清楚。會讓人昏了頭。我是說，我不會讓任何人付錢買她——永遠不會——也不會讓你免費偷吃。」

「她只有莉莉那麼大。」我說。

「誰管她多大？」尖叫安妮說：「我會注意你。」

「你大到可以用那玩意了，」姚蘭塔對我說：「我一看就知道。我有看那玩意的眼光。」

「如果那東西硬起來，你就會想用，」尖叫安妮說：「我只是告訴你，別把那東西用在英琪身上，用了你就沒有了。」安妮告訴我。

「一點不錯，」姚蘭塔說：「用在我們身上，別找小孩。你敢用在小孩身上，我們就宰了你。就算你會舉重，也總有要睡覺的時候。」

「等你一覺醒來，」尖叫安妮說：「你的東西就不見了。」

「懂嗎？」姚蘭塔說。

「懂。」我說。接著姚蘭塔靠上來吻我。這個威脅之吻和當年除夕夜桃樂絲的吻一樣，帶點嘔吐的味道，毫無生氣可言。吻完之後，她忽然咬住我的下唇一拉——直到我叫出聲才放開。我覺得自己的一雙手不由自主高高舉起——好像剛練過半小時啞鈴一樣。但姚蘭塔已經警戒地一步一步朝我退開，手放在皮包裡。我看著皮包和那雙手，直到她離開我房裡。尖叫安妮還在。

「抱歉，她方才咬你，」她說：「我沒要她這麼做，她這人就是壞心眼。你知道她皮包裡放了什麼嗎？」我可不想知道。

尖叫安妮當然知道。她和姚蘭塔是一對——英琪告訴我的。她還對我說，不僅她母親和姚蘭塔是戀人關係，貝貝也和女人（瑪麗亞海佛街上的一個妓女）在一起。只有老比利寧可要男人，不過英琪說老比利太老了，大半時候其實什麼都不要。

於是，我和英琪始終保持中性的友誼。其實就算尖叫安妮不警告我，我也不會想到那裡去。我繼續幻想著芬妮和姚蘭塔，當然也對愛讀書的菲格波羞澀而笨拙地求愛。美國學校的女孩都知道我住「克魯格街那家旅館」，因此我不能跟她們算是同等級的。大家常說美國人在家鄉大半沒有階級意識，但我很清楚海外的美國人，也知道他們非常在意自己算是幾流的美國人。

芬妮有她的熊，我想，她的幻想大概也和我一樣多。她有小瓊斯和他的足球比數，她一定費盡了心思，才能想像他在每場比賽結果出來之前過得怎麼樣。她還有寫給道夫的那些信，以及對他一廂情願的想像。

蘇西對芬妮寫信給道夫的事有一套理論。「她怕他，」蘇西熊說：「她其實很怕再見到他，就是出自恐懼才會一天到晚寫這些信；因為，如果她能用平常的口吻對道夫說話——如果她能假裝和他維持一種正常關係——那麼他就不再是個強暴犯，不曾強暴過她，她便用不著面對現實。因為，」蘇西說：「她害怕道夫或任何像他的人，會再一次強暴她。」

我仔細想了想這番話。蘇西也許不是佛洛伊德心目中的那種聰明熊，但她的確自有聰明之處。

莉莉有番關於蘇西的話我也牢記在心。「你儘管可以嘲笑蘇西，因為她害怕當人，也不想跟人打交道。可是有多少人跟她感覺一樣，卻缺乏改變現狀的想像力？裝一輩子熊也許可笑，」莉莉說：「但你不得不承認，這得要有想像力。」

依靠想像過活這回事對我們當然不陌生。父親在想像中茁壯，這間旅館就是他的想像。佛洛伊德只有靠想像才看得見。看似活在現實中的芬妮，也免不了往前看——我呢，幾乎無時無刻不看著芬妮（等待任何訊號、表情和線索）。法蘭可能是我們之中最會想像的，他為自己造了一個世界，待在裡頭。而莉莉在維也納也有她的使命——為此她暫時一切平安。莉莉決心要長大。她一定有豐富的想像力才能如此決心，因為我們看不出莉莉的身材有什麼變化。

莉莉在維也納做的事是「寫作」。菲格波的朗誦打動了她，讓她一心想當作家。我們始終窘得不敢責備她——儘管我們知道她一天到晚都在寫，她也始終窘得不願承認。但我們每個人都知道她在寫東西。將近七年的時間，她寫了又寫。我們聽得出她的打字聲，和激進派完全不同。莉莉寫得很慢。

「妳在幹嘛，莉莉？」有人敲她長年上鎖的房門問道。

「試著長大。」莉莉回答。

我們也沿用了這個說法。假如被強暴的芬妮可以說自己只是被人打了——如果她眞能如此了事——那麼試著寫作的莉莉就有理由說她正在「試著長大」。

因此當我告訴莉莉，新罕布夏來的客人有個和她一般大的小女孩時，她說：「那又怎樣？我還得長大。也許晚飯後，我可以去自我介紹一下。」

誤住爛旅館的膽小客人最倒楣的就是——膽小得沒有勇氣離開，甚至抱怨也不敢。而且愈膽小的人愈有禮貌，就算在樓梯間被史勞本史呂瑟嚇到、看見姚蘭塔在大廳往人臉上咬、被尖叫安妮的咆哮驚得夭壽——甚至在臉盆裡發現熊毛，他們都會道完歉再退房。

但是新罕布夏來的女人可沒這麼好惹，她比一般膽小客人的脾氣大得多。到了傍晚妓女出來釣客人，倒還平安無事（他們大概出去吃飯了）；而且一直堅持到深夜都沒有怨言，甚至連一通打給櫃檯的電話都沒有。法蘭在房間跟裁縫人形一起用功，莉莉在試著長大。芬妮在櫃檯，蘇西熊在大廳巡邏——只要她在，妓女的客人就很安分。我很焦躁，睡不著（我整整焦躁了七年，但這晚我尤其焦躁），和英琪、老比利在莫瓦特咖啡屋射飛鏢。這晚老比利的生意又遲遲不上門。剛過半夜，尖叫安妮在卡恩納街和克魯格街的轉角找到一個顧客。她帶著一臉鬼祟的男伴往咖啡屋探來，一眼望見和老比利跟我在一起的英琪，還沒輪到我射。

「過十二點了，」她對女兒說：「快去睡，明天學校還要上課。」

於是我們前前後後一同走回新罕布夏旅館。尖叫安妮和她的客人走在前面，我和英琪跟著老比利，一邊一個。老比利正在談法國的羅亞爾河谷。「我退休了就要去那裡，」她說：「也許下次放假就去。」英琪和我知道，老比利放假時，都到巴登跟她妹妹一家人團聚，從無例外。她總是從歌劇院對面的車站搭公車或火車，到巴登永遠比法國來得容易。

我們走進旅館，芬妮說，所有的客人都已回房。新罕布夏的一家子大約一小時前就上床了。一對年輕的瑞典夫婦睡得更早。有個布根蘭（奧國東部一州）來的老頭整夜都沒出房門。還有一批英國自行車迷醉醺醺地來住店，不放心放在地下室的車子，一看再看，還想去鬧蘇西（她只好吼一吼）；現在當然都倒在自己房裡不省人事了。我回房去舉重——經過莉莉門前，正巧遇上熄燈的一剎那；夜裡她停下來不長大了。我用長槓鈴練了幾下挺舉，但沒什麼趣味；太晚了，只是因爲無聊才舉一舉。我聽見法蘭把裁縫人形朝我和他之間的牆上一撞；他不知在唸什麼，一不高興便找人形發洩——或許他只是跟我一樣無聊。我敲敲牆壁。

「繼續走過打開的窗口。」法蘭說。

「*Wo ist die Gemutichkeit?*」我有氣沒力地唱。

我聽見芬妮和蘇西熊經過門前。

「四百六十四次，芬妮！」我悄聲說。

我聽見佛洛伊德的球棒從我頭上某張床掉下來，結實地匡啷一響。貝貝的床，我聽得出。父親跟平常一樣，正在熟睡——作著美夢，不用說，而且作個沒完。二樓樓梯口有個男人不知咕噥了什麼，我聽見姚蘭塔的回答，她把對方摔到樓下。

「哀愁。」法蘭喃喃說。

芬妮正在唱蘇西熊教她的那首歌，於是我試著把注意力集中在大廳的打鬥上。姚蘭塔贏得很輕鬆，我聽得出。呻吟聲全是男人的。

「你那根玩意像濕襪子一樣軟趴趴，還敢怪我？」姚蘭塔說。接著那男人又挨了一拳——手腕敲在下巴上的聲音？我猜。不確定，不過我聽見那男人又栽了下去——這倒很清楚。他不知說了什麼，聽起來十分吃力，是脖子被姚蘭塔勒住了嗎？我猜想。我該打斷芬妮的歌聲嗎？這是不是讓蘇西熊處理比較好？就在這時，我聽見尖叫安妮的聲音。我猜整條克魯格街都聽見了，甚至那些聽完歌劇，剛離開沙赫旅館的酒吧走在卡恩納街上的體面人士一定也聽得一清二楚。

一九六九年十一月某天——我們離開維也納五年後——兩件看似無關的事情一齊上了早報頭條。當局宣布，十一月十七日起，禁止妓女在排水道和卡恩納街上出沒——包括所有卡恩納街的周邊道路，但克魯格街例外。妓女在這一帶待了三百年，但從一九六九年之後，她們的地盤只剩下克魯格街。但我認爲，維也納人早在一九六九年前就放棄了克魯格街；在新罕布夏一家子造訪當晚，尖叫安妮發出那聲假高潮時就決定了。那聲假高潮判了克魯格街的死刑。

一九六九年，當局宣布卡恩納街周邊的妓女只能在克魯格街營業的同一天，報紙上還登了另一則消息，多瑙河上有一座新橋倒塌；落成儀式過後幾小時，橋便垮了。有關當局把一切歸咎於陽光，但我認爲，那跟陽光沒有關係。只有尖叫安妮才有能耐弄垮一座橋——就算新橋也一樣，她幹活的地方大概有扇窗子沒關上。

我相信，尖叫安妮的假高潮甚至能把沒心臟的哈布斯堡皇族從墳裡嚇醒。

就在新罕布夏一家子住進來那晚，尖叫安妮創下我們在維也納居留期間聽見的「最假高潮」——七年之潮，跟著是她的恩客一聲短暫的高呼。我立刻從床上伸手抓起一只啞鈴自衛。我感覺法蘭房裡的人形好像撞上了牆，而他自己則連滾帶爬到了門口。芬妮的美妙樂聲在上行中戛然而止，而我知道蘇西一定瘋了似地找她那顆頭。無論莉莉在熄燈前長大了多少，八成被安妮那聲尖叫嚇得縮了一英寸。

「耶穌基督！」父親喊。

在大廳裡被姚蘭塔揍得七葷八素的男人，突然有了掙脫的力氣，一溜煙奪門而出。至於那些正在克魯格街上拉客的阻街女郎——我可以想像她們開始反省自己的本行。誰說這是一門「優雅的職業」？她們一定這麼想。

有人在哀哀啜泣。是節奏被硬生生打斷，驚惶失措的貝貝嗎？是在她身邊摸索球棒當武器的佛洛伊德嗎？還是終於被母親嚇到的英琪？似乎還有一部激進派的打字機——遠在五樓——自動從桌上跌下去，摔在地板上。

不到一分鐘，我們齊聚大廳，往二樓而去。我從未見過芬妮像這一刻那麼心慌意亂；莉莉靠近她，緊緊抱住她的臀部。法蘭和我自成一列，像士兵一樣往那毀天滅地的尖叫聲無言地前進。那聲音已經停止，但遺下的寂靜一樣令人毛骨悚然。姚蘭塔和蘇西熊領頭上樓——就像兩個繃著臉的保鏢，準備去料理還被蒙在鼓裡的搗蛋鬼。

「出事了，」父親喃喃說：「聽起來一定出事了。」

我們在二樓樓梯口遇到佛洛伊德，球棒邊倚著貝貝。

「這種事不能再發生了，」佛洛伊德說：「沒有旅館這樣還開得下去，不管客人是什麼級數——這太過分，沒人受得了。」

「呃！」蘇西說，豎起毛準備狠幹一場。姚蘭塔又把手放進皮包裡。啜泣聲還在繼續，我這才發現是英琪，她怕得甚至不敢探看母親怎麼了。

等走到尖叫安妮房前，我們發現新罕布夏一家子並不如原先看來那麼膽小。他們的女兒顯然嚇得半死，不過還算站得住腳，只稍微往她簌簌發抖的父親身上靠。他穿著睡衣，還罩著一件紅黑相間的睡袍，手裡拿著半個床頭燈，電線纏在手腕上，燈泡和燈罩都拿掉了——為了當作更好使的武器，我猜。新罕布夏來的太太離門口最近。

「聲音從那裡頭來的，」她指著安妮的房間對我們宣稱：「現在沒了，八成都死了。」

「退後，」丈夫對她說，不停把弄著手上的燈：「這場面一定不適合老弱婦孺，我確定。」

那女人盯著法蘭，因為——我猜——是法蘭讓他們一家住進這座瘋人院的。「在美國，」她挑釁地說：「我們沒遇過這麼下流的事。不過，要是你們沒人敢進去，我去！」

「妳去？」父親說。

「顯然是謀殺。」丈夫說。

「再清楚不過了。」太太說。

「刀子。」小女孩說，不由得打了個顫，緊緊靠著父親：「用的一定是刀子。」她的聲音小得像耳語。

丈夫手上的燈跌到地上，他又撿起來。

「怎樣？」那女人對法蘭說，但走上前的是蘇西熊。

「讓熊進去！」佛洛伊德說：「不必勞煩客人，讓熊進去！」

「呃！」蘇西熊吼了一聲。那個丈夫怕蘇西熊攻擊他的家人，把燈往蘇西面前一擋。

「別惹熊生氣！」法蘭警告。那家人連忙撤退。

「小心，蘇西。」芬妮說。

「謀殺。」那個太太喃喃道。

「不可告人。」她丈夫說。

「刀子。」女兒說。

「不過是個他媽的高潮罷了，」佛洛伊德說：「看在老天份上，難道妳沒經驗？」佛洛伊德手扶著蘇西的背，往前蹣跚了幾步，用球棒在門上一敲，然後去摸門把。「安妮？」他喊道。我注意到姚蘭塔就在佛洛伊德身後，好像他大了幾倍的影子——她蓄勢待發的手放在黑色皮包裡。蘇西幾可亂眞地在門縫下聞一聞。

「高潮？」新罕布夏來的女人說。她丈夫立刻反射性地蒙住女兒的耳朵。

「我的天，」事後芬妮說：「他們肯讓女兒看謀殺場面，卻不肯讓她聽到『高潮』兩個字，美國人眞夠奇怪。」

蘇西熊用肩膀撞門，把佛洛伊德震得一歪，他手上那支路易維爾一級棒滑到走廊地板上，姚蘭塔一把抓起他靠在門柱邊，蘇西熊吼著衝進房裡。尖叫安妮一絲不掛，只穿了雙吊帶長襪，她正在吸菸，靠在那個仰躺著不省人事的男人身邊，把煙噴到他臉上；那人不爲所動，也沒咳嗽。他跟安妮一樣光溜溜的，只穿了雙暗綠色短襪。

「死了！」新罕布夏來的女人倒抽一口氣。

「死了？」佛洛伊德小聲問：「誰去弄個清楚！」

姚蘭塔把手從皮包拿出來，往那人的鼠蹊部揮了一拳，他兩膝一屈，咳了兩聲，然後又攤平了。

「他沒死。」姚蘭塔說著擠出房間。

「他只是昏倒在我身上。」尖叫安妮說，她似乎有些驚訝。但我後來想，當你眞以爲安妮「來了」的時候，絕不可能又理智又清醒。與其撐著神經錯亂地回家，昏倒大概還安全些。

「她是『妓女』嗎？」那丈夫問，這一次輪到他太太伸手摀住女兒的耳朵；她連眼睛都想一起遮。

「怎麼？你『瞎』了不成？」佛洛伊德說：「她當然是妓女！」

「我們都是妓女，」英琪說，不知道從哪兒跑出來抱住母親——看到安妮沒事，總算放心了：「有什麼不對？」

「好了，好了，」父親說：「大家都回去睡覺！」

「這幾個都是你的小孩？」新罕布夏來的女人問父親，她不確定該指誰，隨手一揮。

「唔，有些是。」父親和氣地說。

「你應該感到慚愧，」那女人對父親說：「讓孩子跟在這麼下流的地方混。」

我想，父親從來沒考慮過我們「混」的地方有多「下流」；母親也絕不會用這種語氣對他說話。無論如何，這突如其來的責難令他呆住了。芬妮後來說，她可以看出父親臉上那份假不了的茫然——接著逐漸轉爲他這輩子最接近內疚的表情——然而，即使父親的夢想爲這個家帶來了哀愁，我們還是寧可看他作夢；我們可以接受不顧現實的父親，但如果他眞爲我們擔過心，眞像一般該負責的父親那樣有「責任感」，我們大概不會那麼喜歡他。

「莉莉，妳不該來的。」父親對莉莉說，把她從門邊帶開。

「還用說。」新罕布夏來的丈夫說著，拚命想同時蒙住女兒的眼睛和耳朵——可是自己卻盯著床上那一幕不放。

「法蘭，麻煩帶莉莉回她房裡，謝謝。」父親輕輕地說：「芬妮？」父親問：「妳還好嗎，親愛的？」

「沒事。」芬妮說。

「我很抱歉，芬妮，」父親說著，帶著她往廊下走去。「爲這一切。」他又添了一句。

「他還會『抱歉』！」新罕布夏來的女人譏笑道：「讓孩子住在這種噁心齷齪的地方，然後說他『抱歉』！」但芬妮立刻反擊，只有我們可以責怪父親，旁人誰也不許。

「妳這個爛屄。」芬妮對那女人說。

「芬妮！」父親說。

「妳這欠插的老母豬。」芬妮對那女人說。「你這沒用的軟腳蝦。」她對那丈夫說。「我正好認識一個人可以告訴妳什麼叫『噁心』，」芬妮說。「愛布哈（aybha），或者戛雅沙那（gajasana），」芬妮對他們說：「你們知道那是什麼嗎？」我知道，我覺得手心開始出汗。「就是女人臉朝下趴著，」芬妮說：「男人躺在她上面，把他的生殖器往前壓進去，然後扭腰。」新罕布夏來的女人一聽到「生殖器」三個字，連忙閉上雙眼；可憐的丈夫恨不得把他全家人的眼睛和耳朵一起蒙住。「這就叫大象體位。」芬妮說。我忍不住打個寒顫。「大象體位」和「母牛體位」就是「梵儼塔」的兩種主要體位，而最令恩斯特陶醉的則是前者。我覺得一陣噁心，而芬妮說著哭了起來，父親迅速把她帶走——熊樣不改的蘇西熊擔心地跟在他們後面，嗥叫而去。

被安妮一叫嚇昏的恩客醒過來一看，發現佛洛伊德、我、新罕布夏一家子、安妮、英琪還有貝貝都在看他，窘得半死。我想，至少他沒看到熊——還有我家其他人。跟往常一樣，老比利慢吞吞地踱進來；她剛醒。

「怎麼了？」她問我。

「安妮沒吵醒妳嗎？」我問她。

「她早就吵不醒我了，」老比利說：「吵到我的是五樓那些該死的新世界設計家。」

我看看錶，還不到清晨兩點。「妳一定還沒醒，」我對老比利說：「激進份子不會這麼早來。」

「我清醒得很，」老比利說：「有幾個激進派昨晚根本沒回去。有時他們會待一整夜，通常都很安靜。八成給安妮的尖叫嚇到，不知把什麼玩意摔了，然後又在那邊窸窸窣窣撿東西。」

「他們晚上不應該在這的。」佛洛伊德說。

「我看夠了這種下流事。」新罕布夏來的女人說，好像自覺被冷落了。

「我可全看過了，」佛洛伊德神祕兮兮地說：「下流不下流，習慣就好。」

貝貝說她這一晚幹夠了，便回家去。安妮帶英琪回去睡覺。她那尷尬的男伴想不露聲色地溜出旅館，但新罕布夏一家人的眼光一路都沒放過他。姚蘭塔隨佛洛伊德、老比利和我來到二樓樓梯口，仔細聽著樓上的動靜，但激進份子——如果他們眞在那——已經安靜下來了。

「我太老，不想爬樓梯，」老比利說：「頭腦也不差，不想蹚別人的渾水。不過反正他們在上面，」她說：「你們自己去看。」然後回街上，去幹她那門優雅的職業。

「我看不見，」佛洛伊德說：「爬到五樓要花我半個晚上，再說，就算他們在，我也看不見。」

「球棒借我，」我對佛洛伊德說：「我去看。」

「帶我去就行了，」姚蘭塔說：「管他媽的球棒。」

「反正我也不能沒棒子。」佛洛伊德說。姚蘭塔和我向他道晚安，開始上樓。

「要是有任何動靜，」佛洛伊德說：「就過來叫我，要不然明天早上再叫我也不遲。」

姚蘭塔和我在三樓樓梯口聽了一會兒，只聽到新罕布夏一家子把所有家具推過去頂住門的聲音。年輕的瑞典夫婦一直睡得很好——顯然很習慣某種高潮，或者謀殺。布根蘭的老頭八成一進房門就死掉了。而四樓的英國自行車迷大概都還爛醉如泥，我想；不過我們站在四樓樓梯口，傾聽激進派的動靜時，倒遇到其中一個。

「怪得要命。」他小聲對我們說。

「什麼事?」我問。

「我好像聽到樓下傳來一聲要命的尖叫,」他說:「但是剛剛樓上又傳來拖屍體的聲音,怪得要命。」

他看看姚蘭塔。「這妓女懂英文嗎?」他問我。

「她跟我一起的,」我說:「你最好回去睡覺。」那時我差不多十八、九歲,但舉重的成果已經不容忽視。自行車迷乖乖回去睡覺。

「妳想是怎麼回事?」我問姚蘭塔,朝無聲的五樓點點頭。

她聳聳肩,方式跟母親或芬妮完全不同,但畢竟像個女人;那雙大手又放進嚇人的皮包裡。

「我何必管?」她問道:「或許他們能改變這個世界,」這說的是激進份子:「但他們改變不了我。」

這話多少給了我一點勇氣,於是我們一起登上五樓。打從三、四年前幫他們搬打字機和辦公用具以來,我就沒再上去過。甚至走廊看起來都不同了。堆滿箱子和瓶子——是化學藥品,還是酒?我想著。如果是化學藥品,也比油印機所需的還多得多。也許我早該猜是給車子用的,但我沒想到。我敲離我和姚蘭塔最近的一扇門,心中毫無猜疑。

恩斯特開門,面帶微笑:「怎麼了?」他問:「睡不著?太多高潮?」接著他看到我背後的姚蘭塔:「要避人耳目是嗎?」他問我,然後請我們進去。

他的房間和另兩間相通——我記得以前只通一間的——而且屋裡的擺設也完全變了樣——儘管多年來我從未看過任何大件物品進出,除了那些像是史勞本史呂瑟修車用的必需品。

史勞本史呂瑟也在房裡,還有阿貝特——永遠在工作的阿貝特。老比利和我聽見掉到地上的，八成是那些像裝大型電池的箱子其中一個，因爲打字機放在別的地方，顯然沒人在用。四下都是鋪開的地圖——或者藍圖之類的——還有一些似乎是給汽車用的設備，看起來不像辦公室，倒像修車廠，到處是化學藥品、電器用具。罵阿貝特是瘋子的激進派老比利不在。我可愛的菲格波大概在家讀書睡覺，就像個學美國文學的普通好學生。在我看來，在場的激進派全是「壞的」那幾個——恩斯特、阿貝特和扳手。

「今晚的高潮可眞嚇人！」史勞本史呂瑟說，瞄瞄姚蘭塔。

「老樣子，假的。」姚蘭塔說。

「搞不好是眞的。」阿貝特說。

「作你的夢吧！」姚蘭塔說。

「你找上了最悍的一個，嗯？」恩斯特對我說：「你身上那塊肉一定夠硬了，我看得出。」

「你只會用寫的。」姚蘭塔說：「自己八成硬不起來。」

「我曉得什麼體位最適合妳。」恩斯特對她說。

但我不想多聽，我怕這群人。

「我們得走了，」我說：「抱歉打擾你們，我只是不知道這裡晚上還有人。」

「要是不偶爾加班，事情會做不完。」阿貝特說。

我們互道晚安。姚蘭塔在我身邊，有力的雙手握著皮包裡某件東西。我正要離開，忽然瞥見打通的房間盡頭暗處有個人影——我想那不是我的幻覺——她和姚蘭塔一樣有個皮包，但裡頭的東西拿了出來——在她手上，瞄著姚蘭塔和我。我只瞥到她的人和槍一眼，姚蘭塔便關上門，那人再度隱沒在陰影中。姚蘭塔沒看到，她一直望著恩斯特。但是我看到了，那是史芳格，像母親一樣溫柔的激進份子——手上握著槍。

「妳皮包裡到底藏了什麼？」我問姚蘭塔。她聳聳肩。我向她道晚安，她卻伸出一隻大手抓住我褲襠，捏了好一會。剛才我匆匆起床，來不及穿內褲。「你要叫我再回街上去？」她問我：「收工前我還想再來一次。」

「太晚了。」我說。但她可以感到我在她手裡，逐漸硬挺起來。

「看來還不晚嘛！」她說。

「我的皮包在另一條褲子裡。」我撒謊。

「欠著，」姚蘭塔說：「我信得過你。」

「多少？」我說，她捏得更用力了。

「特別優待，算你三百先令。」她說。她對誰都一樣收三百先令，我知道。

「太貴了。」我說。

「『感覺上』不會嘛！」她說著用力一扭，我下面正硬，痛得半死。

「妳弄痛我了。」我說：「很抱歉，我不想要。」

「你明明想。」她說，但還是放手了。她看看錶，又聳了聳肩，隨我下樓走到大廳；我向她再道一次晚安。我回房間，她則回馬路邊。尖叫安妮正好走進來——又有一個倒楣鬼上鉤。我躺在床上想道，不知該睡多熟才不會被下一次假高潮弄醒；但我覺得這不可能，乾脆躺著等——希望待會就有得好睡。但這一回許久都沒動靜，令我以爲高潮早就過了，只是我打瞌睡沒聽到，因此——就像生命本身——我開始相信該發生的都早已結束；於是我放心地把一切拋諸腦後，然後過了一會又被驚起。在沉睡中——就在進入夢鄉的那一刻——尖叫安妮的假高潮又把我拖了出來。

「哀愁！」法蘭在夢裡大叫，就像愛荷華巴布被那不幸成眞的「預感」嚇到一樣。

我發誓我可以感覺芬妮身子一僵。蘇西在打鼾。莉莉說了聲：「什麼？」整棟新罕布夏旅館在雷鳴後的靜寂中顫抖。接下來——也許就在睡夢中——我聽見某件重物被抬下樓，出了大廳，搬上史勞本史呂瑟的車。我原本以爲是姚蘭塔把她弄死的客人搬到街上的聲音，但她絕不會勞煩自己這麼小心。你在幻想，我在夢中對自己說。就在這時法蘭敲了敲牆壁。

「繼續走過打開的窗口。」我悄聲說。法蘭和我在走廊會合，我們從大廳的窗子看著激進份子把東西搬上車，那東西看起來相當重，而且不會動；起先我以爲是老比利——激進派那個，但他們動作非常謹愼，不像在搬屍體。那東西顯然必須豎著，擱在後座的阿貝特和恩斯特之間。接著史勞本史呂瑟開動車子，帶走了它。

透過逐漸遠去的車窗，法蘭和我看著那個神祕東西的側影——稍微靠近恩斯特，比他的人還大，離阿貝特有段距離，他伸出手徒勞地環住那東西，彷彿拚命想挽回變心的情人。那東西——無論它是什麼——顯然不是人類，可是外形卻不可思議地像動物。現在我當然已經知道它只是一部機械，但在遠去的車裡看起來很像動物——彷彿恩斯特和阿貝特之間夾著一頭熊，或者一條大狗。事實上，那只是一整車的哀愁——法蘭、我，以及所有的人後來都會明白。但這個謎當時仍令我百思不解。

我試著把這件事（還有我和姚蘭塔在五樓所見），描述給佛洛伊德和父親知道，也試著把那種感覺形容給芬妮和蘇西聽。法蘭和我爲史芳格的事長談了一番。「我想你一定看錯了，」法蘭說：「史芳格不會拿槍，她或許在場，但不願被你看到她與他們一夥，所以才躲著你。但她不可能拿槍，更不可能用槍指著你，我們就像她的孩子——她不是說過嗎？你又在幻想了。」法蘭說。

哀愁飄浮著。在一個討厭的地方待上七年實在太久。但是，至少我覺得芬妮很安全，這一點永遠最重要。芬妮沉浸在遺忘的谷底，輕鬆地和蘇西原地踏步——因此我也甘心隨波逐流。

進了大學，莉莉和我都主修美國文學（菲格波高興死了）。莉莉讀文學是理所當然的事，因為她想當作家——她想長大。我則把修文學當作對高不可攀的流產小姐間接獻殷懃，這是我能想到最浪漫的方法了。芬妮選了戲劇——她永遠是我們跟不上的重量級人物。法蘭則接受了史芳格慈愛而激進的忠告，專攻經濟。想到父親和佛洛伊德，我們都清楚總有人得這麼做。到頭來，及時解救我們的人正是法蘭，因此我們都很感激經濟學。其實法蘭念的是雙學位，但大學只給了他經濟學的文憑。我想可以這麼說，法蘭還「專攻」——專門攻擊——宗教學。「知己知彼。」他微笑著說。

我們整整飄浮了七年。我們學會了德文，但彼此之間只用母語交談。我們專攻文學、戲劇、經濟、宗教，但是看到佛洛伊德的球棒，還是不免想起棒球發源的國度而傷感（雖然我們都不是球迷，那支路易維爾一級棒仍能讓我們熱淚盈眶）。妓女告訴我們在市中心以外，瑪麗亞海佛街是晚上最容易釣到午夜女郎的地方；而當一個妓女落到只能在西車站以外的地區或伊甸咖啡屋出沒，或者在高登茲多佛環狀道路下，站著跟人幹一次一百先令，她就差不多該打算收山了。激進派告訴我們，娼妓其實並非完全公開「合法」——與我們以為的相反——有些守法的妓女登記有案，定期健檢，只在規定的地區出沒，也有些「黑牌」妓女從未登記，或者「Buchl」（牌照）吊銷後還是照常營業；一九六〇年代前期，城裡大概有一千個合法的妓女。頹廢正以革命所需的速率增長。

至於是什麼樣的革命，我們從未聽說。我也不確定每一個激進派都清楚。

「你有『牌』沒有？」我們會在上學時彼此打趣——從美國學校到大學。

除了這句，當然還有「繼續走過打開的窗口」，我們那首老鼠王之歌的反覆句。自從失去母親，父親似乎也失去了個性。這七年裡，我認為他逐漸變得比較像個幽靈，不像活人——對我們而言。他還是一樣和藹，甚至多愁善感，但他（身為父親的角色）似乎隨著母親和蛋蛋一起消逝了。我想，大家都知道他必須受一次比較實際的苦，才有可能找回自己的個性——這樣他才能重新像個角色，就像蛋蛋和愛荷華巴布那樣。有時我甚至覺得他的個性比佛洛伊德還稀薄。整整七年，我們懷念著父親，彷彿他也在那架飛機上。我們等著他的英雄性格重新成形，也許還有些懷疑會是什麼結果——畢竟父親找上佛洛伊德當榜樣，令人不得不懷疑他的眼光。

經過七年，我二十二了；莉莉拚命長了又長，一路長到十八歲。芬妮二十三——奇柏．道夫還是她的「第一個」，蘇西熊則是她的唯一。法蘭二十四，留了一撇鬍子。看來就像莉莉志願當作家一樣令人發窘。

莫比敵仍然一再將百戈號擊沉，只有伊希梅爾倖存，把故事告訴菲格波，讓她讀給我們聽。我讀大學時一直拜託菲格波為我唸《白鯨記》。「我沒辦法一個人讀這本書，」我求她：「我要聽妳唸。」

於是，我終於走進了菲格波那位在市政廳後、大學附近，狹小而雜亂的公寓房間。她在夜裡為我朗讀，我則想辦法套她的話，為什麼有些激進派要留在新罕布夏旅館過夜。

「你曉得，」菲格波對我說：「美國文學和世界上其他文學最不相同的特質，就是一種不講邏輯的絢爛希望。也許技巧已經成熟，但是意識型態還是一樣天真。」菲格波在回公寓的路上對我說。法蘭那時終於心照不宣地退席了——雖然他花了整整五年才明白。而菲格波告訴我這番話的晚上，我已經不是頭一次試著吻她。聽了「意識型態還是一樣天真」這種話，我想不太適合再接吻。

我吻她的那個晚上在她房裡。她剛唸到艾哈布拒絕幫瑞秋號船長尋找兒子那一段。菲格波的房裡沒有家具，全是書，只有地板上鋪了張床墊——單人的，還有盞檯燈，也擱在地上。這是個毫無活力的地方，跟字典一樣枯燥擁擠，跟恩斯特的理論一樣缺乏生趣。我就倚在硬邦邦的床墊上吻她。「不要。」她說。我還是吻她，直到她回吻我。「你最好走。」她說著仰天躺下，把我拉到她身上。

「現在？」我說。

「不，用不著現在。」她說著坐起來，開始脫衣服。就像在《白鯨記》上面做記號一樣——沒半點興趣。

「我做完就該走？」我問，一邊脫衣服。

「隨你，」她說：「我的意思是，你應該離開新罕布夏旅館，你，還有你全家人，離開。」她說：「在秋天那一季之前。」

「秋天哪一季？」我問她，全身一絲不掛。我想到的是小瓊斯在克里夫蘭布朗隊的球季。

「歌劇季。」菲格波說著，衣服也脫光了——終於。她就像短篇小說一樣單薄，也不比她讀給莉莉聽的任一個極短篇大多少。彷彿她房裡的書都以她維生，消耗她——而非滋養她。

「歌劇季從秋天開始。」菲格波說：「你們全家一定要在那之前，離開新罕布夏旅館。答應我。」她說，制止我往她纖瘦的身上摸索。

「為什麼？」我問。

「拜託你，離開。」她說。進入她體內時，我以為是做愛讓她掉下了眼淚，然而卻是為另一回事。

「我是第一個嗎？」我問。菲格波二十九歲。

「第一個，也是最後一個。」她哭著說。

「妳有沒有做什麼保護措施？」我問，還在她體內：「我是說，妳知道的，不至於讓妳『史芳格』的措施。」

「都一樣。」她說，口氣像法蘭一樣惱人。

「爲什麼？」我問，動作盡量放輕。

「因爲寶寶還沒出生，我就死了。」她說。我抽出來，扶她起身。但她卻把我又拉回身上——力氣大得出奇；她用手握著我，重新放回她體內。「來呀！」她不耐煩地說——但不是出自情慾，是爲另一回事。

「儘管幹我，」她平板地說：「然後留下來過夜，或者回家。我都不在乎。只要離開新罕布夏旅館，求求你，離開那裡——尤其一定要帶莉莉走。」她哀求我，愈哭愈厲害，連最後一點做愛的心思也沒了。我靜靜待在她體內，愈縮愈小。我覺得冷——打從地底浮上來的一陣冷，就像第一次聽法蘭唸恩斯特的黃色小說。

「他們晚上在五樓幹什麼？」我問菲格波。她咬著我的肩膀，猛搖頭，兩眼緊緊閉成一條線。「他們有什麼計畫？」我問她。我縮小得完全離開了她身子；她在發抖，我也發抖。

「他們要炸掉歌劇院，」她喃喃道：「找一齣大戲上演的時候。」她悄聲說：「他們要炸掉《費加洛婚禮》——像這種最流行的，要不就是場面更大的。」她說：「我不確定哪一齣——他們也不確定。反正要挑滿座的時候，」她說：「炸掉一整座歌劇院。」

「他們瘋了。」我說，認不出自己的聲音；聽起來乾澀粗老，像老比利一樣——激進派，或者妓女。

菲格波的頭在我身下猛搖，絲絲亂髮掃到我臉上。「請把你家的人帶走，」她悄聲說：「尤其莉莉，」她說：「小莉莉。」她唸了又唸。

「可是，他們不至於連旅館也要炸吧？」我問她。

「所有人都脫不了干係。」她抖著聲說：「一定要把所有人都牽連進去，否則就不算成功。」她說，我在她的話裡聽見了阿貝特的聲音，還有恩斯特概括一切的邏輯，階段，一個必要的階段。一切事物，鮮奶油、情慾、國家歌劇院、新罕布夏旅館——全部都得消滅。一切都頹廢腐敗，我可以聽見他們如是宣稱。一切都令人厭惡，他們要讓與時代脫節，喜歡可笑的歌劇的藝文人士和過時的理想主義者在圓場街散得滿地。他們就是要這樣炸掉一切，才算實踐某種主張。

「答應我，」菲格波咬著我的耳朵說：「你一定要帶他們走，你們全家，每一個。」

「我答應妳，」我說：「一定。」

「別跟任何人說是我告訴你的。」她對我說。

「當然。」我說。

「請你回到我身子裡來，現在。」菲格波說：「請你進來。我想要有感覺——就這一次。」

「為什麼就一次？」我問。

「做吧，」她說：「把一切都做給我看。」

於是我做了一切。我很後悔，一輩子都後悔；它和第二家新罕布夏旅館裡任何性行為一樣，絕望而無趣。

「如果妳知道有寶寶之前就會死，」我事後對菲格波說：「何不跟我們一起離開？何必等他們動手？」

「我不能。」她直截了當地說。

「為什麼？」我問。對新罕布夏旅館裡那些激進份子，我永遠要問這句話。

「因爲我要開車，」菲格波說：「我是司機。」她說：「車子就是主要的炸彈，用來引發其他的炸彈。車子總要有人開，而這人就是我——我負責開炸彈。」菲格波說。

「爲什麼是妳？」我邊問邊試著抱住她，想讓她停止發抖。

「因爲我是最死不足惜。」她說。恩斯特死板的聲音又出現了，還有阿貝特除草機般的思考模式。我發覺，爲了讓菲格波相信這回事，我們溫柔的史芳格一定也曾出面。

「爲什麼不是史芳格？」我問流產小姐。

「她太重要，」菲格波說：「她眞了不起。」她說著，不勝仰慕——而且自慚形穢。

「爲什麼不是扳手？」我問：「他對車子最內行。」

「那就是原因，」流產說：「不能少了他，還有別的車子、別的炸彈要做。我最不喜歡的是人質那部分，」她忽然脫口而出：「這一回其實用不著的。」她說：「而且也有更適當的人選。」

「誰是人質？」我問。

「你們全家，」她說：「因爲你們是美國人，這樣一來，就不只奧地利會注意這件事了。」她說：「計畫就是這樣。」

「誰的計畫？」我問。

「恩斯特。」她說。

「爲什麼恩斯特不開車？」我問。

「他是負責計畫的人，」菲格波說：「全是他想出來的。一切。」她說。一切的一切，毫無疑問，我想。

「阿貝特呢？」我問：「他不會開車嗎？」

「他太忠心了，」她說：「我們不能失去那麼忠心的人。我不夠忠心。」她輕聲說。「你看我！」她叫道：「我把整件事都告訴你了，不是嗎？」

「老比利呢？」我問，把話轉開。

「他不可靠，」流產說：「他連這個計畫都不知道。他太狡猾了，只求自保。」

「那不好嗎？」我問她，把頭髮從她削瘦的臉頰拂開。

「在這個階段不好。」她說。我終於明白她是什麼了，她是個讀者，一個單純的讀者。她將別人寫的故事讀得美美的；她接受指示，她服從領導。我要她讀《白鯨記》的原因，和激進派找上她開車的理由相同。我們都知道她會答應，她不會拒絕。

「一切都做過了嗎？」菲格波問我。

「什麼？」我說著抖了一下——蛋蛋的回音永遠令我發抖，即使是來自自己口中。

「一切都做過了嗎？做愛就是這樣？」菲格波問：「這就是一切？」

我努力回想。「我想是，」我說：「妳還要嗎？」

「不特別想，」她說：「我只想一次做完。」她說：「如果都做完了，你就回家吧——如果你想的話。」她說著聳了聳肩。跟母親不同、跟芬妮不同，甚至跟姚蘭塔也不同。那不像人的動作，與其說那是肌肉抽動，倒更像是一種電流脈衝、緊繃的身子機械地一顫或一個微弱的訊號。微弱到極點，我想。這是個「沒人在家」的訊號，是個「我不在家，別找我，我會和你聯絡」的訊號。就像時鐘，或者定時炸彈的滴答聲。菲格波朝我眨了一下眼皮，然後睡去。我拾起衣服，發現她沒有在《白鯨記》唸到的段落做上記號，我也沒費心替她記。

夜色已深。我走過圓場街，從市政廳廣場經過卡爾．雷納博士圓環，進入國民花園。幾個學生在酒場裡親熱地大聲喧譁；我或許認得其中幾個，但我沒有停下喝一杯。我不想再談什麼藝術。我不想討論「亞歷山大四重奏」——爭論哪一本最好，理由何在。我也不想討論亨利．米勒和勞倫斯．杜瑞爾，誰在鴻鵠往來中獲益較大。我甚至不想討論《錫鼓》——也許是最合適在那裡聊的話題；也許永遠如此。我更不想再去談東西關係、社會主義和民主制度，以及甘迺迪總統遇刺的長遠影響——還有，身爲美國人，我對種族問題有什麼看法。當時是一九六四年晚夏，我從一九五七年後就沒回過美國，比某些維也納的學生還不了解我的國家。而關於維也納，我了解的也比他們少。我只了解我的家庭、「我們的」妓女、「我們的」激進派；我是新罕布夏旅館的專家，其餘都半生不熟。

我一路穿越整個Heldenplatz——英雄廣場——在這個希特勒曾一度接受千萬法西斯信徒歡呼的地方停下腳步。我想，凡是狂熱者必有他的徒衆，他們的影響力永遠取決於徒衆的數量。我想，我一定要記得拿這點試試法蘭，他也許會把這個想法吸收過去當作自己的、或者加以改造、或者糾正我。我希望自己像法蘭那麼好學，或者像莉莉那麼努力長大。其實，莉莉已經把她長大的成果寄給紐約某個出版社，她原本不打算告訴我們，但她得向芬妮借錢付郵資。

「是部長篇小說，」莉莉怯怯地說：「有一點自傳性質。」

「有一點是多少？」法蘭問她。

「唔，老實說，是純屬想像的自傳。」莉莉說。

「那鐵定非常寫實。」芬妮說：「乖乖。」

「我等不及想看，」法蘭說：「我打賭我一定成了個呆瓜。」

「不，」莉莉說：「每個人都是英雄。」

「每個人都是？」我問。

「嗯，對我來說，你們都是英雄，」莉莉說：「所以在書中你們也一樣。」

「包括爸爸？」芬妮問。

「唔，他的角色想像的成分最多。」莉莉說。

我想，父親的角色最費想像，是因爲他最不眞實——全家人中，他是離現實最遠的一個。有時，父親似乎比蛋蛋離我們更遠。

「題目叫什麼，親愛的？」父親問莉莉。

「『我要長大』。」莉莉招認。

「還能是什麼名字。」芬妮說。

「寫了多少？」法蘭問：「我是說，到哪裡爲止？」

「到飛機失事爲止，」莉莉說：「那就是結局。」

現實的結局，我想。在飛機失事前一刻結束就足夠完美了——對我而言。

「妳需要一個經紀人。」法蘭對莉莉說：「那就是我。」

於是法蘭成了莉莉的經紀人、芬妮的經紀人、父親的經紀人，甚至我的——這是後話。他的經濟沒有白學。然而，我在一九六四年夏末那晚離開菲格波時還不知道這一點，我只知道可憐的流產小姐睡著了，無疑正夢著她壯烈的犧牲。當我獨自站在英雄廣場上，我能看見的只有菲格波的「死不足惜」；希特勒曾經在這裡讓他手下的暴民相信，這世上有許多人死不足惜。在寂靜的夜裡，我幾乎可以聽見那愚昧的「勝利！萬歲！」（Sieg Heil!）依然震耳欲聾。我可以看見史勞本史呂瑟露出自以爲是的嚴肅表情，把一副螺帽和墊圈鎖在汽缸的螺栓上，他鎖上的還能是什麼？我可以看見阿貝特眼中閃著自我獻身的蠢鈍光芒，在光榮就逮的時刻對媒體發表宣言。還有我們慈母般的史芳格，啜著她的鮮奶油咖啡，上唇的軟毛沾了一點，活像一撇可愛的鬍鬚；我可以看見她為莉莉編辮子，對著莉莉漂亮的頭髮哼歌，就像當年的母親一樣。我看見史芳格告訴芬妮，她有全世界最美的皮膚，還有全世界最美的一雙手；而我則長了一對引人入室的眼睛，史芳格說——哦，我一定會變成危險人物，她警告我（這會我剛離開菲格波，覺得自己並不很危險）。史芳格的吻永遠帶著淡淡的鮮奶油味。另外，史芳格還說法蘭是個天才；如果他能對政治考慮得更周詳些就好了。我們沐浴在史芳格的慈愛中——還有她皮包裡那把槍。我眞想看恩斯特用母牛體位作愛——最好就跟一頭母牛！還有大象體位！跟什麼就不用講了。他們就像老比利說的一樣瘋，他們會把大家都害死。

我漫無目的地從桃樂蒂路往排水道走去，在哈維爾卡咖啡屋喝了一杯鮮奶油咖啡。鄰座有個滿臉鬍子的男人，正在對一個年輕女孩（比他年輕）說明具象寫實繪畫的死亡；他正在描述一幅最先宣判整體藝術形式死亡的畫作。我沒聽過那幅畫。我想著法蘭在阿伯汀那美術館和上觀景宮，向我介紹過的席勒和克林姆。我但願克林姆和席勒能親自和這人談談，但他又改談起詩歌中音韻的死亡了；我還是沒聽過他舉的那首詩。等那人談到小說上頭，我想我最好快快付錢離開。但侍者忙不過來，所以我只得聽著情節和人物又是怎麼個死法。他描述的種種死亡中，還包括同情心的死亡。侍者過來我這桌時，我的同情心也死得差不多了。下一個死的是民主政治，它來去匆匆，還不夠侍者為我找零。等我給了小費，社會主義也完蛋了。我盯著鬍子男人，愈來愈想舉重；如果激進派要炸掉歌劇院，最好挑只有這人在場的晚上。我想我找到可以代替菲格波開車的人了。

「托洛斯基。」跟那鬍子男人一起的年輕女孩忽然咕噥道——彷彿在說「謝謝」。

「托洛斯基？」我說著，身子往他們桌上一傾。那是張小小的方桌，而我兩手可以同時各舉七十五磅的啞鈴；桌子的重量差遠了。於是我用一隻手把桌子小心地抬起來，就像侍者拿起菸灰缸一樣。「好了，親愛的托洛斯基，」我說：「『如果你想活得輕鬆一點，』老托洛斯基說過：『你算是生錯了時代。』你覺得這話對嗎？」我問鬍子男人。他沒搭腔。年輕女孩碰碰他，他腰桿這才打直了些。

「我想是對的。」女孩說。

「當然。」我說。我知道侍者都緊張地看著杯子和菸灰缸在我頭上滑動，但我不是愛荷華巴布；我舉重時從不掉鐵輪子，再也不了。我比愛荷華巴布更懂舉重。

「托洛斯基是被鶴嘴鋤打死的。」鬍子傢伙陰森森地說，盡量想裝得不在乎。

「但他沒死，對吧？」我問，露出瘋狂的微笑：「沒有什麼眞的會死，」我說：「他說過的每一句話都不會。」我說：「只要我們還看得到，那些畫都不會死——就算我們闔上書，小說裡那些人物也不會死。」

鬍子男人盯著他的桌子原本該在的地方。他還算有點骨氣，我想。我也知道自己心情不好，做法不甚公平；我對耍流氓的自己感到慚愧。於是我把桌子還給他們，東西沒灑半點。

「我懂你的意思！」我離開時，女孩在背後喊道。但我明白我沒有救回半個人，我救不了歌劇院的觀衆，因爲和他們坐在一起的，必定包括我和法蘭在車裡看見的那個影子，那個在恩斯特和阿貝特之間漸去漸遠，樣子像動物的死神；那隻機械熊、充滿化學藥品的狗頭、靠電力發動的哀愁。而無論托洛斯基說過什麼，他都已經死了；母親、蛋蛋和愛荷華巴布也都死了——無論他們說過什麼，無論他們對我們有什麼意義。我走在排水道上，覺得自己變得愈來愈像法蘭那樣，反對一切；我覺得自己快失去控制了。對一個舉重的人，失控絕不是好事。

我遇到的第一個妓女不是「我們的」，但是我見過她！在莫瓦特咖啡屋，「Guten Abend（晚安）。」她說。

「幹。」我對她說。

「去你的。」她對我說。她英語會得眞不少。我覺得糟透了，我又說髒話了。我違背了對母親的誓言。二十二歲的我哭了起來。我繞進史畢格街，那裡也有妓女，但不是「我們的」，所以我沒有理會。她們對我說「Guten Abend」，我也回一句「Guten Abend」，除此不再多說。我穿進新市場，覺得胸口空蕩蕩的，就像陵墓裡的哈布斯堡王族。另一個妓女叫住我。

「嘿，別哭！」她說：「這麼壯的大男孩——別哭！」

然而我希望我不僅爲了自己，也爲每一個人而哭。爲佛洛伊德，因爲他在猶太廣場呼喚的名字永遠不再回應；爲父親，因爲他永遠看不見某些東西；爲芬妮，因爲我愛她——但願她能對我忠實，就像對蘇西熊一樣；也爲蘇西，因爲芬妮讓我了解蘇西一點也不醜。事實上，芬妮幾乎也讓蘇西明白了這一點。爲小瓊斯，他的膝蓋第一次受傷，日後不得不爲此退出克里夫蘭布朗隊；爲如此努力的莉莉，也爲走得老遠的法蘭（他說，這是爲了更接近生命）；爲已經十八歲的英琪——她說自己「夠大」了，尖叫安妮卻堅持不同意，於是到了年底，英琪和一個跟她父親一樣黑的男人私奔到德國某軍區去了；後來有人告訴我，她在那裡當了妓女。尖叫安妮的尖叫聲從此不一樣了。我爲所有人而哭！爲我那悲慘的菲格波，甚至爲欺騙我們的史芳格——爲兩個老比利；他們都是樂天派，他們都是搪瓷熊。爲每一個人——恩斯特除外，阿貝特除外，人不像人的扳手除外，奇柏．道夫除外。我恨他們。

在卡恩納街上，我和一兩個朝我招呼的妓女擦身而過。有個高挑、豔光四射的妓女——和克魯格街級數完全不同——在安娜路的街角拋給我一個飛吻。我走過克魯格街時沒有往裡望，不想看到她們任何一個對我招手。我經過沙赫旅館——新罕布夏旅館永遠無法仰及的地方。接著我來到國立歌劇院，這裡是葛路克之家——一七七四到一七八七，法蘭一定會背道。這裡是莫札特之家，是海頓、貝多芬和舒伯特之家——以及史特勞斯、布拉姆斯、布魯克納和馬勒之家；也是那個玩弄政治的黃色小說家要炸得半天高的地方。它很龐大，七年來，我一次也沒進去過——它對我似乎太高級了，而且我不像法蘭一樣迷音樂，也不像芬妮那麼喜愛戲劇（法蘭和芬妮三天兩頭上歌劇院，佛洛伊德帶他們去的。他喜歡聽，其餘就由法蘭和芬妮描述）。莉莉和我一樣沒進去過，她說那地方太大了，她怕。

現在怕的是我。它太大了！我想。但我明白他們要炸的是人，人總比建築物容易毀滅。他們只想成為目光的焦點。就像阿貝特對史芳格喊的，他們要奶油與鮮血。

歌劇院對面的卡恩納街有個小販在賣香腸。推車上有各式各樣的「*Wurst mit Senf und Bauernbrot*」——淋了芥末的大麥麵包夾香腸。我不想要。

我知道我要什麼。我要長大，馬上。當我跟菲格波做完愛時，我說：「*Es war sehr schon.*」但我撒了謊，根本算不上「好極了」；這不夠，只是另一個舉重的夜晚。

走進克魯格街，我已經決心要跟第一個找上我的妓女走了——即使是老比利，即使是姚蘭塔；我勇敢地跟自己保證。反正都一樣，說不定我會一個個試。佛洛伊德能的我也能，而佛洛伊德全試過了——我們那個，還有另一個，我想，他們都盡可能走到最遠了。

我認得的都不在莫瓦特咖啡屋裡，我也認不出粉彩霓虹燈下的——新罕布夏旅館——新罕布夏旅館！新罕布夏旅館！——那個身影是誰。

是貝貝，我想著，不禁有些退縮——但令我想到她的，只是最後一個夏夜空氣裡甜得刺鼻的柴油味。那女人看到我便走過來——主動出擊，我想，而且飢渴。於是我確定那是尖叫安妮，一瞬間懷疑起該如何平安度過她著名的假高潮。也許——畢竟我習慣說悄悄話——我可以要她別叫，告訴她我知道那是假的，她叫對我也沒好處。接著我發現，那女人苗條得不像是老比利，又結實得不像是尖叫安妮，她的身材要好得多。那麼就是姚蘭塔了，我想，這下我總算可以知道她邪惡的皮包裡放了什麼東西。待會兒，我想——不禁打了個冷顫——我說不定還用得上。但是走過來的女人又不像姚蘭塔那麼壯，她的身材好得不太一樣——動作太過神采飛揚、太過年輕。她奔向我，把我摟在懷裡，我喘不過氣來，她實在太美了；這個女人就是芬妮。

「你到哪裡去了？」她問我：「出去一整天，一整夜，」她責怪我：「我們找你找死了！」

「幹嘛？」我問。芬妮的氣味令我暈眩。

「莉莉要出書了！」芬妮說：「紐約有個出版商要買她的書！」

「多少錢？」我說，心裡暗自希望最好夠用——也許它能成為帶我們離開維也納的機票——光靠第二家新罕布夏旅館，我們永遠也付不起。

「耶穌基督，」芬妮說：「你妹妹在文學上有了成就，而你竟然只問『多少錢』？——你簡直跟法蘭一樣，他就是這麼問的。」

「他問得好。」我說。我還在發抖，我想找個妓女，卻找到我姐姐。她也不打算放開我。

「你到哪裡去了？」芬妮問我，幫我把頭髮往後拂。

「跟菲格波在一起。」我乖乖地說。我對芬妮永遠撒不了謊。

芬妮皺了皺眉。「唔，怎麼樣？」她問，繼續撫著我——像個姐姐。

「不怎麼樣。」我說，避開芬妮的目光：「糟透了。」我加上一句。

芬妮兩手環抱著我，給我一吻。她打算吻在臉頰上（像個姐姐的樣子），但我迎上前去（雖然我原想掉頭他顧）於是我們雙唇相接。一切就此決定，簡單明瞭。一九六四年的夏末在此結束，秋天一瞬間降臨了。我二十二歲，芬妮二十三。我們吻了又吻。不需任何言語。她不是同性戀，她仍然寫信給小瓊斯，還有奇柏．道夫；而我和別的女人在一起從來沒快樂過；到現在為止，從未。我們留在街上，遠離霓虹的光芒，不讓新罕布夏旅館任何人看見。一個姚蘭塔的顧客歪歪倒倒地走出旅館，我們不得不分開，接下來又被安妮的尖叫聲打斷。不一會，她的客人暈頭轉向地走出來，但芬妮和我繼續待在克魯格街上。稍後，貝貝離開了。接著是姚蘭塔，帶著英琪一起回家。尖叫安妮出了又進，進了又出，像潮水一樣。妓女老比利過街走進莫瓦特咖啡屋，趴在桌上打起盹來。我帶芬妮走上卡恩納街，一路直到歌劇院。「你想我想得太多了。」芬妮開口說，但她並不打算說下去。我們又吻起來。歌劇院在我們身邊顯得如此巨大。

「他們要炸掉這裡，」我小聲對我的姐姐說：「他們要炸掉歌劇院。」她任我抱著。「我愛妳愛得好苦。」我對她說。

「我也愛你，該死。」芬妮說。

雖然秋意已然降臨，我們還能站在那裡守護著歌劇院，直到晨光熹微，現實中的人們開始出門工作。橫豎我們沒有地方可去——而我們也明白，最好什麼事都別做。

「繼續走過打開的窗口。」我們對彼此悄聲說。

當我們終於走上往新罕布夏旅館的回程路時，歌劇院依然聳立在那裡——安全無恙。至少這一刻如此，我想。

「比我們安全。」我告訴芬妮：「比愛情安全。」

「告訴你，小子，」芬妮對我說，緊緊握住我的手：「一切都比愛情安全。」

第十章　歌劇院的一夜：鮮奶油與血

「孩子啊，孩子，」父親對我們說：「大家一定要小心，我想這是一個『轉捩點』。」父親說，彷彿我們還是八、九、十歲，以此類推，而他還在談與母親在亞布納的巧遇——初見佛洛伊德和緬因州那一晚。

「轉捩點隨時都有。」法蘭搬出他的哲學。

「好，就算是吧，」芬妮不耐煩地說：「那這次的轉捩點又是怎麼回事？」

「對呀。」蘇西說，非常小心地看著芬妮。她是唯一發現芬妮和我整夜沒回家的人。芬妮跟她說，我們跟一群她不認得的人到大學附近參加一個舞會。有什麼能比自己的弟弟出面護花更安全？何況這弟弟還練舉重？反正蘇西不喜歡舞會，如果裝成熊，沒人會跟她說話；如果不裝，八成也沒人想跟她說話。她看起來嘔得很。「依我看，這下有好一堆狗屎得趕快處理。」蘇西熊說。

「對極了，」父親說：「典型的轉捩點局面。」

「這回絕對搞砸不得，」佛洛伊德說：「我怕再開不了幾家旅館了。」這倒也不壞，我想，忍著不看芬妮。我們都在法蘭房裡開家庭會議——彷彿裁縫人形在場能讓大家安心，就像母親、蛋蛋和愛荷華巴布無言的幽靈與我們同在；彷彿人形會放出訊號，我們則有義務一一接收（法蘭說的）。

「我們從小說可以拿到多少錢，法蘭？」父親問。

「那是莉莉的書，」芬妮說：「不是『我們』的。」

「也可以算是。」莉莉說。

「沒錯。」法蘭說：「此外，就我對出版業的認識，書已經離開莉莉手裡了。現在要不就挨坑，要不就大撈一筆。」

「那不過是本關於長大的書，」莉莉說：「很驚訝他們會感興趣。」

「他們只有五千元的興趣，莉莉。」芬妮說。

「我們需要一萬五或兩萬才走得了，」父親說。「如果回去還想做點什麼的話。」他補上一句。

「別忘了，『這裡』多少也可以換點錢。」佛洛伊德自衛地說。

「等掀了那些炸彈狂的底就不成了。」蘇西說。

「壞事傳千里，」法蘭說：「恐怕找不到買主。」

「我說過，如果眞報了警，條子絕不會放過咱們。」佛洛伊德說：「你們不了解這兒的條子，他們那套跟蓋世太保沒兩樣。何況還可能查出我們對妓女處置不當。」

「哎，『不當』的事多著呢！」芬妮說。我們無法正眼相對，芬妮說話時我望著窗外，看著激進派的老比利越過馬路，尖叫安妮蹣跚地回家。

「非報警不可，」父親說：「要是他們眞以爲能炸掉歌劇院，談也沒用。」

「跟他們談本來就沒用，」芬妮說：「我們只有聽的份。」

「他們一向這麼瘋。」我對父親說。

「你不知道嗎，爸？」莉莉問他。

父親低頭不語。他那年四十四，耳邊濃厚的棕髮出現一片顯眼的灰白；他不留鬢毛，髮型整齊劃一，耳朵半露，額頭半露，長度正好蓋到頸後，從不打薄。他還留劉海，像個小男生。棕髮和他的頭型相稱得出奇，有時我們遠遠望去，還以爲他戴了頂鋼盔。

「抱歉，孩子們，」父親搖著頭說：「我曉得這可能不太愉快，但是我覺得『轉捩點』就在我們眼前。」說完又繼續搖頭；他眞是完全和我們脫節了。很久之後我才想起，在那裁縫人形的房間裡，父親坐在法蘭床上的模樣依然英俊，彷彿大權依然在握。他一向善於創造這種掌握他人的幻覺，例如厄爾。他不像巴布和我一樣常舉重，但始終保有運動員的體格，當然，還有那份孩子氣——「太他媽的孩子氣，」芬妮說。我忽然發現父親有多寂寞，整整七年，他連個約會都沒有——要是他找妓女，也一定非常小心——可是在新罕布夏旅館裡，誰能小心到這種程度？

「他沒找過半個，」芬妮說：「要是有，我一定知道。」

「男人都會偷，」蘇西熊說：「好男人也一樣。」

「他沒有。沒第二句話。」芬妮說。蘇西熊聳聳肩，芬妮揍她。

不過在法蘭房裡，首先提起妓女的就是父親。

「應該跟她們說，我們打算拿那些激進派瘋子怎麼辦。」他說：「——在報警之前。」

「何必？」蘇西熊問他：「搞不好會被反告一狀。」

「她們又何必？」我問蘇西。

「話應該說在前頭，人家才好做打算。」父親說。

「她們得換間旅館，」佛洛伊德說：「那些死條子會叫我們關門。在這地方，別人犯法你得連坐！」佛洛伊德叫道：「隨便找個猶太人問問！」問另一個佛洛伊德就成了，我想。

「但是，假設我們成了英雄呢？」父親說，我們都望著他。但願如此，我想。

「像莉莉的小說那樣？」法蘭問父親。

「也許警方會認爲，我們是揭發恐怖行動的英雄。」父親說。

「條子不會那麼想。」佛洛伊德說。

「假設我們以『美國公民』的身分，向美國領事館或大使館報告，」父親說：「再由那邊把消息傳給奧國當局——這一切就會像是個最高機密、一流的大陰謀。」

「這就是我爲什麼喜歡你，溫．貝里！」佛洛伊德說，球棒隨著某種內在的節奏打著拍子：「你眞愛作夢，」他告訴父親：「這不是一流的陰謀！這是間二流旅館，」佛洛伊德說：「連我都『看』得出來，」他說：「如果你忘記我瞎了的話。還有，那些傢伙也不是一流的恐怖份子，」佛洛伊德說：「他們連一輛好好的車子都不會開！」他大叫：「起碼我絕不相信他們有本事炸掉歌劇院！咱們安全得很。如果他們眞有什麼炸彈，八成還會搬得滾下樓來！」

「那輛車就是炸彈，」我說：「至少是主要的炸彈——不論是什麼意思。菲格波是這麼說的。」

「我們找她談談。」莉莉說。「我相信菲格波。」她補上一句。莉莉不明白，一個當了她七年家庭老師的人，爲何會這麼願意毀滅自己。

何況，如果菲格波算是莉莉的家庭老師，史芳格也可以算是她的保母。

然而，我們再也沒見到菲格波。我一直以爲她不想見的只有我，其他人還是照見不誤。在一九六四年夏末——「秋天那一季」逐漸逼近時——我盡可能不和芬妮獨處；芬妮則努力說服蘇西熊，雖然她們之間沒什麼改變，芬妮還是認爲「做個朋友」對彼此最好。

「蘇西太沒安全感，」芬妮告訴我：「我是說，她眞的很可愛——借用莉莉的話——但我正在想辦法一邊拒絕她，一邊又不讓她好不容易建立的信心崩潰掉。她才剛開始喜歡自己，雖然只有一點點。我幾乎讓她相信，自己看起來並不醜；現在拒絕她，她又要變成一隻熊了。」

「我愛妳，」我垂著頭對芬妮說：「可是我們該怎麼做？」

「我們要彼此相愛，」芬妮說：「但什麼也不做。」

「永遠不？芬妮？」我問她。

「反正現在不能。」芬妮說，但她的手從膝上探來，掠過夾緊的雙腿，移到我膝上——然後朝我的大腿用力一捏，痛得我跳起來。「反正不能在這兒。」她輕聲但決絕地說，把我放開。

「也許這只是『慾望』而已，」她又加了一句：「想不想先用在別人身上，再看我們會不會就這麼過去？」

「什麼別人？」我問。這時已近黃昏，我們在她房裡。入夜後我不敢跟芬妮待在一起。

「你在想哪個？」芬妮問我。我知道她指的是妓女。

「姚蘭塔。」我說。手不自覺往背後一揮，把燈罩打歪了。芬妮背著我。

「你知道我想的是誰，對吧？」她問。

「恩斯特。」我說，牙齒開始打顫——我冷透了。

「你喜歡這點子嗎？」她問我。

「老天，不。」我悄聲說。

「別再說該死的悄悄話。」芬妮說。「我也不想你跟姚蘭塔一起。」

「那就都不要。」我說。

「恐怕非要不可。」她說。

「為什麼？芬妮？」我說，朝她走去。

「別過來！」她邊叫邊動，於是書桌半擋在我們之間，隔著一盞單薄的檯燈。

多年後，莉莉寄給我們兩人一首詩；我讀完打電話給芬妮，問莉莉是不是也寄給她了。不用說，當然。詩的作者是位非常優秀的詩人，名叫唐納．賈斯特（Donald Justice）；日後，我在紐約親耳聽見賈斯特先生朗誦他的詩作，每首我都喜歡，但我一直屏氣凝神地坐著，期待他會唸莉莉寄給芬妮和我的那首詩，又怕他眞的唸出來。他沒唸，因此結束之後我不知如何是好；有人上前和他攀談，但都像是他的朋友——也許只是別的詩人。莉莉說過，詩人在一起都像朋友。但我仍不知如何是好；如果芬妮在場，我們只要一起到賈斯特面前就成了，芬妮一定會令他驚爲天人，我想——見到芬妮的人一向這樣。不過賈斯特看來是位十足的紳士，我不想一口咬定，他會被芬妮迷得神魂顚倒。就我想，賈斯特應該人如其詩，誠懇、莊重，甚至嚴肅——但心胸寬大。看到他，你就想請他爲心愛的人寫一首輓詩；我覺得他一定能把愛荷華巴布寫得摧心裂肺，而且——在紐約看著剛朗誦完的他，身邊圍著一群聰穎的仰慕者——更希望他當年能爲母親和蛋蛋寫一首，當衆朗誦。也許他可以算是爲蛋蛋寫過；賈斯特有首詩叫作〈記童年友伴之夭〉，我私下當作蛋蛋的輓詩。法蘭和我都很喜歡，但芬妮說這首詩太令她悲傷。

記童年友伴之夭

我們永不會見他們在天堂滿面鬍鬚，
或在荒蕪的地獄做日光浴；
倘若得見，就在薄暮時冷清的校園裡，
也許圍成一圈，也許攜手同進，
玩著名稱早已忘卻的遊戲。
來吧，記憶，且去那陰影中尋。

但是我在紐約見到賈斯特時，心裡想的都是芬妮和那首〈愛的對策〉——也就是莉莉寄給我們的詩。我不知該向賈斯特說什麼。我窘得甚至不敢和他握手。也許我應該告訴他，我多麼希望一九六四年夏日將盡時，與芬妮一起待在維也納的我，能讀到〈愛的對策〉。

「可是，真會有什麼不一樣？」芬妮後來問我：「我們會相信嗎？——在那時候？」

我甚至不知道一九六四年時，〈愛的對策〉是否已經完成，但賈斯特一定寫好了；那首詩就像爲芬妮和我而寫的。

「都一樣。」法蘭一定會說。無論如何，多年之後，芬妮和我收到了小莉莉寄來的〈愛的對策〉，某晚，我們在電話上對彼此朗誦這首詩。讀到美好的文字時，我總是習慣輕聲低語，芬妮則唸得又響又亮。

愛的對策

然而這些爲了迴避
手與手碰觸的策略，
這些迫使雙眼駐留在
他者之上的圖謀
（此時此刻，出於名譽要求）
都無法阻止他們下墮。
需要再下重藥。
他們早已發現
沒有任何對策奏效，

不，絕無可能
除非奪去他們雙眼
手臂齊肘而斷。

的確，需要再下重藥。縱然手臂齊肘而斷，芬妮和我也會以僅餘的殘肢碰觸對方——不管我們剩下什麼，不管雙眼是否被奪。

然而在芬妮房間的那個黃昏，蘇西熊救了我們。

「出事了。」蘇西匆忙闖了進來。芬妮和我等著下一句話，我們以爲她指我們倆——我們以爲她知道。

莉莉自然知道，無論她是怎麼知道的。

「作家什麼都知道，」莉莉有次說：「或者說什麼都應該知道。他們非得如此，不然最好閉嘴。」

「莉莉大概一開始就知道了。」頭一次讀到〈愛的對策〉那晚，芬妮在長途電話上對我說。線路並不通暢，常有斷音和雜音——彷彿莉莉在偷聽，或者法蘭——我說過，法蘭就是天生要偷聽人家戀愛的角色。

「出事了，你們兩個，」蘇西熊威脅似地重複一遍：「他們找不到菲格波。」

「『他們』是誰？」我問。

「色情小說家和他見鬼的走狗，」蘇西說：「他們問我們有沒有看到菲格波。昨晚還問過妓女。」

「沒人看到她？」我說。那股熟悉的寒意又打從褲腳升起，就像沒有心臟的哈布斯堡王族陵寢裡死寂的氣氛。

多少天了，我們等著父親和佛洛伊德議論紛紛，想辦法在報案前爲旅館找到買主？又有多少夜晚，我們徒勞地討論該向美國領事館或大使館報告——由他們報警，還是直接向奧國當局檢舉？當你愛上自己的姐姐，你也失去了觀察現實世界的大半能力。「那該死的*Welt*，」就像法蘭說的。

法蘭問我：「菲格波住幾樓？你去過她住過的地方，有多高？」

作家莉莉立刻就懂了，但我還沒意會過來。「在一樓，」我對法蘭說：「就一層樓高。」

「那不夠。」莉莉說。於是我明白了，意思是不夠高到從窗口跳樓。假如菲格波終究決定不再走過打開的窗口，她得另找方法。

「就是這麼回事，」法蘭說著挽起我的手臂：「假如她用了老鼠王那一招，人大概還在那裡。」

我感覺自己喘得不只有一點厲害。穿過英雄廣場、沿著圓場街直上市政廳的這段距離，一口氣全力奔跑是長了些，不過我體力正好；有點喘是當然的，但讓我無法呼吸的是那份罪惡感——雖然整件事絕非全是我的緣故，我甚至不可能是菲格波停止走過窗口的主要原因。

聽說後來也看不出在我離開後，她還做了什麼。或許她又讀了一點《白鯨記》，警方查得很徹底，連她在書上做的記號都查到了。而我當然知道，離開時她唸到的地方沒有做記號。奇怪的是，她的記號就做在唸給我聽告一段落的地方——彷彿她把整個晚上重溫一遍之後，才實行了開窗策略。菲格波的開窗策略是一把我不知情的小手槍。她簡潔的遺言沒有署名給誰，但我知道那是給我的。

你看到

史芳格那晚

沒看到

我。我也有

一把槍！「於是

我們奮力向前……」

菲格波引用莉莉最喜愛的結局絕筆。

我並沒有看到菲格波。我在她門外的走廊等著——等法蘭。法蘭體力比較差，我在門外等了半天才見他跟上來。菲格波的房間有扇通往安全梯的門，是老公寓的住客拿來倒垃圾用的。我想他們一定以為那味道是某家的垃圾。法蘭和我甚至連她的門都沒開，門外的味道已經比哀愁還厲害了。

「聽著，你們聽好，」父親說：「我們正面臨一個轉捩點，大家準備好了嗎？」我們看得出他並不知道該怎麼辦。

法蘭把莉莉的合約書退回紐約。他表示，身為莉莉的經紀人，他無法接受這麼沒誠意的條件；莉莉的書很明顯是天才之作——「含苞待放的天才」，法蘭補充，雖然他還沒讀過《我要長大》。法蘭指出，莉莉才十八歲，「還有很多長大的空間。」任一家出版社都應該把握造訪莉莉即將創建的文字殿堂（法蘭的說法）的機會——「從一樓開始」。

法蘭開價一萬五千元——另外還要一萬五千元做廣告。「別讓一點經濟問題，成為我們之間的障礙。」法蘭說。

「既然我們都知道菲格波死了，」芬妮說：「激進派一定也會知道。」

「一聞就知。」法蘭說。我沒吭聲。

「我都找到買主了。」佛洛伊德說。

「眞有人要這間旅館？」芬妮問。

「他們要改建成辦公大樓。」佛洛伊德說。

「菲格波已經死了，」父親說：「我們應該報警，把一切眞相說出來。」

「今晚就說。」法蘭說。

「告訴美國人。」佛洛伊德說：「明天再說，今晚先通知妓女。」

「對，今晚先警告妓女。」父親同意。

「明天早上，一大早，」法蘭說：「我們就去美國領事館——或者大使館。到底哪一個？」

我發現自己並不知道哪個是哪個，也不知道誰是誰。我們曉得父親也不知道。「唔，反正我們人多，」父親溫和地說：「可以有的去領事館，有的去大使館。」這時我才明白，我們根本沒人眞正懂得在國外生活：我們甚至不知道大使館和領事館是不是在同一棟樓——在我們看來，大使館和領事館似乎是一回事。我也明白，這七年對父親的改變有多大：他已經失去了那份果斷——在得瑞和母親漫步在艾略特公園那晚，用他想見的遠景説服她將湯普森女中改建成旅館的果斷。父親首先失去了供他上大學的厄爾，而失去愛荷華巴布時，父親也失去了巴布的直覺。愛荷華巴布懂得如何接住傳偏的球——對旅館業來說，這種直覺更是重要。現在我才認清哀愁令父親付出了多少代價。

「他的點子。」後來芬妮說。

「他手上的牌少了好幾張。」法蘭則說。

「不會有事的，爸。」那天之後，芬妮在前佛氏旅館裡不忍心地說道。

「是啊，爸，」法蘭說：「我們可以回家了！」

「我會賺好幾百萬，爸。」莉莉說。

「我們去散步，爸。」我對他說。

「誰去通知妓女？」他不安地問。

「通知一個，就等於通知全部了。」芬妮說。

「不，」佛洛伊德說：「她們彼此間有時口風也很緊。我去通知貝貝。」佛洛伊德說，他最喜歡貝貝。

「我通知老比利。」蘇西說。

「我通知尖叫安妮。」父親說，他似乎有些茫然。

沒有人要找姚蘭塔，我只好自告奮勇。芬妮瞪著我，但我假裝沒看見。法蘭全神貫注在人形上，希望得到清楚的指示。莉莉回房去了，她看起來好小，我想——當然，她的確很小。她一定是回去繼續努力長大——寫，不停地寫。在第二家新罕布夏旅館，每次我們開家庭會議，莉莉總是小得讓父親忘了她已經十八歲；有時他還會把她抱起來坐在他腿上，玩她的馬尾。莉莉無所謂，她告訴我，唯一使她喜歡自己個子小的原因，就是父親一直當她是小孩。

「我們的小孩作家。」當經紀人的法蘭有時這麼喊她。

「我們出去散散步，爸。」我又說一遍，不敢確定他聽到了沒有。

我們穿過大廳。面對櫃檯的長沙發上有個打翻的菸灰缸，我知道，今天一定是輪到蘇西打掃大廳。蘇西很有心，可是動作太笨了；每次輪她打掃，大廳都亂得一塌糊塗。

芬妮站在樓梯口，抬頭望著樓上。我不記得她幾時換了衣服，但這會她看起來卻盛裝齊整。她穿了一襲洋裝。芬妮不是老做襯衫牛仔褲打扮的人，她喜歡寬鬆的裙子和上衣——但並也不特別愛穿洋裝。但這時她穿的是一件漂亮的深綠色洋裝，肩帶很細。

「已經入秋了，」我對她說：「那是夏天的衣服，妳會著涼的。」

「我沒要出去。」她說，仍然望著樓上。我望著她裸露的肩頭，爲她冷起來。這時已是傍晚，但我們都知道恩斯特還沒歇手——他還在五樓工作。芬妮盯著樓梯看。「我只是去把他穩住。」她對我說，但眼睛沒看我——也沒看父親：「別擔心，我不會告訴他我們知道多少——我會裝傻。我只想探探他知道什麼。」她說。

「他是個變態，芬妮。」我說。

「我知道。」她說：「你想我想得太多了。」

我帶著父親走上克魯格街，還太早，不到妓女出現的時候，不過一天的工作早已結束，通勤的人都安全地待在市郊，只有那些風雅人士在外頭閒晃，等著晚餐時間——或者歌劇開演。

我們從卡恩納街走上排水道，照例在聖舒特芳教堂前望了半晌。

我們踱進新市場，盯著東納噴泉中央的裸像看。我發現父親對它們一無所知，便把瑪麗亞·德蕾莎當年的鎭壓手段簡單描述給他聽。他似乎聽得津津有味。接著我們經過大使館飯店面對新市場金紅交映的華麗大門，父親的眼光避開大使館飯店，只顧著看在噴泉裡拉屎的鴿子。我們繼續走。還有一會天才會黑。經過莫札特咖啡屋時，父親說：「那兒看起來是個好地方，比莫瓦特好多了。」

「是好多了。」我說，試圖掩飾我的驚訝：他居然沒去過。

「我一定要記得找一天去坐坐。」他說。

我試著想繞另一條路，可是當天光將暗之際，我們還是走到了沙赫旅館門前——正好遇上酒吧點燈。我們停下來看著燈光亮起，這真是世上最美的酒吧，我心想。「*In den ganzen welt*（全世界），」法蘭說的。

「咱們進去喝一杯。」父親說，於是我們進去。我有點擔心他的衣著。我自己倒還好，我看起來一向如此——還好。但在我眼裡，父親卻忽然顯得寒酸了起來，我注意到他的長褲根本沒燙過，兩條褲管像煙囪一樣圓鼓鼓——又蓬又鬆。他到維也納以後瘦了，吃不到家常菜令他顯得清減了些，糟的是他的腰帶又太長了——我注意到那其實是法蘭的腰帶，父親只是借穿而已。他身上是一件褪色得很厲害的灰白條紋襯衫，倒還過得去——我發現這襯衫本來是我的，在最近舉重令我上半身體格變化前還在穿。現在我已經穿不下了，但這襯衫還不難看，只是褪了色，有點皺而已；問題是，配直條紋襯衫的是件格子外套。感謝上帝，父親從不打領帶，我簡直不敢想像他會拿什麼領帶來打。然而我發現酒吧裡沒有人會對我們無禮，因爲我頭一次發現父親看起來像什麼。他就像一個行徑怪異的百萬富翁，他就像世上最有錢的人，但什麼都不在乎。他就像是慷慨、不羈和多金的綜合體；無論他穿什麼，看起來口袋都像裝了一百萬——儘管口袋有破洞。沙赫酒吧裡有幾個看來非常體面有錢的人，可是等我們一進去，他們卻都對父親投來妒羨已極的眼光。我想父親一定看得出來，雖然他很少看清這個現實的世界；而他對女士們的秋波，也顯得很天眞無邪。沙赫酒吧裡有些人會花上幾個小時打扮自己，而父親在維也納住了七年，買衣服的時間還不到十五分鐘。他只穿母親買給他的，其他就向法蘭和我借。

「晚安，貝里先生。」酒保向他打招呼，我這才明白父親是這裡的常客。

「*Guten Abend*。」父親說。父親會的德文差不多就這樣了。他還會說「*Bitte*（請）」「*Danke*（謝謝）」跟「*Auf Wiedersehen*（再見）」，行禮的模樣也很動人。

我要了杯啤酒，父親則要「老樣子」。父親的「老樣子」是一杯黏不拉嘰、裡頭加了威士忌或萊姆酒，但看起來像是冰淇淋聖代的嚇人東西。他不太喝，只啜了一小口，剩下的都拿來攪著玩。他不是來喝酒的。

維也納最體面的人們從外頭走進來，沙赫旅館的住客也來到這兒聚會或找伴共進晚餐。當然，酒保並不知道父親住在可怕的新罕布夏旅館——就算放慢腳步，離這兒也只有幾分鐘路程。不知酒保以爲父親來自何處？一艘遊艇，我猜，至少也是布里斯托飯店、大使館飯店或帝國飯店。我這才發現父親用不著白禮服也很像樣。

「唔，」在沙赫酒吧裡，父親靜靜對我說：「約翰，我是個失敗者。我讓你們失望了。」

「沒有，你沒有。」我對他說。

「這下得回自由之國去，」父親說，用無名指攪他那杯噁心的飲料，然後吮吮指頭，「不要旅館了，」他輕聲說：「我得找份差事。」

這話的口氣就像說要動手術一樣，我眞不忍心看他被現實禁錮的樣子。

「你們幾個孩子也得進學校，」他說：「要上大學。」他作夢似幻地說。

我提醒他，我們都進過學校，也都上大學了。法蘭、芬妮和我甚至學位都拿到了，而莉莉既然已經寫了一本小說，又何必一定要修完她的美國文學？

「哦，」他說：「那，或許我們都得找份差事。」

「這不成問題。」我說。他看著我微微一笑，身子前傾，在我臉頰上親了一下。他的表現如此完美，酒吧裡的人——就算一瞬也好——絕不可能以爲我是這個中年男子的年輕愛人。這是父親給兒子的吻，大家眼光裡的妒羨之情，比他進門之前更濃厚了。

他那杯飲料攪個沒完。我又要了兩杯啤酒。我知道他在幹什麼。他正全神貫注地吸收著沙赫酒吧的一切，好好地看最後一眼；當然，他也在幻想他擁有這裡——也住在這裡。

「你們的媽，」他說：「一定會喜歡這一切。」他一手微微動了動，然後擱在腿上。她會喜歡什麼？我心想。沙赫旅館和酒吧——哦，當然。但除此之外她還會喜歡什麼？她兒子法蘭留了一臉鬍子，想從一具裁縫人形上收到她的訊息和意義？她的小女兒莉莉想要長大？她的大女兒芬妮想了解一個色情小說家知道些什麼？她會喜歡「我」嗎？我心想，這個不再說髒話，卻一心想和姐姐做愛的兒子。芬妮也想的！她就是為此去找恩斯特的，不用說。

父親不明白我為什麼哭了起來，但他說的話都正中要點。「事態沒那麼糟，」他向我保證：「人類在這方面很了不起——無論如何都能生存下去。」父親告訴我：「如果我們不能從那些失落的、思念的、想要但永遠不能擁有的事物中變得更堅強，那我們就算不上堅強了，是不是？還有什麼能使我們堅強？」父親問。

沙赫酒吧的每個人都看著父親安慰哭泣的我。這就是它在我心目中是世上最美的酒吧的理由之一，它有令不幸的人感到自在的雅量。

父親摟著我的肩，我覺得好多了。

「晚安，貝里先生。」酒保說。

「*Auf Wiedersehen*。」。父親說，他曉得自己再也不會來了。

外頭，一切都已改變。天黑了。秋天到了。匆匆從我們面前經過的第一個人，穿著黑皮鞋、黑長褲，以及一件白禮服。

父親沒注意那個穿白禮服的人，可是被這個惡兆提醒的我卻覺得很不舒服。穿白禮服的人是去聽歌劇的，我知道，他一定是在趕入場時間。如同菲格波警告的，「秋天那一季」已經朝我們而來。從氣候就感覺得到。

我從法蘭一本談歌劇的書上讀到，一九六四年紐約大都會歌劇院的開季戲，是董尼才第的《拉梅默的露琪亞》，但法蘭說他很懷疑維也納這裡會用「露琪亞」開場。他說，應該是更維也納風格的作品——「他們鍾愛的小史特勞斯、莫札特，甚至那個菜頭華格納。」而父親和我看見那個白衣人之時，我甚至不知道今天是不是開幕首夜。唯一清楚的是，國立歌劇院已經開始演出了。

「一八三五年義大利版的『露琪亞』，在維也納的首演是一八三七年，」法蘭告訴我：「當然，後來也演過幾回。最有名的是，」法蘭說：「偉大的阿德琳娜．帕蒂飾演主角那次——尤其是當她正要開始唱發狂場面時，衣服著了火那晚。」

「什麼發狂場面，法蘭？」我問他。

「這事得眼見為信，」法蘭說：「但即使當時，也很難令人置信。就在帕蒂正要開始唱發狂場面時，她的衣服著了火——那時舞台是靠瓦斯燈照明的，她大概站得太近了。你知道偉大的阿德琳娜．帕蒂是怎麼反應的嗎？」

「不。」我說。

「她把著火的衣服扯下來繼續唱。」法蘭說：「維也納的美好舊時光。」

我在法蘭的另一本歌劇書裡讀到，阿德琳娜．帕蒂主演的「露琪亞」似乎注定了要受這種驚擾，例如在布加勒斯特，著名的發狂場面被一個掉進樂隊池的觀眾——摔在一個女士身上——打斷，在一片驚亂中，有人大叫：「失火了！」但偉大的阿德琳娜．帕蒂喊道：「沒失火！」——然後繼續唱。後來在舊金山，有個瘋子往舞台上扔了個炸彈，大無畏的帕蒂再度讓觀眾牢牢地待在位子上——雖然炸彈真的炸了！

「那是個小炸彈。」法蘭向我保證。

但就法蘭和我所見，夾在阿貝特和恩斯特之間往歌劇院而去的炸彈可不小；它跟哀愁一樣重，跟熊一樣龐大。而父親和我向沙赫道別那晚，維也納國立歌劇院上演的也未必是董尼才第的「露琪亞」；但基於個人理由，我寧可認爲是「露琪亞」。這齣歌劇裡有一大堆血和鮮奶油——連法蘭都承認——而一個做哥哥的，把自己的妹妹弄得發狂而死，因爲他把她推給一個她不愛的人……唔，看這情節，你就知道我爲什麼認爲這一堆血和鮮奶油特別恰當了。

「所謂的嚴肅歌劇都是一堆血和鮮奶油。」法蘭對我說。我對歌劇沒有熟到可以判斷這話眞不眞，我只知道父親和我從沙赫旅館走回新罕布夏旅館那晚，維也納國立歌劇院上演的應該是《拉梅莫的露琪亞》。

「其實都一樣——不論演的是哪齣。」法蘭總是說，但我寧可認爲是「露琪亞」。在父親和我抵達新罕布夏旅館之前，我寧可認爲著名的發狂場面還沒上演。蘇西熊在大廳裡——居然沒戴她的熊頭！哭個不停。父親經過蘇西身邊，完全沒注意到她在難過——甚至沒打扮好！但父親已經習慣了不快樂的熊。

他直接走上樓，要告訴尖叫安妮關於激進份子的壞消息。「她要不有客人，要不就在馬路上。」我對他說，但父親說他就在她房門外等。

我在蘇西身旁坐下。

「她還跟他在一起。」蘇西嗚咽著說。假如芬妮還跟色情小說家恩斯特在一起，我知道，那表示他們不只「談談」而已。我拿起蘇西的熊頭，戴上又拿下。我沒辦法待在大廳等芬妮像妓女一樣完事——再下樓到大廳——但我知道干涉也沒用。跟以往一樣，來不及了。這裡沒有人跟哈羅・史瓦洛一樣快，也沒有護法黑軍。小瓊斯「日後」還救得了芬妮，但他來不及應付恩斯特了——我也一樣。如果我一直和蘇西待在大廳，我只能陪她一起哭。而我哭得已經太多太多了，我想。

「妳跟老比利說了沒？」我問蘇西：「關於炸彈狂的事？」

「她只擔心去他媽的瓷熊。」蘇西說著繼續哭。

「我也愛芬妮。」我對蘇西說，摟著她。

「跟我不一樣！」蘇西說。是的，跟妳一樣。我想。

我往樓上走，蘇西誤會了我的意思。

「他們在三樓某一間，」蘇西說：「芬妮下來拿過鑰匙，可是我沒看清楚哪個房間。」我看看櫃檯，一團糟，顯然是蘇西值夜的結果。

「我要找姚蘭塔。」我對蘇西說：「不是芬妮。」

「哦？告訴她那回事，是嗎？」蘇西問。

可是姚蘭塔沒興趣聽。

「我有話要告訴妳。」我在她門外說。

「三百先令。」她說。我把錢從門縫塞進去。

「好，你可以進來了。」姚蘭塔說。她一個人，顯然剛接過客；因爲她坐在浴盆裡，身上只戴了胸罩。

「你想看奶子嗎？」姚蘭塔問我：「看奶子要加一百先令。」

「我有話要告訴妳。」我說。

「那也要加一百。」她邊說邊洗身子，就像個家庭主婦有氣沒力地洗她的碗盤。

我再給她一百先令，她把胸罩除下。「脫。」她命令我。

我照做。一邊說：「是關於那些笨激進份子的事。他們想破壞一切，他們要炸掉歌劇院。」

「那又怎樣？」姚蘭塔說，看著我脫衣服。「你那身肉根本就長錯了，」她說：「你只是個有大肌肉的小傢伙。」

「我也許需要借用妳皮包裡的東西，」我提議道：「——只借到警方開始處理一切的時候。」可是姚蘭塔沒理我。

「你喜歡站著，靠牆？」她問我：「你要那樣嗎？如果要用到床——如果要我躺下來——還要多加一百。」我靠著牆閉上眼睛。

「姚蘭塔，」我說：「他們是來眞的。菲格波已經死了，」我說：「這些瘋子有一顆炸彈，一顆大炸彈。」

「菲格波根本沒活過。」姚蘭塔說著跪下來用嘴吸我，過了會兒又替我套上保險套。我試著集中心神，可是當她站起來靠著我，把我塞進她身子朝牆猛撞時，她又馬上說我不夠高，不能站著做。我再給她一百先令，改在床上試。

「現在你又不夠『硬』了。」她抱怨。我想，不夠硬是不是得再花我一百先令？

「拜託別讓激進派知道妳曉得這回事，」我對姚蘭塔說：「如果妳暫時離開此地，對妳也許會比較好——誰也不知道旅館會變成什麼樣子。我們要回美國。」我說。

「好了，好了。」她說，把我從她身上一把推開，起身下床坐回浴盆裡。「*Auf Wiedersehen*。」她說。

「我還沒『來』哪！」我說。

「那要怪誰？」她問我，然後洗了又洗，沒完沒了。

我想，萬一眞「來」了，搞不好又要多花我一百先令。我望著她寬大的背在浴盆上搖來晃去，比在我下面時動得還激烈些。看她背著我，我便拿起她放在床几上的皮包往裡瞧。它看起來就像蘇西熊整理過的東西，裡頭有一管開過的軟膏，整個皮包黏糊糊地像灌了奶油。

除了一般可見的口紅、保險套（我這才發現自己的還沒拿掉）、香菸、藥丸、香水、衛生紙、零錢、一個鼓鼓的皮夾——有些瓶瓶罐罐，像是分門別類過的「白麵粉」。裡頭沒刀，更別說槍了。她的皮包只是個空城計，只是個紙老虎；她的性愛原本就是假的，但現在，連她的暴力也是假的了。接著我摸到一個比較大的瓶子——說眞的，大得頗不尋常。我把它掏出來瞧。姚蘭塔轉過來對我尖聲大叫。

「我的寶寶！」她尖叫道：「把我的寶寶放下！」

我差點把那個大瓶子摔到地上。在流動的混濁液體中，我看見一個胎兒，一個握緊了拳頭的胚胎，也是姚蘭塔長出的唯一花苞——未綻先夭。在她心目中——像把頭埋在沙裡求心安的鴕鳥——這個胚胎就是用來唬人的武器嗎？情勢危急時，她拿起皮包伸手進去就是爲了這個？這東西能給她什麼慰藉？

「把我的寶寶放下！」她大叫，一絲不掛地朝我逼來——身子還在滴水。我把裝在瓶裡的胎兒輕輕放在枕頭上，一溜煙逃走了。

我關上姚蘭塔的房門，正好聽到安妮裝出來的尖叫。看來父親正在把壞消息說給她聽。我坐在二樓的樓梯口，既不想看到大廳裡的蘇西，也沒膽量上三樓找芬妮。父親從安妮的房間走出來，向我道晚安，一手搭上我肩頭，下樓回房睡覺去了。

「你告訴她沒？」我從後面叫他。

「她好像不怎麼在乎。」父親說。我過去敲安妮的門。

「我已經知道了。」她看到是我，開口說道。

但姚蘭塔沒讓我「來」成，站在尖叫安妮門外，另一種心思攫住了我。「唔，早講嘛。」尖叫安妮說，雖然我一個字也沒吭。她把我拉進房裡關上門。「有其父必有其子。」她說著幫我脫衣服，她自己還光著身子。難怪她要工作得這麼辛苦，我心想，因爲她不懂姚蘭塔額外收費的那一套。尖叫安妮只是老老實實地每次收四百先令。

「如果你沒『來』，」她對我說：「那就是我不好。不過你會來的。」她向我保證。

「拜託，」我對她說：「如果妳覺得都一樣，我寧可妳『不來』。我的意思是拜託妳別裝，如果妳『安靜』地結束，我會很感激的。」但還沒等我求完，她已經在我身下發出種種怪異的哼聲。然後我被一種可怕的聲音嚇住了，完全不像我聽過的尖叫安妮，也不是蘇西熊令芬妮吟出的甜美歌聲。在恐怖的片刻問——因爲這聲音帶著太多的苦痛——我還以爲那是色情小說家恩斯特讓芬妮唱出的歌聲，接著我發現原來是我自己，我那悲慘的聲音。尖叫安妮開始和著我唱起來，在一段撼人的二重唱之後，我聽見震顫的寂靜中清楚地傳來芬妮的嘶喊，近得彷彿她就站在二樓樓梯口——「哦，上帝，拜託你快點結束好不好！」芬妮尖叫。

「妳爲什麼還要這樣？」我悄聲對在我下面喘氣的安妮說。

「怎樣？」她說。

「假高潮。」我說：「我拜託妳不要的。」

「那不是假的，」她悄聲說。我還沒來得及想這算不算是恭維，她又說：「我從來不假裝高潮，全是眞的。」安妮說：「你憑什麼以爲，我身子壞到非裝不可？」她問我。當然，我又憑什麼相信她如此堅決不讓黑女兒入「這一行」？

「對不起。」我悄聲說。

「我希望他們炸掉歌劇院，」尖叫安妮說：「我也希望他們炸掉沙赫旅館。」她又說：「我希望他們掃平整條卡恩納街，整條圓場街，還有街上的每一個人，每一個『男人』。」尖叫安妮悄聲說。

芬妮正在二樓的樓梯口等我，臉色跟我一樣難看。我在她身旁坐下，彼此問對方是否「還好」，但都找不出什麼話可答。我問芬妮從恩斯特那兒知道了什麼，她只是發抖。我伸手摟住她，一起倚在樓梯的欄杆上。我又問一次。

「我想，我什麼都知道了。」她低聲說：「你想聽什麼？」

「一切。」我說。芬妮閉上眼睛，頭倚在我肩膀上，臉貼著我的頸子。

「你還愛我嗎？」她問。

「是的，當然。」我低聲說。

「這樣你還想聽？」她問。我閉住呼吸。她說：「母牛體位，你想知道那是怎麼回事？」我只能摟著她，什麼也說不出口。「還有大象體位？」她問我。我可以感到她在發抖，她正死命忍著不哭。「我可以告訴你關於大象體位的事，」芬妮說：「最重要的一點就是，痛死了。」她說著哭了。

「他弄痛妳了？」我輕聲問她。

「弄痛我的是大象體位。」芬妮說。我們靜靜坐了一會，直到她不再發抖。「你還要我說下去嗎？」她問我。

「除此之外。」我說。

「你還愛我嗎？」她問。

「是的，我沒辦法。」我說。

「你眞可憐。」芬妮說。

「妳也一樣。」我告訴她。

情人有一點非常可怕——眞正的情人，也就是彼此相愛的兩個人。即使在應該滿心悲傷、互相安慰的時候，一切的身體接觸對他們也會變成性挑逗。即使他們應該陷入哀痛中，仍會感到情慾高漲。芬妮和我沒辦法就這麼在樓梯上抱在一起，一旦相觸，就沒辦法不想碰觸一切。

我想我應該慶幸姚蘭塔打斷了我們。她正要到路邊釣個人來修理，看到芬妮和我坐在樓梯口，故意用膝蓋瞄準我的脊骨一頂。「喔，抱歉！」她說，又對芬妮加了一句：「別和他搞，他來不了。」

芬妮和我一言不發，若即若離地跟在姚蘭塔身後下樓——姚蘭塔穿過大廳，走到克魯格街上去了；芬妮和我則去找蘇西熊。蘇西睡在灑滿菸灰的長沙發上，臉上的表情幾乎可以算是靜謐安詳——蘇西完全不像她自己想的那麼醜。芬妮跟我說過，蘇西那個「臉上罩個袋子」的小玩笑其實不好笑；強暴她的兩個男人就在她頭上罩了個袋子——「這樣就用不著看妳的臉了。」他們對她說。這種殘忍能把任何人都變成一隻熊。

「我實在不懂強暴。」後來我對蘇西熊承認：「對我而言，強暴是人經歷過還能活下來的行爲中最野蠻的一種——如果碰到謀殺之類的，人當然活不了。強暴也是我所能想像最野蠻的行爲，因爲我無法想像自己會對任何人這麼做，我甚至無法想像自己會有這種念頭。所以它給我一種全然陌生的感覺，我想這就是它之所以顯得如此野蠻。」

「我可以，」蘇西說：「我可以想像對強暴我的那兩個混蛋這麼做。」她說：「不過這完全是出於報復心理，而且強暴一個該死的男人也沒用，因爲他八成會樂在其中。還眞有些男人以爲我們喜歡被強暴。」蘇西說：「他們只會那樣想，因爲他們以爲自己會喜歡。」

但在第二家新罕布夏旅館灰撲撲的大廳裡，芬妮和我只是把她叫醒，帶她回自己房裡睡覺。我們扶她起來，把熊頭拿給她，替她拂去毛茸茸的背後那些舊菸屁股（她剛剛一直躺在上面）。

「起來，把這身打扮脫掉，蘇西。」芬妮哄她。

「妳怎能！跟恩斯特？」蘇西對芬妮喃喃說道。「你又怎能——跟妓女？」她問我。「我實在搞不懂你們兩個。」蘇西作了結論：「大概我太老了。」

「不！蘇西，我才老了。」父親溫和地對熊說。我們都沒注意他站在櫃檯後面，還以為他早睡覺去了。而且他不是一個人。有如母親般溫柔的激進份子、我們親愛的「鮮奶油」——史芳格跟他在一起。她亮出槍來，叫我們回到沙發上。

「乖乖的，」史芳格對我說：「去找莉莉和法蘭，好好叫他們起床。」她說：「動作輕點，別粗魯。」

法蘭在床上，人像直挺挺地和他躺在一起。他很清醒，我用不著叫他。「我早知道不能等，」法蘭說：「應該立刻去報案。」

莉莉也很清醒，她在寫作。

「又有新的經驗可寫了，莉莉。」我牽起她的手往大廳走，開她玩笑。

「希望只是個『小』經驗。」莉莉說。

他們都在大廳等我們。史勞本史呂瑟穿著那套公車車掌的制服，看起來一副「官樣」。阿貝特一身盛裝前來上工，他身上是一套燕尾服——全黑的；太登樣了，就算在劇院裡也不顯怪。對他們發號施令的四分衛也在場——白馬王子恩斯特、色情小說家恩斯特、大明星恩斯特。唯一缺席的是老比利——激進派那個。他見風轉舵了，正如阿貝特所說的；老比利夠聰明，到了運動的尾聲便抽身而去。下一場戲開始時，他必定還在場。而對恩斯特、阿貝特、史勞本史呂瑟和史芳格來說，此刻歡慶（或許也是最後）的演出才正要開始。

「親愛的莉莉，」史芳格說：「去找佛洛伊德，我們不能少了他。」

於是莉莉又一次權充佛洛伊德的「導盲熊」，將滿懷信念的瞎老頭帶到我們面前——路易威爾一級棒在面前一步一頓；他只穿了件背後有條黑龍的深紅色絲睡袍（「一九三九年，紐約唐人街！」他曾經告訴我們）。

「我是作了什麼夢？」老頭子說：「民主出了什麼問題？」

莉莉把佛洛伊德扶到長沙發邊，在父親身旁坐下；球棒正好敲到父親的脛骨。

「哦，抱歉！」佛洛伊德叫道：「這是誰的骨頭？」

「溫．貝里。」父親輕輕地說。說來不可思議，但這是我們孩子僅有一次聽見父親說他自己的名字。

「溫．貝里！」佛洛伊德叫道：「有溫．貝里在，事情就不會糟到哪裡去！」沒人這麼有把握。

「你們自個解釋解釋吧！」佛洛伊德對著眼前的黑暗大叫：「你們全都在這，」老頭子說：「我聞得到，我可以聽見每一個呼吸。」

「說起來很簡單。」恩斯特平靜地說。

「基本，非常基本。」阿貝特說。

「我們需要一個司機，」恩斯特輕聲說：「負責開車。」

「它跑起來就像一個夢，」史勞本史呂瑟不勝崇敬地說：「哼起來就像隻高興的小貓。」

「你自個開吧，扳手。」我說。

「安靜點，親愛的。」史芳格對我說，我看了一眼她的槍，只為確定瞄準的是我。

「安靜點，舉重的。」扳手說。他車掌制服前頭的褲袋露出一支看起來很重的短小工具，他把手擱在上面，彷彿那是手槍的槍把。

「菲格波懷疑太多。」恩斯特說。

「菲格波死了。」莉莉說——我們的作家也是家裡最實際的一個。

「菲格波浪漫得無可救藥，」恩斯特說：「她永遠對手段有疑慮。」

「目的可以使一切手段合理化，你知道。」阿貝特插嘴道：「這很基本，非常基本。」

「你是個白痴，阿貝特。」芬妮說。

「你跟資本主義者一樣自以爲是！」佛洛伊德對阿貝特說。

「但還是白痴，阿貝特。」蘇西說：「非常基本的白痴。」

「那隻熊倒可以當個好駕駛。」史勞本史呂瑟說。

「見你的鬼，扳手。」蘇西熊說。

「那隻熊敵意太深，不可靠。」恩斯特說，非常講邏輯。

「還用說嗎？」蘇西熊說。

「我可以開。」芬妮對恩斯特說。

「妳不行。」我說：「妳甚至沒拿過駕駛執照，芬妮。」

「可是我知道怎麼開，」芬妮說：「法蘭教過我。」

「我開得比妳好，芬妮。」法蘭說：「如果非要我們其中一個開，我開得比較好。」

「不，我開得更好。」芬妮說。

「妳眞令我驚訝，芬妮，」恩斯特說：「妳比我想像中更懂得遵循指示——妳很會按照命令辦事。」

長槓鈴。

「別動，親愛的。」史芳格對我說，因爲我的手臂抖了起來——就像剛舉過很長一段時間的

「你什麼意思？」父親問恩斯特，他的德文太爛：「什麼指示——什麼命令？」父親問。

「他幹了我。」芬妮告訴父親。

「乖乖坐好。」扳手對父親說，帶著傢伙走近他。法蘭只好翻譯給父親聽。

「留在原地別動，爸爸。」法蘭說。

佛洛伊德拿著球棒揮來揮去，彷彿他是一隻貓，而球棒是他的尾巴。他用球棒輕輕敲著父親的腿——一下、兩下、三下。我知道父親想要球棒，他對那支路易維爾一級棒很有一套。偶爾趁佛洛伊德在小睡，父親會帶我們去市立公園，打幾個滾地球給我們接。我們都喜歡將滾地球一把撈起的感覺。這是市立公園裡一場小小的家常棒球賽，由父親擊球。連莉莉都喜歡玩，要接滾地球用不著大個子。法蘭最不會接，芬妮和我都很拿手——在很多方面，我們簡直是一模一樣。父親會對芬妮和我擊出最猛的滾地球。

不過這會兒球棒在佛洛伊德手上，他用來讓父親冷靜。

「妳和恩斯特睡覺，芬妮？」父親溫和地問她。

「是的，」她輕聲說：「對不起。」

「你上了我女兒？」父親問恩斯特。

恩斯特把它當成一個形而上的問題：「這是個必要的階段。」他說。那一瞬間，我——確定我可以跟小瓊斯一樣仰舉起自己體重的兩倍——夠快的話，或許能舉個三、四次；我可以把舉起的槓鈴視若無物。

「我女兒是個必要的『階段』？」父親問恩斯特。

「現在的狀況跟感情沒有關係，」恩斯特說：「而是技術性的問題。」他說，沒理會我父親：「雖然我相信妳車開得很好，芬妮，但史芳格要求饒了你們幾個孩子。」

「包括那個舉重的？」阿貝特問。

「是的，他是個好孩子。」史芳格說，對我笑容滿面——手裡舉著槍。

「要是你敢叫我爸開車，我就宰了你！」芬妮忽然對恩斯特尖叫道。扳手馬上帶著傢伙逼近她，要是他敢動芬妮，事態一定不只如此，但他只是站到她旁邊而已。佛洛伊德的球棒一點一滴地打著拍子。父親緊閉雙眼，聽德文聽得很吃力。他一定正夢想著強勁滾地球，硬生生穿越內野的情景。

「芬妮，史芳格還要求我們，」恩斯特耐心地說：「不要讓你們這些孩子，變得沒娘又沒爹。我們並不想傷害妳父親，芬妮，而我們也不會這麼做，」恩斯特說：「只要『另一個人』好好開車。」

新罕布夏旅館大廳裡一片困惑的沉寂。如果眞要放過我們孩子，不找父親，蘇西熊又不可信，難道恩斯特要找妓女來開車嗎？她們也不可靠——當然，妓女只顧自己。就在色情小說家恩斯特用那套辯證法教誨我們的時候，妓女一個個從我們身旁溜出大廳——她們集體從新罕布夏旅館退房了。這是個無聲的隊伍——共患難的友伴，就像賊黨一樣親密——幫老比利搬她的瓷熊，也帶走她們的軟膏、牙刷、藥丸、香水和保險套。

「就像一群拋棄沉船的老鼠。」事後法蘭說。她們沒有菲格波的浪漫，只不過是一群妓女而已，連聲再見都沒說就走了。

「那誰來開車，你這狗屁大王？」蘇西問恩斯特：「還剩天殺的誰？」

恩斯特微笑著，笑容裡充滿嫌惡；他的對象是佛洛伊德。佛洛伊德看不見，但他馬上明白了。「是我！」他叫道，彷彿中了大獎；他興奮得要命，敲球棒的速度快了一倍。「我開車！」佛洛伊德喊道。

「對了，就是你。」恩斯特說，非常愉快。

「棒極了！」佛洛伊德大叫：「給瞎子的最好差使！」他嚷道，球棒像他的指揮棒，領著一整個樂團——佛洛伊德的維也納國立音樂廳大樂團！

「你愛溫．貝里，不是嗎？佛洛伊德？」史芳格溫柔地問老頭。

「當然！」佛洛伊德大叫：「他就像我兒子！」佛洛伊德吼道，雙手摟住我父親，球棒夾在兩膝間。

「所以只要你好好開車，」恩斯特對佛洛伊德說：「溫．貝里就不會有事。」

「如果你敢耍花樣，」阿貝特說：「就把他們全宰了。」

「一次一個。」史勞本史呂瑟補上一句。

「瞎子怎麼開車？這群白痴！」蘇西熊尖叫。

「解釋給他們聽，史勞本史呂瑟。」恩斯特平靜地說。於是輪到扳手出場了，他一輩子就只爲這一刻——將自己的慾望一五一十細說分明。阿貝特看起來有些嫉妒。史芳格和恩斯特聽得春風滿面，就像老師望著自己的得意門生。父親由於德文不夠好，自然聽不懂幾成。

「我叫它『同感炸彈』。」扳手首先說。

「哦！棒透了！」佛洛伊德大叫，然後咯咯笑個不停：「『同感』炸彈！耶穌基督！」

「閉嘴。」阿貝特說。

「實際上有兩個炸彈，」史勞本史呂瑟說：「第一個炸彈就是車子，整輛車。」他詭異地笑笑：「車子必須在距離歌劇院一定的範圍內爆炸——應該說，必須靠得很近。如果車子在這個範圍內爆炸，歌劇院裡的炸彈也會跟著引爆。你可以說這是跟第一次爆炸起了同感的緣故，所以我叫它同感炸彈。」扳手像呆子一樣補充道。這部分連父親都聽懂了。「首先炸的是車子，如果地點離歌劇院夠近，大的炸彈——歌劇院裡那個——就會跟著爆。我管車上那個叫『接點炸彈』。接點就是車子前頭的牌照。只要把牌照壓下去，車子就會炸得半天高。那一帶的人也會一起炸上天。」史勞本史呂瑟說。

「難免的事。」阿貝特說。

「歌劇院裡的炸彈，」史勞本史呂瑟深情款款地說：「比接點炸彈要複雜得多。它是一個化學炸彈，但是需要一種非常精細的電流脈衝才能引爆。它的引信非常敏感，只對發生在一定範圍內的爆炸有『回應』，幾乎就像歌劇院長了耳朵一樣。」扳手說著自顧自地笑了起來。這是我們頭一次聽到他笑，非常噁心。莉莉開始乾嘔，好像快病了。

「妳不會有事，親愛的。」史芳格安慰她。

「我只要先帶佛洛伊德沿著圓場街把車開到歌劇院，」史勞本史呂瑟說：「當然，我得避免撞上任何東西，在路邊找個安全的地方把車停好——然後我下車，」史勞本史呂瑟說：「等我走出去，就換佛洛伊德坐在駕駛座上。在準備好以前，沒人會要我們把車開走，在維也納沒人會懷疑一個車掌。」

「我們曉得你會開車，佛洛伊德，」恩斯特對老頭子說：「你以前是修車的技工，對吧？」

「對。」佛洛伊德說，他聽得入迷了。

「我就站在佛洛伊德旁邊，從駕駛座的窗口跟他說話，」扳手說：「等阿貝特從歌劇院出來，穿過卡恩納街——走到對面。」

「對面的安全地帶。」阿貝特加了一句。

「然後我就叫佛洛伊德數到十，把車開過去撞！」史勞本史呂瑟說：「我會先把車子對準正確方向。佛洛伊德只要負責撞就好，他得盡可能加快速度，然後去撞某樣東西——差不多立刻就會撞上，不管他往哪裡轉。反正他瞎了！」扳手狂熱地說：「他非撞上什麼不可。等他撞了，歌劇院也就炸了，同感炸彈會回應。」

「『同感』炸彈。」父親諷刺地說，連他也聽懂了「同感」的意思。

「炸彈放在一個很理想的地方，」扳手說：「已經過了很久，所以我們知道沒人發現它藏在那兒。它很大，可是沒人找得到。」

「就在舞台下面。」阿貝特說。

「它是舞台的一部分。」史勞本史呂瑟說。

「就在他們出來謝他媽的幕那裡！」阿貝特說。

「當然，它炸不死所有人，」恩斯特直言無諱地說：「舞台上的人全會被炸死，還有大部分的樂團，或許還有坐在前幾排的大部分觀眾。至於那些遠離舞台、安全無事的後排觀眾，他們面前會出現一場極致的歌劇效果。」恩斯特說：「絕對是難得一見的奇觀。」

「鮮奶油和血。」阿貝特調侃史芳格，但她只是握著槍微笑。

莉莉吐了。史芳格彎下腰安慰她時，我本來有機會可以奪槍的，但我的腦筋動得不夠快。阿貝特從史芳格手中取過了手槍——我很慚愧，他似乎考慮得比我清楚。莉莉吐個不停，芬妮也跟著安撫她，恩斯特則繼續說下去。

「等阿貝特和史勞本史呂瑟回來報捷，我們就能確定沒必要傷害這個可愛的美國家庭。」恩斯特說。

「所謂家庭，」阿貝特說：「是美國人濫情到極點的一種機制，就像對運動健將和電影明星的崇拜一樣。他們對家庭投注的關心，就像消費那些有害健康的食物，怎樣都不嫌多。美國人對『家庭』這個概念，簡直迷瘋了。」

「等我們炸了歌劇院之後，」恩斯特說：「等我們摧毀了一座維也納人崇拜得可厭到極點的機制——就像崇拜那些咖啡屋——就像崇拜『過去』——唔……等我們炸了歌劇院，手上還有一個美國家庭，這個美國家庭就是我們的人質。而且還是個很有『悲劇色彩』的家庭。母親和老么已經成了意外的犧牲者。美國人喜歡意外。他們認爲災難這回事妙不可言。這裡還剩一個爲養家奮鬥不懈的父親和四個小孩，全都是我們的俘虜。」

父親不很懂他的意思。芬妮問道：「你到底『要求』什麼？把我們當人質，你想要求些什麼？」

「沒有要求，親愛的。」史芳格說。

「我們並不要求什麼，」恩斯特耐心地說——他總是這麼耐心：「我們想要的已經都有了。等我們炸了歌劇院，又有你們一家做人質，我們就會得到我們想要的。」

「一群觀衆。」史芳格近乎耳語地說。

「很大一群觀衆，」恩斯特說：「一群跨越國際的觀衆，不僅歐洲——不僅是那些鮮奶油和血的觀衆，還有美國觀衆。整個世界會對我們的話洗耳恭聽。」

「什麼話？」佛洛伊德問。他也壓低了聲音。

「每一句話，」恩斯特理所當然地說：「我們會有一群觀衆傾聽我們的每一句話——關於一切。」

「關於新世界。」法蘭喃喃說。

「對！」阿貝特說。

「大部分恐怖份子都會失敗，」恩斯特說明道：「因爲他們先抓人質，再用暴力威脅。但是我們先以暴力開始，證明我們有能力，再抓人質。這樣大家才會聽我們的。」

每個人都望著恩斯特——當然，這是他最喜歡的事。他是個願意殺人放火的色情小說家——不爲任何愚蠢的「理由」，只爲找一群觀衆。

「你瘋到家了。」芬妮對恩斯特說。

「妳眞讓我失望。」恩斯特對她說。

「什麼？」父親對他吼道：「你說她什麼？」

「他說我讓他失望，爸。」芬妮說。

「她讓你『失望』！」父親對恩斯特吼道。「我女兒讓『你』失望！」

「冷靜點。」恩斯特冷靜地對父親說。

「你上了我女兒，然後說她讓你失望！」父親說。

父親一把抓起佛洛伊德的球棒。他迅速地舉起路易維爾一級棒，彷彿已經握了它一輩子，然後水平一揮，肩膀和腰臀齊力使勁，把棒子直揮到底——這會是一個完美的低空平飛球，穿出內野後還會繼續往上飛。色情小說家恩斯特退得慢了一步，他的頭恰好在偏高快速球的位置，被父親傑出的揮擊打個正著。匡！比芬妮和我接過的任一個滾地球更重更猛，父親的路易維爾一級棒擊中恩斯特的前額，就在兩眼之間。恩斯特的後腦勺率先落地，然後是腳後跟；似乎隔了整整一秒鐘後，恩斯特的身子才跟著頭倒下。一個紫色腫包浮現在恩斯特兩眼間，有隻耳朵流出一些血，彷彿什麼活生生但微小的事物——例如大腦，或心臟——在他裡頭爆炸了。恩斯特兩眼圓睜，於是我們明白他已經看見了佛洛伊德所見的一切；恩斯特隨球棒銳利的一擊，跳出了打開的窗口。

「他死了沒？」佛洛伊德叫道。我想要是他沒叫，阿貝特也許就扣扳機一槍打死父親了；佛洛伊德的叫聲似乎改變了阿貝特遲緩的心思，他把槍指著莉莉的耳朵。莉莉直打哆嗦——她沒東西可吐了。

「求求你，不要。」芬妮對阿貝特小聲說。父親緊握著球棒，但他沒動。武力的優勢在阿貝特那邊，父親必須等待出棒的時機。

「所有人都冷靜。」阿貝特說。史勞本史呂瑟盯著恩斯特前額的紫色腫包不放，史芳格仍然向每一個人微笑。

「冷靜，冷靜，」她呢喃道：「大家冷靜。」

「你現在要怎麼辦？」父親冷靜地問阿貝特。他用的是英文，法蘭只好翻譯。

接下來幾分鐘法蘭一直忙著翻譯，因為父親想知道事態的來龍去脈。他做了英雄，人又站在亞布納海濱旅館的碼頭上了，只不過這回他就是那個白衣人——大局在握。

「把球棒還給佛洛伊德。」阿貝特對父親說。

「佛洛伊德需要他的球棒。」史芳格多此一舉地對父親說。

「放下球棒，爸。」法蘭說。

父親把路易維爾一級棒還給佛洛伊德，在他身邊坐下，他摟著佛洛伊德說：「你沒必要開那部車。」

「史勞本史呂瑟，」史芳格說：「按照我們的原定計畫去做，帶佛洛伊德動身吧！」她說。

「可是我還沒到歌劇院裡！」阿貝特惶恐地說：「我還沒進去——看中場休息時間到了沒，或者說確定不是中場時間。史勞本史呂瑟得看我走出歌劇院，才知道什麼時候動手。」

激進份子瞪著已死的領導，彷彿他會告訴他們怎麼辦；他們需要他。

「妳去歌劇院，」阿貝特對史芳格說：「我比較會用槍，」他說：「我留在這裡，由妳去。」阿貝特勸她：「等妳確定不是中場時間，再走出歌劇院，讓史勞本史呂瑟看到妳的人。」

「可是我沒換聽歌劇的衣服，」史芳格說：「你都穿好了。」她對阿貝特說。

「問問中場時間到了沒，用不著換什麼衣服！」阿貝特對她吼道：「妳那樣子夠資格進去了，而且妳自己可以弄清楚是不是中場時間。妳只是個老太婆，沒人會管一個老太婆穿什麼的，看在老天份上。」

「冷靜點。」史勞本史呂瑟機械地勸道。

「唔，」我們溫柔的史芳格說道：「我還算不上是『老太婆』。」

「操！」阿貝特對她大吼：「去啊，走過去，快點！我們給妳十分鐘，然後佛洛伊德和史勞本史呂瑟就出發。」

史芳格站在那裡，好像不知道下一本書應該跟懷孕還是流產有關。

「走啊，臭娘們！」阿貝特朝她嚷嚷：「記得要走過卡恩納街，過街前先找咱們的車。」於是史芳格離開了新罕布夏旅館，她很鎮靜——在那種狀況下，仍然盡可能在臉上擺出母親般的表情。我們再也沒見到她，我猜她大概去了德國；也許有朝一日會再寫一本關於象徵的書，或者在他處為一個新運動催生。

「你不用這麼做，佛洛伊德。」父親對他說。

「我當然得這麼做，溫．貝里！」佛洛伊德愉快地說。他站起來，拄著球棒就往門口走。雖然眼前一片漆黑，他的方向感還挺好的。「坐下來，你這老呆子。」阿貝特對他說：「我們還有十分鐘。別忘了下車，白痴。」阿貝特對史勞本史呂瑟說，可是扳手仍然看著死在地上的四分衛。我也看著他，整整十分鐘。我明白恐怖份子是怎麼回事了，我想，恐怖份子其實只是另一種色情小說家。色情小說家假裝厭惡他的作品，恐怖份子假裝他對「手段」沒興趣。他們說自己關心的是「目的」，但兩者都撒了謊。恩斯特鍾愛他的色情小說，恩斯特崇拜手段。要緊的永遠不是目的——而是手段。色情小說家和恐怖份子全為了手段而活。手段是他們的一切，爆破的炸彈、大象體位、鮮奶油和血——這才是他們喜愛的。他們知性上的中立是一場騙局，他們只是假裝自己不感興趣。他們說自己有「更高的目的」全是謊言。恐怖份子就是色情小說家。

在這十分鐘裡，法蘭試著讓阿貝特改變主意，但是阿貝特一心無法二用，不知改變為何物。我想法蘭只把他弄糊塗了而已。

法蘭倒是眞把我弄糊塗了。

「你知道歌劇院今晚演什麼嗎，阿貝特？」法蘭問他。

「音樂，」阿貝特說：「音樂和歌唱。」

「可是演的是哪齣歌劇可很要緊，」法蘭騙他：「我是說，今晚不是會滿座的大戲，我希望你明白這點。維也納人不會蜂擁而來，畢竟不是莫札特或小史特勞斯那種的，連華格納都不是。」法蘭說。

「我不管演什麼，」阿貝特說：「前面幾排會坐滿，前幾排一向都是滿的；台上還有那些笨歌手，管弦樂團也非出場不可。」

「今天演的是『露琪亞』，」法蘭說：「鐵定門可羅雀。你用不著懂華格納也知道，董尼才第的東西不值一聽。我承認我算是華格納迷，」法蘭說：「可是，就算你不接受德奧傳統對義大利歌劇的看法，也會知道董尼才第爛透了。和聲陳腔濫調，缺乏配合音樂的戲劇性。」

「閉嘴。」阿貝特說。

「而且聽起來像街頭小調！」法蘭說：「老天，我懷疑有人會想去聽。」

「他們會去的。」阿貝特說。

「最好等一場大的，」法蘭說：「改天晚上再炸吧。找齣重頭戲。如果你炸掉『露琪亞』，維也納人會『鼓掌叫好』！他們會以爲你的目標是董尼才第，或者更妙——義大利歌劇！你們會變成什麼文化英雄之類的，」法蘭說：「而不是你們想當的大反派。」

「等你們找到觀眾時，」蘇西熊對阿貝特說：「誰來發表演說？」

「你們的發言人已經死了。」芬妮對阿貝特說。

「你該不會以爲你能吸引觀眾吧，啊？阿貝特？」蘇西熊問他。

「閉嘴，」阿貝特說：「帶隻熊跟著佛洛伊德的車子去也行，誰都知道佛洛伊德愛跟熊泡在一起。在他人生的最後旅程上有隻熊作陪也不錯。」

「現在計畫不能變了，」史勞本史呂瑟緊張地說：「根據原定計畫，」他說著看了看錶：「還有兩分鐘。」

「走吧，」阿貝特說：「瞎子出門上車得花點時間。」

「我就不用！」佛洛伊德叫道：「我曉得路！這是我的旅館，我知道門在哪裡。」老頭子說，拄著球棒顫巍巍地往門口走：「而且你們那輛該死的車，停在同一個地方好幾年了！」

「跟他去，史勞本史呂瑟，」阿貝特對扳手說：「挽著那死老頭。」

「我不用幫忙，」佛洛伊德愉快地說。「再見，親愛的莉莉，」他鼓勵道：「繼續長大吧！」莉莉又嘔起來，發抖不止；阿貝特把槍移開她的耳朵兩吋遠，顯然對她那灘嘔吐物感到噁心，雖然莉莉只吐了一點點。她連嘔吐都是小小的。

「加油，法蘭！」佛洛伊德嚷道——對著整個大廳：「別讓人說你是個怪胎（queer）！你是個『王子』，法蘭！」佛洛伊德喊：「你比魯道夫更強！」佛洛伊德對法蘭叫道：「你比整個哈布斯堡王族更尊貴！」佛洛伊德鼓勵他。法蘭沒辦法說話，他哭得太厲害。

「妳很可愛，親愛的芬妮，我的甜心，」佛洛伊德溫柔地說：「我用不著看就知道妳有多美。」他說。

「*Auf Wiedersehen*，佛洛伊德。」芬妮說。

「*Auf Wiedersehen*，舉重的！」佛洛伊德叫我：「抱我一下，」他要求道，對我伸出手臂，路易維爾一級棒在他手上像一把劍。「讓我感覺一下你有多壯。」佛洛伊德對我說。我上前擁抱他，然後他開始在我耳邊說悄悄話。

「等你聽到爆炸聲，」佛洛伊德小聲說：「就把阿貝特幹掉。」

「走啊！」史勞本史呂瑟緊張地說，抓住佛洛伊德的手臂。

「我愛你，溫．貝里！」佛洛伊德叫道，但我父親把臉埋在兩手間，坐在原地頭也不抬，人沉在沙發裡。「我很抱歉把你拉進旅館這一行，」佛洛伊德對父親說：「還有熊這一行。」佛洛伊德又加一句。「再見，蘇西！」他說。

蘇西哭了起來。史勞本史呂瑟把佛洛伊德推向門外，我們看得到那輛車，那輛賓士炸彈。它幾乎就停在新罕布夏旅館正門口的路邊。旅館的門是旋轉門，佛洛伊德和史勞本史呂瑟穿了過去。

「我用不著你幫！」佛洛伊德對扳手抗議：「只要讓我『感覺』一下車子，帶我到擋泥板邊就行了，」佛洛伊德抱怨不休：「我自己找得到門，你這白痴，」他說：「讓我摸摸擋泥板。」

阿貝特僵著身子靠在莉莉身上。他挺了挺腰，盯我一眼，確定我在哪裡。他又瞄瞄芬妮，手上的槍游來移去。

「有了，我摸到了！」我們聽見佛洛伊德在外面高興地喊：「這是前燈，對吧？」他問史勞本史呂瑟。父親把頭從手裡抬起望著我。

「那當然是前燈，你這傻老頭！」史勞本史呂瑟對佛洛伊德嚷道：「進去，行不行？」

「佛洛伊德！」父親嘶聲尖叫。他一定那時就知道了。他奔到旋轉門邊。「*Auf Wiedersehen*，佛洛伊德！」父親喊道。他人在旋轉門邊，整個情景看得一清二楚。佛洛伊德的手感覺著前燈，沒往車門移動，反而滑向賓士的車頭。

「另一邊，你這白痴！」史勞本史呂瑟告訴他。但佛洛伊德非常清楚自己身在何處。他掙脫了扳手，掄起路易維爾一級棒開始揮擊，當然，他的目標是牌照。盲人最清楚長年沒動過的東西在什麼地方。佛洛伊德只揮了三下便打中了牌照，父親永遠記得。第一下高了點，打到護柵。

「低一點！」父親透過旋轉門尖叫道：「*Auf Wiedersehen*！」

第二下擊中離牌照左邊一點的保險槓上，父親又叫：「在你右邊，*Auf Wiedersehen*，佛洛伊德！」後來父親說，那時史勞本史呂瑟已經開始逃跑了，但是跑得不夠遠。佛洛伊德的第三棒正中紅心，擊出一支大滿貫。當晚那支球棒的命運眞是高潮迭起！我們再也沒有找到路易維爾一級棒，還有一部分的佛洛伊德，史勞本史呂瑟的親娘恐怕也很難認出他來。父親被炸得從旋轉門往後跌，白色強光和玻璃碎片濺到他臉上。芬妮和法蘭奔過去救他，我則等車一炸就用手臂抱住阿貝特——正如佛洛伊德吩咐的。

爲上歌劇院穿了黑色燕尾服的阿貝特比我略高，也比我重一點；我把下巴緊緊嵌在他的鎖骨上，兩手繞過他胸前，將他的手臂箍到背後。他開了一槍，打到地板。我想他有可能射中我的腳，但我知道自己絕不會讓他把槍舉高半點。我也曉得莉莉已經不在射程之內。阿貝特又對地板開了兩槍。我把他抱得更緊，讓他連我的腳都瞄不到。他下一槍射中自己的腳，登時慘叫不已。他的槍掉了，我聽見它墜地的聲音，也看見莉莉撿了過去；但我並不怎麼注意槍，只管把阿貝特抱得緊緊地。對一個腳上中了自己一槍的人而言，他停止嚎叫的速度算是相當快。法蘭後來告訴我，阿貝特不叫是因爲無法呼吸的緣故。我也沒怎麼注意阿貝特的叫聲，只管抱緊他。我想像著世上最大的一支槓鈴，雖然我不太確定自己在想像中是怎麼用它的——練前臂、仰舉、推舉，或只是把它抱在胸前。其實都一樣，我在乎的只是那份重量。我非常專注。我讓自己的手臂充滿自信。如果我把姚蘭塔抱得這麼緊，她一定會斷成兩截。如果我把尖叫安妮抱得這麼緊，她一定會安靜得很。我也曾幻想過把芬妮抱得這麼緊。自從芬妮被強暴、自從愛荷華巴布教會我之後，我便一直舉重到現在；有阿貝特在我手中，我是世上最強壯的人。

「好個『同感』炸彈！」我聽見父親喊道。我知道他痛得很。「耶穌基督！你相信嗎？他媽的『同感』炸彈！」

事後芬妮說，當時她馬上就知道，父親瞎了。不只是因爲車子爆炸時他離得很近，或者站在旋轉門邊時，玻璃碎片飛到他臉上；芬妮並不是因爲替他擦臉時，看到滿眼鮮血才知道哪裡不對勁的。「我就是知道，」她說：「我是說，在看到他眼睛之前。我早知道他會跟佛洛伊德一樣瞎，或者眞的變瞎，我早就知道。」芬妮說。

「*Auf Wiedersehen*，佛洛伊德！」父親哭了。

「別動，爹地。」我聽見莉莉對父親說。

「對，別動，爸。」芬妮說。

法蘭已經從克魯格街跑上卡恩納街，繞過轉角直上歌劇院。當然，他得去看歌劇院的「同感炸彈」有沒有回應——然而，佛洛伊德早有遠見，停在新罕布夏旅館前的賓士離得太遠，歌劇院內的炸彈起不了同感。而史芳格大概只是一直往前走，或者留下來旁觀歌劇院的末日；也許她比較喜歡這樣。也許她也想在場，看著歌手應觀衆要求出來謝幕，在沒爆炸的炸彈上行最後一個禮。

後來法蘭說，當他跑出新罕布夏旅館去看歌劇院是否完好時，他注意到阿貝特全身是鮮豔的紫紅色，他的手指還會動——或者只是抽搐——兩腳似乎也還在踢著。莉莉則告訴我——在法蘭離開後——阿貝特從紫紅變成藍色。「一種石板似的灰藍，」作家莉莉說：「大海在陰天時的顏色。」等法蘭從歌劇院回來，芬妮告訴我阿貝特已經不動了，全身死白——臉上沒半點顏色。「那是珍珠的顏色。」莉莉說。他死了，被我扼死了。

「你可以放開他了，」最後芬妮只得對我說：「沒事了，不會有事了。」她對我悄聲說道，因爲她知道我喜歡悄悄話。她吻了一下我的臉，於是我放開了阿貝特。

從此之後，我對舉重的感覺再也不一樣了。我仍然舉，但是不再那麼拚命，我不想給自己壓力。只要輕輕鬆鬆舉一下，讓自己感覺舒服就好。我不想勉強自己，再也不了。

警方告訴我們，如果車子停近一點，史勞本史呂瑟的「同感炸彈」的確有可能奏效。炸彈專家則表示，只要歌劇院附近有任何爆炸發生，同感炸彈隨時都可以發作；看來史勞本史呂瑟沒有他自認的那麼精確，還出現了一堆討論激進派「目的」何在的廢話，那些關於他們有什麼「主張」的垃圾，更是多到難以置信。談佛洛伊德的則不夠多，他的眼盲只被一筆帶過，還有他待過集中營的事。至於一九三九年夏天、緬因州和亞布納海濱旅館、那些夢想——還有另一個佛洛伊德對這一切會有什麼想法，完完全全沒被提到。只有一堆關於整個事件「政治面」的愚言蠢語。

「政治本來就愚蠢！」愛荷華巴布一定會說。

談菲格波的也不夠多，更沒人提她能把《大亨小傳》的結局，讀得令人摧心裂肺。當然，他們承認父親是個英雄，對於第二家新罕布夏旅館在外的名聲——「全盛期的名聲」，法蘭如此稱呼那段可悲的日子——則客氣地諱之不論。

父親出院時，我們送了他一件禮物；芬妮寫信向小瓊斯要的。七年來寄球給我們的一直都是小瓊斯，所以芬妮知道幫父親找新球棒的事，交給小瓊斯準沒錯，一支屬於父親自己的路易維爾一級棒。當然，他也的確需要。這份禮物似乎令父親非常感動——其實應該說是芬妮的體貼，因爲這是她的主意。當我們把球棒交到父親伸出的手裡，他也察覺到那是什麼的時候，我想父親或許還掉了幾滴眼淚。但是我們無法確定，因爲他眼前還裹著繃帶。

至於一向替父親翻譯的法蘭，現在又得替他翻譯其他的東西了。國立歌劇院爲我們舉辦感謝表演時，法蘭得坐在父親身邊——在歌劇院裡——低聲替他解說台上的動靜。父親也跟得上音樂。我甚至忘了演的是哪部歌劇；我只記得不是「露琪亞」。那是齣嬉鬧逗笑的喜劇，因爲莉莉堅持不要鮮奶油和血。維也納國立歌劇院感謝我們救命之恩的心意固然好，但我們不想再坐著看完一場鮮奶油和血的演出。我們已經看過了。它在新罕布夏旅館演了整整七年。

在這部歡鬧的喜劇（無論它叫什麼名字）開場之前，指揮、樂團成員和歌手們指名請坐在前排的父親（父親堅持要坐前排；「這樣我才肯定看得到。」他說）亮個相。於是父親站起來行了個禮，他最會行禮了。然後他對觀衆揮了揮球棒，維也納人喜歡路易維爾一級棒的那段故事，看父親拿著棒子朝他們揮，感動得不停鼓掌。我們感到驕傲極了。

我常想，要不是我們每個人都出了名——以我們美國家庭那一套消滅了恐怖份子，拯救了歌劇院——那個對莉莉的書出價五千元的紐約出版商，會接受法蘭提出的要求嗎？「誰在乎？」法蘭狡詐地說。重點是，莉莉沒有簽五千元的那份合約，法蘭要求更高的價碼。等出版商發現「這個」莉莉．貝里就是被槍指著腦袋的那個小女孩，就是貝里家僅存年紀最小（當然，個子也最小）的成員——殺死恐怖份子、拯救歌劇院的貝里家——唔……當然，這時主導權已經操在法蘭手上了。

「我的作家已經有本新書在進行了。」經紀人法蘭說道：「不過我們不用急。關於《我要長大》一書，我想先看看各位開出的最高價如何。」

當然，法蘭大撈了一筆。

「你是說，我們要發財了？」父親茫茫然問道。剛瞎眼不久的時候，父親常會把腦袋笨拙地往前傾——彷彿這樣可以讓他看見。路易維爾一級棒則是他不離身的伴侶，他的打擊樂器。

「我們要做什麼都可以，爸，」芬妮說著添了一句：「你也可以。」她對父親說：「只要你想，就都是你的了。」

「作個夢吧，爹地。」莉莉說。可是父親似乎被無限的選擇嚇呆了。

「什麼都可以？」父親問。

「隨你說。」我告訴他。他又是我們的英雄了，他終於成爲我們的父親。他看不見，但大權在握。

「唔，我得仔細想想。」父親謹慎地說，球棒在地上敲出各種音樂——在父親手裡，路易維爾一級棒的演奏，跟管弦樂團一樣複雜。雖然父親永遠敲不出佛洛伊德那麼巨大的聲響，但他擁有佛洛伊德夢想不到的多樣性。

於是我們揮別住了七年的家回到故鄉。法蘭以高得離譜的價錢，賣掉第二家新罕布夏旅館；法蘭認爲，畢竟它也可以算是一個歷史的里程碑。

「我要回家了！」芬妮寫信給小瓊斯。

「我要回家了！」她也寫信給奇柏．道夫。

「該死，爲什麼？芬妮？」我問：「爲什麼寫信給道夫？」但芬妮不願多說，她只聳了聳肩。

「我告訴過你，」蘇西熊說：「芬妮早晚得『面對』這回事。你們兩個都得面對道夫，」蘇西說：「而且也得面對『彼此』。」我望著蘇西，彷彿不知她在說什麼。「我沒瞎，你知道的，我有長眼睛，何況我還是一隻聰明熊。」

但蘇西並不是在威脅。「你們的問題才嚴重。」她老實對芬妮和我說。

「開玩笑。」芬妮說。

「唔，我們很小心的。」我對蘇西說。

「你還能小心多久？」蘇西問。「炸彈還沒清光，你們兩個中間就有炸彈，」她說：「你們不只得小心而已，」蘇西警告芬妮和我：「炸彈能把你們倆都炸成碎片。」

這下芬妮似乎無言以對了。我握住她的手，她也回握

「我愛妳，」我對她說。我們單獨在一起——我們實在不應該的。

「我很抱歉，」我輕聲說：「但我真的很愛妳。」

「我也愛你愛得好苦。」芬妮說。這次輪到莉莉來救我們，照理說我們應該忙著打包準備回國，但莉莉還在不斷地寫。我們聽著打字聲，想像莉莉的小手在鍵盤上糊成一片的情景。

「既然要出書了，」莉莉說：「我就得寫得更好。我得繼續長大。」她有點急躁：「我的天，下一本書得比第一本大一點，再下一本還要更大。」她的語氣裡帶著一絲絕望。於是法蘭說：「有我在，小鬼。只要有個好經紀人，包妳水到渠成。」

「可是我還是得寫啊！」莉莉抱怨：「我的意思是，現在希望我長大的不只我自己了。」

莉莉拚命努力的聲音，分散了我和芬妮對彼此的關注。我們走進大廳，這裡比較公開——感覺上也比較安全。大廳裡才剛死過兩個人，但比起我們自己的房間，這裡還是比較安全。妓女都走了。我不再關心她們的下落。她們不關心我們在先。

整個旅館都沒客人，多得可怕的空房間正對芬妮和我招手。

「有朝一日，」我對她說：「我們非得不可。妳也明白。還是妳覺得只要等下去，一切總會改變？」

「不會。」她說：「但，或許——有朝一日——我們會懂得如何處理。有朝一日，我們或許會覺得比現在『安全』些。」

我懷疑能安全到什麼地步。而且，我已經忍不住想立刻說服她跟我一起，拿第二家新罕布夏旅館來試試——畢竟這是它原本的用途——快快了事，然後看我們是否當眞命定如此，或者只是反常地彼此吸引而已——而我們這次的救星是……法蘭。

他把行李搬進大廳，把我們倆嚇了個半死。

「天哪，法蘭！」芬妮尖叫。

「抱歉。」法蘭咕噥道。他的怪東西一大堆，怪書、怪衣服，還有那個裁縫人形。

「你要帶這玩意回美國，法蘭？」芬妮問他。

「它又沒『你們兩個』的負擔重，」法蘭說：「而且『安全』多多。」

於是我們明白法蘭也知道了。當時芬妮和我都以爲莉莉不知道，此外——就我們倆的難題而言——我們只能慶幸父親看不見。

「繼續走過打開的窗口。」法蘭對芬妮和我說，那該死的裁縫人形像根木頭橫在他肩上，跟某樣事物像得可怕。芬妮和我注意到的是它的『假』，缺了一角的臉、顯而易見的假髮、堅硬無肉的上半身——假乳房、毫無起伏的胸部、僵直的腰。在第二家新罕布夏旅館大廳昏暗的燈光下，芬妮和我還以爲自己看見了哀愁的種種形體，雖然其實我們什麼都沒看見。然而，哀愁不是教會我們要提高警覺，觀察每個角落嗎？哀愁能以任一種形態出現在這世上。

「你也要繼續走過打開的窗口，法蘭。」我說——盡量不細看他的裁縫人形。

「我們得團結。」芬妮說——就在這時，父親在睡夢中喊道：「*Auf Wiedersehen*，佛洛伊德！」

第十一章　愛著芬妮；面對道夫

愛情也會浮起來。這麼說的話，愛情和哀愁大概還有別的相似之處。

我們在一九六四年秋天飛回紐約——這回不分開坐了；就如芬妮主張的，我們待在一起，不再分開。空中小姐對父親的球棒有點困擾，不過還是讓父親把球棒夾在兩膝之間——雖然「規則」在前，最後還是基於人道，對盲人讓了步。

小瓊斯沒辦法來接機。他待在布朗隊的最後一季剛結束——結束在克里夫蘭一家醫院裡。「兄弟，」他在電話上對我說：「跟你爸說，如果他把膝蓋給我，我眼睛就送他。」

「如果我把膝蓋給你，你又送我什麼？」我聽見芬妮對著話筒問。我沒聽到小瓊斯的回答，不過芬妮對我露出微笑，還眨眨眼。

我們本來可以飛回波士頓的；菲利一定會來接，而且免費讓我們住在第一家新罕布夏旅館。但父親說他再也不想看到得瑞鎮，也不想看到新罕布夏旅館。當然，就算我們回得瑞終老於斯，父親也「看」不見；但我們明白他的意思。我們這些明眼人也沒勇氣讓得瑞的情景，喚起全家都在時的記憶。

因此紐約算是中立地帶——而且法蘭知道，莉莉的出版商暫時會招待我們住宿。「好好享受，」法蘭對我們說：「儘管叫客房服務。」父親像個小孩，叫了一堆不吃的東西，還有那些無從喝起的飲料。他從未住過有客房服務的旅館，而且彷彿沒來過紐約似的，抱怨客房服務的負責人英文太破，比維也納好不到哪裡去——當然了，因爲那邊是外國。

「他們簡直比維也納人『夢想』得到的還外國！」父親嚷道：「*Sprechen Sie Deutsch?*」他對

著話筒大喊。「耶穌基督，法蘭，」

父親說：「幫忙點個像樣的Frühstück（早餐）好嗎？這些傢伙聽不懂我說什麼。」

「這裡是紐約，爸。」芬妮說。

「紐約不說德文跟『英文』，爸。」法蘭解釋。

「那他們到底說什麼鬼？」父親問道：「我點了牛角麵包跟咖啡，結果來的是茶跟土司！」

「沒人知道他們說哪國話。」莉莉說，看著窗外。

莉莉的出版商將我們安置在八十一街和第五大道上的史丹侯旅館，因為莉莉要求靠近大都會美術館，我則要求靠近中央公園——我想跑步：每天兩次，繞著水池跑四圈——到最後一圈，疼痛變成了快感，兩眼發昏之下，紐約的高樓大廈彷彿要朝我頭上倒來。

莉莉從我們十四樓套房的窗口往下看。她喜歡看美術館湧進湧出的人潮。「我想，我喜歡住這裡。」她輕聲說：「就像看一座城堡改朝換代，還可以看到公園的葉子變顏色。」莉莉對我說：「如果你來看我，你可以繞著水池跑，告訴我它是不是還在，我不想站得太近看。」莉莉的口氣有點怪異：「我會很高興聽你說水乾不乾淨，公園有多少人跑步，馬場又有多少馬糞。作家必須知道這些事。」

「唔，莉莉，」法蘭說：「我想妳在這套房住『一輩子』都沒問題，不過也可以找間公寓。妳用不著住史丹侯飯店，莉莉。」法蘭說：「找間自己的公寓房子比較實在。」

「不，」莉莉說：「假如我住得起，我就要住這裡，這個家的人一定能了解我為什麼喜歡住旅館。」莉莉說。

芬妮打了個冷顫。她跟我說過她不愛住旅館，不過芬妮會陪莉莉住一段時間——等出版商不再付房錢，莉莉繼續留在這個十四樓轉角的套房之後，芬妮還會陪她一陣子。「這樣妳才有保護人，莉莉。」芬妮開她玩笑。但我知道需要保護的是芬妮。

「你也知道我躲的是『誰』。」芬妮對我說。

我的保護人則是法蘭和父親，我們搬去跟法蘭一起住。他在中央公園南路找了一間宮殿般的房子。我還是可以在公園跑步，跑遍整座公園，替莉莉察看水池的情形，又濕又喘地報告水乾不乾淨之類的事，然後讓芬妮見我一面——讓我看她一眼。

芬妮、父親和我並未長久住下，但法蘭和莉莉從此成了紐約客，在中央公園某些地區固定出沒，再也不離開。莉莉一輩子都住在史丹侯旅館裡，寫了又寫，試著長到跟十四樓一樣高；她個子雖小，志氣卻大得很。而經紀人法蘭則在他中央公園南路二二二號的公寓裡裝了六支電話，打主意兼談生意。他們兩人都勤勞得要命——莉莉和法蘭——於是有一次我問芬妮他們倆差異何在。

「大約二十條街，外加一個中央動物園。」芬妮說。這其實是他們住所間的距離，但芬妮說這也是法蘭和莉莉的差異，一整個動物園，外加二十幾條街。

「那我們的差異呢，芬妮？」我問她，那時剛到紐約不久。

「我們的差異之一是，不管如何，我一定可以克服你的事。」芬妮告訴我：「我就是這種人，克服一切。我也會克服你。但你沒法子克服我，」芬妮警告我：「我了解你，我的弟弟，我的愛——你沒法子克服我的事；至少，沒有我幫忙你辦不到。」

當然，她說得對；芬妮永遠是對的——也永遠快我一步。芬妮終於跟我睡覺時，已經預先計畫好了一切，也非常清楚自己爲何這麼做——爲了實踐當初的諾言，代替不在的母親「照料」我們；爲了保護我們，爲了這是唯一拯救我們的方法。「小子，你和我都需要拯救，」芬妮說：「但是你比較需要。你認爲我們彼此相愛，或許我也這麼想。現在是讓你知道我沒那麼特別的時候了。趁泡泡還沒大到爆炸的地步，現在先戳破它。」芬妮對我說。

她如此選擇，就像她選擇不跟小瓊斯睡覺一樣——「爲了保存這份關係完好。」她說。芬妮總是有她的計畫和理由。

「老天爺，兄弟，」小瓊斯在電話裡對我說：「叫你姐到克里夫蘭來看一個可憐蟲。我的膝蓋完了，不過別的地方還管用。」

「我已經不當啦啦隊了，」芬妮對他說：「想看我，就自己滾到紐約來。」

「老兄！」小瓊斯對我吼道：「跟她說我『走』不了，我有兩個地方裏著石膏！枴杖支撐不了我這個子。還有，告訴她我曉得紐約是怎麼個爛地方，兄弟，」小瓊斯說：「如果我架枴杖去，準會被人從背後暗算！」

「跟他說，等他克服了見鬼的『足球階段』，或許就有時間來看我了。」芬妮說。

「哦，兄弟，」小瓊斯說：「芬妮到底『要』什麼？」

「我要你。」芬妮在電話裡對我悄聲說——她已經下定了決心。那時我在中央公園南路二二二號，忙著幫法蘭接電話。父親頗有怨言——電話會干擾他每天聽收音機——而且法蘭不肯找祕書，更別說正牌的辦公室了。

「我用不到辦公室，」法蘭說：「有個收信的地址和幾支電話就夠了。」

「至少弄一個諮詢服務處，法蘭。」我建議他，他最後勉強接受了——但已是父親和我搬出去之後的事。

剛到紐約那陣子，我就是法蘭的服務處。

「我好想要你。」芬妮在電話裡對我悄聲說。

芬妮一個人待在史丹侯。「莉莉跟出版社的人吃午餐去了。」芬妮說。這也許可以成爲莉莉長大的方法之一，我想跟出版商吃一大堆午餐。「法蘭在打主意兼談生意，」芬妮說：「他跟莉莉一起，幾小時之內脫身不了。你知道我在哪嗎，小子？」芬妮問我：「我在床上。」她又補了一句：「一絲不掛。」「我在他媽的十四樓——想你想得好high。」芬妮悄聲對我說。「我要你。」她說：「給我滾過來，小子。現在，否則免談。」芬妮說：「除非試看看，否則我們永遠不會明白到底需不需要這樣。」她掛斷了。另一支法蘭的電話還響著，我讓它繼續響。芬妮一定知道我穿好了跑步的裝束，隨時可以跑出門。

「我要去跑步，」我對父親說：「會跑久一點。」也許跑到再也不回來！我想。

「我可是一個電話也不接。」父親嘔氣地說。當時他正愁不知做什麼好，只是帶著路易維爾一級棒和裁縫人形，坐在法蘭的豪宅裡，成天翻來覆去地想。

「什麼都可以？」他不停地問法蘭：「我真的做什麼都可以？千眞萬確？——一點不假？」父親這麼問法蘭，一星期要問上五十遍。

「什麼都可以，爸。」法蘭告訴他：「我會安排。」

在法蘭的安排下，莉莉已經簽了三本書的合同。法蘭也商定了《我要長大》第一版的印量——十萬本。他把電影的版權賣給華納，又跟哥倫比亞另簽一份原作劇本的約，內容包括所有和炸彈在第二家新罕布夏旅館前爆炸的相關事件，當然也有歌劇院裡著名的未爆彈。莉莉已經開始寫劇本了。法蘭還敲定了另一份約，要把第一家新罕布夏旅館的故事改編成電視影集（負責改編的當然也是莉莉）——這部影集以《我要長大》爲藍本，等到電影上映後才發行。電影的名字就叫「我要長大」，電視影集則叫「第一家新罕布夏旅館」（法蘭指出，這名字是爲日後的生意鋪路）。

但我懷疑，誰敢把「第二家」新罕布夏旅館的事拍成電視影集？

又會有誰想這麼做?芬妮懷疑。

如果說莉莉(因爲創作《我要長大》的緣故)只長了一點,對我們大家而言,法蘭可是(因爲替幫莉莉賣出心血結晶的緣故)一下子大了兩倍。莉莉耗的心血不小,我們都知道,更爲她擔心;她工作得很辛苦,創作量龐大——爲了長大,對自己毫不留情。

「放輕鬆點,莉莉,」法蘭勸她:「錢潮來勢洶洶——妳的行情好極了,」學經濟的法蘭說:「未來走勢一路長紅。」

「別那麼費力,莉莉。」芬妮勸她,但是莉莉把文學看得很認眞——即使文學始終不很認眞看待她。

「我知道我只是走了運而已,」莉莉說:「現在得靠實力。」她說著,更加拚命了。

但在一九六四年一個冬日——就在聖誕前沒多久——莉莉去跟出版商吃午飯,而芬妮告訴我「現在,否則免談」。我們之間只有二十條街和一個小動物園的距離,隨便一個像樣的中距離跑者,都可以在很短的時間內從中央公園跑到第五大道和八十一街。這是個冷冽而灰暗的冬日。紐約街上的積雪已經清除,很適合來一次冬季快跑。中央公園的積雪看起來了無生氣,但我的心在胸膛裡活生生跳個不停。史丹侯旅館的門房認得我——年復一年,貝里家的人在史丹侯都受到慇懃的款待。櫃檯的服務員——一個機靈、快活、帶著英國口音的男人——在我等電梯時對我打了個招呼(史丹侯的電梯相當慢)。我回了聲招呼,跑步鞋在地毯上擦來蹭去;日後我看著他的頭頂逐漸變禿,但快活不曾稍減,甚至面對客人抱怨時也一樣。(例如莉莉和我某天早上在櫃檯看到的歐洲人——一個大胖子,穿著理髮廳旋轉柱花紋般的浴袍;他淋了一身屎。沒人告訴他史丹侯的一大特色,就是向上噴射的沖水馬桶。如果你住這裡,非留神不可。在廁所辦完事後,最好先關上馬桶蓋,站到安全距離之外——我建議你用腳踩沖水拉把。這個歐洲胖子一定正好站在他那堆玩意上方——他八成以為可以看著一切流走，它們卻「跳」了起來，淋得他一頭一臉。帶著英國口音的快活男人從櫃檯後抬起頭，望著淋了屎的客人對他咆哮如雷，然後說道：「喔，天啊，水管進了一點兒空氣？」他總是這麼說。「水管進了一點兒空氣？」歐洲胖子吼個不停。「我頭上可淋了一堆屎！」他嚷道。不過這是題外話。）

我去找芬妮做愛的那天，電梯卻遲遲不下來。我決定用跑的。等我跑到十四樓，樣子一定顯得非常迫不及待。芬妮把門打開一條縫，對我瞥了一眼。

「嗯，」她說：「你得沖個澡！」

「好。」我說。芬妮要我把門維持原樣，好讓她回床上去；她不想讓我看——現在還不。我聽著她快步躍過房間跳回床上。

「好了！」她叫，於是我進門，把「請勿打擾」的告示掛到門上。

「把『請勿打擾』的告示掛到門上！」芬妮對我喊。

「我已經掛了。」我說著，在臥房裡打量著她；她躲在被窩底下，看起來只有一點點緊張。

「你不用沖澡，」她說：「我『喜歡』你滿身大汗的樣子。至少我『習慣』你這樣。」

但是我緊張得很，還是去沖了個澡。

「快點，大爛人！」芬妮對我嚷道。我盡可能快快沖了個澡，小心用過向上噴的馬桶。如果你想在中央公園跑步或俯視大都會美術館的人潮，史丹侯是個美妙的旅館，不過馬桶是非小心不可。我們家已經習慣了古怪的廁所——第一家新罕布夏旅館那些給菲利的侏儒一直用到今天的小馬桶——所以我對史丹侯的馬桶相當寬容，不過我知道有些人發誓從此不再住這裡。話說回來，如果你擁有美好的回憶，水管進一點兒空氣——甚至頭上淋一堆屎——又怎麼樣呢？

我光著身子走出浴室，芬妮看到我，立刻用被單蓋住頭說：「耶穌基督。」我上床溜進她身邊，她轉身背對我吃吃而笑。

「你的蛋還是濕的。」她說。

「我擦過了！」我說。

「你沒擦到蛋。」她說。

「總不到『濕蛋』的地步吧！」我說。芬妮和我簡直笑瘋了。我們的確瘋了。

「我愛你。」她想告訴我，可是笑得講不出來。

「我要妳。」我對她說，可是笑得太厲害，結果打了個噴嚏（正講到一半）結果害我們又停了好一會。她背對我，我倆就像典型的情人躺成湯匙的樣子，一直沒進展。但等她轉身面對我，躺到我身上，乳房靠在我胸前，兩腿夾住我身子，一切都改變了。如果開始時顯得有點可笑，現在我們就是太認真了，而且停不下來。做第一次時，我們的體位比較傳統——「別太『密宗』，拜託。」芬妮要求我。結束後，她說：「唔，還可以啦！不怎麼棒，不過很舒服——對吧？」

「唔，比『舒服』好一點——我覺得。」我說。「不過不怎麼『棒』——我同意。」

「你『同意』？」芬妮又唸一遍。她搖搖頭，頭髮垂到我身上：「好吧，」她悄聲說：「準備體驗什麼叫『棒』吧！」

不知幾時，我大概抱她抱得太緊了。她說：「拜託別弄痛我。」

我說：「別怕。」

她說：「我是有點怕。」

「我可怕得要死。」我說。

詳述跟自己姐姐做愛的經過恐怕欠妥；我只能說感覺變「好」了，甚至愈來愈好。後來又變差了，當然——我們累了。下午四點左右，莉莉小心地敲了敲門。

「是打掃的嗎？」芬妮喊。

「不，是我。」莉莉說：「我不是打掃的，我是作家。」

「走開，過一個鐘頭再回來。」芬妮說。

「爲什麼？」莉莉問。

「我在寫東西。」芬妮說。

「妳才沒有呢！」莉莉說。

「我在試著長大！」芬妮說。

「好吧！」莉莉說著，又加了一句：「繼續走過打開的窗口。」

當然，芬妮也可以算是在「寫東西」；她寫的是我們這段感情的結局——她以母親的身分負起責任。她衝過了頭——我們做得太過火了；她令我明白，我們之間的事就是如此過火。

「我還要。」她對我呢喃道。當時是下午四點半。我進入她時，她退縮了一下。

「會痛嗎？」我悄聲問。

「『當然』會痛！」她說：「你可別停下來，敢停我就宰了你。」在另一種意味上她眞做得到，我後來明白——如果我繼續愛她，她會讓我死得很慘；我們會讓彼此都死得很慘。但她只是愈做愈過火，完全清楚自己在幹什麼。

「我們該停了。」我悄聲對她說。快五點了。

「我們不該停。」芬妮強硬地說。

「可是妳會痛。」我抗議。

「愈痛愈好。」芬妮說。「那你痛嗎？」她問我。

「有一點。」我承認。

「我要你痛得死去活來。」芬妮說。「上面還是下面?」她無情地問道。

當莉莉又來敲門的時候,我簡直快變成尖叫安妮了;如果附近有座新橋,我一定能把它震垮。

「過一個鐘頭再回來!」芬妮吼道。

「現在七點了,」莉莉說:「我已經在外面待了三個鐘頭!」

「去跟法蘭吃晚飯!」芬妮建議。

「我才跟法蘭吃過午飯!」莉莉叫。

「去跟爸吃晚飯!」芬妮說。

「我根本不想吃,」莉莉說:「我想寫——我現在要長大。」

「休息一晚!」芬妮說。

「一整晚?」莉莉問。

「再給我三個鐘頭,」芬妮說。我低嘆了一聲。我恐怕自己沒法子再撐三個鐘頭。

「妳不餓嗎,芬妮?」莉莉說。

「叫客房服務就得了。」芬妮說:「反正我也不餓。」

但芬妮毫無饜足的樣子,她對我的飢渴拯救了我們。

「不要了,芬妮。」我求她。那時大概九點左右,我想。四下黑得什麼都看不見。

「可是你愛我,對不對?」她問我,身體像一條鞭子——她就像一支沉重得我舉不起的槓鈴。十點時我對她悄聲說:「看在老天的份上,芬妮,我們得停了。這樣下去我們都會受傷的,芬妮。」

「不,我的愛,」她悄聲說:「這正是我們不會做的事,讓彼此受傷。我們會順利的。我們會有美好的人生。」她向我保證。引導我進入她——一次，又一次。

「芬妮，我不行了。」我悄聲說。我痛苦得眼前一片黑暗，就像佛洛伊德，就像父親。而芬妮一定痛得比我更厲害。

「你行的，我的愛。」芬妮悄聲說：「再一次，」她催我：「我知道你還可以。」

「我已經完了，芬妮。」我告訴她。

「『差不多』完了才對。」芬妮指正我。「我們可以再做一次，」她說：「然後，就結束了。這是最後一次，我的愛。想想看，如果每天過得都像這樣會是什麼局面。」芬妮說著壓在我身上，令我喘不過氣來：「我們會發瘋，」芬妮說：「我們不能這樣活下去。」她悄聲說：「來吧，做個了結。」她在我耳邊說：「再一次，我的愛。最後一次！」她對我叫道。

「好！」我對她叫道：「我來了。」

「很好，很好，我的愛。」芬妮說；我感到她的膝蓋靠緊我的脊骨。「嗨，別了，我的愛。」她悄聲說：「對了！」她叫道，感到我的震顫。「對，對。」她安慰道。「就是這樣，莉莉就寫到這裡爲止。」她呢喃道。「這就是結局。現在我們自由了。一切都結束了。」

她把我扶進浴缸裡。熱水像消毒用酒精一樣刺遍我全身。

「那是妳的血，還是我的？」我問正在整理床的芬妮——她已經救了我們，現在該救床了。

「都一樣，我的愛。」芬妮愉快地說：「可以洗得掉。」

「這是個神話。」莉莉如此描述我們家的故事。我同意她的說法，愛荷華巴布一定也會同意。「一切都是個神話！」巴布教練會說。甚至佛洛伊德也會同意——兩個都會。一切都是個神話。

晚上十一點左右莉莉回來了，正好遇上推著客房服務車的糊塗紐約佬，送來有好幾道菜的大餐和幾瓶酒。

「你們在慶祝什麼？」莉莉問芬妮和我。

「唔，約翰剛跑完一趟長跑。」芬妮說著笑了。

「你不該在晚上到公園裡跑的，約翰。」莉莉擔心地說。

「我跑的是第五大道。」我說：「安全得很。」

「安全得很。」芬妮哄然大笑。

「她怎麼搞的？」莉莉問我，瞪著芬妮看。

「我覺得這是我最幸運的一天。」芬妮吃吃笑著說。

「對我只是小事一件罷了。」我向她說，芬妮朝我扔了一個餐巾捲。我倆都笑了。

「耶穌基督。」莉莉說，一副受不了的樣子——看我們點了那麼多菜，更是難過得要命。

「我們本來有可能活得很不快樂，」芬妮說：「我指的是我們全家！」她加上一句，用手去挖沙拉，我開了一瓶酒。

「我還是有可能活得很不快樂。」莉莉皺著眉頭說。「如果常常得過今天這種日子。」她說著搖搖頭。

「坐下來開動吧，莉莉。」芬妮說。她往餐桌邊一坐，開始吃魚。

「對啊，妳吃得不夠，莉莉。」我告訴她，一邊拿起田雞腿。

「我今天吃過午餐了，」莉莉說：「那一餐也很要命。」她說：「我的意思是，菜還不錯，可是量太多了。我一天吃一餐就夠了。」莉莉說著還是跟我們一起坐下，看我們吃。她從芬妮的沙拉挑出一根特別細的青豆，吃了半根，剩一半擱在我的奶油碟上；她拿起叉子戳戳我的田雞腿，但我看得出她只是沒事好幹——根本不想吃。

「那妳今天到底寫了什麼，芬妮？」莉莉問她。芬妮滿嘴是東西，但她毫不猶豫，立刻回答。

「一整本小說。」芬妮說：「寫得很爛，可是我非寫不可。我寫完就把它扔了。」

「妳把它扔了？」莉莉問：「也許有些片段還值得保留。」

「全是垃圾，」芬妮說：「一字不差。約翰讀了一點，」芬妮說：「不過我要他還我，好統統扔掉。我叫客房服務拿走了。」

「妳叫客房服務拿去扔？」莉莉說。

「我受不了，甚至不想再碰它半下。」芬妮說。

「一共幾頁？」莉莉問。

「太多了。」芬妮說。

「那你讀了有什麼感想？」莉莉問我。

「垃圾，」我說：「我們的作家只有一個。」

莉莉微笑著，芬妮則從桌底踢我一腳，害我把酒灑了；她笑得好開心。

「多謝你對我有信心，」莉莉說：「不過每次讀了《大亨小傳》的結局，我就懷疑自己。我是說，它實在太美了。」莉莉說：「我想，要是我寫不出那麼完美的結局，就沒必要動筆了。如果你『覺得』自己不可能寫得跟《大亨小傳》一樣好，寫書實在沒有意義。我是說，失敗也不打緊——如果寫出的成品沒有那麼好——可是在動筆之前，你得相信它會非常好。有時候《大亨小傳》那該死的結局在動筆前就把我打垮了。」莉莉說。她的小手握成了拳頭，芬妮和我發現其中一手還捏著個餐巾捲。莉莉不愛吃，但是總有辦法把食物弄得一團糟，卻沒吸收到半點營養。

「愛擔心的莉莉，」芬妮說：「妳只要『做』下去就得了。」當她說「做」的時候，又從桌底踢我一腳。

我慘兮兮地往中央公園南路二二二號動身。老實說，等用完那頓大餐，我才發覺自己沒有再跑二十條街外加一座動物園的力氣；我甚至懷疑自己還走得動。我的私處痛得要命。芬妮離開餐桌去拿皮包，朝我做了個鬼臉；她也在承受我們過火的運動傷害——當然，跟她計畫的一點不差。這次做愛讓我們都痛了好幾天，痛得神智清明，痛得令我們明白，這樣追求彼此的結果，肯定是自取滅亡。

芬妮從皮包摸出一點錢，當計程車的車資；她把錢遞給我，純潔地吻了我一下，就像個姐姐的樣子。從那之後——在芬妮和我之間——沒有第二種親吻對我們適用。我們彼此親吻，就跟我想像中大部分兄弟姐妹的親吻一樣。也許很單調，但這樣才能繼續走過打開的窗口。

當我離開史丹侯旅館——一九六四年聖誕節前那一晚——我頭一次覺得眞正安全了。我非常確定我們都會繼續走過打開的窗口——我們都會活下去。而現在，我發覺芬妮和我想的只是彼此而已，太自私了些。我認爲芬妮覺得自己無堅不摧的本事是有感染力的——覺得自己無堅不摧的人其實大半都這麼想。而我總是盡可能追隨芬妮的想法，愈接近愈好。

我叫了一部朝鬧區走的計程車，在午夜時分從第五大道開到中央公園南路；雖然私處疼痛不已，我肯定自己還能走到法蘭那裡；何況我也想看看廣場飯店前的聖誕佈置。我還想繞一下路，好看看F．A．O．史華茲公司展示窗裡的玩具。蛋蛋一定會喜歡這些展示窗，雖然他沒來過紐約。但是我覺得，或許蛋蛋永遠能想像出更漂亮的展示窗，裡頭有更多玩具。

我在中央公園南路上蹣跚而行。二二二號正在東西區交界處，但比較靠近西區——非常適合法蘭，我想。也很適合我們全家人——東西關係論壇手下的倖存者。

佛洛伊德——「彼」佛洛伊德——在維也納貝爾格街十九號的故居有一張相片。年代是一九一四年，他五十八歲時。佛洛伊德的眼神好像在說：「看，我說得沒錯吧！」又暴躁又憂心；像法蘭一樣堅決有力，也像莉莉一樣焦慮不安。那年八月爆發的戰爭摧毀了奧匈帝國，也令佛洛伊德醫生兼教授相信，他對人類侵略與自毀的傾向診斷無誤。從這張相片，你可以想像佛洛伊德說人類的鼻子像生殖器官，是打哪來的靈感。如同法蘭所說，佛洛伊德這個靈感「來自鏡子」。佛洛伊德恨維也納，我想光榮的是，「我們的」佛洛伊德也恨維也納，芬妮首先指出這一點。芬妮也恨維也納，在厭惡性偽善這方面，她永遠是佛洛伊德的信徒。法蘭也是佛洛伊德的崇拜者，因爲他反史特勞斯——「『另一個』史特勞斯。」法蘭說。他說的是約翰二世，最維也納的史特勞斯，寫過那首愚蠢的〈快樂的人會遺忘改變不了的事〉（出自《蝙蝠》）。但我們的佛洛伊德和另一個佛洛伊德所痴迷的，正是被遺忘的事——他們感興趣的是那些被壓抑的夢想。這一點令他們很不「維也納」。我們的佛洛伊德說法蘭是個王子，沒有人該笑法蘭是「怪胎（同性戀）」。另一個佛洛伊德也對法蘭很友善——曾經有個母親寫信給這位名醫，請他治療她兒子的同性戀；佛洛伊德直率地告訴她，同性戀不是病，不需要「治療」。偉大的佛洛伊德還告訴這位母親，這世上有許多偉人也是同性戀。

「一針見血！」法蘭老愛叫；「瞧我就知道了！」

「還有我，」蘇西熊也說過：「他怎麼不提那些偉大的女人？要我說的話，」蘇西說：「我看佛洛伊德有點可疑。」

「哪個佛洛伊德，蘇西？」芬妮逗她。

「兩個都一樣，」蘇西熊說：「你自己挑吧！一個拿支球棒，另一個嘴唇上長了東西。」

「那是癌，蘇西。」法蘭指摘道，口氣有點硬。

「不錯，」蘇西說：「但是佛洛伊德叫它『我嘴唇上的東西』。他不直說癌是癌，卻要說別人壓抑。」

「妳對佛洛伊德太苛了，蘇西。」芬妮對她說。

「他是『男人』，不是嗎？」蘇西說。

「妳對男人太苛了，蘇西。」芬妮說。

「對，蘇西，」法蘭說：「妳應該找一個試試看！」

「找你如何，法蘭？」蘇西問他，法蘭臉紅了。

「這，」法蘭結結巴巴地說：「這不合我的作風——我沒那麼坦白（frank）。」

「我想妳裡頭一定還有個人在，蘇西，」莉莉說：「妳裡頭有個人想掙出來。」

「乖乖，」芬妮呻吟：「搞不好她裡頭，有隻『熊』想掙出來！」

「搞不好是個『男人』！」法蘭說。

「也許就是個好女人，蘇西。」莉莉說。作家莉莉永遠想看出，藏在我們每個人裡頭的英雄。

一九六四年聖誕節前那一晚，我在中央公園南路上忍著痛一步一步向前走；我想起蘇西熊，也想起另一幅佛洛伊德的相片——西格蒙．佛洛伊德——我特別喜歡的一幅。相片裡的佛洛伊德已經八十歲，離死期只有三年。他坐在貝爾格街十九號的書桌邊，當時是一九三六年，沒過多久，納粹就會把他從這個老公寓的老書房逼走——當然還包括他的老城維也納。在相片裡，一副正經八百的眼鏡嚴肅地停駐在佛洛伊德生殖器形狀的鼻子上。他沒看鏡頭——八十歲的人時間不多了，他專注在研究上，沒空理我們。不過相片裡「有人」在看我們。那是佛洛伊德養的狗，一隻叫友菲的中國黑鼻犬；有點像變種的獅子。跟那些傻愣愣地盯著鏡頭看的狗一樣，佛洛伊德的黑鼻犬表情呆呆的。哀愁也一向如此，做成標本之後，更是不看鏡頭都不行。老教授哀愁的小狗在相片裡，告訴了我們將要發生的事；在滿屋子易碎的小古董裡，我們也能找到哀愁。那些古董把佛洛伊德擠出了貝爾格街十九號的書房，也擠出了維也納（他恨，而且也恨他的城市）。納粹在他門上貼了個黨徽，那該死的城市從未喜歡過他。一九三八年六月四日，八十二歲的佛洛伊德來到倫敦，在這異鄉，他還剩一年可活。至於「我們的」佛洛伊德，再過一個夏天他就受夠了厄爾，回到維也納，正好碰上在「另一個」佛洛伊德所說的飽受壓抑的那些自殺者，逐漸變成謀殺者。法蘭給我看過一篇文章，是維也納大學歷史系的教授寫的——一個叫菲德利許．黑爾的聰明人。黑爾正是這麼說佛洛伊德那時的維也納社會（也許對兩個佛洛伊德的時代都適用，我想）：「他們即將從自殺者，變成謀殺者。」他們全是拚命想變成阿貝特的菲格波，他們全是崇拜色情小說家的史勞本史呂瑟。

他們已經準備追隨來自一個色情小說家夢想的指示。

「你知道，」法蘭老愛提醒我：「希特勒怕梅毒怕得要死，眞是諷刺，」法蘭不厭其煩地指出：「如果你還記得，希特勒來自一個盛行嫖妓的國家。」

在紐約也一樣盛行，你知道。冬夜裡，我站在中央公園南路和第七大道的街角，從黑暗中看著鬧區；我知道妓女都在那裡。由於芬妮拯救我——我們兩人——的高明手段，我的性器刺痛不已；我明白，她們終於對我沒有威脅了。在芬妮和妓女兩個極端之間，我安全了。

有輛車子正彎過中央公園南路和第七大道的轉角，速度稍快了些。這時已近深夜，這輛飛馳的車是兩條路上僅見的一輛車，車上坐了一大群人，正跟著收音機放的歌一起唱。收音機很大聲，我甚至清楚地聽見了片段——雖然車窗爲抵禦冬夜全關得緊緊的；那不是聖誕歌曲，聽來和整個紐約市的裝飾不甚搭調，但畢竟聖誕一年只有一次，而我聽到片段的那首歌，則是首一年到頭都令人心碎的鄉村歌曲。內容和表現的方式一樣陳舊，但是眞實。之後我一直在尋找這首歌，但當我認爲聽到了的時候，總是覺得哪裡不太一樣。芬妮逗我說，我聽到的一定是那首〈到天堂只要犯個罪〉。的確，可以算是那首歌；那樣的歌差不多每首都對。

四下只有一首歌的片段、聖誕裝飾、冬季的氣候、我發痛的私處——還有那無比的解脫感，我可以自由自在地過活了——以及從我身邊飛馳而過的車子。我看看大致安全，正要橫過第七大道，抬頭一看，迎面走來一對男女。他們正從中央公園南路往廣場飯店走——由西往東；我後來想，我眞是注定要在芬妮和我尋得解脫的那一晚，在第七大道中央遇見那傢伙。那兩人看起來有點醉，我想——至少女的醉了，她靠在男人身上，令他走得也歪歪倒倒。她比他年輕，至少在一九六四年，我們還稱她女孩。她正在笑，拉著男朋友的臂膀；他看起來年紀跟我相當——其實比我大一點。在一九六四年這一晚，他應該已經過了二十五歲。女孩尖銳刺人的笑聲有如纖細的冰柱，在嚴寒的夜風中從滿溢冬意的屋簷下一一碎裂。我那時心情很好，雖然女孩又冷又脆的笑聲裡有著太多做作，聽不出是發自內心——雖然我的睪丸陣陣發疼、老二刺痛不已——我抬頭望著這對俊男美女，露出微笑。

男人和我要認出彼此並不難——我永遠不會忘記他臉上四分衛的特質，儘管我已經很久沒見過他；在那個萬聖節之後——那條足球隊專用的小徑上。其他人都知道，最好就讓他們把那條小徑留著自己用。某些日子，我在舉重時還會聽見他說：「嘿，小子，你姐有全校最棒的屁股，有沒有人上過她？」

「有，我。」第七大道那一晚，我本來可以對他這麼說的。但我沒開口，只是停下腳步站在他面前，直到我肯定他認出我。他沒變，在我眼中看來幾乎就是以前那個樣子。雖然我認爲自己變了——至少舉重改變了我的體型——我想，由於芬妮經常寫信給他，我們家人一定在奇柏·道夫的記憶裡（甚至心中）佔有一席之地。

奇柏．道夫在第七大道中央停了下來。隔了一兩秒之後，才輕輕說：「嘿，瞧瞧誰來了。」

一切都是個神話。

我看著奇柏．道夫的女朋友說道：「小心別被他強暴了。」

奇柏．道夫的女朋友笑了——神經質、用力得過了頭的笑聲，像冰塊裂開，也像小冰柱摔碎在地。道夫跟著她笑了一下。我們三個人站在第七大道中央，一輛往鬧區開的計程車轉過中央公園南路時差點把我們撞死，但是只有女孩縮了一下——奇柏．道夫和我動都沒動。

「嘿，我們在馬路中央耶，你們知不知道。」女孩說。我注意到她其實比他小上許多。她溜到第七大道邊等我們，但我們還是沒動。

「我一向很高興聽到芬妮的消息。」道夫說。

「你爲什麼不回她信？」我問他。

「嘿！」他的女朋友向我們尖叫，另一輛往鬧區開的計程車猛按喇叭，從我們身邊掠過。

「芬妮也在紐約嗎？」奇柏．道夫問我。

在神話裡，你通常很難了解那些人到底要什麼。一切都改變了。我不知道芬妮想不想見奇柏．道夫。我從來不曉得芬妮給他的信裡都寫些什麼。

「對，她在城裡。」我謹愼地說。紐約是個大地方，這麼說應該很安全。

「唔，跟她說我想見她。」他說，開始在我身邊走來走去：「我不能讓那女孩等太久。」他小聲對我說，神祕兮兮的，還眨了眨眼。我攬住他腋下，把他提了起來；就一個四分衛而言，他不算重。道夫沒掙扎，不過對我如此輕鬆就把他提起來，顯得的確有些驚訝。我不確定該怎麼對付他，想了一分鐘——或者道夫認爲的一分鐘——又把他放下來。就在我面前，第七大道的正中央。

「喂，你們兩個瘋子！」他的女朋友叫道。兩輛顯然在比快的計程車從我們身邊掠過，一邊一部——駕駛一路按著喇叭，朝鬧區揚長而去。

「告訴我你爲什麼想見芬妮。」我對奇柏．道夫說。

「你對舉重大概下了點工夫，我想。」道夫說。

「是有一點，」我承認：「你爲什麼想見我姐？」我問他。

「唔，道歉——還有很多事。」他含糊地說，但我死也不信；那雙冰藍的眼珠裡有著冰藍的笑意。他似乎只被我的肌肉小小嚇了一下，他的自傲可以溢出大部分人的心靈。

「你至少可以回她一封信，」我告訴他：「你隨時可以在信裡跟她道歉的。」

「唔，」他說，重心從一腳換到另一腳，像個準備接球的四分衛：「唔，這個不太好解釋。」他說。我眞想當場宰了他，我最不能忍受的就是他的「誠實」——聽他說內心話的樣子簡直令人發瘋。我很想把他抱起來——比抱阿貝特還緊——幸好道夫馬上改變語氣。他有點不耐煩了。

「聽著，」他說：「就『這個國家規定的追訴時效』，我是清白的——我沒殺人。強暴不算殺人，你該不會不知道吧！」

「差不多算了。」我說。又一輛計程車差點撞上我們。

「奇柏！」他的女朋友叫道：「要不要我叫警察？」

「聽著，」道夫說：「跟芬妮說我會很高興見到她——這就行了。」他說：「顯然她會很高興看到我。我是說，她的信已經寫得夠多了。」他簡直就像在抱怨，我想——彷彿我姐姐的信令他「不勝其擾」！

「如果你想見她，自己去跟她講，」我告訴他：「只要給她留個字條——見不見你，一切由她決定。留在史丹侯旅館就成了。」我說。

侯。」

「史丹侯？」他說：「她只待幾天嗎？」

「不，她住在那裡，」我說：「我們是個旅館家族，」我對他說：「記得嗎？」

「喔，對。」他笑道。我看得出他想什麼，從新罕布夏旅館到史丹侯的確是一大步——對兩家新罕布夏旅館來說都是，雖然他只知道第一家。「唔，」他說：「所以說，現在芬妮住在史丹侯。」

「現在史丹侯是我們家的了。」我告訴他。我不知道自己爲什麼要撒謊，只覺得該對他「做些什麼。他看起來有點吃驚，令我多少舒服了一下。一輛綠色跑車衝過他身邊，離得非常近，一陣突如其來的風掀起了他的圍巾。他的女朋友冒著險離開路邊，小心翼翼地走近我們。

「奇柏，求求你。」她輕聲說。

「你們只有那家旅館嗎？」道夫問我，想裝作不當一回事。

「我們擁有半個維也納，」我告訴他：「有主控權的那一半。史丹侯只是在紐約的開頭，」我說：「我們要把紐約整個接收過來。」

「明天，就是全世界囉？」他問，他的語氣裡奏出一絲冰藍。

「留著問芬妮吧，」我說：「我會跟她說你要跟她聯絡。」我得趕快離開，否則非傷了他不可。但我聽見他女朋友問：「誰是芬妮？」

「我姐姐！」我叫道：「妳的朋友強姦她！他和另外兩個傢伙輪暴她！」我大叫。這回奇柏．道夫和他女朋友都笑不出來了，於是我把他們留在第七大道的正中央。就算聽見輪胎和煞車的吱嘎聲，人體和金屬或人行道沉重的撞擊聲，我也不會回頭。直到我發覺痛的其實是我自己的私處，這才發覺走過頭了。我已經走過了中央公園南路二二二號——正在哥倫布圓環邊——只好又回頭往東走。等我再看到第七大道，奇柏．道夫和他女友已經不見蹤影，我頓時懷疑自己是不是作了夢。

是夢就好了，我想。我開始擔心芬妮會如何處理，就如蘇西常說的，如何「面對」。我甚至擔心該如何跟芬妮提我遇到奇柏．道夫的事。比方說，萬一道夫根本不去找她，她會怎麼想？太不公平了——在芬妮的與我的勝利之夜，我居然遇上強暴她的人，還告訴他芬妮住在哪裡。我知道我太不自量力，自找麻煩——我腦裡一片空白，根本不知道芬妮要什麼。我迫切需要強暴專家的建議。

法蘭睡了，反正他不是什麼強暴專家。父親也睡了（他跟我睡同一個房間）。我看著擱在地上的路易維爾一級棒，心下明白父親會有什麼建議——父親任何有關強暴的建議，必定包括揮棒在內。我脫下慢跑鞋，把他弄醒了。

「對不起，」我悄聲說：「繼續睡吧！」

「你跑得還眞久，」他哼道：「一定『累垮』了。」

當然，但我一點睡意也無。我坐到法蘭的六支電話前，只消打一通電話，我就可以找到（第二家新罕布夏旅館的）駐館強暴專家；我需要的強暴諮詢人其實就在紐約，蘇西熊住在格林威治村。儘管這時已是半夜一點，我還是拿起電話。這件事終於逼到了眼前。與一九六四年的聖誕無關，因爲我們就要回到一九五六年的萬聖節了。芬妮那些沒有回音的信，終於要有結果了。雖然有朝一日，小瓊斯的護法黑軍會造福紐約市民，這時他還沒有從兇悍的足球賽恢復；小瓊斯念法學院花了三年，等護法黑軍創立還得再過六年。小瓊斯救得了芬妮，但他總是遲到一步。奇柏．道夫的事逼到了眼前，雖然哈羅．史瓦洛沒找到他，道夫已經出現了。爲了面對奇柏．道夫，我知道芬妮需要一隻聰明熊的幫助。

我們熟悉的蘇西熊，自己就是個神話。

在半夜一點接電話的她，就像個從線邊彈回來的拳擊手。

「操！夜行蟲！變態！你知道現在幾點了？」蘇西熊吼道。

「是我。」我說。

「耶穌基督，」蘇西說：「我還以爲是性騷擾電話。」我告訴她遇到奇柏．道夫的事，她說果然是性騷擾電話。「我想芬妮不會高興你把她的住處告訴他，」蘇西說：「我想她寫那些信，只是不想再聽到他的消息。」

蘇西住在格林威治村一個很可怕的地方，芬妮喜歡去那裡看她，法蘭偶爾路過也會去（蘇西的住處附近有家適合法蘭去的酒吧）——但莉莉和我討厭格林威治村，只能由蘇西來看我們。

在格林威治村，蘇西可以想當熊就當熊，那裡有些人看起來比熊還可怕。但她進城的時候就得變回正常人，史丹侯不會讓熊進門，中央公園南路上的警察會開槍射她——以爲她是從動物園跑出來的。紐約不是維也納，雖然蘇西想戒掉扮熊的習慣，在格林威治村就算她變成一副熊樣也不會有人注意。蘇西和兩個女人住在一間只有馬桶和冷水洗臉槽的屋子裡，所以她都到市區來洗澡——她喜歡莉莉的史丹侯套房，勝過法蘭中央公園南路二二三號的華麗浴室；我猜想，蘇西喜歡的是上沖式馬桶潛在的危險。

她最近想當女演員，正在努力中。與她同住那棟爛公寓的兩個女人，都是一個叫什麼「西村工作坊」的成員。那是個表演工作坊，專門訓練街頭藝人的。法蘭說如果老鼠王還活著，一定可以在西村工作坊找到終身職。但我則想，如果維也納有這種工作坊，老鼠王也許還活在人間。總該有個地方教街頭舞蹈、學動物、演啞劇、騎單輪車、尖叫療法，還有其他純粹拿來丟臉的把戲。蘇西說，基本上西村工作坊教她的，就是不穿熊裝便能像一隻熊。進度很慢，她承認；同時──為了減少危險──她也找村裡的動物戲服專家，把熊裝重新設計過。

「你應該看看那套衣服，」蘇西老是對我說：「我是說，如果你從前以為我像隻眞熊，老兄……那就太沒見過世面了！」

「相當不得了，」法蘭告訴我：「連嘴看起來都濕濕的，眼睛有種神祕感，還有牙，」一向喜歡戲裝和制服的法蘭說：「獠牙更是棒極了。」

「可是我們都希望，蘇西能克服裝熊的欲望。」芬妮說。

「我們希望她裡頭的熊能夠『現身』。」莉莉說，大家聽了紛紛呻吟，發出各種嫌惡的聲音。

可是當我告訴蘇西，芬妮和我已經拯救了彼此──偏偏又遇到奇柏．道夫──蘇西立刻認眞起來；她是那種人生中最重要的朋友，在事態嚴重時可以為你扮成熊。

「你在法蘭那兒？」蘇西問。

「對。」我說。

「等著，小鬼，」蘇西說：「我馬上過來，先跟門房說一聲。」

「我該說是一隻熊還是妳，蘇西？」我問她。

「有朝一日，甜心，」蘇西說：「眞正的我會讓你大吃一驚。」有朝一日，蘇西眞的讓我大吃了一驚。但是她還沒到中央公園南路二二二號之前，法蘭六支電話的其中一支響了，是莉莉。

「什麼事？」我說。已經快兩點了。

「奇柏．道夫，」莉莉悄聲說，聲音又小又害怕：「他打電話來找芬妮。」這狗娘養的！我心想，他竟然挑三更半夜打電話給他強暴過的女孩！他一定想確認芬妮是否眞的住在史丹侯，現在他知道了。

「芬妮跟他說了什麼？」我問莉莉。

「芬妮不肯跟他說話，也不能跟他說話，」莉莉說：「我的意思是，她的嘴根本動不了！說不出半個字。」莉莉說：「我告訴他芬妮出去了，他說那他再打。你最好過來，」莉莉說：「芬妮很『害怕』，」莉莉小聲說：「我頭一次看到芬妮害怕。她甚至不肯回床上睡覺，只是一個勁看著窗外，我想她一定覺得道夫又要來強暴她了。」莉莉小聲說。

我到法蘭房裡把他叫醒。我只悄悄對他說了兩個字：「道夫。」他立刻從床上筆直坐起，被單一掀，把裁縫人形拋到一邊；我只說了聲：「奇柏・道夫。」他立刻跟敲鈸那時候一樣清醒。我們留話在父親床頭的錄音機裡，只說到史丹侯去。

父親用電話的本事相當不錯，他會數撥碼的洞。即使如此，父親還是常常撥錯號碼，他氣得要命，老是對話筒另一端的人大吼——好像撥錯號碼是對方的責任。「耶穌基督！」他會吼道：「又是個打錯的！」如此這般，父親和他的路易維爾一級棒引起了紐約一陣小規模的恐慌。

法蘭和我在中央公園南路二二二號門口和蘇西碰面。我們跑到哥倫布圓環，才叫到計程車。蘇西沒穿熊裝，身上是一條舊長褲，還有一件套一件又套一件的毛衣。

「她當然會怕。」隨著車子往市區駛去，蘇西對法蘭和我說。「但是她非面對不可。『恐懼』是開頭的階段之一，如果她能克服那該死的恐懼，她便會開始『憤怒』。而一旦她憤怒了，」蘇西說：「人也就解脫了。瞧我就知道了。」她說。法蘭和我瞧了瞧她，都沒吭聲。我們知道自己幫不上忙。

芬妮裹著毯子坐在那裡，椅子靠在暖氣口邊，偷偷望著窗外。在冷冽的聖誕前夕，大都會美術館就像被國王和皇后拋棄的城堡——冷清得像遭了詛咒，連農民都不敢靠近。

「我怎麼出去？」芬妮對我悄聲說：「他可能在外頭任何一個地方，」她說：「我『不敢』出去。」

「芬妮，芬妮，」我說：「他不會再碰妳的。」

「別跟她說這些，」蘇西對我說：「這樣不成，別跟她說什麼——『問』她問題。問她想怎麼辦？」

「妳想怎麼辦？芬妮？」莉莉問她。

「妳要我們做什麼都可以。」法蘭說。

「想想看妳希望怎麼樣。」蘇西熊對芬妮說。

芬妮在發抖，牙齒格格打顫。套房裡很悶熱，可是芬妮卻冷到了骨子裡。

「我要殺了他。」芬妮輕輕說。

「別說話。」蘇西在我耳邊悄聲道。反正我也沒話可說。我們陪芬妮坐在房裡看著窗外，大概坐了一個鐘頭。蘇西幫她做背部按摩，好讓她暖和些。芬妮想對我說悄悄話，於是我彎下身。「你還痛嗎？」她悄悄說。她露出一點笑意，我微笑著點了點頭。「我也是。」她說著笑了，但立刻又轉頭望著窗外說：「我要他死。」過了一會兒她又說：「我就是不能出去，我可以在這裡吃東西——不過你們一定要有個人整天在這裡陪我。」我們保證辦到。「殺了他，」她說，這時公園上方的天空開始亮起來了。「他可能在外頭任何一個地方。」她說，望著愈來愈亮的天色。「那個雜種！」她忽然尖叫起來：「我要殺了他！」

我們輪流陪了她幾天。我們對父親編了個藉口——說芬妮得了流行性感冒，需要在床上休息，這樣才能趕在聖誕節前痊癒。聽起來很合理，我們認爲。芬妮以前就對父親說過謊，說奇柏．道夫只是「打了她」。

我們甚至沒有計畫——萬一奇柏．道夫眞的再打電話來，我們連芬妮想怎麼面對他都不知道。

「殺了他。」她說個不停。

在史丹侯的大廳等電梯時，法蘭對我說：「也許我們眞應該殺了他，這樣就解決了。」芬妮是我們的領袖，一旦她沒了主張，我們也跟著亂成一團。決定對策之前，我們需要芬妮的意見。

「也許他不會再打來了。」莉莉說。

「妳是作家，莉莉。」法蘭說：「妳應該比我們更清楚：他當然會再打來。」法蘭又在闡示他反世界的主張了——這是他的怪理論之一，你最不希望發生的事情一定會發生。身爲作家，莉莉有朝一日也會擁有法蘭這份「痛世」感。

但法蘭對奇柏．道夫的看法是對的，他果然打來了。接電話的正是法蘭。法蘭慌透了，才聽到奇柏．道夫冰冷的聲音，他就一陣痙攣——抽搐得太厲害，竟然撞到身旁的檯燈，燈罩飛了出去；於是芬妮馬上知道誰打來了。她放聲尖叫，從套房的客廳跑進莉莉的臥室（最近的藏身之處）。蘇西熊和我只得跟著她跑，把她壓在莉莉床上，好讓她鎭定下來。

「呃，不，她不在。」法蘭對奇柏．道夫說：「留個電話，讓她打給你如何？」奇柏．道夫把電話告訴法蘭——一共兩個，家裡的、跟工作地點的。想到他有工作，芬妮似乎清醒了些。

「他做什麼？」她問法蘭。

「唔，」法蘭說：「他只說在他叔叔的公司。你知道大家愛怎麼說『公司』這兩個字的——他媽的『公司』，管他是什麼意思。」

「可能是任何一種公司，芬妮，」我說：「法律事務所，一般的商業公司。」

「說不定是家強暴公司。」聽莉莉一說，我們幾天來頭一次開懷而笑。芬妮也笑了。

「加油，芬妮。」法蘭鼓勵她。

「那個超級大爛人！」芬妮吼道。

「說得好，芬妮。」蘇西熊說。

「他媽的爛人，他媽的『公司』！」芬妮說。

「一點不錯。」我說。

最後芬妮說：「我不在乎殺不殺他，我只想嚇他，」她說：「我要他嚇掉半條命。」她說，突然又抖起來；她哭了：「他眞的把我嚇死了！」她哭道：「我到現在還怕他，天哪，」她說：

「我要嚇嚇那雜種，我要把他嚇回來！」芬妮說。

「就是這樣，」蘇西說：「妳開始面對了。」

「咱們來強暴他！」法蘭說。

「誰想？」莉莉問。

「我來——爲了我們的『目的』，」蘇西說：「可是就算由我來，他大概也不會討厭。男人就是這麼賤。」蘇西說：「他們可以恨妳的膽子，但那根雞巴還是喜歡妳。」

「我們不能強暴他。」芬妮說。她總算恢復正常了，我想。芬妮又是我們的領導人了。

「我們做什麼都可以。」法蘭爭著說——經紀人法蘭，負責安排一切的法蘭。

「就算我們能想出辦法強暴他，」蘇西說：「就算我們能找到一個強暴他的理想人選，我還是認爲不一樣，那個爛人總有辦法享受這回事。」

「雞姦！」法蘭叫道，高興得拍了一下手——就像當年把鈦敲在奇柏．道夫頭上。「雞姦那個雜種！」法蘭叫道。

「媽的，等一下！」，蘇西說：「或許他會以爲我是一隻熊，但我照樣知道是他。我是說，爲我們的目的……」蘇西對芬妮說：「我願意爲妳做任何事，甜心，可是妳也得讓我考慮考慮。」

「我覺得妳不一定要眞上他，蘇西，」芬妮說：「只要『差不多』上到他，就可以把他嚇個半死了。」

「妳可以裝成一隻發情的熊，蘇西。」莉莉說。

「發情的熊！」法蘭樂不可支地嚷道：「對極了！」他大叫：「發情的熊最兇了！妳可以用恐怖的熊嘴咬他的蛋！」法蘭對蘇西尖叫道：「讓他以爲會被一隻熊操死！」法蘭說。

「我可以整得他半死不活。」蘇西說。

「不能過頭，蘇西，」芬妮說：「我只想嚇嚇他。」

「嚇死他。」法蘭說，他累透了。

「用不著，」莉莉說：「半死就可以了。」

「發情的熊，這點子好極了，莉莉。」我說。

「給我一天的時間。」莉莉說。

「幹嘛，莉莉？」蘇西問。

「寫劇本，」莉莉說：「給我一天把劇本安排妥當。」

「我愛妳，莉莉。」芬妮說，抱了莉莉一下。

「你們都得好好表演。」莉莉說。

「我正在上表演課哪，看在老天份上！」蘇西吼道：「我還可以帶朋友來！妳能多用兩個人嗎？莉莉？」蘇西問。

「如果是女的就可以。」莉莉皺著眉說。

「當然是女的！」蘇西憤憤地說。

「我可以參加嗎？」法蘭問。

「你不是女的，法蘭，」我說：「說不定莉莉只要女生。」

「唔，我是個同性戀，」法蘭不悅地說；「奇柏．道夫也知道。」

「我可以給法蘭找到很棒的戲服。」蘇西告訴莉莉。

「眞的？」法蘭興奮地問。他有好一陣子沒機會打扮了。

「我來想辦法，」莉莉說。工作狂莉莉，她總是工作得過了頭。「一定得做得天衣無縫，」莉莉說：「要讓人相信，我們得把一切都弄得十全十美。」

芬妮忽然問：「我一定要參加嗎？莉莉？」我們看得出她不想參加，而且也害怕參加。她希望好事能成——她想看著事情發生，但不確定自己能不能軋一角。

我握住芬妮的手。「妳得打電話給他，芬妮。」她立刻又發起抖來。

「妳只要把他請過來，」莉莉說：「只要他來，妳就用不著說什麼了。妳什麼都不用做，我保證。」莉莉說：「但是電話得由妳打。」

芬妮又望向窗外。我替她按摩肩膀，免得她冷。法蘭拍拍她的頭，法蘭這習慣頗令人火大；他總是拍拍人家表示喜愛，好像在拍狗一樣。

「別這樣，芬妮，」法蘭說：「妳辦得到的，芬妮。」

「妳非得如此，甜心。」蘇西熊溫和地說，友善的大掌搭在芬妮的手臂上。

「『現在，否則免談』，記得嗎，芬妮？」我悄聲對她說：「一起克服這件事吧！」我告訴她：「然後，我們就可以做其他事了——活我們的下半輩子。」

「我們的下半輩子，」芬妮說，她高興起來了。「好吧，」芬妮悄聲說：「莉莉都寫得出劇本，我當然能打他媽的電話。」

「那大家都請出去吧，」莉莉說：「我要開始工作了。」她愁著臉說。

我們全跑到法蘭的公寓，準備找父親開派對。「這件事別對爸提半個字，」芬妮說：「別讓他捲進來。」

我知道，通常父親其實都在局外。不過等我們回到法蘭的公寓，父親倒也做了個小小的決定。在數不清的選擇中，父親並沒有擬出愛荷華巴布所說的「一貫計畫」；他還是不知道自己想要什麼。好運道對父親太過陌生了。然而當我們滿心想開派對地回到法蘭家，父親至少也做了個迷你型的決定。

「我要一條導盲犬。」父親說。

「可是你有我們哇，爸。」法蘭說。

「不論你想去哪，隨時有人帶你去。」我說。

「不只為這個，」父親說：「我要一隻動物陪在我身邊。」

「乖乖，」芬妮說：「何不請蘇西？」

「蘇西不能再裝熊了，」父親說：「我們不能老是要她這麼做。」我們都面露愧色，蘇西則面露笑容——當然，父親看不見我們的臉。「再說，紐約這地方對熊也不好。我看熊的時代是過了。」他嘆了口氣：「可是一條好的導盲犬，」父親說：「唔，你們都懂。」他說，似乎窘於表白他的寂寞。「我需要一個講話的對象。我是說，你們有你們的生活——至少總有一天會有。」父親說：「我其實只想要條狗，能不能帶路倒還是其次，我只要一條乖狗，可以嗎？」他問。

「當然，爸。」法蘭說。

芬妮親了一下父親，跟他說我們會送一條狗當聖誕禮物。

「這麼快？」父親問：「我想要找導盲犬沒那麼容易吧，我是說，弄來一隻本事不好的就糟了。」

「沒什麼不可能的，」法蘭說：「我來安排。」

「哦，看在老天份上，法蘭，」芬妮說：「如果你不介意的話，這是我們大家的事。」

「有個條件，」父親說。蘇西熊把爪子放我在肩上，彷彿她知道接下來會是什麼。「只有這一點不能錯，」我們鴉雀無聲，等著他說：「絕對不能長得像哀愁。」父親說：「你們有眼睛，所以狗由你們選。只要確定完全不像哀愁就成了。」

於是莉莉寫了一個必要的神話，我們每個人都軋了一角。而且就她寫的來看，我們都演得十全十美。一九六四年聖誕節前的最後一個工作天，芬妮深深吸了一口氣，打電話給在「公司」的奇柏．道夫。

「嗨，是『我』！」她快活地對他說：「我很想和你一起吃個午飯，簡直快『想死了』。」芬妮告訴奇柏．道夫：「對，我是芬妮．貝里——你可以來這兒接我，隨時都行。」芬妮說：「對，史丹侯旅館——四〇一號房。」

接著莉莉把話筒從芬妮手上搶過去，用護士慣有的暴躁口氣——而且聲音大得讓奇柏．道夫聽得清清楚楚——說道：「妳又在打電話給誰？不准再打半通電話！」莉莉說完把電話掛斷，我們開始等。

芬妮到浴室裡吐了半天，等她出來時已經好多了。她的臉色很壞，不過愈壞愈好。西村工作坊的兩個女生已經替芬妮化過妝，成果神奇之至。她們把一個美麗的女人蹂躪得一塌糊塗，芬妮的臉像粉筆灰一樣慘白、嘴巴像一道裂縫、兩眼瞇得像針孔。她們給她穿了一身白，像個新娘子。我們都擔心莉莉的劇本會不會太誇張了。

法蘭站在窗邊向外看，他穿了一件黑色緊身衣，外加菩提綠的長袖寬袍。他只塗了一點口紅。

「我不曉得，」法蘭擔心地說：「要是他不來呢？」

蘇西的兩個朋友來了——兩個來自西村工作坊，受過傷害的女人。蘇西說是男人傷的。黑皮膚那個叫露西，長得簡直就是小瓊斯的翻版。露西穿了一件無袖的羊皮背心，裡面什麼也沒穿；還有一條亮綠色的喇叭褲，小腹的肉在上面晃盪。她有一根長長的銀釘子，跟鐵軌的鉚釘一樣粗，插在一頭亂髮上。她巨大的黑手抓著一條長皮繩，皮繩的另一端便是蘇西熊。

那件熊裝是人所能想像最接近動物的傑作；尤其是嘴，如同法蘭指出的，特別是獠牙。那濕潤的模樣。還有那雙悲傷而瘋狂的眼睛（蘇西從熊嘴「看」東西）。

熊掌也棒極了，貨眞價實——蘇西驕傲地指出——整隻熊掌都是眞的。蘇西戴了口罩，更增強了全身上下的眞實感。口罩是從導盲犬用品店買來的，也是貨眞價實的口罩。

我們把暖氣開到最大，因爲芬妮直喊冷。蘇西說她喜歡這麼熱，汗流得愈多，她愈覺得自己像隻熊。我們看得出她在熊裝裡熱得直滴汗。「我從來沒有這麼覺得自己像隻熊。」蘇西說著四肢著地走來走去。

「妳今天是隻百分之百的熊，蘇西。」我對她說。

「妳裡面的熊今天掙脫出來了，蘇西。」莉莉告訴她。

芬妮穿著新娘服坐在沙發上，蠟燭陰森森地在她身旁的桌上燃燒著。套房裡到處都點了蠟燭，遮光簾也全拉上了，法蘭還燒了一些香料，整個套房聞起來恐怖極了。

西村工作坊來的另一個女人蒼白而平凡，樣子很像小女孩，有頭泛黃的金髮。她穿了一套常見的旅館女僕制服，跟史丹侯的女僕一模一樣，百無聊賴的眼神裡沒半點表情，跟她乏味的工作非常配。她本名叫伊麗莎白，不過在村裡大家都叫她「爛胚」。她是有史以來從西村工作坊出身的最佳演員——也是華盛頓廣場公園藝人中的翹楚。她可以教一整個園子的地鼠尖叫，甚至能教牠們如何叫到蟲子從土裡跳出來。她是蘇西口中的「天字第一號神經病」。「沒有人能演得比爛胚更像神經病。」蘇西說；於是莉莉爲她寫了個天字第一號神經病的角色。爛胚只是坐在房裡抽紙菸，就像公園長凳上的流浪漢，一副槁木死灰的樣子。

我在客廳裡，拿著一支巨大的槓鈴耍來耍去。法蘭和莉莉在我身上塗滿了油，從頭到腳一點不少，聞起來活像沙拉。不過油倒讓我的肌肉浮凸得特別明顯。我全身只穿了一件小不拉嘰的玩意——就像連身的老式泳衣，摔角和舉重選手穿的那種服裝。

「繼續熱身，」莉莉說：「舉到血管剛好浮凸出來的地步。等他走進來的時候，我要你的血管在皮膚表面『跳』個不停。」

「如果他眞來的話。」法蘭說。

「他會的，」芬妮輕輕地說：「他就在附近了，」她說著閉上眼睛：「我知道他就在附近。」

電話鈴響起來時，每個人都跳起來——除了芬妮和那個叫爛胚的天字第一號神經病，她們連動都沒動。芬妮讓電話響了好一會兒。莉莉穿著整齊的護士制服，從臥室走出來；等電話響了大約四聲，莉莉朝芬妮點點頭，芬妮便拿起電話。她沒吭聲。

「喂？」奇柏．道夫說：「芬妮？」我們聽見他問道。芬妮發著抖，但莉莉繼續朝她點頭示意。

「快上來，」芬妮對著話筒小聲說：「趁我的護士還沒回來！」她細著聲音說完，掛上電話；接著嘔了起來，我以爲她又要到浴室去吐，但她忍住了。她沒事。

莉莉調整了一下她那團又小又緊，灰得像老鼠的假髮。她看起來就像個照顧侏儒的老護士，西村工作坊的女人把莉莉的臉畫得像粒梅乾。她走進離套房大門口最近的一座櫥櫃，把門關上。在套房裡，人很容易把櫥櫃和出入的大門搞混。

爛胚挽了一疊潔白的亞麻桌布離開套房，走到走廊上。「等他進來以後，再過五到七分鐘。」我對她說。

「用不著你提醒，」她很不高興：「我會在門外用聽的。」她輕蔑地說：「我是職業級的，你別他媽的忘了。」

蘇西私下跟我說，這兩個西村工作坊的女人有個共同點：她們都被強暴過。

我開始舉重。先快舉幾下，好讓肌肉充血。蘇西熊蜷縮在離芬妮最遠的沙發下，假裝睡覺。她把爪子和戴口罩的鼻頭都藏了起來，從後面看就像隻在睡覺的狗。叫露西的黑女人——小瓊斯的翻版——撲通一聲坐到沙發正中央，緊挨著芬妮。冬眠的熊開始打鼾，法蘭脫下長袍掛在門把上——身上只剩一件緊身衣——走進莉莉的臥室放音樂。在客廳可以從打開的門看見臥房裡的床。音樂一出來，法蘭便在床上跳起舞來。音樂是法蘭挑的。他毫不猶豫地選了董尼才第《露琪亞》一劇的發狂場面。

我看著芬妮，發現幾滴淚水從她那對針孔眼擠了出來，在化了妝的臉上弄出兩道亂糟糟的印子。芬妮的手指嵌在一起放在腿上。我朝櫥櫃的門輕輕敲了敲，悄聲說：「眞是傑作，莉莉。」我說：「一切傑作的條件都具備了。」

「別忘了你的台詞。」莉莉小聲說。

當奇柏．道夫敲門時，我的二頭肌都聳立了起來——正好符合莉莉的要求——上臂看起來也很壯觀。我那身油上頭流著一些汗。在臥房裡，露琪亞剛開始尖叫。法蘭笨拙地在床上跳來跳去，幾乎令我不忍卒睹。

「進來！」芬妮對奇柏．道夫叫道。我一看見門鈕轉動，便抓住這一側的門，讓奇柏．道夫快快進了房間。我大概開門開得太用力了，奇柏．道夫就像是被拖進來的——跌了個四腳朝天。我把「請勿打擾」的牌子往外一掛，門便在他背後關上了。

「喲，瞧瞧誰來了。」芬妮說，聲音裡帶著逼真的冰冷。

「老天爺！」法蘭叫道，在床上跳得半天高。

我把槓鈴推過去把門頂住。奇柏．道夫站了起來——相當鎮定。臉上掛著那抹死不了的微笑——至少還沒死絕。

「這是怎麼回事？芬妮？」他若無其事地問，但是芬妮的台詞就此爲止，她的戲分已經演完了。（她要說的只有一句：「喲，瞧瞧誰來了。」）

「我們要強暴你。」我對奇柏．道夫說。

「喂，聽著，」道夫說：「根本沒發生過強暴這回事，」他說：「我的意思是，妳眞的『喜歡』我，芬妮，」他對她說，但芬妮一言不發。「我對另外那兩個人感到抱歉，芬妮，」他說，可是芬妮的兩點針孔沒有半點回應。「媽的！」道夫說著轉身對著我：「誰要強暴我？」

「不是我！」法蘭在臥室裡尖叫，愈跳愈高，他說：「我只喜歡一個人強姦泥巴！從早幹到晚！」

奇柏．道夫的臉上依然掛著微笑：「那麼是沙發上那個囉？」他帶著戲謔的語氣問我。道夫盯著大個子露西瞧，他在看她時一定想起了小瓊斯——她只是回瞪著他——但奇柏．道夫甚至還對她嘻嘻一笑。「我對黑女人沒有偏見，」奇柏．道夫說，把注意力交互放在露西和我身上。

「老實說，偶爾玩玩黑女人也不錯。」露西抬起大屁股的一邊，放了個屁。

「你甭想上我。」她對奇柏．道夫說。

道夫的注意力集中在我身上，笑容幾乎完全消失了，他一定開始懷疑派來強暴他的人是我，他可不喜歡這主意。

「不對，不是他，你這蠢蛋！」法蘭從臥室叫道，又喘又跳——愈跳愈高：「他喜歡女生，跟你一樣！」法蘭對他大嚷：「噁心、噁心、噁心的女生！」他從床上摔了下來，但又馬上爬回去跳得更兇。露琪亞聽起來瘋到家了。

「你該不會說是那隻狗吧？」奇柏．道夫問我：「你以爲我會乖乖讓一隻狗上嗎？」

「什麼狗，兄弟？」露西問奇柏．道夫。她的笑容跟道夫一樣可怕。

「那邊那隻呀！」道夫指著蘇西熊。蘇西蜷成一團打著鼾，毛茸茸的背對著道夫。露西赤著腳往蘇西胯下一伸，開始「推拿」。蘇西哼了起來。

「那不是狗，兄弟，」露西笑道——腳推拿個不停，動作愈來愈猥褻，接著朝蘇西的胯下猛然一扭，熊終於大吼一聲醒了過來；兇巴巴地繞著露西轉，朝她撲過去。道夫看得出口罩幾乎綁不住她。露西跳開，躲過攻過來的長臂利爪，然後把皮帶往蘇西臉上一甩，逃到房間另一頭去了。蘇西作勢欲追，但是芬妮伸手輕輕碰了蘇西熊一下，蘇西立刻安靜下來，把頭擱在芬妮腿上輕輕哼起來。

「呃！呃！」她呻吟道。

「是隻『熊』。」道夫說。

「沒錯，兄弟。」露西說。

法蘭愈跳愈高，跟著露琪亞的歌聲一路往上——甚至彷彿超越了她的瘋狂——他吼道：「那是隻『發情的熊』！」

「要你的是那隻熊！」我對奇柏．道夫說。

等道夫又轉過去看熊的時候，他看見芬妮把手擱在蘇西身上，就在熊的私處那裡。芬妮摩擦著那地方，蘇西熊立刻變得很愉快；頭扭來扭去，發出種種噁心的聲音。西村工作坊在蘇西身上創造了奇蹟；從前她只是一隻聰明熊，此刻她則是一隻難纏的熊。

「那隻熊色得要死，」露西說：「連我都想上。」

「嘿，聽著，」奇柏·道夫說，他把我當成這群人裡唯一正常的一個。現在他只能這麼想了，我是他最後的希望。我們已經完全把他逼進莉莉安排的一切。就在此時，演女僕的爛胚敲了門，我把槓鈴拿開扔到一邊，彷彿它輕若無物，然後使盡全力扯開大門，壞胚跌進房裡，比道夫進門時還慌亂。蘇西熊低吼起來——她不喜歡突如其來的動作——嚇壞了的女侍抬頭看著我。

「外頭不是掛著『請勿打擾』嗎？妳這白痴！」我大吼，把她提起來，一把扯破她前半身的女僕制服，她立刻發起神經。我把她倒過來抓著甩。法蘭高興得尖叫不已。

「黑褲褲！黑褲褲！」法蘭在床上邊跳邊叫。

「妳被開除了，」我對嗚咽的女僕說：「房門掛著『請勿打擾』的時候不准進來，妳這白痴，」我說：「如果連這都不懂，妳就只好走路。」我把她倒著交給露西。露西和爛胚已經練這套練了一整年，蘇西跟我說過，一齣暴力之舞，一齣女人強暴女人的舞蹈。露西就在奇柏·道夫面前開始對爛胚動粗。

「我才不管你們是不是旅館老闆！」爛胚哭道：「你們這群人可怕又噁心，我再也不要幫那隻熊收拾殘局了，我不要！不要！」她嗚咽道，開始在露西身下驚人地「抽搐」起來——又是咳、又是吐、又是呻吟——偶爾還來一陣令人毛骨悚然的痙攣。

露西聳聳肩對我說：「你們該找有用點的女僕，別找這種白垃圾，兄弟。每次那隻熊強暴人，女僕都收拾不了。她們不知道怎麼『面對』。」

我望向奇柏．道夫，發現那抹冷然的表情（終於！）消失了。他瞪著熊看，蘇西在芬妮的愛撫下反應愈來愈激烈。露西走到熊身旁把口罩拿下，蘇西對她露齒而笑。她簡直比熊更像熊，光憑這回根據莉莉劇本的演出，蘇西絕對能讓真熊相信她也是熊。一隻發情的熊。

其實我根本不知道熊會不會發情，但正如法蘭所說的：「都一樣。」

最重要的是讓道夫相信。露西開始小心地搔弄熊耳後面。「看到他沒？看到他沒？——那邊那個男的。」露西甜甜地說。蘇西熊開始搖搖晃晃，朝奇柏．道夫一路嗅過去。

「嘿，聽著。」道夫開口對我說。

「最好別動得太快，」我告訴他：「熊不喜歡太快的動作。」

道夫僵住了。蘇西開始慢條斯理地在他全身嗅來嗅去。法蘭筋疲力盡地躺在臥室的床上。「我給你幾點忠告。」法蘭對道夫說：「看在你教我用泥巴的份上，我就給你幾點關於熊的忠告。」

「嘿，拜託。」道夫輕聲求我。

「最重要的一點，」法蘭說：「就是別動。別想反抗。熊不喜歡反抗的動作。」

「隨牠去吧，老兄。」露西柔著聲說。

我上前解開道夫的皮帶；他想阻止我，但我說：「別動得太快。」等道夫的褲子輕輕掉到地毯上，蘇西立刻湊去嗅他的大腿根部。

「我建議你屏住呼吸。」法蘭在臥室裡說。

這時輪到莉莉出場了。她走了出來。在道夫看來，她就像用鑰匙自己開門從走廊進來的。

我們都望著小個兒護士，莉莉氣呼呼的。

「我就知道妳又來這一套，芬妮。」莉莉對她的病人說。芬妮在沙發上蜷成一團，背對大家。

「妳是護士，不是她媽。」我打斷莉莉。

「這對她不好——跟瘋子一樣強暴、強暴、強暴每一個人！」莉莉對我大叫：「每次那隻該死的熊發情，你們就隨便找個人來強暴——我告訴你們，這樣對她不好。」

「可是芬妮只喜歡這樣。」法蘭不平地說。

「她不應該喜歡。」莉莉指出，像個固執的好護士。其實她也是。

「噢，別這樣，」我說：「這個可不同，這傢伙強暴過她！」我對莉莉喊。

「他還教我強暴泥巴！」法蘭哀嚎。

「讓我們強暴這一個，」我央求莉莉：「我們就不再強暴任何人了。」

「保證，就會保證。」小護士說。小手臂環抱在小小的胸前。

「我們保證！」法蘭大叫：「再一次就好，就找這個。」

「呃！」蘇西哼道，我想道夫大概快昏死過去了。蘇西熊朝道夫的下體猛嗅一通，似乎表示牠也最喜歡這一個。

「拜託，求求你們！」道夫開始尖叫。蘇西熊把他放倒在地，整個身子壓到他胸口上，一隻大熊掌——貨眞價實的熊掌——搭上他的私處。「拜託！」道夫說：「求求你們，不要！拜託！」

莉莉就寫到這裡爲止。我們應該就此結束。沒人有台詞了，除了莉莉自己。

接著莉莉應該說：「以後沒有強暴這回事了，絕對不行——這是最後一次。」然後我應該抓起道夫，把他丟到走廊上。

但這時芬妮從沙發上站起來，把所有人都推開，她走到道夫面前。「夠了，蘇西。」芬妮說。蘇西從道夫身上爬下來。「把褲子穿回去，奇柏。」芬妮對他說。他站起來，又倒下去，掙扎著穩住雙腳，拉上褲子。「下次你再把褲子脫下來的時候，」芬妮對奇柏．道夫說：「我要你想到我。」

「想我們所有人。」走出臥室的法蘭說。

「記得我們。」我對奇柏．道夫說。

「你以後再看到我們，」大個子露西對他說：「最好換條路走，我們哪一個都會宰了你。」她平平板板地告訴他。

蘇西熊把熊頭摘下來，她再也不需要戴它了。從今以後，蘇西穿熊裝只爲了好玩。她直直地望進奇柏．道夫眼底。天字第一號神經病的爛胚也從地毯上站起來，過去望著奇柏．道夫。她看著他，彷彿想把他刻在腦海裡，然後聳聳肩點了根菸，移開視線。

「別走過打開的窗口！」道夫離開時，法蘭朝著走廊上大喊。道夫邊走邊扶著牆壁支撐。我們都注意到他的褲子濕了。

奇柏．道夫的動作就像個喪失方向感的病人，在醫院裡找廁所；他缺乏自信地緩緩前移，不知道廁所裡有什麼樣的經驗等著他——甚至不知道到了小便池前要做什麼。

然而，爲了公正地記錄一場復仇，此時一股失望感也出現在我們所有人心中。無論我們做了什麼，都遠不及他對芬妮做的嚴重——要是一樣嚴重，那肯定會做得太過火。

後半輩子，我一直覺得自己彷彿還從腋下舉著奇柏．道夫——讓他的腳離第七大道的地面好幾吋。除了把他放下，其實不能怎麼樣；而且也不可能對他怎麼樣——對人生中的這些奇柏．道夫，我們只能不停把他們舉起又放下，直到永遠。

你也許覺得這件事就這麼了結了。莉莉證明她可以寫出一齣眞正的歌劇，一個名副其實的神話。蘇西演完了她的角色，結束了熊的身分；她留下熊裝全爲懷舊、娛樂小朋友——當然，還可以用在萬聖節。父親會在聖誕節得到一隻導盲犬，也是他許多導盲犬中的第一隻。

而一旦有了寵物說話，父親就會了解該如何度過他的下半輩子。

「我們的下半輩子開始了，」芬妮說，帶著一絲驚嘆：「我們的下半輩子，終於他媽的來了。」

奇柏．道夫晃出史丹侯、回到「公司」那天，我們每個人——剩下的人——似乎都會繼續活下去；我們似乎已經成功了。現在芬妮可以自由地尋求新生活，莉莉和法蘭也有他們選擇的事業——或者如他們說的，是事業選上了他們。父親只需要一點時間跟他的動物分身相處——好幫他做決定。我知道一個奧地利大學頒的美國文學學位沒什麼用，但是除了照顧父親之外——除了必要時爲兄弟姐妹舉起他們的重負——我還有什麼該做的？

聖誕節前的裝飾以及面對奇柏．道夫的激動，令我們完全忘了那一開始便縈繞不去的幽靈。如同所有的神話，你以爲快走出森林了，森林裡卻還有更多東西等著你。你以爲已經走出了森林，到頭來卻發覺還在裡頭。

維也納人有一首歌——所謂的〈侯伊利根之歌〉，用來慶祝每季釀成的第一批葡萄酒。就如佛洛伊德所洞悉的，他們連歌裡也充滿對死亡的企求。不用說，老鼠王本人一定也唱過這首小歌。

Verkauft's mei G'wand, IFahr in Himmel.

賣了我的舊衣裳，我要上天堂。

蘇西熊帶朋友回格林威治村了，法蘭、芬妮、莉莉和我叫可靠的客房服務送一瓶香檳來。我們嚐著對奇柏·道夫復仇的些微甜美，童年就像清澈見底的湖水——從我們背後——驀然浮現。我們覺得已經從哀愁中解放了。但甚至在這一刻，我們之中一定有人唱了這首歌。一定有人偷偷哼了哼那段旋律。

人生太嚴肅，藝術才有趣！

老鼠王已經死了，但是——對我們之中某個人而言——並沒有被遺忘。我不是詩人。我甚至不是家裡的作家。唐納·賈斯特後來成了莉莉的英雄，他甚至取代了莉莉百讀不厭的《大亨小傳》那個神奇的結局。唐納·賈斯特極其雄辯地提出了最能打入我們這個旅館家庭心底的問題。他是這麼問的：

我該如何敘說厄運，特別是我們的厄運，除了說它如此天經地義？

我們得爲厄運加上一筆。厄運是「天經地義」的事，特別是在家庭裡。哀愁會浮起來，愛情也一樣，接下來則是厄運。到了最後，它也會浮起來。

第十二章　老鼠王症候群；最後的新罕布夏旅館

這是故事的尾聲，尾聲是永遠少不了的。在愛與哀愁會浮起來的世界裡，總有許多尾聲——有些會一直延續下去。但在厄運難逃的世界裡，有些尾聲卻很短暫。

「夢想是被壓抑的希望經過僞裝的實現。」在法蘭的紐約公寓裡共享復活節晚餐時，父親對我們說——一九六五年的復活節。

「你又引用佛洛伊德的話了，爸。」莉莉說。

「哪個佛洛伊德？」芬妮周到地問。

「西格蒙，」法蘭答道：「《夢的解析》第四章。」

我應該也知道出處的，因爲法蘭和我晚上輪流唸書給父親聽。他要我們唸佛洛伊德所有的著作。

「你夢到了什麼，爸？」芬妮問他。

「亞布納海濱旅館。」父親說。用餐時，導盲犬都把頭擱在他膝上；每當他伸手去拿餐巾，總是塞一口吃的到等著的狗嘴裡，然後狗兒抬起頭一下下——好讓父親拿餐巾。

「你不該在餐桌上餵牠的。」莉莉怪父親，不過我們都喜歡這隻狗。牠是隻德國牧羊犬，身上有種特別亮眼的棕色，在滿身黑毛中自由地渲染開來，也是那張溫和臉孔的基調；牠有張長臉，顴骨很高，和拉布拉多獵犬完全不同。父親想叫牠佛洛伊德，但我們覺得，爲了分辨是哪個佛洛伊德造成的混亂已經夠多了。我們勸父親，再來一個肯定會把大家弄瘋。

莉莉提議叫牠榮格。

「什麼？那個叛徒！反猶太的傢伙！」法蘭抗議道：「何況，誰聽過女生叫榮格的？」法蘭問道：「這種事只有榮格自己才想得出來。」他氣得七竅生煙。

接著莉莉提議叫牠史丹侯，因爲她很喜歡十四樓的住所；父親覺得用旅館爲他的第一隻導盲犬命名是個好主意，不過他比較想用自己喜歡的旅館。於是我們都同意這隻狗應該叫作「沙赫」。畢竟沙赫夫人也是女的。

沙赫唯一的壞習慣就是每次父親坐下來吃東西，牠都要爬到他膝上，但這是父親教出來的——所以其實是父親的壞習慣。除此之外，沙赫可以說是隻模範導盲犬。牠不會攻擊別的動物，所以父親也不會被拖著亂跑；牠特別懂電梯的操作習慣——會用身子去擋關上的門，直到父親進出完畢。沙赫吼過聖摩里茲旅館的門房，不過通常對父親周遭的行人都很友好，雖然有點冷淡。當時在紐約遛狗還用不著清理善後，所以父親就免了件苦差事——他知道自己幾乎不可能辦得到。老實說，在別人想到之前好幾年，父親就害怕會有這麼一條法律。他說：「如果沙赫在中央公園南路上拉了屎，我要到哪去找？幫狗撿屎已經夠糟了，再加上看不見，根本就是大海撈針。我才不幹！」他會吼道：「要是哪個自以爲是的老百姓想告訴我——直說也好，兜圈子也好——我得爲狗屎負責，就別怪我用球棒！」但父親很安全——暫時之間。等到狗屎法案通過的時候，我們已經不住紐約了。天氣一好轉，沙赫和父親就到史丹侯與中央公園南路之間散步，不需人陪。父親讓沙赫隨地拉屎，反正他看不見。

在法蘭家裡，狗就睡在父親和我兩張床之間的地毯上。在睡夢中，我有時會搞不清楚是父親在說夢話，還是沙赫。

「你夢到亞布納？」芬妮對父親說：「這有什麼新鮮的？」

「不是，這次跟我那些『舊夢』不一樣。比方說，你們的媽不在裡頭，我們沒變年輕，諸如此類。」

「也沒有穿白禮服的男人，爹地？」莉莉問。

「沒有，沒有，」父親：「我已經老了，在夢裡我甚至更老。」他說；他那年四十五。「我只是跟沙赫一起走在海灘上，繞著旅館散步。」他說。

「你是說，繞著廢墟散步？」芬妮說。

「唔，」父親淘氣地說：「我當然看不出亞布納現在是不是廢墟，不過我感覺它已經復原了——從頭到尾都整修過，」父親說著從碟裡挖了一匙給他膝上的沙赫，「它是一家嶄新的旅館了。」父親調皮地說。

「而且主人是你，我打賭。」莉莉對他說。

「你跟我說做什麼都可以的，不是嗎？法蘭？」父親問。

「你夢見亞布納是你的？」法蘭問他：「而且全修好了？」

「跟平常一樣開門營業，爸？」芬妮問他。

「跟平常一樣。」父親說。

「這就是你想要的？」我問他：「你要亞布納？」

「唔，」父親說：「當然啦，我們必須換個名字。」

「當然。」芬妮說。

「第三家新罕布夏旅館！」法蘭大叫：「莉莉！想想，又一部電視影集！」

「我連第一部都還沒眞的開始呢！」莉莉擔心地說。

芬妮在父親身邊跪下，手放在他膝上；沙赫舔著芬妮的指頭。「你還想再來一次？」芬妮問父親：「你還想全部重來？你知道你用不著這樣的。」

「可是我還能做什麼，芬妮？」他微笑著問她：「這是最後一次了——我保證。」他對我們說：「如果我不能讓亞布納變得有聲有色，我就放棄。」

芬妮看看法蘭，聳了聳肩。我也聳了聳肩。莉莉只是一直翻白眼。法蘭說：「唔，要找到主人打聽價錢，應該不是什麼難事。」

「我不想見他——如果他還是主人的話。」父親說：「我不想看到那個雜種。」父親老是對我們說他不想看這個那個，我們則忍著不說他其實什麼也看不見。

芬妮說她也不想看那個白衣人，莉莉則說她看過太多次——在夢中——看得都累了。

於是，只好由法蘭和我租車一路開到緬因州；法蘭邊開邊教我。我們又見到了曾是亞布納的廢墟。它顯然沒什麼改變。一處廢墟自我改變的能力，大概都在變成廢墟的過程中消耗殆盡了。一旦成了廢墟，它就一直是那個樣子。我們發現了更多破壞的痕跡，不過破壞廢墟大概不怎麼好玩，因此這裡看起來跟一九四六年秋天，我們全家在亞布納看著厄爾死去時幾乎一模一樣。

我們沒費什麼力氣便找到當年緬因州被射殺的所在——儘管這一帶的碼頭都重新整修過，海裡也多了不少新船。亞布納旅館看起來像個小小的鬼地方，而當年旅館附近捕魚釣蝦的小漁村，如今已發展成破兮兮的觀光小鎮。有個出租遊艇兼賣釣餌的小船塢，也有個臨近亞布納私人海灘，到處是石頭的公共海水浴場。由於無人照料，「私人」海灘也不怎麼私人了。法蘭和我抵達時，有兩家人在那裡野餐；一家坐船來，另一家則直接把車開到海灘上。和我們一樣，他們把車開過那條「私人」車道，也經過那塊依舊寫著「本季休業」的褪色告示。

攔路的鐵鍊早已被扯下來，扔在路旁。

「光是要弄得像個人住的地方，就得花一大筆錢。」法蘭說。

「如果人家願意賣的話。」我說。

「老天，誰願意留著這鬼地方？」法蘭說。

我們在緬因州巴斯鎮的房地產公司打聽到了白衣人的消息，他依然是亞布納的主人，而且還活著。

「你們要買老亞布納的地！」經紀人大吃一驚。

我們很高興聽到有個「老亞布納」的存在。

「我只跟他的律師接頭，」經紀人說：「他們想把這塊地脫手已經好多年了。老亞布納住在加州，」經紀人告訴我們：「不過他在全國各地都有律師，和我接頭的那位通常在紐約。」

我們想，這下只要讓那位紐約律師知道我們要那塊地就成了，但是——回紐約後——那位律師卻對我們說，亞布納想見我們。

「我們得去加州一趟，」法蘭說：「老亞布納聽起來跟哈布斯堡王族一樣老；不過他說除非先見個面，否則不賣。」

「耶穌基督，」芬妮說：「只爲見個面，還眞所費不貲！」

法蘭告訴她，亞布納付錢。

「他大概想當面嘲笑你一番。」芬妮說。

「他大概想看是誰比他還瘋狂。」莉莉說。

「我簡直不敢相信會這麼幸運！」父親叫道：「想想看，居然還有得買！」法蘭和我認爲沒必要對他描述廢墟的狀況——還有他珍愛的亞布納四周那些低級的新觀光設施。

「反正他看不見。」法蘭悄聲說。

我也慶幸父親沒有機會看見老亞布納——他是比佛利山莊旅館的終生住客。飛抵洛杉磯機場，法蘭和我又租了這週以來的第二部車，動身去見老亞布納。

我們在一間花園裡有棕櫚樹的套房見到了亞布納、隨侍在旁的護士和律師（加州的律師）、還有他無藥可救的肺氣腫。他直著身子靠在豪華的病床上——非常謹慎地呼吸著，床邊擺了一排空氣調節器。

「我喜歡洛杉磯，」亞布納喘著氣說：「不像紐約有那麼多猶太人，要不就是我終於對猶太人免疫了。」說著，一陣彷彿出其不意（從背後偷襲）的咳嗽令他病床上的身子突然劇烈地一彎；聽起來就像給一整支火雞腿嗆到似的——看樣子毫無復原的希望，彷彿根深柢固的反猶太思想終於要了他的命（我肯定佛洛伊德一定會很高興）；但這陣發作來去匆匆，他忽然又沒事了。護士替他撐起枕頭；律師把一些看來十分重要的文件放在老人的胸口，又拿出一支筆塞進亞布納顫抖的手上。

「我快死了。」亞布納對法蘭和我說，彷彿他給我們的第一印象還不夠清楚。他穿著白色的絲質睡衣，看樣子快一百歲了；他頂多只有五十磅（二十三公斤）重。

「他們說過不是猶太人。」律師對亞布納說，指的是法蘭和我。

「這就是你想見我們的原因嗎？」法蘭問他：「你在電話上就可以問清楚的。」

「我也許快死了，」他說：「可是死也不賣給猶太人。」

「家父，」我對亞布納說：「是佛洛伊德的好朋友。」

「不是『那個』佛洛伊德。」法蘭對亞布納說。可是老頭子又開始猛咳，沒聽見法蘭說什麼。

「佛洛伊德？」亞布納又咳又吐：「我也認識一個佛洛伊德——他是個猶太馴獸師。不過猶太人搞不定動物，」亞布納對我們說：「動物很聰明的，你知道，牠們知道你哪裡有問題。」他說：「我認識的佛洛伊德是個笨蛋，他想訓練熊，卻給熊吃掉了！」亞布納眉飛色舞地吼道——又招來一陣大咳。

「那隻熊反猶太嗎？」法蘭問。亞布納聽了哈哈大笑，我眞怕他等下會咳死。

「我存心要咳死他的。」事後法蘭說。

「你們一定是瘋了才會要那塊地，」亞布納告訴我們：「我是說，你們知道緬因是什麼地方嗎？什麼都不是！沒有像樣的鐵路，沒有像樣的機場，車也難開得很——不管紐約或波士頓，到那兒都嫌太遠。等你眞去了，海水把你冷得半死，蟲子花一個鐘頭就可以吸乾你的血。沒半個有品味的船主人會在那兒靠岸——我指的是有錢的船主人。」他說：「就算你們有點小錢，緬因也沒地方讓你花！那兒甚至連個『妓女』都沒有。」

「我們就是喜歡那兒。」法蘭告訴他。

「確定他們不是猶太人？」亞布納問他的律師。

「不是。」律師回答。

「很難說，看他們的長相，」亞布納說：「從前我一眼就能認出誰是猶太人，」他解釋：「可是我快死了。」

「眞遺憾。」法蘭說。

「佛洛伊德不是被熊吃掉的。」我告訴亞布納。

「我認識的佛洛伊德是被熊吃掉的。」亞布納說。

「不，」法蘭說：「你認識的佛洛伊德是個英雄。」

「那絕不是我認識那個。」老亞布納頑固地反駁。護士揩了揩流到他下巴的口水，心不在焉，好像在擦桌子。

「我們都認得的那個佛洛伊德，」我說：「拯救了維也納國立歌劇院。」

「維也納！」亞布納叫道：「維也納全是猶太人！」

「緬因的猶太人也比從前多了。」法蘭逗他。

「洛杉磯也一樣。」我說。

「我反正快死了，」亞布納說：「感謝上帝。」他在胸前的文件上簽了名，由律師遞給我們。就這樣，法蘭在一九六五年買下了亞布納海濱旅館和附近一千公畝的海灘。如芬妮說的：「沒花幾文。」

亞布納臉上有一塊幾近天藍色的痣，兩耳染成了鮮明的龍膽紫——一種傳統除菌劑，彷彿有某種巨大的菌類在亞布納體內步步侵蝕著他。「等一下，」我們正要離開時，他說——隨著話聲，亞布納的胸口傳來一陣水泡般的回響。護士又去弄他的枕頭；律師闔上一個公事包。在法蘭和我看來，這個被嗡嗡作響的空氣調節器弄得寒氣逼人的房間，就像一座陵墓——沒心臟的哈布斯堡王族那座皇室陵寢。「你們有什麼計畫？」亞布納問我們：「你們想拿那個見鬼的地方幹嘛？」

「當作特種突擊隊的訓練營，」法蘭告訴亞布納：「以色列陸軍的。」

我看見亞布納的律師微微一笑，因此事後法蘭和我翻出文件找他的簽名。那個律師名叫艾文．羅森曼，來自洛杉磯；不過法蘭和我非常肯定他是猶太人。

老亞布納可沒笑。「以色列突擊隊？」他說。

「噠噠噠噠……」法蘭學機關槍的聲音。我們覺得艾文．羅森曼差一點就得裝作正在弄空氣調節器的樣子，免得笑出聲來。

「熊會收拾他們的。」亞布納語氣怪異地說：「熊最後一定會收拾掉所有的猶太人。」他說——一張老臉滿是沒來由的怨恨之色，跟兩耳的龍膽紫一樣傳統而鮮明。

「祝你好死。」法蘭對他說。

亞布納開始咳嗽；他還想說些什麼，但是止不住咳。他招手叫護士過去，她似乎沒費什麼勁就明白他在咳些什麼；她習慣了。護士示意我們離開亞布納的房間，跟著出來轉告亞布納要她對我們說的話。

「他說，他可以用錢買到最好的死法。」護士說。亞布納還說，法蘭和我一輩子也買不起。我們想不出什麼可以轉達給老亞布納的。緬因州的以色列突擊隊已經讓我們夠滿意了。法蘭和我向亞布納的護士和艾文．羅森曼道別，然後飛回紐約，第三家新罕布夏旅館就擱在法蘭的口袋裡。

「你就這麼留著它吧，法蘭，」芬妮對法蘭說：「擱在口袋裡。」

「那個老地方沒辦法變成一家旅館的，」莉莉對父親說：「它的機會早用光了。」

「我們一開始不會把規模弄得太大。」父親向莉莉保證。

父親的「我們」指的是他和我。我自願跟他去緬因州，幫他準備重新開張的事宜。

「你簡直跟他一樣瘋。」芬妮對我說。

然而我有個絕不會讓父親知道的主意。佛洛伊德說過夢想是希望的實現，然而——佛洛伊德也說過——這句話也適用在玩笑上。玩笑一樣是希望的實現。我要和父親開個玩笑。到今天，這個玩笑已經整整開了十五年。父親都過了六十，所以這個玩笑可以說還算「成功」；我也可以算是矇過去了。

最後的新罕布夏旅館一直——直到永遠——都不是眞的旅館。這就是多年來我對父親開的玩笑。莉莉的處女作《我要長大》賺了不少錢，足夠我們重建亞布納海濱旅館；等電影拍出來，我們就可以買回佛氏旅館了。說不定到那時，我們連沙赫也買得起了，至少買下史丹侯不成問題。但我明白，第三家新罕布夏旅館用不著是一家眞正的旅館。

「反正，」法蘭會說：「前兩家也不算是眞的旅館。」事實如此，父親一向盲目，要不然就是佛洛伊德的眼盲會傳染。

我們清掉海灘上的碎石頭，多少弄了一下「球場」——也就是重新除草，還想辦法修復了一座網球場。許多年後，我們又加蓋了一座游泳池，因爲父親喜歡游泳，每回看他在海裡我都心驚膽顫，深怕他一轉錯方向便往大海游去。至於當年父母親和佛洛伊德住過的員工宿舍呢？乾脆全拆掉。我們找了拖車來，統統拖走；然後把地剷平、鋪好，跟父親說那是停車場，雖然這附近向來沒幾部車。

我們將心思用在旅館的大樓上。原來的櫃檯改成酒吧、大廳改成巨大的遊樂室，我們心裡想的是莫瓦特咖啡屋的飛鏢靶和撞球檯，所以——如同芬妮說的——我們算是把大廳變成了一間維也納咖啡屋。遊樂室連接的是原來的餐廳和廚房，我們敲掉幾面牆，將整個地方改建成建築師所謂的「鄉村廚房」。

「超大的。」莉莉說。

「超怪的。」法蘭說。

整修舞廳是法蘭的主意。「可以用來辦大型宴會。」他說。其實我們的宴會從來沒大到「鄉村廚房」應付不了的地步。即使少了許多客房，頂樓改成儲藏室，二樓改成圖書室，這裡仍然可以住上三十幾個人——而且彼此互不干擾——如果我們眞搞下去，把床買夠的話。

起先，太過安靜的環境令父親覺得奇怪：「客人在哪裡？」他會問，特別是在夏天，窗子都開著，應該聽得見小朋友的聲音——他們高昂輕快的歡聲會從海邊一路飄上來，混雜著海鷗和燕鷗的啼叫。我向父親說明，因爲夏天生意很好，所以冬天不營業也無所謂；然而在夏天，當四下寂靜中只有海浪規律的拍擊聲交織成的旋律，他還是會向我質疑：「我估計，這裡頂多只有兩三個客人。」然後再加一句：「除非我連耳朵都聾了。」

我們向他解釋，因爲這裡是家超一流的休閒旅館，所以用不著太多客人；每個房間的定價都很高，不客滿也能賺錢。

「簡直太妙了，」他說：「我就是要這樣子，」他對我們重提舊話：「只要把品味和民主好結合起來就成了。我早說它可以與衆不同。」

唔，我們這一家就是個民主的範例；莉莉賺錢，法蘭把錢拿去運用，於是第三家新罕布夏旅館的住客都不必花錢。我們希望人愈多愈好，只要有人在，那些歡鬧聲息可以讓父親的幻想成眞：我們終於成爲一家了不起的旅館，業績一路長紅。莉莉盡可能過來長住，她一向不喜歡在圖書室工作，雖然我們把整個二樓都給了她。「裡頭書太多了，」她說。她覺得寫作時有別人的書在旁邊，會把她小小的成績比下去。有次她甚至試著在舞廳寫作——偌大的空間，只等著音樂和優雅的舞步。莉莉在那兒寫了又寫，但打字機上的稿紙始終鋪不滿空曠的舞池——雖然她努力過了。莉莉實在太努力。

芬妮也會來暫住一陣，好避開外界的眼光；第三家新罕布夏旅館是她休養身心的地方。她也成名了——恐怕比莉莉還有名，我想。在《我要長大》的電影裡，芬妮親自飾演她自己，畢竟她是第一家新罕布夏旅館的英雄。因此在電影裡，芬妮是唯一顯得可信的角色。法蘭被演成一個典型的同性戀兼敲鈸手兼標本狂，莉莉在劇中很「可愛」，但是莉莉的小個子在我們眼裡並不可愛。我得說，她的身材永遠像是一樁失敗的嘗試——掙扎的過程和結果都沒有什麼可愛的。蛋蛋則演得過頭了，成了一個賺人熱淚的角色——蛋蛋才眞是「可愛」。

他們找了個老牌西部影星來演愛荷華巴布（法蘭、芬妮和我看過那老蠢蛋從馬上被打下來，至少一百萬次了），他舉重的樣子活像想一口氣吞下整碟的煎餅——毫無說服力可言。當然，所有的粗話都刪掉了。有個製作人甚至對芬妮說，那些瀆神的話只會顯得我言語貧乏、缺少想像力。法蘭、莉莉、父親和我聽到這裡，總愛起鬨著問她是怎麼回答的。「放你的狗臭屁，沒腦袋的屎蛋！」芬妮對製作人說：「去你的王八加三級——見你的大頭鬼！」

即使言語受了限制，芬妮在《我要長大》裡還是很顯眼。雖然小瓊斯的角色像個應徵爵士樂團的自大鄉巴佬，雖然父親和母親都被演得模糊而平板；至於那個演我的傢伙！呃，耶穌基督。即使有這些障礙在前，芬妮的演出仍然亮眼奪目。拍片時芬妮已經二十幾歲了，但她實在太漂亮，演十六歲的她一樣出色。

「我認為他們找那個笨蛋來演你，」芬妮告訴我：「就是要弄出個可愛又愚蠢的死相。」

「唔，也許吧，反正你有時就是那副死相。」法蘭取笑我。

「像個會舉重又嫁不出去的老阿姨。」莉莉對我說：「他們就是把你設定成那樣子。」

但是在第三家新罕布夏旅館照顧父親的前幾年，我常常覺得自己就是這樣：像個會舉重又嫁不出去的老阿姨。在維也納拿了個美國文學學位的我，最好乖乖安於照顧父親的幻想。

「你需要一個好女人。」芬妮在長途電話上對我說——她人在紐約，或洛杉磯，以一個當紅明星的觀點。

法蘭會跟她爭，說我需要的也許是個好男人。但我很小心。我很樂於建立父親的幻想世界。依不幸的菲格波立下的前例，我特別喜歡在晚上唸書給父親聽；大聲唸書給人聽是這世上的一大樂事。我甚至還引起了父親對舉重的興趣，舉重用不著視覺。現在每天早上，父親和我都會在舊舞廳度過愉快的時光。我們在地上鋪滿墊子，還有一個仰舉專用的長凳。我們有各式各樣的長槓鈴和啞鈴——也有舞廳面對大西洋的美景。父親看不見，但是他很享受躺著舉重時有海風可吹。如我前面所說，自從扼死阿貝特，我就不再往槓鈴上加太多重量了；熟悉舉重之後，父親也發現了這一點，還常常怪我。不過我還是只喜歡跟他一起輕輕鬆鬆舉兩下。最重的都留給他用。

「喔，我知道你還很壯，」他會逗我：「不過絕對沒有一九六四年夏天那麼厲害。」

「人不可能永遠二十二歲。」我提醒他。然後我們繼續舉了又舉。在這樣的早晨，緬因的霧氣還未蒸融，海洋的濕氣包裹著我們，我可以想像自己再度出航的情景——我相信自己還在老哀愁愛躺的毯子上，愛荷華巴布在身邊教我，而不是我教父親。

四十歲偷偷來臨時，我才開始嘗試與女人一起生活。

我三十歲生日那天，莉莉寄來一首唐納．賈斯特的詩。她喜歡詩的結尾，覺得很適合用在我身上。當時我很不高興，馬上回了一張條子，說：「唐納．賈斯特是什麼人，憑什麼把他寫的東西用在我們身上？」但這個結尾對任何一首詩都很適合，而我三十歲時的確有這種感覺。

今天三十，我看見
夕陽沉入天際時，
林間短暫一閃，就像
蛋糕上的蠟燭，
片刻餘暉中，
還來得及許願
在光芒完全消失前，
只要我明白該許何願，

剎那間我靈機一動
彎身在清潔、
映著燭火的桌布上
一口氣將它們吹滅。

法蘭四十歲時，我寄了一張生日卡給他，裡頭附上唐納．賈斯特的〈男人四十〉。

四十歲的男人
知道如何輕輕關上
那些房間的門，因爲永遠
不再回頭。

法蘭回了一張條子，說他唸不下那首該死的詩。「關你自己的門吧！」法蘭氣呼呼地說：「別忘記你馬上就四十了。我可是一天到晚回頭去敲那些該死的門！」

你有種，法蘭！我想。他走過打開的窗口時永遠毫無懼色。偉大的經紀人都像他這樣，可以把不合理又沒邏輯的建議說得理所當然，使你勇往直前、毫不畏懼。如此一來，你多少可以達到自己想要的結果，至少，也會有個結果；只要你勇往直前，絕不會空手而回，你可以就這麼衝進黑暗中，彷彿握有世上最得體的建議。誰想得到法蘭居然會變得這麼惹人愛？（他可是一個再爛不過的小孩。）我也不怪法蘭把莉莉逼得太緊。「把莉莉逼得太緊的，」芬妮總是說：「就是她自己。」

那些該死的書評人喜歡《我要長大》——讚詞裡滿是優越感，彷彿在對她施以小惠；雖然莉莉是拯救歌劇院的貝里家族一員，她「寫得不算差」，非常「値得期待」——他們胡言不斷，說她擁有「清新的聲音」，對莉莉來說，這只意味著她不得不繼續向前走，不得不板著臉認眞起來。

然而我們的小莉莉之所以寫出她的第一本書，幾乎只是偶然的。那本書只是一個代替長大的說法，卻強迫她變成一個作家；事實上，她可能只是一個敏感細心的讀者，一個試著寫作的文學少女。我認爲害死莉莉的正是寫作，因爲這回事就是如此。寫作耗盡了她的精力，她不夠大，承受不了其中的自虐自殘。在《我要長大》的電影使芬妮一夕成名，「第一家新罕布夏旅館」的電視影集讓莉莉成爲家喻戶曉的人物時，我想莉莉就像作家常說的，「只想寫作」。我認爲她只想好好地寫「自己的書」。問題是，那本書——第二本——的成績並不好。書名叫《心的黃昏》，取自她的導師唐納．賈斯特的一行詩。

心的黃昏降臨了。
螢火蟲在血中抽搐；

以下略過不表。也許她應該聰明些，把書名換掉，改用唐納．賈斯特的另一行詩：

算計時點，拉緊他肯定失敗的弓。

也許她應該把第二本書取名叫《肯定失敗》，因爲事實就是如此。題材太難，超乎她的能力所及。它說的是夢想的死亡，而死亡的過程又有多艱困。這是一本勇敢的書，因為裡頭的情境沒有半個地方和她小小的自傳相似。然而那情境太過陌生了，她把握不住；莉莉的書太過朦朧，反映出其中的語言有多不適合她。而一本書如果太過朦朧，要攻擊就很容易。當批評家——那些該死的書評人，專會耍弄單調又咬文嚼字的小聰明——對她開火時，莉莉馬上就受傷了。

法蘭說——關於莉莉，他的意見通常都對——莉莉的窘狀還沒就此了結，因為這本爛書竟被一群頗具影響力的爛讀者視為「英雄之作」。一些沒文學素養的大學生被《心的黃昏》那股朦朧感所吸引；他們欣慰地發現晦澀的作品原來不只可以出書，似乎還能跟嚴肅文學劃上等號。這些學生最喜歡的，法蘭指出，正是莉莉最討厭的部分——毫無結果的自省、貧乏的情節、個性模糊的角色、空洞的故事。不知為何，有些大學生就是認為欠缺條理證明了一件事：連呆子都看得出的惡可以經由藝術的改造，讓它看起來像是一種善。

「這些大學寶寶打哪兒來的想法？」芬妮抱怨。

「也不是每個人都這麼想。」法蘭指出。

「他們認為牽強附會、狗屁不通的東西比直接流暢、明白易懂要好！」芬妮喊道：「這班人是有啥天殺的毛病？」

「只有一部分人是這樣子，芬妮。」法蘭說。

「那些把莉莉寫壞的書拿來拜的？」芬妮問。

「那些把老師的話照單全收的。」法蘭得意地說。他太習慣這種反對一切的感覺了。「聽著，妳以為那些大學生從哪『學』來這些想法的？」法蘭說：「當然是他們的老師。」

「耶穌基督。」芬妮說。

她沒打算演《心的黃昏》，反正這本書也不可能拍成電影。芬妮當明星要比莉莉當作家輕鬆得多。「明星比較簡單，」芬妮說：「什麼都不用做，只要放開自己，相信別人一定會喜歡你；相信他們會了解『你裡頭的你』，」芬妮說：「你只要放鬆，等著『裡頭那個你』出現就成了。」

對作家來說，我想「你裡面的你」需要更多滋養才出得來。我一直想寫封信給唐納．賈斯特談談這件事。但是見過他之後——只有一次，而且隔得遠遠地——我想也就夠了。要是他最好、最清晰的部分沒有表現在詩裡，那他大概也不會是那麼好的作家。反過來說，既然那些部分已經出現在詩裡了，那麼見到他本人也許就會令人失望。哦，我的意思不是說他為人很差，他可能很迷人。但他不可能跟自己的詩一樣清晰精確；那些詩太高貴莊重了，他自己非令人失望不可。就莉莉來說，當然，她這部作品令人失望——她心裡也有數。莉莉明白這部作品沒有她本人可愛，她寧可倒過來。

當明星的芬妮安全無恙，不只是因為明星比作家輕鬆。也因為明星用不著獨力奮鬥。唐納．賈斯特明白，無論是不是一人獨居，作家都必須全然孤獨。

你認不出我。
我的臉浮現在
洗手間潮濕的鏡子裡
當你摸索著電燈開關。
我的目光
是雕像的冷眼
看著鴿子回到身上

從你撒在地下的飼料。

「耶穌基督，」芬妮說：「誰想認識這種人？」

但如果你認識莉莉，一定會覺得她很可愛——只是她自己不覺得。莉莉希望她的文字可愛，但她失望了。

芬妮和我曾經把法蘭當成老鼠王，但我們完全錯看了法蘭，從一開始就低估了他。他是個英雄，但直到他爲我們開支票，告訴我們可以花多少錢在這個那個的時候，才眞正顯露出英雄本色。

不，莉莉才是我們的老鼠王。「我們早該知道！」芬妮一而再、再而三地悲嘆：「她實在太小了！」

於是我們失去了莉莉。她是我們始終不能體會的哀愁，我們始終沒識破她的僞裝。也許是因爲莉莉長得不夠大，我們才看不出。

她寫了一部傑作，但把自己的成就看得太低。她寫了一部劇本給奇柏．道夫演；她是那齣歌劇的作者和導演，依著鮮奶油和血的光榮傳統。她知道那個故事該寫到什麼地步。《心的黃昏》沒有達到她的預想，於是她艱難地試著重新出發——一本雄心勃勃的新書，名叫《童年之後的一切》。書名甚至不是取自唐納．賈斯特的詩，是莉莉自己想的，但是，她一樣沒有辦法實現。

芬妮喝多了的時候，總會怪唐納．賈斯特給莉莉的影響太大。有時醉得太厲害，還會怪唐納．賈斯特害死了她。但是法蘭和我總是頭一個告訴她，害死莉莉的是「品質」，是《大亨小傳》的結局——那不是莉莉寫得出的結局，她達不到那個境地。莉莉曾經說過：「該死的賈斯特！好句子全被他寫光了！」

莉莉讀的最後一個句子可能就是賈斯特寫的。法蘭發現莉莉那本賈斯特的詩集《夜之光》翻到第二十頁；長久以來頁角摺了又摺，最上頭那一句圈了又圈——包括口紅、各種不同顏色的原子筆，甚至淺淺的鉛筆。

我不認為會有正確的結局。

這一行可能就是引發莉莉的導火線。

那是二月的一個晚上。芬妮去西岸了，救不了莉莉。父親和我在緬因，莉莉知道我們習慣早睡。父親已經換了第三隻導盲犬。沙赫走了，吃太多害的。另一隻吠聲又尖又急的金毛小狗則是被車撞了——牠的毛病就是愛追車子，幸好當時父親沒跟著牠。父親叫牠「鮮奶油」，因為牠的個性有點像奶油。這第三隻很會放屁，不過也只有這個缺點會令人想起哀愁；牠也是隻德國牧羊犬，不過是公的。父親堅持叫牠「福瑞」，那也是第三家新罕布夏旅館一個雜工的名字——一個退休的聾子漁夫。每次父親喊狗——沙赫，還有鮮奶油，不論老雜工福瑞在旅館哪個角落幹活，都會嚷：「什麼？」這件事把父親煩死了（當然還有說不出口的一點，令我們都想起蛋蛋），每次都威脅要把下一隻狗叫作福瑞。

「反正只要我喊狗，福瑞那個老呆瓜就會應聲，什麼名字都一樣！」父親吼道：「耶穌基督，如果他非得一天到晚喊『什麼？』，不如把名字取對算了。」

所以第三隻導盲犬就成了福瑞。牠唯一的壞習慣是，每當清潔工的小女兒離開媽媽身邊，牠就跑去撲在她身上。福瑞會蠢蠢地把小女孩壓在地上，然後開始擺動身子，小女孩就喊：「別這樣，福瑞！福瑞！」清潔工則大叫：「給我住手，福瑞！」然後用手邊拖把掃把之類的東西把牠打走。

父親聽見騷亂聲，知道發生了什麼事，於是大吼：「該死，福瑞，你這色狗！還不快滾過來！」然後聾子老雜工——退休的漁夫，我們的另外那個福瑞——就會嚷道：「什麼？什麼？」我只好去找他（因爲父親不肯），對他大吼：「不是找你！福瑞！沒你的事！福瑞！」

「噢，」他說著回頭去作自己的事：「還以爲有人叫我。」

因此莉莉打電話到緬因找我們也沒什麼用。我們剩下的力氣只夠吼幾聲「福瑞！」而已。莉莉最後打電話給法蘭。法蘭離她沒那麼遠，也許救得了她。但是到了最後，厄運終於浮起來了。莉莉聽到的是法蘭的諮詢服務。他已經改用答錄機了，還自己錄了一堆令人光火的聲音：

嗨，法蘭在此——不過其實我不在（哈哈）。

我出去了，要不要留個話？

等訊號響了，再把你的心事說出來。

芬妮那些留言把法蘭氣死了。「操你的甜甜圈，法蘭。」芬妮對著令人光火的機器大吼：「你叫我花錢跟這見鬼的機器講話？——我在他媽的洛杉磯耶！法蘭你這白痴，你放屁，你隨地大便！」然後她會搞出各種放屁的氣音，還有濕答答的親嘴聲。法蘭馬上打電話給我，厭惡到了極點。

「說眞的，」他說：「我實在一點也不了解芬妮。她剛才在答錄機上錄了我聽過最噁心的留言！我知道她是爲了好玩，可是她難道不明白我們都受夠了她這麼粗魯嗎？到這個年紀，這種行爲根本不適合她了——假如有適合過的話。你已經不罵髒話了，我希望你也能管管她。」

諸如此類，沒完沒了。

莉莉留的話一定把法蘭嚇壞了。他約完會回家時離她打來應該沒多久；法蘭打開答錄機，一邊刷牙一邊聽，準備上床睡覺。

差不多全是跟生意有關的事。旗下的一個網球選手拍除臭劑廣告時，出了點問題。一個劇作家打電話說導演在「利用」他，法蘭聽著在心中默記道，這個作家需要人家好好「利用」一番。一個名編舞家的自傳寫到一半動彈不得，她對法蘭說自己卡在童年了，法蘭聽了只是繼續刷牙。他漱過口，關掉浴室的燈，然後聽見莉莉的聲音。

「嗨，是我。」她抱歉地對著答錄機說。莉莉永遠都在道歉。法蘭微笑著掀開被單，爬進去之前他總要先把裁縫人形放上床。接著是一陣長長的沉默，法蘭還以爲機器故障了；它經常如此。但莉莉接著又說：「只是我而已。」她語氣裡的疲憊令法蘭看了一下時間，焦急地等莉莉說下去。接著又是一陣長長的沉默，法蘭還記得自己忍不住低語道：「說呀，莉莉。」

然後莉莉開始唱她那首小歌，只唱一小段；那是首〈侯伊利根之歌〉——愚蠢而悲傷，一首屬於老鼠王的歌。法蘭當然熟悉得很。

Verkauft's mei Gwand, I Fahr in Himmel.

賣了我的舊衣裳，我要上天堂。

「我的天，莉莉。」法蘭對著答錄機輕聲說，開始迅速地穿衣服。

「*Auf Wiedersehen*，法蘭。」莉莉說，她的小歌唱完了。

法蘭沒有回答她。他跑到哥倫布圓環，招了一輛到市區的計程車。雖然法蘭跑得不快，我相信他一定沒有浪費時間；換成我也快不了多少。我總是對他說，就算莉莉打來時他在家，比起趕過二十條街外加一個動物園，由十四層樓掉下去要快多了——從史丹侯十四樓轉角的套房到八十一街和第五大道的人行道上。莉莉要走的路比法蘭的短，也比他早抵達目的地——不論如何，法蘭救不了她。即使如此，法蘭並沒有說——甚至沒想到要說——「*Auf Wiedersehen*，莉莉。」直到別人帶他看見她小小的身軀。

她留的字條比菲格波清楚多了。莉莉沒有發瘋。她的遺書是認眞的。

抱歉，

字條上這麼寫著。

就是不夠大。

我最記得她的一雙小手，每當她說出深思的話語，那雙手就在她膝上揮舞著——莉莉總是深思不止。就如小瓊斯說的：「她笑得太少，兄弟。」莉莉的小手停不下來；總是跟著她覺得自己聽到的音樂起舞——也許是佛洛伊德用球棒打拍子的那首歌，也是現在父親用球棒在他疲憊的腳邊優美地和著的曲子。父親是個愛走路的盲人，他到處走來走去，不論春夏秋冬，每天總要在新罕布夏旅館裡來回走上好幾個鐘頭。先是沙赫帶他，然後是鮮奶油，然後福瑞；後來福瑞染上嗜殺臭鼬的習慣，我們只好把牠送走。「我喜歡福瑞，」父親說：「但是有臭屁跟臭鼬裡外夾攻，客人會被嚇跑的。」

「唔，其實沒『客人』抱怨。」我告訴他。

「唔，他們只是客氣罷了。」父親說：「我們的客人有水準，可是這不只很難忍受，也太不合理。何況，要是福瑞在我面前殺臭鼬——看在老天份上，我一定會把牠宰了。到時牠非吃一記球棒不可。」

我們找了一戶想要看門狗的人家；他們沒瞎，只是不在乎福瑞放屁或聞起來像隻臭鼬。現在輪到導盲犬四號跟父親一起散步了。我們懶得替牠想名字，而且莉莉死後，父親又少了好些興致。「我沒心情給狗取名字，」父親說：「由你來如何？」但是我也沒心情。芬妮在法國拍片，法蘭——莉莉的死對他打擊最大——根本討厭跟狗有關的一切。他心裡的哀愁太過沉重，一樣沒心情給狗取名字。

「耶穌基督，」法蘭說：「叫牠四號算了。」

父親聳聳肩，決定就單叫牠「四」。此刻，父親正在暮色中找他散步的伴，我聽見他正高聲喊著四號。「四！」他嚷道：「該死！四！」老雜工福瑞還是一樣叫道：「什麼？」父親則繼續喊他的：「四！四！四！」好像在回憶兒時的某種遊戲，你邊把球扔出去邊喊一個人的號碼，然後那個人就得在球落地前接住。「四！」我聽著父親的叫聲，想像一個邊跑邊伸手接球的孩子。

有時這個孩子是莉莉，有時是蛋蛋。

等父親終於找到四了，我便從窗口望著四帶父親小心地走上碼頭；在逐漸黯淡的天色中，碼頭上的父親看起來就像個年輕人——也許還帶著一隻熊；也許他們在釣鱈魚。「看不到魚從水裡拉上來的樣子，釣魚就沒樂趣了。」父親告訴我。因此，父親只是跟四坐在碼頭上迎接黃昏，直到兇狠的緬因蚊子把他趕回新罕布夏旅館。

我們甚至有個「新罕布夏旅館」的招牌。父親堅持要，雖然他看不見——如果我只是騙他說有，他也不會再提——我只是很樂意對他讓步，雖然有時會惹麻煩。偶爾有遊客迷路跑來這裡，看到招牌還眞以爲是家旅館。我對父親解釋過，這家旅館有它複雜的一套賺錢方式；因此當迷路的遊客來要房間，我便問他們有沒有預約。

他們當然說沒有。但是將看來清靜無人的第三家新罕布夏旅館環顧一番之後，他們照例都會問：「不過你們一定有空房吧？」

「沒有。」我們總是說：「不預約就沒有空房。」

有時父親會跟我爭：「可是我們明明有，」他悄聲說：「他們聽起來人不錯，還有一兩個小孩；我聽到他們在吵嘴，那個媽媽好像很累——大概車子開太久了。」

「規矩就是規矩，爸，」我說：「說眞的，要是我們太寬鬆，其他的客人會怎麼想？」

「這太菁英主義了，」他悄聲說：「我知道這裡很特別，可是我實在夢想不到會『眞的』這麼……」他通常說到這兒就打住了，露出微笑。接著又說：「唔，想想你媽會多喜歡這一切！」他邊說邊揮球棒，把一切指給母親看。

於是我不帶任何言外之意地說：「她一定會的，爸。」

「就算不是每分每秒都喜歡，」父親若有所思地說：「至少她會喜歡現在。至少最後一刻。」

我們盡可能讓莉莉的最後一刻平靜度過，雖然她的崇拜者爲數甚衆。我但願當時能鼓起勇氣請唐納．賈斯特寫一首輓詩，但這只是個盡可能接近家庭式的葬禮。小瓊斯來了，和芬妮坐在一起，我無法不注意他們手握著手的樣子有多相配。人往往要在喪禮上才會發現誰又老了，我注意到小瓊斯的眼睛周圍多了幾道細紋。小瓊斯現在是個忙碌的律師——他念法學院的時候沒半點消息，就像當年被克里夫蘭布朗隊的球員壓在底下一樣，幾乎完全消失在學校裡了。我猜想，法學院大概跟美式足球差不多，都得鑽深一點。小瓊斯老是說，打前鋒的經驗爲他做好了進法學院的心理準備，非常辛苦，但是無聊、無聊、無聊。

現在小瓊斯的護法黑軍已經創立了。我知道芬妮只要到紐約，都跟他在一起。他倆都成了明星，我想，說不定也終於覺得可以好好相處了。但是在葬禮上我只想到，莉莉看到他倆在一起不知會多高興。

父親坐在蘇西熊旁邊，球棒放在兩腿間，粗的那頭朝下——輕輕地擺著。他起身而行，扶著蘇西——佛洛伊德的導盲熊——的手，莊嚴地拄著路易維爾一級棒，彷彿它是支堅韌的手杖。

蘇西傷心極了，但在喪禮上還是強忍著沒有崩潰——我想是因爲父親的緣故。自從父親揮出那神奇的一擊，把色情小說家恩斯特漂亮地狠狠打掛之後，蘇西就一直很崇拜他。莉莉自殺時，蘇西也累積了不少經驗。她離開東岸到西岸，去了又回，然後在佛蒙特一個社區經營了一陣「把那天殺的地方搞垮了。」她笑著告訴我們。接著她在波士頓開了一所家庭諮詢中心，不久又擴張成日間托育所（因爲需求殷急），最後又發展成強暴防治中心（等托育所到處都有之後）。但強暴防治中心在波士頓並不受歡迎，蘇西也承認，阻力並非完全來自外界。當然，到處都有愛好強暴、仇視女性的人，還有一群蠢蛋認爲，在強暴防治中心工作的女性一定都是蘇西形容的「死硬派拉子跟女性主義搗蛋份子」。因此波士頓人一直讓蘇西和她的強暴輔導中心很不好過。還有人強暴了防治中心的人員，顯然是爲了伸張這種觀點。然而蘇西承認，在早年，防治中心裡有些人正是「死硬派拉子跟女性主義搗蛋份子」，只懂得仇視男人。因此強暴防治中心有些麻煩來自內部。有些人愛講反體制的理論，卻沒有法蘭的幽默感。執法者討厭這些希望讓強暴事件獲得一點正義的女性——而她們多半也對法律抱持反感，兩者對受害人都沒半點幫助。

最後那些仇視男人的成員在巴克灣一處停車場裡，閹掉了某個強暴疑犯，蘇西在波士頓的強暴防治中心只得關門大吉。蘇西回到紐約——也回到她家庭諮詢的老本行。她專門處理打小孩的案例——如同她說的，「面對」那些小孩跟打小孩的人——但是很受不了紐約（蘇西說，在格林威治村不扮成熊就沒什麼樂趣了）。她相信自己未來的事業一定還是強暴防治方面的工作。

看過她一九六四年在史丹侯的演出，我不得不同意。芬妮總是說蘇西的演技比她更棒，而芬妮已經可以算是一流了。面對奇柏．道夫時，芬妮那個只有一句台詞但處理得十分精采的角色，一定給了她必要的信心。在後來拍的電影裡，芬妮每次都把那句老台詞搬出來用：「喲，瞧瞧誰來了。」她總是有辦法把這句話偷渡進去。她當然沒用本名，電影明星幾乎都這樣。畢竟芬妮．貝里不是什麼引人注目的名字。

芬妮在好萊塢的名字，也就是她的藝名，我想你一定聽過。這個故事是屬於我們一家子的，芬妮的藝名用在這裡並不恰當——但我知道你一定聽過。芬妮就是你最憧憬的那個人。就算演反派，她也是最好的角色；就算她爲愛而死——或者糟一點，死在戰爭裡——她也永遠是片中眞正的英雄主角。她是最美麗的、最遙不可及的，有時可能是最脆弱的——但也是最強悍的一個（她是你上電影院的目的，也是你留在座位上的原因）。現在大家都想她——而她已經將我從對她的無邊想念中釋放了。我已經能夠面對自己對芬妮的夢想，不過在她的觀衆裡，一定也有些人沒辦法好好面對自己對她的夢想。

她對功成名就這回事適應得很快。這種適應的本領是莉莉永遠學不來的，但對芬妮卻容易得很——因爲她向來就是我們家裡的明星。她習慣引起大家的注意，站在衆人目光的焦點——我們期待和聆聽的對象。她是天生要當主角的人。

「而我則是天生要當這該死的經紀人。」在莉莉的喪禮後，法蘭沮喪地說：「這件事甚至還是我經手的。」他指的是莉莉的死。「她根本沒大到可以處理我交給她的那堆狗屁！」法蘭說著哭了起來。我們試著安慰他，但他只說：「我一直是個該死的經紀人❺，一切都是我招惹的——我就是這樣子。看看哀愁！」他哀嚎：「是誰把牠做成標本的？是誰開的頭？」法蘭哭了又哭：「我真是個狗屁經紀人。」他抽噎道。

但父親邊用球棒探路，邊向法蘭伸出手來：「法蘭，法蘭，我的孩子，你不是莉莉那些煩惱的原因，法蘭，」父親說：「誰是我們家最愛作夢的人，法蘭？」父親問，我們都望著他。「是我——我最愛作夢，法蘭，」父親又說：「而莉莉只是夢得太過頭了，法蘭，她『遺傳』了我那些該死的夢。」

「可是她的經紀人是我。」法蘭笨笨地說。

「對，不過沒關係，法蘭，」芬妮說：「重要的是，你也是我的經紀人，法蘭——我真的需要你，」芬妮對他說：「但是沒有人可以代理莉莉的夢想。」

「其實都一樣，法蘭，」我對他說——因為他老對我說這句話：「誰當她的經紀人都一樣的，法蘭。」

「可是她的經紀人是我。」他說——真是頑固得令人受不了！

「上帝，法蘭，」芬妮說：「你簡直比答錄機還難說話。」他聽了這話才清醒了些。

接下來好一陣子，我們都得忍受那些滿懷崇敬之情的弔唁者：他們崇拜自殺的莉莉——那些莉莉迷認為自殺是她終極的主張，也證明了她的嚴肅認真。說來諷刺，因為法蘭、芬妮和我都明白莉莉的自殺——以莉莉自己的觀點來看——反倒是她坦承自己不夠認真的結果。但是這班人就是喜歡莉莉最討厭自己的那個部分。

一群莉莉的自殺迷還寫信給芬妮，要她到全國各大專院校去朗讀莉莉的作品——以莉莉的身分。他們要會演戲的芬妮扮莉莉。

我們想起莉莉唯一一次當駐校作家的經驗，還有她參加唯一一次英語系會議的回憶。在會議上，課務委員會表示經費不足，只能再請兩個知名度普通的詩人，或者一個有名的詩人或作家，再不然就把所有的錢投在一個在全國大專院校巡迴、扮演維吉尼亞·吳爾芙的女人身上，因為她要的費用很高。雖然全系裡只有莉莉在課堂上教過吳爾芙的作品，她卻是唯一反對系上請那個假吳爾芙的人。「我想吳爾芙一定希望這些錢可以用在一個『真正』的作家身上。」莉莉說。但全系都堅持他們要那個「演」吳爾芙的女人。

「好吧，」最後莉莉說：「我同意，但是她要演到底，不能打折。」整個英語系頓時鴉雀無聲。有人問莉莉她該不會是說真的——難道她的「品味」壞到要人家到學校來自殺？

我的妹妹莉莉說：「照我哥法蘭的說法，你們這些人——還是正牌的文學教師——真是低級透頂：情願把錢花在一個死作家的假貨身上——而且還不教這個作家的作品，也不願給一個活作家——反正活人的作品你們大概也不唸。何況，」莉莉說：「想想看，你們不教又要人家來演的那個女人，對偉大和裝腔作態之間的分野有多麼執著！你們居然想花錢找人來演她？你們真該慚愧，」莉莉對他們說：「儘管去找好了，我會幫那個人在口袋裡裝石頭，再帶她去河邊。」

對那些要她扮成莉莉到全國各大專院校演出的人，芬妮就是這麼回答的。「你們真該慚愧，」芬妮說：「何況我比莉莉高太多了。我妹妹其實『小』得很。」

那些自殺迷聽了只認為芬妮「無血無淚」——經過聯想，再透過媒體形形色色的報導，我們

❺ agent，意同起因。

便成了一個對莉莉死活毫不關心的家庭（因爲不肯爲這些莉莉的假貨幫腔）。氣急敗壞之下，法蘭自願在一個自殺的詩人和作家的公開朗誦會上「扮」莉莉。當然，沒有一個詩人或作家親自朗讀他們的作品；盡是些請來的朗誦者，好一點的對死者的作品還有共鳴，糟的呢，只對死者的「生活方式」——意思差不多等於是「死亡方式」——有共鳴；他們朗誦那些自殺者的作品，彷彿逝世的作家可以死而復生。芬妮不願參與，法蘭則自願出席；但他被拒絕了。「理由是我不夠『眞心』，」他說：「他們認爲我不是眞心的。操他的，我當然不是！」他吼道：「他們都該嚐嚐眞心到底是什麼滋味！」

等了好久——小瓊斯終於和芬妮結婚了！「這簡直是個神話，」芬妮在長途電話上跟我說：「不過小瓊斯和我一致認爲，要是再拖，就沒什麼値得保留的了。」這時候芬妮已經接近四十。護法黑軍和好萊塢至少有鮮奶油和血這個相似點。我想，芬妮和小瓊斯的生活——他們各自在紐約和洛杉磯的生活——在人們眼中一定顯得很有「魅力」，但我常覺得所謂的「魅力」，其實只是指他們都忙得要命。工作耗盡了小瓊斯和芬妮的力氣，而他們終於屈服於可以癱在彼此懷裡的安慰感。

我眞的很爲他們高興，唯一遺憾的是他們宣布沒空生小孩。「要是照顧不了他們，我寧可不生。」芬妮說。

「同上，兄弟。」小瓊斯說。

有天晚上蘇西也跟我說她不要小孩，因爲孩子生下來一定很醜，她不願把醜小孩帶到世上來——絕對不幹，她說對一個小孩的殘酷，莫過於讓他遭受對外表醜陋的歧視。

「可是妳並不醜，蘇西。」我對她說：「只是要花點時間習慣而已，」我說：「如果妳想知道，我告訴妳——我覺得妳很吸引人。」我眞的這麼認爲，蘇西熊是個英雄。

「那你有病，」蘇西說；「我的臉生得像把斧頭，還像個痘痘斑斑的盤子，身子又像個紙袋。」她說：「像個裝冷麥片的紙袋。」

「我覺得妳看起來好得很，」我對她說，我說的是眞話；芬妮已經讓我看到蘇西可愛的一面，我也聽過蘇西熊讓芬妮唱出的那首歌，甚至還幻想過，要是她教我那首歌會是什麼模樣。因此我又說一遍：「我覺得妳看起來好得很。」

「那你的腦袋八成是個裝冷麥片的紙袋，」蘇西告訴我：「如果你覺得我看起來很好，你就眞的有病。」

有天晚上，新罕布夏旅館沒有客人，我卻聽見一陣偷偷摸摸的聲音。父親喜歡走路，不分晝夜——當然，反正對他都一樣黑。但父親所到之處，路易維爾一級棒一定或前或後地伴著他，而且隨著年紀漸長，他的步伐愈來愈像佛洛伊德，彷彿成了精神上的跛子——一種與老解夢家的親密關係。何況，不管父親到哪，第四號導盲犬一定跟著他！我們懶得剪四的趾甲，所以父親和四走在一起必定熱鬧非凡。

雜工老福瑞住三樓，這時正睡得有如石沉大海。他睡得像個沒人管的魚樑，被海豹弄得一團糟，有時埋在泥地裡，有時被潮水沖刷而過。老福瑞的睡法就是日出而作、日落而息；他說過因爲聽覺不好的關係，他不喜歡到晚上還醒著。尤其是夏天，緬因的夜晚噪音處處——至少和白天比起來是如此。

「跟紐約剛好相反。」法蘭老愛說：「中央公園南路唯一安靜的時候，大約是凌晨三點，不過在緬因，」法蘭說：「凌晨三點可能是唯一什麼都在動的時候。見鬼的大自然甦醒了。」

我注意到現在正是凌晨三點——在夏夜裡，昆蟲傾巢而出，海鳥聽來大致平靜，但海毫不止息。在其中我聽見了那偷偷摸摸的聲音。起初很難分辨出聲音是來自我窗外——隔著一層窗簾，但是開著——或者我房門外的走廊。我的門開著，而新罕布夏旅館的通道也從不上鎖——門太多了。

浣熊，我想。

但接下來有個比浣熊重的東西越過樓梯口光溜溜的地板，輕輕地走上鋪了地毯的大廳，向我的房門而來。我可以聽得出那份重量——不管是什麼——地板被壓得颯颯不止。連海似乎也安靜下來，仔細傾聽著——那聲音能讓潮水停歇，讓（在夜裡從不飛行的）鳥兒往空中急升，掛在那兒，彷彿是畫上去的。

「四？」我輕聲問。以為是狗兒在漫步，但是走廊上那個東西猶豫得太久，不像是導盲犬四號。四來過這裡，不會在每個房間外頭都要逗留一會兒。

我希望父親的球棒就在手邊，但當那隻熊蹣跚地走到我房門口，我馬上明白新罕布夏旅館沒有武器可以阻止這位不速之客。我安靜地躺在床上，假裝睡得很熟——但雙眼開著。在單調朦朧，有如法蘭絨般柔和的微光中，熊的體型顯得很大。牠站在門口往裡看，注視著我毫無動靜的床，像個巡病房的老護士。我忍住不呼吸，但熊知道我在床上。牠深深吸了一口氣，然後優美地四肢並用爬進我房間。唔，有何不可？我心想，熊開啟了我生命的神話，由牠結束不也很恰當？熊把溫暖的腦袋湊近我的臉，嗅遍我全身，然後意味深長地吸了一口氣，就像在回顧我一生的故事——牠還把沉重的熊掌擱在我屁股上，彷彿在憐憫我。在緬因來說，這是個暖和的夏夜——我一絲不掛，身上只蓋了一條被單。熊的氣息熱呼呼的，還有股水果味——大概剛吃過野生的藍莓——但是居然相當好聞，雖然算不上新鮮。等到熊把我身上的被單掀開來看，我內心的恐懼就像冰山浮現的一角，跟奇柏·道夫相信一隻發情的熊要上他那時八成沒有兩樣。但這隻熊對牠所見的卻只是嗤之以鼻。「呃！」熊叫道，接著有點粗魯地把我推開，在我身旁騰出一個位置爬進來。當牠抱住我的時候，我才認出那股怪異又濃烈的氣味最顯著的成分，開始懷疑這不是一隻尋常的熊。在水果般宜人的氣息、還有那鮮烈如黃綠色的汗水之中，我發現了明顯的樟腦味。

「蘇西？」我說。

「還以為你猜不到呢！」她說。

「蘇西！」我大叫，翻身回抱她。我從來沒有這麼高興見到她。

「小聲點，」蘇西命令我：「別吵醒你爸。我爬遍了整個該死的旅館找你，先是找到你爸，然後是一個邊睡邊喊『什麼？』的傢伙，還遇上一隻白痴狗，甚至認不出我是一隻熊——牠居然搖搖尾巴又繼續睡，什麼看門狗嘛！還有那個該死的法蘭——教我怎麼走的就是他；他連教人走到細因都有問題，何況這小小的鬼地方。老天爺！」蘇西又說：「我只想在天亮前看到你，所以得先在天還暗的時候找到你，看在老天的份上，我昨天中午就從紐約出發，現在天都快亮了。」她說：「我好累。」她說著哭了起來：「我在這套蠢熊裝裡頭汗流得像隻豬，不只難看還難聞，根本不敢脫。」

「脫吧，」我對她說：「妳很好聞。」

「才怪。」她還在哭。我好言相勸，讓她把熊頭拿掉。她用熊掌把眼淚抹得一團糟，我握住熊掌，然後吻了她好一會兒。我肯定方才的猜測無誤，蘇西嚐起來有野生藍莓的味道。

「妳的味道眞好。」我對她說。

「才怪。」她喃喃說，不過還是讓我幫她把熊裝脫了，裡頭簡直像三溫暖一樣。我知道蘇西的體型像熊，此刻更是又濕又滑，簡直是隻剛從湖裡冒出來的熊。我終於知道自己有多欣賞她——她的熊性，還有那不單純的勇氣。

「我真喜歡妳，蘇西。」我說著起來把門關好，回到床上和她躺在一起。

「快點，天快亮了，」她說：「到時你就會看到我有多醜了。」

「我現在就看得到妳，」我說：「我覺得妳很可愛。」

「你得多費點勁才能讓我相信。」蘇西熊說。

現在幾年過去了，我還在試著讓蘇西熊相信自己很可愛。我的想法當然沒有改變，而且我相信再過幾年，蘇西一定會同意的。熊雖然頑固，但腦筋很清醒；一旦得到牠的信任，牠就不再避開你了。

起先蘇西還是極端在意自己的外貌，爲了防止一切懷孕的可能，她無所不用其極地避孕，深信絕不該把後代帶到這殘酷的世上，然後讓他遭受醜小孩的種種待遇。我開始跟蘇西睡覺時，她吃避孕藥、裝子宮帽，在裡頭塗了一大堆殺精子藥膏；我得抑止自己想像我們進行的是一場大屠殺。爲了和緩這份焦慮，蘇西堅持我也得戴保險套。

「這就是我的問題，」她說過：「在鼓起勇氣跟人辦事之前必須重重武裝，結果卻搞不清楚爲什麼要做。」

不過最近她冷靜多了。她似乎開始覺得一種節育方式就已足夠，萬一中獎了，我也但願她能夠勇敢接受。當然，如果她不想要小孩，我也不會強迫她非生不可；生下小孩又不要的人只能算是畜生。

「就算我不算太醜，」蘇西說：「我也太老了。因爲過了四十歲再生，就會有很多併發症。我生下來的也許不只是個醜寶寶，搞不好根本不是什麼寶寶——搞不好像根香蕉！人過四十，風險太大。」

「別胡說，蘇西，」我告訴她：「我們只要把妳的身體保養好就成了——舉個重，跑一跑。

妳的心年輕得很，蘇西。」我對她說：「妳裡頭的熊，只是隻小熊。」

「讓我相信。」蘇西對我說，我明白她是什麼意思。這是我們對那件事的說法——我們想要對方的時候她會忽然對我說：「你得讓我相信。」或者我會對她說：「蘇西，我想讓妳相信。」

再不然，就算蘇西只叫一聲：「呃！」，我也能明白她的意思。

我們結婚時，她在應該說「我願意」的那一刻就是這麼說的：「呃！」

「什麼？」牧師說。

「呃！」蘇西說著點點頭。

「她願意。」我對牧師說：「那表示她願意。」

我想，蘇西和我一樣永遠無法完全克服芬妮的記憶，但對芬妮的愛是我們的共通點，比一般伴侶間的共通點更深一層。蘇西曾是佛洛伊德的雙眼，而我現在則代替父親觀看，所以蘇西和我也都擁有佛洛伊德的眼光。「你們眞是天作之合，兄弟。」小瓊斯對我說。

和蘇西做愛後那天早上，我晚了些才到舞廳和父親做舉重日課。

當我頭重腳輕地走進舞廳時，他已經舉得很重了。

「四百六十四次，簡直瞎了眼！」父親哼道：「四百六十四次，眞是見鬼！害我從三更半夜聽到天亮。耶穌基督，我也許瞎了，但還聽得見。依我估計，你大概只剩四百五十八次，沒四百六十四次可做了。她到底是誰？我可想像不出會有這種動物！」

我告訴他是蘇西熊和我在一起，而且我非常希望她能留下來一起住，父親聽了高興極了。

「我們就缺這個！」他叫道：「這下就完美了！我是說，我們有一家好得不能再好的旅館，你把旅館經營得很棒！但我們還需要一隻熊，每個人都需要熊！現在有了熊，你就贏到家了。約翰，你終於寫下一個好結局了。」

算不上好，我想。然而，考慮過一切——哀愁、厄運和愛情——之後，我知道原本有可能更壞。

那麼還少什麼？一個小孩，我想。只少個小孩。我以前想要，現在還是想。算上蛋蛋和莉莉，我現在缺的就是小孩。當然，我可以繼續努力讓蘇西「相信」，不過，我的第一個孩子卻來自芬妮和小瓊斯。連蘇西都不怕。

「那寶寶一定美極了，」蘇西說：「芬妮和小瓊斯生的，絕對錯不了。」

「我們又會錯到哪裡去？」我問她：「只要妳懷了，就會是個很美的寶寶；相信我。」

「可是你先想想那個『顏色』，」蘇西說：「芬妮跟小瓊斯生的，顏色一定漂亮得見了鬼。」但我知道，如同小瓊斯告訴我的，芬妮和他的寶寶可能是任何顏色——「我可以列個範圍，介於咖啡和牛奶之間。」小瓊斯老愛這麼說。

「寶寶不管什麼顏色都很漂亮的，蘇西。」我告訴她：「妳也知道。」但是我得讓蘇西更相信才行。

我心想，等蘇西看到小瓊斯和芬妮的寶寶，或許她也會想要一個。不過這畢竟只是我的願望——我快四十了，而蘇西早已越過了那個門檻，如果我們要小孩，就不該再等下去了。我認爲芬妮的寶寶可以幫上忙；甚至父親也同意——甚至法蘭。

而爲了我們自願生個寶寶，不是很像芬妮大方的作風嗎？她在維也納發誓要照顧我們，要當我們大家的母親，從那天起，芬妮一直固守承諾，一路到底——她裡頭的英雄一直活躍著，芬妮裡頭的英雄可以舉起一個裝滿了槓鈴的舞廳。

就在去年冬天大雪之後，芬妮打電話告訴我她要生個小孩——全爲了我。芬妮那時已經四十歲了；她說生小孩就是關上一扇她不會再回顧的門。一大清早電話響起的時候，蘇西和我都以為是強暴防治中心的熱線電話，蘇西跳下床，以為又有一個強暴案例要處理了，但響的是我們的家用電話，打來的正是芬妮——遠在西岸。她跟小瓊斯熬夜開兩人的小宴會，還沒上床，他們說——加州當時還是晚上。他們聽起來有點醉了，語無倫次，蘇西不太高興；她告訴他們，除了一個強暴受害者之外，沒人這麼早打電話來過，說完便把電話遞給我。

我不得不為芬妮做了些例行說明，好讓她明白防治中心在幹什麼。芬妮捐給中心不少錢，小瓊斯也幫我們在緬因找到良好的法律諮詢服務。去年，蘇西的強暴防治中心為九十一名強暴和相關性侵害的受害人提供了醫藥、心理和法律上的協助。「在緬因算是不錯了。」芬妮說。

「在紐約跟洛杉磯，兄弟，」小瓊斯說：「每年各式各樣的受害人，加起來大概有九萬一千人。」

蘇西用不著「相信」什麼，就知道新罕布夏旅館那些空房間可以幫上忙。我們的設備當一個強暴防治中心綽綽有餘，另外，蘇西訓練了一批布倫斯威克的大學女生，因此這裡隨時都有女性可接熱線電話。「強暴受害人打電話求援時最不想聽到的，」蘇西對我說：「就是男人該死的聲音。」

當然，碰到父親就有點麻煩，因為他看不見是哪支電話在響。因此父親養成了一個習慣，不小心聽見鈴聲的時候就大喊：「電話！」即使就站在電話邊也一樣。

令人吃驚的是，雖然父親仍然認為新罕布夏旅館是一家旅館，他對強暴輔導也頗擅長。我意思是說，他知道強暴防治是蘇西的本行——他只是不知道那是我們唯一的本行。有時他會和住在這裡休養幾天的受害人聊起來，以為對方是客人，總是把人家搞得糊裡糊塗。

受害者在碼頭上緩和心情的時候，他偶爾會出現在人家面前，路易維爾一級棒一步一聲，四會搖搖尾巴，告訴父親有別人在。父親便開口說話：「嗨，誰在那兒？」

受害者也許會回答：「是我，西薇亞。」

「哦？對，西薇亞！」父親會說，彷彿認識人家一輩子了。「唔，妳還喜歡這家旅館嗎？」可憐的西薇亞會以爲「旅館」是父親對強暴防治中心禮貌上的稱呼，於是也順著他說下去。

「哦，這地方對我意義重大。」她會說：「我很需要有人跟我談話，不過在準備好之前，我不願意想起自己有這個需要。這裡最好的一點就是，沒有人給妳壓力，沒有人要妳如何感覺、如何處理，只是讓妳更容易接近自己的感覺，比自己一個人容易多了。我希望你明白我的意思。」

父親會說：「我當然明白！親愛的。我們做這行很多年了，一流的旅館就應該是這樣子。它只提供空間和氣氛，因爲這正是妳需要的。一家好旅館能把空間和氣氛轉換成更廣大、更有心的事物——好旅館只在客人需要時才接觸妳，才對妳客氣地說話。好旅館永遠在這裡等妳。」父親說，用球棒指揮著他的詞與曲：「但它絕不會讓妳覺得有人盯著妳不放。」

「是的，我想就是這樣。」西薇亞會如此說。貝琪、派翠西亞、可倫班恩、莎莉、愛麗絲、康絲坦絲、荷普都會這麼說：「它將一切從我的裡頭引導出來，但是並不勉強我。」

「當然，絕不勉強，親愛的。」父親同意：「好旅館不會勉強人。我喜歡把它稱作『同感空間。』」父親說，從來沒想過這個詞來自史勞本史呂瑟的同感炸彈。

「而且，」西薇亞會說：「這裡每個人都很親切。」

「對！這就是好旅館讓我喜歡的地方！」父親會興奮地說：「在一家偉大的旅館裡，人人都很親切。」他會告訴西薇亞或聽他說話的任何人：「妳有權期待人家對妳好。妳到我們這裡來——原諒我這麼說！就像受了傷的人，而我們就是妳的醫生和護士。」

「是的，沒錯。」西薇亞會說。

「如果妳來到一家偉大的旅館之前是殘缺不全的，」父親滔滔不絕：「等妳要離開這家旅館，妳會完完整整地離開。我們會讓妳回復原來的模樣，這幾乎可以算是一種神祕的力量——也就是跟我說的同感空間有關——因爲誰也不能強迫一個人回復原來的樣子，全得那個人自己來。我們提供空間，」父親說著，球棒像支魔杖對受害者祝福著。「空間，還有那些光。」父親會說，就像一個聖者祝福另一個聖者。

這就是對待強暴受害者的正確方式，蘇西說，她們是神聖的，你得像好旅館待客一樣對待她們。好旅館的每個客人都是尊貴的客人，新罕布夏旅館的每個受害人也同樣是尊貴的客人——而且神聖。

「這名字其實很適合強暴防治中心，」蘇西同意道：「新罕布夏旅館——聽起來滿有水準的。」

有了郡政府和一群女醫組成的甘納貝克女性醫療學會大力幫忙，我們在這家冒牌旅館裡開設了一家眞正的強暴防治中心。有時蘇西會告訴我，父親是她最好的輔導員。

「碰到情況太糟的人，」蘇西對我說：「我就叫她到碼頭上去找那個帶著導盲犬四號的瞎子。他說的話一向有用。」蘇西說：「至少到目前爲止，還沒人跳下去。」

「繼續走過打開的窗口，親愛的。」父親會對每個人都這麼說：「這一點最重要。」不用說，讓父親的話顯得如此可信的就是莉莉。他一向擅長給我們孩子各種建議、即使完全不知道問題出在哪裡。「他知道愈少可能愈有效，」法蘭說：「我意思是說，他到現在還不知道我是同性戀，可是卻一天到晚給我建議。」眞是天才！

「好啦，好啦，」去年冬天大雪之後，芬妮在電話上對我說：「我可不是打電話來聽你說緬因每個強暴事件的來龍去脈——至少這次不是，小子，」芬妮說：「你還想要寶寶嗎？」

「當然，」我告訴她：「我每天都在讓蘇西相信我。」

「唔，」芬妮說：「那你要不要我的寶寶？」

「妳不是不要寶寶嗎，芬妮？」我提醒她：「妳是什麼意思？」

「我是說，小瓊斯和我捅了個漏子，」芬妮說：「與其搞現代人那一套，我們倒覺得自己認識一對最理想的爸媽可以養寶寶。」

「特別在這種時代，兄弟，」小瓊斯在電話上說：「緬因或許是最後的避難所了。」

「每個小孩都應該在一家怪旅館裡長大，對吧？」芬妮問。

「我的想法是，兄弟，」小瓊斯說：「每個小孩的雙親裡至少應該有一個沒事幹的。我不是在侮辱你，兄弟，你照顧人的工夫簡直是十全十美。你懂我的意思嗎？」

「他的意思是說，你總是在照顧大家，」芬妮甜蜜地說：「也就是說，那就是你的角色，你是個完美的父親。」

「或者母親，兄弟。」小瓊斯再加一句。

「等蘇西身邊有個寶寶了，說不定她眼前就會靈光乍現。」芬妮說。

「說不定她會有勇氣打一砲。」小瓊斯說。芬妮在另一頭大笑。顯然他倆一起醞釀這通電話頗久了。

「嘿，」芬妮在電話中說：「給貓咬斷舌頭了嗎？你在聽嗎？喂！喂！」

「嘿，兄弟，」小瓊斯說：「你昏倒了嗎？」

「能抓了你的蛋嗎？」芬妮問：「我在問你話耶，你要不要我的寶寶？」

「這可不是隨便問問的，兄弟。」小瓊斯說。

「要是不要啊？小子？」芬妮說：「你知道我愛你，我可不會為誰都可以生個寶寶，小子。」可是我說不出話來，我樂昏了。

「我可是要把一輩子的九個月獻給你喔！這麼漂亮的身子要獻給你九個月喔！小子！」芬妮逗我：「不要拉倒！」

「兄弟！」小瓊斯嚷道：「天下有多少人喜歡你姐姐的身子，現在她要為你改變體型！她願意讓自己看起來像個見鬼的可樂瓶，只為了幫你生個寶寶，兄弟。我眞不知道我怎麼受得了這種事。」他又說：「可是你知道，我們都愛你。說話吧，要是不要？」

「我愛你！」芬妮對我大聲說：「我想把你最需要的給你，約翰。」

但蘇西把話筒搶了過去：「老天！」她對芬妮和小瓊斯說：「你們先是把我吵醒，害我以為又有強暴事件發生，接著又把他弄得滿臉通紅說不出話來，今天早上到底是怎麼回事？」

「如果小瓊斯跟我有了寶寶，」芬妮問蘇西：「妳跟約翰願意照顧嗎？」

「那還用說，甜心。」我的好蘇西回答。

事情就這麼決定了。我們還在等。不愧是芬妮，花的時間比別人都長。「看我的吧，兄弟，」小瓊斯說：「寶寶一定太大了，得在鍋子裡待久一點。」

他一定說對了。因為芬妮懷我的寶寶已經將近十個月。「她可以打布朗隊了。」小瓊斯抱怨道。我每天晚上都打電話給他問進度。

「耶穌基督，」芬妮對我說：「我整天躺在床上等它『爆炸』，無聊透了。瞧我為你犧牲多大，我的愛。」她對我說——我倆為此私下笑了好一陣。

蘇西邊走邊唱〈也許就在今天〉，父親則愈舉愈重，好像得了舉重狂。他相信寶寶會是個天生的舉重好手，因此自己得練好身子才能應付。強暴防治中心的女生對我都很忍讓——因為一有電話，我就搶著接（兩支都搶）。「響的是熱線那支，」她們對我說：「別緊張。」

「也許只是另一個強暴事件，甜心。」蘇西對我說：「跟你的寶寶無關，冷靜點。」

我並不急著想知道生男生女，這方面我同意法蘭的說法，其實都一樣。當然，現在產婦會接受各種產前檢查——特別是像芬妮這種年紀的——所以她們早曉得了；要不然也有別人曉得。芬妮例外——她根本不想聽。誰想預先知道這種事？誰不明白大半的樂趣在於等待時的猜測？

「不管是男是女，一定會很無聊。」法蘭說。

「無聊？法蘭，」芬妮吼道：「你敢說我的寶寶會無聊？」

其實法蘭只是在發表紐約人的典型看法而已：「如果寶寶在緬因長大，想不無聊都不行。」

但我對法蘭指出，新罕布夏旅館的生活絕不無聊。無論是在輕鬆的第一家、充滿夢想黑暗面的第二家，或者現在的第三家——我們終於建立起的偉大旅館。沒有人會無聊。最後法蘭也同意了，畢竟他也成了這家旅館隨時歡迎的常客。他來了總是佔用整個二樓的圖書室，就像小瓊斯將舞廳的舉重器材一把抓，就像芬妮的美麗使每個房間都增添光彩——包括緬因的和風與寒冷的海洋，全臣服在芬妮的魅力下。我全心盼望芬妮的小孩也會有同等的感化力。

爲了安慰她，我試著在電話上唸一首唐納．賈斯特的詩給她聽，詩名叫作〈給胎中十月的孩子〉。

遲到？不會

有人責怪你

如此猶豫。

誰，準備要敲

這般怪異的門

能不退縮？

「唸到這裡就夠了，」芬妮打斷我：「別再提該死的唐納．賈斯特，拜託。我聽了太多，聽到都可以靠他的詩懷孕了。至少也會讓我反胃。」

但賈斯特還是對的。在進入這個世界之前，誰能不猶豫？誰不希望這個神話能拖得愈長愈好？你可以發現，芬妮的小孩已經點出了一項非凡的洞見、一種罕有的感受力。

昨天下了一場雪；在緬因，我們都習慣把氣候的變化當作針對個人而來。蘇西在巴斯調查一個女侍疑遭強暴的事件，我很擔心她在大雪中怎麼開車回來。但蘇西在天黑之前就平安到家，我倆都說這場雪讓人想起去年冬天的大雪，還有芬妮打電話說要送我們禮物的那一天。

父親在雪地裡玩得像個小孩一樣。「雪對盲人來說實在太美妙了。」昨天他就這麼說著走進廚房，一身都是。他在外頭的雪堆裡，跟導盲犬四號一起名副其實地滾來滾去——兩個都一身是雪。這是場狂野的暴風雪，到下午三點半，已經得開燈了。我點了兩個暖爐。有隻被風雪颳得視線不清的鳥穿過舞廳的窗檽，摔斷了脖子。四在槓鈴旁邊發現牠，叼起來在旅館到處走，直到蘇西把鳥從狗嘴裡拿掉。父親靴上的雪融化了，弄得廚房濕答答的。他在水灘裡滑了一跤，路易維爾一級棒敲到我的肋骨——他腳步不穩就會亂揮球棒。我們小吵了一番。他總是像個小孩，進門前都不先把靴子上的雪撢掉。

「我又看不見！」他孩子氣地抱怨道：「看不見怎麼擦？」

「別吵了，你們兩個，」蘇西熊對我們說：「等家裡有了寶寶，可不准再大吼大叫。」

我用法蘭從紐約帶來的精巧機器，做了一些通心粉；它能把麵團壓平，然後切成你要的任何形狀。如果你住在緬因，這樣的玩具是不可少的。蘇西做了一點河蚌拌醬，父親幫忙切洋蔥。洋蔥對他的眼睛向來沒半點作用。我們聽見四在叫，以為牠又發現了一隻可憐的鳥。我們看見暴風雪中有輛福斯小包車想開上我們的車道，連走帶滑。開車的人要不是情緒不穩（「又一個該死的強暴事件。」蘇西本能地說。），就一定是外地來的。緬因的人不會費工夫在雪中開車，我心想，但現在也不是常有遊客找上新罕布夏旅館的時節。小包車沒能開進停車場，但是近得足以讓我認得出亞利桑納州的車牌。

「難怪開不好。」我說——緬因州對外地人的典型看法。

「哦，是啊，」蘇西說：「你在亞利桑納的沙漠裡，看起來大概也像個白痴。」

「沙漠是什麼？」父親問，蘇西笑了。

亞利桑納小包車的駕駛在風雪中朝我們走過來，他甚至怎麼在雪中走路都不懂，一直跌跤。

「亞利桑納發生了強暴事件，蘇西，」我對她說：「妳太出名了，他們非找妳不可。」

「難道他們不曉得這是家『度假』旅館嗎？」父親氣呼呼地問：「管他是誰，我要跟他們說本季歇業了。」

亞利桑納來的男人聽了很失望。他說本來以為是往山上開去滑雪的——雖然他們一家子都沒滑過雪——但是不知是別人指路有誤，還是在暴風雪中迷了路，車子反而開到海邊來了。

「現在也不是看海的季節。」父親說，那男人也明白。他看起來人不錯，只是累壞了。

「我們有房間。」蘇西悄聲對我說。

我並不打算開張營業。事實上，我最愛這家新罕布夏旅館的一點就是，那些客人只活在父親的心裡。可是當我看到幾個小孩從福斯小包車湧出來玩雪時，我改變了主意。那位母親看來也累慘了——人很好，但很疲倦。

「那是什麼？」有個小孩尖叫。

「我想是海吧。」母親回答。

「海！」孩子們大叫起來。

「有沙灘嗎？」一個孩子又叫。

「在雪底下吧，我想。」母親對他們說。

於是，雖然本季已經「歇業」，我們還是邀這對夫妻和他們的四個小孩到新罕布夏旅館作客。做通心粉很容易，河蚌醬也不成問題。

父親帶客人去房間時出了點問題，這是他頭一次在這家新罕布夏旅館領客人進房，等他跑到圖書室去找床單，才發覺自己完全不知道東西放在哪裡。我自然得幫他，還裝作一向都是我領客人進房的樣子。

「請原諒我們顯得有點不太專業，」我對年輕的一家之主說：「換季歇業久了，難免會生疏。」

「你們眞好心，還肯接待我們，」親切的年輕母親說：「孩子們滑不成雪都很失望，不過他們沒看過海，所以也算是樂事一件。而且明天他們就可以滑雪了。」她聽起來是個好母親。

「我也快當爸爸了，」我對她說：「搞不好就在今天。」後來蘇西才告訴我這話聽起來有多怪，因爲蘇西看起來完全沒有懷孕的跡象。

「他們聽了會作何感想？你這白痴！」蘇西說。

但一切都很順利。孩子們的胃口好極了，飯後我還教他們做蘋果派。把派送進烤箱後，我帶他們到積雪重重的海灘和碼頭上去做一趟驚險的冬日之旅。我把穿破岸邊凝冰的兇猛波濤指給他們看，還有暴風雪中的海洋——一大團不斷翻滾洶湧的灰黑色。父親自然又向那對夫婦，提起一家偉大的旅館所能提供的同感空間；還把我們的旅館一一描述給好心的亞利桑納夫婦聽——蘇西告訴我，他描述的彷彿就是沙赫旅館。

「不過對他來說，我們就是沙赫。」那天晚上，在狂風呼嘯、雪花飄飛中，溫暖醉人的蘇西在我懷裡說道。

「是的，我的愛。」我告訴她。

早晨時分躺在床上便聽見孩子的叫聲，那種感覺眞好。他們發現了舞廳裡的舉重器材，正在聽父親傳授訣竅。愛荷華巴布也會喜愛這家新罕布夏旅館的，我心想。

就在這時，我叫醒蘇西，要她穿上熊裝。

「呃！」她不情願地說：「我太老了，扮不了熊了。」大清早時，她還眞是有點像熊——我親愛的蘇西。

「別這樣，蘇西，」我說：「就爲孩子扮一次吧！想想看，這會對他們有多大的意義。」

「怎麼？」蘇西說：「你要我嚇那些孩子？」

「不，蘇西，」我說：「不是『嚇』他們。」我只是要她穿上熊裝，走到外頭的雪地上，在旅館四周繞一圈，然後我再突然喊：「看！雪地上有熊的腳印！還是新的！」

於是亞利桑納一家大大小小都會跑出來，對他們無意間闖進的「蠻荒世界」驚奇不已，彷彿置身夢中。接著我又喊；「看！熊在那兒！就在柴堆旁！」蘇西會停下腳步——也許我可以說服她給我們來一兩聲響亮的「呃！」——然後像隻熊一樣消失在柴堆後，找個後門溜進來，脫下她的僞裝，走進廚房說道：「熊怎麼了？這一帶好久沒看到熊了。」

「你要我出去待在見鬼的雪裡？」蘇西問。

「爲了孩子，蘇西，」我說：「他們一定會驚喜萬分的。先是看到海，然後又看到熊。每個人都應該看看熊的。蘇西。」當然，蘇西同意了。她不太高興，但是演出的效果因此顯得更好；蘇西一向擅長扮熊，而現在她已經相信自己是個可愛的人了。

於是，我們讓亞利桑納來的陌生人帶著熊的幻覺回去了。父親在舞廳前向他們揮手道別，然後對說：「熊？搞什麼？搞不好蘇西會凍死，或者染上肺炎。等寶寶來的時候誰也不准生病——連感冒都不行。我可比你們懂小孩，知道吧。眞是的，什麼熊！」他說了又說，頭搖了又搖。但是，我確定亞利桑納那一家人都相信了，蘇西熊是說服力完美無瑕的傑作。

熊在柴堆旁停下了腳步，牠的呼吸是一股霧氣，飄浮在晴朗而寒冷的早晨裡，熊掌輕輕陷進嶄新完好的雪——彷彿牠是地球上的第一隻熊，而這是地球上的第一場雪——所有的一切都令人信服。就如莉莉所說，一切都是個神話。

於是我們繼續作夢，在夢裡創造人生。我們給自己一位成聖的母親，使父親成爲英雄；還有別人的哥哥、別人的姐姐——他們也成了我們的英雄。我們創造自己的鍾愛與恐懼。夢裡永遠有個失落的勇敢小弟弟——也有個失落的小妹妹。我們繼續作著夢，偉大的旅館，完美的家庭，度假的生活。而我們的夢想從眼前逃開，幾乎和作夢時一樣清晰。

在新罕布夏旅館裡，我們一輩子都鎖死了——話說回來，水管進一點兒空氣，頭上淋一堆屎又怎樣呢？如果你擁有美好的回憶。

我希望這個結局還適合妳，媽——還有你，蛋蛋。這個結局有妳最喜歡的風格，莉莉——也是妳長得不夠大，永遠寫不出的結局。或許這裡的舉重器材不夠滿足愛荷華巴布，宿命論也不夠滿足法蘭。或許對父親和佛洛伊德那些夢想的本質談得不夠，也缺少芬妮的恢復力。我想，這個結局可能對蘇西不夠醜、對小瓊斯不夠大。我也明白它不夠暴力，不足以取悅過去的好友和仇敵；或許還及不上尖叫安妮的一聲嗚咽——無論她此刻躺在何處尖叫。

但這就是我們做的事，作夢，然後夢想從眼前逃開，幾乎和作夢時一樣清晰。就是這麼回事，不管你喜不喜歡。正因如此，我們才有這種需要，我們需要一隻聰明的好熊。有些人的頭腦好到可以完全自給自足——頭腦就是他們的聰明熊。我想法蘭就是這種人，他的頭腦就是聰明的好熊。他並不是我誤以為的老鼠王。芬妮有隻聰明熊叫小瓊斯，同時她還擅長遠離哀愁。而父親有他的幻想，這些幻想夠強夠大，最後也成了他的聰明熊。這樣就剩下我了；當然，我有蘇西熊——還有她的強暴防治中心和我的神話旅館，所以我應該沒什麼問題，都快有小孩了，最好是沒問題。

巴布教練始終都明白，你必須擇善固執、終生不渝。你必須繼續走過打開的窗口。

THE HOTEL NEW HAMPSHIRE

新罕布夏旅館

作者 約翰・厄文
譯者 徐雋
總編輯 莊宜勳
主編 鍾靈

出版者 春天出版國際文化有限公司
地址 台北市信義路四段458號3樓
電話 02-7718-0898
傳真 02-7718-2388
信箱 frank.spring@msa.hinet.net
網址 www.bookspring.com.tw
部落格 blog.pixnet.net/bookspring

郵政帳號 19705538
戶名 春天出版國際文化有限公司

出版日期 2016／8（初版）
定價 NT$440
ISBN 978-986-5607-64-7

總經銷 楨德圖書事業有限公司
地址 新北市新店區寶興路45巷6弄6號5樓
電話 02-8919-3186
傳真 02-8914-5524

香港總代理 一代匯集
地址 九龍旺角塘尾道64號 龍駒企業大廈10 B&D室
電話 852-2783-8102
傳真 852-2396-0050

新罕布夏旅館
約翰・厄文作；徐雋譯
初版．臺北市：春天出版國際
2016.08
480面；14.8×21公分（春天文學10）
譯自：The Hotel New Hampshire

ISBN 978-986-5607-64-7（平裝）

874.57
105015424

法律顧問／蕭顯忠律師事務所